温瑞安

著

逆水寒

上

四大名捕

天津出版传媒集团

天津人民出版社

预支五百年新意

文：温瑞安

"四大名捕"故事系列，到底有多少部书呢？坦白说，作为作者的我，一时也未能统计清楚。以大家比较熟悉的《四大名捕会京师》为例，目前已逾六十种不同地区、国家的版本，改编为影视漫画等作品也逾二十五次。如此换算，"四大名捕"故事至少已写了五十卷以上，字数不少于千万，版本恐也多于二百余种。

可是，其实《四大名捕会京师》只是二十岁前后的"少作"，只是四位捕头的"开头"前戏。"四大名捕"往后延伸的故事，才是比较能代表这四位似侠非侠、为民除害，当官非官、锄强扶弱，身在庙堂心在野的夹缝人物和他们的遭遇。

比较精悍短小但故事情节也较完整浓缩的，首推《大对决》收录的《谈亭会》《碎梦刀》《大阵仗》《开谢花》。一气呵成，悬念惊栗、推理破案，都在八至十万字内结束，最适合小品、电影的架构。至于《逆水寒》，则是"四大名捕"故事里长篇架构已完成也较完整的一部，约七八十万字，起承转合，从一个惊变开始，全篇流亡中侠道逆处见情义，最适合影视剧改编。

至于"四大名捕"其他系列，已成名的还有几个很为读者所津津乐道或扼腕叹息的故事，例如：《四大名捕破神枪》(《妖红》《惨绿》等），是尝试以文学诗化的笔触，来写"四大名捕"另一段轶事；《四大名捕战天王》系列，则重回武侠小说文本描叙的法则，去探讨侠骨柔情的试验；《四大名捕外传：方邪真故事》(《杀楚》《破阵》等），则以正统公案悬念言情的程式，融入反映朝野斗争的现实象征；《四大名捕走龙蛇》系列故事，则是把一些武侠的特质，还有一些本非武侠的元素，从惊栗、超能、念力、穿越、鬼魅、魔幻到怪力乱神，一一都在二十年前的这些作品里乍浮乍沉地显现。还有最具争议性的《四大名捕斗将军》(即"少年四大名捕"：《少年冷血》《少年追命》《少年铁手》和《少年无情》），更成了所谓超新派或新世代武侠小说试炼的兵工厂，什么题材和元素都融会其间，结果读者的反应也很激烈：爱之欲其生，恨之欲其死。不论生死，都大死大活着，使我认为这一番心血，值了。

一九八三年我初赴北京，在金台路书市里，跟几位工作室的侠友，至少找到我没见过或未拜读过的温书版本一百三十七种。一九九四年，沈庆均兄带我去北京五四书店，那儿有温瑞安小说的专柜，书店老板跟我说："一讲'四大名捕'，人人都嗑得，很著名，至少比原作者温瑞安还著名。"

我笑了。

书生爱国非易事，提笔方知人世艰。预支五百年新意，到了千年又觉陈。阿西莫夫说："一个人必须博学、聪明、有直觉、有勇气、有运气，才有可能发明前所未有的创见。"我觉得，别的我没有，在写作武侠小说上，我借力于前辈的肩膀，还有扎根于读者的步子，总算预支了数十年新意，且不管过了多年是否变陈酿。

写于二○一二年六月三十日

目录

武侠大说

文：温瑞安

国家不幸诗人幸，因为有写好诗的题材。有难，才有关。有劫，才有度。有绝境，才见出人性。有悲剧，才见英雄出。有不平，才作侠客行。笑比哭好，但有时候哭比笑过瘾。文字看厌了，可以去看电影。文艺写闷了，只好写起武侠来。武侠小说是其中一样令我丰衣足食的手艺，使我和同道们安身立命多年，但我始终没当它是我的职业，而看作是我的志趣，也是我的"有位佳人，在水一方"。我始终为兴趣而写，武侠是我当年的少负奇志，也成了我如今的千禧游戏。稿费、版税、名气和一切附带的都是"花红"和"奖金"，算起来不但一本万利，有时简直是无本生意。我用了那么多年去写武侠，其间被迫断断续续，且故事多未写完，例如"四大名捕"故事，但四十几年来一直有人追看，锲而不舍，且江山代有知音出，看来我的读友，不但长情，而且长寿。所以，我是为他们祝愿而写的，为兴趣而坚持的。小说，只是茶余饭后事耳；大说，却是要用一生去历练。

我的作品版本极多，种类繁复，翻版盗版夹杂，伪作假书也不少，加起来，现在手上存有的近二千种。

必须说明，这些版本还真非刻意找人搜寻查找的，而是多在旅游路过时巧遇偶得之，或由读者、侠友顺手购下寄赠为念的、沧海遗珠的，肯定要比存档列案者多，而且还多出很多很多。很多版本，跟我这个原作者，不是素昧平生，就是缘悭一面。

我确是写了不少书，根据我的助手和编辑统计，大约逾八百余本，那已可以说是相当"多产"的了，不过，怎么说快臻近两千本。我之所以会有那么多部作品，当然是因为自己还算写得相当勤奋之故。勤奋，是因为投入。当然，投入的动力，是来自兴趣。不管如何，能有逾两千万字的作品。出书逾八百多部（版本计算），题材包括了：武侠、侦探、文评、杂文、社论、剧本、言情、魔幻、新诗、散文、札记、访谈、传记、影评、书评、乐评、术数、相学、心理、现代、技击、历史、象征、意识流，甚至反小说小说……也算是相当杂芜了。拿这样的篇幅，还有这般的字数，比照我的年龄（我是一九五四年元月一日出生，普天同庆），平均一下，还算是笔耕维勤，凤夜匪懈。肯定是吃草挤奶，望天打卦。既然世道维艰，人情多变，我只八风不动，一心不乱。一支尖笔也许走不了龙但总溜得了蛇，成不了大事但也成得几首小诗，万一吃不了总可以兜着走，没法描出个惊天动地的大时代，绘出张锦绣万里的大前程，但在方格与方寸之间，拿捏沉吟，总还能在穷山恶水之地扒搔出一幅黑山白水的诗与剑的江湖来（我是仍坚持用笔写在纸上的那类作者，别的事可一向坚持与时俱进，唯摇笔杆子跟狗摇尾巴一样更能表白心情，更为直接且有共鸣）。这点我总尽了点力，点亮了几盏荷灯。也许，有人在星云外用超级望远放大镜一瞄，这也能幻化成一道侠义银河来。

可是，多是读者读得快，不知写者创得苦，作者作者，是一字一笔地去寸土必争地创作出一个小小世界、漫漫苍穹、漠漠江湖来的独行者。所以，嫌我写得太慢、出书太缓、续作太久、等得太心急者多。急起来难免催，催起来难免有气。前文已说过，我写得决不算少，更不算慢，近年来虽然养未"尊"但下笔已然"悠"了些，加上还有自己的投资和生意、事业要料理，最重要的是版权给夺，或出版社停业，或刊物杂志转型，不再连载小说，有者更加直接，拿了你的书，没签合约就印出来了，或发上网了，然后转头反咬一口，告你侵权。结果，给骂不填坑的又是作者自己，难免有点心灰意冷，如此大环境下，对发表出书，也就没那么兴致勃勃了，而今写下去只为了"要给读者续完"这个强烈的使命，以及还有不因岁月流逝而泯灭的对武侠和创作的兴趣与热情。人生在世，红尘有梦，余波未了，续稿可期。我用此心志来续完我所创作的江湖人物、民间侠客的大结局。

我的作品之所以如此多而庞杂，不仅是因为文类多，连非文字出版的种类也多。如果加上二十几部以上的影视作品，还有相关的衍生作品和事物，例如电玩、漫画、连环画、评点、网站、论坛及各种自媒体等，还有即将推出的动画、网游、公仔人形、信笺图像、兵器模型、形象扑克牌、匙扣等相关新鲜玩意，种类之多，衍生之奇，大部分我自己都未曾看过、翻过或玩过。光是这些同道们戏称为"温派衍生的事物"，加上千百计的不同书版，使得我几住处书柜和摆设橱，已突破爆满，难以承受，拥挤颠顸，不过，从而又影响、扩大了读者的范围与层面，寰宇频生新事物、心随鼎故速转移，那是随遇而安的温瑞安了。

一个人一支笔（当然换了无数支新笔）占了真假伪盗翻近两千本书，当然写得早也很重要。我早在大马小学时期已发表创作，初中已开始编期刊杂志，中学毕业时已出书三册，虽然当时那儿的华文出版气氛、环境绝说不上太风调雨顺。不过，也因为个人早年辗转各处，浪迹天涯，结缘下来，文字加图像版的"四大名捕"，也从泰文到韩文、法文、英文到日文、巫文、越南文及新、马、中文繁体等不同版本，光是中国台湾，推出过我书的就有三十几家出版社，在港也有近二十五家。由于各地出版风格和读者口味、销售方式并不一致，所以，在包装、行销和分册上很有些不同，例如台出书大可六至八万字为厚厚一大册，在港有时专供书报摊、地铁店、便利书的每月小书，则三四万字亦可独立成书，像"少年四大名捕"（一九八九年）就是占激流之先，日后效仿者众。因此在计算书本数字上，也占了不少便宜。不过，港台两处加起来，还不到我在内地的翻盗版本的五分之一。

问题就在这儿。

大概在一九八七年的"四大名捕"故事系列在内地推出以来，翻版、盗版数不胜数，版本良莠不齐，哪怕是授权正版的也未予作者或本人任命的编辑修订更正，盗版假书，错漏百出，更惨不忍睹。就算是授权版本，也是一九九四年校订的，之后有的作品曾经五六次修订，因部分出版成品罔顾作品的重要性，而又蓄意省去作者那区区版税之故，作品绝大部分已是几十年前版本，把近年我多次修订和增删，尤其在作品背景和创作人物秩序上的颠倒、错讹大幅度更正的心血，完全白费。而且，近年来发到网络上去的版本，就是根据这些错讹百出的版本，以讹传讹，变本加厉，以致一些涉猎比较不广泛，未与港台版本比较过的有心但没耐性的读者，指斥百般错讹，然而实则大抵已修正，更是有苦难言。那种所谓"温瑞安武侠全集"（通常还加上"亲自授权""最新""修订"等字眼），不时在每个地区，每隔段时间，在不同的书市，冠以每一个响亮但可能并不存在的出版社名目，都忽如其来地呈献一套，每每一套十几二十部到三十来部，久之蔚为大观，就算不刻意收集，手上也存有近千册不等，终于使我那座连营屈伸折叠大书架柜子，都再也挤不下了。中华锦绣，地大物博，人才济济，洋洋自得，卧虎藏龙，十面埋伏，书山字海，皓首穷经，想出正版，大抵勿搏。

一直有出版商催问重出"温书全集""温瑞安武侠精品"一事，也一直有"未经授权"但言明版权在握的，继续翻印盗版个日月换新天，使我还真有点兴味索然起来了，因大气候号称确是文明昌盛，重视原创版权、精神文明，但小气候依然盗版气盛，我还是消极作风云笑着，新书写了也不拟出关。

我到今天，依然为读者而撰写，为知音而创作。有读者认为我高深，其实我只愿曲妙和众。有读者以为我通俗，但我一向以为能善用通俗就是一种不俗。有人觉得我的内容有点残酷，但我只借武侠反映现实，而现实明显要比武侠世界残酷。有人觉得我的语言太诗化，但我本就是想把诗与剑结合，化佛道为禅，融儒墨为侠。有这么多深情的读友，甚至是四代同堂的读友一致维护我的作品，那是我的殊荣；也有新生代的读者，建立了那么多的网站和在杂志上发表那么多精彩的文章来砥砺我，这是我的荣幸。但哪怕无人肯定，像我这种人，写这种作品，走这种路，坚持这么多年，哪怕没有掌声，没有喝彩，我也一定会天荒地老地走下去，我的坚持依然如不动明王，我的信念仍然是似地藏菩萨，我的武侠依然似那知其不可为而为的止戈一舞。

时空流转，金石不灭，收拾怀抱，打点精神。一天笑他三五六七次，百年须笑三万六千场。武侠于我是"咬定青山不放松"。

作为作者的我，当年因敬金庸而慕古龙，始书武侠著小说，已历经七次成败起落，人生在我，不过是河里有冰，冰箱有鱼，余情未了，有缘再续而已。

稿于二〇〇三年六月四日端午。
重校于二〇〇四年七月中旬"小楼温派会京师"大聚之时。
修订于二〇一二年出席电影《四大名捕》上海发布会后。

逆水不寒

文：温瑞安

《逆水寒》从一九八四年开始写起，一九八六年一月写完，约八十万字，写得并不算慢。其间，要在新、马、港、台的报章杂志上写专栏、专题、人物稿、影评、文艺小说、推理小说、诡异小说、诗、散文、杂文、评论、戏谑文章，成为我有史以来写得最琳琅满目、多彩多姿但也最不专心、无法集中的时期。

同时，也在进行三部武侠小说，即是《温柔一刀》《杀楚》和《将军剑》，于是停停写写，写了一年半，才告完成。

近乎两年没有新的武侠著作，这是自我在一九七六年出版第一部武侠小说后，几乎从未有过的事！于是乎，见到朋友，给朋友冷嘲热讽，遇到读者，给读者骂死。

有的是当面催，我答："快了，快了，快出版了。"他冷冷地说："这句话你已经说了两年了。"有的比较迂回曲折："听说你有一个嗜好，宁愿发表完了以后给人捷足先登盗印，也不肯自己整理成书，不知可有此事？"有的直截了当："你再不出书，我们都快忘了你了。"有的苦口婆心，晓以大义，十分夸张："你迟不出书，对整个武侠文学的推展，都有妨碍，对你在武侠小说的地位，也有影响。"有的索性拉长了脸，没有好气："这么久没见你出版武侠小说，我以为你又被关起来了！"

对不起对不起，没有你们的软硬兼施，《逆水寒》可能还没上岸呢。

《逆水寒》原名《易水寒》，后易"易"为"逆"，更加切题。故事一开始，即是正派人物突遭暗算，被逼逃亡，足足逃了八十万字，其中辗转千里，跌宕起伏，无尽血泪，无数辛酸。这故事，一方面是我某段时期心情的苍凉写照，另一方面也是我在一九七二年发表第一个武侠短篇《追杀》后，经一十三年的文笔磨炼，故意把同样的故事，倒反过来，再写一次，所不同的是：《追杀》是冷血追捕逃犯为始，追杀成功为结；《逆水寒》则是转笔写逃亡者的故事。曾经沧海，此水已非前流，就算一样的故事，也不会有一样的感受了。

自《神州奇侠》之后，我很少写过这样子的长篇——《逆水寒》要比《大宗师》的故事还略长。《神州奇侠》八部写的是"成长"；《大宗师》四部写的是"闯荡"；《逆水寒》八部写的是"逃亡"。

这显然是三个阶段的人生历程。我目下正在撰写《温柔一刀》和《杀楚》，还有一部《将军剑》（作者附注：二十年后的今天，此书第二十一次新版推出，我的《说英雄，谁是英雄》第一部《温柔一刀》早已完成，目前写到第八：《天下无敌》，这大概是我中期作品中最长篇也最具代表性的作品。《杀楚》故事已易名为"方邪真"系列第二部；《破阵》，已在港推出。《将军剑》则已谈妥修订版权，准备大张"旗鼓"、痛痛快快地写下去。正好，修改这篇序言的时候，这三个系列，都在进行得如火如荼。十年人事几番新，但文事却依然坚持到底，历久长新）。不管是哪一部小说，我的重点都在人性；人性的趣味中心，是情和义；表现的形式，是武和侠。

当然，还有许多曾谋面或未谋面的读者和朋友，他们的鼓励、支持和意见，使我不致逆道而行，心头常觉温暖。更使我这个没有不快乐就是很大快乐，屡经起落，遍历风云雨飘摇，浮沉命途多舛的写作人，还能以这些温厚的情谊，支持我继续在侠义的道路上暗幕中点灯照明。

稿于一九八六年三月二十三日，与小黑龙相交一周年纪念。

校于一九九零年七月二十五日，二十六日。

再校正于一九九八年七月一日，与刘静飞、何包旦、叶浩香江共度回归周年纪念日。

修订于二零零六年六月六日。

第一回

报恩令

这世上，只怕没有人比他更急了。

连他自己，也从来不曾这样子急过。

胯下的坐骑，已经是第四匹了，一路来，他已骑毙了三匹马，每赶一百五十里路，疲马折蹄，垮倒道旁，可是，他仍是没有停下来，歇一口气。

只是，现在，虎尾溪已经近了。

他的马箭也似的掠过一口道旁的水井，奔去寻丈远，才骤然停住，一阵猎猎的衣袂风声，他已掠至水井旁，打一桶水，自他的濯濯光头淋下去，然后舀了一瓢子水，咕噜咕噜的伸脖子猛灌下去。他一直不明白寨上的哥们为啥要在这里掘一口井，现在，他才明白一口井水对赶路的人有多大的用处！

在井水旁树荫下的人们都呆住了，他们住在虎尾一带，不可能没见过轻功，但肯定从来没有见过赶路赶得那么急的和尚！

他才灌完了一瓢水，木瓢子往桶里一抛，"哗"的一声人已侧掠上来，马长嘶一声，正要绝尘而去，忽听一人疾问："是不是管大师？"

那"和尚"目光在树荫下一扫，直似厉电一般，自襟中掏出一口木鱼，"喀喀喀喀喀"敲了五下。

一名汉子自人群里掠出，抱拳半跪行礼道："属下'铁组'冯乱虎，拜见五当家。"

那"和尚"见同是连云寨的人，便疾道："究竟发生了什么事？"

冯乱虎惶恐地说道："我不知道，只是……"

和尚怒叱："只是什么，别吞吞吐吐，快说！"太阳照在他光头上，原先淋湿的部位全蒸发着腾腾热气。

冯乱虎鬓边也在淌着汗："我只听说，大当家和大寨主发生了事情，急着要您回去。"

和尚再不搭话，吆喝了一声，策马飞奔；那冯乱虎也掠上一匹马，待要追时，和尚的马已经只剩下前面一个黑点。

和尚一手执辔，一手拿木鱼敲响了五下，寨上的人道："哦，原来是五寨主。"

和尚没好气地叱道："怎么一路上没几个守卫，不怕官兵摸上来么？"

守寨的人只敢应："是，是。"着人拉开寨门，和尚着马奔入，里面散布有好几处木阁，好几面帐篷，一人正从一张大帐篷里疾奔出来，向着他唤道："师父！"

和尚认得那是平日大寨主、大当家及一众兄弟商议大计的"生杀大营"，昔日截击铁手等人追捕"绝灭王"楚相玉，也是在这里定议的，便问："大寨主在里面？"

奔出来接迎的青年俊秀的汉子道："大寨主不在，大当家在。"

和尚听得心中一沉：敢情是大寨主出事了！自己欠下大寨主和大当家的恩情，无论发生了什么事，都赴汤蹈火，在所不辞！

"千狼魔僧"管仲一率领一支人马原驻守边陲，这日忽接到发自连云寨总舵的飞鸽传书，得悉总舵领导层有人出事，要管仲一"单骑回援"，管仲一素来服膺戚少商与顾惜朝，他曾经身受严重内伤，为戚少商悉心以内力治愈，且全家亦为戚少商所救护；顾惜朝也曾在一场官兵围剿的战役里发兵救过他，他对两人都欠下活命之恩，而今惊闻有人出事，他即不计生死，昼夜兼程，全力赶返，只想尽一己之能，粉身以报！

要知道江湖中的好汉，最怕便是欠下别人恩义难偿，武林中复仇固然是司空见惯的事情，但报恩更是重大至要，欠下人情而恩将仇报的，都是教武林中人唾弃、蔑视的劣行！

"千狼魔僧"管仲一虽然是盗匪，但盗亦有道，尤重恩义，当下一跺脚，那俊秀汉子说道："师父，您先见了大当家再说。"

管仲一躬身进了皮革大篷，背后的帐篷给他掀得"霍"的一响，管仲一只觉眼前一黯，许是刚才阳光太过猛烈，进得帐篷来，只觉很是阴凉，可能因赶路太剧之故，竟略为有些晕眩，几要用手扶帐篷内的那根大柱子才稳得住步伐。

管仲一强自宁定心神，只见一个文士打扮的人，坐在面南紫檀巨桌之后，专心地雕镂着个图章，管仲一的蓦然闯进，他的眉尖只略剔了那么一剔，但始终不曾抬头，这帐内的气氛、文士的精神，全都集中在他右手上执着的雕刀、左手拎着的印章上。

管仲一抱拳，涩声喊："顾大当家的。"

那文士扬了扬手，蓝袍衬着白边，袖里的手更是白。管仲一即止住了声，心里却有千百句话要问。

那文士又镂刻了半晌，文静得就像他身上穿的熨平无褶的蓝袍一般。

管仲一的汗又一粒粒、一颗颗地冒了上来，遍布他的头顶发根、下颌胡髭上："大当家——"

蓝衣人扬了扬眉，左手轻轻地把印章放置木桌上，只见他的脸色在黝黯的光线里涂了一层白粉似的："你来了？"声音虚弱低沉，似断若续。

管仲一道："顾大当家，究竟发生了什么事？"

蓝衣人当然就是顾惜朝。他垂眸沉面低速地道："管大师，你真难得，我们的还恩令一下，你是第一个到。"

管仲一道："应该的，我欠下顾大当家的恩情，刀山火海，都要赶来……不知戚大寨主他——"

顾惜朝叹了一口气，把右手小雕刀徐徐贴近鼻前，凝神细看，一面说："你也欠下戚寨主的恩义是吧？"

管仲一颤声道："戚大寨主他，他——出事了？"

顾惜朝叹息，摇头，再看着自己的刻刀，就像一不小心就会把这珍贵的小刀弄折似的。

管仲一踏前两步，已到了顾惜朝桌前，双手紧抓桌沿，才控制得住心头的激动："他出了什么事？快说！"

顾惜朝喃喃地道："看来，在你心目中，他比我更重要了？"

管仲一一呆，没听清楚："什么？"倏地，双指一弹，顾惜朝手中的刀急电也似的飞射而出！

管仲一只觉心口一麻，背后一痛。

"夺"的一声，刀钉入背后隔七尺远的柱子之中。

刀柄兀自摇晃。

刀不沾血。

管仲一低头才蓦地发现自己的心口穿了一个洞，正在汨汨流血。

他才醒悟那一刀是自他身体穿过去的。

他念及此，双手用力抓住桌沿，以致那么坚固的上好檀木桌子，也发出裂裂之声，而桌上的文房四宝，也在震动中互相碰击着，他哆嗦着的声音，也在嘶响着："你……为什么……"

顾惜朝充满惋惜地看着他，遗憾地道："我也没有法子。"

管仲一哑声道："我是为报恩而回来的，你却——"语音骤然而止，喀喀两声，檀木给他抓裂两块，捏在手里，紧紧不放，人也"噗"地滑下，终于仆倒毙命。

顾惜朝犹自喃喃道："谁叫你的恩人不止一个呢？"他摇摇头又道，"我不杀你，又如何杀他？杀了他，岂不是要防着你报仇？我要他死，要他孤立无援，就必须要先杀你，再杀他。"

这时，那俊秀的汉子闪了进来，垂手而立。

顾惜朝目光也不抬，只淡淡地道："你师父死了。"

那俊秀的汉子道："他不是我的师父。"

顾惜朝道："哦？"

俊秀的汉子道："我是奉大当家之命拜他为师，学全了他的绝技后，好为大当家效命的。"他冷峻地道，"我跟他，只是一个任务要完成，全无师徒之情。"

顾惜朝道："这样最好。"微笑拍拍俊秀汉子的肩膀，道，"他驱飞禽走兽的绝活，你可学会了？"

俊秀的汉子恭声道："幸不辱命。"

顾惜朝微笑道："青出于蓝？"

俊秀的汉子目光闪动，道："他会的，我全会；我会的，他不会。"

顾惜朝笑道："好个霍乱步，不枉我栽培你的一番心血。"

俊秀汉子霍乱步道："冯乱虎、张乱法、宋乱水、霍乱步身受大当家深恩，当鞠躬尽瘁，死而后已。"

顾惜朝听了也没什么表情，只道："他日的富贵荣华，当与你们共用，不过，"他顿了一顿，眼中放出异彩，"当前之急，便是先杀戚少商。"

霍乱步道："大当家放心，都准备好了。"

顾惜朝剔一剔眉："我的安排？"

霍乱步答："一切无误。"

这时，帐篷之外忽传来响亮的语音："属下'铜组'张乱法，有事禀报。"

顾惜朝扬声道："进来。"

一名虎虎生风、凛然有威的汉子跨步走了进来，禀道："戚少商、劳穴光、阮明正、勾青峰已到山下了，正上山来。"

顾惜朝缓步过去，手徐按在木柱上的小刀，沉思一下，忽道："收拾掉管仲一尸首，记住，要一根头发都不留下。"说到这里，嗖地拔出小刀，刀滑入袖，瞬间不见，他斩钉截铁地道，"计划照样进行！"

他的计划有个非常简单的名字，就叫作：

"杀无赦"！

戚少商、劳穴光、阮明正、勾青峰他们进入帐篷的时候，帐篷内早已找不到一滴血。

帐篷内摆下了五张檀木大椅，顾惜朝起身，向四人揖道："大家辛苦了。"又道，"大哥请上座。"

戚少商道："还拘这俗礼干什么？二哥受伤了，要赶快救治才是。"

只见劳穴光一身是血，身上至少有七八处伤痕，最重的一处，是右臂至右胁，有一道深约四分、皮肉向两边翻起、可见模糊筋血，看来是给人用枪戟之类的长重兵器搠伤的。其余额发尽被火灼伤，伤得甚重。

顾惜朝惊道："二寨主受伤了？"

劳穴光脸目森冷，却脸不改容地道："皮外伤，不碍事的。只是那些狗强盗，一次比一次来得凶猛，借围剿我们连云寨之名，把这方圆数百里的七处村镇狂搜暴掠，打家劫舍、奸淫杀戮，无恶不作，事后统统赖在我们连云寨的账上，真是猪狗不如。"说着甚是悻然。

阮明正要劳穴光坐下，替他敷搽伤口，并用小刀把霉肉烂处，挑剜出来，劳穴光冷哼道："要不是戚大哥喝止，我一定冲下去跟他们厮拼个你死我活！"

戚少商道："劳二哥，您别动气，那干人是奸相傅宗书派来的，其中领头的两个将军，一个叫'神鸦将军'冷呼儿，一个叫'骆驼老爷'鲜于仇，这两人，不比上几次派来的庸官懦将，只要稍施法度就可以杀他个落花流水。"

阮明正道："他们是常山'九幽神君'的三徒及四徒，被傅宗书收揽过去，这次他们调兵遣将，倒是来势汹汹的……"

劳穴光冷哼道："怎么，来势汹咱就怕了么！"阮明正为他刮伤疗毒，他哼都不哼一声。

勾青峰身上也挂了彩，头上也有伤，不过伤得不似劳穴光，他外号人称"红袍绿发"，而今头发倒是一斑红、一斑绿的，血块子凝结下来，他亦不以为意，笑道："二寨主平日打雷都不开口，今日话倒是挺多的，这不是转死性是什么？"说罢自己哈哈大笑起来。

连云寨的弟兄自己开玩笑惯了，勾青峰虽是六寨主，说话不知检点，但大伙儿也不见怪。原来连云寨八位寨主：即是"虎啸鹰飞灵蛇剑"劳穴光、"赛诸葛"阮明正、"阵前风"穆鸠平、"千狼魔僧"管仲一、"红袍绿发"勾青峰、"金蛇枪"孟有威、

"双刃搜魂"马掌柜、"霸王棍"游天龙，声势已然甚壮，规模直追"武林四大世家"之"南寨"青天寨。

后来"九现神龙"戚少商独闯连云寨，以单手击败八大寨主，且连换八种完全不同的武功，令八名寨主为之折服，更佩服他的才智识见，拥他为大寨主，八大寨主才因而每人依次序降一级，连云寨的声势因而更为浩荡，早已超出南寨。

因在"毒手"一役中，连云寨众因保楚相玉，而与铁手、青天寨及沧州时震东的部属起冲突，八寨主"双刃搜魂"马掌柜因而丧生，连云寨寨主又回复到八人主政的局面。直至近年，戚少商效法自己加入连云寨之先例，唯才是用，拉拢了顾惜朝及其四名部下，同主连云寨，于是连云寨声威之壮，一时无两，各方英雄好汉，纷纷投靠，同时也引起官府的注意，数度围剿，都损兵折将，伤亡惨重，这一来，连朝廷也为之侧目，加派军队，暗遣高手，以平匪乱。

这些日子连番征战，劳穴光等人身心皆疲，不过这一众兄弟说笑惯了，自恃连云寨心齐力壮，固若金汤，也不当是一回事。

勾青峰这样说着时，阮明正便笑啐道："狗嘴长不出象牙！"

顾惜朝笑着接道："劳二哥真了不起，人说华佗替关云长刮骨疗毒，然查史实医者决非华佗，而今阮三哥替劳二哥刮骨疗伤，二哥脸不改容，三哥神医妙手，倒是真个让我们亲眼目睹，心折不已。"连云寨原就是劳穴光和阮明正一武一文所创立的，不管戚少商还是顾惜朝，言语间对他俩仍是十分尊重。

劳穴光冷冷地道："什么脸不改容！你看，大汗叠小汗的，脸都黑一块、白一块呢！"劳穴光这样一说，大家才发现他真的淌着冷汗，黝黑的脸膛也微微发白，不禁都笑了起来。

阮明正忍俊说："快好了，你且再忍一忍吧。"

第二回

大刺杀

这时，冯乱虎走进帐篷里来，手中捧着一个大盘子，盘子上，有一壶酒，五个酒杯。

顾惜朝徐立道："四位兄弟，这趟辛苦了，我来敬四位一杯。"

戚少商道："近来官兵攻势怪异，忽紧忽松，还是商量大计要紧；我们是下山决战，顾兄在此运筹帷幄，同样是在做事。这酒，慢喝不妨。"

顾惜朝长叹道："各位跟我义结为盟，情同手足，你们每次下山杀敌，军情紧急，兄弟我都心焦如焚，坐立不安，心想如果万一各位出事，我该当拼命赴死，也在所不惜，又恐迟缓片刻，营救无及，真如同水淹火煎，情急难耐……"他目中露出深厚的感情，"每次见各位哥哥能平安回来，兄弟的一颗心，才又转活过来了，魂魄也回来了，但总觉自己是作壁上观，深觉惭愧。"

戚少商紧握着顾惜朝的手，道："顾兄何出此言！您镇守山寨，身系一众弟兄家室安危，遣兵调将，更是身负重任，况且，前些时候，顾兄也屡领军杀敌，还乔装打扮，混入皇城，潜杀奸相，只惜功败垂成；但顾兄英雄肝胆，侠义千秋，兄弟我甚为佩服！您对我们情深义重，我们众家兄弟何尝不是悬念于您之安危，难以终寝！顾兄，咱们生死同心，您再说，就见外了。"

顾惜朝缓缓倒了几杯酒，道："无论如何，今次见各位兄弟回来，心里总是高兴，我来敬诸位一杯再说。"

劳穴光嘀咕道："刚说不见外，又来见外了，这敬酒嘛，算什么！要嘛，咱们一起对饮便是！"

阮明正道："二哥，您伤势重，不宜沾酒。"

劳穴光道："我一生大大小小伤一两百次，也没死得了，刀砍我都不怕，还怕酒不成！"

勾青峰道："顾当家的这杯，我们倒是该喝的，就别分谁敬谁了。"说着双手取了两杯酒，一递给戚少商，一递给劳穴光，随后自己拿了一杯。

顾惜朝自己拿了一杯酒，又把另一杯递给阮明正，阮明正笑道："管五弟回来了吧，怎不请他出来一起喝一杯？"

这轻描淡写的一句话，顾惜朝却如着雷击的心房一震，口里却道："要是管五弟回来就好了，大伙儿可以趁此聚一聚，唉，他独个儿跟'雷军'大员镇守南塘，日以继夜，可把这精壮的一条汉子苦瘦了。"一面打量阮明正的神色。

阮明正神色自若，淡淡地道："哦？"

顾惜明举酒道："我敬诸位。"

劳穴光举杯就喝，冷哼道："太客气就是废话！"

阮明正仍是阻拦道："二哥，你有伤在身，不宜多喝。"

劳穴光不听犹可，一听就仰脖子把酒喝完，道："有什么宜不宜的！只一杯，又不多喝！"

戚少商见劳穴光动了执拗脾性，微微一笑，跟勾青峰正要喝酒，阮明正道："喝不得！"

顾惜朝心道要糟，阮明正外号"赛诸葛"，心细如发，诡计多端，不知怎么的教他给瞧破了，但又自度毫无疏漏，心里正在七上八下时，脸上可淡定如斯，只见阮明正向他笑道："大当家的，我想，那莽烈鲁直的五弟还是来了，这样跟我们藏着玩，不如叫他出来一起饮一杯吧。这两个月来苦守南塘，我倒要看看他瘦了几两几斤！"

顾惜朝细瞧阮明正的神色举止，似并未发觉阴谋，只是断定管仲一已回寨内，他百思不得其解何以让阮明正瞧破，外表仍不动声色，笑道："你们都知道，五寨主的脾性，他说要躲一躲，给你们个惊喜，我且由他，却不知三寨主是如何看出来的？"

阮明正笑道："大当家的紫檀木桌，是上好的登城木，用刀砍也未必见功……"他没有往下说，人人的目光都集中在大桌前两处被抓裂的痕迹。

戚少商笑道："管五弟的'废神爪'功力又精进了。"

顾惜朝赔笑道："五弟素来心急，倒少来这一套，一定有什么喜讯，心情好，才会逗着咱们闹。"

勾青峰瞪着眼睛问："五哥呢？"顾惜朝道："三哥猜得对，他倒是立了大功回来了。"

阮明正道："什么大功？"

顾惜朝用手一比道："他杀了个恶名昭彰的狗官！"

阮明正喜道："难道是黄金鳞？"

顾惜朝道："三哥料事如神！"

阮明正不觉有些陶然，戚少商道："黄金鳞这恶贼把三县十六镇的人全迫得造反，连团练也给他逼得倒戈相向，而且是奸相傅宗书的跟前红人，专打小报告，诬陷毒害，无所不为，他升官后，同僚清正之士，不是惨死，就变成了祸害，都是此人一手造成的；人称为民当官者为'父母官'，百姓就给他取了个外号叫'无父母官'，其为人亦可想而知。"

他顿了顿又道："不过平日这黄金鳞为人奸似鬼，今番居然给五弟逮着，也真是报应！"

顾惜朝道："何止逮着，头也砍下来了。"

勾青峰拍手笑道："好五哥！"

阮明正道："却不知道五弟有没有向他审问清楚，朝廷军情如何？"

顾惜朝道："我叫他自己来跟你说吧。"随而向戚少商等道："三位请坐。"

劳穴光本来就坐下来了，只是阮明正、勾青峰和戚少商还站着。

勾青峰道："坐有什么好？我站着！待会儿管老五来，我还要跟他较量较量，就不信他武功进步到这个地步！"他在连云寨排行老六，跟管仲一刚好差一级，一直都不甚服气。

顾惜朝只笑道："你老是坐不住，也就罢了，但大哥三哥得要坐。"

戚少商道："好端端的坐着作甚？我又不累。"

顾惜朝道："五弟要把狗官首级，献给诸位哥哥。"

阮明正笑道："人头？我可没兴趣，大哥坐吧，我还要陪在这里看顾二哥。"

戚少商依言坐下。

霍乱步捧着一个大盘子，盘子上有只大锅罩着，走了进来。

勾青峰咋舌道："老五真的把狗官的人头烹来吃，我可没胃口！"

戚少商奇道："五弟呢？"

顾惜朝走近两步，道："他来了。"

戚少商道："在哪里？"

霍乱步突然掀开了锅盖。

里面的人头，赫然便是管仲一！

戚少商大吃一惊，倏地，椅上疾弹出几根钢片，紧紧箍住了他的身子，另外椅靠突出四柄锐刃，直弹刺戚少商背心！

戚少商大喝一声，内力运至背部，四柄刺中他背脊的利刃，一齐"崩崩崩崩"折断！

只是在这刹那间，顾惜朝已经出手！

他出手如风，身法如电！

他一掌击在戚少商胸膛上！

戚少商把内力全都集中在背后，震断利刃，胸前硬受顾惜朝一掌，一下子，五脏六腑似全都离了位，血气翻涌，自他眼、耳、口、鼻一齐溅涌而出！

戚少商眦眶欲裂，叫了一声："你——"血便自喉头激喷而出。

顾惜朝冷笑，正要劈第二掌，蓦觉手上一阵刺痛，连忙跳开，才发觉右腕已被对方内力反挫而脱臼。

他左手一搭右手关节处，"喀"的一声，手腕已被他接驳上来。

就在顾惜朝全力暗算戚少商的瞬息间，场中已发生了许多剧变！

就在戚少商被眼前景象震住之际，劳穴光、阮明正、勾青峰也同时怔住——不仅是因为震惊，同时也委实太过心痛和愤怒！

但在同一刹间，劳穴光的身子，也被椅上的机关扣住，椅背上四柄刀也疾刺而出！

不过阮明正却在劳穴光身旁！

他武功虽不高，才智却是高绝，反应更是一流。

他一掌劈在椅背上。

可惜他武功不高，这一掌未能将上好的紫檀木椅完全震碎，只震塌了一部分。

这时勾青峰的铁枷也已到了，"轰"的一声，把檀椅击裂。

劳穴光一跃而起，背上亮晃晃的插着两把利刃——阮明正那一掌只震毁了其中两刃的机关，另外两刃还是刺入劳穴光背里。

劳穴光大吼一声，但在同一瞬间，霍乱步手捧的锅里，蓬地洒喷出一蓬细如牛毛，蓝汪汪的细针，激射向众人。

阮明正掩护在劳穴光身前，一面扯他身退，一面用羽扇急拨，拨落细针，但手臂、腿上，已着了几枚，勾青峰狂吼一声，挥枷而上，拦在两人身前，他的铁枷大而沉厚，正好可以掩护。

他顾着掩护劳穴光与阮明正，没防着冯乱虎跐步而入，一剑斩了进来。

阮明正大喝："小心！"

勾青峰待要跳开，已着了一剑。

他们几人乍逢偷袭急变，惊怒交加，但一时尚未意会过来是自己兄弟出卖，且要加害，所以处处失着，他们平日坦荡心怀，视作手足，从没想到有一日会倒戈相向，兄弟阋墙，就连有"赛诸葛"之称的阮明正，也一样失算！

这时，霍乱步已抽出金鞭，冯乱虎也挺着铁剑，跃到顾惜朝左右。

阮明正只觉伤口发麻，怒叱道："你们——"

顾惜朝冷笑道："你们完了。"

阮明正怒叱，"为什么？"

顾惜朝回答更直接，道："朝廷招安，我们不能因为你们的私念，阻碍了大好前程！"

劳穴光气得血气上冲，大吼一声："叛徒！"这一声，宛若焦雷，他外号"虎啸鹰飞灵蛇剑"，曾跟南寨"青天寨"老寨主"三绝一声雷"伍刚中，先后比过内力、剑法、轻功，内功之高，远在勾青峰等人之上，他这运气一吼，连顾惜朝也愣了愣，像上天打了个霹雳，地上的人都有迅雷不及掩耳之震动。

劳穴光喝了一声，蓦地，自己抓紧了喉咙。

接着，他五官都溢出血来。

黑血。

他喝下去的酒毒，已然发作。

劳穴光嘶声惨嚎，像一盘火，正在他体内燃烧着，他倾尽鲜血，也无法将之熄灭。

顾惜朝笑了。

阮明正情急扶住劳穴光。

勾青峰抡枷冲向顾惜朝。

顾惜朝冷眼盯着他，只说了一声："开！"突地，帐篷下，劳、阮、勾三人所立足之处，裂开丈宽的一个大洞，里面黑漆一片，腥风扑鼻！

阮明正脚下骤然一空，不及应变，一齐往下落去，勾青峰正发力想冲过陷阱，顾惜朝淡定地遥发一掌，把勾青峰迫住，这一逼，使得勾青峰也往下坠去！

就在这时，那犹在椅上的戚少商突然一扬袖，袖子像一匹白绢似的舒卷了出去，长及丈外，同时卷住劳穴光、阮明正和勾青峰，用力一扯，扯了回来！

只是劳穴光已经中毒，正在扭动挣扎着，"啪啪"一阵连响，竟扯裂了衣袖，往下掉去。

衣袖一裂，劳穴光又是最靠内的一人，登时使阮明正、勾青峰顿失所依，往下掉去！

勾青峰狂喊一声："二哥！"

忽"蓬"的一声，戚少商的椅子，被震得四分五裂，戚少商哇地又吐一口血，长空掠起，一手抓住阮明正，一手揪住勾青峰衣领，险险落在陷阱边缘。

只是顾惜朝也无声无息地掠起，手里多了一柄五彩璀璨的小斧，一斧就砍中戚少商！

戚少商身受重伤，提着两人，又不能放，人才落地，只及一闪，银斧掠颊而过，砍在戚少商的左肩上！

顾惜朝的五色小斧，专破一切内家罡气，外家功力，这一斧，把戚少商的一只左手，剁了下来！

血光暴现，同时间，戚少商一脚踢中顾惜朝右腿胫骨，顾惜朝吃痛跳开，匆叫道："伏下！"

人随声倒，冯乱虎、霍乱步一齐趴下，帐篷大开，张乱法大喝一声，"射！"乱箭似雨，破弩震空，向戚少商、阮明正、勾青峰三人射到！

戚少商、阮明正、勾青峰三人既不能身退：退后是陷阱，前面是伏兵，根本无处可躲！

勾青峰怒吼一声，反冲上前去，挥舞铁枷，边嘶喊道："老三，你快护大哥，走！"喊到"走"字，已着了七八箭，但也挡得箭断矢折，杀出一条血路，直冲出帐篷之外！

帐篷外，埋伏好的杀手，早已一拥而上，勾青峰越战越勇，抖擞神威，打翻了七八人，身上又添了五六道血泉，兀自大喊道："快去找七弟九弟，替二哥报仇！"

第三回

杀无赦

他口中所谓"七弟"，即是"金蛇枪"孟有威，"九弟"则是"霸王棍"游天龙，这两人同属连云寨的老兄弟，勾青峰虽然身负重伤，但仍念念不忘这两位兄弟。

阮明正带着戚少商抢了出来，后面追着的是顾惜朝、冯乱虎和霍乱步。

戚少商神色惨白，已在半晕迷状态，每跑数步，大概因为震动的关系，嘴里、鼻里的血，就不住地淌下来，阮明正每冲出七八尺，就投过去关照的一眼，每看戚少商多一次，眼中的愤泪和怒火，就炽盛了一分。

他手里的飞刀不住飞出，顾惜朝空手接住，但冯乱虎和霍乱步各自伏避，与阮明正及戚少商的距离倒拉远了。

忽听一声怒吼，原来勾青峰见一包事物自寨栅上飞压而至，他连忙用铁枷一格，"啪"的一响，粉末飞扬，原来都是石灰，勾青峰铁枷宽厚，挡住大部分，但依然大半身子都被撒成灰白一片，部分石灰仍飘入眼里。

勾青峰以衣袖揩眼，腰下已被人一枪捥中。

勾青峰怒吼，一枷击断长枪，枷沿一撞，把那人下颔撞碎，但背后又吃一锏。

持铜的人惨呼倒下，背后中了阮明正的一记飞刀。

阮明正冲过去，扶住勾青峰。

顾惜朝等二十余人急剧掩来。

显然地，这二十来人中大部分都是顾惜朝引入寨里的，顾惜朝发动这场叛变，并非全寨都参与，反对的人想必不是分别被杀，或调到别处，不然就是被蒙在鼓里全不知情。

阮明正看清楚了这点，但他左手扶着戚少商，右手挽着勾青峰，已无法抵御那排山倒海势同疯虎的攻势。

勾青峰却勉力说了一句："老……七的帐篷……"

阮明正猛然省起，原来已近七寨主孟有威的"军机营"，当下飞退如矢，倒退入帐篷，一面嘶声喊："老七！"

却见帐篷里两个人一起掩近，阮明正喜道："老九也在，姓顾的——"话未说完，孟有威已一枪刺在勾青峰咽喉上，勾青峰却未防备，登时惨死。

说时迟，那时快，九寨主游天龙也一棍当头击下，阮明正也来不及闪躲，然而游天龙棍头一歪，只用棍梢扫及阮明正肩膀一下，一面疾声道："快逃！"

阮明正吃了这一下，也痛入心脾，但再也顾不及那么多，突然之间，直闯进去，自背面裂帐而出！

这时追兵四起，呐喊狂追，阮明正单人匹马，加上身受重伤的戚少商，断无生理，但他拖着戚少商，一力往劳穴光帐营跑去。

冯乱虎奇道："他去那儿干什么？"二寨主劳穴光已死，而他的帐营所处又是绝地，阮明正难道追疯了，往死路跑不成？

顾惜朝喝道："包围他，杀无赦，先不必靠得太近！"游天龙依言减缓了速度，孟有威却一力穷追。

游天龙一把拉住他，问："你那么拼命作啥？他们已穷途末路，逃不了的啦！"

孟有威气咻咻地道："你懂个屁！戚老大的武功盖世，阮老三的机智无双，万一让他们给逃出生天，你我只怕没个死处！"

游天龙脸色倏变，道："你没听见顾大当家说么，穷寇莫追，阮老三的飞刀，你不是没见识过的！"

孟有威闻言犹豫了一下，阮明正已跟戚少商冲入帐篷内。

阮明正一冲进去，反手射出三柄飞刀，把跟着冲进来的三人射倒，外面传来顾惜朝的吆喝之声，在喧哗混乱中清晰可闻。

很快地，敌人已把这帐篷包围得铁桶般严密。

阮明正急促地喘了一口气，伸手疾封了戚少商伤口旁几处穴道，替他敷上金创药止血，戚少商脸色透白，只喃喃地道："不要管我，你，快走……"

阮明正惨笑道："我走有什么用？大哥，你走才是。走得了，他日才能为众兄弟报仇！"说着边脱下戚少商外袍，穿在身上。

可惜戚少商神志已模糊，因为失血过多，神情十分迷茫，阮明正忽然掀开当中那面大桌遮地的绵绢，把戚少商推了进去。

戚少商迷糊中喃喃地道："我不去，我要杀……"

阮明正仍是把他推进去，然后撕下一角衣袂，蘸血疾写了几个字，递给戚少商，戚少商在桌底下只觉得袖子里面被塞入了几件东西，恍惚中只道："这是什么……"

阮明正反手又射出两柄飞刀，一人才闪了进来，便应声而倒，另一飞刀射空，人已闪了出去。

阮明正只觉全身已渐发麻，所中毒针的毒力已然发作，一咬牙，用力一踏椅脚，又把桌子由左至右地拧了三匝，只听一阵机关轧轧声响，这时又有两人闪了进来，阮明正一刀射倒了一个，另一人见同伴倒下，心惊胆战，阮明正正要掏刀，但镖囊已无刀。

阮明正心念电转，佯作拔刀，那人早已吓得屁滚尿流，也不知有无暗器，连滚带爬地逃了出去。

忽听一声闷哼，这人又回到了帐篷中，而且还是倒退回帐篷的，然后缓缓地仰天而倒，天灵盖上已印了一道斧痕。

只听帐篷外传来顾惜朝冷定的声言："谁退谁死，谁杀了里面的人，寨里当家有的是空缺！"

阮明正暗叹一口气，目光四处游睐了一下，帐篷里，勾起了许多当年兄弟们与劳穴光二寨主共处乐融融的情景。

阮明正想着念着，眼眶有些湿润起来，忽觉外面喧嚣声止，一个很有感情的语音道："戚兄、阮弟，躲在里面，也不是办法，出来吧。"

阮明正苦笑一下，顾惜朝等了一会，不闻回音，便道："你们不出来，我们可要进来了。"

阮明正深吸了一口气，道："顾大当家。"

顾惜朝"啊"了一声道："阮老三，你向来是聪明人，你现在弃暗投明，回头是岸，还来得及。"

阮明正道："你——"他沉吟了一下，道，"你说的话可当真？"

顾惜朝心里冷笑，聪明人果然都怕死！口里道："当然是真。"

阮明正道："我已制住大寨主的穴道了。"

顾惜朝笑道："那太好了，把他交出来吧。"

帐里静了一会儿。

顾惜朝心里暗骂：你出来不出来，都难逃一死，还迟疑有什么用？嘴里却道："阮三哥还不放心小弟，是不是？"

帐里传来阮明正的声音："我要是贸贸然出来，很容易给你们乱箭射死的，不如，你先进来，陪我一齐出去。"

阮明正说了这句话，人已退到一个花盆旁，把泥都掏了出来，那花盆的底子有一条横杆，阮明正咬着唇，五指紧紧扣住横杆，好半晌才传来顾惜明的语音道："好吧，不过，我走进来，你可要交出戚兄，也不要用飞刀射我，如何？"

阮明正冷笑道："大当家，凭你的盖世武功，还怕我这小小的几柄飞刀不成？"

只听帐外的顾惜朝哈哈一笑，步履声往帐篷直踏而来。

阮明正倾耳听着步履声，脸色青白。

"霍"的一声，帐篷掀开，一人踏步进来，骤然迫近阮明正。

阮明正悲愤地道："死吧——！"用力一拔横杆，"轰"的一声，偌大的一座帐篷，蓦地炸成千百碎片，连在帐篷外靠得较近的人，也被波及，或倒或仆，遍体鳞伤。

在帐篷里面的人，自然是无有幸免，炸得血肉模糊。

阮明正是本着一死之心，与顾惜朝拼个玉石俱焚的。

可惜顾惜朝并没有死。

他派了张乱法进去。

跟阮明正一齐炸死的是张乱法。

这连顾惜朝自己也捏了一把汗。

连他也没有料到阮明正竟一早便在劳穴光帐营里预伏下炸药。

顾惜朝站在一大堆碎物之前，摇首太息道："阮老三真是个人才。"

当徒众找到现场的骨骸已血肉模糊不堪辨认之际，顾惜朝脸色凝重，下令搜寻衣服及兵器碎片。

劳穴光的营帐内有很多衣物，还有几个闯入帐营叛徒的尸身，这一炸，也炸得破碎飞扬，冯乱虎及霍乱步好不容易才清理出一个头绪来。

"至少有五具以上的死尸。"霍乱步这样地向顾惜朝报告。

"五具以上？"

"五具以上。"

"可认得出是谁？"

"支离破碎，残缺不全，已无法辨认了。"

顾惜朝的脸色开始沉了，"衣服呢？"

"戚少商、阮明正、张乱法身上穿的，都在。"

"兵器呢？"

"有飞刀、银枪、大环刀、狼牙棒……"

"有没有'青龙剑'？"戚少商素来惯用一把淡青色的长剑，这柄剑是上古精英、名师殉身所铸，非同等闲，这炸药再强，也未必能对之有所损毁。

"这……"

"再找！"顾惜朝断然发出这样一声号令。

只是"再找"的结果仍是："没有。"

顾惜朝脸色铁青，喃喃地道："只怕戚少商仍然未死。"

冯乱虎道："不会吧，这样强的炸药，铁铸的也得震得骨肉支离，怎能不死？"

霍乱步道："我们重重包围，戚少商也绝无可能逃离现场。"

顾惜朝冷哼道："我一日未见戚少商的尸首，一日也不能安心，你们去把所有的碎尸拼合起来！"

顾惜朝这一个命令，使得在场的四十八名连云寨的叛徒，忙到了次日早上。

他们把一切碎肉、散骨收拾重新拼凑，结果令顾惜朝更为震怒。

没有任何一块肉骨证明跟戚少商有关。

顾惜朝狠狠地一脚，把其中一具辛苦拼凑起来的尸首踢得散飞，怒道："天涯海角，也要把戚少商的狗命追回来！"

游天龙期期艾艾地道："顾大哥，戚少商纵然不死，也吃了你的'玉碎掌'，不可能再动武了，加上他一臂已断——"

冯乱虎接道："看来，这头老虎又老又病，没牙没爪的，已不足为患了。"

顾惜朝："要是别人，不足为患，但他是戚少商——"

他长叹道："斩草不除根，春风吹又生！"

霍乱步道："就算给他逃得出山寨，宋二师弟也守在山下要道，戚少商是逃不了的！"

这时顾惜朝才有了一点笑容，道："就算宋乱水逮他不着，有息大娘在的一天，他也插翅难飞！"

宋乱水本来就把守山下，以戚少商身负重伤，只要给宋乱水遇上，绝对活不了。

孟有威这时入禀道："报告大当家，鲜于大将军和冷二将军正上山来了。"

顾惜朝沉吟了一下，道："戚少商可能逃脱一事，先不要张扬，但你们要四出追查。"他顿了一顿，又道："另外，设法让息大娘知道戚少商已穷途末路的消息！"

孟有威、游天龙、霍乱步及冯乱虎精神抖擞，齐声应道："是！"

顾惜朝这才扬声道："快请两位将军！嘱众兄弟列队相迎！"

一朝天子一朝臣，连云寨本来是抗暴拒强，与官兵对垒之大本营，而今，竟卑躬礼敬、恭顺迎迓出了名心狠手辣的官兵趾高气扬地打道上山来。

戚少商要是知道，一定气得吐血。

戚少商是在吐血。

他没有走。顾惜朝万未料到，他就在那爆炸之处的数十尺地底下，被一口木桶垂入深井，他只觉得一直坠落下去，上不着天、下不着地，无处着力，但他心里那一团燃烧的火，仍是不终不熄。

他心里只在反复地想着：是我把顾惜朝引进连云寨的。可是，他害死了一众兄弟，也就是等于我害死的，是我害死他们的……！

他觉得胸臆似在燃烧着什么，狂喊道："是我害死的，是我害死的……"声音在深井中回荡着，一句接着一句，久久不息。

这深井直垂入地，再横通向后山，以山下为出口，本是在戚少商都还未加入连云寨之前，阮明正在当时大寨主劳穴光的帐营里开一隧道，以备万一之需；唯自从戚少商入主连云寨，声势浩大，从无兵败之虞，近年又加入顾惜朝，声势更一时无两，但阮明正心机深沉，把此隧道之事绝口不提。

故此，戚少商喊得再大声，一样传不到地面上。

一直过了好久，戚少商才从晕迷的噩梦中惊醒。

他惊醒的第一个想法是：梦！

他希望是梦，如果只是噩梦，那再恶的梦，一旦梦醒，一切便都过去了！

只是他很快地发现不是梦，虽然这深沉幽异的环境像梦境一样，但他少掉了一只臂膀，那全是真的！

断臂之痛和被出卖的痛苦，以及一众兄弟惨死之痛，深深地灼烧着戚少商的心！

如果他的功力不是如此深厚，挨了顾惜朝的一记"玉碎掌"，早就五脏离位毙命当堂。

戚少商虽然能保住不死，但元气已所剩无几，加上断臂重创，在这不见天日、不着天地的大木桶里，就像地狱里的煎熬一般，求生不得，求死不能。

不过，戚少商很快地就发现桶里有火折子、干粮，还有地图等，火折子是可以在这暗无天日的地方发光点火，干粮可以充饥，地图更有指示出路，幽森的甬道壁上还涓涓滴着泉水。

戚少商又发现阮明正推他入桌底下时塞入他袖里的东西。

他点起一支火折子，才发现那是一封血书，草草歪歪地写着几个字：

"大哥，你不能死，找四弟，替我们报仇。"

他把纸条紧紧地捏在手心里。阮老三把他塞入桌底甬道木桶的时候，还塞给他这样一封血书，之后，他只觉自己迅速沉了下去，然后是一声惊天动地的大爆炸，自上传来，碎石残砾，刚好封锁了甬道入口，随即黑沉一片。

然而阮老三濒死一击前，仍念念不忘四弟，要他报仇。他突然明白了阮明正的意思：怕他轻生，故晓以大义，要他活下去！

"老四"是"阵前风"穆鸠平，英勇善战，豪气干云，可是，他被顾惜朝收买了没有？会不会像孟有威、游天龙一样，在生死关头的时候来个阵前倒戈？

至于自己，挨了顾惜朝这一掌，纵复元得了，内力也至多只剩一半，加上一臂已断，武功方面也弱了三分之一，他这一身残破之躯，仅有的三成武功，怎图复仇？怎能挽救连云寨的危难？

连云寨的老兄弟死的死，叛的叛，是不争之事实。戚少商感到自己的事业，已一败涂地，无可收拾，在黑暗里，他只是为了一封血书，一个临死前的兄弟对他的期盼而活着。

第四回

古道

烈日下，他所追踪的那五个人，已经越来越近了。

这五个人，一直在逃亡着，后来发现有人正在追踪他们，他们就逃得更急了。

这五个人，都是武林中的狠辣角色，一名善于谋略，一名武功奇强，一名精于暗杀，一名善于易容，一名满身暗器，这五个人合起来，江湖上只怕没什么人能惹得起。

只是这五个人，却给一个人追踪得狼狈不堪。

当这五人发现有人跟踪他们的时候，曾布下陷阱，意图杀掉来人，但是当他们发现来者何人后，除了一个"逃"字，再也不敢做任何事。

不过逃也没有用，他已经"追"上来了。

这五人用尽千方百计，甚至用大量的金钱，来驱使一班贫民也佯作逃亡，来分散追踪者的注意力；曾唆教另一匪人马，在邻村抢劫来引使追踪者转移目标；也曾暗施偷袭，买舟出海，骑马长驱，上山入林，全程共达八百里，来躲避追踪；更会利用飞沙飓风，地理天时，黉夜赶路，但一样都没有发生效用——除了那一匪人马全被"追踪者"绳之于法之外。

这五人情知不妙，心道糟糕，这次来的人，不是那以追踪术名闻天下的"四大名捕"之追命，还会是谁？

可是这五个逃亡者没有弄清楚，制伏那一干匪徒的人，名捕虽是名捕，但用的不是一双腿，而是一双手。

追命是以一双腿名满天下的。

铁手对自己的追踪术很不满意。

他知道要是换作追命，这五个人早就逮住了。

不过，他此际已相当追近那五个人了。

那五个人，他一个都不认得，可是，这件案子，是他一个至亲的师弟——冷血——带着伤嘱咐他一定要承办的：

"这五个人，先出卖了待他们最至诚至义的大哥，使得他性情大变，为害江湖，而这五人仍怙恶不悛，作恶多端，有一次，落在我手里，但'捕王'李玄衣要我网开一面，我还愚昧不堪，劝他们改过自新，没想到他们非但没有改过知悔，还把他们大哥的独门绝艺夺得，并加以杀害……他们的大哥便是'白发狂人'聂千愁，对我有救命之恩，而我劝这些兔崽子回到聂千愁身边，等于是我害了他……这些不仁不义的小人，是非杀不可的——"

"二师兄，我有伤在身，不一定能追得着他们；追命三师兄可能已跟大师兄上了金印寺，我只有求你；你一向较温和仁厚，不过对这五人，你千万饶不得。"

"这五个恶贼，见着了，杀了就是了，连见官都是多余的，其中王命君也当过官，要是抓进衙里，官官相护，又给他逃脱了，那就不值了——"

冷血很少求人。

铁手有力地点头。

就算冷血不求，铁手也会答允的。

铁手虽没有见过他所追捕的五人形貌，但他们的名字，他却是铭心刻记的：

"师爷"王命君。

"刺猬"张丽眠。

"百变"秦独。

"必死"楼大恐。

"笑杀"彭七勒。

王命君、张丽眠、秦独、楼大恐、彭七勒等人原本在跟随聂千愁之时，都有极好的名声，但在他们卖友求荣、率性妄为之后，江湖上人对他们的声誉，自然也就一落千丈。

所以这五个人，才投靠官府，希望能借官家的威望，来提高自己的声势，可是冷血在"骷髅画"一案里，粉碎了他们的上司鲁问张、靠山李鳄泪，致使这五个顿失所恃的恶棍，只好亡命天涯。

他们被追得实在太急了，衣衫给汗水湿透，又饥又渴，但饥寒的不敢去打劫，好色的不敢去采花，他们只怕留下一点点的破绽，就给四大名捕逮着；这段日子虽不是很长的时间，但要这五人不敢率意淫乐，不断逃亡，狼狈一至于斯，在他们而言，已经难受透顶了。

他们聚在山林里，燃着篝火，不禁互相埋怨起来：

秦独说："我都说了，聂大哥我们是不该杀的，杀了他，冷血不会放过我们的。"

王命君说："冷血不放过我们，那么，四大名捕都不会放过我们的。"

秦独道："都是彭七勒，一定要杀聂大哥，这次可糟了！"

彭七勒冷哼道："你以为我们不杀聂大哥，四大名捕就会放过咱们么？"

张丽眠道："杀了聂大哥，咱们至少还有三宝葫芦！"

王命君道："得了三宝葫芦又有什么用，以咱们的功力，使来可不够火候！"

张丽眠道："那总好过没有。"

王命君道："只是为了三宝葫芦，咱们值得吗——？"

楼大恐道："王师爷足智多谋，多计的人总是胆小，这句话一点也不错。"

王命君苦笑道："错与不错，已不重要，重要的是，咱们这样逃，也不是办法！"

突然树林子里扑扑几声轻响，楼大恐和张丽眠一个出掌一个捞起一把沙子，扑灭了火焰。

王命君身子一伏，缩在黯影里。彭七勒飞掠上树。秦独抓着十七枚暗器，随时准备发射。

只听"呱呱"地叫了两声，一只不知是什么的大鸟，扑动大翅，越过树梢，飞空而去。

彭七勒跳下地面上，众人都舒了一口气。

"不是办法，"张丽眠懊恼地道，"这样子的确不是办法！"

秦独道："不是办法又怎样？难道我们能去把他干掉不成？"

"为什么不可以？"楼大恐道，"他一个人，咱们五个人。"

张丽眠兴致勃勃地问："怎么下手？"

大家望向蹲在黑暗里沉思的王命君。

古道上。

铁手大步踏着，胸吸迎面的烈风，顶上烈阳猛照，这两种烈在一起，变成人像浮着似的，既不觉日烈，也不觉风大。

万山苍翠。

道上尘埃微扬。

山坳道上，有一对夫妇，正扶持走来。男的苍朴老实，女的已腹大便便，走动时抚腹有痛楚之色。

铁手忽觉得古道上一对夫妇相伴相依地走过，是一件非常"个中有真意，欲辩已忘言"的事。

铁手想起自己到如今仍是孑然一身，又念及小珍，心头上如饮醇酒，不觉嘴角微微笑了开来。

那对夫妇见四周无人，以为是向他们招呼，便也向他微笑一下。

铁手推了推头上的马连坡大草帽，笑道："热呵？"

那男的正待要应，忽听那女的抚腹呻吟了起来，满脸痛苦之色。

那男的慌忙扶持，既焦急又仓皇，关切地问："怎么了？你……？"

女的只是呻吟做不得声。

铁手忙趋前俯视道："要临盆了吧？"

男的跺足急煞："糟啦，这地方离市镇还远，倒回去也来不及了，怎么偏选上……真是！"

铁手笑道："这事怎估计得着？让我背她下山找产婆再说。"

男的感激地道："这位大哥，真是好心……"

铁手道："别说这些了。"一面背起那女人，另外那手牵住男的臂膀，道："咱们这就赶去吧。"

那女人骑在铁手的背上，突然之间，做了一件甚是奇特的事。

她用手往自己腹上一掀，衣裙掀起，露出来的不是肚皮，而是一只类似筲箕的铁筛。

筲箕弹开，里面有上百个小孔。

在同一刹间，至少射出八百件小型暗器。

如果这些暗器全打在铁手的背上，铁手的背部必定成了"刺猬"。

同时间，那男的腾出一只空手，掌里已多了一柄蓝光闪闪的利刃，往铁手胁下就刺。

这两个变化都十分突兀，铁手根本没有办法避躲。

可是铁手就在这生死一发间做了一件事。

他突然身子一长。

他这身子一长也没什么，只是像一个本来躬着背的人忽然站直了身子而已。

但他这个动作，使得他背上的女人，钳骑不稳，蓬地摔跌下地，那些暗器，登时打了个空，有的射上半天空，再急坠下来；有的发射时受了震荡，倒射回筲箕里去。

铁手在身形一长之际，顺便把手一提，这一提即是把那男子一抛，往后面抛去。

这时，铁手的背后全是射空的暗器。

那男子惨嚎一声，跌下去时刚好压在那女子的身上。

那女子跌地时，裙子刚好盖住了脸孔，以致对有些坠落下来的暗器、扑下来的男子，都无法闪避，更不用说装在肚子上筲箕里的暗器回射了。

那男子的一刀，在趴落地面时正好在她手臂戳了一下。

那女子宛似未觉。

这一刀之毒，连痛的感觉都失去了。

而那男子此时也被射成了"刺猬"。

男的立即毙命，女的却未马上死去。

她挣扎、呻吟道："铁手……你……怎知……?"

铁手摇首道："你们太小心了，也太大意了。普通人家见着陌生人，就算微笑招呼，男的虽有可能，女的还在腹痛，怎么可能跟外人随便攀谈呢？另外，我要背你下山，秦独居然完全放心，任由他的妻子给陌生人来背，而又不问我脚程快慢，分明是把我当作有武功的人……"

那女的眼睛已开始转蓝，就跟刚才"百变"秦独所握的匕首一般的蓝。

铁手叹道："张丽眠，我本来只想把你们逮捕，不想杀死你们，无奈你们下手太毒了，结果自己杀死自己……你别看那两个疏忽并不重要，但只要有疏失，就会叫人生疑，一旦生疑，就会加以防范注意，这一来，你们的出手，尽在我眼中，我便可以轻易地制敌机先了。"

张丽眠惨笑，笑容难分哭笑，然后脸上的肌肉也完全僵化了，她吃力地道："你别……得意……我们的……人……"就再也发不出声音了。

铁手望着她，沉重地道："我知道还有王命君、楼大恐和彭七勒，不过，他们既然只遣你们两人来送死，根本就不会有为你们报仇的意思。可是，那三人，逃不了的。"

说到这里，张丽眠的眼睛已完全变蓝，连眼白、唇色也完全呈现一片蓝色，人也失去了生命。

铁手喃喃自语道："王命君派两个人来送死，分薄了自己的实力，却是为何呢？难道……"他一笑道，"要是追命在，只要他用鼻子一嗅，什么疑难都不解自开了。"

他埋掉了两人的尸体走下山来，一路上密林间闪烁着隐约的灯火，已经开始暮晚了。

铁手下到平地的时候，天色已晚，远处苍宏的塔影，映着几只归鸟盘旋，天边残霞乱红，很有一种凄凉的况味。

他心里浮现了几句前人的诗词，心中更加有一种凄落的感觉，想起从前自少年的时候，总爱写诗填词，日落西山的时候上荒漠的山头，残月晓风之时到舟上听钟，那时候简直是一种享受，就算连伤感也是佯作或强作出来的。

而今，人仅中年，却已怕见残景。

只有念着清美秀丽的小珍，才能驱除心里那种来自风景凋零的悲哀。

铁手摇首自嘲地道："老了么……？"蓦地，树丛里，"霍"的一响。

接着下去，是数下连响，响得很轻，但很快，一下子，已沿着石塔的方向去了。

铁手心中暗忖：来了，而且这次不止一人。他冷然拨开灌木丛，以一座山似的气概，向前移动。

跟着他听到有一些虫豸的叫声，以及蛙鸣，铁手江湖经验极为丰足，他马上判别出来，那是道上的人联络的讯号。

看来，来的人还不少呢！铁手刚想及此点，倏地，背后一声春雷般的怒吼："王八羔子，看大爷收拾你！"

铁手霍然回身，一看，只看见那人的胸膛！

其实铁手身形已算高大，但跟这暗里的人一比，简直如同枝干之别，这人是高逾七尺。黑暗中，只见他黑头黑脸，黑盔黑甲，下颌一大蓬黑草似的东西，大概是黑髭，这雷霆般的一喝后，手中持一支丈八长矛，已当头砸落！

　　换作常人，这一矛早已将对手打得脑浆迸溅，命丧当堂，但铁手临危不乱，双手一合，已抓住长矛，只觉脚下一沉，双足已陷地三寸，心中悚然一惊：哪来一个天生神力的汉子！

　　忽觉眼前这一幕非常熟悉，不知何时曾经发生过，心中不禁闪过一阵疑云。

第五回

朋友

那人一矛取不下铁手，也自吃一惊，自是始料不及，连忙用力一扯，更不料对方如入土七十尺一般，这一下他可以把一棵小树连根拔起，却扯不动眼前这人分毫。

便在此时，铁手只觉背后有五六道急风劈至！

铁手只有松手。

他一松手，那巨汉的矛便已抽回。

可是在同时间，铁手的双手已夺下了三把刀、两柄剑、一支枪。

来袭的人惊呼、怒喝，可是没有一人退后。

铁手正待发话，那巨汉又一矛当胸刺到！

铁手左手一刀，有心一挫那人锐气，竟以单手握住长矛。

那巨汉长矛被握，既刺不出去，但抽回也无法，怒意攻心，大喝一声，竟把铁手自长矛上提了起来！

唯铁手仍以单手扣住矛首，无论巨汉怎么狂挥乱舞，他仍黏在矛上不放。

那巨汉身上似乎受了颇重的伤，以致他用力挥动长矛时，伤口不住迸裂，涌出了大量的血。

铁手正要喝问，那巨汉狂吼一声，手中长矛，脱手飞出！

巨矛破空而过，直射石塔！

铁手左手仍握着矛尖，护胸而持，这一捺之力，势必会把铁手贯胸钉入石塔壁上不可！

长矛发出划空尖啸，在残霞里黑龙般一闪而过，"嘣"的一声，已钉入第三层塔壁上，破壁而入！

就在矛尖要触及塔壁的电光火石之间，铁手已松了手，滑落下来。

他一到地，只觉着地甚轻，原来踏着了一个人体，地上的人已没了声息，看来可能是个死人，铁手心里一凛，暗念："对不起，失礼失礼。"

忽听背后有人冷哼一声，铁手倏地回首，就发觉石塔墙下，有一双眼睛，犹如受伤的狼，发出孤愤锐利、寂寞不平的暗光。

那石塔第三层刚刚因飞矛而裂陷了一大片，碎砖石灰仍不住簌簌而落，打在这人的身上，这人背贴塔角，一动也不动，只用一双熠熠的眼神，望定铁手。

铁手心念电转：怎么有这般一双寒目！只听灌木丛中那巨汉吆喝道："快，别让那厮缠上大哥！"

只听七八声应道："是！"刀风虎虎，直砍灌木，自四面掩来。

铁手心知有异，无论看这干人的行动举止，都不似自己所要追捕的三个人，当下沉声喝道："你们是谁？"

他这一扬声，那黑脸巨汉已扑了过来，咆哮道："狗贼，你这是明知故问！"

铁手身形疾闪，利用天黑，让巨汉扑了一个空，正待发话，忽听四面八方，传来呐喊之声：

"他们在这里！"

"不要让叛贼跑了！"

跟着下来，灌木丛中不断传来兵刃相碰之声，巨汉凄厉地呼道："拦住他们！"双拳呼呼，痛击铁手，直把铁手当作是不共戴天、十冤九仇的死敌！

铁手一面闪躲，并不还手，心里渐而明白，忖道：糟了，看来这是两帮械斗，自己无端被卷入输的一帮里，替对方的敌人开了路。

铁手一念及此，便想快快突围，脱离这是非之地再说，但巨汉的拳猛力威，连铁手屡次想开口说话，都被劲风逼得说不出话来，又不想下手伤人，一时也无法可施。

这时惨呼四起，这一干人似勇猛抵抗，阻挡掩杀过来的敌人，互有伤亡，但只闻马蹄纷沓，杀声四起，来敌似越来越多，至少是这干人的三十倍之众，这干人渐抵挡不住，死的死，伤的伤，但剩下的仍负隅苦战，竭力顽抗，既不降，也不退。

只听四周有人大声呼道："降者不杀！降者不杀！骆驼老爷有令，降者不杀！"不管他们怎么呼叫，苦守的人仍宁死不降，不过在军马冲杀下，防卫圈已渐渐缩小，绕石塔一圈，目的明而显之是为了掩护石塔下的人。

铁手见几乎每一回合都有一名苦守的汉子浴血倒下，来人恃着人多，虽伤亡更巨，但已占尽上风，对苦守者任加杀戮。铁手一生尽历大浪大风，亦鲜见如此英勇的战士，所以便突然跳出战圈。

那巨汉恨极铁手，跳过去，一拳打中铁手胸膛，铁手借此扬气开声："住手！"他硬受一拳，借力开声，那大山也似的巨汉给他语音一震，竟一跤坐倒！

蓦地衣袂一闪，那石塔下的人，已拦身在铁手与巨汉之间，那人低沉地向巨汉喝了一声："快带兄弟们退！"这才说了一句，手中已对铁手攻了五招，五招里，竟夹有"白鹤门"的"金风切"、"天山派"的"雪花弹指"、"龙门九吞"之"滚龙肘"、"南螳螂"之"挡车闩"、"唯我派"之"一得拳"，而"一得拳"中隐带"少林神拳"之拳势，"金风切"里微带"天羽派"之"九弧震日"巧劲，这五招七式，全是不同门派之奇技杂学，铁手见招拆招，遇招解招，到末了以无招破有招，破了这五招，才知道自己已退了三步，对方连脸孔都还未看清楚，只知道他仅以右手出袭！

地上的巨汉一跃而起，大声道："我不走！谁也不走！"

那人似力不从心，长吸一口气，叱道："一起死，又有何用？"这七个字说完，人已飞掠而起，居高临下，铁手失声叫道："好个'一飞冲天'！"

话未说完，对方手中一振，青光锐射，一招"一落千丈"，当头刺下！

铁手蓦地升起了一种感觉。

一种极端熟悉的感觉。

但高手彼此间过招，迅若惊鸿，铁手这一怔之间再闪，避得虽快，但头上的大帽已被切落！

这人一剑削下铁手的大草帽，心中也生起了一种故人的感觉，仿佛回到昔日连云寨人强马壮的时候，他与"北城"舞阳城主周白宇决一胜负之际，他亦曾以这招抛下对手的头上方巾。

铁手正张口欲呼，忽见半空中的身形，一只衣袖空荡荡的，身形甚是孤寞，跟那故人的雄姿英发大不相同，正转念间，这人剑势向左右一拨，先截断了铁手的进退闪躲路向，正是"天心派"的"一心无二"，接着下来似是随手一剑，向铁手当胸刺到！

铁手知道这看似随意的一剑，便是"天山派"的名招"一意孤行"，这"一心无二"和"一意孤行"两招出处完全不同，但这人使来一气呵成、妙浑天成而无瑕可袭，铁手再无怀疑，一招"两不相忘"反攻过去，一面欣然大叫道："是你！"

铁手这一招"两不相忘"是"铁板门"的奇技，险中抢攻，专破外家兵器，而且半步不让；这门武功若手中无二十年以上铁砂掌功力是根本不能使的，否则使来双掌也必为对方兵器所伤，但这在铁手而言，易如反掌。

这人一见这招，昔日情景，尽涌心头，剑光一折，斜冲外跃，正是"雪山派"的"一泻千里"。这人剑光一收，喜叫了一声："是你——"语音未完，人已一抖，若非长剑支撑身子，早已扑跌地上。

铁手忙过去相扶，巨汉怒吼，挥拳要打，这时四周火把尽亮，人声号啕地叫嚷："捉拿匪贼！捉拿匪贼！"火光映在铁手脸上，巨汉看得一愕，失声道："铁二爷！"

铁手一见这人，也觉得热血沸腾，叫道："穆鸠平！"在火光中，只见戚少商满身浴血，衣衫碎烂，神情憔悴，发梢、衣上、鬓边都沾着泥草，尤其一只左手，更是齐肩断去，铁手忆起当年虎尾溪为追捕楚相玉，跟连云寨好汉的连番苦拼，以及戚少商的风采神态，不禁百感从生。

铁手正待要问，穆鸠平忽退了一步，悲愤地道："铁二爷，你也来抓我们——！"

铁手见这铁铸一般的好汉，而今身上也血渍斑斑，满眼红丝，跟当年阵前豪勇、虽死无惧的情形大不相同，当下便长叹道："穆四寨主——"

只听戚少商惨笑一声，道："也罢。要是你来抓我，我这颗项上人头，送给你也不枉费！"

铁手怫然道："戚兄，你也说这样的话，可把我姓铁的小觑了！"

铁手反身大喝一声："住手！"这一声是运气而发，像一枚炮弹在众人耳边震炸似的，全部人皆为之一怔，停下手来。

戚少商勉强提气呼了一句："回来！"忽地咳嗽起来。这一干苦守的战士，全退至戚少商和穆鸠平身边，团团围成一圈，约莫只剩下十七八人，个个都筋疲力尽，身上带伤，衣不蔽体，但却都战志高昂，脸上都有一种"士可杀，不可辱"的决心。

一时间，除了包围的近百支火把"噼啪"燃烧之声响外，再无其他的声音。

铁手问戚少商："怎么回事？"

戚少商凝视了铁手一会儿，问："你不是跟他们一起来的？"

铁手突然问："你是戚少商？"

戚少商一愕，道："你不认识我了？"

铁手道："当年我认识的戚少商，不是这个样子的！"

戚少商惨笑道："当年你只跟我打过一仗，我们也不算相熟，我本来就是这个样子的。"

铁手大声道："哈哈。"

戚少商扬眉道："你笑什么？"语音强抑着愤怒。

铁手道："我笑你。"

戚少商道："有什么可笑！"

铁手道："你说了一句连你自己都不相信的话。"

戚少商待想驳些什么，忽然觉得热血沸腾，眼中的冷狠之色，骤然炽烈起来。

穆鸠平听不懂，以为铁手在讥讽戚少商，怒叱道："你懂个屁！连云寨上，顾惜朝连同老七老九叛变，劳二哥、阮三哥、管五弟、勾六弟全部惨死，天可怜见，让我跟戚大哥相见，这干贼子却带狗官的人马，一路追杀，大哥断臂伤重，对你们这种卖友求荣的东西自然深恶痛绝——"

戚少商叱道："住口！"

铁手回首反身，朗声道："谁是你们的领头？"他高大的身影被火把映得像一座金漆的巨像。

只见两排火把让出一条路来，一个将军，下颌黄色苍须，穿金黄盔甲，却是骑在一头似驴似马又似骆驼的动物上，下巴也是挂满了黄色茎状的长须，冷沉地道："是我。"

铁手知道这人的来头，但也丝毫不惧，道："拜见'骆驼老爷'。"

鲜于仇道："铁二捕头，不必多礼。"

铁手道："因何事要捉拿这些人？"

鲜于仇道："铁兄多此一问，这干叛贼匪寇，人人得而诛之。"

铁手道："他们素来劫富济贫，为民除害，不能算是匪寇。"

鲜于仇也不动怒，道："他们是不是盗匪，先拿回去，刑部自然会审。"

铁手道："他们既非流匪，便不能拿！"

鲜于仇仍不动如山地道："我们是奉命行事，不能违抗旨意。"

铁手道："如果将军一定要拿，铁某愿以身代，任何责任，铁某一力承担。"

鲜于仇脸不改色，只道："我们不能纵贼行凶，放虎归山，朝廷归咎起来，我们也一样有罪。"

铁手道："将军——"

忽听一人怒叱道："铁手，你算是什么东西，这天大的重责，你承担得起？"

铁手反身，只见石塔之后的包围网，出现了一个人，这人穿黑色盔甲，红色披肩，战马神骏，但他却不是骑在马上，而是站立在马背上的。

"大将军跟你说话，是给诸葛先生面子，你可不要给脸不要脸。"

铁手也不生气，转身拱手道："'神鸦将军'。"

冷呼儿鼻子里哼了一声，也不答话。

戚少商忽道："铁手，我们原本就是敌人，这件事，不关你的事，你自便吧！"

铁手看着他，满眼暖意："戚兄，原来你没变。"

戚少商的语音已经颤抖，只尖声叫道："滚！不然我一剑杀了你！"他身遭重围，脸不改容，而今却浮躁了起来。

铁手笑道："你杀吧。"

戚少商当然拿起了剑，一剑刺出，剑在铁手咽喉停住，他的手紧紧地握住剑锷，以致手筋贲露，额边的青筋也突突地跳动着。

铁手连眼也不眨，道："请。"

戚少商用一种近乎哀求的声音道："你走吧。"

铁手一字一句地道："你既然杀不下手，那我就告诉你：我们第一次见面，是敌人；从此之后，我们是朋友。"

他重复了一句："永远是朋友。"戚少商听到了最后这一句，好像当胸给人打了一拳似的，过去的有因兄弟朋友的出卖而失去了的信念，而今都一一回复。

擒王

冷呼儿冷笑道："铁手，你疯了。"

铁手长吸一口气，道："我没有疯。"

冷呼儿用一种几乎是喊的语音道："你忘了，你是个捕快！"

铁手道："我是个捕快，只抓坏人，不冤枉好人。"

冷呼儿几乎气炸了肺："你说我们冤枉好人？"

铁手道："这方圆五百里之内，随便找个人来问问，看他们当连云寨的朋友是奸恶土匪，还是英雄侠士！"

冷呼儿气得一时说不出话来。

鲜于仇声调冷沉地道："铁兄，听说你是武林四大名捕里，最冷静谦和的一位？"

铁手道："也是最没本事的一个。"

鲜于仇道："你内功深厚，足智多谋，原本有大好前途，为几个山贼而自毁前途，非但不智，且有辱诸葛先生的声誉，更有失'名捕'之职。"

铁手哈哈一笑，把身上的捕衙服饰除了下来，向戚少商笑道："现下我体会到什么是'无官一身轻'的滋味了。"

鲜于仇忍不住冷哼道："我倒看不出有什么乐趣。"

铁手笑道："这个当然，那是因为你始终没有卸下过盔甲，穿着盔甲，无论是哭是笑，都不自然。"

鲜于仇目中射出厉芒，锐如冷电，连铁手都觉一寒，只听他道："铁二捕头，你考虑清楚了？"

铁手道："我已不是捕头，我只是一介草民，铁游夏。"

鲜于仇捻了捻苍黄长须，颔首道："你既是铁游夏，那我也不能算礼失于诸葛先生了。"

忽扬声呼道："来人啊，拿下叛匪铁游夏！"

众人"哄"地应了一声，拿着火把，冲向铁手。

铁手在众人正要冲过来的时候，突然做了一件事。

他急退。

他退得异常之急，直似背后长了眼睛一般。

前面冲过来的人自然及不上他的速退，连背后涌上来的士兵也抓不着他特异的身法，一下子，他就退到了"神鸦将军"冷呼儿的坐骑之前。

冷呼儿怒叱一声，长戟向他背后扎至。

铁手一矮身，到了马腹之下。

那匹骏马似通武术般的，突然四蹄一缩，直向铁手踏下去。

铁手蓦然起身，一手托起马腹。

这刹那间，局面映入眼帘的竟是：铁手单手托起骏马，骏马上，还有一个身穿黑铁甲红披风的将军！

马虽被托起，但冷呼儿居然在马背上仍能站得稳稳的。

以铁手的功力，本可以掌穿马腹，抓住冷呼儿足踝的，但铁手却不忍心杀伤这样一匹神骏。这时，十数名军士已掩杀向铁手。

铁手叱了一声，把马一抢，直掷向奔来的十五六名军士。

冷呼儿这下再也站立不稳，"呼"的一声，半空掠起，红翼一展，恍似长了一对红翅膀一般，直飞上一株老树。

铁手听声辨位，连头也不抬，已追蹑而去，双臂转抱住枯树。

冷呼儿双手一扬，数十点星火，疾射了下来！

铁手吐气扬声，竟把大树连根拔起，抢着巨树，把星火全点拨出去！

一时间，爆炸四起，军士们阵脚大乱，纷纷走避。

铁手遥向戚少商、穆鸠平大喝一声："走！"

冷呼儿已离树飞起，岂料铁手似吃定了他一般，半空击出一掌。

这一掌，没有命中，只击在冷呼儿身前的空中。

冷呼儿心中一喜，忽见铁手又遥劈出一掌。

这一掌也是击空，只劈在他的身后。

这时鲜于仇已骑着他那匹"苍黄马"，及五六十名兵马，一拥而上。

戚少商、穆鸠平和剩下的连云寨忠烈之徒，全挺身拦路，跟这些人恶斗起来，不让他们围攻铁手。

铁手又遥劈两掌，只击在冷呼儿左右，也没有击中。

鲜于仇三番四次想施援手，但始终为戚少商剑网所缠，急得大呼道："小心——"

冷呼儿见铁手一连几掌击空，以为此人来势汹汹，掌功不过尔尔，鲜于仇这一呼，他才一省，急升而起！

铁手"呼"地扑起，又击出一掌！

这一掌切断了冷呼儿上空之路，冷呼儿心里一凛，正要全力往前闯，忽见前面似有一排气墙挡着，无论怎样也突破不入。

冷呼儿应变极快，急往后退，但就在刚才给铁手一掌击中的地方，像有一道气体胶着似的，冷呼儿凭内力硬闯，反被震得血气翻腾，几乎一个筋斗自半空栽下来。

幸而他凭着披风滑翔奇技，半空一旋，往左掠去，但又被气墙弹回，再往右回，一样无法闯破，这才觉得魂飞魄散，知道铁手内力精湛，竟隔空把发出去的内力凝结着，看似空，撞着却是实的。

冷呼儿五闯不入，余力已尽，只好往下沉，铁手正在下面等着他，闪电般出手，拿住他的腰眼。

这时鲜于仇已然扑到。他突不破戚少商的剑气，却低呼一声，座下的"苍黄马"忽出蹄踢向戚少商，戚少商全力封锁鲜于仇，因重伤未愈，精神浑噩，只是强自撑持着，对这突如其来的一踢，竟躲不过，差点蹬地，幸而以剑插土维持平衡，却见鲜于仇一跃而起，已到了铁手背后。

戚少商情急叫道："注意后面——"

铁手警觉背后急风陡生，但他知道要是这一下拿不住冷呼儿，后果就十分严重，时机也一瞬即逝，当下不顾一切，一手抓住冷呼儿腰胁八大要穴。

同时间，"嘭"的一响，他背后已给鲜于仇一杖击中。

鲜于仇的拐杖非藤非木，杖柄有两个盘结的大瘤，直似骆驼双峰一样，这一击之下，铁手只觉心房里似有两盘火，一齐轰地炸燃火舌来。

他往前一俯，冲了两步，手上所托的冷呼儿，却疾喷了一口血，血水花雨般洒下来，连鲜于仇也沾了脸上衣上点点艳艳。

鲜于仇一杖击向铁手，本不认为可以命中，但以为可以阻止铁手擒拿冷呼儿，不料铁手拼着硬挨一杖，也要抓拿住冷呼儿，鲜于仇心中大喜，心忖：任你内力再高，也断吃不住我这一杖，

46

岂知铁手内功高深一至于斯，不但硬受了一杖，还把一半力道引至臂间，撞入冷呼儿体内，故此冷呼儿伤得实在要比铁手重多了。

鲜于仇又惊又怒，挥杖再劈，忽见冷呼儿挡在前面，登时劈不下去，只闻铁手深吸了一口气，道："别打了……再打下去……只伤了你自己人……住手！"这一声断喝，何等威猛，场中诸人都又停了手。

鲜于仇脸色大变。

原来铁手在硬受一杖之后，开始说话，元气不足，只说三个字，便顿了一顿，等到再说，说多了一个字，也停了一停，再说下去，又停了一下，到了第三次，已完全接近没事的时候一般了；最后一声大喝，更是元气充沛，淋漓浑厚，全不似曾受伤，连鲜于仇的双耳都被震得嗡响了一阵，一时听不到别的声音。

鲜于仇震惊的是：铁手的内力竟然可以恢复如此之快！

其实铁手还是受了内伤，如果他不是硬受了穆鸠平一拳在先，就算是鲜于仇这一杖功力再精深几分，他还可以复元得更快！

鲜于仇外表迟钝，实极为机变百出，当下疾呼道："铁手，别忘了你是个捕头，师父和师兄弟全在官府任职，你伤了冷将军，可害了全部的人！"

一面说着，杖柄倒转，疾刺铁手脸门！

那一干军士，拿着火把，提刀杀了上来！

铁手冷哼一声，把冷呼儿往面前一挡，鲜于仇险些刺着了冷呼儿，连忙跳开！

他才跳开，穆鸠平已飞扑上塔，拔下长矛，一矛刺下！

鲜于仇迎杖一架，"崩"的一声，把穆鸠平反震上塔顶；穆鸠平想抱住塔壁稳住身形，但鲜于仇那一杖蕴有巨力，以致他整个人"轰"的一声穿塔而入！

鲜于仇也给穆鸠平一震之力，连退七八尺，想稳住步伐，却感一股大力犹未消尽，又退了七八步，有五六名军士想讨好相扶，却尽为撞倒，鲜于仇继续退了三四步，又撞倒四五名军士。

鲜于仇才停住，便发现手下往铁手猛攻，铁手提着冷呼儿就是一挡，众人只有收招跳开，唯恐不及，他心中懊恼至极，只听铁手道："你们再攻下去，害死神鸦冷将军的不是我，而是鲜于将军！"

鲜于仇本就想借铁手之手，对一直碍着自己前程的冷呼儿来个借刀杀人，但听铁手这么一喝，已经叫破，再要逼迫下去难免有此严重后果，当下忍气吞声，喝了一声："停！"

众人都停了手，仍包围住铁手。铁手道："西南面，让开一条路。"

众军士都望向鲜于仇，鲜于仇却只冷哼了一声，并不说话。

冷呼儿穴道已然受制，但一双眼睛，也望定鲜于仇，满是哀怜之色。

铁手干咳了一声，道："骆驼老爷。"

鲜于仇冷哼道："铁手，你还想逃！"

铁手一笑，道："听说，冷将军是你的表弟？"

鲜于仇道："我这人从来公是公、私是私，总不能因为照顾亲属，而放走江洋大盗。"

铁手笑道："哦？不过，我也听说，冷将军是傅丞相的妻舅，不知可有这回事？"

这一问，问到鲜于仇怒火炽处，他心中恨恨忖道：要不是这累事的小子是傅丞相之十二个老婆之一的胞弟，哪有资格升到跟我平起平坐？当下冷哼一声，道："你放了冷将军，我不追究你。"

"可是如果冷将军万一有个什么的，"铁手道，"傅丞相就难免会追究你。"

鲜于仇给说得心中一寒，只好问："你想要怎样？"

铁手斩钉截铁地道："西南面，一条路。"

鲜于仇心里想：好，等铁手放了冷呼儿，再追不迟，谅戚少商等人伤重，逃不到哪里去。当下道："你走之前，可要先放人！"

铁手想也不想，即道："好！"

鲜于仇反而疑虑了起来，"你说话，可算数？"

铁手反问："从诸葛先生到四小当差的，可有过说话不算数的？"

鲜于仇哑然，仍是不放心，铁手道："骆驼老爷，我封冷将军的，可是重穴，你要是一再犹疑，待会儿纵解了穴道，但是一条腿或一只胳臂不能转动了，傅大人问起来，可不关我的事儿，而是鲜于将军迟疑不决之过了。"

铁手这样一说，冷呼儿眼中哀求之色更盛，只是连哑穴也被封掉，说不出话来罢了，不然早就大声求饶央鲜于仇快快答允。

鲜于仇瞧在眼里，心里直骂，孬种！只顾虑到冷呼儿万一有个什么损伤，自己所负的责任重大，只好强忍一口鸟气，挥手道："西南面。"

军士见鲜于仇的手势号令，便让出一条路来。

铁手见这支军队攻守井然有序，知是朝廷精兵，跟一般酒囊饭桶的队伍大是不同，便向戚少商道："你们先走。"

戚少商凝视铁手，想说什么，可是没有说，黑夜野地里，还可以感觉到他脸色苍白如刀。

这时穆鸠平刚自石塔底层步出，摔得一身是白垩，只听见铁手这一句，便大声道："我们走？你呢？咱们一起走！"

铁手笑道："我还有人质要放。"

鲜于仇这才知道铁手打算先让戚少商等人逃离，自己压住场面，他回心一想，脸上禁不住有一丝恶毒的笑容：他们走了之后，放了人质，看你怎么走！

穆鸠平大摇其头，道："不行！不行！要走，一起走！要死，大伙儿一齐死！"

铁手转首望向戚少商，道："戚兄。"

戚少商眼睛一片了然之色，只说了一句："你？"

铁手坚决地点点头。

戚少商沉重地向他摇头。

铁手道："你走，跟你的人，才会走；连云寨的血海深仇，在你肩上，走不走，也在你一念之间，再不走，谁也走不了。"

戚少商一咬唇，霍然反身，下令道："走！"大步往西南方的野草荒坟踏去。

穆鸠平急唤："大哥——"望望铁手，又望望戚少商孤寞的背影，正取舍未决，铁手道："快去，你大哥要人照料。"

穆鸠平惶惑地道："你……"

铁手笑道："我随后就来。"

穆鸠平迟疑地道："你就来……？"

铁手大笑道："你几时听过四大名捕说话不算数的！"

穆鸠平一顿脚，终于追去，连云寨余众也全追了上去。

荒草古塔，残月如钩，风景何等凋零落索。

正如人生里，有很多时候，难免也有这样凄凉的光景。

戚少商、穆鸠平等一行人的身影消失之后，铁手犹望着残景，竟似痴了。

火把啪啪地在燃烧着。

鲜于仇忍不住道："姓铁的，你放是不放？"

忽听一个声音自灌木丛中响起："铁二爷，你这做法，可失着得很。"

只见火光骤强，东北面一处，走出一行人来，当先一个，头裹万字顶头巾，发绾太原府纽丝金环，身着鹦哥绿绽丝战袍，腰系文武双穗绦，足穿嵌金绿袜绿靴，方脸大鼻，环口圆睛，极有威势，铁手心中一沉，暗忖：怎么这狗官也来了！口里却道："黄大人也亲自出马么？"

第七回

被捕

来的人正是敉乱总指挥黄金鳞。

黄金鳞道："枉你聪明一世，却糊涂一时，铁二爷，你可知道这样做，会使得四大名捕英名扫地，同时也牵累诸葛先生的一世英名。"

铁手淡淡地道："黄大人可能来晚一步，有所不知，我早已解冠弃职，既不是什么名捕，一切作为，也与诸葛先生无涉。"

黄金鳞这一出现，在鲜于仇心里却大是不悦，心道：你既来迟了，何不兜过去截击戚少商，却来这儿凑热闹！

黄金鳞却道："哦，大丈夫一人做事一人当，诚然是好，但办案官员可会听你说说就算？你就算救走了戚少商这股余孽，但自己可有为自己认真想过如何逃走？"

铁手摇首笑道："没有。"

黄金鳞道："你以为能在鲜于将军和下官手上逃得了？"

铁手道："如果我要走，只怕你们还是拦不住。"

黄金鳞怪笑道："那么说，铁二捕头是不准备走了？"他还是故意称铁手为"捕头"。

铁手忽长叹了一声，双指进点，解了冷呼儿身上的穴道，道："我本就没打算要走，天子犯法，与民同罪，何况我这等小役，你们且押我返京吧。"

铁手这一着，冷呼儿和鲜于仇大出意料，黄金鳞嘿嘿干笑道："好，铁捕头，有种！不过，你武功超群，这样，可不好押，我想，铁捕头是明法人，也是明理人，不想要我们为难吧？"

铁手深吸一口气，道："你要我怎么样？"

黄金鳞道："自古以来，押解犯人，都要扣铐锁枷，何况此返京城，千里长路，铁二捕头又武功过人，认识的英雄好汉又遍布道上……"

铁手截道："就算道上好汉看得起我铁某，冒险前来相救，我铁游夏是自甘伏法，决不潜逃！"

黄金鳞桀桀笑道："这样最好，这样最好……不过，铁二捕头就如此跟我们一道走，在法理上，未免有违先例，未免不大……那个……"

铁手长叹道："你说得对，要我束手就缚，也未尝不可，不过，你得允诺在先，秉公处理，在未返京受审之前，不得滥用私刑。"

黄金鳞哈哈笑道："铁捕头这可小觑了下官！下官若对铁爷分毫逼迫，丝毫伤害，即卸官解甲，自刎当堂，血溅五步，以谢江湖！"

铁手、冷呼儿、鲜于仇都没料到黄金鳞竟说得如许的烈，要知道江湖上最讲承诺、信义，黄金鳞这回把话说绝了，便决无挽回余地。

黄金鳞又道："就算铁二捕头还是信不过下官，那一定会信一个人——"

他眼睛眨了眨，笑笑道："这个人，跟铁二捕头的渊源可深得了，铁爷就算没有见过，也一定对他生平耳熟能详……"

连铁手也不禁问："你说的是——？"

黄金鳞道："'捕神'刘独峰。"

铁手动容道："捕神……？他，他来了么？"

黄金鳞道："敉平连云寨，缉拿戚少商的案子，圣上有鉴于两位将军久战无功，便着傅丞相另选贤能，刘捕神曾因听文张文大人之言，怀疑'捕王'李玄衣是死于四大名捕之手，所以借出京之便，顺便办理此案；我把你交给他，该不会再有二话了吧？"

冷呼儿和鲜于仇在旁闷哼一声，却不敢说什么。黄金鳞那一番话无疑系指他们攻不下连云寨，乃奇耻大辱，最后连云寨得破，还是依仗傅丞相所布下的伏兵卧底，来个窝里反，始能臻功。

他们更不敢得罪的，是个号称"捕神"的刘独峰。

原来在"四大名捕"这四个年轻人仍未在江湖上成名之前，武林中就有"三绝神捕"，那是："捕神"刘独峰、"捕王"李玄衣、"神捕"柳激烟。

"神捕"柳激烟因公之便，进行暗杀，把"武林五条龙"残杀殆尽，后被冷血查出而身死。另"捕王"李玄衣为报子仇，要杀一个相当正直无辜的青年人唐肯，逼得冷血与他发生一场冬夜苦斗，后飞身追杀一奸恶无良的小人关小趣，因而丧生冷血剑下。

这"三神捕"里，武功最高而名头最响的，要算是"捕神"刘独峰。

刘独峰被称为"捕神"，不但是因为他是"捕中之神"，同时他也是这干捕快中身份最高，最养尊处优，家世、学问、官位最显赫的一个。

他捕抓犯人时也最有神采。

以刘独峰的辈分而论，可以算是铁手的前辈，跟诸葛先生来比，可以算是师弟级的人马，而刘独峰近年来都在京城里坐镇，退隐享福，极少出动。

而今，竟连刘独峰都出山了。

铁手最担心的还是戚少商等，如果刘独峰真的要抓他们，戚少商以重伤之躯，只怕难以逃脱。

黄金鳞道："我把你交给刘捕神，这总够公正了吧？"

铁手叹了一口气，伸直双手，道："好，你派人来绑我吧。"

黄金鳞左右欲一拥而上，黄金鳞叱道："谁敢对铁捕头无礼！"众皆止步，垂手而立。

黄金鳞趋前对铁手道："二爷乃一条响当当的好汉，下官今日敢缚二爷，乃执法行事，二爷休怪！"

铁手叹道："你缚吧，我不怪你。"

黄金鳞自手下那儿抓了条牛筋绳，正要缚绑铁手双臂，才绑了两个圈，便负手退开，铁手奇道："怎么不绑？"

黄金鳞苦笑道："二爷功力盖世，只要运力于臂，捆绑又有何济事？"

铁手想了想，道："也罢，我先卸去功力，你用牛筋嵌缚我穴道三分，我便崩不断了。"

黄金鳞笑道："好，就这么办，二爷，得罪了。"铁手伸出双手，黄金鳞毫不客气，三匝五绕的，扎个结实，蓦地，运指如风，迅若闪电，疾点铁手的"膺窗""期门""章门""天池"四大要穴！

铁手骤然受袭，而内力已卸下，一时应变不及，穴道受制，他一面想运功破穴，一面怒道："你……"

黄金鳞再不搭话，电光火石间又一口气封了铁手"旋机""鸠尾""巨阙""幽门""关元"五大穴，这一连人体九大要穴被封，任是铁人也抵受不住，铁手顿失重心，跌倒在地。

黄金鳞趋前笑问："我可有伤你？"

铁手倒在地上，瞪视黄金鳞。

黄金鳞笑道："我哪有伤你！我只不过封了你的穴道，你不必盯我。"

冷呼儿、鲜于仇等这才明白黄金鳞的用意，一起走近，冷呼儿踹了铁手一脚，揶揄道："你也有今天！"

铁手闷哼一声，枉自有盖世内力，但九大穴被封闭，便无发挥之能。黄金鳞笑向他道："看见没有，不是我踢你，是冷将军踹的。"

鲜于仇眼神一亮，道："黄大人的意思是……？"

黄金鳞摇首笑道："我没有意思。打他杀他伤他辱他，都不是我的意思，我只是捉拿他而已；你知道，江湖上人，最讲信义，而我黄某人，也最重言诺的了。"

冷呼儿登时明白了，笑道："对，你只不过是擒他而已，至于要把他怎么个整治法，就完全是我们的事了，你也无法阻止。"

黄金鳞故意叹了一口气道："其实，我也阻止不了哇。"

鲜于仇冷冷地道："当然，如此这般，你好人一人充当，咱们来做恶人了。"

黄金鳞道："话也不是这样说，你们要不伤他也可以，不过，押他返京可是长途漫漫，这个龙精虎猛的，留着总是祸患！"

冷呼儿嘿声道："还押他回京？在这儿把他干净干净，归尘化灰便了！"说着，又迎着铁手的脸门踢了一脚。

铁手硬受了这一脚，几乎没有晕死过去。

黄金鳞也不阻止，只说："别坏了傅丞相的大计。"

鲜于仇目光一闪，道："正要请教。"

"不敢。"黄金鳞压低了声音，道，"铁手这次放走戚少商的事，正好可以冠之于勾结流寇，私通强盗，借公徇私，杀伤官差的罪名，只要把他押回京城，交给傅丞相，就可以在皇上面前大大挫了诸葛一下，而且……"

他阴笑道："四大名捕情同手足，铁手被捕，无情、追命、冷血等一定设法营救，届时，傅丞相只要请九幽神君布下天罗地网，就可以一网打尽，不愁他飞上了天！这可是大功一件！"

鲜于仇颔首道："如此说来，这厮的狗命，倒是活的比死的值钱。"

冷呼儿悻悻然道："难道就任由他逍遥自在地回京么？"

鲜于仇和黄金鳞听了都笑了起来。黄金鳞忍俊道："逍遥自在么？倒不见得！给人扎成大花蟹一般，这一路跋涉，也没什么逍遥，还有什么自在，何况……"故意住口不语。

鲜于仇会意，笑着接道："我们至少也可以给铁二爷尝尝甜头。"

冷呼儿道："如此最好。"一拳击落，打得铁手牙龈尽是鲜血，又一脚踢去，啪啪二声，左胸两根肋骨齐断，却听冷呼儿"哇"的一声，抚足飞退。

鲜于仇登时戒备，黄金鳞问："怎么了？"

冷呼儿"哇哇"气道："这家伙，嘿，用内力——"原来他吃铁手贮存于体内的功力反击，左足尾二趾竟被震断。

黄金鳞这才明白过来，向铁手啧啧地摇首道："铁捕头，你这身内力修为，倒真是羡煞人了，可惜啊——"

冷呼儿夺过一张刀，一刀往铁手头上砍落，鲜于仇一手扣住，怒叱道："傅丞相的大事，你忘了么？"冷呼儿顿时不敢妄动。

鲜于仇身子一沉，连戳铁手身上七处穴道，铁手顿觉全身虚脱，有如虫行蚁咬，万蜂齐噬，十分痛苦，每根肌筋都搐抖起来，偏偏身子又不能移动分毫。

鲜于仇冷笑道："滋味可好受？"

黄金鳞呵呵笑道："这样整也可把他整死了。"

鲜于仇道："猫哭耗子假慈悲什么！不过，刘独峰如果查起，倒不好交代。"

黄金鳞笑道："刘独峰么？他其实根本还没来到。就算来了，咱们也可以把姓铁的藏起来，当没这回事。再说，刘捕神也是傅丞相派来的，他虽跟诸葛交好，但谅不致敢违抗傅丞相的命令。况且……李玄衣是他的至交，而他一直怀疑'捕王'乃'四大名捕'所杀，就冲着这点，这位养尊处优、身娇肉贵的刘捕神也未必会管这桩闲事。"

鲜于仇哈哈笑道："如此最好，如此最好！"

黄金鳞却道："不过，再这样下去，姓铁的可给你的'六阳阴风手'弄得不大好了。"

"六阳阴风手"原是武林中一种极歹毒的武功，专用于迫供！伤残对方身体元气为主，铁手重伤后遭这种恶毒手法钳制，宛若在受千刀万剐，痛苦不堪，饶是他内力精湛，一张脸色已紫胀如赭，全身颤搐，鲜于仇怕弄出人命，笑着拍开了禁制，又一掌按在铁手心口上。

这一下只是拍中，凭铁手内力，尚可抵御得住，但铁手苦于不能动弹，给他按着正中，而正于血气翻腾，五内如焚之际，一口血，就喷溅了出来。

鲜于仇笑道："求饶吧！"

铁手受制到现在，身负重创，但始终半声未哼。

冷呼儿有些动容道："真是一条硬汉！"

黄金鳞满脸笑容地道："硬汉？剁下他一双手，看他还硬不硬！"

鲜于仇眯着眼笑道："剁下他一双手？那就听你吩咐喽！"

黄金鳞忙不迭地道："嗳，这可不是我的意思，不关我的事！"

鲜于仇冷笑道："你尽做好人，我也不剁，不过，"扬声叫道，"来人啊！"

众人哄地应了一声，鲜于仇道："把手上带着的刑具都拎出来，我倒要一件一件地试。"

这干军士此趟出来剿匪，手边所携的刑具虽是不多，却也有一二十种，全都是厉害无比，要人心碎身毁的，不过其中有些军士不忍，又敬铁手是条好汉，自收藏了一些，不拎出来，但提到鲜于仇面前的，总有十一二具。

鲜于仇咬牙切齿地道："好，我就一件一件地来。"他心里怀恨：本来眼看要逮着戚少商好领功，半途却杀出个程咬金，打散了他的升官梦，弄得给黄金鳞这小人占了便宜。他把一肚子怨气，全发泄在铁手身上。

他用了四五种十分厉害的刑具，有的直把人的全身骨骼，都扯得节节裂开；有的要把颈骨和脊骨分割；有的要把十指锤成一团肉泥；有的椎心刺骨之痛，足可把人痛死。铁手血肉模糊，那五副刑具，都给他内力震毁，但他也给这惨无人道的酷刑，弄得不似人形。

冷呼儿本被铁手所擒，心怀不忿，但见铁手如此好汉，心里也服气，见鲜于仇意犹未尽，又要取刑具，便道："我看够了。"

鲜于仇用一只左眼睨着他道："什么？你不忍？"

这句话可是冷呼儿万万不承认的，他只说："拿这厮回衙，慢慢再整治，不愁没工夫。"

鲜于仇想了想，道："有理。不过这几下也把他整得个死去活来，可省些防他逃脱之虞。"

黄金鳞忽低声道："你这番当众施刑，手下的人，可防嘴疏？"

鲜于仇笑道："这干人，跟我吃的喝的，升官发财全仗我，他们敢说，怕没长两根舌头么！"

黄金鳞笑道："如此甚好！以致抓不到匪首戚少商，都是他从中作梗，非要把他发泄发泄不可。"

鲜于仇悻然道："是啊，给连云寨的余孽逃掉，放虎容易捉虎难！"

黄金鳞笑嘻嘻地道："这有何难？戚少商压根儿就逃不掉的。"

鲜于仇不解地道："哦？"

黄金鳞道："你道我为何不去追捕戚少商，却来设计拿下这姓铁的？西南退路，早教顾公子及连云寨归顺朝廷的朋友捎上了，戚少商逃不掉的！"

鲜于仇这才明白，恍然道："哦！"

黄金鳞接道："顾惜朝顾公子已被傅丞相收为义子，是这次剿匪的真正主持，我哪有那么天大的胆子，跟他争功？何况连云寨打连云寨，窝里反，狗咬狗，咱们隔篱观火，乐得清闲！还不如擒下狗拿耗子多管闲事的铁手，可望在傅丞相面前，讨一个新功。"

鲜于仇这才了然。

冷呼儿却道："却不知顾惜朝他们有没有本事拿下戚少商这干悍匪？"

黄金鳞微微笑道："戚少商早已断臂负伤，只剩寥寥数卒，乃强弩之末，顾公子智艺双绝，人强势众，绝无问题。"他摸摸自己光秃秃的下颌，得意地道："不过依我估计，顾公子根本不必出手，保存实力，只要把戚少商等再往西南方逼近，戚少商就必死无疑！"

冷呼儿一脸不解之色。

黄金鳞问他道："你想，西南方有谁称霸？"

鲜于仇忽动容道："毁诺城！"

黄金鳞眉开眼笑地道："对！就是碎云渊上的毁诺城！"

冷呼儿道："毁诺城？碎云渊？"

黄金鳞笑道："这里面有庞大的实力，但一直未犯朝廷，故傅丞相有意招揽，无意摧毁，才让它维持至今。这毁诺城的城主，恨极戚少商当年毁约，故发奋建立碎云渊、毁诺城，专门与戚少商作对。"

冷呼儿不禁问："究竟是谁，把戚少商竟痛恨得那么厉害。"

黄金鳞道："一个女子。"

他一字一句地道："碎云渊上，毁诺城中，江湖人称'女关公'，息大娘！"

铁手这时在地上发出一声低微的呻吟。他落到这些人手里，自知已然无望，只是殊不料自己身受屈辱折磨，看来仍换不回来戚少商等人的自由与性命。这想法几乎令他最后的一丝斗志，也逐渐消磨。

第八回

神威镖局雷家庄

一轮孤清的明月，高挂空中。

寒风飒飒。

草木皆兵。

戚少商和十余名部属正迅速地往前推进，在他们浴血斑斑的脸上，流露着仓皇和郁愤。这些人坚持要活下去，已只是为了世间的一切欲求，而是为了一口气。

穆鸠平不住回首盼望，喃喃地道："铁二爷怎么还不来？"

戚少商道："他不会来了。"

穆鸠平脚跟立即似给钉死了，不走，吼道："为什么？"震起树上寒鸦无数。

戚少商摇头，惨笑，望向天边残月如钩。

在黑乎乎的丛林里，远远传来"为什么"一声呼吼，暗处那人脱口而出，"是老四！"

另一个声音即嘘道："小声！"

第一个失声说话的人是孟有威，低声喝止他的是霍乱步。

冯乱虎也在黑暗中，他以一种低沉而谦卑的语调请教仿佛已与黑暗融为一体的顾惜朝："我们现在该如何下手？"

顾惜朝人在暗中，眸子却漾着月光，缓缓摇首，道："我们的连云寨，以前除了跟官兵为敌之外，戚少商还有两个内外夹攻的心腹大患，你们知道是什么？"

冯乱虎立即答："是息大娘的毁诺城和江南雷家。"

顾惜朝点头道："可是，息大娘和江南雷家，只能相提，不能并论。"

霍乱步问："为什么只能相提，不能并论？"他问得非常小心，不敢说错一个字，在顾惜朝的亲信中，他自知不比冯乱虎机智乖巧，也比不上宋乱水勇猛刚豪，但他能在顾惜朝麾下活得十分之好，那是因为他的不够聪明，难以担当大任，故不招顾惜朝之忌。而且，他还懂得在适当时机发问，好让顾惜朝表现领袖的智慧。

最近霍乱步更是谨慎小心，因为他亲眼看见曾经不以为意在语言上顶撞过顾惜朝的张乱法，被派入帐篷捉拿阮明正，结果被炸得血肉模糊。

他只想升官发财，并不想入枉死城。

顾惜朝立即接道："息大娘是戚少商的死敌，戚少商早年负了她，她三次行刺无功，发奋自创'毁诺城'，专门对付戚少商，戚少商穷途末路，遇着她，只有死路一条。江南霹雳堂雷家曾是戚少商的战友，当年，雷家派了三位家属、雷远、雷鹏、雷炮，由雷卷率领，还有雷家的年轻好手沈边儿，他们意图在虎尾溪一带根植霹雳堂的势力，雷卷看中了戚少商，扶掖他起来，训练他成为一流高手，戚少商也的确是个人才……"

霍乱步即道："嘿，我看，也没怎么的！"

冯乱虎眉心一整，道："大当家的眼光，怎会有错！"

霍乱步即道："我是说，任他是天王老子，比起大当家，也不过尔尔。"

冯乱虎还待说话，顾惜朝即微微笑道："你们两个不必争论。戚少商是个非除不可的敌人，非除不可的原因，便是因为他是个罕见的人才。他在霹雳堂学艺，青出于蓝，却不甘于只受一个家族所用，于是乎空手上连云寨，夺得了大权，觊觎武林，是何等鸿鹄之志！不过，连云寨的势力日益壮大，江南雷家原本在十一省布下强兵，取代了日渐衰微的'武林四大世家'，而今却在这一带吃了瘪，连云寨这么一闹，雷卷的实力大大消减，雷家的人对戚少商也大有怨愤……"

霍乱步道："对呀，戚少商此举，无疑是'吃碗面，翻碗底'，失去了江湖义气。"

顾惜朝道："不过，雷家的雷卷，也是非同小可的人物，他早年睥睨天下，中年以后，神出鬼没，神秘莫测；对敌往往一击必杀，即全面撤退，不留痕迹，令人讳莫如深。"

霍乱步道："可是，雷卷却恨死了戚少商……"

冯乱虎忽道："两种可能。"

霍乱步一怔，顾惜朝道："你说。"

冯乱虎道："雷卷要是个高手，他就会把握这个时机，全盘毁灭掉连云寨。"他顿了一顿，目中闪耀锐光，"可是，要是雷卷是个人物，他也可能拯救戚少商，重新重用他，这是个以德报怨收服人心的好机会！"

顾惜朝眼中已流露出嘉许之色："所以我说，息大娘和雷家五虎将，只能相提，不能并论。"

冯乱虎道："息大娘是敌人的敌人，敌人的敌人是我们的朋友。雷家五虎将可能是敌人的敌人，也可能是敌人的朋友，所以是我们的似敌似友。"

宋乱水忽插口道："管他娘的敌人朋友，杀个干净再说！"

冯乱虎和霍乱步一齐皱起眉头。顾惜朝道："说起戚少商的朋友，倒有一帮人马，力量不可忽视。"

霍乱步马上问："哪一帮？"

冯乱虎抢着答道："自然就是和连云寨一向守望相助，戚少商三度发兵解围的'神威镖局'了。"

霍乱步仍是问道："大当家的看法是……"

冯乱虎插口道："'神威镖局'的高风亮现在已受册封，皇恩浩荡，谅他……"忽然发觉顾惜朝眼中有不悦之色，忙住口不说。

顾惜朝微笑道："很好，说下去。"

冯乱虎涩声道："属下，属下也没什么意见，只是信口胡扯而已。"

顾惜朝慢条斯理地道："哦？信口胡扯，也颇有见地，看来，你的脑筋倒是越来越精明了。"

冯乱虎忙道："大当家过奖，大当家过奖，属下实在——"不知怎的，顾惜朝虽在赞赏他，他总觉得背脊有一股尖冷的寒意，升了上来。

顾惜朝只嘿嘿一笑，向霍乱步道："所以，戚少商现在是前山有虎，后山有狼，处身之地有陷阱，而大局则由我们控制。"

霍乱步道："大当家分析得是。"

顾惜朝道："这儿已是雷家的地头，再过去便是'毁诺城'的重地，要是雷家迟迟不肯发动，咱们就把戚少商的残兵迫入'碎云渊''毁诺城'！"

霍乱步道："是。"

宋乱水锐声道："多说无谓，咱们现在就去！"

霍乱步冷然道："你去哪里？没有大当家发号施令，你急什么？"

宋乱水愣了一愣，急得只搔头皮，说道："如果不快一些，给姓戚那厮溜掉，可——"

冯乱虎打断道："他现在是插翅难飞，能跑去哪里？"

顾惜朝忽道："乱水，你虽然是急一些，但杀敌心切，很好。"冯乱虎和霍乱步都心里一怔，只见顾惜朝拍拍宋乱水肩膀，温声道："待会儿攻杀戚少商的行动里，乱虎和乱步都得要听你的调度。"

霍乱步和冯乱虎都觉得自己似乎做错了些什么，然而他们其实什么也没有做，只是多说了几句话而已。

"铁二爷骗我，铁二爷为什么要骗我？"穆鸠平厉声凄呼。

戚少商忽然反手一掌，把穆鸠平打飞出去。他仍然血湿长衫，落魄沉哀，然而双目中燃烧着灼痛的斗志，环视惊愕中的部属，一字一句地道："铁捕头是骗了我们。他现在，可能活着受罪，可能已经死了，你们谁要让他死得平白无故，可以大呼小叫，自戕自杀，悉听尊便！"

那些伤残、浴血、受屈、忍痛的连云寨子弟，用力地执着兵器，咬着唇角，没有人说一句话。

穆鸠平霍然而起，向戚少商道："大哥，我们要在天未亮前，逃出碎云渊……"

另一名连云寨子弟道："不怕，咱们绕小石山九条河栈道，不过碎云渊便就得了。"

穆鸠平忽萌起一条生机，一拍大腿，喜道："对了，咱们绕过碎云渊，就可以去'神威镖局'，高风亮高局主他一定不肯坐视——"

一名连云寨的弟子接道："是呀，咱们曾三度出兵力助'神威镖局'，两年前，'神威镖局'跟'挑粪帮'的人对峙，要不是戚大哥出兵，'挑粪帮'早就把'神威镖局'的家当全给搬走了呢！"

一些连云寨的弟子大喜过望，争着道："对，绕过碎云渊，投靠神威镖局！"

戚少商仰天想了一会儿，道："可是，神威镖局在去年，也因失掉官饷之事，几乎满门遭劫，最近好不容易才恢复元气——"

穆鸠平打断道："老大，朋友不在危难之时互相帮忙，交朋友来做什么？我们此时此境，就算是麻烦人，也只好硬着头皮麻烦这一遭！"

戚少商道："不过，要到青田镇的'神威镖局'，先得经过小石山、九条河、雷家庄。"

穆鸠平道："雷家庄又怎么样?！"

戚少商长叹道："此情此景，我实在不想见他们。"

忽然双眉一轩，抬高了语音，朗声道：哪家店铺没有高梁？树大可遮阴。

月掩浮云，剩下的连云寨子弟脸色都有些变动。

戚少商继续道："左道旁门，月偏西，草后石旁，都可以重建长城——"

突然厉声叱道："杀！"

霎时间，连云寨子弟十五六把兵器，一齐往西面左边一列大树后的草丛和岩石刺去，这下攻其不备，潜伏在草堆里及石头后的人一时猝不及防，至少有七八人登时了账！

戚少商用预先大家已了然的暗语，指示行动，一击得手，暗夜中长剑似青龙一般，电掣一匝，又有七八人倒地，同时穆鸠平长矛飞刺，敌人被吓得胆丧魄飞，逃既不及，挡又无从，瞬息间给他杀了五人。

宋乱水金瓜钟一扬，喊道："不要让戚少商逃了！"话才叫出，发现带来的二十五名士卒，剩下不到三人，他倒毫不畏惧，挺着金瓜钟向戚少商奔去。

戚少商刷地向他刺了一剑，宋乱水用金瓜钟在胸前一格，"叮"的一声，那金瓜钟是用熟铜打造的，戚少商的青龙剑薄细快利，吃百来斤重的金瓜钟反震，戚少商不禁身形一挫。

戚少商原本这一挫，是借力卸力，再趁对方大意来袭时，猝然出剑伤敌，不料他左臂已断，内伤又重，这一侧身，几乎仆倒，宋乱水觑准时机，一钟砸至。

戚少商身往侧倒，但一剑自下的势子中刺出，这一剑十分突兀，宋乱水人虽鲁莽，但武功甚好，百忙中挺钟一封，"噗"的一声，戚少商这一剑，竟直刺入金瓜钟之中。

这一来，戚少商下跌之势，反而挽住，如果戚少商还有另一只手，至少在这刹间可以让宋乱水有十一种不同的死法。

可惜戚少商只有一只手。

他飞起一脚，把整头大水牛似的宋乱水踢飞出去，跌入草丛里。

他的剑上仍拖着金瓜钟，一甩而去，撞倒了一名连云寨的叛徒。

穆鸠平早已收拾了剩下来的两名敌人，咆哮一声，往宋乱水跌落的地方，挺矛追去。

戚少商叱道："退！"

他此语一出，树林又出现三四十名敌人，领头的是冯乱虎。

戚少商即把剩下的子弟集合在一起，正欲往北边退去，忽闻喊声四起，霍乱步领了三十多人正杀将过来。

穆鸠平急道："往东北面走！"

戚少商道："顾惜朝一定在东北面。"

穆鸠平道："他奶奶的，碎云渊在西南面！"

戚少商脸上出现了毅然之色："他正是要把我们逼去毁诺城！"

忽听一阵长笑，南面一名蓝袍文士，宽步而出，身边没有一兵一卒，正是顾惜朝。

月光下，顾惜朝拱手笑道："诸位兄弟，别来无恙么？"

穆鸠平登时红了眼，咬牙挺矛，要冲上前去，戚少商一手搭住他肩膀，越发显得他受伤身子强忍痛楚："承你照顾，还死不了。"

顾惜朝道："死，有重若泰山，轻若鸿毛，戚大哥——"

戚少商即道："不敢当。"

顾惜朝道："大哥栽培小弟之恩，小弟铭感五中，倘若没有大哥信宠，小弟在连云寨中，焉有今天的威望？"

戚少商淡淡地道："我没有你这样了不起的兄弟。"

顾惜朝笑道："大哥何须动气？"

戚少商道："我宁可留一口气。"

顾惜朝道："戚大哥一向行义不惜牺牲，其实，眼前此刻，只要大哥一点头，就可挽救这十七位忠心兄弟的性命。"

戚少商道："哦？"

顾惜朝道："只要你死了，我对他们，决不再追究。我说过的话，一定算数！"

戚少商笑了："算数？中秋月圆，歃血为盟，生死同心，共渡危难，若有虚言，血洒寨门，是谁说的？私下你也说过，如果没有我，生不如死，日子不知怎么过，这些话都算数，顾公子再灌上三桶猪血牛血也不够洒了。"

顾惜朝皮笑肉不笑："哈哈。"

戚少商道："好笑，好笑。"

顾惜朝道："这都是时势逼人，眼看大伙儿跟着你，只有理想志气，却没好下场，跟官府作对，岂不是家破难容？朝廷里有的是功名富贵，你一意孤行，可有照顾到众家兄弟的福祉？"

戚少商淡淡笑道："俗语道，成者为王，败者为寇。你高兴怎么说，由你说去。你有大好前程，大可另谋出路，连云寨拱手相送，全没碍着你，你千不该、万不该，把好兄弟的热血头颅作为一己之私的垫脚石，今日我奈不了你何，他日总有天意来收拾你，我也不必慌惶。"

顾惜朝变色道："好，趁你收拾不了我，让我先收拾掉你再说。"

忽听一个声音道："不管你们谁收拾谁，姓戚的是我霹雳堂的垃圾，理应由我们自己来收拾。"

第九回

雷卷与沈边儿

说话的人在树上。

就连戚少商也不曾醒觉树上有人。

顾惜朝却好整以暇,笑道:"雷大侠,你终于肯出面来主持公道了。"

树上的人有气无力地道:"通常,初见面的人叫我做'大侠',只有两种用意。"月色映照下,只见树丫上坐着一人,披了件厚厚的毛裘,显得身子十分单薄清瘦,孤独凄凉。

"一种是熟悉我的人,知道我常行善事,所以称我作大侠;一种是巴结我的人,所以称我作大侠准教我喜欢,不会有错。"这时天气甚热,这人仍披着厚毛裘,里面不知道有几件衣服,而且双颊火红,额现青光,像是病得甚重。"可惜你两种都不是,因为我根本不做好事,你口里叫我大侠,心里等于在讽刺我病猫。"

顾惜朝笑道:"雷大侠说笑了。"心中暗忖:人说江南"霹雳堂"雷家高手中雷卷是第一号难缠人物,看来此言非虚。

雷卷道:"顾大当家曾五度派人请我来此,恐怕不是为听我说这两句不好听的笑话如此简单罢。"

顾惜朝淡淡笑道:"我倒是觉得,雷大侠今晚的第一句话,叫人拍案叫绝。"

雷卷道："第一句话？今晚第一句话？今晚第一句话我好像是说：吃得好饱！不过，可不是对你说的。"

顾惜朝也不动气："是刚才雷大侠在树上说的第一句话。"

雷卷道："我窝在树上已经好久了，我在树上第一句话，好像是跟边儿说的，边儿，我说的是什么话？"

只听树里边一个声音豪笑道："你说：我们倒先依约来了，却不知那干王八兔崽子怎么还没来？"喀喇，一阵连响，树干爆裂，现出一个大汉，浓黑的眉毛，浓黑的胡须，浓黑的鬓毛，把他整张脸孔都笼罩了起来，只剩下高挺的鼻子，眯成一线铁刀般的眼睛。

他自挖空的树干甫一立起，整棵大树立刻溃倒，雷卷搂着毛裘，坐在大汉的臂膀上，犹似未动过一般。

穆鸠平天生神勇，看到眼前这名汉子的气概，心中也不禁为之震慑：闻悉雷卷手下大将沈边儿是条粗中有细、豪里有情的好汉，而今，自己负伤不轻，只怕难以应付。

顾惜朝拱拱手道："原来沈少侠也来了。"

沈边儿道："卷哥去哪里，我便去哪里，尤其捉拿'霹雳堂'叛徒，边儿决不落人之后。"

顾惜朝点头道："是的，戚少商有负雷家的事，我亦略有所闻。"

雷卷笑道："岂止有所闻而已？你派人五度请我出关，目的便是要借我们之手，除去戚少商。"

顾惜朝道："不过，雷大侠现在当然也看出来：我要剪除戚少商，易如反掌。"

雷卷道："不过，由你来杀戚少商，你却怕引天下英雄齿冷，由我们来杀，别人没二话可说，戚少商系出雷门，武林中收拾叛徒，乃天经地义的事。"

顾惜朝叹道："难怪人说真人面前不说假话，在雷大侠面前，造作都是多余的。只不过……雷家的叛徒就在那边，雷大侠请。"

雷卷全身都蜷缩在毛裘里，正向戚少商那儿缓缓转身。他从出现到此刻，一直都没有正式望戚少商一眼。戚少商在雷卷出现以后，一直垂直而立，显得十分悲凉落拓。

穆鸠平急了，俯近戚少商耳边低声道："老大，还等什么，我们总不能束手待毙。"

戚少商没有作声，穆鸠平倒发现沈边儿一双锐利的眼睛向他这边望来，心中忽地一跳。沈边儿问道："戚兄，还认得我吗？"

戚少商深吸了一口气，道："沈兄。"

沈边儿道："你大概没想到，我们有一天会这样子见面吧？"

戚少商淡淡地道："说实在的，落到这般田地，我并不想见你们。"

沈边儿豪笑道："当你离雷门而去，剑震八方，傲视天下之时，我早就知道你会有这么一天，我早就等在这样一天和你这样见面！"

戚少商道："你终于等到了。"

沈边儿望定戚少商，长叹道："我加入雷家，主要还是戚兄穿针引线。"

戚少商苦笑道："那时候，我正蒙卷哥之恩，身在霹雳堂。"

沈边儿叹息道："当时，咱们联手征东平西，合作无间，承你教诲，让我学得不少经验，要不是你，'无良教'早就把我拔掉，而不是我铲平'无良教'了。"

戚少商道："是你学得快。"

沈边儿道："是你教得好。"

戚少商摇首道："我没教你，真正教你的是卷哥。"

沈边儿道："但你却示范给我体会。"

戚少商道："你是人才，纵没有我教，迟早都能体会。"

沈边儿道："不过，这些年来，我一直没忘了你的情义。"

戚少商长吸了一口气，沈边儿接下去厉声道："但我也没忘了你不告而别，在'霹雳堂'造成的伤害！"

他双眼喷出了怒火，一字一句地道："所以，我无时无刻不想杀了你，我一定要杀了你！"

穆鸠平跨一大步，拦在戚少商身前，大声道："要杀戚大哥，先得杀我！"

沈边儿豪笑道："先杀了你又何妨！"挥拳痛击穆鸠平！

穆鸠平大喝一声："好！"交臂格去，蓦然间，沈边儿迅如一支倒飞的强矢，那一拳，变得向顾惜朝迎脸击到。

顾惜朝猝然受袭，仰天倒下，后脑贴地，沈边儿一拳击空，已收拳回劲，双脚连环踢出！

顾惜朝身子尚未弹起，对方攻击又到，顾惜朝贴地一滑，竟巧生生地滑开丈余远，但沈边儿一招领先，着着抢攻，在不过照面间已攻了十七招，顾惜朝不但连半招都抢攻不回去，连吐气扬声的机会也没有。

宋乱水、冯乱虎、霍乱步一齐大惊失色。冯乱虎反应最快，立即要下令向戚少商进攻。才张开了口，一阵急风逼来，雷卷已到了他身前。

雷卷身上所穿，十分累赘厚肿，但脸颊十分瘦削，一双鬼火似的目光，正盯在他脸上。冯乱虎只觉这痴汉身上漫散着一股逼人的煞气，竟把他刚喊出来的声音倒追回喉咙里去，冯乱虎应变极快，双掌一起，已击在雷卷病恹恹的身躯上。

这两掌击在厚厚的毛裘上，只发出两声如击败絮的闷响，陡然之间，雷卷左手一提，食指已掐在冯乱虎额上。

冯乱虎怪叫一声，全身已失去了平衡，向后飞了出去！

宋乱水反应当然不比冯乱虎快捷，何况他先前还着了戚少商一脚了，但他却是第一个冲向沈边儿的人。

他目的是要制住沈边儿，好让顾大当家回一口气。

但他还没冲到沈边儿和顾惜朝的战团里，霍地眼前多了一个人。

一个脸色青白的病人。

宋乱水狂吼一声，一低头，苦练三十年连头发也练得不长一根的"铁头功"直撞而出，别说眼前是一名风吹得起的病汉，就算是一头大牯牛，给他这一撞，也得骨折肌裂。

他一头撞过去，只见眼前一黑，整个人被包在一团又软又暖的物体里，随后只觉身子突然飞起，整个人都似浮在云端里，往后的事，便失去了知觉。

同这瞬间，沈边儿大叫一声，向后倒翻，一道精光自他胁下擦过，直钉入一株树干上，是一柄小刀，刀柄兀自晃动。

沈边儿胁下的青衫漾起了一摊血渍，愈渐扩散开来。

顾惜朝手边却多了一柄银光闪闪的小斧头，局面已完全改变过来。

在顾惜朝的银斧之下，沈边儿挪移、腾走、翻滚、飞跃，完全是凭着小巧灵活的轻功，闪躲银斧的攻击，沈边儿身形伟岸，比穆鸠平还粗豪万分，但施展起小巧功夫来，轻若无骨，天衣无缝，使得穆鸠平看得目瞪口呆。

顾惜朝一旦扳回局势，正要发令，他目观四面，耳听八方，为沈边儿偷袭所逼不过是转眼工夫，但这回占上风时猛然发现，自己手下三名爱将，冯乱虎、霍乱步、宋乱水全在这片刻间被人打得爬不起来。

出手的人只有一个。

一个人兜截三人。

这人便是雷卷。

而雷卷已到了他的身前。

顾惜朝抽斧，疾退，雷卷全身突然旋转起来，随着他的疾旋，发出了一种极大的劲风，顾惜朝大叫一声，一斧向身旁一棵大树砍去！

别看他手持的仅是一面巴掌大的小斧头，这一斧砍去，腰粗的大树应声而倒，就倒在雷卷所发出的罡气上！

却听劈啪啪尖锐响声，直欲撕裂耳膜，那株大树在劲气旋转中被直条撕成七八爿，碎叶木屑，漫天喷溅，这刹那之间，顾惜朝引巨木强挫雷卷所发出的罡气，同时已找出了对方的破绽之处。

这破绽如同白驹过隙，一瞬而灭。

顾惜朝却把握了这电光火石的刹间。

他左手拇食二指一弹，疾地一道白光打出！

"夺"地飞刀射中雷卷的小腹。

刀刺在毛裘上，反弹倒射，刀柄射入一名连云寨叛将胸口，再穿出嵌进一株树干里。

雷卷旋势陡停，一指弹在顾惜朝脸上。

顾惜朝百忙中头一偏，"噗"的一声，鼻梁折断，鼻骨刺入脸肉，鲜血溅涌而出。

雷卷还待再攻，忽张口吐了一大口血，顾惜朝那一刀，虽穿不破他的毛裘，但内劲已攻入他的五脏六脉，所受的伤决不比顾惜朝轻。

顾惜朝一退三丈，掩鼻哼道："好指力！"

雷卷道："好刀法！"

顾惜朝扬手道："杀！"手下这才如大梦初觉，一拥而上。

沈边儿和穆鸠平一左一右，两条铁柱般的大汉，拦在雷卷和戚少商的身前。

穆鸠平这才回过神来，把大拇指往沈边儿身前一翘，道："好！"

沈边儿道："你还能不能打？"

穆鸠平把胸一挺，道："能！再一两百个，我不在乎！"

沈边儿道："你能不能跑？"

穆鸠平一愣，答不上来，沈边儿道："扯着你的老大，有多么快跑多么快，有多么远跑多么远！"

穆鸠平惊道："你们——"

沈边儿道："这儿有我们！"

穆鸠平怒道："原来你们跟铁手一样，全是骗人的！"

沈边儿倒没听明白他何指，不明所以，一愕道："什么，铁手他来了——？"

顾惜朝冷笑道："你们逃不了的，这儿已给我们重重包围了。"他手腕一擎，呼地弹出一枝讯号烟花，片刻间，树林里外，影影绰绰，孟有威和游天龙已领了近百人，包围住戚少商、雷卷、沈边儿、穆鸠平及十余残兵。

雷卷仍蜷缩在厚衣里，毛裘上血迹斑斑，分外夺目，忽道："你以为只有你能带人来吗？"

顾惜朝一怔，失声道："'雷家五虎将'……？"

只听有人豪迈地笑道:"还有'神威镖局'!"

顾惜朝回首只见一个红脸银须的矍铄老者,后面跟了三四十人,以无坚不摧的阵势,突破了孟有威、游天龙所伏下的包围,阔步走入阵中。

顾惜朝道:"你……"

老人豪笑道:"老夫是'神威镖局'的老不死,高风亮是也!"

他的大手往身后三个青年人一引道:"这三位才是'雷家五虎将'的三虎。"

高瘦的青年抱拳道:"在下雷鹏。"

矮壮的青年拱手道:"在下雷炮。"

一个神情傲慢的青年一揖道:"在下雷远。"

顾惜朝仍捂住鼻子,连苦笑都笑不出来,只有说:"雷家五虎将都到齐了,我还有什么话说。你们想怎样?"

游天龙和孟有威面面相觑,已露出恐慌之色。

雷卷淡淡地道:"这要问戚少商才知道。"他始终正眼没瞧过戚少商。

戚少商的语音已完全哽咽:"我……"

沈边儿站过去,拍拍戚少商的肩膀,道:"卷哥问你怎么办?"

戚少商道:"你告诉卷哥,过去我戚少商脱离霹雳堂,曾让他很下不了台,在武林中很为难,在江湖上很尴尬,我……"

沈边儿转首望向雷卷。

雷卷仍窝在毛裘里,向沈边儿道:"你去告诉姓戚的,他出去,没丢了霹雳堂的颜面,一切作为,都是雷家的荣耀,雷家没有他姓戚的,一样可以发扬光大,教他记住,霹雳堂不管姓戚的是友是敌,雷家的敌人或朋友决不能给江湖无情无义之辈,宵小卑鄙之徒所凌辱!"

沈边儿望向戚少商。

戚少商强忍热泪："你转告卷哥，戚少商记住了。"

沈边儿道："我也记住了。我们都不姓雷，一个在内，一个在外，壮志未死，意气方豪，这才是人生一大快事！"

戚少商涩声道："我欠你一颗脑袋！"

沈边儿哈哈笑道："你是指我在你走后扬言要跟你决一死战的事吧？当日你离霹雳堂而创连云寨，江湖上传言沸沸腾腾，以为雷门在此地已一败涂地，很不好受，我一时意气，逼急了说的话，就算咱们要切磋，也得等你伤好全了，重振雄威，安内攘外，平定江山之时，再来比划比划，打个痛快！"

戚少商也哈哈笑着，伸手往沈边儿膀上一击，道："好！咱们这就约定了！"

第十回

福慧双修高风亮

顾惜朝笑道："恭喜大哥跟旧兄弟能够重聚，误会冰释，前嫌尽弃。"他捂着鼻子说话，声调比哭还难听。

雷卷没有说话，只是身子更往毛裘里蜷缩，仿佛这世界奇寒，正结着寒冰，下着大雪一般。

高风亮身边有两个俊秀的青年人，两人都背着镶宝石的剑，样貌很是相似，左边一个道："我们还等什么？"右边的道："像这种人，还留来做什么？"

高风亮神色有一点迟疑，再度望着雷卷。

雷卷仍是没有说话。

雷炮已忍不住要说话，他一开口，声音直似雷鸣："这种人，若放虎归山，留着祸患，自当非杀不可！"

雷鹏的声音十分尖锐刺耳，但只有一个字："杀！"

顾惜朝忽道："好！杀就杀！"

两名俊秀青年齐道："是！"一齐拔剑，一齐抽剑，一齐双剑刺入雷鹏和雷炮的后心！

这下变起猝然，雷卷大喝一声，"小心！"雷远急掠而起，扑向二人，忽刀光一起，人在半空，拦腰被斩为两截，喷涌了一团血雾，分两处落地，一时没有死绝，仍张嘴说了一句：

"卑鄙!"

出刀的人是高风亮。

他身上的白衣沾染了一蓬蒙蒙的血点。

雷卷急掠而起,顾惜朝也飞扑而起。

两人空中相遇,各一声闷哼,跄然落地。

顾惜朝手中的小斧已然不见。

小斧握在雷卷自毛裘里伸出来的青白的手里。

这一只手,像长年未见阳光,白嫩的皮肤布满节节青筋,但指骨突露,异常有力地握着斧柄。

这手在颤抖着。

人也在抖着。

悲伤、愤怒,都足可让人失却冷静,一反常态。

沈边儿也红了眼,但他大叫一声:"卷哥!"

雷卷立刻深吸了一口气,整个人本来是风中的落叶,忽变作了凝立的石头一般。

顾惜朝本来脸上已有了笑意,长流的鼻血染遍了脸孔,看来十分诡异,但眼色越发凝重了起来。

雷卷咳嗽。

咳了几声,但一直望着地上被砍成两截未死的雷远。

雷远也惨愤地望着他,但已失去说话的能力。

雷远终于咽下最后一口气。

雷卷一直等雷远真的死了,仍不把目光收回来,一直盯着地上的浓血,一个字,一个字地,吐出了三个字:"高,风,亮。"

高风亮脸变得煞白,退了一步,横着大刀,守在胸前,吞了一口唾液。

雷卷道:"我们雷家,可有什么对不起你的地方?"

高风亮涩声道："没有。"

雷卷一字一句地道："你为什么要这样做？"

高风亮眼中呈现了畏惧之色，终把胸膛一挺，大声道："雷老弟，我们'神威镖局'，曾得罪了官府，几乎被满门抄斩，一败涂地，而今，好不容易，才得开解，这次傅相爷要我们镖局跟官府合作，要不然，就……我老了，我可不能眼见局子再毁于一旦，何况——"

他眼中有一种可怜而又带有微悦的神色："如果这事能成，我也会被封官，我这一生人……就少了一点贵气……"

雷卷道："就为了被封官，你就杀死我三个兄弟！"

左边的俊秀青年道："何止三个。"

右边的俊秀青年道："还要杀你！"

雷卷没理睬他们两人的话，只厉声重复了一句："就为了封官，你就要残杀我三个兄弟！"

高风亮退了一步，尖声道："我不杀你们，神威镖局的人，难免就要死光死绝了！"

高风亮后面有三四十人，全都是"神威镖局"的镖师和高手，一个浓眉大目的汉子忽站出来厉声道："局主，不管怎么样，神威镖局再死光死绝，也不能做这种不顾江湖义气的事！"

高风亮陡地涨红了脸，怒叱道："唐肯，这轮到你来说话？滚回去！"

这汉子雄赳赳也气呼呼地站在那儿，一副激愤难平的样子。*

雷卷双目仍注视地上的浓血，道："我把你打从老远的青田镇请来，为的是替曾救过你们镖局的戚少商解围，你却包藏祸心，下此毒手！"

高风亮也豁了出去，大声道："可是远在你来找我之前，文张文大人和'福慧双修'李氏昆仲就已经先找过我，我已经答应他们，如果雷家插手这件事，要是擒杀戚少商，我助一臂之力，要是雷家倒戈相向，只听顾公子一声'杀就杀'的号令，就得先要你们雷家命丧当堂！"

雷卷切齿道："好个命丧当堂！"雷鹏与雷炮的胸口，仍汩汩地流着鲜血。

沈边儿戳指那两名青年道："你们就是'福慧双修'？"

左边的青年道："我是李福。"

右边的青年道："我是李慧。"

沈边儿嘿声道："三个月前，你们是在李鳄泪部属，李鳄泪给文张官场斗争，惨败身亡，你们真个儿眼也不眨，就转到了文张的麾下？"

李福、李慧互看一眼，李福道："识时务者为俊杰。"李慧道："何况，李鳄泪贪赃枉法，本就该死。"李福接道："你不必离间我们。"李慧道："我们忠心耿耿，为朝廷效死，为文大人、黄大人、顾公子鞠躬尽瘁，死而后已。"

一直没有说过话的戚少商，忽然说了一句："那你们就死吧！"

戚少商原本离开李氏兄弟足有七丈远，以他身负重伤，居然一掠而至，显然是蓄势已久，人在半空，剑势如虹，向李氏兄弟头上罩落，招招尽是抢攻险招。

李福、李慧一时慌了手脚，双剑并交，见招化招，但戚少商全不理会自己安危，中了两剑，鲜血洒落，但手中长剑依然抢攻凌厉，李氏兄弟只要被刺中一剑，便绝无活命之理。

高风亮见戚少商攻势如此猛烈，便想退走，不料戚少商剑圈一长，连他也急攻在内，高风亮只有奋力招架，只见戚少商独臂负伤，以一团剑气，力攻三人，竟无一招是守，招招杀着，高风亮、李福、李慧三人吓得魂飞魄散，被逼得手忙脚乱。

雷卷与沈边儿迅速地对望了一眼。

两人心里都同时明白：戚少商这下是在拼死，要手刃杀死雷远、雷炮、雷鹏的凶手，以报雷家临危相助之恩。戚少商可以说是已把生死置之度外了。

雷卷心中固然怆痛，但他恢复冷静极快，戚少商这样拼死，他也决不以为然。

可是他却不能妄动。

因为他的敌手是顾惜朝。

顾惜朝就等他动。

只要他再有妄动，顾惜朝就会全力置他于死地。

雷卷不能妄动，沈边儿却能。

他长身而起，直扑向戚少商的战团，以他的武功，已得雷卷真传，孟有威和游天龙决拦他不住。

他身在半空之际，忽然间，红影一闪，一个穿黑盔甲的大汉，竟长着一对红翼似的，迎面一戟刺到！

沈边儿怪叫一声，身形疾沉，"霍"的一声，腿粗的戟尖自头上擦过，刺入发束，沈边儿甚至还可以感觉到发根给扯裂的刺痛！

他沉得快，但脚下急风陡起，一个黄须满脸的金甲将军，一拐横扫他双腿关节！

这一下如给扫着，势子之猛，并非脚骨折断而已，只怕连一双脚也得被砸成稀烂，沈边儿背腹受敌，被人上下夹攻，绝了退路，人急智生，蓦地，一脚蹬出！

本来金甲将军这一杖扫至，沈边儿避犹不及，但他外表粗豪，心机却十分巧敏，眼看避不过去，居然不退反攻，一脚朝金甲将军额头踢去！

这穿金盔甲的将军自然就是"骆驼老爷"鲜于仇，他这一拐虽可把对方打成废人，但要是挨了沈边儿这一脚，虽是人在半空中匆忙发力，凭他深厚的内力相抗，至多额上肿个大疙瘩，但脸上却不好看，万一堕下马来，在众人面前，更大损颜面，鲜于仇觉得要杀这小子，反正机会还多的是，故此变招回拐，在眼前一格，"啪"的一声，沈边儿这一足踢在拐杖的结瘤上，内力反挫，沈边儿只觉脚趾一阵剧痛，未及收回，头上那红翼铁甲将军，已挺戟刺将下来！

沈边儿把心一横，险中抢险，借下坠之势，落到苍黄马背上来！

这一下，跟鲜于仇只隔着这怪马背上的一座驼峰，两人贴身极近，鲜于仇的拐杖变得毫无用处，霎时间，两人互攻了二十余招，招招攻取对方死穴，两人一面抢攻一面封架，只要一个疏神，挨得半招，决无活命之理。

这时，冷呼儿在半空中长戟也不敢击下，因恐误伤鲜于仇，他也飞身而下，落在马头上，双掌夹攻沈边儿。

三个缠战在一起，水泄不通，沈边儿背腹受敌，但依然处处抢攻。

那匹苍黄怪马受三人身体所压，早已承受不了，加上三人运劲互拼，怪马长嘶连连，发蛮扬蹄腾驰起来，但三人六腿仍然力夹马腹，手上杀着决不因而减弱。

这时漫山遍野喊杀之声，游天龙和孟有威已冲杀过来，穆鸠平奋力挡住，他受伤极重，连番转战，体力耗得七七八八，若不是游天龙并未出全力，穆鸠平早就伏尸就地了。

全场只有两个人不动。

顾惜朝与雷卷。

雷卷蜷缩在毛裘里，在这曙色将明的时候，寒厉的目光，盯着顾惜朝，使顾惜朝感觉到一股前所未有的彻骨寒意。

所以他立即道："你的伤，也不轻。"他的目光落在雷卷的腰上。

雷卷腰畔的毛裘上，有一蓬鲜血，正渐渐扩散开来。

毛裘极厚，要染红这样一大片毛裘，要流很多的血。

雷卷的血，已经流了好一会儿。

在高风亮和李福、李慧骧杀雷鹏、雷炮、雷远之时，雷卷一时情急激动，奋身扑去，顾惜朝伺机出手，砍中雷卷的腰部，但银斧也给雷卷劈手拿去。

顾惜朝手上已无斧。

只有刀。

一柄小刀，扣在他左手拇食二指之间。

只要雷卷一动，他就发出这一刀，他环视全场，己方占尽优势，兵力方面，更雄厚十数倍，而且他知道，不久之后，文张文大人会带"捕神"刘独峰赶来，那时，纵有十个戚少商又能如何？

雷卷心里暗急，但眼前的局势，已无法突破，他急也急不来。

忽然之间，他觉背后有一种逼人的杀气。

他不知道是谁，但眼梢所及，来人鹦哥绿绽丝战袍及地，腰缚着文武双穗绦，脚踏嵌金丝抹绿靴，来头非同小可。

而以这杀气揣度，来人的武功也决非庸手。

他的心沉了下来。

但他并没有回头。

因他一旦回头，眼睛就会稍离开顾惜朝手上的刀一瞬。

纵然这只是一瞬之间的事，但顾惜朝的刀可能就已钉在他的额头。

所以背后敌手再强，他也不能回头。

顾惜朝笑了。

他的笑是要在雷卷心中造成威胁。

他的笑同时也是得意而情不自禁的笑容：因为他已来了强援。

强援是黄金鳞。

黄金鳞和文张这两名官员，都是出名的足智多谋、手段残毒，所不同的是，文张较善于乘风转舵把握时机，也忍辱负重能屈能伸，而黄金鳞武功底子既高，文才也好，是文武双全的人物。

这时候，戚少商、穆鸠平、雷卷、沈边儿四人，全是背腹受敌，正在作困兽之斗。

但却有本来无关紧要的人，忽然做了一件事，改变了这个战局。

*

作者按：这汉子自然便是神威镖局的镖师唐肯。唐肯跟神威镖局局主高风亮，曾一齐共过患难，同过生死，并受贪官逼害，几乎满门蒙羞，但后来因得"四大名捕"中的冷血及"捕王"李玄衣之助，终于雪冤、重振神威镖局声威，在这段过程中，唐肯所慕恋的心上人丁裳衣也在该役中牺牲，高风亮本来豪情侠风，因历此劫后，人心大变，变得哈腰奉迎，着意跟官府常打交道，胆小怕事，而且渴望朝廷封赏，完全变了一个人。——故事详见《四大名捕骷髅画》。

第十一回

死人与死囚

在神威镖局那三十多人中，突然间，有一个浓眉大汉虎地跳了出来，正是唐肯。他叫了一声："局主，看刀！"一刀砍向高风亮左肩。

高风亮、李福、李慧三人力战独臂的戚少商，本已左绌右支。唐肯忽来这一刀，高风亮吃了一惊，回刀一架，高风亮的刀法远胜唐肯的刀法，这匆忙使出的一刀，看似无力，但直把唐肯震得虎口发麻，几连刀也握不住。

高风亮这一回刀，戚少商立时冲天而起，连人带剑，斜飞而落，急刺顾惜朝。

顾惜朝没有想到戚少商忽然能抽身掉头来对付他，"嗤"的一声，手中刀飞射而出。

"叮"的一响，半空中迸出星花，飞刀被戚少商的青龙剑震飞，剑势依然直取顾惜朝，势道更猛！

顾惜朝长空掠起，伸手一抄，抄住飞刀，以拇食二指执住刀柄，往下一划，刚好格住了戚少商这一剑！

"叮"地刀剑再炸出星火！

顾惜朝以指长的小刀格住了戚少商凌厉无比的长剑来势，星花四溅中，两人尚未落地，顾惜朝已猛身而上，一刀连接一刀，缠着青龙一般的钢剑，抢攻戚少商的要害。戚少商的长剑亦似奔龙一样，翻腾转折，以莫大的威力，攻杀向顾惜朝。

顾惜朝的小刀虽短，但攻势丝毫不弱，两人贴身而搏，小刀反而占了极大的便宜，这短促的刀光左一刀、右一刀、上一刀、下一刀、前一刀、后一刀、正一刀、斜一刀，直把一条青龙切得四分五裂，爪断足折，以使首尾不能呼应，进退失据。

戚少商驭剑射向顾惜朝之际，雷卷口中发出一声长啸。

他的人还未回首，身子已向后弹了出去，黄金鳞只见一件毛裘，飞撞了过来，头、手、足全部都缩入毛裘里去，他第一个感觉便是：自己决非其敌。

他一想到这点，便大叫一声："不关我事！"一面疾退。

雷卷倒撞而出的时候，已运起"霹雳雷电神功"，正要一击格杀黄金鳞，但听黄金鳞这声大呼，立时想起，救人要紧，杀人其次！整个人在疾退中急拔而起，掠至沈边儿、冷呼儿、鲜于仇三人格斗的苍黄马上。

雷卷这一坐下去，格勒一声，苍黄马立时足折而倒，三人身形同时往下挫，雷卷白嫩的手脚似闪电一般，在沈边儿腋下一托，沈边儿借力腾上，电光火石间向游天龙、孟有威抢攻了十二招，游、孟二人应付得手忙脚乱，沈边儿已然拉着穆鸠平身退。

同时间，雷卷已到了顾惜朝与戚少商的战团里。

顾惜朝正要把戚少商置于死地，忽见一团黑影卷来，此时天色初明，四周尚不十分明亮，顾惜朝一刀飞出，正中黑影，但黑影原来只是毛裘，一清瘦的身影疾闪而出，向他攻了一招。

这一招是一指。

拇指。

一指就捺在他的胸前。

顾惜朝奋力一侧身，"格"的一声，肩膀的骨骼，似是碎了，但是他射出去的飞刀，倒折而回，漾起一道血光，人影大叫一声，也射回毛裘里。

顾惜朝落地，脸色痛得铁青。

戚少商正待追击，雷卷沉声道："跟我走！"戚少商稍一迟疑，即随雷卷飞退。

亦在这时，沈边儿已示意穆鸠平下令道："退！"剩下十余名连云寨忠心耿耿的死士，也跟雷卷、戚少商、沈边儿、穆鸠平直往西南面退去。

这时，孟有威和游天龙抢过去看顾惜朝，顾惜朝捂着肩膀，似受伤极重，冷哼道："追！"

黄金鳞忽道："慢！"

顾惜朝怒道："为什么？"

黄金鳞道："顾公子忘了么？他们再往前去就是碎云渊，毁诺城！"

顾惜朝冷哼道："咱们不逼迫他到碎云渊，戚少商绝对不会自己跳过去；不逼迫他入毁诺城，他自己决不会打开城门，咱们就是要迫他进去！"他悻悻然道："何况，息大娘要的是戚少商的命，未必会杀雷家的人！"

冷呼儿气愤地道："对！雷家的人，忒也大胆，一个都饶不得！"

黄金鳞略一沉吟，道："好，这就追去！"想起雷卷背后撞来的声势，心有余悸，忽道："高局主。"

高风亮道："属下在。"

黄金鳞横了持刀在一旁的唐肯一眼，冷冷地道："你的属下可不老实。"

高风亮惶然道：“是，属下不该带他出来……”

黄金鳞皮笑肉不笑地道：“高局主，我看，你不是想把当年神威镖局官饷失劫的旧事重演吧？”

高风亮冷汗涔涔渗出，道：“属下，属下……属下一定处治这叛逆！”

黄金鳞冷哼道：“要处治，还等什么时候！”

高风亮道：“是……不过……不过……”脸如死色。

黄金鳞脸色一沉，道：“你不肯？”

唐肯忽站出来，弃刀，大声道：“大丈夫一人做事一人当，这件事纯粹是我唐肯一时冲动，想替一些不该死的人解围，要杀，就杀我一人好了！”

黄金鳞横扫了高风亮一眼。高风亮毅然亮刀，咬牙切齿地咆哮道：“唐肯，你找死，可怨不得我！”一刀往唐肯当头砍落，唐肯登时血流披面，仆倒在地。

顾惜朝看也不看，早已率连云寨叛徒追赶，黄金鳞这稍作拖延，使自己已不用打头阵，也偕冷呼儿、鲜于仇等官兵追去，高风亮期期艾艾道：“大人，属下……”

黄金鳞脸上闪过一丝愠色：“怎么，你不肯来杀贼么？”

高风亮诚惶诚恐地道：“为朝廷杀贼除奸，义不容辞，属下怎甘落人之后？不过……这位镖师跟属下曾有一段同生共死渡过患难的时候，故请大人恩准，属下留下一人替他收尸。”

黄金鳞心忖：人都死了，收尸姑且由他，不过看来这老匹夫怀有异志，他日鸟尽弓藏，这只走狗不妨先烹了再说。心念疾转，脸上堆起了笑容，道：“你这般念旧，当然不妨。李福、李慧！”

李慧、李福躬身应道：“在。”

黄金鳞道：“你们盯好那螃蟹手的！”

李福、李慧应道:"是!"

黄金鳞道:"我们不久便回来,这儿如有闪失,唯你二人是问!"

李福道:"黄大人放心。"

李慧道:"我们定不令大人失望。"

黄金鳞不再多说,往鲜于仇、冷呼儿等大队人马中赶去,高风亮向身旁一名腰系大斧头、脚踏铁鞋的老汉说了几句话,老汉点了点头,留了下来。高风亮跺了跺足,也向黄金鳞那一批人马赶去。

树林旁,一时只剩下了那老汉,还有李福、李慧,以及十二名官兵,押着一辆囚车,车里的人,衣衫碎裂,也分不清楚到底是血块还是黑布,抑或是肉块。囚车里的人,是被一块黑布罩住脸孔的。

李福看看形势,向李慧道:"咱们把人押过去,背着山石坐下来,等黄大人回来吧,后面是树林,总不大好。"

李慧道:"我看不如隐身密林,这样较不显眼,万一有敌人来,也可以敌明我暗,易守难攻。"

李福则不大同意:"要是黄大人回来,咱们进了密林,岂不是找不到我们?"

李慧觉得李福的话甚是荒谬:"怎会找不到,他看不到我们,我们可看得到他呀!"

李福不喜欢李慧一副讥嘲他的神态,觉得这样子的态度等于是侮辱了他的智慧,生气地道:"好,你这样说,待会儿出事,你可负责得起!"

李慧亦不喜欢他这个大他半个时辰出世的兄长这种并非就事论事的态度,赌气地道:"有事发生,又怎么样?咱们也别那么自贬身价,有什么人我还担当不了的!这人不死已断了半气,还能跑去哪?再说,在我剑下,谁救得了他——"说着扯开了囚犯头上的黑布，只见一张平静闭目的脸孔，脸上血迹结成一块一块的，左眼角被打裂，右颧也青黑肿起一大块。不过，在晨曦之中，这人英伟的容貌仍可以揣拟得出来。

李慧道："这人是谁？"

押囚车为首的一名官兵道："他是铁手。"

李福、李慧并不知道这囚车里的人竟是"天下四大名捕"之一的铁手！他们吃了一惊，蓦地，囚车中的人睁开了双眼，神光暴现，李氏兄弟一齐退了两步，李福失声道："是他？"李慧道："铁手？"四大名捕的威名，的确在武林人心目中有很大的力量，铁手纵在囚车之中，重伤戴枷，奄奄一息，但平素作恶多端的李氏兄弟，一时也心惊胆战。

两人怔了一怔，这才想及铁手仍在囚车之中，又念及当日在李鳄泪麾下何等威风，却正是给"四大名捕"中的冷血一手搅砸，顿失靠山，要不是自己两兄弟见机得快，趁风扬帆，结果堪虞，越想越怒，想这四大名捕之一落在自己手上，出一口鸟气也好！

李慧叱道："兀那恶贼，你也有今天！"右拳向铁手脸门击去，铁手要是挨这拳，这张脸就算毁了。

忽一人伸手一托，顶住了李慧的右肘，便是李福，李慧怒道："你干什么？"

李福道："黄大人只叫我们看着囚车，没叫我们打杀囚犯，万一——"说到这儿，没说下去。

李福的意思李慧自然了解，兄弟二人心灵本就相通，故在外颇能同声共气，二位一体，但越是因为如此，兄弟二人越想表现个别造就，故两人其实并不和睦，诸多拗气。这时李福的用意，是提醒李慧，万一铁手仍是黄金鳞的朋友，只是犯了一些事情才假意造作一番，并不是死囚或重犯，如此，铁手若被释放出来，他俩滥用私刑，岂不又惹上一个煞星？

李慧道："我看……不像……你看，他被打成这个样子——"铁手此际被折磨得十分凄惨，李慧当然觉得如果铁手跟黄金鳞是一伙的话，黄大人自然就不会用这般重刑，既然用上了，那么，这人是断然没准备让他活下去的。

李福觉得李慧不肯听他的话，便没好气道："那么，你高兴打便怎么打去，反正我管不着！"

李慧倒也不敢造次，万一黄金鳞谴责下来，他已失去李鳄泪这大靠山，未必承受得起，便道："也罢，就听你的话，入树林里去吧！"

李福这才高兴起来，一行人把铁手的囚车推入树林里，场中只剩下一个老汉，正在掘地埋尸，也没人留意他。

因为没有人留意他，又离得太远，更没注意到他在低声跟地上的"死人"说话："唐肯，你知道你这样做，会累死了全镖局的人吗？"他一面说着，一面把一股内力，传入地上那"尸体"的体内。

那"尸体"便是唐肯。

唐肯只觉心脉一股暖流传入，迷迷糊糊地醒了过来，只记得局主高风亮就在自己头上斫了一刀，以为自己死了，睁目一看，却看见局里的另一位镖师勇成。

勇成在"骷髅画"事件中，是神威镖局中唯一不肯变节的镖师，跟唐肯、高风亮反攻"神威"时出过大力，唐肯对他有一份亲切的感情，只听勇成又道："局主用的是'庖丁刀法'来斫你，所以刀锋反钝，以无厚入有间，生杀自如……你只是头上受了点轻伤，淌了点血罢了，死不了的！"

唐肯听得这样说，才知道自己还没有死，想挣起来，勇成用手按住他，低声疾道："不行，你不能起来，否则，局主也救不了你。他斫你那一刀，原趁大家没留意，才不发觉，而且他们也觉得你不足为患，故没生疑，你这样起来，给树林子里的人看到，不但你我非死不可，连局主也得受累，可千万起不得。"

唐肯眼角有些潮湿，也不知是血是泪，小声地说："我知道局主对我好……可是，他实在不该恩将仇报，杀死雷家三兄弟啊。"

勇成脸肌搐动了一下，微叹道："我也不同意局主的做法，不过，他委曲求全，那也是无可奈何的事。要知道，文张文大人本来命他杀的是戚少商，但他因念戚少商之情，并没有对他下手；李氏兄弟要他杀雷卷，但他也顾及雷门的义气，没有下手，只好选雷远来杀，你想，要是那一刀是向戚少商或雷卷砍去，他俩不防范，可有活命的余地么？"

唐肯担忧地道："可是，局主这一刀，也失了江湖义气……成叔，你想，雷家的人会放过局主吗？"

勇成无奈地道："唉。我也觉得，自从镖局那次变难后，局主也似变了个人，行事藏头缩尾，诸多顾虑，且跟官府勾搭，全没了当年志气！"

唐肯觉得头上热辣辣地痛着，他自小历艰辛成习惯，很能忍痛，但这样躺着不动反而很不舒服，道："成叔，那我现在，该怎么办？"

勇成想了一想，道："我把你埋下去，但留了个透气的窟窿，泥是松的，我埋得浅，我走后，待他们也走了之后，你来个'死尸复活'，再填平泥土，大致上不会启人疑窦。"

唐肯道："哦！"

勇成又道："局主虽然性情大变，但人心没变，他念在你曾为他效过死命，重振神威，所以，甘冒大险不杀你，这点心意，也算难得了。"

唐肯心中感动，一时说不出话来。

勇成道："树林里李氏兄弟必在监视着，我不多言了，把你埋了。"

唐肯忍不住问了一句："他们在树林里做什么？"

勇成道："他们押了一个囚犯，生怕有人劫囚，所以退入树林。"

唐肯任侠之心，一向不减，又问："囚犯？什么囚犯？"由于他自己被人冤枉过，当过囚犯，所以对"囚犯"特别敏感。

勇成长叹道："听说便是'四大名捕'中的铁手铁二爷，看来，又是一场冤狱！"

唐肯心中一震：怎么是铁手！想启齿再问，勇成已开始在掘土，因离得远，唐肯也不敢扬声发问，心里只是在想：怎么办？铁二爷竟给人抓了，以"四大名捕"义薄云天，为民除害，想必是冤的，可能是给人设计陷害。

唐肯虽未见过铁手，但素闻铁手威名，而且，神威镖局一案全仗冷血鼎力相助，才能沉冤得雪，唐肯也洗脱了罪名。唐肯对"四大名捕"自是又敬重又感激。

唐肯心里焦虑着，勇成已掘好了浅坑，过来抱起唐肯，塞了包金创药给他，低声说："好了，下去吧，一切，都看你运气了，暂时，还是别回镖局去吧。"

唐肯正想问，那么铁二爷就由他……勇成已把他抛入坑里，泥沙已经罩下来了。勇成为了做得愈像，愈可不使人生疑，所以手脚愈是利落。泥土是松软的，勇成在泥层向着唐肯正脸留下了很大的窟窿，心里想道："唐肯躲开此劫，总该找个地方，躲匿一段时期吧？"

第十二回

轿中蒙面人

又过了一会儿，唐肯在沙堆里昏昏沉沉的，但心里一直在想：铁二爷就在囚车里，我该怎么办，我该怎么办⋯⋯？李福、李慧等就在树林子里纳凉，这些人不离去，唐肯就不能自沙堆里出来，这时日头开始猛烈了，唐肯给闷得确实有些头昏脑涨。

忽然一阵蹄声急起，唐肯全身都陷在沙堆里，只有脸鼻冒出了一小截，听觉也不灵便。待发觉时，身上已被几下重踏，一块大黑影已掠了过去，才知道一匹马自身上的沙堆疾驰而过，幸好沙堆得够厚，而且总算也没踩着脸部，否则，准要受伤不可。

只听那马上的人呼叫道："别动手，自己人！"想必是"福慧双修"以为有人来袭，要大家动家伙。

只闻李福道："哦，原来是你。"

李慧道："冯总领，不知有何见教。"

那打马赶来的人正是冯乱虎，霍乱步跟宋乱水、冯乱虎隶属于顾惜朝管辖，跟李氏兄弟所隶属的不同，所以彼此之间，也并不十分和洽，这时正见冯乱虎打马赶马，满头大汗，额前青黑了一大片，那自是因为曾吃了雷卷一指之故，大声道："黄大人要你们赶快押犯人回衙，别在这里守候了！"

李福、李慧互觑一眼，李福狐疑地道："怎么⋯⋯"

李慧接道："难道……前面出了事吗？"

冯乱虎道："唉，不要提了，没想到……怎么，你们不信吗？"掏出一方印玺，道："这是黄大人的手令，他怕你们在这儿守候太久有失，还是先押此人入城再说。"

李氏兄弟见黄金鳞手令，当下不再置疑，而在泥沙里的唐肯乍闻此讯，心中一喜，忖道：莫非是黄金鳞、顾惜朝等追捕戚少商、雷卷等出了乱子？随即又忧虑了起来：高局主和成权都在那儿，会不会也有意外？心里一喜一忧，便听李福、李慧喝令士兵，押着囚车，辘辘地行将出来。

李福、李慧，一在前，一在后，押着囚车，连同那十二名官兵，走了出来，冯乱虎则在中间策马贴在囚车巡视，这行人和车马，走过的地方，其中一处，正好隔着泥土，辗在一个未死的人的身上。

这人当然就是唐肯。

当李福等走过他"身上"的时候，他脑里一直盘旋着一个意念：要不要救铁手，要不要救铁手……等到囚车辘辘，从泥上碾过时，他再也按捺不住，大叫一声："铁二爷！"飞身而起！

压在他身上的沙子，其实也有相当的重量，他一跃而起，肌骨一时仍未舒伸灵动，只是他自地里跃起，实在出现得太过突然了！

他一跃而起，一行人全都怔住，像看见一只鬼一般。

唐肯一刀砍在囚车上，又叫了一声："铁二爷。"

铁手缓缓睁开了双眼，唐肯和铁手是平生第一次照面，但唐肯却觉得铁手看他的眼神，就像看一个熟朋友一般，平静、温暖，但不激动，唐肯瞥见铁手全身伤痕，想起当年他自己在狱中被拷打的情况，又记起许多有关"四大名捕"侠义救人的事迹，心中大是不忍，一下子，什么都豁了出去，大声道："我来救你！"一刀一刀地砍在囚车木栅上。

冯乱虎策马冲了过来，叱道："小子还想再死一次！"身子一俯，一剑斩向唐肯。

唐肯这时已砍断了七八根囚车的木栓，铁手微弱地叫道："快走……"冯乱虎的铁剑已砍了下来。

唐肯举刀一格，"当"的一声，格住一剑，那马直冲向他，他忙扶铁手往车内一闪，险险擦过，但那一格之力反挫，刀背略为碰在头上，他的头顶本来就受了伤，这一碰剧痛攻心，"哎唷"了一声。

铁手道："你怎样了？"

唐肯见铁手身负重伤，命在垂危，却来关心自己，心中感动已极，道："我没事。"发觉铁手软弱无力，原来身上至少有七八道重穴被封，而且，手脚还戴枷上锁，都是纯铁打铸，一时解得穴道，也打不开枷锁，不禁大急，这时，那十二名官差散开，团团围住了他，而李福、李慧齐齐呛然拔剑，一前一后，进逼而来。

唐肯已经不及去解铁手的穴道，持刀对抗，他也明知自己决非"福慧双修"之敌，但而今只为了救铁手，什么也不管了。

正在这时，忽听一人道："犯人可是铁游夏？"

这一发声也没有什么特别之处，但人人都以为自左耳畔响起，忙向左一看，却并无人说话，但见树林子里，有四个蒙面人，抬着一顶轿子，缓缓行了出来，轿子所披和蒙面人身上所着的，全都是紫色的绒布，远远看去，也可以看得出其质地极端名贵。

这下子，光天化日下，树林子里忽然走出了四个蒙面人抬着一顶轿子，一时间，李福、李慧等如临大敌，吩咐十二名军士围成半月形阵势，唐肯忽想起一人，向铁手喜道："是不是无情大爷？"

不料铁手脸色凝肃，缓缓地摇了摇头。

唐肯奇道："那么，他是……"话未说完，冯乱虎自马上一蹬，一扑而至，一剑斩下！

唐肯奋力一挡，还回砍一刀，冯乱虎闪过一刀，两人交手七八招，冯乱虎的刀，忽然变了方向，专攻铁手，唐肯慌忙阻拦，这一来，变成冯乱虎有两个攻击对象，一是唐肯，二是铁手，而只有一人能作招架还击，这样自然是占尽优势，又七八招，唐肯已是被迫得手忙脚乱，左绌右支。

这时，那声音又徐徐响起："阁下是不是铁手？"这次是分明自轿里传出来的。

李福叱道："你问来做什么，快滚！"

李慧喝道："我们是官差，再不走开，连你一起杀了。"

轿里的人悠闲地道："哦？你是官差，就可以连我一起杀了么？"

李慧一扬剑道："你以为我不敢！"

李福却问了一句："阁下是什么人？躲在轿里，鬼鬼祟祟的做什么？"

轿里的人却仍是在问："铁手？"

铁手强持丹田一口气，道："在下正是。"

轿中人道："凭你铁手神功，怎会给这干无能之辈所趁？"

铁手道："我是甘愿伏法的，只是，没想到……"

轿中人微讶道："哦？你犯了什么法？"

铁手道："我放了几个皇上下旨要抓的侠盗。"

轿中人即道："是戚少商他们吧？"

铁手也微诧道："是，阁下……？"

轿中人截口道："他们若要押你回京师便了，又何苦这样来折磨你！是黄金鳞、鲜于仇、冷呼儿那些下三滥的东西干的吧？"

李福、李慧一齐怒叱："闭嘴！"两人一齐持剑跃出，李福把手一扬道："你压阵！"

李慧道："我先上！"李福道："我先！"李慧道："好！"即退回阵中。

就在李福、李慧极快的几句对话间，轿子那儿也说了几句话，轿外的蒙面人甲道："爷，让我来！"轿中人道："不必，我好久未试剑了。"蒙面人乙道："爷，这地方很脏，你要小心。"轿中人道："我省得。"

这时，李福已化作一道剑光，直射向轿子。

蒙面人丙和丁连忙分左右把轿帘拉开，里面有一个衣着十分华贵的蒙面人，这人嗖地掠了出来，蒙面人甲连忙相随掠起，双手捧着一柄十分名贵的剑，疾道："爷！"轿中蒙面人一颔首，李福的剑已然刺到。

轿中蒙面人"呛"的一声，自蒙面人甲奉上的剑一拔，李福只知眼前精光一亮，心里只来得及想，天下怎会有这样明亮的剑！第二个念头还未来得及转，自己手中的剑已断开七截，左肩也开了一道长长的血口！他惊叫了一声，轿中蒙面人却把剑往蒙面人乙一抛，道："脏了。"蒙面人乙一手接住，即往襟内掏出一块极其名贵的丝绢抹揩剑上的血渍。

轿中蒙面人又遥指李慧，道："我连他也一并教训！"飞身而起，他离李慧足有五丈远，掠出丈余，身形往下一沉，蒙面人丙和蒙面人丁已抢到他落脚之处，在地上迅速地铺了一块紫色绒布的厚垫，轿中蒙面人不慌不忙，右足借力一点，又凭空跃起，掠向李慧，他脚下名贵的紫色绒靴，竟全不沾掠上泥尘。

他凌空跃起，蒙面人甲已赶不上去，但迅速在轿中掏出一柄纯银打造的剑，飞掷而出，边叫道："爷，剑！"轿中蒙面人跃至李慧身前，手中本没有剑，李慧一剑刺去，却刺了个空，待把住桩子回首之际，轿中蒙面人已接过银剑，一剑划出，李慧惨叫一声，和着血光捂肩而退，手中剑呛然落地。

轿中蒙面人一手把剑回甩，道："又脏了！"银剑教蒙面人丁接住，轿中蒙面人却不落地，身形微微一沉，当即再起，竟跃过十二名军士的刀枪，直落入唐肯和冯乱虎的战团，只闻他说了声："剑来！"蒙面人乙的剑已经抹好，长空投去，冯乱虎知道这人厉害，不战唐肯，立意要在这人未接到剑之前把他格杀，招招都是杀着，但那人的身子直似羽毛一般，只要惊起一点劲道都会把他吹走，在剑未刺中之前的刹那间换了位置，冯乱虎剑剑刺空，还待再刺，突然之间，剑光一闪，冯乱虎手中的剑从剑尖到剑锷，裂成两片，这下可把冯乱虎震住，只见那轿中蒙面人手里已有剑，正飘然落了下来。

他人才落下，那蒙面人丙、丁已赶至，两张锦垫立时送到他脚下，轿中蒙面人仍是双脚未沾尘埃，这时，剑光突又闪了一闪。

冯乱虎心知肚明：要是这人手中剑再加一点点力，自己的虎口手腕就势必被斩断，登时吓得出了一身冷汗。蒙面人把剑一抛，蒙面人丙忙双手接住，只听他悠闲地道："抹一抹！"蒙面人丙恭敬地道："是，爷！"

轿中蒙面人倒后一翻，竟直掠回轿中！他人一入轿，蒙面人甲、乙两人，一个摇紫羽扇，一个用名贵茶壶斟了半杯，道：

"爷，喝茶。"轿帘又垂了下来，再也见不到蒙面轿中人的模样。

但就在他自轿中去来间，已换了三次剑，打败了三名一流剑手，脚底连半点泥尘都不沾。

其实，李福、李慧肩上所受的伤也不算重，但伤得恰到好处，两人都哼哎有声，无法提剑再战，冯乱虎胆气本豪，现在却站也不是，战也不是，只听轿里优哉游哉的声音道："铁二捕头，你可以走了，他们不敢留你的。"

唐肯见那轿中蒙面人在兔起鹘落间已摧毁了所有敌人的战志斗志，目瞪口呆了一阵，这时回望过去，才发现铁手颈上、双手、双踝间的铁链、枷锁全已被劈开，才知道最后那次剑光一闪间，那人已斩开了铁手身上的禁制，而自己还懵然不知。

只听铁手沉声道："谢……"

轿中人截断道："你走吧。我在这儿，这里的人，在你没有走远之前，谁也不会动一动的！"忽唤道："喂，汉子！"

唐肯怔了一怔，东看，西看，只见铁手向他点了点头，唐肯指着自己的鼻子，道："你，叫我？"

轿中人道："你扶他去吧！"

唐肯道："是。可是……"

轿中人道："你要马代步是不是？"顿了一顿，道："那两兄弟会把马借给你的。"

唐肯大喜忙过去把铁手扶到一匹马上，然后自己纵身上马，扬声问道："阁下救命大恩，在下永志不忘，敢问……"

铁手忽道："不必问了，他要是方便说，又何必蒙面！"

轿中人笑道："正是，我今天救你们，说不定，改天便要杀你们，彼此不须欠情，日后动起手来，也方便一些。"

铁手道："好，就此别过，后会有期。"唐肯牵着他的马，自缓而速，绝尘而去。李福、李慧、冯乱虎及那十二名军士，真个连动都不敢动，更遑论去追了。

铁手与唐肯去远后，蒙面人丙说："爷，咱们这样做……？"

轿中人长舒了一口气，道："尽管日后可能与他决一死战，但总不能眼见英雄好汉遭狗腿子凌辱！"

蒙面四人都垂手道："是！"

第十三回

梦幻城池

一座白玉般的城池，在这幽森的林子里，幽幽玄玄地出现。

戚少商、雷卷、沈边儿、穆鸠平及这一干走投无路的人，在林子里左窜右突，在寻找出路，便在这时，在林木、枝叶、丫杈之间和树梢上的视野里，积木似的隐现了这般梦幻似的城池，左一块，右一块，待突然奔出了林间，整座城堡，便在眼前！

穆鸠平失声道："毁诺城！"

沈边儿却低头看通向那座梦幻城池的护城河："碎云渊"。只见河上氤氲着浓雾，什么也看不清楚，只知道这城堡建于绝地，鸟飞不入，若要硬攻硬打，就算是调度三万精兵，也一样固若金汤。

河间隐隐约约，有一道古老铁索桥，通向城门：这似乎是入"毁诺城"的唯一通道。

"毁诺城"冷冷清清，在外边的坚石冷树，仿佛花到此地，再不开放，鸟也不敢再鸣叫了。

雷卷忽道："敌人迫近了。"

人人都望向戚少商。穆鸠平焦急说道："可是，戚大哥要是进去，那是自寻死路！"

沈边儿忽然哈哈笑道："是了，敌人来了怎样？最多不过是一拼，省得找女人庇护，辱没了声名！"

雷卷也道："要入毁诺城，那索桥是必经之路，对方若在桥上加以暗算，咱们就只好死在河里喂王八，横竖是死，死在陆上痛快多了！我可不会泅泳。"

那一干遍身浴血的连云寨弟兄也纷纷附和道："是！""对呀！""什么毁诺城，送给我都不要进去！""碎云渊有什么了不起，咱们突围好了！""让息大娘那老姑婆息了那条心吧！"

穆鸠平如雷般喝了一声，道："对！咱们突围去！"

戚少商忽道："人已在三方包围，咱们突不了围！"

沈边儿道："突围不了，最多拼命，对方只有顾惜朝、黄金鳞、鲜于仇、冷呼儿、霍乱步、冯乱虎、宋乱水、游天龙、孟有威、高风亮、李福、李慧是硬点子，咱们未必拼不过他！"

戚少商道："他们人多，援军还会继续增添。"这时，后、左、右三个方向的风吹草动胡啸之声越来越紧密。

雷卷道："他们有的也带了伤……咱们拼得活一个是一个！"

戚少商说道："可是，刘独峰就要来了！"

这句话一出，大家都静了下来。戚少商长吸一口气，道："咱们过去吧！"当先行出，雷卷道："也罢，看它是什么龙潭虎穴！"跟着行去。一行人走到铁索桥中，大雾遮掩了一切，连旁边的人也看不清脸孔，突然之间，那索桥剧烈地颠簸起来，穆鸠平一面忙于稳住步桩，一面骂道："兀那婆娘，竟设计害咱们，要给我拿住——"

连沈边儿与雷卷，眼中也升起忧惧之色，沈边儿心想，这次糟了，恐怕要全军覆没于此了！雷卷暗忖：怎么如此大意疏忽，不留些人在岸上以观变化！

这时，树林边的追兵已全赶到，顾惜朝、黄金鳞、鲜于仇、冷呼儿走在最前面，看见铁索桥高空翻起，如一个巨人的巨灵之掌一般，几个翻转，"叭"的一声，打在河流中，桥上的人，自然都落入河中，只听惨叫连连，不一会儿，沙上升起了几具骨骼。这一群追兵连日来与连云寨数番剧斗，而今眼见敌人变了白骨，胸中虽放下了心头大石，但心里亦若有所失。

冷呼儿骇然道："原来这河水是化骨池！"

顾惜朝道："嘿，没想到，戚少商终于还是死在息大娘手下。"

鲜于仇犹自未甘，道："只是这样子太便宜他了。"

黄金鳞忽道："顾公子。"

顾惜朝道："黄大人你可心满意足了？"

黄金鳞道："不知公子跟毁诺城里的息大娘熟不熟络？"

顾惜朝一怔道："你想见她？"

黄金鳞道："敌人的敌人也会是自己的朋友，我想见一见她，准没错儿。"

顾惜朝道："听说此妹脾气倔强，十分凶悍，敢作敢为，没有必要，还是少招惹她的好。"

黄金鳞沉吟了一下，道："我有一事不解。"

鲜于仇没耐烦地说："眼下强敌尽灭，黄大人还有什么事解不开的，还是回到醉月楼、寻芳阁慢慢再说吧！"

顾惜朝没理会他，问："黄大人，什么事？"

黄金鳞忽一笑道："顾公子运筹帷幄，决胜千里，为国为民，操心劳神，对女人风情，不枉费神……下官却难免有些定力不足，红粉知音，亦有几人……"

冷呼儿冷笑道："原来黄大人却数起他的风流韵事来了。"

顾惜朝知道黄金鳞有话要说，便道："黄大人的意思是……"

黄金鳞正色道："一个女子，如果这般痛恨一个男人，似乎不会把他……还没照面就变成一堆白骨……"

顾惜朝何等聪明，立即道："你是说——？"

黄金鳞脸有忧色，点了点头。

顾惜朝霍然道："好，我求见息大娘。"长衫一折，手下递来纸笔，他即挥毫成书，束卷系于箭尾，弯弓搭箭，"啸"的一声，射入隔河的城墙内。

黄金鳞不禁赞道："公子真是文武全才，难怪傅相爷这般赏识。"

冷呼儿这才弄清楚大概是怎么一回事，道："不可能吧，我们是亲眼看见戚少商这些人被倒入河中的，人都已变成了一堆堆骨头了，怎会……"

顾惜朝道："要是息大娘拒见，那就表示有问题。"

黄金鳞道："她要是真来个相应不理，我们……是否真的要挥军攻城？"

鲜于仇望望城墙，望望索桥，再望望深河，道："只怕……这儿不好攻。"

黄金鳞有些愁眉不展地道："问题是：文张文大人交代过，毁诺城是拉拢的对象，最好不要树敌。"

冷呼儿冷笑道："文大人？他懂个什么？半年前他还是个地方小官，而今乘了风掌了舵，也来发号施令了。"

黄金鳞笑道："还是冷二将军豪气，拿得起主意！"

蓦地，"呼"的一声，一枚响箭，疾射而来，顾惜朝左手一翻，已抓住响箭，拆开箭尾的字条一看，喜道："息大娘肯接见我们了。"

冷呼儿冷哼了一声道："量她区区一个小城主，也不敢得罪我们这些朝廷命官。"

只见铁索桥又慢慢放了下来，黄金鳞等你望我、我望你，宋乱水道："公子，看来，那婆娘是要我们走过去……"

霍乱步即道："不可以，前车可鉴！"

冯乱虎道："咱们可以留大军在此，派代表过去。"

霍乱步道："可是，谁要是过去，势必要甘冒奇险。"

黄金鳞忽笑道："下官素来胆小，冷二将军一向艺高胆大——"

冷呼儿脸色都黄了，强笑道："不行，不行，要论胆色，还是鲜于将军行！"

鲜于仇忙摇手道："我哪里及得上冷将军你！何况冷将军有双羽翼，可以滑翔，我么？那是连泳术也不会，怎能负此重任……"

顾惜朝忽道："我去。"

霍乱步道："大当家，不行，你怎可冒险犯难？"

顾惜朝冷笑道："人家已打开了大门，咱们总不能连代表都派不出一人！"

宋乱水道："我随大当家去。"

黄金鳞忽道："可能谁也不必去。"

霍乱步道："哦？"

黄金鳞道："因为他们已经派人出来了。"

桥心有一个中年妇人，正缓步姗姗走来，远远看去，面貌甚是娟好，发尾扎着蓝色头巾，随风飞曳，然而走得越近，越感其秀气迫人。

顾惜朝走到桥头，躬身一揖，道："拜见息大娘。"

妇人道："谁是顾惜朝？"

顾惜朝："在下正是。"

妇人道："咱们已替你料理了敌人，你还要做什么？"

顾惜朝彬彬有礼地道："大娘名闻江湖，却无缘一见，今特来拜会。"

妇人笑啐道："呸！我叫秦晚晴，才不是息大娘，你要见息大娘是吗？"

顾惜朝一愕，忙道："是。"

秦晚晴一笑，回手一撒，一朵金花烟火，直冲而上，不一会，桥上又走来了一个老妪，一步一顿，手拿白色藤杖，然而眼神甚有风情，顾惜朝又一揖："晚生拜见息大娘。"

老妪点了点头，问秦晚晴："他说什么？"秦晚晴大声说了一遍，震得在丈外的众人，耳朵嗡嗡作响，心里都吃了一惊：没想到这秀气妇人，内力如此充沛。

只见那老妪道："他要见息大娘呀？"

顾惜朝知道这老妪耳朵有点不灵光，也运足气道："婆婆不是息大娘？"

老妪笑道："息大娘，她是我这般年纪就好啰。"咧嘴一笑道："我叫唐晚词，你要见息大娘，好，这也不难。"扬手一甩，啪地又在半空炸出一朵银色的烟花。

过了不一会儿，桥心上又出现了一人，这老婆婆蹒跚颠蹭，白发苍苍，在桥上走着，使人担心她给风一吹，直落深渊。这老婆婆一摇一摆地上了桥墩，双手拿着拐杖，好一会儿才喘平了气，张开了嘴，却没有了牙齿，说了几句几乎被大风吹走的话："你是谁？"

顾惜朝这下可学乖了，并不马上揖拜，道："在下顾惜朝。"

老婆婆问："要见谁？"

顾惜朝答道："息大娘。"

老婆婆摇首道："老身叫南晚楚，大娘今天心情不好，不会见你们的，你们回去吧。"说着，巍巍颤颤地拄杖要回去。

顾惜朝忙道："南婆婆。"

南晚楚回首问："怎么？"

顾惜朝道："晚辈真心诚意要拜会息大娘，请婆婆传报一声。"

南晚楚道："你跟大娘又素不相识，她岂肯见你！"

顾惜朝拦在桥墩前，道："息大娘为朝廷除掉重犯，定当上报，朝廷必有重赏，若息大娘肯予接见，教晚生便于为毁诺城说话。"

南晚楚道："我们并不汲汲于功名，你的好意，就此代大娘心领。"

顾惜朝道："婆婆真不肯替在下引见？"

南晚楚已走近桥墩，忽道："公子是不让老身回城了？"

顾惜朝略一迟疑，立即闪身一让，笑道："这个晚生怎敢……？不过，在下实在不明白何以息大娘不肯让我拜谒一面？"

南晚楚走上桥墩，唐晚词和秦晚晴一左一右，扶住了她，南晚楚忽道："你真的要见大娘？"

顾惜朝道："是！"

南晚楚在唐晚词和秦晚晴扶持之下，蹒跚地往桥心走去："若你真的要见，请跟我来。"这时，两方相距已有段距离，风声厉烈，但南婆婆的声音却清晰可闻。

顾惜朝走前两步，本要走上索桥，但又停住，终于扬声道："婆婆，大娘既不肯素脸相见，在下也不想相强，那就罢了，至于杀戚少商一事，婆婆就替在下谢过大娘吧！"

唐、秦、南三人也没什么反应，径自往桥走去，终消失在桥心的浓雾里。

宋乱水一直站在顾惜朝身旁，此刻忍不住道："这几个臭婆娘摆足架子，我说，大当家的又何必纡尊降贵的要过去！"却蓦地发觉：在如此酷烈的风中，顾惜朝背后的衣衫已湿透！

只听顾惜朝喃喃地道："好险，好险！"

黄金鳞走了过来，两人交换了一眼，黄金鳞脸上忧色更浓："恐怕，这座梦幻城池，确有问题。"

顾惜朝长吁一口气，道："她们故布疑阵，几乎，连我也忍不住要随她们过桥入城去了……只怕，我未必走得过这桥心！"

孟有威在一旁不服气地道："几个老太婆，能奈公子何！"

"老太婆？"顾惜朝道，"后二人都经过乔装打扮，而且易容术都十分高明，只怕……其中一人，还是息大娘本人！"

孟有威吓了一跳，失声道："吓？"

游天龙不明白地问："那么，公子又放虎归山？"

顾惜朝将手心的汗揩在衣摆上："她们要是三人同时合击，刚才的处境，我未必能接得下……"顿了顿，随即傲然道，"不过，她们也没有把握杀得了我！"

鲜于仇怀疑地道："那么，我们千辛万苦地迫戚少商等来此地，岂不是一子错，满盘皆落索？"

顾惜朝道："那也不一定，何况，我们是亲眼看到铁索桥翻转，把戚少商等倒落河中的。"他指了指，河上仍漂着十几具白骨，至于肌肉衣物，尽皆消融。

宋乱水骂道："贼婆娘，装神骗鬼，准没安好心眼！"

黄金鳞忽道："一错不能再错，我们已擒住了铁手，不容有失，这儿的事，又似一时三刻解决不了，不如叫人走一趟，把铁手先押回京，免得夜长梦多。"

顾惜朝道："好，叫冯乱虎去，他够快！"于是冯乱虎受命出发，赶至林子通知了"福慧双修"，不料唐肯拼死救铁手，又来了一班蒙面人，使他们既失囚犯，又挂了彩，这且按下不表。

至于黄金鳞、顾惜朝等仍围着毁诺城枯守着，冷呼儿却不耐烦，道："这样干巴巴地在这儿，算作什么？要嘛，挥兵攻进去；不要嘛，穷耗在这儿，一点意思也没有！"

黄金鳞冷冷地道："既然冷二将军天生神勇，就由你领兵攻城吧！"

冷呼儿眼见那飞鸟难入飞猿难攀的城池，便闷住了气不说话，鲜于仇也憋不住了："咱们现在既不进，也不退，豁在这儿，干什么来着？"

黄金鳞道："等人。"

冷呼儿问："什么人？"

黄金鳞道："一个可以解决一切问题的人。"

冷呼儿、鲜于仇齐声问："谁？"

黄金鳞道："'捕神'。"

这次是冷呼儿、鲜于仇、宋乱水一齐失声道："刘独峰？"

高风亮道："听说此人养尊处优，又有洁癖，他……他老人家肯来这些地方吗？"

"我很老吗？"一个声音忽然传来，就似响在场中每人的耳畔，"其实你可能还比我老上几岁呢！"

只见林中出现了一行人，四个锦衣华服的人扛着一顶纱帐软垫的上品滑竿，竿座上，坐着一个尊贵高雅的人，脸容给竿顶垂纱遮掩着，瞧不清楚，还有一前一后两个鲜衣人，一开道一压阵，在这山林乱石间，悠然行来，令人错觉以为是京城里的一品大官出巡一般。

第十四回

息大娘

那老婆婆南晚楚，在老妪唐晚词和妇人秦晚晴的扶持下，过了索桥，南晚楚问："铁桥的机关，全部开动备战。"秦晚晴道："是。"自怀里摸出一条蓝色丝巾，往城头扬了扬，城上略有人影闪动。

南晚楚的声音忽然变了，变得清脆，好听，就像清风吹过风铃的声响，忽然间，她一点也不老态龙钟了，也完全不需要人扶持，向秦晚晴问："他们都在'沉香阁'里？"

那系蓝头巾的美妇嫣然笑道："是。"

南晚楚道："晚词，你也不必扮成那个老不溜丢的模样了。"

老妪笑道："是。"三人已走入城堡，老妪一面走着，一面卸妆，旁边有十数个女子替她卸装，很快地，这"老妪"唐晚词变成了一位非常娇艳的美妇，她与秦晚晴相视一笑，道："大娘您呢？"

南晚楚笑啐道："我卸什么装？让他们看看我老了的样子也好。"

唐晚词和秦晚晴都笑了起来。这两个美妇，笑起来都十分风情。南晚楚笑道："笑什么，大敌当前，要好好守城！"

唐晚词道："城固然要好好守，但心里总为大娘高兴。"

南晚楚不在意地道："高兴什么？"

秦晚晴摸摸发后的蓝巾，笑道："这些年了，他，终于来了。"

南晚楚喃喃地道："这些年了……"忽然之间，又似老了许多，往城内走去。她才离开，秦晚晴与唐晚词立即部署，这是一座就算千军万马，也不易攻破铜墙铁壁的"毁诺城"。

南晚楚一路走去，到了一处精致的水阁，她舍弃大门不入，反而走到一堵墙前，这墙壁上画着一对男女，女的在梳妆，男的正替女子画眉，深情款款，意态缠绻，手笔十分旖旎。南晚楚怔怔地看了一会儿，幽幽叹了一口气，伸出手掌，在墙上画着的那支眉笔上一拍。

就在她伸手出袖的一刹，可以见到她的手白皙嫩滑，秀气匀美，然后，墙壁立刻出现一道裂缝，她一低首就走了进去。

里面是一间偌大的厅房，她蓦然出现，数十双眼睛在瞧着她。

里面的人，衣衫尽血，几乎没有一人不受过三处以上的伤痕的，这时，鸦雀无声，只有一个裹着厚厚毛裘的人，在发出轻声的咳嗽。

其中一人，走前两步，双眼直勾勾地瞪着她，眼神里无限痴情，道："你来了。"她看见此人只剩下一臂，满身都是血和伤，只是俊伟的样子隐约还可从五官追溯得出，忆起他从前的丰神俊朗、点尘不沾，心中一酸，险些掉下泪来。

她竭力忍住悲酸，强自镇定地道："我叫南晚楚……"但还是忘了装出那苍老的声音，在厅中的人乍听一个老太婆的声音清脆如莺，都疑真疑幻。

断臂人怆然道："大娘，你再化装，我也认得出，你既然来了，又何苦不相认呢？"

息大娘长吸一口气，幽幽地道："你……还认得出我？"

断臂人上前走一步，道："大娘，你的眼睛，我会记不起吗？这许多年来，我念念不忘的就是你，天可怜见，今回，虽然一败涂地，但终教我可以再见着你了。"

厅中众人都惊疑不定。这一干人正是连云寨的逃亡者，他们抱着必死之心走向毁诺城，结果索桥吊起，忽然裂开了一个大洞，把他们都倒入桥心的暗格里，一直滑入这偌大的厅堂来，大家都不明白毁诺城的意思，但都自度必死，没想到，眼前这个白发老妪，竟然就是息大娘。更意外的是，在江湖传闻里，息大娘恨戚少商入心入肺，然而今日两人见面，竟如此情深义重，众人都为之神疑。

息大娘用手指轻轻触在戚少商左肩断处，动作十分轻柔，像抚摸一个甜睡了似的婴孩额角，柔声道："是谁砍掉你一条胳臂……我一定要他惨痛十倍！"后一句讲得厉烈坚决无比，仿佛不管天崩地裂还是天荒地老，都一定做到一般。

戚少商长叹一声，道："我的伤没什么，只是因我信错了人，害了众家兄弟。"

息大娘喟息道："你还是那么爱交朋友……这几天，我听江湖上传得沸沸扬扬，就知道你一定会来，天大地大，你有难时，一定要回来。"

戚少商感动地道："要只是我个人的事，这一天，只要得你开城门，让我回来，纵再去一臂，也心甘情愿……"

息大娘一手掩着戚少商的嘴，不让他说下去，啐道："不许你这样胡说。"众人见一只玉手自袖里伸出来，心里都明白了几分，但见这一只洁白素净的柔荑，更想见这只手的主人之真面目。"我们彼此约定过，再也不要见面，我们一次又一次地不能遵守约定，只有更加痛苦，所以，我不能见你，不能毁诺。"

"是。我明白。"戚少商用一只手去拨大娘额前的发丝，眼中无限柔情，"只是，这些年来，你辛苦了。"

息大娘一双眼睛，眯着笑，有着吹皱一池春水般的风情，但她幽幽地叹了一口气，道："其实，这些年来，不再见你，心里头反而平静。"

戚少商缓缓缩回了手，痛苦地道："红泪，过去，都是我……"

息大娘道："过去的事，都过去了，不要提了。"她有意把话题岔开，"砍你一只手，出卖你的人，我听说是顾惜朝，我几乎就把他引过铁索桥来了，可是，他很聪明，临危止步。"

戚少商道："那狗贼！"忽想起什么似的，握住息大娘的手，情切地道："大娘，你要小心，那奸贼很是狡猾厉害！"

息大娘叹了一声，道："毁诺城易守难攻，顾惜朝再难应付，我还不怕，怕只怕……"两人见面，分外情浓，浑然忘我，话说个不完，连戚少商这个兼顾周到的人，也忘了眼前事、身旁人，而今话题才兜回面临的生死大事。

只听戚少商道："难道……？"

息大娘点首道："'捕神'刘独峰，据说这两天已在附近一带出现，恐怕已迫近毁诺城。"她顿了顿，道："这人剑法高绝，而且机智绝伦，有六名得力手下随行，这六人，善于阵战、兵法、工艺、导渠、风水、五遁，要是他们来了，倒不易应付。"

雷卷低低地说了一声："刘独峰？这人是六扇门里第一把好手，就算四大名捕，也要怕他三分！"

息大娘道："除了刘捕神，还有一人，已兼程赶来，也相当不好惹。"

沈边儿问:"谁?"

息大娘道:"文张。"

沈边儿双眉一竖:"那个狗官?"

息大娘道:"不错,他本来是个小官,但已经三起三落,他降职曾贬到潮州当一名门吏,但升官也极快,曾当过皇帝近前高官,还曾得罪过皇帝,圣上下旨要处斩他,他就销声匿迹,过了一段日子,又出现在宫廷里,安然无恙。这人深藏不露,究竟武功高低深浅,鲜有人知,但他是个极善于利用时机者,则毋庸置疑。"

戚少商这才想起,忙引介道:"这位是霹雳堂雷卷雷大哥,这位是我过去的生死之交,沈边儿沈老弟,这位是——"一一告诉息大娘,然后向诸人道:"这位便是毁诺城城主息红泪:息大娘。"

众人拱手见礼,心中都想见息大娘的庐山真面目;穆鸠平却忍不住道:"戚大哥,究竟是怎么一回事?她,她不是你的死敌吗?"

戚少商道:"就因为是死敌,所以顾惜朝这等叛徒,和黄金鳞这些狗官,才千方百计,把我迫入碎云渊,毁诺城。"

穆鸠平搔搔头皮,道:"我还是不明白。"

雷卷忽道:"这天下间,最安全的朋友,有时反而是敌人。"

沈边儿问:"所以戚寨主故意制造了一个敌人,以便生死存亡之际,可以有个起死回生之机!"

戚少商道:"有时候,有很多真正敌人的手段阴谋,也可以从这位'假敌'处知晓得一清二楚:'飞斧队'及龙虎崖之乱,便是这样平定的。"

雷卷道："这样子的'敌人'，自然不到最后关头，决不能揭露身份了。"

沈边儿笑着拍了穆鸠平的肩膀："所以，我们到现在才知道，毁诺城跟连云寨，本来就是并肩作战的一家子了。"

息大娘道："是。"她的声音很是清悦好听，但有一种说不出的威严，却让人心里舒服，没有抗拒的感觉。

"我跟他，的确是分开了的。"息大娘道，"但是，人人都以为我恨他，其实我也真的恨他。"众人都怔住，息大娘又道，"但我不许任何人害他、伤他。"

"只要他有事，我一定会挺身出来，帮他。"息大娘坚决地道，"不过，他回复平安，重振声威之时，我的毁诺城，便不许他再踏入半步！"

"大娘！"戚少商道，"你……你这又……我还害你不够吗？"

息大娘替他拂去衣上的一些泥尘，道："谁害谁呢？我们在一起，只有彼此不快乐，我不能忍受你专注在大志，以及那些风流韵事，我们在一起，我就会恨你、怨你，甚至会忍不住要害你……"

戚少商也顾不得群雄在旁，大声道："大娘，这次我再见到你，可以发誓，我再也不……"

息大娘喟息一声，仍用手掩住了他的嘴："你现在这样说，我相信是真诚的，你不用发誓，以后大事平定，便会后悔的；你常常一时感情冲动，为朋友、为女人，都可以不顾自己的安危，我不然。我跟你在一起，没有你，我宁可死，我的心都凭在你身上；但你不是，你是男子汉，你有你的大志，家国民族你都关心，还有很多朋友兄弟，更有些增添你风流豪情的红粉知音。"

戚少商激声道："那些红粉知音，算得了什么，我有难时，全飞入百姓家，怎能跟你相提，大娘……"

息大娘傲然道："她们当然不能跟我相比，不过，你既知如此，又为何跟她们往来？"

戚少商一时语塞。息大娘柔声道："所以，还是不提那些事好，否则，我们就不似是朋友，而是对情侣；要是情侣，我就不会甘心，会恨你的。"

息大娘跟戚少商这一番说话，内容牵涉到很多关于他们过去感情上的纠葛，听得沈边儿等很是尴尬。戚少商因为是情切，反而坦然不觉。雷卷轻咳一声："息大娘，我有一事不解。"

息大娘立刻回头，雷卷清楚地瞥见她眼眶噙住的泪光，但他依然把问题问下去："外面包围的人明知我们已入城中，为何不攻城呢？"

息大娘断然地道："因为他们不知道。"

雷卷的用意是岔开话题，所以他只说了一字："哦？"

息大娘道："我用索桥上机关的巧妙，把你们卷了进来，送来这里，同时把已经擒住的十几个武林败类，往碎云渊里一倒，渊里是化骨销肌池，再浮上来时，已是一堆白骨，教谁也认不出，以为你们都死了。"

雷卷心忖：毁诺城作了那么多的准备，看来，息大娘是期盼戚少商等人来此已久，才能有那么精密的部署。只闻息大娘笑着反问戚少商："你怎么知道我不会杀你？这么久了，我们一直敌对着，也有很多流言蜚语，挑拨离间，你怎不防着我？"

戚少商道："你不会的，我要是连你也提防，还有什么心机做人？"他重复一句："我就知道你不会的。"

息大娘笑道："你这个傻人。你就是这样。"回首跟雷卷道："不过，我觉得，顾惜朝和黄金鳞已经生疑了。"

雷卷道："这两人老奸巨猾，不疑才怪。"

息大娘道："不过，在没有确凿证据之前，他们决不敢徒增死伤，另树大敌，强攻毁诺城的，除非……"

穆鸠平忍不住问："除非什么？"

息大娘、戚少商、雷卷异口同声，道："除非是刘独峰来了！"

穆鸠平气忿地道："刘独峰是什么东西！人家铁捕头多么仁义磊落，却有他这样子的捕头！"

雷卷道："这刘独峰决非浪得虚名之辈，是黑道上的煞星，不过，他向来公事公办，尽忠职守，朝廷既命他抓人，他就一定不会放过咱们。"

戚少商道："他抓的是强盗，我确也是个强盗。官兵追贼，永远不会贼捉官兵。"

息大娘道："世事总是难说。你们都伤得不轻，我叫晚词、晚晴她们跟你们敷药。"

戚少商道："晚楚呢？你怎么冒用她名字来见我呢？"

息大娘叹了一口气，道："她么？进来了毁诺城，还是藕断丝连，结果，那个男子还是负了她，她自缢死了。"一时间，戚少商和息大娘都静了下来，过了一会儿，息大娘才道："到后来，我在他跟青楼女子鬼混时，一镖把他杀了，以祭晚楚在天之灵——反正她死了，也不知道我杀那负心人，要是她知道，一定不允我这样做的；真不值得，投身进去，为这种人，落得一死，人家连泪也不掉一滴，就拥着别的女人喝酒寻欢去了。"

雷卷等都听出息大娘性子甚烈，敢爱敢恨，但又有情有义，只听她道："这些日子，我算定你们会来，便也请了几个人过来，就算刘独峰来了，也不一定不给这几人面子。"说着微微笑，一张脸虽然化装得甚是苍老，但斜斜开展的鱼尾纹，甚是好看。

戚少商知道她的脾气，做了一两件得意事儿，总逗引他去追问，才肯说出来，于是便问道："是哪几个有着天大面子的人？"

"高鸡血。"

"尤知味。"

"赫连春水。"

息大娘说出了三个名字。

戚少商、雷卷、沈边儿面面相觑，沈边儿忍不住问道："可是，这三个人……"

息大娘打断道："我知道。"

戚少商禁不住道："这三人可从不受人利用——"

息大娘截道："我有办法。"

连雷卷也说话了："这三人，很难缠。"

息大娘胸有成竹地说："不然，我请他们三个回来做什么？"

戚少商、沈边儿、雷卷都说不出话来，独有穆鸠平问一句："息……息……"

息大娘道："叫我大娘。"

穆鸠平仍是叫不出口，只道："我连你年纪也不知道，怎能叫你做大娘？"

息大娘笑道："你问我年纪？"

"不。"穆鸠平道，"我想看看你原来的样子，怎么叫我大哥这般着迷？"

息大娘幽怨地望了戚少商一眼："你问他，可有对我着迷？"众人发现她脸上虽经过化装，但眼里神色，却怎么也掩饰不了千般风情、万般柔情。

戚少商急着道："大娘，你怎么说这样的话？这些年来，我都在想着你；我的心意，你还不知道？"

息大娘笑了一下，淡淡地道："你要是真想着我，又何必跟别的女子好？难道你的一颗心，既念着我，又去念着别人？"

戚少商的心像被刺了一刀，比他断臂的伤口还要疼痛似的，变色道："我是有跟别人……但我只念着你，大娘，这些年了，你却连这点都不信我……"

息大娘冷漠地打断道："你现在受伤了，我不跟你争辩，况且众家英雄在此，见着了笑话。"

她不待满腔话要说的戚少商说下去，反首问穆鸠平："你真要看我的样子？"

穆鸠平愣愣地点了点头。

息大娘道："我让你看我的样子也可以，不过，你大哥信得过我，你信不信得过我？"

穆鸠平望望戚少商，又看看息大娘，用力地点头。

息大娘道："好，你也要为我做一件事：待会儿，不管我带你去见什么人，发生什么事情，你都要照着做；你要是见到我摸出手绢，就大吼一声，记住，要尽你全力叫那一声；要是你见我跺了跺足，那么，你就瞪住那人，眼睛有多么大睁多么大；要是我打了个喷嚏，你就挥动长矛，越有声威就越好。"

然后问穆鸠平："你记清楚了没有？"见穆鸠平有些茫然，便不厌其烦地又详说了一遍，再问："可记住了？"

穆鸠平咧嘴笑道："这跟连云寨的暗号一般，也没什么难记的。妈那个巴子！"

他突然骂了那么一句，众皆怔住，以为这莽汉的牛脾气又发作了，戚少商对他相知甚深，忙道："他是提到连云寨的暗语，想到寨里的兄弟，一时伤心，才脱口骂出一句的，请不要见怪。"

息大娘摸摸胸口道："我还以为是骂我呢！"众人见她语音

娇俏，手指纤美，秀气无瑕，更想看看她原来的模样。

息大娘忽叫道："你们都进来吧！"壁门再度打开，十数名眉目娟好的女子，端着疗伤药物，在唐晚词引领下进来，各自仔细温柔地替连云寨的子弟及沈边儿等疗伤敷药。一名女子想为雷卷疗伤，雷卷走过一旁，道："不必管我，不碍事的。我自己有药。"

息大娘笑道："那也由你。"转身跟已敷上药物的穆鸠平道："你跟我来。"始终都未再看戚少商一眼。

第十五回

毁诺城

　　唐晚词照顾大局，毁诺城的女弟子们替这一干英雄好汉包扎伤口，但她的视线，常有意无意间落在雷卷的身上。

　　雷卷仍披着厚厚的毛裘，神色甚为落拓。他一个人远离人群，既没有悦色，也没有悲容，不知在想些什么，只轻轻地咳嗽着。

　　然而唐晚词却看出他身上所受的伤决不算轻，鲜血还不住地渗出来，至少，他身上有两道受创甚深的伤口。

　　——为什么他却不肯敷药呢？

　　在场中诸人比较下，沈边儿的伤势算是较轻，他只是头皮擦伤，左足尾二趾断折，他很快地就治了伤，假作不经意地走到雷卷身边。

　　他觉得雷卷孤独，这么多年来，在雷卷觉得孤寂的时候，他都不离开雷卷的身边。

　　雷卷没有看他，但从脚步声中，就已经断定沈边儿来了：在江湖上年少一辈的武林高手中，很少走得那么急躁气浮，然而却全是假装出来的——这才是沈边儿潜力不可忽视之处。

　　雷卷道："伤口疼吗？"

　　沈边儿道："不碍事的。"

雷卷道："那就好。"

沈边儿道："卷哥的伤势……"

雷卷道："还可以。"

沈边儿道："卷哥不搽点药……？"

雷卷道："我已敷了，在毛裘里，我涂了药剜去死肌也没人知道……要论药力，毁诺城还比不上咱们霹雳堂的！"

两人哈哈大笑了一阵，雷卷脸色愈渐青白，沈边儿道："卷哥。"

雷卷道："说。"

沈边儿道："你……在想什么？"

雷卷惨然一笑："你想……我在想谁？"

沈边儿恨声道："阿远、阿腾和阿炮，都死得好惨！"

雷卷道："是我害死他们的。"

沈边儿悚然道："卷哥，你怎么这样说！"

"要不是我的决定，"雷卷道，"阿炮、阿腾他们本来就不赞成来这一趟的！"

沈边儿立即道："大丈夫义所当为，当仁不让，这件事，我们是永不言悔的，又能怪谁！"他恨恨地道，"怪只怪我们信错了神威镖局，它既已被册封为'护国镖局'，我们就该着意提防，实在是太疏忽了。"

雷卷冷笑一声道："怪只怪江湖传言：高风亮是个老英雄！"

沈边儿哼道："老英雄通常也是老狐狸！"

"可是，息大娘需要说服三只老奸巨猾的狐狸！"雷卷忽把话题岔开，"高鸡血外号'鸡犬不留'，不是他杀人不留命，而是他做生意的手段高明，跟他合作的人或对手，准是亏蚀得家里连养鸡犬猫鹅的能力也没有。"

沈边儿点头道："其实，他摆的是大商贾的样子，但肚皮上的功夫，在武林中，恐怕可以称得上第一！"

雷卷道："可是尤知味更不好惹。"

沈边儿道："我对此人，倒不大清楚。他武功很强？"

雷卷道："不是。"

沈边儿道："他智谋高？"

雷卷道："也不是。"

他顿了顿，道："他捏住了所有人的咽喉。"

沈边儿不解："所有人的咽喉？"

雷卷道："他是厨师之王，而且司职掌管天下粮食供给，只要他摇头，谁也找不到吃的，就算找到，所有的食肆饭馆，都不会烧给你吃。"

"不吃饭，就得饿死，"沈边儿点头道，"尤知味果然厉害。"

雷卷道："他下毒的功夫更是厉害。"

沈边儿道："可是，这两人再难惹，也总比赫连春水好缠。"

雷卷立刻点头："这个当然。"两人提起赫连春水，都脸有忧色起来。

沈边儿看见雷卷越来越白的脸色，忍不住道："卷哥，你没事吧？"

雷卷轻咳一声道："我没事。"

沈边儿道："我总觉得……刚才，你的话说多了……"

雷卷道："哦？我的话说错了么？"

沈边儿忙道："当然不是。只是，你一向寡言，刚才，却说了您一天都说不到那么多的话。"

雷卷笑笑道："有时，沉默的人也会变得嚼舌，人是会随着环境改变的。"

沈边儿忽道："您觉不觉得，那位大姐……老是望着我们。"他指的是唐晚词。唐晚词已卸下化妆，但身上仍穿着粗布的衣裳，初初看去只是一位妇人，略矮，动作有些粗鲁，但看多几眼，就越看出韵味来，像给蜜糖黏住了，扯不开。这妇人眉清得像黑羽毛浸在清水里，一双橄榄一般的眼珠恰到好处，当她凝眸的时候眼珠子便凝在近上眼皮之处，其他左、右、下三方现出一样的白色，令人感觉到一种风情渗合深情之美。沈边儿觉得这妇人有意无意间老往这儿看，不禁多看几眼，看多了才知道这妇人有一种深深的倦意，就是因为这种倦意，使得豪情万丈英悍精强的青年人一看了，就像阳光掉进了古井里，知道了黑暗的温柔。

雷卷始终没有望见唐晚词，他只是说："是吗？这次的事，只怕难免也连累了毁诺城……"话未说完，忽然全身一颤，突地软倒于地。

沈边儿大吃一惊，忙扶住脸色苍白如垩的雷卷，叫道："卷哥——"忽"呼"的一声，唐晚词掠过众人的头顶，落了下来，一把挽住雷卷，左手在他下颌一钳，"格"的一声，雷卷张开了口，唐晚词一面看着一面疾道："我就一直在看着他，他受伤本重，偏不要治疗，还说什么毁诺城的药比不上霹雳堂！"

沈边儿一怔，没想到唐晚词的耳力能高明到这个地步，离开数丈之远，旁边都是聒噪声，但他和雷卷低声说话，她还是听得一清二楚，觉得他刚才好似说了她些什么的，便结结巴巴地道："我们……只是说——"

戚少商这时已经到了，他的手臂伤得极重，正在包扎，雷卷一出事他马上就想掠来，但那两名女弟子正在替他裹伤，阻了一阻，这时赶到，气急败坏地问："唐姊，卷哥怎样了？"

唐晚词道："放心，一时三刻，他死不了。"她霍然而起，竟横抱起雷卷，雷卷裹在大毛裘里，像一个熟睡了的贫血婴孩。"我带他进内室医治医治。"

沈边儿从未见这样的一个情形：他一向崇拜的雷卷竟给一个妇人抱着治疗，急道："可是……"

戚少商知道这是人命关天的生死关头，忙向沈边儿正色道："卷哥性子倔，强撑着，但他中了顾惜朝一刀一斧，是非要救治不可的。唐姊是蜀中唐门精研医术的女华佗，她能出手，自是最好不过。"

他这番话其实是说给唐晚词听的，唐晚词半侧过脸，没好气却好风情地问了沈边儿一句："你不放心？"

沈边儿忙道："当然不是——"

唐晚词慢着尾音的道："要是，人还给你。"说着便掠入内室。她说话的声音很粗嘎。听下去仿佛很是慵倦，但是她拖着每个字来说，这种倦意就变得像烟一般淡，但仍熏人欲醉的。

沈边儿忽然想喝酒。

他一向以年轻精悍为豪，而今却忽然觉得自己年少生涩，恨不得自己成熟些老成些会好一些。

息大娘把穆鸠平留在外面，吩咐两个女弟子为他疗伤，另外三个女弟子分别去部署好待会儿的场面，她自己则回到她的小房间，落妆梳妆。

她的房间很玲珑小巧，布置得十分清简雅洁，但并不矜贵华丽。毁诺城当然不能完全遗世而独立，她要在跟戚少商分手之后，仍能维持一个局面，让江湖上的人知道她仍是快乐的，让武林中的人明白他俩之间谁没有了谁都可以好好地活着，她就必需要有很多庶务与俗务亲身去办理；这样，毁诺城才可以好像与世无争其实超然卓立地屹立于风波险恶的武林中。

她抹掉了易容药物，在小铜镜前，怔怔发呆：她觉得自己真的老了，眼角的鱼尾纹，曾被戚少商形容为"温柔的水纹"，现在已打着布褶了吧？那一张瓜子心水清的脸，现在已给岁月的沧桑打磨得不再如"轻柔的烛光"了吧？以前戚少商总喜欢用小动物形容自己，鸡、鸭、小猫、兔子，甚至"猫蛋"都形容过，还有什么没有叫过的？小松鼠？小猪？小石头？要是给他想到，在当年一定叫了出来。现在看到她，他是会怎样形容呢？烧鹅？橘子？陈皮鸭？想到这里，她忍不住那个仍顽皮的心灵，噗嗤笑了出来。不知他会怎么形容呢？她又心里发狠地想：不如不见他，或不让他看见好了，让他心坎里永存一个年轻时温柔的息红泪。该死，她心中想，女人是经不起岁月的风霜，不像男人，像刚才初见在逃难中苍凉而落魄的他，只一见，也像自己被砍了一臂那么的心灼，那么的痛心。

她心中又想：还这么关心他作啥？该死！自己救助他，纯粹为道义，也为了回报昔日的一点恩情，天下人都可以负他，自己就绝对不负他，其实，她也知道，如果她负他，且不管负他的是什么事，单只她负他这个事实他便会受不住这打击而崩溃，所以，她宁可负天下人，亦不想负他。

这种感情她不欲再想下去，反正，保护他，让他养好了伤，出去把背叛的人杀掉，自己的任务算是尽完了。然后就把索桥吊起，把城门深锁，老死也不再见他一面。整个青春都在他不经意的温柔里度过，这一生，已经够了，犯不着让风流偶傥的他体会目睹红颜老去的惆怅。

她落了妆，再上了粉，刻意打扮了一下，换了衣衫，自己告诉自己，她这样做，是为了待会儿要应付几个十分艰难应付的客人。她再对镜子照了照，退了两步，远远地又照了一下，再凑上了脸，贴贴近近地跟黄铜镜打了个照面，知道一切无碍，除了颊上不知何时长了一个小痘，该死，好长不长，这时候长了出来！

然后她才离开了房间，走进凌云阁。

穆鸠平刚敷好了药，包扎了伤口，他气呼呼地站在一盆水仙花旁，在想：那女人不知为什么要叫他做这些古怪玩意，准没好事。

那两个替他裹伤的女弟子，都静悄悄地走了出去，两人出了门，才敢伸舌头、挤眼睛，年纪稍大一点的说："哗，这人猛张飞似的，看来真要刮骨疗毒，他也真不皱一皱眉呢！小眉，这种好汉，你不是一向很崇拜的吗？"

那年纪轻轻的笑啐道："别胡扯！这样子一天到晚雄赳赳不解温柔的好汉，谁稀罕？跟个铁锅似的人，不如一个会痛会叫会流泪的，来得像人一些。"

年纪较大的忽然感喟起来，叹道："就是我们这种想法，害苦了自己。等到男人够解风情了，又不够专情，到处去拈花惹草，不是把咱姊妹俩害得这个地步么！"

年纪小的眼睛潮湿，道："柳姐别难过，其实这城里上下的姊妹们，哪个没吃过男人的亏？要不是有大娘，我们还不是卖身青楼，还不是沦落到那个地步！"

这时息大娘迎面走来，这两女子忙福道："大娘。"

息大娘微微颔首，道："他在里面？"

两人都答："在。"

息大娘道："伤得怎样？"

年纪大的说："很重，但那个人……"小的接道："再伤重一些，也不碍事的。"说着两人都嗤笑了起来。

息大娘笑骂道："没出息，人家挺得住，还望人多受几处伤似的！"两女子觉得含冤，正待分辩，息大娘已经推门走进凌云阁。

穆鸠平忽听到门的响声，看见一个俏生生的女子走了进来，不耐烦地道："不必再裹伤吃药了，息大娘在哪里，她要我做什么，叫她快些吩咐便是——"忽觉眼前一花，在自己面前的女子，清水脸蛋，巧笑倩兮，纤细的腰身，比弱不胜衣还要弱不胜衣，小小的绾了个发髻，垂落一些流苏，令人来不及分辨她美不美便给她少女特有的风姿吸住了。穆鸠平瞪了好一会儿，好不容易才转过了眼睛，看见盆上的水仙，黯淡得不像花朵，他很奇怪自己为何有这种感觉，指着花瓣，干笑了一声："哈！"

那女子却笑盈盈地道："你找我！"她一笑，整个室内都似亮了亮。

穆鸠平结结巴巴地道："你是……那个老太婆，不，息大娘……？！"

第十六回

息红泪

息大娘笑道："你准备好了没有？"

穆鸠平愣了一下："什么？"

息大娘道："去见人啊。"

穆鸠平仍瞪住她，一时收不回视线，喃喃自语："难怪，难怪……"

息大娘嫣然一笑道："难怪什么呀？"

穆鸠平道："难怪戚大哥会……"

息大娘笑问："你为他抱不平？"

穆鸠平还未答话，息大娘低声道："我呢？谁为我抱不平。"

穆鸠平没听清楚，问了一声："吓？"

息大娘微愁一瞬即逝，道："走吧。"

两人走入一间大厅堂，里面有一个蓝衣胖子，腹大便便，笑态可掬，眯着一双眼睛，仿佛当铺里朝奉的样子，只要给他睄上一眼，立刻能够拈出斤两来。

息大娘才一走进去，这蓝衣胖子，拉长了脸孔，不见了笑容，道："大娘，你来迟了，我老远赶来，还有很多生意等着我谈，我可不能久留了。"说着要站起来想走。

息大娘悠娴地坐下来，淡淡地道："对，你太忙了，我不留你，请吧。"

蓝衫胖子一愕，道："你三番四次请我来，也不留我？"

息大娘道："高老板，你要清楚三件事：第一，我是毁诺城城主，这儿上下都听我之命行事，但是，执事的各有分派，要请你来，未必是我的主意；第二，这桩生意，你未必是最好的人选，你不做，下面还有几人等着做；第三，这单生意，谁做了都赚定了天，我本就看你不顺眼，巴不得你不做。"

说完之后，息大娘挥手道："再见，高老板。"

高鸡血的脸上，忽又挤出了笑容，笑容满团团的，其他的表情连一支针都插不进："嗳，这个嘛，我也不忙着要走，听听是啥生意，那又何妨？"

息大娘道："我跟人谈生意，一向不予无关者知道，高老板贵人事忙，您请自便。"

高鸡血有点急了，道："大娘，这是什么生意，大家聊，也无妨，说不定，我干了几十年买卖，可以帮帮眼。"

息大娘淡淡一笑道："我这桩生意，志不在赚，只在出口气，不愁人不做，高老板盛情美意，倒派不上用场。"

高鸡血用舌尖舐了舐鼻尖上的汗珠——他的舌头血红而细长，这一舐可直卷上鼻梁——只听他忽然笑道："大娘，不管你怎么说，你请得我来，这儿就自有非我不可的事，你这就把我请走，可要知道，有些生意，只有我高某人做得来，我高某人要是不做嘛……"他"嘿"地一笑，"高鸡血只有一个，只来一次，别无分号，来过生意做不成，当不再来……何况，你要我再来，我也再来不得了。"他一语双关，自觉甚为得意，笑得邪极。

息大娘等他说完，只接了一连串的名字："尤知味呢？赫连春水呢？'杀人阵势'苏振眉呢？'中原弯月刀'李蝉衣呢？"每说一个名字，高鸡血脸上的肥肉就颤搐一下，说完了一连串四个人名之后，高鸡血脸上已挤不出什么笑容，息大娘冷冷地道："你以为只有你高老板才能干这项买卖？"

高鸡血又用舌头舔了鼻尖上的汗粒，涩声道："他们……也来……？"

息大娘道："你请吧。"

高鸡血忙道："我对这桩生意……也很……很有兴趣，你能不能让我听听……？"

息大娘冷然道："这桩生意，是绝对的机密，告诉出来，要是你不做，岂不多了一个活口？"

高鸡血忙道："你放心，我决不泄漏一丝半点。"

息大娘接道："活着的口岂能不说话？"

高鸡血脸上阴晴不定，好一会儿才道："好，这生意我做了，你说来听听。"

息大娘转脸道："我倒不一定要你非做不可。"

高鸡血强笑道："大娘，何必这样子逼人嘛……你要怎样才肯——"

息大娘即道："跪下去，于你母亲在天之灵前发誓，与此事同生共死并进退。"

高鸡血脸色大变，道："你明知……嘿，你这算什么？！"

息大娘脸色一沉，叫道："送客。"立即有两名艳婢出来，一左一右，要挟持高鸡血走的模样，高鸡血整张脸都没有了笑意，仿佛连烟花都不能在他脸上爆开，顿足道："你……"

息大娘摸出了襟边的紫色手绢，穆鸠平看得分明，惊天动地地大吼一声。

高鸡血全身一颤，失声道："'阵前风'？你已经跟戚少商联手了？"

息大娘也不理他，起身要走，高鸡血跌足叹道："也罢，这生意我干上了。蚀的赔的，我是愿打愿挨，这回子在死去的娘灵前起个誓，不过，你总得让我知道生意好不好做！"

息大娘这才笑道："你放心，高老板，朝廷不使饿兵，没短了你的好处。"

高鸡血见息大娘笑得灿若鲜花，温柔可可，不由得长吸一口气，道："大娘，要不是赫连小妖穷痴缠了你这么些年，为求你这一笑，我这不要本儿也心甘情愿。"

息大娘却正色道："高老板，这件事，你要是帮得上忙，二十万两银子，一分也不短给你。"

高鸡血怔了怔，苦笑道："听这口气便知道你这事儿不好办，毁诺城一向节衣缩食，一年开支，敢情不超过十来万，大娘这一出手便是两年的开支，这事情有多恶办，可想而知。"

息大娘道："也不难办。"

高鸡血道："愿闻其详。"

息大娘道："你知道戚少商？"

高鸡血苦笑道："果然是这一号难惹人物。"

息大娘说道："你当然也知道刘独峰？"

高鸡血惨笑道："又来一号不好惹人物？"

息大娘道："刘独峰现在要缉拿戚少商，我要你在这件事情上，尽一切所能，阻止刘独峰捉拿戚少商。"

高鸡血仰首半晌，忽然站起来道："谢谢，再见。"

息大娘道："你这是什么意思？"

高鸡血道："谢谢是不干了，再见就是我要去了。"

息大娘缓慢而悠闲地说了一句："那么，你刚才对你死去的娘发的誓，也不作算了！"

高鸡血脸色忽然异红，目中进射出太阳针芒一般的厉光，道："息红泪，你倒是对我清楚得很。"

息大娘笑嘻嘻地道："我当然清楚。在这儿方圆五百里之内，要抓人，要放人，除非求人，要求人，一定要你点头才是，我不找你找谁去？"

高鸡血冷笑道："还有尤知味啊。"

息大娘道："他？早答应了。"

高鸡血脸色阴晴不定，跺了跺足，道："好，难怪我看见他也在毁诺城里……既然他也干上了，我也插这一脚，算不上不赏脸给刘捕神。"

息大娘银铃般笑了起来，像春水一般温柔，猫一样顽皮，"这就是了。"

高鸡血瞅着她，锐利的眼神再也不锐利，反而逐渐温柔了起来，问了一句："江湖上传言，你不是跟戚少商势不两立的吗？"

息大娘尽是笑，像春日里枝头上的一朵花，在风里笑闹。高鸡血瞅了一会儿，长吸了一口气，脸上出现一种似笑非笑的神情，喃喃自语道："是了，是了。"然后哈哈干笑了两声，道："赫连小妖是个笨蛋，真是个没有指望的大笨蛋！"说着径自走了出去。

息大娘遥向他的背影道："高老板，那事儿，就依仗您了。"

高鸡血的声音听来十分无奈，也带有一点点失落的况味："我姓高的虽然吃人不吐骨头，不过，在死去的娘面前发过的誓，还不致说过不算数。"

息大娘目送高鸡血走了出去，才吁了一口气，长长地吁了一口气，这一口气舒出去，使得穆鸠平觉得息大娘本来已经够消瘦的身子，更加轻盈了起来。

息大娘低声但清脆地自语："总算解决了一个……"

穆鸠平忍不住说道："那我……我光在这儿吆一声喝一声的，什么也帮不上，我……"

息大娘回首把发根一捋，那侧颊贴着白玉一般的耳朵，令人瞧去眼前一亮后，尽是充满了柔和："你？帮上了呀！没你那一喝，这棺材里伸手的家伙怎会在心一乱之下，还没谈条件就先答应要揽事上身了呢！"

穆鸠平期期艾艾地道："那么……下一个……"

息大娘秀眉微蹙，有压不住的怨愁逸上眉梢，只道："下一个？仍照老样子，瞧瞧运气如何了！"扬声叫道："请尤大师进来。"婢女躬身答"是"，退了出去。

穆鸠平发觉息大娘神色有一些微的紧张，搔了搔头皮，息大娘忽道："你有话说？"

穆鸠平一怔："你怎会知道？"

息大娘微微一笑："你有话尽说无妨。"

穆鸠平道："干啥一定要找这些人帮忙？没有他们不行？"

息大娘道："要对付刘独峰的追捕，除非是四大名捕，否则谁也逃不了。少商伤得颇重，还有顾惜朝虎视眈眈，总不能在毁诺城躲一世，要逃出去，就必须要依仗尤知味、高鸡血和赫连春水，要不然，这三人先给刘独峰收揽了去，那就更无望了……"

穆鸠平道："可是，我看那个高鸡血……简直就是与虎谋皮！"

"对！"息大娘截然道，"我就是与那头老虎谋他的皮！"

这时，那珠帘"沙"的一声，一人低首行了进来，息大娘笑语晏晏地道："尤大师。"

穆鸠平只见眼前这人，瘦小不起眼，没想到竟就是名动天下的尤知味。尤知味武功高低知道的人倒是不多，但他曾三任皇帝御厨总管，天下厨子都听命于他，倒真的是不可小觑。

尤知味个子虽小，但进来之后，也没望过谁一眼，径自大喇喇地坐了下来，看他的样子，倒像自己封了皇称了帝，息大娘也不以为忤，笑道："尤大师，请教一事。"

尤知味头也不抬，道："说。"

息大娘道："雪玉貂的一寸尾，去毛冰镇，用来炖龙眼凤爪桂羌花，哪一样先下？哪一件后放？"

尤知味毫不思索地道："雪玉貂狡狯机敏，濒临绝种，且向来就无尾或长尾，长尾肉糙难食，唯这一寸尾者乃天下至佳妙美肴也，水先以龙眼炖开，凤爪与貂尾并下，不可迟一分，不可早一分，太熟过硬，太生嫌腥，桂羌花则在汤要匀入碗前一刹洒下，这才是上肴佳法；桂羌花决不可择黄色或深红色的，务必要选绯红色瓣，蕊上三点绿苞儿的，这才是正品纯味。这种桂羌花，只有饮马川流花谷中才有。"

息大娘道："我们已经找到了。"

尤知味摇摇首道："雪玉貂的一寸尾，流花谷的桂羌花，难得，难得。"

息大娘道："多谢尤大师指点明法。"

尤知味静了半晌，忽问："好，第二件事吧。"

息大娘笑道："没有第二件事了。"

尤知味突然抬了抬头，就在这一抬头的瞬间，两道凌锐已极的强光，自他双眼闪了闪，他随即低下了头，道："不可能，不可能的。"

息大娘怪有趣地望着他："什么不可能？"

尤知味的手指，轻轻拍在紫檀木椅的扶手上："你打从老远，劳师动众，五步一请，十步一迎地把我请了来，居然就只问这件事儿！"

"可不是么？"息大娘笑道，"就这一件事，普天之下，就只有尤大师的话作得准。"

尤知味的眼睑跳动了几下，只道："息大娘，没别的吩咐了？"

息大娘道："没了，谢过尤大师，大师贵人事忙，我嘱人悉心护送照顾便是。"

"什么话！"尤知味一拍扶手，怒道，"你叫我来，就为了这丁点小事！"

息大娘反而奇道："不然，还有什么事？"

尤知味道："你宁愿信任高鸡血那等贩夫走卒，也不肯邀我插手此事！"

息大娘故作恍然道："原来尤大师见着高老板了！"

尤知味勃然道："他在这儿遮遮掩掩地出去，休想瞒得过我！"

息大娘道："可不是嘛，要说持重，我息红泪也不是迷了心窍，怎会不知道大师是凛然而有信的义烈汉子，可是……"她幽幽一叹道："这事关体大，且凶险得紧呀！"

尤知味道："我尤知味几时畏过凶，怕过险来！"

息大娘道："对手太不好缠了。"

尤知味哈哈怒笑道："什么高手不吃人间烟火来着！"

息大娘道："他是人，当然也吃饭喝水，但他吃的饭，特别硬绷，别人一口也嚼不起！"

尤知味冷笑道："哦？也不过是个吃公门饭的！"

息大娘道："只不过这人的铁饭碗，铁板牙，不易惹。"

尤知味一哂道："怎么？难道是铁手、无情、冷血、追命不成？"

息大娘道："那还不至于，这人是捕神。"

尤知味仰天大笑道："刘独峰？他又能怎样，我——"忽把嘴一合，低首走了出去。

息大娘急道："你怕了么？"

"我不是怕。"尤知味冷着脸道，"我已试探到结果，我又没答应说替你做，有了结果还不走，那是笨人。"

息大娘粉脸煞白，咬唇道："你不做，高鸡血可担得起来，这件事一旦成功，他本来就比你出名——"

尤知味骤然停步，怒截道："你少来激我！我本就比他有实力。"

息大娘见他停步，眼睛闪着旭日照海上般的光芒，道："就算是虚名，他一直比你响，你难道不知道？"

她昵声接道："高老板，他就是比较肯为他人做些好事！"

尤知味哼了一声："好事？！他干的好事！"

息大娘道："可不是吗？"

尤知味悻然道："你倒说说看，我要拿捕神刘独峰怎样？"

息大娘道："也没怎样，阻止刘捕神捉拿戚少商。"

"戚少商？"尤知味道，"那朝廷钦犯？！"

息大娘脸色一沉："做不做，随你的便！"跺了跺足，穆鸠平连忙运足眼力，瞪住尤知味，尤知味霍然转身，正把刀一般锐利的眼神割向息大娘，却正好跟穆鸠平铜铃一般大的虎眼对了对，穆鸠平只觉双眼一阵刺痛，尤知味也忙转移了视线。

"要我做也不难，"尤知味道，"我有条件。"

第十七回

捕神来了

息大娘立即道："你说。"

尤知味道："这是件非常事，我有非常条件。"

息大娘道："当然，你要多少？"

尤知味笑了，摇头："不是为了钱。论银子，你们整个毁诺城，未必强得过我。"

息大娘道："你要什么？"

尤知味怪笑道："很多人都知道我这个人，所以给了我一个外号，叫做'食色性也'。"

息大娘的眉在任何人都难以觉察的瞬息间蹙了一蹙，道："对，这外号倒跟高老板的'鸡犬不留'相得益彰。"

尤知味脸色闪过一丝怒意，随即道："你也不必这样调侃我。我是'食'字出名，但亦好色，我进来的时候，看到你手下两名爱将，唐晚词和秦晚晴，果是人间绝色，你许了给我，我就冒这一趟浑水。"

息大娘咬住了唇，摇头。

尤知味耸了耸肩，道："不多考虑一会儿？"

息大娘还是摇头："我这儿不是青楼，我也不是鸨母，替你这种人做媒，我不干。"

"难怪这城里的女子这般信任你，生死相委，哈哈，"尤知味摊了摊手，道，"那也没法了……我已退求其次，不敢说要你……只敢说要你手下两名妇人，这都不行，还谈什么！"

息大娘忽道："你不要我？"

尤知味怔了一怔，眼神发出奇异的光芒，舐了舐干唇，道："梦寐以求，自感丑陋，不敢提出。"

息大娘冷然道："你要我，倒不难办。"

尤知味喜出望外地道："要是你……肯跟我睡一个晚上，我……你要我水里火里，决不皱一皱眉头。"

息大娘道："睡一个晚上？"

尤知味忙不迭点头。

息大娘道："好。"

穆鸠平陡然发出一声大吼："这算什么？！"

尤知味目光一长，喝道："这儿没你的事！"

穆鸠平怒不可遏，指着息大娘，又戟指尤知味，叱道："你们——嘿，嘿！"

息大娘道："别管他。"

尤知味道："你答应了？"

息大娘点头道："你答应了？"

尤知味邪笑道："我哪有什么可不答应的？牡丹花下死，做鬼也风流。"

息大娘道："只不过，一切都得在事成之后……"

尤知味略一犹豫，即道："行！"

息大娘道："好，你走吧。"

尤知味行了两步，忽又停下，半转着脸，道："我想问你一句话。"

息大娘有些倦意地说："问。"

尤知味一字一句地道："你为戚少商这样做，究竟值不值得？"话一问完，他也不等回答，一闪两晃间已出了厅堂。

穆鸠平气虎虎地道："你——你怎能够这样做！"

息大娘淡淡地道："我这样做与你何干？别烦扰我，第三个才是最难对付的人！"

穆鸠平气忿难平："可是，可是……你好不要脸！"

息大娘脸色一寒，厉声道："我现在做了没有？"

穆鸠平一愣，好一会儿，想通了什么似的，喜道："原来你假装答应他，你不会——？"

息大娘微扬下颔，呼道："请赫连公子。"外面的侍女慢声应道："大娘有请赫连公子。"如此"大娘有请赫连公子"一声一声地传了开去，听来好像是白头宫女在说天宝遗事，有说不尽的幽怨，说不出的悠闲。

息大娘倚在椅上，皓腕支颐，似是有些倦了，穆鸠平正想说些什么，忽听一人朗声笑道："大娘，别来无恙？"

穆鸠平吃了一惊，这人无声无息已进入了厅堂，连布帘也不曾掀起那么一掀。穆鸠平望去，只见一名贵介公子，举止间自有一股高贵气质，正在凝望息大娘，深情款款。

息大娘："你来了。"

赫连春水道："我来了。"眨了眨一双多情似水的大眼睛。

息大娘宛然道，"记得我曾在'白山黑水'救过你吗？"

赫连春水趋近道："也没忘了当年'金燕神鹰'追杀我之时，承蒙你让我躲在碎云渊里。"

息大娘叹息道："你记得就好。"

赫连春水道："大娘要我做什么事？"

息大娘说得无比直接："我要你，制止刘独峰缉拿戚少商，必要时，杀了他。"

赫连春水瞳孔收缩："什么？"

息大娘伸出柔荑，搭住了赫连春水的手背，柔声道："你……怕捕神？"

赫连春水别过脸去："刘独峰不是问题。"他恨声接道，"没想到，你跟戚少商，还是藕断丝连！"

息大娘凑近去，在他耳边，柔声道："这是我求你做的。"

赫连春水只觉一阵幽香袭入鼻端，只见息大娘眼珠一忽儿黑灵灵的，唇儿翘翘着，下颌秀秀俏俏的，看去有一种美的凄楚，赫连春水心头一颤，反手抓住息大娘的手，心神激动地道："大娘，我……"只觉得这一刹就是世间最美好的，死了也值得。

息大娘却缩回了手，委屈地抿了抿唇："你做不做？"

赫连春水觉得手里一空，刚才所把握到的，仿佛忽然间都失去了，可是幽香犹在，心里很想放声大哭，却强笑道："好，你求我的，我一定做。"

息大娘幽幽一叹："公子……"

赫连春水忽然脸色一冷，他的脸一旦板起来，就完全不像个多情公子，而像个冷脸杀手，他盯住穆鸠平，道："他是谁？"

息大娘忽然打了一个喷嚏。

穆鸠平猛然记起息大娘原先吩咐过的，忙挥舞长矛，狂风大作，整个厅堂杯翻帘掀，赫连春水看了一眼，再看一眼，退了一步，再退一步，仰脖子提壶灌了数口酒，道："好，好汉子！原来是戚少商手下大将'阵前风'，受伤如此，还这般神威，果尔不凡！"说罢，大笑三声，走了出去。

息大娘叹了一声，道："他走了，你可以停下来了。"穆鸠平虽然把长矛舞得虎虎生风，但息大娘清晰的语音，一样清清楚楚地传入他耳里。

穆鸠平停止挥矛，不明所以地道："为什么……？"

息大娘美目流盼。"像他这样子的英雄，冲着你也在场，说过的话，一定算数——"忽然语调一变，道，"走了。"

穆鸠平更加不明白。

息大娘道："其实他没走出去，听了我刚才最后跟你说的那两句话，他才离开厅堂门口的……赫连这人聪敏机智，武功也高，就坏在太过聪明，心术不正，又感情用事，不择手段……他对我，倒是真的……"

说到这里，息大娘幽幽地叹了一声，才展颜道："他这个人，决不在情敌面前认栽，他刚才情怀激荡，答应了我的要求，难保不反口不认，但有你在场，他知道少商难免也会知晓，就不会出乎尔反乎尔了。"忽想起什么似的，道，"我找高鸡血、尤知味、赫连春水后援一事，你可要答应我，不要告诉你的戚大哥。"

穆鸠平忍不住问："为什么？"

息大娘眼珠一转，反问："你想不想你的大哥能脱离魔掌，恢复元气，重整连云寨，手刃强仇呢？"

穆鸠平一径地点头。

息大娘柔声道："要是戚寨主知道我这样求人来帮他，他一定不肯接受这些援助，刘独峰、顾惜朝这些人都非同小可，要是戚寨主不接受别人帮忙，怎能再中兴大业？不能再振连云寨声威，又如何得报大仇呢？所以，只要你不说出来，一切不就得了！"

穆鸠平总算听懂了一些，忍辱负重似的道："好，我不说。"

息大娘美丽地笑了起来："这才是了。"

忽听外面喊杀震天，息大娘也不震讶，道："他们憋不住，攻城了。"

穆鸠平挥矛道："我去把他们杀退！"

息大娘自袖里伸出白生生的手，在端详水葱般的手指，说道："他们攻不进的。"

只听外面传来一个威仪的声音，一字一顿地说道："毁诺城里的人听着：交出戚少商、雷卷、沈边儿、穆鸠平，可饶不治罪。"

息大娘笑道："黄金鳞这老狗官中气倒也充沛。"心里揣思：他们是怎么肯定戚少商等就躲在城中呢？

穆鸠平心里却想：他妈的，自己一直是紧紧排在戚少商之后的通缉犯，怎么这一下子变成了第四号人物了！

忽听外面传来一个温和儒雅的语音："息大娘，你们在这儿安居乐业，不干朝政，不是无忧无虑吗？何必为了戚少商，落得个全城覆灭的下场！"

息大娘哼道："顾惜朝这坏小子！就会煽风拨火，播弄是非！"

穆鸠平一听他的声音，就红了双眼："这王八蛋——！"

又听一个声音说道："戚少商，你出来，我只抓你，不抓旁人。"这声音也无特别之处，只是平和有力，似打自耳畔响起。

息大娘乍听，微吃一惊，道："他来了，这么快！"

同样在沉香阁里运气调息的戚少商乍听，站了起来，说道："他来得这么快！"

沈边儿趋近一步，压低声音道："刘独峰？"

戚少商道："不知是文张还是刘独峰，我也没听过他们说话，顾惜朝和黄金鳞他们没有那么圆融深厚的内力，这人的武功高，身份也比黄金鳞高，如果不是莫测高深的文张，便是高不可测的刘独峰了。"

这时，一个女子一闪而进，众人只觉眼前一亮，那女子向戚少商道："只怕是刘独峰。"

秦晚晴匆匆走入，发上的蓝巾飘曳着，几绺乌发散在额上，一见那女子，即道："大娘，第一趟攻势，全给咱们挡回去了。"

息大娘脸有忧色地说："刘独峰已经来了，只怕不好应付。"

这时又走进一名猛汉，正是穆鸠平，见一众连云寨的人尽皆目瞪口呆，奇道："你们做什么呀？点了穴道哪！"

连云寨的弟兄及沈边儿全看着息大娘，几忘却了呼吸，戚少商上前一步，握住息大娘的手，浑然忘我地道："大娘，你，还是这么美……"

息大娘娇羞地笑了起来，啐道："大敌当前，众目睽睽，也不害臊。"

众人都没想到毁诺城的城主息大娘，竟出落得如斯秀美，更没料到刚才那老态龙钟的老太婆，竟然是眼前这位娇美可人儿。

息大娘转首望向秦晚晴，问："晚词呢？"

沈边儿道："卷哥晕倒了，唐……唐姐姐正在救他。"

息大娘道："她医术最精，晚晴，你去，全力守城。"

沈边儿道："我们去助一臂。"连云寨的兄弟都站起来说好，他们大都受伤不轻，但已作过短暂的休息，已有了援助，抖擞精神，斗志仍然旺盛。

息大娘摇首道："不，毁诺城的机关，你们不熟悉，人多反而碍事，要是攻了进来，你们想置身事外，当然也不可能，何不留着气力，待会儿杀敌杀个痛快。"

沈边儿道："你是说……他们能攻得进来？"

息大娘道："要是没有捕神在，可很难说，一月半旬，总是守得住。"

沈边儿道："刚才大娘所提到的那三个人……"

息大娘道："那只是为日后铺的路，现刻，还用不上。"

沈边儿忧愤地道："卷哥受了伤，戚寨主又伤重……难道这儿就没人制得了刘独峰！"

戚少商叹了一声，又叹了一声，欲言又止。

息大娘瞧在眼里，道："你说出来。"

戚少商仰天长叹，道："我在想铁手……铁二爷要是在这里，就好了……可是他……而今……"他也不知道铁手如今生死如何，只觉得自己连累了不少人，只怕连这毁诺城，都要毁于一旦了。

第十八回

刘独峰

话说那四名锦衣人抬着一顶滑竿，走了进来，黄金鳞一见来势，即展颜道："刘大人，你再不来，可把小弟我给想死了。"

刘独峰在竿上道："你想我死？"

黄金鳞一怔，刘独峰哈哈笑道："黄大人，别来可好？在下开了一句玩笑，请勿见怪。"

黄金鳞又堆上了笑容，道："哪里，哪里，小弟纵有天作胆子，也不敢责怪刘大人。"

谁知刘独峰又加了一句道："那么，只要天子给你作胆，杀我也无妨了？"

黄金鳞又愕了一愕，知此人语言锋利，不想和他抗辩，忙顾左右而言他，笑着引介道："这位是丞相大人的义子顾公子，破连云寨便是他首功……这位是傅丞相麾下名将'骆驼将军'鲜于仇，这位是相爷的内亲爱将'神鸦将军'冷呼儿，这位是丞相大人向皇上保荐的'护国镖局'局主高风亮高局主，这位是……"

刘独峰一一点头见过，道："都是傅大人的亲戚朋友，瓜蔓牵连，你也不简单呀，是相爷信宠红人，今儿我真个是错以为进访相爷府了，可惜我无厚禄重权，只怕高攀不上。"

黄金鳞早知此人语言有棱，忙回了一句："刘大人好说，大人是圣上御前大将，与诸葛先生齐名，这下子可把我们都比下去了，要论结交，是我们求之不得的殊荣呢。"

刘独峰扬手道："咱们就别客气了。这儿的情形怎么了？"

黄金鳞道："我们追捕戚少商、雷卷、沈边儿、穆鸠平到此处——"

刘独峰打断道："霹雳堂的人跟连云寨的余孽联成一气了？"

黄金鳞道："只有雷卷和沈边儿两人。"

刘独峰奇道："雷鹏、雷炮、雷远不在内么？"

黄金鳞脸有得色："已给我们杀了。"

刘独峰"哦"了一声道："那定必是文张文大人的伏兵。我曾听文大人提起过，雷门霹雳堂始终是心腹大患，就算要用到他们，也定必要派人捎着。"

黄金鳞顿感脸上无光，刘独峰道："现在他们人在哪里？"

黄金鳞道："他们直奔毁诺城——"

刘独峰道："想你们必然以为息大娘和戚少商深仇大恨，故意让戚少商走入碎云渊，假借毁诺城的力量除去戚少商和雷卷吧？"

黄金鳞心中十分佩服刘独峰的推断："假他人之手除去这几个人，可免除他日许多不必要的麻烦，和省得提防许多防不胜防的报复。"

刘独峰道："可是，他们死了没有？"

黄金鳞道："全倒在护城河里，化成白骨……"

刘独峰即问道："你确定了是他们吗？"

黄金鳞脸有难色："这……"

刘独峰双眉一扬，道："问过毁诺城城主息大娘没有？"

顾惜朝上前一步，道："问过了，息大娘却不肯以真面目示人，且言词闪烁，不让我们入内搜查。"

刘独峰冷笑道："她当然不给你们进去了。"

顾惜朝本早已瞧刘独峰不顺眼，道："她有什么理由不让我们进去？我们是官，她是民！"

刘独峰道："怎么你曾在连云寨担过要职，竟不懂这道理？这江湖上的事，要讲江湖上的规矩，什么官衙朝廷，武林中人可不赏你这个颜面！"

顾惜朝早憋了一肚子的火："什么江湖不江湖？天下之地，莫非王土，天子脚下莫不是庶民，没有什么江湖规矩、武林道义，只有王法！"

"王法？"刘独峰徐徐转身，跟顾惜朝打了个照面，"好个王法！王子犯法，与民同罪，这才是大公无私的王法，若用这王法制裁你，顾公子，你可能也一样法网难逃吧？"

顾惜朝只觉刘独峰脸色明黄，很有一股威仪风范，他一生中什么英雄好汉、达官贵人都见过，可是刘独峰不怒而威的神态，甫一接触就挫了他那一副自负自大的个性。顾惜朝心里正要认栽，但他性格顽强，一转念间，反而更不服气，冷冷地道："刘捕头，你这话是什么意思？"

刘独峰淡淡地道："七年前，礼部邢大人的女儿，被谁所污？五年前，肃州知府轩辕大人平贼有功，但全家被杀，结果功由你独占，凶手是谁？三年前，相府里后起七秀竞技，武功最高的欧阳吞吐，是给人毒死的，可知道是谁下的毒？"

刘独峰每说一宗案件，顾惜朝的脸色就更增一分难看，刘独峰说完了之后，哈哈笑道："当然还有别的案件，不过，你放心，这些案子，都不是交由我来办，而接办这些案件的人，事先已被吩咐过，找个替死鬼就算。"他的语音忽有压抑不住的悲愤："我懂，我当然懂，我当然懂得怎样做，怎样做法才恰到好处，我虽然外号人称'捕神'，但惭愧得很，也不过是抓抓小毛贼儿，不是人人都能像诸葛先生，也不是人人都当得了诸葛先生的！"

黄金鳞忙打哈哈道："依刘大人之见，我们是否要依照江湖礼数，拜会息大娘……要是她不予接见怎么办？"

刘独峰道："首先要证实戚少商他们是不是死了：要是死了，我们何必得罪毁诺城里的人？要是还活着，息大娘竟在包庇戚少商，即与我们为敌，只有攻城一途。"

黄金鳞道："刘大人是怀疑死的人不是戚少商？"

刘独峰抚髯道："息大娘也不是笨人，她就算恨戚少商入骨，也只杀戚少商一人就好，何必要连雷卷等一齐杀死，招引日后霹雳堂的报复呢？"

黄金鳞道："可是……人已化成了白骨，如何证实——"

刘独峰截道："已经证实了。"他手一扬，树林子后面又转出了两名锦衣人，快步走到刘独峰面前。刘独峰道："事情办得怎么了？"

左首的锦衣人道："禀爷，我们已下去打捞过了，不见他们手上使的兵器。"

右首的锦衣人恭敬地道："戚少商断臂，但白骨里也没有断了一条膀子的人。"

刘独峰向黄金鳞道："那么说，戚少商肯定未死。"

黄金鳞惊疑不定地道："可是……那是化骨池，你们如何——？"

刘独峰道："我这两个好帮手，一个善于水利工程，一个精于用毒解毒，这些事，一向难不倒他们。"

左首的锦衣汉道："我叫云大。"

右首的锦衣汉道:"我叫李二。"

两人齐声道:"拜见黄大人。"

黄金鳞忙道:"免礼,免礼。"

云大道:"黄大人也许没看见,护城河里已经没有水了。"

黄金鳞望去,只见护城河已干涸,毒水都消失了影踪,真是叹为观止,只能说:"你们……?"

李二道:"我们把水都去毒,引流到别的地方去了。"

黄金鳞不得不服,翘起大拇指说道:"好!好!刘大人身边六爱将,真是名不虚传!"

刘独峰忽道:"这之间毁诺城不知有没有什么可疑人物出入?"

冷呼儿存心要奚落刘独峰一下,便道:"这碎云渊给我们重重包围,铁桶一样的密,连一只鸟也飞不进去,怎会有人来去自如?"

刘独峰却不理他,抬头眺望一只乌鸦,哑哑地叫着,打从冷呼儿头上飞过,刘独峰悠然道:"那是什么来着?"

冷呼儿正待分辩,忽听抬竿的一名锦衣人撮唇尖哨一声,那乌鸦忽地撒下一团东西,冷呼儿眼明脚快,闪身一避,肩膀还是沾了一些,刘独峰笑道:"却不知那算不算是只鸟。"

冷呼儿知道刘独峰的那名手下擅御鸟之术,以哨声来驱鸟撒屎,无奈又发作不得,只听另一名锦衣人道:"这里另有后山地道,刚才不久,我看见有三个人先后走了出来。"

刘独峰问:"是谁?"

那锦衣人道:"认人的功夫,我比不上蓝三眼尖。"

另外一名锦衣人道:"那是赫连春水、高鸡血和尤知味。"

刘独峰脸色微微一寒,道:"是这三人么?息大娘倒是个难缠的角色。"

那叫蓝三的锦衣人道:"不过,他们是出来,并非进去。"

刘独峰颔首道:"说不定,他们是置身事外,那总比同在城里死守的好。却不知城里还有些什么人物?"

一名抬竿的锦衣人道:"爷,让我去探看探看。"

刘独峰笑道:"刺探情报,身入虎穴,如入无人之境,总少不了周四的。"

那叫周四的锦衣人飞快地一行礼,道:"我这就去,爷。"说罢一掠而落入干涸的泥床,忽然跟黑褐的泥泞融为一体,再也分不出哪是人,哪是泥。

刘独峰道:"也来见过黄大人,顾公子,鲜于、冷二位将军等。"

那发现毁诺城后山有通道的锦衣人道:"在下张五,拜见诸位。"

那叫蓝三的锦衣汉也道:"在下蓝三,给张老五抢了先拜谒了诸位。"

剩下一名刚才发哨的锦衣人道:"在下廖六,排行最末,是刘爷最不成材的跟班,也来拜见各位。"

众人稽首见过,忽见霍乱步快步走来,脸有张皇之色,顾惜朝问:"什么事?"

霍乱步眼睛闪烁一下,扫了刘独峰一眼,顾惜朝知道他的意思,但是这当着刘独峰的面,反而不便做个恶人,便道:"刘捕头是自己人,若非机密,尽说不妨。"

霍乱步这才敢道:"冯乱虎他们回来了。"

顾惜朝道:"他回来不是好了……是生了事故?"

霍乱步点头。

顾惜朝脸色一沉，黄金鳞和他相觑一眼，心里都想：千万别给铁手溜了！黄金鳞说了一个字："传！"

霍乱步道："是。"快步行去。

刘独峰好整以暇地道："什么事？"

黄金鳞忙道："依刘大人之见，息大娘既是蛇鼠一窝，狼狈为奸，我们是否应该这就攻打毁诺城呢？"

刘独峰沉吟道："毁诺城既不易攻，也不好打。"鲜于仇哼了一声。

冷呼儿冷笑道："刘捕头是不想得罪毁诺城的人，讲武林道义，守江湖规矩吧？"

冷呼儿这句话说得甚为刺耳，挑衅之意甚明，岂料刘独峰直认不讳，道："不错，皇上下旨，要我捉拿叛贼戚少商，我也借此顺道查明李玄衣被杀一事，其他的武林中人，我既不管，也不想开罪。"

鲜于仇道："刘捕头既不想得罪人，可惜人家可把戚少商藏了起来，总不得您去登门求她放人吧？"

刘独峰焉会听不出鲜于仇话中的讽嘲之意？他哈哈一笑道："别说我刘某人向不求人，就算求了，息大娘既然冒死救了戚少商，就不会让他出来受绑……这总得有个解决的法子。"

冷呼儿道："解决方式？很简单。攻打毁诺城，杀个鸡犬不留，揪出戚少商，就地正法，或交你押回京师，岂不一了百了？"

刘独峰抚抚干净整洁的黑髯，道："冷兄真是名将本色啊！"

这时冯乱虎、李福、李慧都已垂头丧气走了过来，一见刘独峰和五名锦衣人，眼色都惊疑不定起来。

顾惜朝即问："怎么回事？"他见铁手没押回来，心中已知不妙。

冯乱虎道："有人……劫囚车！"

顾惜朝长袖一挥，铁青着脸色："你们怎么……都是酒囊饭袋！是谁干的?！"

李福道："是唐肯。"

高风亮一呆，道："怎会是他?"目光望向勇成，勇成点点头，但眼神也十分茫然，他"埋"了唐肯就走，接下去发生的事，他也并不清楚。

顾惜朝强抑怒气，向高风亮道："高局主，你局子里倒是尽出些不得了的人才——"忽厉声道，"就凭姓唐的那小子，你们也制他不住?"

李慧道："要只是他，当然早就乱剑杀了，但就是还有……"

李福道："一个蒙面人……"

李慧接道："在轿子里……"

李福接着道："有四个人抬轿子……"眼睛向刘独峰那儿转了转。

李慧坚持道："都是蒙住了脸……"视线往刘独峰身侧五名手下瞄了瞄。

李福跟着说："那轿子里的蒙面人武功极高……"

李慧紧跟着道："我们敌不过他，才给劫去——"

李福、李慧说着的时候，眼睛不住地往刘独峰身上溜，顾惜朝和黄金鳞等自然也有注意到这一点，不禁狐疑起来，刘独峰哈哈笑道："看来，这么会搅排场的人，倒有点像我了。"

刘独峰这一开口说话，李福、李慧齐声道："是他！"

顾惜朝脸色一沉，望向冯乱虎，冯乱虎也用力地点了点头。顾惜朝知道冯乱虎一向精明强干，连他也听出刘独峰的声音，看来，救走铁手的人敢情真是刘独峰。

顾惜朝一念及此，脸上反而堆起了笑容，叱道："胡说！你们可知道他是谁？他就是大名鼎鼎的，名闻天下的'捕神'刘独峰！刘大人只抓犯人，不放犯人，要是刘捕神也放犯人，那就是知法犯法，罪加一等，那是刘爷决计不会做的。"他意犹未尽，补加了一句，"这一做呀，身败名裂，何况那是朝廷钦犯，搞不好，要株连九族！"

刘独峰道："说得有理。却不知那救走的犯人是谁？我认不认识？要不要我来参与一份追捕此人？"

顾惜朝道："不必了。"

刘独峰笑道："连姓名也不让我知道，想必是朝廷要犯了。"

顾惜朝道："这人跟阁下倒是大有渊源，而且，说难听点，还是同行如敌国哩！"

刘独峰"哦"了一声笑道："还是吃公门饭的呢！总不会是诸葛先生吧？"说着仰天大笑："要是诸葛，就凭你们，连同在下，也拿他不起！"

顾惜朝沉住了气，道："那么，真正劫走囚犯的只有那姓唐的了？"

冯乱虎道："是。"

顾惜朝疾道："那么，乱虎、乱水、乱步，你们三人一道儿去，追他回来，要是找着了，抓不回，格杀勿论！"

冯乱虎、霍乱步、宋乱水齐声应道："是。"

黄金鳞也道："'福慧双修'。"

李福、李慧齐声应道："在。"

黄金鳞道："你们带三十四名精兵，务必要抓到此人，死活不计。"

李氏兄弟又应了声，眼睛又往刘独峰处一转。

黄金鳞道："刘捕神要留在这儿，帮我们抓匪首戚少商，不能助你们去抓钦犯！"

刘独峰笑道："你们放心，我不抢你们的功劳！"

李氏兄弟和"三乱"各自领人出发，忽听一阵喊杀之声，原来鲜于仇、冷呼儿见毒水已退，城无遮拦，不再听命于刘独峰调度，私下率军攻打毁诺城。

第十九回

铁手的遭遇

铁手和唐肯策马疾驰，十来里路，折了几条小径，翻了两座山丘，再转向大路，眼看一处三岔口，有木牌写着："往碎云渊""往思恩镇""往南燕镇"。铁手指了指"往思恩镇"的路，艰辛地道："思恩镇人多地旺，而且是市集中心，很多逃犯都往那儿躲，你过去装成猎户，待上一年半载，再离开那儿，改名换姓，才出来再闯江湖，谅他们也拿你不着。"

唐肯点点头道："是。"

铁手道："那么，大恩不言谢，就此别过。"

唐肯问："你往哪儿去？"

铁手道："碎云渊。"

唐肯道："老局主、黄金鳞、顾惜朝，他们都在那儿，你去——"

铁手道："戚少商等退入碎云渊，极之凶险，我总要去看看。"

唐肯瞪着眼，道："可是，你这一身的伤，去了又有何帮助？"

铁手笑了，无奈地道："我们这种人，就是这样，就算帮不上什么，也不能见死不救。"他拍了拍唐肯的肩膀，咳呛了出来，唇旁的血渍又鲜艳了起来，"你当然明白，你也是这样的人，你救了我。"

唐肯昂然道：“就是因为我明白，所以我要跟你一道去。”

铁手摇摇首，又摆了摆手，无力地道：“不必再多个人牺牲。”

唐肯道：“我这下子，可能连累了老局主，我知道自己武功低微，但总要去看看。”

铁手道：“你去思恩镇，可有重大任务。”

唐肯道：“什么任务？”

铁手道：“我三师弟追命这几天可能经过那儿，你要是联络着他，或许，我们就能救戚少商。”

唐肯道：“那好，我们一起去思恩镇，等追命三爷来，然后再一起去碎云渊救人。”

铁手苦笑道：“这……”

唐肯斩钉截铁地道：“二爷，唐肯也不笨，你托以重任，为的是支开我，不让我牺牲，难道我们之间还要推推让让、婆婆妈妈的么？铁二爷，你要是不给我跟你一道，就是看不起我，你去你的碎云渊，我照样赴我的毁诺城！”

铁手叹道：“只是，我这身伤……他们不久就要追上，这样又对谁都没有好处。”

唐肯拍胸膛道：“我扶你走，一定会走快些的。”

铁手深深地望了他一眼道：“他们找一个伤者容易，找你却难，你还是……”

唐肯怒道：“二爷——！”

铁手也低喝一声：“好，我不说了，再说，就瞧你不起。兄弟，我们先到思恩镇，再转道往碎云渊去——只要过得了思恩镇，他们只怕没料到我们会倒转头往毁诺城的。”

唐肯一拍大腿，喜道：“好，这叫‘明知山有虎，偏向虎山行’！”

忽正色道："二爷，追命三爷究竟会不会来？"

铁手道："兄弟，叫我铁手便是。"

唐肯一股豪气上冲，即道："铁二哥。"

铁手沉重地摇首，道："追命他不会来，不过他有重案要办，办好了才来，也不知是什么时候，冷血正在养伤，无情赴陕西金印寺办案。他们一个都不能来。"

他咳呛着道："就只有我们，你和我，还有不知死生的戚少商、雷卷他们。"

唐肯哈哈大笑，左手牵住铁手胯下灰马的缰辔，右手一击自己坐骑马背，道："如此最好！我们前无去路，后有兵追，既无援军，也没银两，"他在驰骋中拍拍空囊，笑道，"这是反击的最佳时候。"

马驰颠簸中的铁手确感伤口震痛，但见唐肯豪气干云，心忖：这人武功虽然不高，见识地位也都寻常，但确是一名好汉！因不忍拂他的兴头，强忍痛楚，未几便已来到思恩镇。

唐肯徐徐勒马，见镇上热闹熙攘，来往行人很多，市集繁忙，便问："铁二哥，咱们往何处落脚？"

铁手道："找一家最不起眼的客店落脚，吃点东西再说。"

唐肯在镇隍近郊找到一家叫作"安顺栈"的酒家客店坐了下来，两人叫了点菜饭，铁手吃了几口，胸口一甜，哇地咯了一口血，血渗在白饭上，分外夺目。铁手抚胸喘气，边把草笠盖在饭团上，怕人瞧见。

唐肯道："这路上金创药敷完了，我跟你请大夫来看看。"

铁手强忍胸口闷痛，道："我这身上的钱，也全给搜去了。"

唐肯摸摸口袋，道："我还有一些，请大夫和今天吃的、住的，还足够。"

铁手道："这可是你辛苦挣来的钱。"

唐肯豪笑道："只望能治好我的二哥，这些钱算得了什么！"

铁手低声道："其实，我的伤只要有适当的调养，让我有机会运功打坐调息，三四天的工夫，就能恢复元气；十来天时间，便能痊愈；不到一个月，就可以如常，倒不必请什么大夫。"

唐肯道："二哥的内功，我是听说过的，四大名捕之中，就传你内力最深厚，要是这身伤落在我身上，一年半年，怕都好不全哩。"

铁手道："我们师兄弟四人，四处奔波跋涉，受伤已是家常便饭，司空见惯。四师弟冷血天生坚忍刻苦，有过人的体力和意志，负伤对他而言，算不上什么事，只是他天性感情较为脆弱，受不得伤；三师弟浪迹江湖，历尽风霜，什么伤不曾受过？他已经养成一种不怕受伤的能耐。大师兄却最体弱，外表冷漠，内心多情，他是真正经不起伤的。我所幸练的是内功，普通的伤，奈不了我何；就算严重的伤，只要给我一定的时间，也可以运功疗伤，好得较快。"

唐肯听得颇为向往："除了冷四哥我会过面外，追命三哥和无情大哥，我都无缘得见。"

铁手拍拍他肩膀，笑道："他日有机缘，当给你引见。"

唐肯垂下头去："他们……名动江湖，怎有暇来理我这等小人物！"

铁手一手握住他的臂膀，道："快别这样说！咱们结交只问好汉，肝胆相照，不分贵贱，再这般说，咱们就不是兄弟！"忽觉五指一阵刺痛，不禁闷哼一声，变了脸色。他的双手被黄金鳞、鲜于仇等一路上施于苦刑，要不是他功力深厚，十指双臂，早已筋断骨折了。

唐肯见状，忙道："我还是去请大夫来，对于外伤跌打，有一些现成的药敷贴着，总是好的。"

铁手想了想，也觉得非要有些金创药、跌打药不可，忍痛道："也好。"

唐肯疾地起来，道："二哥先吃，我去去就来。"

铁手只觉浑身伤痛，一起发作，额上已冒起豆大的汗珠，密密麻麻，闷哼道："自己小心，快去快回。"

唐肯答："是。"人已掠出了店门。

铁手摇摇头，本想勉强吃些东西，让自己体力能有补充，然后运功调息，但才嚼了几口，已感到胃部抽痛着，加上断碎的肋骨刺痛起来，再也无法咀嚼，只好就地静坐运气。

正在此时，店门外走入了三个人。

这三个人，一个樵夫、一个猎户、一个郎中，看去甚是平凡。

可是铁手只望了一眼，立即知道他们是乔装打扮的。

而且铁手也立即分辨出他们是谁。

他们正是这三个月来，他一直追缉着的五个凶徒的其中三个：王命君、楼大恐和彭七勒——另外两个凶徒：秦独和张丽眠，因为在山道上对铁手施加暗算，早已作法自毙。

这三个人，穷凶极恶，正是合力谋害了他们的结义大哥"白发狂人"聂千愁的罪魁祸首，铁手受冷血所托，追缉了他们数百里，才在无意间卷入了戚少商被顾惜朝追杀的漩涡里去。

铁手绝没想到他们会在此际出现！

铁手现刻不能动，也不能走，连伙计端菜过来，他也坐着不动不言，因为这一动，反而引起这三个亡命之徒的注目，铁手而今遍体鳞伤，只怕连捧菜的伙计也未必斗得过。

然而眼前却有三个阴险毒辣、杀人不眨眼的凶徒！

王命君、楼大恐、彭七勒三个人刚刚坐下来，王命君就气急败坏地说："我们吃完东西就走，这儿还是不能久留。"

彭七勒刚刚放到唇边的茶杯，又放了下来，问："为什么，这儿地僻人多，各路人马赶集汇集，不是正好藏匿吗？"

王命君道："你没见着么？我们刚走进来的时候，外面有大批官差军士，似在搜捕什么！"

彭七勒不以为然地道："那些酒囊饭桶，咱们还真不怕！"

王命君叹道："倒不是怕他们，而是万一震动了个冷血或铁手，那时候，可真自寻死路了！"

"走，走，走！"楼大恐一拍桌子，震得杯筷齐声一响，店里的客人全向他望来。楼大恐道："这样子下去，整天是逃、逃、逃！有什么生趣，不如拼了！"

王命君忙和彭七勒佯作对喝了一杯酒，笑道："他喝醉了。"随而压低声音道："你干什么？这样惊动大家，要寻死别牵累我们！"

楼大恐豪气顿消，沮丧地道："可是，这样天天逃亡，日日逃命，也不是办法。"

彭七勒没好气地道："那你有什么办法？"

楼大恐握拳狠狠地道："不如跟铁手那厮拼一拼！"

王命君冷笑道："你拿什么去拼？张丽眠和秦独不是去拼了，结果是两具尸首而已。"

楼大恐埋怨地说道："我都说了，五人一起上，未必打不过铁手，你却要张丽眠、秦独去缠住铁手，让他转移注意力，好让咱们往另一方向逃逸，结果白白折损两名弟兄！"

王命君嘿声道："你却来怨我？要不是我这一苦肉计，现在你可不知死在哪一层地狱里！"

楼大恐也不甘示弱："你以为你自己上得了天！"

王命君仰脖子一口把酒干尽，又去倒酒，他正好面朝铁手，铁手安然而坐，王命君也没加注意，又去倒一杯酒，说道："好死不如歹活，上天下地狱，都不如逃命的好！"

彭七勒忽然抓住王命君置在桌上的包袱，王命君闪电般按住了他的手背，疾问："干什么你？！"

彭七勒道："用'三宝葫芦'，跟铁手一拼！"

王命君骂道："你们怎么啦！这两天不见那铁手踪影，说不定咱们已把他甩脱了呢，你们要无事找事，当初又何必十万八千里地逃！"

彭七勒缓缓缩了手，眼睛却发了光，喃喃地道："要是把他给甩脱了，那就好……"

这时，一个人忽然走近，彭七勒吓了一大跳，楼大恐连忙按住了他，彭七勒这才瞧清楚，原来是食肆里的伙计。

伙计道："三位客官，要叫点什么菜送酒？"他对失惊无神的彭七勒有些畏惧，便只跟王命君说。

王命君心烦意乱，挥手道："随便你点几道菜吧。"

楼大恐却咕噜道："不知明天还有没饭吃呢！我可要吃好一点的……"

伙计道："那么，客官要吃的是什么，小店立即做去。"

楼大恐道："这里有什么可吃的。"

伙计道："多着呢，本店著名象蚌、静鱼、龙球团团，不然，就照刚才那两位客官桌上的菜，都来一样如何？"他用手指向铁手桌上的菜。

铁手心头一凛：他正意守丹田而至气贯丹田，竭力静观入定，陷入一种"八触"的境界，即动、养、凉、暖、轻、重、涩、滑合而为一，在这一心回复元气内力的当口儿，他只想恢复一小部分的功力，万一那三人猝起发难，也希望能有招架之力。

楼大恐望去，那几道小菜也没什么特别，便问王命君："喂，你看怎样？"

王命君懒懒地望了一眼，正想说话，眼角忽看见一个熟悉的人影，这人影可以说是他恨得咬牙切齿之梦魇，王命君看了一眼，不敢相信是真的，又看了一眼，"哎呀"一声，一跤坐倒！

彭七勒早已是惊弓之鸟，但反应快捷，一把扶住王命君，急问："怎么？"

王命君一张脸变得死灰，哭笑难分地道："他……他……他……"楼大恐和彭七勒随着他颤抖的手指望去，脸色大变，如同跌入冰窖之中，彭七勒几乎就要双膝跪倒下来，愕然道："他……他……怎么也在这里？！"

楼大恐恶向胆边生，抄起一张凳子，喝道："铁手，你要怎样？"

食馆里的客人一见有人要动武的样子，都想走避，铁手淡淡地道："各位，这儿没事，我跟他们几位朋友有些过节，但我今天仍有公务在身，在等另外一位朋友，没心情动手，不会有事的，请各位坐下自便，当不骚扰。"说罢，自行喝酒，也不理会楼大恐的喝问。

其实，他强提真气，一口气沛然地把话说完，五脏六腑又抽痛起来，一时再也说不出半个字，左手抓住酒杯，抓得好紧好紧。

第二十回

看不见有人

三人听到铁手那番话，本来自度必死，一时之间，几疑是在梦中，楼大恐豪气尽消，呆立当堂，王命君一把拉他坐下，颤声道："铁大人，谢谢不杀之恩。"

食馆里的客人听出那独自饮酒的人，竟然是"四大名捕"之铁手，都又敬仰、又好奇。

铁手冷冷地道："滚！"这个字一出口，腹部奇痛，再也说不出一句话来。

王命君求之不得，哈腰鞠躬，道："是，是，我这就滚，就滚——"却见彭七勒仍然坐着，凝望着铁手。

王命君示意道："走——"

彭七勒忽凑近低声道："看见没有？"

王命君疾道："看见什么？"

彭七勒道："铁手浑身是伤，血迹斑斑，脸也给打烂了。"

王命君急道："这关我们屁事，我们能走就好！"

彭七勒低声道："我看不对劲。"

楼大恐忽然会意："你是说——？"

彭七勒深沉地道："铁手不是放过我们，而是没有能力动手杀我们！"

楼大恐愤然道："既然他杀不了我们，我们就去杀了他！"

王命君狐疑地道："对呀！我就说他没那么好，居然饶我们不杀——不过，四大名捕，虽死不僵。你们不记得当年他们四人，如何浴血战十三杀手吗？结果对方全军覆没，看来一早濒死的四大名捕，人人都活了下来！"

彭七勒道："你的意思是——？"

王命君道："保住性命要紧，何必惹事！你没听他说吗，他还在等人来，来人如果是冷血……"

楼大恐道："万一铁手真的伤重无法还击，咱们岂不错失良机？"

王命君道："要是铁手武功尚在，咱们岂不是枉送性命！"

楼大恐道："这……"

彭七勒说道："看来这险还是不能冒……"

正在这时，忽听有人兴高采烈地叫道："二哥，我请回来了这儿最有名的大夫，给您治伤。"说着扯了一个老头子，往铁手那儿走去。

铁手叹了一声，一时不知该说些什么话阻止是好。唐肯道："二哥，你不舒服吗？"转首向那大夫道："你行行好，快给铁二哥看看。"

那大夫姓潘，在这儿颇负盛名，有人称他为"翻生神医"，即是誉他医术可以把死人翻生一般，他的医术当然没有那么好，但医人的经验倒是十足，才一探手把脉，再一掀铁手眼皮，端详铁手全身，即摇着叹息，道："完了，完了，年轻人好勇斗狠，你这下子，伤得入了筋骨，至少也要躺两三个月，才能复元一半，要不是看你骨骼强健，神定气足，恐怕不一定能活呢——"

话未说完，楼大恐、彭七勒、王命君已三面包抄，到了唐肯背后，面向铁手。唐肯立时警觉，沉住了脸。

彭七勒怪笑道："好哇，铁手，你倒有今日！"

楼大恐道："你都把我们逼苦了，看今天我不——"

忽听楼里一个食客一拍桌子，叱道："三个不知好歹的小贼，铁二爷放你一马，还啰嗦什么！"

另一个食客也抓起桌上的长布包，走了过来，道："铁二爷虽然受伤，但我们素来敬重二爷为人，决不容你们放肆！"

食馆里大部分食客都相继起哄。原来这镇上多的是武林中人，大都对"四大名捕"十分钦仪，或多或少曾间接受过他们四人的恩义，而今是铁手身负重伤，面临危难，会武功的都有意拔刀相助。

王命君笑嘻嘻地道："哦？原来是打抱不平来的，真是不打不相识，欢迎，欢迎，幸会，幸会。"

铁手心里却暗暗叫苦：王命君这三人武功虽然跟他相去甚远，但比起一般武林人物，却又高出许多，这食馆里的武林人，都是非常平庸的角色，怎会是这三个恶徒之敌呢？何况王命君手上还有"三宝葫芦"，万一打斗起来，伤亡必众，铁手自度个人生死并无大碍，但决不忍这些古道热肠的汉子送命，心中大急。

王命君已在解开包袱，食馆里四五名武林中人也围了上来，人一多，胆便壮，彭七勒道："今日我们要报仇雪恨，不关事的爬开！"四五名武林人互觑一眼，谁也都不走开。

楼大恐一把推开潘大夫，面对唐肯，粗声问道："你是什么东西？"

唐肯正待拔刀答话，铁手忽道："三师弟。"

唐肯一怔。王命君、楼大恐、彭七勒更是震住当堂。

铁手从容不迫地道："这三个给脸不要脸的人，你拿他们怎么整治？"

唐肯一时不知如何回答。铁手叹道："要不是咱哥儿俩还有要事在身，倒真要烦三弟你一人送他们一脚，好叫他们早些儿到阎王爷那儿报到！"

唐肯只答："是。"点了点头。

彭七勒、楼大恐、王命君都开始一步步往后退。彭七勒率先飞退，楼大恐和王命君也跟着没命地跑，跑出了店门，再远离了小镇，彭七勒这才扶树喘息道："妈呀，原来……原来……追命也……也来……来了……"

王命君也道："你看他那一双脚，在进店里来的时候，多有劲，我就知道他决不好惹，他一进来，就……"

突然住了口。楼大恐和彭七勒齐声问："怎么？"

王命君喃喃自语道："不对啊！"

彭七勒搔搔头皮："有什么不对了？"

王命君道："他走进来的时候，叫的是'二哥'，而不是'二师兄'……"

彭七勒为之气结地道："那有什么？铁手也曾叫了他一声'三弟'……"

语音一变，陡然叫道："不对，不对，江湖上传言，'四大名捕'中，无情是大师兄，铁手排二，追命行三，冷血列第四，其实是以入门先后为准，要论年纪，追命最长，铁手次之，最年轻的是冷血。刚才那个人，粗眉大眼，满脸胡渣子，但看去绝对还要比铁手年轻……不可能是追命！"

王命君沉吟道："便是。"

这次到楼大恐比较怀疑："会不会是追命外表年轻过人……"

"怎会？追命历尽风霜，沧桑风尘……"王命君道，"我们都上当了！"

楼大恐怒道："我们折回去，杀了他——！"

王命君望了望天色，时已近暮，他咬牙切齿地道："回去是回去，不过只盯住他，先别动手，这次摸清了底儿，半夜才下手，决不教他活着离开思恩镇！"

王命君等三人甫离安顺栈，铁手立即脸色惨白，抚胸摇摇欲坠，他顾得用内功发送退敌，已无法以内力压住伤痛，一时天旋地转，几要跌倒，食馆里的人都围观问候，唐肯情急地道："铁二哥，都是我不好，害你……"

铁手苦笑道："我没事，休息一会儿就好。"他喘了一口气，向围观的人抱拳道，"诸位仗义相助，在下感激不尽。"

其中一名武林人收起了刀，也拱手为礼道："不必客气，四大名捕声名远播，替天行道，我们皆钦服万分，今日有幸得见，已感殊荣。"

另一名武林人却关怀地道："铁二爷没什么事吧……敢情这位是追命三爷了？"

唐肯不知如何回答是好。铁手见这些人意诚，明知不智，但亦不忍相欺，便道："他是我新结义兄弟，姓唐名肯，适才因为急于退敌，不得已借用了三师弟名号，请诸位见谅。"

众人这才明白，见铁手居然道出真相，不怕对头再来侵犯，此种作为，十分诚恳信任，都很感动，那潘大夫也听过"四大名捕"的名号，已开了张药方，趋近道："老夫适才不知是铁二爷，一时多口，误了大事，请二爷勿怪。二爷身受重伤，定必是为锄奸去恶而不惜身，这一张方子，虽不能立时见效，但对疗伤去淤，特别有帮助，二爷如不嫌弃，我就献上这一帖方子……"说着把药方双手递去。

岂料铁手尚未接过药方，已给一人抢去，那人道："单是方子又有何用？得变成药才行！我去抓药，马上回来！"

铁手见这里的人这般热诚，甚为感动，这几日人身上所受的苦楚，仿佛都有了补偿，铁手哽咽地道："诸位，今日各位的大恩，容铁某人他日再报，此地在下恐不能久留，就此别过——"

那最先挺身而出的武林人忽沉声道："二爷，你现在离去，恐怕有点不妥。"

立即有人问他："怎么说？二爷留在这儿，不怕那三个恶人又来寻仇么？"

那武林人道："那三个人，以为是追命三爷也来了，想必不敢回头，我们这儿的人，吃的是江湖饭，走的是武林路，谁也不说出去，便没有人知道，究竟追命三爷在不在这儿、铁手二爷在不在这儿了！"

听的人都说"是呀！""对！""照啊！"只有铁手在众人嚷了之后，问了一句："却是为何不宜离开这里？"

那人凑近铁手耳畔，低声道："刚才，镇里来了一批官差，在大街小巷搜查，连同本地衙差，如临大敌按家搜索，找的是——"他把声音压得更低："好像就是铁二爷您！"

铁手一震。

唐肯失声道："官府的人找上来了。"

铁手点头道："来得好快。"转首向众人道："今日的事，多谢诸位援手，诸位跟我铁某人以前素未谋面，铁某也不知诸位尊姓大名，恩藏于心，就此别过，诸位，请——"

他这一番措辞，在场谁都听得出来，是不想连累今天在场救援的人，这些人虽是热血好汉，一听跟官衙沾上了边儿，虽不知原委，亦知铁手肯定是冤枉的，但谁也不敢与官府为敌，纷纷道："二爷保重，就此别过。"

众人相继离开，那人也抱拳道："两位，请忍一忍，留在这儿，此时出去，必跟外面的官差撞上，愿二爷命大福大，他日有缘再相见。"说罢也行了出去。

这时众人一一都已离去，食馆里甚是冷清，唐肯扶着铁手，四顾凄然，那老掌柜道："铁二爷，老夫也听说过您的侠名，您要是不嫌窄陋，就留在这儿过一宵再说，我决不说二爷在这儿，二爷也不必提我事先知情，这便两相皆便，不知意下如何？"

铁手知道这老掌柜敢冒大不韪留自己在此过宿，已是十分难得，眼下这般出去，无疑自投罗网，并害了唐肯，而且自己也需运功疗伤，眼下别无选择，便道："老丈美意，在下铭感五中，蒙您让我们栖身一晚，若有意外，决不牵连老丈贵号。"

老掌柜笑道："如此甚好。"即嘱伙计带两人上楼入房。

三人走到一半楼梯，忽听豁瑯瑯、珰啦啦一阵连响，十七八名衙役提着锁链、镣铐，冲了进来。

铁手乍闻铁链碰撞之声，已然惊心动魄。只听为首一个衙役大声喝问："李知军事、李知监事有令，捉拿朝廷钦犯铁游夏。"向老掌柜喝问道："可有见到些什么陌生脸孔？！"

铁手暗忖：嘿，李福、李慧这两个"墙边草"，倒是水鬼升城隍，成了知监和知军去了，这年头真是坏人当令。

老掌柜期期艾艾，唐肯当先一步，挡在铁手身前，拔刀叱道："铁大人忠肝义胆，义薄云天，谁要拿他，先杀了我唐肯！"

那捕头抬头望了望唐肯，转头问身旁的同伴："上头下令抓的，有没有唐肯这个人？"

一名衙役即答："报大捕头，没有这号人物。"

那大捕头道："既然没有这个字号，咱们该不该抓？"

一名衙役答道："既不在名单上，咱们就少惹一事好了。"

另一名衙役答："常言道：'小心天下去得，鲁莽寸步难行。'咱们吃公门饭的，多得罪个朋友，不如少结个敌人。"

铁手的眼睛发了光：最后一个说话的衙差，便是刚才那位仗义抱不平的大汉，只是换了件衣裳，敢情他是便装来食馆查探的，而今再换上官服。

大捕头抚须道："那么说，这人我们就不用管他了。"又道："他后面是谁呀？怎么我看不清楚。"

一名衙差举手在眼上张了张，道："报大捕头，那人后面，我看不见有人。"

那名汉子衙役道："对，我也看不到有人，你们看不看得见呀？"

大家都哄然答道："看不见，没有人。"

大捕头满意地道："既然你们都说没有人，我老眼昏花，自然也看不到什么人了，那么，这儿已经搜查过了，那班来自京城的军爷们，就可以免搜这儿啦，回去只要咱们都说一声'看不见有可疑的人'，省事得多了。兄弟们，咱们打道回衙吧！"

众人"哇"地吆了一声，一行人威风凛凛地行出了食馆，临去前，在门阶上，那汉子回头一笑，还抱了拳，交了包药材，塞到老掌柜手里，向铁手遥遥指了一指，掀开帘子，大步行了出去。

唐肯本横刀，要誓死维护铁手而战，现在瞧得如在五里雾中，诧道："这……这是怎么一回事呀。"回首只见铁手热泪盈眶，左手紧紧抓住扶梯，更奇道："他们……？"

铁手情怀激荡，深吸一口气，道："他们……在成全我。"

老掌柜摇摇头，叹道："他们都听过铁二爷的侠名，故意装没见到，前来查店，用意无非是他们先查过了，那些城里派来的军爷可就不必再来查一次了……这镇上的衙差，平时作威作福，但良心眼儿倒好的。"

铁手知道这些衙差为了维护自己，可能要冒上极大的罪名，心中感动，但也警惕起来，知道李福、李慧等带兵搜查这里，自己的行藏决不能泄露，以免连累他人。

老掌柜道："您还是随小盛子上去吧。我把这药煎好了，再送上给您用。"

铁手和唐肯到了房中，掌柜细心周到，再叫人送了饭菜上来，铁手振起精神，吃了一些，便运功调息，唐肯打醒精神，替他护法。

铁手内力，十分深厚，他跟追命都是带艺投师，他的武功，一向都是顺序而习，投入诸葛门下之后，诸葛先生看出他天生异禀，也把内力悉尽相传；内功是诸葛先生武功最高修为，是以铁手的武功，也比无情、追命、冷血都强，只不过铁手既专注于内功，腿功就不如追命、剑法亦不及冷血，至于暗器、轻功和聪明机敏，亦不如无情。

铁手轻摩七大要穴，渐次温热，中指按摩正、反穴各二十四圈，中丹田三开合，重复数次，再作三回嘘息。右手外侧劳宫穴置于百合，左掌压于右足涌泉穴，反转百圈，七按五吐，内息绵长，正转反旋，气流丹田往还，渐入佳境。

不知不觉，已近初更，忽然屋瓦"喀"的一响，铁手已有醒觉，但唐肯近日过劳，手按刀柄，伏在桌上磕着了，烛火犹自未熄。

第二十一回

三宝葫芦

这屋顶"喀"的一响,十分轻微,但铁手还是听到了,沉声道:"上面是哪位朋友,何不进来叙叙?"

唐肯在睡梦中听到铁手说话,蓦然而醒,抓住刀柄,惺忪着问:"什么事?"

铁手盘膝而坐,脸色凝重,看了看屋顶,唐肯跟着仰首看去,哗啦啦一阵碎瓦纷落,一条人影落了下来,一个人乱发虬须,目露极凶异彩,手持一支臂粗熟铜棍,在瓦石碎坠中落地,正是楼大恐。

楼大恐桀桀笑道:"怎样?铁二爷,咱们是老相识了!你找得咱们好苦,这次,终于叫大家给碰上了!白天人多,碍着咱们叙旧,今个儿晚上,正好给咱们痛快个够!"

铁手淡淡地道:"楼大恐,你最胆小,总不会你独个儿来,你的老朋友呢?"

"嘭"的一声,窗子被拆开,一个人双手"拿"着窗子,跨入屋来,正是凶狠阴鸷的彭七勒:"他来了,自然也少不了我。我特地赶来替你送丧的。"

铁手道:"王命君呢?"

只听一人道:"王命君在。"他回答的时候人还在门外,回答之后人已走了进来，但木门并没有开——只是木板上多了个人形的大洞，他是直"穿"了进来的。

铁手笑道："王兄果然好威风，连走进来的气派都跟人不一样。"

王命君好像听不懂铁手语言中的讥刺之意，大咧咧地坐下来，唐肯一跃而起，提刀护在铁手身前，王命君只看了他一眼，笑道："说也奇怪，铁二爷这身上一挂了彩，咱们几个，连走路都神采起来。"

铁手笑道："这叫此消彼长。"眼光落到王命君腰间的葫芦，忽道："我真佩服你们。"

楼大恐狰狞地道："现在才来说讨好的话，不嫌太迟么！？"

王命君却笑着阻止道："尽说不妨，尽说不妨，凡是好话，我最爱听，所谓人之将死，其言也善，这样子好听的话，自铁二爷口中说出来，人生难得几回闻，焉能不听？自然要听！"

铁手道："我佩服的是你的兄弟们，怎么这般信任你，把三宝葫芦挂你腰畔，要是打不过人，你拍拍屁股先走，凭你腰间的葫芦，也足以立于不败之境！"

他这么一说，王命君、楼大恐、彭七勒三人一齐变了脸色。

王命君怒道："住口——！"

楼大恐忽道："王老二，你腰间的葫芦，说来应该交给大伙儿，每人轮着保存一天，这才像话。"

彭七勒道："对！"

王命君急道："哎呀，你们怎么听这兔崽子挑拨！你们不大会使这宝贝儿，便暂由我收着，难道我会吞了么！"

彭七勒冷笑，道："就是怕你吞了！"上前一步，伸出手掌，道："你给是不给？"

王命君不自觉地用手抓住腰畔的葫芦，愤怒地道："你这算什么？我是你们二哥呀！"

楼大恐冷冷地接了一句："聂千愁就够是我们的老大了！"

王命君眼珠一转，忽然笑道："好，我一定给，不过，咱们先宰了这挑拨离间的，咱们三个人，就把葫芦的三只都分了，一人一份，岂不是好！"

彭七勒瞪了他一眼，道："你说话可要算数！"

王命君道："我说话从没有不算数的。"

铁手道："当日他答应冷血，向聂千愁认错，痛改前非，结果，聂千愁就死在他手上！"

王命君刷地拔出铁扇，铁尖叮地弹出一支尺来长的银针，直刺铁手！

唐肯早有准备，抢刀一格！

"叮"的一声，银针刺在刀上！

唐肯反攻一刀，王命君退了一步，但怕背门卖给左边的楼大恐，连忙一扭，闪至右边，又恐彭七勒出手暗算，只好身形一闪，这下一退三挫，变得左绌右支，极为吃力，原本他以智谋奸狡见长，武功并不太高，跟唐肯不相伯仲，但唐肯胜于豪勇有力，这一下直把王命君逼得狼狈不堪。

唐肯刷刷刷一连几刀，把王命君几乎迫出门外。

只听楼大恐冷冷地道："不管怎样，你有意使我们窝里反，以求自保，可惜就算我们要反，也得先杀了你才反。"

铁手好整以暇，道："这也无妨，不过，我那番话，你们的老二已起了戒心，待我死后，在阴间还不知等你们哪一位先上路呢！"

彭七勒道："跟他唠叨什么，杀了再说！"手上的凤翅铛一振，往铁手天灵盖打落！

唐肯一心把王命君逼退，但全心全意，在留意背后铁手之安危，彭七勒一动，他顾不得身前大敌，人未回身，已然疾退，及时一刀架住凤翅铛！

唐肯横刀硬挡，但王命君如蛆附髓，嗖地又贴身跟了近来，一针就往唐肯后脑刺到！

正在这时，唐肯左右胁下倏地伸出两只手掌，迅疾无伦地拍中了王命君的左右腰胁！

与其说拍中，不如说王命君没料到那儿陡地多了一对手掌，所以整个人撞了上去！

这当然是铁手的手掌。

王命君挨了两掌，心道：我命休矣！不料这两掌击在要害，只使他一阵血气翻腾，全身酥麻，在片刻间便已复元大半，心头一喜，叫道："铁手没有功力，他的手不中用了！"

同时间，唐肯左肩已吃一棍，跌跌撞撞了几步，彭七勒持凤翅铛追击，唐肯半身微侧，勉力招架。

楼大恐挺棍逼近铁手。

王命君虽未完全恢复，但心知已无大碍，扇针一伸，直刺铁手眉心穴！

铁手身急向后仰，闪过一刺，但全身真力难聚，砰地跌在床上，王命君狞笑上前，又一针刺下，务要把铁手致死方才甘休！

就在这时，"砰"的一声，楼大恐一棍全力打在王命君的背上！

王命君的背脊骨立时断了。

不但断了，还碎裂成好几截。

他也立时飞了出去，飞出窗外。

在他还没有飞出去之前，楼大恐已一手摘了他腰畔的葫芦。

铁手忽然喊了一声："楼大恐抢了三宝葫芦！"

那边的唐肯，因为负伤，手中钢刀已被彭七勒打掉，正在千钧一发之际，铁手这样一叫，彭七勒骤然放弃唐肯，掠了过来，凤翅镗直撼楼大恐。

楼大恐本要一棍把铁手打死，但彭七勒的攻势已到，他回身一架，拦住凤翅镗，怒道："你要替王老二报仇！？"

彭七勒冷笑一声，盯着他手里的葫芦："你想独吞！？"

楼大恐忽然收棍，道："好，给你一只又如何？"

他突然用右手一拍第一只枣红云卷着黛绿色的葫芦！

"嗖"的一声，一道白光，尖啸急射而出！

彭七勒怪叫一声，忙用凤翅镗一格，但喉咙已多了一道孔。

对穿的孔。

血孔。

他明明已经挡了白光，但白光仍是射穿了他的咽喉。

他仰天倒下，来不及半声惨叫。

发出惨叫的是楼大恐。

楼大恐发出第一只葫芦，但因不谙三宝葫芦的施法，葫芦啪地炸开，他的右手尾指、无名指及中指，一齐炸断！

王命君之所以不敢胡乱启用三宝葫芦，便是因为掌握不住施法，很可能会反伤己身，况且，他知道纵用三宝葫芦，也未必能制得住铁手——当铁手负伤之后，他已不必动用到这三只他视为珍宝的葫芦了。

十指痛归心，楼大恐惶怖地看着自己被炸烂掉的手指，铁手突然弹起，双手扣住楼大恐左手的熟铜棍，叫了一声："快！"

唐肯已抄起地上的刀，一刀砍去！

楼大恐虽然受伤，但反应仍是极快，危急中遽然放弃熟铜棍，往窗外掠去——他决定只求身退！

唐肯豪勇过人，但应变不够快，来不及拦阻。

铁手则有心无力，也拦不住。

楼大恐刚飞出窗口，忽听"嗖"的一声，铁手只见他平掠的身形，胸向地而背向天，倏地，一道银芒，自腹中没入，背脊射出，再消失于黑暗中。

楼大恐怪叫一声，脚落地时，看见王命君全身倚在窗下，惨笑看着他。

王命君手中仍执着铁扇。

扇上的银针，已经不见。

楼大恐突然想起王命君的"扇上银针，历尽苦辛"的传说时，只觉腹中一阵厉痛，他想上前把王命君碎尸万段，但已寸步难移。

王命君惨笑道："你……暗算……我，我暗……算你……大……家……"

陡然间，一阵大量的烟雾，像会走动的黑色魔手一般，全罩在王命君脸上、身上。

王命君一阵痉挛，没声没息地倒下。

烟雾来自楼大恐腰畔第二只葫芦。

他已拍碎了第二只葫芦。

但葫芦中的毒烟，同样也缠住了他，这使得他迅速地失去了性命，而不必再受王命君那一记淬毒银针的折磨。

烟雾虽然繁密，但并不消散，过得一会儿，竟自王命君、楼大恐两人鼻孔、耳孔、眼孔钻入，全消失不见。

窗外一轮清月。

唐肯长吁了一口气，道："好险。"

铁手问："你的伤？"

唐肯按了按左肩，苦笑道："不碍事的。"他勇猛好斗，负伤反而是经常的事。"这班瘟神自相残杀，倒省了事。"

铁手长叹道："可惜，今晚的确太多事了一些。"

唐肯奇道："怎么说？"

铁手道："因为生事的人刚刚才到。"

"正是。"窗外有人拍手笑道，"风好月残，如此良辰，我们不来惹事，谁来惹事？"

另一个声音接道："我们正是要来滋事，生好大的一桩事！"

两人一起在窗口突然出现，竟是两个一模一样的俊秀青年："铁手，你逃不了的！"

这两人当然就是当年李鳄泪的两大弟子："福慧双修"——李福和李慧。

铁手在一路上可谓受尽了他们的折磨，而今看来又落在他们的手上。

只听李福道："奇怪，你们都说搜过此处，却怎么放着一个大钦犯没人瞧见！？"

李慧道："幸好，我们没跟着那三头乱冲乱撞的瞎苍蝇到城郊盲目搜捕，看来，这个大功我们立定了。"

两人说着笑着，已晃身进入屋里，完全没把负伤的铁手及唐肯看在眼里。

铁手仿佛暗暗叹息：——要是功力尚在，普天之下，谁敢对"四大名捕"中的铁手如此不敬？虎落平阳被犬欺，龙游浅水遭虾戏，英雄落难，比常人更孤独哀伤；落井下石，雪上加霜，此时此境，铁铮铮的汉子也只好打落牙齿和血吞。

李福笑道："我们运气可真不坏。"

李慧扬扬手中的葫芦，道："还意外得到了这只东西！"他拿的正是楼大恐手中一直未启用的第三只葫芦。

这两兄弟原属文张的麾下，跟顾惜朝的亲信冯乱虎、霍乱步、宋乱水口心不和，黄金鳞下令"福慧双修"带三十四名精兵，但又恐攻城时人手不足不能抢功，暗下拉去的是连云寨中的叛将，这些"叛将"原本就是顾惜朝的手下，自然不甘听命于李氏兄弟，"福慧双修"偏又崖岸自高，"三乱"也没把他们瞧在眼里，李氏兄弟自讨没趣，碰了一鼻子灰，难免在搜捕行动中就有点格格不入。

所以当"连云三乱"要到处搜捕铁手，顺此"打家劫舍"，搜掠点金钱财物之时，李氏兄弟坚持并不同往。

这两兄弟正在醉花楼闹酒狎妓之时，忽闻"安顺栈"有打斗声，他们二人知有蹊跷，立即率了十来名衙差赶至，正好看见王命君、楼大恐、彭七勒被铁手语言间挑起隐伏于心底的恶意，互相残杀而亡。

李福、李慧深知铁手功力未复，唐肯远非他们之敌，心想这次功从天降，自是欣喜莫名。

唐肯拦刀昂然道："两位大人。"

李福笑道："哦？称呼起大人来了！"

李慧道："敢情是要求饶吧？"

唐肯道："不错，我求。"

李福道："求？求什么？"

唐肯道："求你抓我。"

李慧道："不求也抓。"

唐肯道："也求你放了铁二爷。"

　　李福道："你是什么东西？抓你一个啥都不是，凭什么来换姓铁的！"

　　李慧道："我们高兴整治姓铁的，就一定要整治个高高兴兴，你还有什么可求的？"

　　唐肯道："有。"

　　李慧道："说。"

　　唐肯挥刀叱道："求你娘个头！"一刀横砍李福、李慧两人的脖子！

第二十二回

老人家是谁？

唐肯这一刀，凌厉非常，不过他的刀刚挥出，"呛"的一响，福慧双修各向左、右迈了半步，同时拔剑。

他们拔剑的速度一致，所以只有一声剑响，刹时间，李福左手剑自唐肯右手袖中穿入，李慧的右手剑从唐肯左手袖子穿入，"叮"的一声，自背脊骨顶端的衣领上会师，剑尖交加后向下一压，压在唐肯后颈上。

唐肯只觉颈后一阵刺痛，只好低下头去。

李福笑啐道："低头就算了？"

李慧道："跪！"

唐肯道："不跪！"

李福、李慧相视一笑，道："我们平日最喜欢就是倔强家伙！"

李福道："来人呀！"

后面的衙差吆喝了一声。

李慧道："先把姓铁的绑起来，看我好好玩玩这硬骨头的小子！"

衙差们又应了一声。

李福向李慧使了一个眼色，两人腕上微一用力，唐肯的后头便割开了道口子，血涌如泉，李福笑道："怎样：好汉名头好听，但却不好当吧？"突厉声问："怎么还不过去动手！"

后面的衙差只是相应，却没有动手捉拿铁手，其中一名衙差趋前恭声道："大人一定要拿？"

李慧登时气歪了鼻子，向来只有他对属下发号施令，从没有属下对他反言相诘，他怔得一怔，怒道："叫你抓就抓，还问什么！"

那衙差大声道："好！"一挥手，登时有七八柄刀，五六把剑，三四根木棍，一二条铁链，一齐向李氏兄弟攻到！

李福、李慧猝然受袭，百忙中不及抽剑，飞身而退，所有的武器都打了个空。

唐肯怪吼一声，反手抓住两剑，顿时变成右手大刀，左手双剑，叫道："别让他们夺剑，别让他们夺剑！"

李氏兄弟一身武功，主要都在剑术的修为上，现在大意失剑，胆气先萎了半截，只道："大胆！你们这样做，是什么意思？"

那首先招呼大家出手的衙差，正是今日酒楼上的汉子，道："也没有什么意思，铁二爷是我们这行的祖宗爷，他光明磊落，决不会知法犯法，你们要捉他，我们只好得罪一次了。"

李福怒道："喜来锦，你们这样以下犯上，可知道是什么罪行！？"

那汉子横眉横刀道："得罪了！"

李慧道："铁手确是犯了法，不信，你们自己问他去！"

众人望向铁手，铁手沉重地点了点头，涩声道："诸位仗义援手，仁至义尽，不过，在下确曾触犯了王法，请诸位带同这位不干事的唐兄弟离开，在下就心感莫已。"在他落难之时，这一班素昧平生的六扇门中朋友如此拼着丢官舍命维护他，他心里当然感动，但估量情势，知道这些人只怕非"福慧双修"之敌，且生恐这些忠肝义胆之士受累，所以力保他们不要插手此事。

铁手这么一说，那喜来锦脸色下沉，道："铁二爷，您真的犯事了？"

铁手道："是。"

喜来锦一挥刀道："那么咱们也犯事了，跟你一样！"

他后面的衙差七嘴八舌地说：

"对！咱们干上了！"

"反正现在要收手也来不及了，不如宰掉这两个小子！"

"我们思恩镇吃公门饭的，全是讲义气的，就容不得这两个狐假虎威的折磨好汉！"

铁手长叹一声，心中感激莫名，正要相劝，但想起这下子大家已插上了手，如果给"福慧双修"活命，只怕这些人谁都不会有好日子过，心里大急。

李福冷笑道："好，你们不识好歹，我们就先杀掉你们，再杀铁手！"

李慧道："一个个地杀，一条狗命都不留！"

喜来锦冷笑道："看谁不留谁的狗命！"众人又挥舞刀剑，围杀过去。

这一干人的武功，应付一些寻常武林人士或地痞流氓，自然绰绰有余，但李福、李慧的武功都非同等闲之辈，这些人要不是仗着人多，而且李氏兄弟又大意失剑，早就给"福慧双修"杀得一个不剩了。

李氏兄弟赤手空拳，苦战一会儿，身上受了几道伤痕，但已打倒了四五名差役，李福更抖擞神威，夺得一把麟角刀，转眼间又伤二人，唐肯已匆促地用破衣包扎住颈后的伤，加入战团，跟喜来锦等五人，力敌李福，其他八人，则缠战李慧。

李慧久攻不下，心烦意躁，乍然抓起那一口紫蓝色的葫芦，狞笑道："好，就让你们见识一下三宝葫芦——"

铁手勉力喝了一声："快退！"

那八人中有的正要疾退，有的不知何事，李慧已拔开了葫芦的活塞！

葫芦塞子打开，却什么都没有。

李慧一怔，原本他在"骷髅画"一案中就已经听说过，"白发狂人"聂千愁施用"三宝葫芦"最后一只"梦幻天罗"时的威力。

可是这葫芦打开连一滴酒都没有，更休说其他的事物了。

李慧一怔，正要边退守边击还那八人的攻势，忽然发觉，那八人全部呆立当堂，连手中的动作，脸部的表情，全都给人用重手法制住了似的，整个人就"定"在那里，连眼睛也不多眨一下。

李慧心中一喜，没想到手中这口葫芦竟有这种无形的威力，正要出手将那八人杀害，忽觉自己手脚似给无形的缠丝绑着，丝毫动弹不得！

这一惊非同小可，连忙运力挣扎，但不挣扎还好，愈挣扎愈像被困在茧里，外面的丝愈缠愈密，然而这些丝网又是完全无形的，剪不断，理还乱，李慧才不过挣扎几下，便全身发麻，不过总比那八人好一点，勉强还能有一些许的移动，眼睛还能眨，嘴巴还可以说话。

不过他此时除了惊恐，也没有什么话可以说的了。

铁手见到这种情形，知道李慧因为不懂"三宝葫芦"的用法，胡乱拔开塞子，结果天下闻名的"梦幻天罗，六戊潜形丝"同样也把他罩住，不能自拔。

可是那边李福和唐肯、喜来锦的战团，正旗鼓相当，难分难舍，忽听此起彼落的一阵呼哨，三个人闪入了房里。

这三人落地无声，但是神情都十分彪悍。

冷静稳重的彪悍。

浮躁威猛的彪悍。

豪勇机智的彪悍。

铁手一见他们三人，心里就几乎要发出一声浩叹：天亡我也！

这三人正是顾惜朝的三名亲信：彪悍中极有定力的霍乱步，彪悍中胆气过人的宋乱水，彪悍中反应奇快的冯乱虎！

这三人一到，唐肯、喜来锦等人就决不是他们的敌手。

冯乱虎、霍乱步、宋乱水一到，三人打了眼色，不去解李慧之困，不去相帮李福，反而向铁手逼了过去。

李福边战边怒道："喂，你们快过来——"下面的话给喜来锦的刀风逼了回去。

霍乱步佯作问道："你说什么啊？"

李福刷刷刷一连几刀，逼开喜来锦，但因运刀不趁手，唐肯全力一刀砍下，李福用刀一格，刀被震飞，急得他大叫道："快来收拾掉这些王八！"

霍乱步却道："李家二兄弟，今日可立大功呀，差些没给我们撤后头去了。"

冯乱虎道："幸好我们回转得快。"

宋乱水气呼呼地道："帮你？不如去抓这天字第一号钦犯！"上前要拿铁手，唐肯怪叫一声，提刀赶了过来，李福少去唐肯这号拼死不要命的敌手，登时又可以勉强支持。

霍乱步向宋乱水道："这人你打发掉吧。"宋乱水金瓜锤一提，拦住唐肯，斗了起来。

冯乱虎上前一步，欲抓铁手，霍乱步道："夜长梦多，不如杀了省事！"

冯乱虎想了一想，道："正合我意。"正要动手，忽然房门咿呀一声，被推了开来。

其实那片"房门"，早已不能算是什么房门，实在是因为早已被王命君撞烂，任何人随时都可以一步跨了进来，但那人依然用手推开房门，这才走进来，好似生恐用力太大，会使房门受损一般。

这人对这一片烂房门，就像在抚慰自己豢养的一只宠物一样。

这人竟是那名老掌柜。

他提着一盏油灯，老眼昏花似的照了照，道："都不要打了。"他这句话说得有气无力。

可是，他说完这句话之后，场中局势大变。

床底下、屋顶上、窗口外、楼板底，一时间，至少涌现了三十来人，这些人的身手武功，只怕每人都不在唐肯之下，而且动作迅速，配合无间。

这些人陡然涌现，迅雷不及掩耳的夹击，那不过片刻间，喜来锦和那五名衙差，全给制住。

李福大喜过望，以为帮手到来，讵料这三十多人中有一半一拥而上，擒住了他，余下十来人，团团围住冯乱虎、宋乱水和霍乱步。

"三乱"此惊非同小可，冯乱虎迎空连击三掌，老掌柜悠然道："没有用的，我外面还有十几人，你们带来的官兵，全给制住了。"忽扬声叫道："小盛子！"

外面闪进一人，正是那名小伙计"小盛子"，只见他向老掌柜恭恭敬敬地躬身道："师父，三十四人，不多不少，全解决了。"

老掌柜银眉一蹙，似颇有隐忧："没我下令之前，可不得杀伤人命。"

小盛子恭声道:"是。"

霍乱步眼见情形不妙,想向床上的铁手潜去,但老掌柜已点着烟杆,悠然立在铁手的床前。

霍乱步又惊又怒,实在想不出这么个米斗大的小地方,竟会出来这号人物,厉声道:"阁下何人!?"

老掌柜没去应他,问小盛子道:"他老人家真的要来了?"

小盛子答:"马上就到了。"

老掌柜道:"这地方……?"

小盛子道:"马上要用。"小盛子只有在回答这两个问题时,跟先前恭谨的神态全然不同,反而有点像他在主持大局一般。

老掌柜用手指捏花灰灰的胡梢,下了重大决心似的:"一并擒了!"

小盛子道:"是!"左拳右掌,急攻冯乱虎与霍乱步。

霍乱步和冯乱虎两人一个出拳,一个出掌,硬接小盛子这一拳一掌,其实是两人都不约而同,要试出这批人的门派来历。

霍乱步接的是拳,他是以拳对拳,两拳一撞,突然间,只觉右脚一麻;同时间,冯乱虎以掌接掌,只觉得掌心像给一只手指戳了一下似的,两人大吃一惊,同时想起江湖上一个极难缠的人——

"韦鸭毛!?"

两人才叫出声,那三十余名武林高手,一齐出手,二十招后,寡不敌众,两人一齐被擒。

而宋乱水早已给老掌柜手上的烟杆封住了穴道。

霍乱步惊惶莫已,问:"你……韦鸭毛……?"

小盛子笑道:"我叫禹全盛,外号只有两个字,叫做'冲

192

锋'，我刚才那一套在武学上完全反其道而行之的武功：打敌人之手而伤敌人之腿，击敌人的掌实伤敌人以指的武功，全是我师父教的。"

他向老掌柜一引，道："我的师父当然就是他。"

老掌柜又吸一口烟草，道："我就是韦鸭毛。"对禹全盛道，"还不快收拾，老人家就要来了！"这人说完，转身对铁手道："对不起，铁二爷，连你也要委屈一下。"说着出手点了铁手的穴道。

铁手没有避开，也不想闪躲。

他非常清楚他此际的体力，要躲开普通人一击都不容易，何况这人是韦鸭毛。

韦鸭毛在三十年前就很有名，是出了名的义盗，不独做贼，这人七十二行行行都做过，从拾粪作肥料到街市卖花，他都沾过，到最后还当过官，据说十七名著名的贪官一齐告他"贪赃枉法"，他便弃官不做，当贼去了。近四五年来，原本已销声匿迹，但他那一手"指东打西、出手打脚，打自己伤别人"的怪招，倒是称绝江湖，传诵一时。

而这三十几名武林人物，看他们的出手服装，有的是名门正派的弟子，有人是绿林道上的好汉，有的是邪魔歪道里的好手，没有几个是好惹的，然而都聚在这里，像正要而且正在合作完成一件重大的任务：

——等老人家来。

老人家是谁？

铁手从未见过，一个已经搅得一塌糊涂的场面，竟在三十几人的同心协力之下，全收拾得如此之快，在片刻间便把破洞补上，地上扫干净。坏了的地方全修好了，一间间房回到原来的模样。

"不可以有破绽，"韦鸭毛这样吩咐道，"一点漏洞都不可以有。"

铁手不明白韦鸭毛究竟是站在哪一方？——为什么既要制住"三乱"及李氏兄弟，同样也制住自己、唐肯和喜来锦等人？

不过铁手知道韦鸭毛对自己应无恶意：至少，落在他手里，肯定会比落在"福慧双修"那一干人好多了，至少，韦鸭毛在点他穴道的时候，下手非常之轻，落穴十分次要，让他可以在穴道受制后，依然可以把握时间，运气调息。

最后这些武林豪客把他们一一搬走，搬到房间底层的一个地窖去——他们最迟扶走的是铁手——韦鸭毛还这样地问铁手："我们要移走这几个人，可是又不想被'梦幻天罗'缠着，铁二爷是明眼人，也是明理人，可以告诉我个方法吗？"

铁手想也不想，即道："只要拿着葫芦本身，人就会被扯动，跟着走。"

韦鸭毛笑了："你有什么要求？"

铁手道："不管这儿将发生什么事，我想留在这里。"

韦鸭毛双眉一皱，随后一扬，笑道："不介意我先封了你的哑穴？"

铁手点点头。

韦鸭毛出手，就在这时，外面一声低呼："老人家来了。"

第二十三回

破城

进来的是一名蓝衫胖子。

韦鸭毛一见到他，神态变得十分恭谨，长揖道："师兄。"

那胖子看来要比韦鸭毛年轻得多了，一张脸白得出奇，两道眉毛虽然疏淡，但高扬于额，只听他道："都准备好了没有？"

韦鸭毛道："准备好了。师兄知道他们一定会投宿这里？"

蓝衫胖子道："他们投宿这里，原就是我安排的。"

韦鸭毛有点担忧地道："却不知他们在仓促逃走之间，认不认得来这里的路？"

蓝衣胖子干笑一声道："你知道他们是谁带的路？"

韦鸭毛道："请教师兄。"

蓝衣胖子用他那又细又长的红舌尖迅速地舐了舐鼻尖上的细汗，道："那满身沾油的家伙！"

韦鸭毛一震，道："尤知味？"

蓝袍胖子道："这油泡的兔崽子跟咱们作对了十几年，这次倒是为了同一件事，联手在一起。"

韦鸭毛道："尤知味也是维护戚少商的么？息大娘可真有面子！"

那蓝衫胖子自然便是高鸡血，只听他道："息大娘就是有办法，听说连赫连小妖也请动了。"

韦鸭毛搔搔后脑勺子，道："赫连小妖跟戚少商分属情敌，而今小妖勇救戚寨主，实是武林一大奇事。"

高鸡血道："这都是息大娘穿的针，引的线。"

韦鸭毛道："却不知官府方面是谁盯着息大娘和戚少商？"

高鸡血长叹道："怕的就是——？"

忽听远处一阵犬吠，高嗥低回，令人寒怖，韦鸭毛失声道："来了！"

高鸡血小眼睛异常锐利，横扫了铁手一眼，道："这人是……？"

韦鸭毛道："他是铁手。"

高鸡血吃了一惊，道："四大名捕中的铁二爷！？"

韦鸭毛道："正是。不过他受了重伤，全身无法运劲，刚才来了一批人杀他拿他，六扇门的好汉看不过去，便出手护着他，现在全给我擒住了。"

高鸡血跌足道："怎么惹了这么一桩麻烦事！"

韦鸭毛道："也没法子，他们老在这里动手，我也一直压着不动，但怕误了大事，才出手放倒了他们。"

高鸡血有些疑虑地道："铁手真的受伤如此之重？"

韦鸭毛道："要是铁二爷能够出手，凭我又哪里能点得上他身上穴道？"

高鸡血皱眉道："来抓他的是些什么人？"

韦鸭毛道："铁爷闯的祸子似也不小，文张文大人的手下'福慧双修'，顾惜朝顾大当家的亲信'连云三乱'全到了，也全拿下了。"

高鸡血一怔道："怎么跟捉拿戚少商的倒似一伙？"

"这倒奇了。"韦鸭毛道,"按照道理,应该是铁手追捕戚少商才是,怎么铁手反被这些人缉捕呢?"

"不管了,"高鸡血道,"这人,他……"

韦鸭毛道:"他说要留在这里。"

高鸡血道:"什么意思?"

这时,犬吠声越发凄厉,也更近了。

韦鸭毛道:"师兄,该怎么办?"

高鸡血道:"不管了,且照他的意思,先藏在壁柜里再说,总之,不要引戚少商进入这间房便是了。"

韦鸭毛道:"好。"

正在这时,楼下已传来砰砰的敲门声,有人连声喊:"店家,店家!"

铁手听得出来,那正是戚少商的声音。

戚少商等人不是被困在碎云渊吗?怎么会在这里出现?

这个问题对于戚少商来说,连他自己也不明白。

这像一个连场的噩梦,接踵而来,他刚自一场噩梦苏醒,却又跌入另一大场更凄惨可怖的噩梦里。

噩梦似永不完结。

他一直无法醒来。

唯一使他感到庆幸的是,这些噩梦里,都有息大娘在他身边。

就算在这些梦魇的至大惊恐里,只要他想起这一点,就充满了信心和勇气,去承受及反抗这些无常的厄运。

只是更使他遗恨的是:他曾立誓要一生一世保护的人,而今却要陪着他,历经一切流离苦难。

这苦难从她一见到他，便又重新开始。

那当然是在毁诺城里……

鲜于仇与冷呼儿率众攻打"毁诺城"，秦晚晴据地固守，全力反击，靠着机关和地利，鲜于仇和冷呼儿可以说是等于一头撞在墙上，头破血流，然而城墙屹然不倒。

顾惜朝并没有配合攻势。

他知道刘独峰怫然不悦。

不过刘独峰的样子也不像在生气，他只一副好整以暇的样子，仿佛料定鲜于仇等会碰一鼻子灰撤退回来。

真正懊恼的是黄金鳞。

黄金鳞是官。

官最讲权。

冷呼儿和鲜于仇这下出击，等于不把他放在眼内。

若论官职，在这些人当中，黄金鳞的官阶最高。如论名望，尤其武林中和江湖上的声威，加上负责调训禁军保卫皇城的威望，自然是刘独峰最强。顾惜朝是傅丞相的义子，撇开他在连云寨叛军眼中地位不说，当然也有所仗倚。鲜于仇和冷呼儿都是武官，一向不怎么服膺文官调度，这两名将军此举攻城，最挂不住脸皮的反而是黄金鳞。

所以鲜于仇与冷呼儿攻城失败，无功而退，黄金鳞打从私心里最是高兴，所以他故意问："两位将军真是神勇过人，不知道攻城攻得怎样了？"

鲜于仇黄眼一翻，重重哼了一声，他肩胛中了一箭，心中恚怒已极。

黄金鳞故意"哦"了一声，大惊小怪似的道："鲜于将军伤得可不轻呀？为国尽忠，攻城杀敌，真教人钦佩！"

冷呼儿气呼呼地道："他奶奶的，这些婆娘，可真狠辣得紧！"

黄金鳞道："想两位骁勇善战，而今居然攻不下一个女人把守的毁诺城，实在是，实在是教人……"

鲜于仇一手把嵌在肉里的箭拔了出来，他身边的副将忙替他敷药，他也真是脸不改容，只是一张绷紧的黄脸，更加绷得发黄，像一张老树皮一般："好，我们攻不下这座城，难道你黄大人就攻得下？"

黄金鳞笑嘻嘻地道："我如果攻不下，就不去攻。"

鲜于仇听出他语气中的讥刺之意，冷笑道："咱们受的是国家俸禄，怎么？有贼不抓，只待在这儿喝西北风就算！"

黄金鳞滑溜溜似的一笑，就像是做京戏时一个滑稽的表情："我这是自量，攻不来的，就不攻，至于这座城，迟早得破。"

鲜于仇干笑一声，道："怎么破，吹牛皮吹破？吹西北风吹破？还是黄大人请孟姜女来，用眼泪哭破毁诺城？"

黄金鳞摇手笑道："不必，不必，有刘捕神在，再坚固的城墙，再复杂的机关，也一样守不住阵脚。"

刘独峰微微笑着，此时他仍坐在滑竿上，一前一后留下的是廖六、蓝三两人。

鲜于仇横了刘独峰一眼，抑不住有些敌意流露："只不过，刘捕神一直端坐在他的宝座上，似乎并未想舒动筋骨，这城又如何不攻自破。"

刘独峰忽道："这城已经破了。"

鲜于仇以为自己听错："破了？"

刘独峰笑道："周四已经把城中的机关要枢破坏无遗，李二已使这城里一切利用天然动力的机器不能运作，你想，这城还能守得住吗？"

忽听连声轰隆，毁诺城绵延不绝的爆炸起来，雨石纷飞，墙崩垣倒，夹杂着不少女子的尖呼与哀号，鲜于仇与冷呼儿一时为之目瞪口呆。

刘独峰笑道："对了，我忘了相告，云大已经在城里各处要塞，安装好了炸药，一旦引爆，就这样——"又听"轰"的一声，连城门也坍倒了下来，地为之动。

顾惜朝忽道："不行。"

黄金鳞奇道："莫非顾公子怜香惜玉起来了？"

顾惜朝道："那后山的地道！"

刘独峰脸上稍现欣赏之色，道："你忘了，我还有个张五。"

廖六接道："有张五哥在，那地道现在想必已不是地道。"

蓝三笑道："不如称作坟墓适合一些。"

刘独峰道："二位将军，现在正是你们报效国家，攻城略地之时，何以还不动手？"

刘独峰的话有一种令人无可抗拒的力量，鲜于仇和冷呼儿心里不甘，但却不得不服，这下子，顾惜朝、黄金鳞各率部下攻入城池，鲜于仇与冷呼儿自然也调集残兵，驱军入城。

刘独峰始终没有离开他的座位。

他眼看这些官兵们如强盗一般的奸淫杀戮，长叹一声，道："看来，我又错了一次。"

蓝三道："爷，这样一来，我们跟这些人的梁子定必结深了。"

廖六道："这也没办法，她们坚守城池，咱们又如何抓得到戚少商？永乐御史、甘大人、万大爷全被扣在天牢，看傅丞相给爷的暗示，若拿不着戚少商，这些爷的好友兄弟，只怕就此永生难见天日了……"

刘独峰苦笑一声道："傅宗书怕我勾结武林中人，他这种做法，是要我失义于江湖，不见容于天下……可是，甘搏侯、万铸英、永乐不永他们的性命，我又不能不顾……唉！"忽毅然道："蓝三！"

蓝三应道："爷！"

刘独峰双眉一竖，道："传我的命令下去，遇顽抗者方可伤人，尽可能不滥杀无辜，谁敢奸污一人，我刘独峰亲自送他法办！"

蓝三大声应说道："得命！"疾掠而去。

廖六道："这些人如狼似虎，这次屠城，本就意欲大事杀虐一番，爷这个命令，他们自然不敢造次，只怕他们……"

刘独峰道："只怕他们心里不服，是不是？"目中神光暴长。

廖六垂首道："爷。"

刘独峰厉声道："廖六，咱们在江湖上，朝廷中，都是一样，既要凭着良知做事，管他人怎么个看法。男儿在世，得有所不为方能有所为，你要切记。"

廖六躬身道："是。"

刘独峰望了望喊杀连天的毁诺城，忍不住又长叹道："不过，我总是觉得，这一回，我又是做错了事情。"

他抚须叹道："要是李玄衣在世就好了，至少我可以问问他，我该如何是好……"李玄衣身为"捕王"，但一生清寒，听说连一匹马都买不起，奉公守法，公正廉明，从不枉杀一人，从不妄纵一人。刘独峰跟李玄衣是知交也是至交，当他念及李玄衣时，也想到他已经去世了，心中感喟更深。

毁诺城的血腥味更重了。

城已被攻破。

敌人穷凶极恶，像潮水一般涌杀进来。

应战中的毁诺城女弟子们全看息大娘的决定。息大娘如果要她们拼，她们就宁死不退。

但息大娘要她们走。

打从她知道刘独峰到了之后，她便已经预感到这座城守不住了。

"马上易容，扮成男子，冲出去！无论如何，想尽办法冲出去！他日如果有缘，咱们在江湖上会聚，再建立一座毁诺城！"由于来攻城的人以为城里都是女子，一旦化装成男子便不好认了，或许可以趁乱逃逸。

女弟子们于热血中咬牙下了决心。

戚少商忽然站了出来，激声道："谁也不必走，我走！"

他坚定地道："他们要的是我，我走出去，是我一个人的事，你们就不必走！"

"你以为到此时此境，他们还会放过我们？"息大娘冷笑道，"我们已骗过他们，也杀过他们的人，他们就算今天不攻城，明天也必定屠城，你以为你出去就有用？"

"你以为你出去就可以解决事情？"息大娘的语音要比戚少商更坚定，使人完全不能想象她那么娇小的人可以用那么娇柔的语音来表达钢刀一般的决心。"现在没有别的路，也不可能有别的选择，唯一的方法是：咱们四散而逃，逃得掉一个，便是一个！"

穆鸠平站出来大声道："你们走，我来断后！"

秦晚晴讥诮地道："你断后，你能撑多久！？"

穆鸠平道："你们都是因为我们才落到这般田地……我们！我们不做一点事还算是人！？"穆鸠平说得真诚无比，秦晚晴本待讽刺几句，但也说不下去。

沈边儿也站出来，平静地道："我和穆兄一起断后。"他和穆鸠平一刚一柔，一动一静，但同是坚定无比。

息大娘忽道："好，你们都恐后人而死，那么，你们作先锋，我们一起来断后吧。"她移了半步，和戚少商并肩站在一起。

秦晚晴一向跟随息大娘，她马上就明白息大娘的意思：攻城的人志在戚少商、雷卷、息大娘、穆鸠平、沈边儿等几人，只要他们留着作战，或另走他向，攻城的主要高手，就会集中追拿他们，而放弃追杀其他的姐妹们。

一旦这些武功一流的敌手不在，其他的姐妹逃生的机会就大了数倍——凭那些官兵军士的武功，要对付毁诺城的女弟子们，不一定能讨得了好。

于是秦晚晴也道："好，就这么办，谁敢跟我第一阵冲出去？"

——她这个"第一阵冲出去"，其实主要不是为了逃生，而是使敌人转移目标，以使其他姐妹们得以逃生。

沈边儿善于运筹帷幄，马上了解秦晚晴的意思，道："我跟你一道去。"

穆鸠平本来也想要去，但念及跟一个"女流之辈"冲锋陷阵，总是碍手碍脚，不大方便，一时没有作声。

息大娘向戚少商道："我们先留在这里压阵。"

戚少商也自然明白她的用意：只要他俩留在城里，外面的主要强敌就定必集中精力，来对付他们，而忽略逃命的女弟子们。

这对戚少商而言是求之不得的事：他总觉得是自己连累了全

部在这儿的人。于是他即道："谢谢你，大娘。"

息大娘噗嗤一笑，道："别把我叫成什么'李'大娘了。"她在这个时候还有心情笑，还有心情开玩笑，顿时把整个气氛都轻松了下来。

就在这时，忽然"轰"的一响，西北面一角被炸坍了下来，碎石飞溅，沈边儿大叫了一声："卷哥？"原来那儿正是唐晚词扶雷卷入内室医治的地方。

第二十四回

风筝

沈边儿不理壁石仍不断塌落，冲入内室，戚少商也掠了进去，叫道："卷哥！"息大娘红唇翕动一下，无声地叫了一句："晚词。"这时，敌人已经冲杀进来。

要不是有刘独峰的命令，毁诺城的女弟子死亡数字，肯定会在一倍以上，而被奸淫的女子，更不可胜算。

但谁都不敢公开违反刘独峰的意旨。

在息大娘下令"逃"之后，毁诺城的女弟子们全力冲出重围，但至少有四分之一战死，四分之一被捕，四分之一人靠着鱼目混珠的女扮男装逃出生天，另外四分之一是硬闯出去的。

——逃出生天又怎样？本来在一个温馨快乐和谐的"大家庭"里，现刻成了亡命之徒，流落天涯，还被官府追捕，想必心灰意冷。

在敌人蜂拥而入之际，戚少商与沈边儿还在拼命挖坍倒的石堆，希望能救出雷卷和唐晚词。

戚少商只有一只手，他挖得比沈边儿慢。

沈边儿挖得十只手指头都是血。

沈边儿一边咬牙切齿地道："是谁埋的炸药！？"

戚少商恨声道："刘独峰的手下，至少有两人是引地雷装火器的高手！"

沈边儿脸色煞青，一字一句地道："刘独峰！？"

戚少商和秦晚晴对望一眼，他们知道，要是雷卷和唐晚词是被埋在这一堆瓦砾里，纵挖出来也没有用了。

息大娘和秦晚晴跟唐晚词的交情，恐怕不比沈边儿和戚少商对雷卷的浅，可是女人在这重要关头时刻，有时反而要比男人冷静。

息大娘忽道："不必挖了！"

沈边儿不想听下去，大叫道："卷哥未死！卷哥未死！"手上更疯狂了似的挖砖撬石。

息大娘冷静地道："雷卷是还没有死。"

沈边儿和戚少商立时回顾，一个道："什么？"另一个道："你说真的？"

息大娘道："是我的意思，要唐晚词先带雷卷走。我请了几位帮手，来去自如，就是靠那条地下通道，不过，现在地道的出口已被堵塞了。"

沈边儿喜道："那就好了。"

息大娘道："现在是大敌当前，对敌要紧，假使我们都没有死，我们中秋月圆就在南燕县郊七十里的易水畔再见！"

沈边儿道："好！"疾掠而出，秦晚晴跟息大娘一点头，两人双手搭在一起，相视片刻，忽然间，秦晚晴松手，跟着沈边儿的去向掠去。

她是负责和沈边儿打前锋，吸住敌人的注意力，好让姐妹们脱逃。

息大娘长叹一声，转身要走，戚少商一把拉住她，沉声问道："卷哥并没有及时逃得出去，是不是？"

息大娘点点头道："这石室里本是有通道，现在已给刘独峰炸毁了，那是死路一条。"一面说着，一面拔出剑来，在石地上疾画了几个形状古怪的字。

戚少商痛苦地道："那么，你为何要这样说……"

"不这样说又怎样？"息大娘收剑反问，"难道就眼睁睁地看你们不思报仇，只在痛哭流涕！？"

戚少商握着拳头，道："大娘……"

这时敌人已经像潮水般杀了进来。

沈边儿和秦晚晴都自度必死。

沈边儿才冲出去，胁部便着了一记飞刀。

他们杀了一批敌人，又杀入一批敌人，直到他们手是血，脸是血，衣是血，全身都是血，然后又遇了顾惜朝和鲜于仇、冷呼儿的包围。

在冲杀之中，沈边儿的胁部，中了顾惜朝的飞刀，他是用胁骨硬生生把刀夹住，每一个动作，伤口都痛得死去活来。

以武功论，他逊于戚少商，戚少商的武功本来略高于顾惜朝，在这种情形之下，他远非顾惜朝之敌。

秦晚晴的武功也非鲜于仇和冷呼儿二人联手之敌。

但是沈边儿和秦晚晴却没有死。

没有死的原因是：忽然间来了四个蒙面人，这四个人，武功都不高，然而却发挥了一定的效用，有的用暗器，有的放烟雾，有的撒钉子，甚至有一个用上了胡椒粉，使得顾惜朝忙于应付，无法把沈边儿一举格杀。

沈边儿和秦晚晴被护出碎云渊，浑身披血地到了往南燕镇的路上，连他们自己也弄不清楚，是怎么死里逃生的。

那四个蒙面人却趁乱逃了出去，卸下了脸布，由于局面混乱，他们又是男子，一旦混杂其中，便无法追捕。

这四人分四个方向直掠出毁诺城，重新聚合，往同一个方向，疾驰入树林子里。

树林里，刘独峰和李二坐镇在那里。

这四人当然便是云大、蓝三、张五、廖六。

他们却看见刘独峰在放纸鸢。

从他们的角度看去，那纸鸢至少离开有三里外，但纸鸢的体积约有一个牯牛般大小。

那想必是一只很大的纸鸢。

他们都没有问刘独峰为何要在此地放纸鸢，他们知道主人做任何事都必然有理由，只是一般人不易察觉那真正理由所在而已。

云大道："爷，已经解决了。"

刘独峰道："救的是谁？"

蓝三道："是沈边儿和秦晚晴。"

刘独峰"哦"了一声道："雷卷呢？"

张五道："他和唐二娘可能已经殉难了。"

刘独峰脸色不变，但一向稳定的手背，手背上的贲露的青筋突地动了一下，只说了两个字："可惜。"

这次轮到廖六问了："周四呢？"

李二答道："他在三里开外，引导风筝的方向。"

刘独峰为什么要放风筝？

他这么多地方不选、偏选这地方，此时此境来放风筝？

沈边儿和秦晚晴倒在稻田的水渠里，疲乏得像死了一般。

然而金色的夕阳极为灿丽，照在阡陌连畴的金黄稻田上，那金色的夕阳从水彩画般的云层里筛出来，美得像图画一般。

两人忽然发觉这地方美得令人如置身仙境。

两个人都愣了好一阵子。

在这时候，两人才感觉到自己是逃出来了。

两个人发襟凌乱，披着泥草，忽然相拥在一起，浑忘了一切。

他们一起共历过血战，走过生，走过死，现在相拥在一起，只是一种亲近，一种亲切，甚至不知是喜悦还是痛苦：他们终于活了下来了！

这时的相拥相依，都是发自至情至性的。

但是过度的疲乏，战斗过后的空虚，很快地侵占了他们，他们相拥在一起，听着彼此的心跳，风徐吹过，金黄的麦穗就在他们身后沙沙作响，两人觉得这像是没有了一切，没有了一切的恬静。

这恬静像风，像麦穗的沙沙。

像静时的光阴。

秦晚晴只觉得眼皮很倦，像风在呵护，依偎在男人温暖的臂膀里安眠……

其实不仅秦晚晴睡了，连沈边儿也睡了。

他有生以来，像一柄高手铸冶给镇疆大将军的剑，是利的、硬的、快的，一出炉就作战，从没有止息的时刻。

然而这一次在战乱后的短眠，却是他毕生至今，睡得最安详的一次。

甚至连梦也没有，只有麦穗在沙沙，沙沙……梦里的世界也是恬静、金黄的。

他终于被噩梦惊醒。

他梦见雷卷。

雷卷满身浴血，挣扎把手递向他，可是他却似给点了穴道，浑身动弹不得，雷卷把手愈伸愈近，竟执了一条羽毛，在拂撩他的脸！

他一惊而醒。

他虽惊醒，但长年的训练使他全身肌肉完全不动，只把眼睛略略睁开。

脸上很痒。

原来是发丝。

秦晚晴的发丝乱了，随着晚风，吹掠过他的鼻尖。

月半圆，风把稻麦扬起一种寂寞的热闹，秦晚晴睡得很甜，脸侧向月亮那边，红唇微翘，像一张小孩子的脸。

沈边儿看着、看着，不觉出了神。

风一紧一缓地吹着，整个稻田就像一座汹涌的海，时而潮涨，时而潮落，沈边儿有坐在船上、放棹出海的感觉。

由于风吹得稻麦摇晃，他俩拥在一起的躯体也有些摇荡，沙沙，沙沙，沈边儿忽然感觉到，那身体与身体接触之间，有一种很奇异的感觉。

秦晚晴的身材，该突的地方突，该凹的地方凹，该丰满的地方丰满，该消瘦的地方消瘦，她的皮肤虽然粗一些，可是有一种特有的少妇的韵味，尤其是她细长的颈子表露无遗。

月亮照在她的脖子上，她的发脚蓬蓬松松的都乱了，红唇微微张开，露出两颗白而大得可爱的门牙，有一种少妇的甜香。

仿佛那是温的、香的，令人贴近去会狂热的、会融化的。

然而她是那么恬静，在月光下，细长的脖子里的血脉、宁谧地跃动着素淡的生命，她还是微微露着齿，仿佛正有一个好梦。

好梦。

一个少妇，此时，却像一个婴孩。

贴在沈边儿身上的，是一个温热的肉体，沈边儿忽然心生爱怜，以至无法自抑。

心生爱怜的发乎情，然而无法自抑那是不能止于礼了。

其实在人类原始的本能，嗜了血之后，筋疲力尽，却更会兴起更原始的欲望。

沈边儿原本是一个很能自制的男人。雷卷在他入门三年后就下断语："边儿比我能忍，他能忍人之所不能忍。一个能做大事的人，必须先要能忍，沈边儿会把握时机，够聪明，加上他能忍，如果够运气，必定能成大事。"

戚少商也在观察了他两年后作出了评语："沈边儿很冷静，自制力极强，一个冷静的人，可以准确地判断事情，而自制力强的人可以压制不必要的冲动，不冲动而善于判断是一个领袖必须具备的本领。"

可是沈边儿现在失去了抑制，他冲动。

他想强忍这股冲动，可是秦晚晴着实太过妩媚，而他又一向自抑，绝少亲近过什么女子，他在女子身上获得的，往往不是满足和快乐，而是痛苦与煎熬。

所以当一个这样香甜的妇人挨着他睡，他愈想抑制，就愈冲动。

沈边儿本来就双手拥住秦晚晴，但在凝视她的时候，已松开了手，现在反而不敢刻意地搂过去。

但他还是忍不住在秦晚晴的唇上，印了一印。

秦晚晴的红唇，微微翕动了一下，星眸半睁，还没有完全清醒过来。

沈边儿情不自禁，轻吻了一下之后，忍不住又热烈地吻下去。

秦晚晴仰着脖子，媚眼如丝，"嘤咛"一声，双手也搭在沈边儿肩上。

沈边儿深狂地吻下去。

忽然间，秦晚晴猛地推开了他。

沈边儿像被判了死刑似的，全身僵住。

秦晚晴迅疾无伦地掴了沈边儿一记清脆的耳光，身子像游鱼一般闪出丈外。

然后她站在一片稻海月河下，整理乱发，宛如什么事情都没发生过一般。

可是沈边儿却知道发生过什么。

懊悔、耻辱、自责、惭悔……交织啮咬着他，他站在原地，比打了败仗还要沮丧。

月色如乳，稻风送爽。

良久。

沈边儿道："秦姑娘……"

秦晚晴道："叫我秦三娘。"

沈边儿道："秦三娘，我……"

秦晚晴道："叫我三娘。"

沈边儿只恨不得急挖个地洞，把自己埋了下去："三娘，我刚才……"

秦晚晴仿似什么事情都没有发生过似的："刚才怎么了？"

沈边儿涨红了脸，看着脚尖，发了狠地道："刚才我不是人！"

"我连禽兽都不如！"他愈说愈激昂，"我该死！我该死！"说着捶打自己，砰砰有声，连鼻孔都呛出血来。

秦晚晴着实吃了一惊，连忙一掠上前，抓住他的双手，"你干什么!？"

沈边儿沮丧地跪了下去，用一种比哭还难听的声音道："刚才我……我什么不好干！可是我对你……我对你……我竟冒犯了你！"

秦晚晴笑了。

笑声很清脆。

那么清快的笑声，可是一点也不让人觉得纯真，反而更增妩媚。

"我给你冒犯，你才有得冒犯。"秦晚晴淡淡地道，"你又何必自责。"

第二十五回

一夕留情

沈边儿决未想到她会如此说话，呆了一呆，怔怔地道："你……你难道不生气么？"

秦晚晴以手撩发，像一个小母亲在看她的小儿子一般的眼神，学着他的口吻道："我……为什么要生气？"

沈边儿喃喃地道："可是，我……"

秦晚晴怪有趣地问他："你说，我该生谁的气？"

沈边儿期期艾艾地道："刚才是我……侵犯了你……你应该生……生我的气呀……"

秦晚晴以一只手往后束着后发，凑近脸来，问："我为什么该生你的气？"

沈边儿只觉得月光下，这容颜触手可触，但又远不可及，几疑不是在人间，怔了一怔，说："生气？"

秦晚晴笑了，一个字一个字地道："告诉你，我不生气，我一点也不生气。"

"你吻了我一下，我打了你一记耳光，彼此两不欠。"她笑着说，"我们是江湖儿女，我们这样抱在一起，你是男的，你有冲动，理所当然，不然，除非是我长得丑，或者你不喜欢我，我长得丑吗？"

又凑过脸去，让他看清楚。沈边儿迷迷蒙蒙中吃了一惊，退了半步，忙道："不丑，不丑。"

秦晚晴笑道："那你喜欢我吗？"

沈边儿更没想到她会有此一问，一时答不出来。

秦晚晴追问道："你喜不喜欢我？"

沈边儿茫茫地道："你……秦姑娘你要我——"

秦晚晴截断道："叫我三娘。"

沈边儿道："三娘我——我真的喜欢你。"沈边儿说这句话的时候，才发现自己对这个眼前的女子有一种深藏心底里汹涌得无对无匹的感情，在这一句话吐露出来的时候舒畅非常，所以语气也诚恳无比。

秦晚晴听了，眼眸里刚有一丝感动之色，忽然间脸色一沉。

"你……为什么要喜欢我？"

"我……"沈边儿实在答不出，说因为她美，又太因色动心，说因为她人好，却又未曾真个了解她的为人，一时不知怎么作答是好。

"你并不是真的喜欢我的。"秦晚晴冷然一哂道，"你只喜欢我的身体。"

沈边儿一听这句话，只觉一股热血上冲，自己的人格也被侮辱了一般，大声道："不！你以为你自己很漂亮是不是！？嘿，我才不稀罕你的美色，比你美的人，有很多，但我连碰都不碰，你是我第一个亲近的女人，你……"

秦晚晴望着他，眼眸忽然蒙眬了起来，喃喃自语道："稀罕的，你们男人都稀罕的……"忽然问，"你说喜欢我，究竟喜欢我什么？"

沈边儿道："我就喜欢……和你在一起。跟你一起，我很快乐。"

秦晚晴眼眶有些潮湿，她很久没听过这些话了："你说的是……"

沈边儿斩钉截铁道："是真的！"任谁都可以看出他的眼神诚挚无比。

忽然"铮"的一声，秦晚晴的袖口掣出短剑，指着沈边儿的咽喉。

沈边儿吓了一跳。

秦晚晴一双亮而细的眼睛，显得冷利无比："不许你喜欢我。"

沈边儿愤然道："这算什么？"

秦晚晴贴肘平举短剑，又跨近一步，剑尖已在沈边儿头上刺出了一点鲜红的血。

"不许你喜欢我。"

"你可以不喜欢我，"沈边儿冷笑道，"却不可以不准别人喜欢你。"

"可是你不可以喜欢我。"秦晚晴剑尖在颤抖，竟掉下泪来。

沈边儿看得心头不忍，想了一想，终于恍悟似的道："哦，原来你早有了意中人，我不知道，那我就……"

秦晚晴哭了起来，捂着脸呜咽跺足道："不是，才不是哩……"

沈边儿慌了手脚，上前一步，想劝慰秦晚晴，一不小心，给剑尖划中，颈旁涌出血行，沈边儿不禁"哎"了一声。

秦晚晴哭着，本来以手掩目，但从指缝里看见沈边儿颈旁受了伤，心疼起来，用手指去触了一触，沈边儿缩了一缩，秦晚晴问："痛吗？痛吗？"

沈边儿有些迷茫地看着秦晚晴，道："不痛，不痛。"

秦晚晴突然柔静地凑过脸去，轻吻沈边儿颈部的伤处。

沈边儿静看秦晚晴俯下来那浑圆微贲的额，以及在额上的几绺乱发。

他心中生起强烈疼惜的感觉，想用手去抚平那几绺发丝。

秦晚晴停止了吮吸，悠悠地抬起了脸。

月光下，一对温柔似水多情的眼。

微露的皓齿，尖巧的额。

微微的倦色，些许的草屑，更添楚楚可怜。

沈边儿忍不住用手扶起她的秀颔。

"你能不能只要我，而不要喜欢我？"秦晚晴用一种令人听了不忍心的哀求，这样地问。

她的唇上还闪着血渍。

是沈边儿身上的血。

沈边儿摇首，发出一声叹息："不能。"随即大力地吻在她的唇上。

略带腥咸的血味，还有湿润柔滑的唇……令沈边儿忽然用力地拥紧了她。

他们第二度亲吻在一起。

月色下，风和稻穗的世界。

他们紧紧地贴着，仿佛已化成月色，化成声音，化成两根互相厮磨的稻穗……

直至秦晚晴微弱地推开他，微弱地问："你……要不要我？"

沈边儿一面怜惜地太息，一面温柔有力地道："我要你，也要喜欢你，就算你杀了我，也不能阻止我要你，喜欢你。"

秦晚晴颤声道："这又何苦？"凄弱得就像一枝无助的麦穗。

沈边儿怕失去她似的搂紧了她："为什么不可以？"

秦晚晴幽幽一叹，双手揽住他的腰。忽然间睁开了星眸，感觉到他的强烈的冲动。

像炙热铁棒一般的热烈和冲动。

秦晚晴又闭起了眼睛，像梦幻一样的声音，在沈边儿耳畔响起："我不是黄花闺女，如果你要我，你可以……"

沈边儿反而放开了她，满脸通红。

秦晚晴幽幽地白了他一眼，在月光下，双眸盈着泪光，她用手解开了衣衫。

沈边儿是人。

他是男人。

而且是十分强壮、年轻的男人。

秦晚晴微弱的喘息，在稻穗厮磨声里，柔弱得令人心折。

凄清得足以融化沈边儿的热情。

阳光普照。

一片稻穗如金。

秦晚晴正过去把一件一件的衣衫拾起，穿上，她幽怨地看着仍在甜睡的沈边儿，嘴边含了个似笑非笑的笑容。

然后她挽起了发，露出细长的颈，迎着朝阳伸了个懒腰，她细秀的颈，还有些毛发，柔顺地朝下坐着，经旭日一照，成了金色的柔丝，使她格外的明媚，像略镀了一层轻金似的。

然后沈边儿也醒来了。

他伸手一揽，发现不见了身旁的人。

他身旁的人，在他心目中，已是一生幸福之所寄。

他立即紧张了起来，幸好，秦晚晴就在他眼前，用一种像看淘气孩子的眼神睲住他。

"看你。"秦晚晴嗔着说他，"像只脏猪。"

沈边儿笑了，一个挺身就起来，笑道："脏？昨晚你又不嫌……"

秦晚晴劈手给他一巴掌，沈边儿嬉笑闪过，秦晚晴佯作生气地道："再说，你这懒猪，我就把你杀了煮来吃！"

沈边儿一伸舌头，道："谋杀亲夫啊，这可不得了。"

秦晚晴忽又脸色一寒，半晌，才央告地说道："不要这样说，真的，不要这样说。"

沈边儿再也忍不住，过去拥着秦晚晴，道："为什么我不可以这样叫你，我们已经……你是我的妻子，我的夫人，我的老婆。"

秦晚晴冷静地道："就当我们是昨晚的缘分，今儿把它忘掉，好不好？"她的眼睛微微上抬，平静地望着沈边儿。

沈边儿突然觉得爱煞了她的神情，也恨煞了她的话语："你……好，你！你跟多少人有这种露水姻缘，一夕留情！？你，你做的好事！"

秦晚晴轻咬住嘴唇，冷冷地道："你高兴怎么说，就怎么说，要怎么骂，便怎么骂。"

沈边儿抓住她柔弱的双肩一阵猛摇："告诉我，为什么！？至少让我知道，是为了什么？"

秦晚晴忍着痛，挣开他，背过脸："就当我是水性杨花的女人吧。"

沈边儿用力地踏着地上的软泥，狠狠地道："水性杨花的女人！水性杨花的女人！"

秦晚晴噙着泪，回身道："我们已逃出来，从现在起，你走你的，我走我的……"

沈边儿跺足道："好！你这种女人，我也不想再见——"狠狠排开稻草，走入人高的稻穗里去。

沈边儿一旦消失在稻海里，秦晚晴张口欲呼，招手欲唤，但却喊不出声音来，眼泪簌簌而下。

沈边儿只觉得四周的稻穗，都发出嗖嗖的声响，脚下也是这令人烦躁的声响，全不似昨夜如催眠般柔和的沙沙。

他恨不得用一把刀，砍尽这一大片稻草。

也不知是风送来，还是怎么，他突然听到一句话："慢着，好像有人走过来了——"

沈边儿一愣，本来正在分开稻草的手，戛然止住。

本来要往前踏的脚步，也陡然顿住。

他整个人像遽然定住了一般。

那声音也突然终止。

再也没有人声。

只有其他的杂音。

风拂稻穗声，水蛙鸣音，泥塘冒泡的微响……

良久。

沈边儿终于听见有人在说话。

说话的人也在压低语音。

"谁说有人声？"

"刚才明明听见好像……"

"啪"地一下耳光清脆的响，原先那人骂道："别杯弓蛇影了，那两人还没来，你就怕成这样！待会见大当家把他们赶入这里，我们在此伏击，你要是缩在一旁，看我不宰了你七块九块喂王八！"

"是，是……"另一人颤声道。

沈边儿心中飞快转念：这些人，看来便是攻打毁诺城那一伙的，他们说的两个人……秦三娘有险！

沈边儿一念及此，再也镇定不下来，嗖地掠了出去。

他要在这些人没有发现秦晚晴之前找到她！

就这轻微的一响，那一干人似已发觉。

可是沈边儿不管了。

他一定要先找到秦晚晴。

——可是秦晚晴在哪里！？

突然，他听见西南角上有短刃交击之声。

他毫不犹疑就窜了过去。

待他掠到那儿时，兵器声已停止，稻穗倒了大片，显然有经过一场激烈的打斗。

地上倒了三个人，血染金黄色的稻草。

沈边儿的心突地一跳，看清楚才知道秦晚晴不在其中。

那三名伏尸的人都是连云寨党徒的装扮。

沈边儿正要舒一口气，忽听四面八方有人叱道：

"在这里了？"

"咄！还想逃！"

"别让他跑了！"

沈边儿迅速游目一扫，知道在稻草堆里现身的共有十一人，其中一个手持金枪，跟金黄的稻穗，金烈的阳光照映，特别威风。

只听其中一个人道："咦？不是他——"

另一个说："谁说不是！"

先前的说："当然不是，昨晚那个，给顾大当家打得不住吐血，这人伤得不怎么重——"

那持金枪的扬声喝问："喂，还有一个女的，躲在哪里！？"

沈边儿一听，更放了心，冷冷地道："什么男的女的，人在这儿，命在这里，有种上来取去。"

持金枪的怪笑道："你是什么东西!？可知本大爷是谁？"

他旁边的人立即巴结地跟他接了下去："他便是我们连云寨的二当家'金蛇枪'孟有威孟大侠！"

沈边儿有意拖延时间，好让秦晚晴闻风逃脱，便道："哦？孟有威么？我听说他只是连云寨的小角色，排到第六，怎么一下子升得那么快？是讨了新主的好，拍了新任寨主的马屁，还是自己给自己封了个头衔？"

孟有威气得龇着牙齿，金枪"呼"地划了三四道花枪，正要说话，忽然间，草丛里传来几声惨呼。

孟有威脸色一变，沈边儿长空掠起，一拳将一名连云寨弟子的面门打裂，人已趁这刹那的变乱间，窜入稻海之中。

他认准了最后一人惨呼之所在，潜越而去。

他潜至发出呼叫声的地方，与发出最后一声惨呼，不过相差几个眨眼的工夫，可是那儿已经没有人。

只有死人。

死的是一名连云寨的弟子，手里有一张七发火弹弩。

——是谁杀死他的？

就在这时，沈边儿也已惊觉四处有人潜拥过来的声响。

沈边儿再也不理一切，站了起来，大声呼道："三娘。"他在"霹雳堂"雷门，一向沉着练达，平日在雷卷面前扮演冲动刚烈的角色，但雷卷和戚少商都深知他稳重冷静的一面，可是他现在因为担心秦晚晴的安危，已经失却了他平时的镇定。

第二十六回

金黄稻穗鲜红血

沈边儿才叫出声，稻丛里立即冒出了七八个人头，此起彼落。

这些人正迅速在向他包抄过来。

就在此时，又一声惨呼。

惨呼声离沈边儿左边不及八尺之遥。

沈边儿立时向那里掠去。

突然，他原先站立的所在，噗噗噗连响，至少有十四五件暗器，打在稻秆上！

沈边儿长空掠起，有两道身影，一左一右，半空夹击。

三道人影一分，沈边儿落在惨呼之处，那儿多了一名死人，伏在地上。

沈边儿左腰多了一道血口。

那两道人影，一人落下，额骨爆裂，永不能起。

另一人惊魂未定，孟有威已经赶到，一枪往稻丛中沈边儿的背门扎去。

沈边儿倏地往稻丛里一伏，消失不见！

孟有威气呼呼地下令："搜！都给我搜出来，我要他死一百九十二次！"

他这一声叱，沈边儿自然也是听到。

可是他已无心恋战，心里乱成一片。

就在这时，自己后面的稻丛，微微移动了一下。

沈边儿知道孟有威的人搜到来了，他身子不带一丝声息地疾闪过去，分开稻草，果见人影一闪。

"铮"！那人出剑！

剑好快，眼前一亮，剑已至！

沈边儿目为之眩，闭起双眼，双手认准部位，一抓一扣。

剑已及咽喉，但发剑的手已被沈边儿抓住！

剑顿住，但那人"铮"地又拔一剑！

沈边儿的肘锤也立即撞了出去！

突然间，他觉得手里所扣的臂腕，柔若无骨，有一种说不出的熟悉感觉。

他不禁顿了一顿。

那人的第二剑也陡然停住。

两人一看，不禁一齐失声叫道："是你！"

"三娘！"

两人才一出声，稻草嘶嘶作响，又有敌人逼近。

秦晚晴眼珠子往稻丛里一转，疾道："走！"两人一齐翻滚过去，原先立足之处，已倏然多了几人。

秦晚晴与沈边儿却已不见。

又一声惨呼。

秦晚晴拔出了剑，沈边儿收回了拳头。

一名连云寨叛徒倒地而殁。

沈边儿握着秦晚晴的手，激动地压低声音，哑然道："三娘，我找得你好苦……"一时间千言万语，但又无从说起。

秦晚晴的眼眸湿润，出现了感动的神色，用手掌把沈边儿的手背轻轻覆盖，道："我……我也在找你。"

沈边儿只觉心头一热，道："三娘……你，你也是喜欢我的，何苦……"

秦晚晴拍拍他的手背，嗔笑道："快别说这些了，我算过来，他们一共有十九个，十一人向你明打着包围，另外八人匍匐前来狙击，刚才，我放倒四人，你杀了两名，还有一个，给我们合力干掉，总共七人，也就是说，他们还剩下十二人。"

沈边儿觉得只要秦晚晴在他身边，世间一切都变得没有难事了。"那十二人不是什么角色，不是我们的对手。"

"可是，"秦晚晴狠狠地道，"打退他们并不难，我们却不能让他们离开，不能活回去一个！"

沈边儿见到秦晚晴狠辣的神情，初时也怔了一怔，往后立即明白，道："对！"

——只要有一人活回去，便会率众回来这里，这地方变成不可藏匿之处了！

——黄金鳞、顾惜朝等若知道他俩未死，一定会派重兵来搜捕，追杀他们，那时就永无宁日了。

沈边儿忽又想起了一点："他们本来是来伏击两个人的……"

秦晚晴道："所以更不能让他们回去通风报信。"

沈边儿突然起身，挥拳，一拳击碎了一名潜近欲挥刀的敌人之喉核，对方连叫都来不及，便已咽了气。

沈边儿又伏了下来，两人静悄悄地潜离了原地，秦晚晴道："剩下十一人。"

沈边儿道："要杀他们不难，但要杀死他们全部则不易。他们一旦惊惧，大可四散而逃。"

秦晚晴道："除非让他们不感觉到畏惧，还以为他们赢定了，才有机会逐个击破后，一举搏杀。"

"好，"沈边儿道，"但要留下一人，我要问个清楚。"

秦晚晴点点头，然后用手抓住稻秆，摇了几摇，霍然，一柄枪尖，迎面刺到！

秦晚晴一个筋斗翻了出去，哀呼了一声。

沈边儿一手抓住金枪。

孟有威心里一凛，对手出手之快，令他完全不及变招，但他也是应变奇速，把枪一折，枪竟分为二截，孟有威一手抄住另一截枪，急刺沈边儿。

沈边儿闷哼一声，掩脸而退。

孟有威还来得及看见对方手背上指缝间都是鲜红的血！

这时一名连云寨叛徒已抄至沈边儿身后，但惨叫一声，背后着了一剑，仆倒于地。

孟有威急抢过去，但沈边儿已潜入稻草丛中不见。

孟有威发出一阵特别的呼哨。

那是他们的暗号。

一下子，便来了九个人。

孟有威持着枪，威风地道："其他的人呢？"

其中一人恐惧地道："就这么多了，能到的，都到齐了。"

——不能到的，已经到另外一个世界去了。

一名连云寨叛徒怀着惧意地道："孟寨主，我们，我看，不如……"

孟有威神威凛凛地道："怕什么！？那女的已受了伤，男的也被我刺中，准活不了！快去搜！"

"是！"连云寨的叛徒又各自两三人成一小组，钻入稻丛里去，孟有威不曾留意，原先集合的九个人，现在已成了八个人。

孟有威自己也在搜索。

他知道这一男一女是大官黄金鳞、大当家顾惜朝眼中钉、大对头，如果能抓住甚或杀了这两人，必定能使黄金鳞和顾惜朝高兴，不管大官还是大当家高兴，对他而言，可是件大大的好事。

——先搜杀这一男一女，再伏杀跟着要来的那对男女，这功可立得不小哇！

——老九游天龙只顾着去抓穆鸠平，可给自己独占了这个大功！

想到这里，他就比拾到个大元宝还兴奋。

也在这时，稻丛里又传来两声低嚎。

叫声方起，便似给割断了咽喉，再也呼嚷不出了。

孟有威立即挺枪赶了过去。

两个死人。

连云寨的人。

金黄的稻穗沾染了血迹。

孟有威忽然感觉到一丝不祥的念头：他毕竟在连云寨里出生入死，大小百余战，情形对不对路，一向拿捏得甚为准确。

他这个念头刚起，稻丛中又传来扑地的声音。

孟有威立即掠了过去，刚好来得及看见两名弟子倒地，另一名带着莫大的惊惶恐惧，全身发着抖。

那名弟子一见孟有威，一如见救星，舌头打着结："他们……他们……杀了……杀了……"

孟有威马上决定了一件事。

情形看来并不如他所想象的：

走！

孟有威马上发出了一声奇怪的呼哨，那是召人立即集合的意思。

连云寨的弟子也立即赶来集合。

总共是四个人。

两个是连云寨的叛徒弟子。

两个是一男一女。

沈边儿和秦晚晴。

沈边儿和秦晚晴一点也不像是受过重伤的样子。

没有赶来的连云寨子弟，自然都遭了毒手。孟有威这儿只剩下了他自己，和三名弟子。

孟有威立即知道自己上了当。

他本来还有勇气一拼，但当他发现沈边儿和秦晚晴根本没有被他所伤时，便有一种跌入陷阱的感觉，这感觉使他失去了全部的勇气。

他大吼一声："上！"当先一枪搠去！

他一枪发出，也不管是否命中，拖枪就走。

那三名连云寨弟子见主帅先上，他们也挥手扑上，沈边儿挥拳，一拳打在刀尖上。

刀节节断裂。

沈边儿第二拳打在他的手背上。

那人的手臂立时发出啪啪如干柴爆裂的声响，他的指骨撞拳骨，拳骨撞腕骨，腕骨撞臂骨，臂骨撞肘骨，一刹那间，手臂骨节全碎。

沈边儿并不想使他太痛苦，第三拳便杀了他。

另一名连云寨的叛徒的刀给秦晚晴双剑架住，交叉一剪，刀折为二。

然后双剑到了他的颈上，交叉一剪，脖子落了下来。

孟有威发狂地奔逃，另一名连云寨弟子，原早已吓破了胆，也亡命地逃。

换作平时，沈边儿和秦晚晴也不想赶尽杀绝。

可是现在他们没有办法。

留一个活口，无疑等于把自己推入死路。

沈边儿疾道："我抓姓孟的！"

他说完这五个字时已拦住孟有威。

同时间秦晚晴已杀了那连云寨剩下的唯一弟子。

那名弟子惨呼倒地，秦晚晴的心里却有一种很奇异的感觉：

一剑，就毁了一条生命，不分什么忠奸敌我，不论什么正邪好坏，倒下的是一个活生生的人，变成一具没有生命的尸体。

——为什么武林中的生命，竟如此轻贱，非要血来洗涤个人的恩怨不可？

——这些人本来互不相识，但为了立功受命，他便杀她，结果是她杀了他，他死了，彼此还是互不相识。

——为了自己活命，已在片刻间杀了一十八条人命，这样子换来自己的生存，值得吗？

可是秦晚晴没有再想下去。

因为她想起了碎云渊、毁诺城。

那一众姐妹，为了保护几个朋友，结果被人残杀殆尽。

秦晚晴的眼神融在剑芒里。

剑尖遥指孟有威。

沈边儿拦住孟有威，还未出手，孟有威掉头就走。

沈边儿立即紧追，但孟有威只回头，没有走，他的枪自后遽然刺出！

金枪闪电般刺到沈边儿的腰间，沈边儿突然一肘往地上沉击，竟把金枪压在地上。

孟有威立时弃枪，腾身而上，扑打点踢，连攻沈边儿七招。

沈边儿连忙封开七招，孟有威又腾出金枪，呼呼呼一连三枪，疾攻了过去。

沈边儿退了三步，架开三枪，反攻一招，把孟有威逼退三步，孟有威怒吼一声，连转三道枪花，突然之间，枪上红缨，全如钢针，向沈边儿激射过去！

沈边儿倒吃了一大惊，危急间疾脱下了袍子，一兜一套，已把红缨针尽数收在其中。

孟有威才射出枪上针，立即反身就逃。

可是秦晚晴已拦在他面前。

他一枪就刺过去。

秦晚晴双剑一交，挟住枪首，运力一剪，孟有威这一柄金枪，居然剪挞不断，同时间"啪"的一响，枪尖离柄射出，眼看便要刺入秦晚晴腹中！

孟有威手上这一支枪，有这许多机关变化，秦晚晴也意料不到，百忙中，力注剑上，剑借枪力一沉，秦晚晴跃起，脚急踢出！

脚尖踢在枪尖上！

枪尖倒飞，"嗤"地射入孟有威右臂中！

孟有威大叫一声，手一痛，指一松，秦晚晴双剑一回，手中枪便给夺了过去。

孟有威反应忒也快速，立时回身向稻丛中窜去。

但沈边儿在那儿抱着臂盯住他。

孟有威忽然跪了下来：

"求求你们，不要杀我……"

很多人都会为了生存，做他可能平时很不愿意做的事。

孟有威正是这种人。

他正是那种宁可没有原则，也要立功，宁可不是人，也要活着的人。

所以沈边儿问他的话他都据实地答：

"毁诺城怎样了？"

"毁了。"

"你们是在等什么人来？"

"雷卷和唐二娘。"

"什么？"

"是雷卷和唐晚词！"

对沈边儿和秦晚晴而言，这句回答，无疑是意外之喜！

孟有威也看得出来，所以他马上抓紧机会哀求："只要你们答应不杀我，我都告诉你们。"

"好，我不杀你。"沈边儿道，"但只要你说一句谎，我决不让你多活片刻。"

孟有威当然不敢撒谎。

"毁诺城破了之后，黄大人和大当家就下令我们仔细搜索，鸡犬不留……然后刘捕神去追捕戚少商和息大娘，'连云三乱'和李氏兄弟去抓铁手，游老七及冷将军去追拿穆鸠平，我便和鲜于将军在碎云渊的残垣碎砾中搜查……"孟有威当然不敢仔细详述自己如何对一些毁诺城的伤残者杀戮和奸淫，马上便转入正题：

"我们搜到一处溃倒的石室，忽然听到里面有一些异声，便叫人把石块掘开……"

秦晚晴忽道："慢着。"

第二十七回

私情与私心

孟有威愕然，不知自己说错了什么。

秦晚晴却问："你说那堆巨石堵满的石室，是不是前面倒着七根红色柱子的地方？"

孟有威道："红色柱子……是有几根，可是，可是我没看清楚，总共几根……"他正后悔自己当时为何不数个清楚。

秦晚晴转首对沈边儿道："确是二娘和雷卷的石室。"然后厉声问孟有威："之后怎么了！？说！"

孟有威立即就说下去，比一头乖顺的狗遇到凶恶的主人还要听话。

"我们听到里面有些奇怪的声响，像有人在里面推移堵塞的石块，我们以为是毁诺城的余孽……不，以为是贵城子弟，便着手掘开来，岂知——"

"原来是雷卷和唐二娘，他们俩大概见有人挖掘，便伏着不动，等我们把洞掘大了，他们就突然地扑了出来，伤了我们十六七个人，我和鲜于将军不是他们之敌。眼看他们要闯了出去，却在这时，那唐二娘却顿了一顿，直瞪着地上，那雷卷便问她'什么事？'唐二娘没有搭腔，只对雷卷说了两个字'原来——'便没说下去了——"

秦晚晴道："她在看大娘的刻字。"

沈边儿不明白："刻字？"

秦晚晴凑过去在沈边儿的耳边悄声道："大娘用剑在地上刻了几个字，是我们毁诺城的暗号，只有自己人才看得懂，是约定二娘在中秋时易水江畔相见，共谋复仇大计。"

沈边儿也压低声音道："那么说，大娘确知二娘只是困在里面，并没有死了。"

秦晚晴幽幽一叹，小声说："老实说，我和大娘都以为二娘和雷卷只怕难有侥幸了，如果有几分把握他们仍活着，必嘱大家先撬开堵石救了他们再走。"

沈边儿憬然道："那么，大娘说他们自有通道逃出去，是骗我的了？"

秦晚晴笑道："通道倒是有的，但出口已被毁去，不这样说，你怎么肯走？现在倒好，雷卷和二娘吉人天相……想必在爆炸时，二娘他们已躲在甬道中，甬道前路已毁，但却能避过炸力，可是出路封锁，退路亦被堵塞，也当真是险……"话音一止，向孟有威叱道："快说，后来他们怎样了！？"

孟有威却是心中高兴，因为秦晚晴既要对沈边儿悄声说话，便无意要杀自己灭口，故不想给自己听到，只要自己后面的叙述不出错，大概还能保住性命，于是道："后来……后来……这阻碍一阻，黄大人和大当家的便赶到了——"

秦晚晴恨声地道："不好，这两个王八——"

孟有威趁风转舵，也说："对，这两个王八，一上来，就伤了两位大侠，我便收手不打，两位大侠负伤闯出重围——"他除了把激斗中部分重要情形表略过不提外，更把自己背后一枪刺伤唐晚词后踝的事略去不说。

沈边儿吁了一口气："总算也冲出去了。"

孟有威一副是站在沈边儿这一边的样子："可是那两个王八狼子野心，赶尽杀绝，一路把两位大侠逼来此地。"

秦晚晴道："他们四面兜截，把二娘他们赶来这里，你们则在这里预先埋伏，施加暗算，以立大功？"

孟有威叩首道："三娘女侠，你大人有大量，就饶了小的吧，我这不过是奉命行事，纵心有不甘，也身不由己呀！"

沈边儿冷笑一声道："怕的是你不甘受辱，而且还不甘后人哩。"

孟有威忙不迭地哀求道："小的一向当戚寨主马首是瞻，唯命是从，奈何受顾惜朝那王八的挟制，只好虚与委蛇，攻打碎云渊一事，我本就极不赞同的，但小的武功不济，又如何有抗命之能？除了任其摆布，又能如何？请两位高抬贵手，饶了小的这条狗命吧！"

沈边儿道："可是适才你追杀我们，趾高气扬，不是挺威风十足的么？"

孟有威一听沈边儿的语气，看来情形不妙，很有改变主意的意思，吓得变了脸色，指天发誓道："小的真无加害两位之心，只要两位放了小的，小的今后修心养性，决不作恶，奉二位上檀堂祭拜，如有违言，愿血溅五步，死无葬身之地。"

沈边儿笑道："你也无须如此毒誓，我们说过不杀你，便不杀你。"孟有威才放下了心，沈边儿脸色一沉又道："可是再给我瞧见你怙恶不悛，则要你真个死无全尸！"

孟有威忙道："不会了，不敢了。"

沈边儿道："卷哥和二娘大概几时会到？"

孟有威看看天色，答："他们四面包围，正往内进逼，大概再过一会儿，两位大侠便会退到此处来了。"

沈边儿一字一句地道："你老老实实地答我，追杀他们的有多少人？是什么人率领的？"

孟有威道："大概有一百多人，是黄大人、文大人、大当家和鲜于将军领的队。"

沈边儿与秦晚晴相顾一眼，伸手点了孟有威的睡穴，孟有威整个人就似晕死了一般。沈边儿道："这几个人，都不好惹。"

秦晚晴在预算敌我双方的形势："顾惜朝的武功在你之上，黄金鳞的武功也在我之上，文张高深莫测，加上鲜于仇和一众官兵叛贼，是难有胜机的，除非，雷卷和二娘受伤不重，我们合四人之能对抗，或许还能一战。"

沈边儿道："那么，我们是不是也要在这儿布置一下，以便作战，还是离开这片稻田，去找卷哥他们？"

秦晚晴道："你知不知道这儿离碎云渊有多远？"

沈边儿是几经浴血才杀出重围逃来这儿的。混乱中也不知道自己跑了多少路，绕了多少圈，于是摇头。

秦晚晴道："这儿离开碎云渊大约十六里，你知不知道这儿叫什么地方？"

沈边儿也不知道。

秦晚晴道："这儿叫作五重溪，这一片稻田，其实也是我们的地方。"

毁诺城的人也要吃饭进餐，这一大片稻田，便是毁诺城的女弟子耕作的。

所以秦晚晴很熟悉这个地方。

她也曾经带一班姐妹在此播种过。

沈边儿知道秦晚晴还有话说。他在等她说下去。

秦晚晴用手摇指道："那儿有三座茅屋，也就是我们耕作后歇息之地。"

沈边儿顺着她尖细的手指看去，果然有三所茅屋，其中一间已坍倒大半，另一间也破旧不堪，只有中间的那茅屋还算完整。

秦晚晴道："我们在茅屋的地底，挖了一深长的隧道，原本是拿来贮存米谷的，留有气孔往外通风，大约有半里许长，不过，这地道只供贮粮用，所以并没有出口。

沈边儿眼睛发了亮："至少，必要时，可以在那儿先躲一躲。"

秦晚晴道："不过，要是敌人找不到我们，一定会到处搜寻，那地道入口并不算太隐蔽，很容易便会被发现。"

沈边儿道："你的意思……？"

秦晚晴很认真地凝望沈边儿，说："我往下说的话，也许你听了会很不喜欢我。"

沈边儿道："你说。"

秦晚晴忽然婉约地笑了一下，道："还是不说了，我太自私了。"

沈边儿伸手过去握住她的手，道："我的手既粗鲁又染满了鲜血，你不嫌弃我？"

秦晚晴道："我的手也染沾了鲜血，你也可以嫌弃我啊。"阳光照在她的脸上，十分美丽，风韵曼妙得连风景的稻田都妩媚起来。

沈边儿笑道："我现在不是握住你的手吗？"

秦晚晴妩媚一笑："这么会说话！你究竟想告诉我什么，不说出来，我可听不懂。"

沈边儿诚恳地道："你说你自私，但我也是人，我也自私，你的话，摆在心里，不说出来，教我怎么明白？"

秦晚晴笑道："行了，拐那么大个圈子，目的是要把我的话逼出来。"

沈边儿执着她的手，深深地望着她。

秦晚晴低声道："我怕我说出来后，你会不喜欢我的。"

沈边儿只是用力握了握她的手，不说别的。秦晚晴幽幽地叹了一口气，道："我在想，我们既然已逃出生天了，为何还要跑出去送命呢？"

沈边儿皱了皱眉头。

秦晚晴马上道："我就知道你会不高兴。可是，我们挺出去，是不是顾惜朝他们的对手？与其大家抱住一齐送命，不如——"忽然停声，冷冷地说了一句，"你骂吧。"

沈边儿的眼神冷了。

本来热诚的双目，现在如同冰封。

所以秦晚晴也不拟再说下去。

武林子弟的江湖义气，本就不容许妇道人家干涉——只是女人有女人的"义气"，说出刚才的话，秦晚晴对自己也无法忍受。

讵料沈边儿冷冷地道："你刚才所说的，正是我心里所想的。"

秦晚晴吃了一惊。

沈边儿缓缓地道："以前我从没有这种想法，我愿为雷门而活，肯为卷哥而死——可是，我现在已不只是我，我有了你……"

秦晚晴望定了他。

沈边儿痛苦地把脸埋在双手间："我该怎么办？"他大力搓揉自己的头发，道，"我该怎么办？"

秦晚晴把他的头挽过来，伏在自己的胸前，道："只要我们不出来，顾惜朝他们不知道我们在这里，我们是安全的。"

沈边儿道："如果我们不出来，卷哥和二娘就会在这里——"

秦晚晴哀呼了一声："为什么上天要安排我们逃到这儿？"

沈边儿忽然紧握秦晚晴的手，道："既然上天把我们安排在这里，我们就要面对现实，不能辜负上天的安排。"

他要秦晚晴看着他："你知道卷哥和我的关系？"

秦晚晴忍着泪，点了点头。"没有他，就不会有沈边儿，沈边儿就饿死在街头，或成为一条无用的狗，可是我是沈边儿，现在的沈边儿，全是卷哥一手栽培我起来的。"

他吻着秦晚晴的手："你明白吗？"他用尽气力道，"我不能背弃他。"

秦晚晴抚着他的发："你知道我和大娘、二娘的关系？"

"大娘年纪最轻，二娘年纪最大，"秦晚晴道，"她由小把我照顾到大，在童年时，别家男孩子打我，她就跟他们打，结果被打得头破血流的是她。有段时候，我们还不会武功，被卖入青楼，鸨母打我，她就护着，结果，她挨了打，鼻青脸肿，那一晚，有个老头子吃醉了酒，想要我，她也替了我，我一生的苦，都由她来代受，我为什么不能代她受一次？"

她抚着沈边儿的鬓发："我只是舍不得你。"

沈边儿道："三娘。"

秦晚晴道："嗯？"

沈边儿道："我们不能躲躲藏藏一辈子，见不得光，做出下半辈子都会后悔的事。"

秦晚晴道："嗯。"

沈边儿毅然道："所以，这件事，我们一定要挺身而出。"

沈边儿忽然感觉到手背潮湿。

秦晚晴在落泪。

"可是……"秦晚晴道,"我感到好害怕……"

"为什么?"沈边儿眼中又充满了狂热,"我们四人一起联手,说不定,可以把敌人都杀掉。"

"你知道我为什么不许你喜欢我吗?"

"……"

"我以前喜欢过的男人,而他又喜欢我的话,那么,很快地,他们都会因意外丧生。"秦晚晴颤抖着道,"相师也是这么说,他说我克夫,所以喜欢我的男人,都活不长,所以我宁愿躲到碎云渊来。"

"不然,我会一直克我所爱的人,直至我遇上一个煞气比我还大的人,也同时克制回我,那么,我们便会一起死去。"秦晚晴泣道,"我真的好害怕。所以我才推拒你。我真的好害怕。"

沈边儿拥住她,嘴里也觉干涩一片,只重复地道:"不要怕。不要怕……"

秦晚晴的身子仍在抖着:"我怎能不怕,我怎能不怕?"

"这些只是迷信。"沈边儿安慰她,"上天既然使我们逃了出来,就不会让我们随随便便死去的。知道吗?"

"可是,相师的话,在我过去,都应验了……"秦晚晴道,"现在,我们面临到的,便是——"

沈边儿忽然哈哈笑道:"如果真的灵验,迟早都要发生的,又何惧之有?何必要躲?人生自古谁无死,能在死前得一红粉知己,此生足矣。"沈边儿豪情万丈地道,"横竖是一死,何不从容就义?救了卷哥二娘,他们日后自会替我们报仇!"

"说不定,"沈边儿道,"我们不死,死的是那一干狗贼呢!"

秦晚晴也被沈边儿的豪气激起了斗志,喃喃地道:"说不定，卷哥、二娘、你、我，确能跟那干逼人太甚的兔崽子决一死战呢！"

"便是！"

秦晚晴道："好，那么，我们先把这些尸首埋掉，别让顾惜朝他们发现有人来过。"

沈边儿疾道："好！"忽瞥见晕死过去的孟有威："这人……"

秦晚晴低声道："为了灭口，只好杀了！"

沈边儿阻止道："无论怎么说，咱们不能不守信。"他沉吟了一下，道，"制他重穴，保教他三天内醒不过来，把他埋在田中土里，只剩下鼻孔，用稻草覆掩……三天后就算他出得起来，大局已定，想来不致有害。"

秦晚晴笑道："只是，这样却是费事多了……"

沈边儿道："我们埋掉这些人，再退回茅屋里，接应卷哥和二娘。"

秦晚晴满怀希望地道："但愿他俩伤得不重……"

沈边儿和秦晚晴很快便明了他们有多大失望，当他们第一眼看见雷卷和唐晚词的时候。

第二十八回

石室中的男女

　　唐晚词扶雷卷入内室，替他掀开长衫，治疗伤口。雷卷身上的伤，一在胸，一在腰。胸上是刀伤，刀伤及肺；腰间是斧伤，肉绽皮掀。

　　这两处都伤得很不轻，两度伤口都是顾惜朝下的毒手。

　　要是换了别人，早就已经倒了下去，唐晚词很惊讶雷卷能一直支撑着。

　　看不出这个身体单薄，神色苍白的人，却有这么坚忍的耐力。

　　这个人看去像个威严的领袖，连沈边儿、戚少商仿佛对他都十分尊敬，但在唐晚词的眼中看来，却像个受人遗弃的倔强孩子，正需要人照顾。

　　——真的有些像初见……

　　她想到这点，心里便生起了疼惜之情，越发觉得这瘦削苍白的人，紧抿的唇，亮黑的眉，就像当年与她恩情并重的纳兰初见。

　　故此唐晚词愿意为雷卷亲自医治。

　　雷卷的伤，她一直冷眼旁观留意着。她的医术，在毁诺城中可以算是最好的，因为她的医术，不是在碎云渊中学得的，而是少女的时候，在青楼中跟纳兰初见学的。

纳兰初见的医学跟他的诗词一样著名，誉满京师，当时人们常把他的医术与诗才并论，人称"神针才子"，"神针"便是一匣子的金针，他金针度穴，沾脉断症的能耐，只怕连皇上身边的御医也得向他请教。

纳兰初见却不愿做官，皇上要封他个大官，专替宫里权贵看病，他就躲到深山里，只替野外乡民治病。

皇帝以为纳兰初见嫌官位小，不重用他的诗才，接纳了宰相傅宗书的意见，封了他个主持科举的官位，傅宗书便派心腹文张去把他从深山里请出来。

文张软硬兼施，把纳兰初见"请"了出来。纳兰初见虚与委蛇，到了京城，便躲到妓院里，不肯出来，天天诈醉佯狂，写诗给青楼女子，闹得声名狼藉，不成体统，皇帝一怒之下，便打消了重用的念头。

宰相傅宗书觉得纳兰初见此举无疑是敬酒不吃，没给他面子，然后又发现纳兰初见在妓院里写了多首讥刺他的诗，于是记恨在心。

文张这次有负傅宗书之托，更感脸上无光，心里亦欲除纳兰初见而后快。

纳兰初见也无所谓，千金散尽，十分潦倒，常替路边穷人治病，却不屑跟有钱人家看病，人或问之，他便说："富贵人家已享福够了，给病折磨一下又何妨？就算病死了也不枉。"

他常翻起醉眼道："穷苦人家就不一样，他们熬了一世穷，病不起的，我不医他们医谁去？"

又有人问他现在这般穷困，想起当日有官不做会不会后悔？"后悔？"他叫起来道，"我是聪明！要是在官场里，像我这种人，还能活到现在？我是做了个明智的选择！"

直到纳兰初见在青楼遇见唐晚词。

唐晚词的名字便是纳兰初见第一次见到她之后便脱口而取的，他认为这女子就像一卷晚唐的词卷，一般醉人。

唐晚词那时正在跟息大娘学武。

纳兰初见见着她以后，再不去别家妓院，再不找别的女子，也再不写诗给别的女人，只是见她，只为她写诗，只陪着她。

纳兰初见的才华，以及他的个性、脾气，唐晚词都极为欣赏，纳兰初见固执倔强的程度，有时候比一块岩石还强硬，但有些时候却脆弱得像一个无依的孩子，搂住她的腰，把脸埋在她胸脯间低诉。

因为爱屋及乌的缘故，纳兰初见也替南四娘和秦三娘取名字，"南晚楚"和"秦晚晴"的名字便是这样得来的。

南晚楚和秦晚晴都很为唐晚词感到高兴。

纳兰初见跟唐晚词双宿双栖，只羡鸳鸯不羡仙。唐晚词喜欢纳兰初见替她画眉时候的多情，见到穷苦人家病困时候失声痛泣的多愁和抚琴作诗精通易数医学的多才；而纳兰初见也把唐晚词当作是妻子，同时也是可以依傍的母亲，以及悉心照料的女儿。

可惜这一段快活似神仙的恋情太过短暂。文张把一首纳兰初见亲笔写的诗呈上给傅宗书并告他一状，说他诗内有辱皇上，加上傅宗书在旁煽风拨火，皇帝可真是龙颜大怒，要治纳兰初见的罪。

纳兰初见被抓入牢里，三天之内，身上没有一块肌肉是完整的，喉咙被炉火腌哑，双脚十趾被一根根地切去，一只眼睛被炙棒刺瞎，只剩下一双手还算完好。

纳兰初见当然明白他们的意思。

——要留下他一双手，来画押招供。

纳兰初见的倔强傲气是誓不低头，他知道自己已难幸免，便以头撞墙——撞得头破血流，可是偏又给文张叫人救活过来，硬向他逼供。

纳兰初见死不肯认罪，文张却不让他死，慢慢折磨他。

纳兰初见知道这些人的意图，趁他们一个不防备，把双手伸入炙炭中，将十指灼焦，如此便无法画押。

文张见心愿不能遂，更是懊恼，又怕唐晚词等劫狱——事实上息大娘、唐晚词和秦晚晴已劫狱三次，不过面对铜墙铁壁的大牢，都无功而退——便下令用极刑处死纳兰初见。

所谓"极刑"是剐人三百二十七刀，还要留人一口气不死来受苦。

不过当剐到第八十三刀，纳兰初见已咬舌自尽。

只是招认罪状还是签了押，那是文张请来一位专仿人笔迹的文人，拟摹纳兰初见的字画的押——那位"文人"从来没想到这临摹名家的字体，有一日居然还教他发了一笔小财。只要有钱，这些人没有什么不肯干的。

纳兰初见招了供，天下皆闻，傅宗书等决不让纳兰初见的冤情为人所悉，成为烈士。

根据这张罪状，凡是纳兰初见的亲友，莫不治罪。唐晚词也在搜捕之列，但她逃了出来，凭她的武功，一般捕快也抓不着她。

这件事，除了息红泪、唐晚词、秦晚晴在尽力谋救之外，还有一人也设法拯救纳兰初见，便是诸葛先生。

诸葛先生不识得纳兰初见，他纯粹是重材怜才，可惜纳兰初见的罪是"讥刺皇帝"，非同小可，诸葛先生好不容易才把诗意解释清楚，平息了皇帝的愤怒，然而纳兰初见已经"认了罪"，并被"处决"了。

诸葛先生唯有跌足长叹。

诸葛先生企图营救纳兰初见的事，唐晚词也有所闻。

　　事实上，当时很多有名的文人，都曾上书希望赦免纳兰初见之罪——纳兰初见为人虽然狂放不羁一些，但确有才华，而且医术高明，再加上当时一些有风骨的文人都不愿见这一类平白无故的"文字狱"。

　　诸葛先生曾联合这一干文人反映这些意见给天子，可惜还是于事无补！

　　唐晚词自然伤心欲绝。

　　她为他写了一首又一首的歌，把他送给她的词，谱成曲子，一首又一首地唱。每唱一次，就掉一次泪，听的人也无不落泪。

　　唐晚词第一眼看到雷卷，就有这种"似曾相识"的感觉。

　　纳兰初见第一次见到她的时候，也假装完全没有看到她，但却在心里替自己取了名字。

　　雷卷仿佛也没注意她。

　　可是她却知道他最留意的是她。

　　现在雷卷晕了过去，她解开他的衣服：好一个瘦弱的人！

　　唐晚词忽然明白了雷卷为何要穿着厚厚的毛袭了。这使她心里更生怜惜：纳兰初见便是因为身体不好，所以不能练武，他精通医道，便是因为自己体质薄弱而对医理萌生救助世人之志的。

　　唐晚词替雷卷敷药，再为他推宫过血，金针刺穴。

　　然后雷卷突然醒了过来。

　　他醒过来的时候发现自己的衣服被掀开，露出瘦骨嶙峋的躯体。

　　更令人震怒的是，旁边是一位陌生人——一个他不知怎的已经注重起来的女子，而不是沈边儿！

　　这使得他白了脸，跳了起来。

　　他一面掩住衣衫，一面嘶声道："你——"随即他已察觉对方是在为他治伤。

唐晚词"嗤"地一笑，道："怎么像个大姑娘一般。"

雷卷是个威严的人，他一生都掌有生杀之权，机智而且坚强，他内心的柔弱决不予他人知道，良久跟随他的沈边儿固然得悉一些，但也不敢道破，只守在他身旁尽其所能暗里相助。他决未想到居然有人说他"像大姑娘般"！

"嘿！"他怒笑道，"你说什么！？"

唐晚词耸耸肩，摊摊手，道："大姑娘啊。"

雷卷怒极气极："什么大姑娘！？"

唐晚词的声音低沉而有魅力，似笑非笑地道："还不承认？你看，连脸都红了，像个红脸大小姐，有时候，又像白脸小姑娘。"

雷卷气得一时说不出话来。

"躺下。"唐晚词吩咐道。

雷卷不敢置信："你叫我？"

唐晚词笑道："乖，躺下，否则，我不替你治伤了。"

雷卷简直忍无可忍："你在跟小孩子说话？"

唐晚词有趣地看着他："哦？你是小孩子么？"

雷卷强忍怒气，道："谢谢你刚才替我疗伤，我这伤还死不了，他们还在外面吧？我要出去了。"

唐晚词道："你这样出去，不一会儿又要晕倒。"

雷卷大声道："我向你保证，我决不再昏倒。"

唐晚词优哉游哉地道："我不相信你的保证。"

雷卷为之气结："你！"长吁了一口气，道，"其实我根本不需要向你保证。"

雷卷正要行出去，唐晚词忽又加一句："因为你不敢向我保证。"

雷卷憋不住，回过身来："我为什么不敢向你保证，我刚才不是已经保证过了吗？"

唐晚词淡淡地道："你这是跟自己赌气。"

雷卷忍不住问："我为什么要赌气？"

唐晚词道："因为你怕我。"

雷卷气歪了鼻子："我怕你？嘿！"又重重地再"嘿"了一声。

唐晚词略带倦意地笑道："你怕我。"

雷卷也不知道自己为什么，心中的怒火都化作绕指柔，发作不出来，不想与她争辩，便道："好，不管谁怕谁，我出去好了。"

唐晚词笑道："你不怕我，为何要走？"

雷卷反问："我为何要留在这里？"

唐晚词道："我给你治伤啊。"

雷卷觉得这样辩下去，没完没了，便道："我伤不重，谢谢，我走了。"

唐晚词道："你不能走。"说也奇怪，雷卷心里却很喜欢唐晚词那低沉的但很有女人味道的嗓音。

雷卷止步，道："我为什么不能走？"

唐晚词道："你不敢走。"

雷卷"哈"地笑了一声："我，不敢走？"

"如果你这样一走，衣衫不整，我就喊非礼，你说，外头的人会怎样想你？"唐晚词用一双妙目斜昵着他道。

雷卷的脸又红了，忙整好身上的衣服，只说了一句："我……非礼你……你……"

唐晚词微微一笑，嘴腮又有倦慵之意："我逗着你玩罢了，你走吧，我不留你。"

雷卷忍不住问一句："你怎么会认为我怕你？"

唐晚词倦懒地道："我直说，你不介意？"

雷卷认真地道："你说。"

唐晚词道："其实，在你心中，你很注意我的，不过，你一向自大惯了，很要面子，不管心里想什么，外表都装得大公无私，像个正人君子，举手投足，都仿佛要给后世人留个榜样，图个好不实际的万世功名。"她悠悠地问，"这样做人，不是很痛苦吗？要是给我，我宁愿不做人。天天自己欺骗自己，戴上不同的面具，这又何苦？这又何必？"

雷卷沉默。

他踱出去。

到了门槛，伸手要推门，忽停住，说了一句："也许你说得对。"

停了一停，又补充了一句："不过，我真的很喜欢你的。"

唐晚词笑了，笑得很妩媚。

雷卷也笑了，充满了善意。

"可是我必须要出去，外面大敌当前，很多事要等着我去办。"

唐晚词眯了眯眼，瞧着他，道："改你那句话一个字。"

雷卷眉毛一挑，道："请。"

唐晚词道："你那句是真话，但开头'可是'应作'可惜'，我觉得才是你心里的话。"

雷卷深深地望着她，道："你改得很对。"两人都笑了，雷卷正要跨出去，石门忽然裂了，地摇室动，爆炸就在这一刹间发生。

第二十九回

美人一笑就出刀

爆炸陡起，唐晚词也着实吃了一大惊。

就在这时，石床下忽"轧"的一声，石板移动，露出一角幽暗的石级。

爆炸震动了甬道开启的机括，这使得唐晚词省起那儿有一条地下密道。

她立即蹿过去，扯住雷卷，一齐滚下甬道。

但甬道的另一边又传来爆炸声。

随后，整个石室都塌了下来。

唐晚词和雷卷就被困在石室的梯级间，上面的石块，不住地坍落下来，甬道的另一端，也传来天崩地裂的倒塌声，然后就是完全的寂静。

他们才慢慢感受到四周的压力和死寂，以及身上碰伤之处的痛楚。

雷卷身上压了几块石头，唐晚词身上也压了根柱子，雷卷用力推开身上较小的一两块石头，过去替唐晚词移开一根石柱，两人的手紧紧握在一起：大难不死，劫后重逢，几丝阳光透过石缝照射进来，两人都有一种相依为命的感觉，无由地感动起来。

不管外面翻天覆地，风云色变，但这一场劫，只有他们两人在一起渡过。

雷卷挣扎把唐晚词身上重压移开，但也力尽，两人的手情不自禁地握在一起，便晕迷了过去。

过了很久，他们便被挖掘声吵醒。

雷卷仿佛醒时，看见唐晚词正在温柔而爱怜地注视他，他没有回避，小声道："谢谢你救了我。"如果不是唐晚词去拉他入甬道，那炸力一定把他炸成碎片。

唐晚词摇头，低声道："不是我救你，是毁诺城的机关救了我们。大娘在城里设下了很多机器，可惜却教那班贼子这一炸，唉，不知她们怎样了？"

雷卷道："好像有人发现我们了。"

唐晚词道："却不知是敌是友。"

雷卷道："如果是敌，那么，毁诺城就已经失守了。"

唐晚词脸有忧色地道："如果是姐妹们，则表示已打退来敌……"

雷卷冷静地道："可是现在掘地的人，似乎都是男声。"他在这时候显出他面对大事变乱而毫不惶惑的冷静果断。

唐晚词担忧地道："那么，姐妹们……大娘和三娘……"

雷卷心里一痛：他想到死去的三名雷家子弟，还有现在生死未卜的沈边儿，但语音十分镇定："你先别急。我们不要说话，以免给他们认出来是敌人，我们先运气调息，待身上重压一旦减轻，咱们猝起出袭，看是否能闯出重围。"

唐晚词忧伤地道："如果大娘和三娘都……我偷生苟活，又有什么意思？"

雷卷紧紧握着她的手，只说了一句话："你不想替她们报仇么？"

唐晚词咬着下唇，眼眶漾起泪光。

雷卷柔声道："冲出去？"

唐晚词望着他，点了点头。

于是他们等待。

如果毁诺城已毁，息大娘等已死，他们更要冲出去，有一日，必定要为她们报此血海深仇。

要是息大娘等未死，他们便要冲出去，与她们会合在一起，与她们会合在一起，共抗强仇。

人是为希望而活下去的。

他们的手紧紧握在一起，已有了希望。

至少，要为对方而活下去。

活下去就得冲出去。

等到身上的重压比较减轻，雷卷和唐晚词就蓄力以待。

他们知道只要一露面，给黄金鳞等人察觉，便决不会让他们脱身出来的。

所以雷卷和唐晚词缩身藏于巨石间，不时作出怪声，吸引上面的人之好奇，往这方向发掘，当压力减轻之时，两人便倏地窜出！

雷卷和唐晚词骤然出现，形同疯虎出柙，一上来，就连伤八人，正要闯出去，唐晚词忽见地上刻字，怔了一怔，身法也同时顿了一顿。

雷卷就在她一怔一顿之间，又伤六人，疾问她："什么事——？"

"原来——"唐晚词眼里闪着光，杏腮闪现一丝喜意，即道，"咱们突围再说！"两人连环出手，又伤四人。

可是顾惜朝和黄金鳞已赶了过来。

这两人武功极高，顾惜朝对雷卷，黄金鳞对唐晚词，交手数招，四人都并未为对方所伤，但雷卷背后，却吃了鲜于仇一杖，唐晚词腿下也挨了孟有威一枪。

这时包围的人已愈来愈多。

雷卷和唐晚词浑身披血。

雷卷久战无功，眼见突围无望，忽然停手，对唐晚词大声道："这不是我作战不力，而是天亡我。"

顾惜朝冷笑道："这句话项羽也曾说过，可是不久之后他就割下了自己的头。"

雷卷不去理他，径自大声道："我告诉你，我要杀掉那个连云寨叛徒，再提他的头回来见你，可证实我说的是真话。"说着向一名小头目一指。

唐晚词不知雷卷在这危急关头，何作此举，一时茫然失措。

顾惜朝和黄金鳞都是聪明到不得了的人，知道雷卷决非易惹之辈，这濒死反扑，非同小可，且必有深意，对窥一眼，心中都忖：反正这两人已肉在砧上，决逃不出去，还是避其锋锐的好。

两人同此心，心同此理，不禁都退开了一些。

那名连云寨的叛徒，本就是微不足道的小角色，无端给雷卷这一指，吓得脸无人色，想求同僚保护，但雷卷之威，在场人人都见识过，谁也不想先给他踢到阎罗殿去报到，大都纷纷让开。

雷卷长啸一声，一路杀了过去，那连云寨叛徒只想逃走，但给雷卷追上，劈手夺来一把大刀，一刀便砍下了他的头，沿途还杀了三人，雷卷把头提到唐晚词眼前，道："杀了。"

唐晚词不明所以，只觉雷卷何必为这样一个小头目耗费了如许精力。

雷卷又高声道："的确不是我战败！我再杀一人，给你瞧瞧！"伸手一指，这次是遥指一名士兵，那兵士登时只吓得七魂飞了三魄，一味摇手叫道："别别别……救命，救命啊！"

雷卷趁他高叫之时向唐晚词低声而迅疾地道："我第三次掠身杀人时你就全力突围，我断后不要管我！"

唐晚词一愣。

她迅即明白了雷卷的用意。

雷卷不惜耗费体力，杀一些无关轻重的小人物，以吸住全场的注意力，好让自己独个儿逃生——虽不一定能逃出去，但仍为自己增添了生机。

顾惜朝和黄金鳞是何等机警，雷卷趁乱中跟唐晚词低声说了几个字，他们虽听不见，但也注意到了，越发认定雷卷是有计划了，心中更加警惕，只要雷卷不是企图外闯，他们也要谋定后动，免得着了雷卷的计。

这一来，正是雷卷所要的。

他要的是吸住全场的注意力，以及震慑住敌人的胆气——好让唐晚词有突围的机会！

他当机立断：眼前情势，两人一起突围是决不可能了。

所以便是：唐晚词走！

他则吸住敌手。

他已决定这样做。

他飞身扑去，这次引起一些反击，肩上挨了一剑，但也顺利地砍下了那名兵士的头颅。

他回到唐晚词身旁，故意大声地道："我要三荡五决，然后虽死无憾。我现在要杀的是——"包围的敌人都怕他指中自己，纷纷哗然散开，雷卷背贴着唐晚词低声疾道，"我一掠杀过去，你就向相反方向走！"

忽闻唐晚词低沉的语言也在疾道："你的手一指后立即伏地，有暗器！"

这次到雷卷一怔。

但他是什么人，虽未弄清楚是什么事，但神色不变，眼睛四周一睃，众人纷纷闪躲，顾惜朝和黄金鳞见两人低声交谈，知必有诡计，暗自提防。

雷卷沉声疾道："我要指了。"

唐晚词顿足道："还等什么！"

雷卷随便一指，大喝道："你！"立即伏下。

唐晚词也同时伏低，手掌一按地上一处小小凹陷的地方，再用力一扭。

突然间，大厅上，在一些未倒塌的残垣断柱中，机括声动，箭如雨下，一时间，很多人猝不及防，被暗器打中，死伤倒下了十多人。

这原本是毁诺城重地，自然装有机关埋伏，但大都被刘独峰手下炸毁，息大娘在抗敌时不敢启用这机括，是怕在混战中误伤己方的人，不过，这些机关大都被炸坏失效，所以发射出来暗器的威力，还不及原来的三成。

不过这一下突如其来，包围者受伤的不少，一时阵脚大乱，顾惜朝与黄金鳞早有防备，暗器自是射他们不着，但顾忌周遭还有厉害埋伏，急忙跳开一旁，严阵以待。

唐晚词这时就扯了雷卷翻滚出去！

雷卷和唐晚词这时是尽了全力，所向披靡，闯了出去！

雷卷的背部，因维护唐晚词，又吃了鲜于仇的一杖，不过趁这一阵乱，两人已闯出了重围。

顾惜朝下令道："追！"他的鼻骨便是被雷卷打扁，恨之入骨，非要手刃之才能甘心。

雷卷便偕同唐晚词亡命奔逃，他们开始是往西南方向走，后被高风亮领连云寨叛徒的截击，退走东南，但仍被冷呼儿的大军兜截，故再折回正北面。

这一路上跟鲜于仇所率领的兵马硬拼三次，雷卷与唐晚词又伤了数处，不过伤得都不算严重。

他们左冲右突，都逃不出去，但却感觉到包围网正在缩小，收紧，只要四面罗网一合，他们就如同困兽，插翅难飞。

他们心中也彷徨无计，就在这时，山道上，来了一顶轿子，两个抬轿的汉子，硕壮有神，步履轻快，武功似是不低，旁边跟了两个衙役打扮的人，看他们身上的官服，便知道其身份在六扇门中，必定甚高。

雷卷与唐晚词正躲在道旁的树丛里。

雷卷一见到那顶轿子，瞳孔就开始收缩，道："轿里的人不管他是敌是友，肯定都是高手。"

唐晚词低声道："会不会是刘独峰？"这两日来她随着雷卷逃亡，两人心无隔碍，生死相依，亲切了许多。

雷卷一直注视着轿子，道："恐怕是……"这时轿子经过两人身前不远，轿中的人忽然伸出了扇子。

白色的折扇。

轿夫陡然而止。

轿子行势甚速，但说停就停，全不震动倾侧。

那两名捕快也倏然止步。

折扇仍伸在轿帘外，没有缩回去，只听轿中人缓缓地道："外面是不是大热的天？"这人这么一问，仿佛他人在轿中，清凉无比，对外面的气候全然不知似的。

左边的捕快毕恭毕敬地答："是。"

轿中人悠然道："那么你们在外面疾步，一定很辛苦了？"

右边的捕快恭敬地答："不辛苦。"

轿中的人温和地道："我在轿里坐，你们则在路上走，心中会不会怨我？"

左边的捕快满脸横肉，但神态十分恭谨，道："属下怎敢怨先生？想先生在三十年前大沙漠追拿剧盗霍独夫，七天不眠不休，滴水未进，独闯沙漠部落一十三次，终于将之捕获——那时我们还穿着开裆裤哩！"

右边那眉清目秀的捕快也笑了起来，道："说真的，先生在南极冰天雪地苦寒之处，缉拿叛将马搜神，深入冰山寒窖，在当地战士三千一百七十八人拼死相抗中，独擒马搜神，不杀伤任何一人，那时候，我们还躲在襁褓中不会叫娘哩。"

轿中人笑道："日后，你们自然也会名动八表，青出于蓝，我，老了。"

雷卷听得全身一震，脸露喜容。

唐晚词悄声道："怎么？"

雷卷道："是他？"

唐晚词侧了侧首，道："谁？"忽然几乎忍不住叫出声来："是他！"

只听那轿中人又道："外头既然这般的燠热，要是躲在草丛里、砂石上，岂不是更热闷难受？"

脸肉横生的捕快接着道："简直热死了。"

轿中人和气地道："追命，你说话未免夸张一些了。"

眉清目秀的捕快道："奇怪，既然这般热，为何不出来凉快凉快，却还要躲在草堆里受罪？"

轿中人显然不甚同意，道："冷血，这可不一定，别人这样做，总有他的道理和隐衷的。"

雷卷忽向后面的草堆摇摇手，然后霍地跃了出来，长揖道："在下雷卷，拜请诸葛先生。"他此刻受伤多处，但语音洪亮，神定气足。

只听轿中人微讶地道："阁下是霹雳堂的雷大侠么？怎么会在此地——"

唐晚词这时也跳了出来，指着轿子好奇地道："你是诸葛先生？"

轿中人即道："听说近日毁诺城为人所困，你是息、唐、秦三女侠之中的哪一位？"

唐晚词道："我是唐晚词。"痛泣失声道，"毁诺城已教人给灭了。"

轿中人吃了一惊，道："什么!？唉!"只听他接道，"我千里跋涉，便是要解毁诺城之危的。"

唐晚词戚然道："可惜先生来迟了。"

轿中人关怀地道："息大娘和秦三娘呢？她们可有逃生？"

唐晚词道："她们……想必是已经逃了出去。"

"总算是不幸中之大幸。"轿中人问，"可知道她们逃到哪儿去？"

唐晚词摇头。

轿中人道："唉，要是知道你们会合的地方就好了。"

唐晚词的眼睛亮了，满怀希望地道："请先生替我们主持公道。"

轿中人缓缓地道："那你是知道息大娘和秦三娘会合之处了？"

唐晚词点头。

轿中人道："好，你带我们去，我会替你们申冤的。"

雷卷拱手道："先生之名，如雷贯耳，可否现身一见。"

轿中人笑道："这个容易。"说着掀开了轿帘，只见一个清癯温和，双目神采如炬，但道骨仙风的人，端然坐在轿内。

唐晚词福衽一拜，道："纳兰初见的冤狱，全仗先生持正，小女子万分感激。"

诸葛先生发出一声喟叹，道："说什么感谢，老夫只是义所当为，可惜还是于事无补。"

唐晚词忽道："先生照顾周详，曾遣人送来白银一百两，使小女子得一时之安身，尚未谢过先生。"

诸葛先生迟疑了一下，道："那是应该的，急人之难，本就是我辈该行的事。"

唐晚词又道："若不是先生遣铁大人送来青骢宝马，那一次官府搜捕，我只有束手就擒的份儿。"

诸葛先生只答："不必客气。"

雷卷道："我们何不一边赶路，一边谈话如何？"

诸葛先生道："正好，你的伤……？"

雷卷被他一提，身上的伤似又作痛起来，强作若无其事地道："不碍事的。"

诸葛先生端详了一下，"唔"了一声："看来不轻哩。你过来，我替你瞧瞧。"

雷卷走前去，道："偏劳先生了。"边向两名捕快抱拳道："请教两位可是名动天下的四大名捕之二？"

眉清目秀的捕快还礼，道："我是冷血。"

脸生横肉的捕快指了指自己，答："我是追命。"

雷卷道："闻名已久，如雷贯耳。"这时他已走近诸葛先生的轿前。

诸葛先生笑道："却不知你们是约好在哪里会合？"边要趋近察看雷卷身上的伤。

唐晚词也随雷卷趋近，这时忽然问了一句："你也要去？"

诸葛先生怔了一怔，答："当然。这件事，我管定了，决不让黄金鳞这干狗官胡作非为！"

唐晚词笑了，笑得甚是妩媚。这女人的一笑，仿佛让人光是看了舌尖也传来甜味，只听她笑道："那么就只让你这狗官一人得逞？"

话一说完，她就出手！

她一刀就搠向诸葛先生的心口去！

冷血和追命本来正迷醉于这个女人那风尘中的一笑，觉得无限艳冶的风尘味，浓得化不开，蓦然间，笑意尽去，刀光冷。

刀锋已钉向诸葛先生的胸膛！

这一刀要是刺向他们两人，他们就肯定在这美人一笑间心脏被穿了孔。

第三十回

小四大名捕

刀光遽射，刀芒映寒了诸葛先生的脸！

他陡地向后弹出，左掌同时拍出！

轿后"砰"地碎裂，诸葛先生倒飞而出！

刀尖上有一点血迹，正在滴落。

诸葛先生飞落丈外，站定，右手捂胸，脸上惊讶之色多于痛苦。

另一个人向诸葛先生相反的方面飞出！

那是雷卷！

他被诸葛先生拍中一掌，震飞丈外。

不过诸葛先生因吃唐晚词一刀在先，那一掌只有三成功力击中雷卷。

唐晚词没有追击诸葛先生。

她倒掠而出，护着雷卷。

雷卷伤得更重了。

可是他第一句便是："你为什么要伤诸葛先生!?"

唐晚词的刀尖晃着厉芒，她反问："诸葛先生为什么暗算你？"

那名轿夫已经自轿杆拔出兵器，掠过去护着诸葛先生。

雷卷却无法回答唐晚词的反诘。

唐晚词道："因为他不是诸葛先生。"

"冷血"和"追命"向他们前后包抄过来，"追命"手持一枝独脚铜人、"冷血"则抄了一柄钩镰刀，蓄势待发。

唐晚词美丽的双目发出英飒的神采，双手执刀柄，刀尖轻微颤动着，道："他们自然也不是追命和冷血。"

眉清目秀的捕快道："我当然不是冷血，他也不是追命。"

脸肉横生的捕头道："我是郦速迟，他是舒自绣，武林中、江湖上出了'小四大名捕'，我们就是其中之二。你们总听说过吧？"

雷卷和唐晚词当然听说过。

郭伤熊外号叫作"一阵风"，这是形容他超卓的轻功，郦速迟和舒自绣也有外号，郦速迟叫作"梳子"，舒自绣就叫作"咽喉断"。

这两个外号十分奇特。

这两人也非常奇特。

"咽喉断"这个名字比较易解，因为舒自绣擅使的兵器是钩镰刀。

"梳子"是指郦速迟的办事才干。

头发乱了，用手拨不行，用任何东西去弄都不见得有效，甚至用胶水去粘，也不一定有用——只有用"梳子"，就这样扒梳几下，一切就服服帖帖了。

郦速迟正是这样的人物。

这两人在江湖上的名头固然不小，否则也不会被人列入"小四大名捕"榜上，但名头响并不代表这两人有的是像"四大名捕"一般的清誉。

事实上，这两人在六扇门中，无疑是丞相傅宗书系的爪牙，不但没有什么"清誉"，相反地，还有相当的"恶名"。

因为傅宗书这一派系人马也需要两类人为他们执行"肃清异己"的任务。

一是以堂堂正正之名，加之以十恶不赦之罪，为"主持正义"而严办罪犯，实行逮捕——郦速迟正是这类人物。

二是要"犯人"认罪。"犯人"多半不肯认自己未"犯"之"罪"，而舒自绣却能使任何人招认自己莫须有的罪。

所以郦速迟和舒自绣一向都十分受重用。

这"小四大名捕"把舒自绣和郦速迟列进去，当然不是江湖上人的意思，因为"四大名捕"持正侠义，但却是傅宗书党人故意塑造这两人的英雄形象——他们肯定不愿意新起一代的"四大名捕"，又是诸葛先生派系的人物。

雷卷惨笑道："你们来抓我？"

舒自绣道："不只是抓你。"

雷卷道："我知道了。"

舒自绣仔细地问："我很想知道一个人临死之前知道的事，"他怪英俊地笑道，"因为那些话通常对活着的人都很有用。"

雷卷道："我还没有死。在敌人还未死之前，死的人就不一定是敌人。"

舒自绣笑道："这句话就很有用。"

郦速迟道："却不知道你还知道了些什么？"

雷卷道："除了抓我之外，你们还要捉拿戚少商。"

舒自绣有些失望地道："这倒想当然耳，不足为奇。"

雷卷道："不过你们最想抓的人，还不是我和戚少商。"

舒自绣笑道："难道是息大娘？"

雷卷立即摇头："铁游夏。"

舒自绣向郦速迟相顾而笑："不见得我们如此痛恨铁手吧。我们还是老同行哩。"

"就是因为老同行，"雷卷道，"你们谁拿下他，便可以取而代之。"

舒自绣啧声赞叹道："好聪明，果知我心，就像我肠里的蛔虫。"

郦速迟淡淡地道："实际上，上头的意思便是：谁把铁手或死或活地解回京师，谁便是'新铁手'。"

雷卷道："可惜。"

舒自绣问："可惜什么？"

雷卷道："凭两位这般心肠，如此身手，永远只配做毒手、辣手，就是没资格当铁手。"

舒自绣不怒反笑："好评语。看来，今日，咱们不让雷老哥你尝尝咱们的毒手、辣手，便算是有枉此行！"

雷卷扬眉道："就凭你们两位？"

舒自绣变了脸色，郦速迟却仍然笑道："就凭我俩的确未必奈何得了二位，但有文大人在，阁下插翅难飞。"

雷卷目光缓缓回扫，正向那轿中的人目光撞在一起，轿中人只觉雷卷目光极厉，雷卷却觉心中一寒。

雷卷道："文张？"

文张道："雷大侠。"

雷卷道："久仰大名。"

文张微微笑道："恶名昭著。"

雷卷道："阁下冒充诸葛先生，似模似样，敢情算准我们就躲在草丛里，才演出这一出戏给我们看？"

文张道："却不知道唐女侠如何察觉？"

唐晚词道："我也没有见过诸葛先生。"

舒自绣道："这个我们早已打探清楚了。"

唐晚词道："不过，诸葛先生既未送过我们青骢宝马，也没赠予一文半分的银两。况且，四大名捕向称诸葛先生世叔，而非师父。"

文张笑道："哦，原来二娘在试探下官。"

雷卷道："以三位的武功，要杀我们并不难，却还要出动暗袭，实在叫人好生失望。"心中却暗自惊栗：文张谦虚寡言，淡定神闲，这才是个最难应付的人物。

文张只微微一笑道："所以反而是在下着了唐二娘的暗算，可以说是现眼报。"

雷卷道："文大人实在是太客气了。"

文张道："好说好说。"

雷卷道："哪里哪里，我要走了。"他接着又道，"我要上路了。"

舒自绣道："你上路，我打发。"

雷卷道："谢了。"突然吐气扬声，霹雳一声，一拳打向轿子。

轿子四分五裂，碎片迸射向文张。

他仍是断定数人中最难惹的是文张。

文张双袖飞卷，把激喷的碎片尽皆扫落。

唐晚词也出手了，她一刀就往舒自绣砍去，舒自绣刷地还了她一刀，两人都是抢攻，两人各抢攻这一招，身上都有一道血口。

郦速迟的独脚铜人"呼"的一声，急砸雷卷！

雷卷掠起，一拳往舒自绣的面门打去。

舒自绣乍然间背腹受敌，心中惊惧，忙退跃丈外！

这时郦速迟的独脚铜人已攻到雷卷背门！

唐晚词刷地出刀，后发先至，逼退郦速迟五步。两人各替彼此击退了敌人的攻势。

雷卷一挽唐晚词臂膀，两人急掠而去。

两人身形刚起，两股袖风已然攻到。

雷卷与唐晚词如果要避开，势所难免会再被郦速迟和舒自绣缠住，若回身应战，则会与文张缠战，但两人却知道，再打下去，必败无疑。

所以两人宁硬挨这一记袖风，借力飞掠三丈之外，顿也未顿，急掠而去。

郦速迟和舒自绣各自长啸一声，急纵而去，拿住雷卷和唐晚词，是他们必争之功。

斜坡十分陡险，雷卷和唐晚词连跌带滚地急掠而去，郦速迟和舒自绣也急起直追，突然间，草丛间冒出一根长矛，在这电光火石间，刺入郦速迟肚里，在背脊里冒出了矛尖。

郦速迟惨叫一声，万未料到这突如其来的一击，收势不住，几乎给开了膛，他毕竟也是极有经验的武林好手，独脚铜人急劈而下，砰地击在那人背上！

那人"哇"的一声，摇摇欲坠。

舒自绣这时已猛然止步，回手一钩，嵌入那人胸骨里，那人惨叫一声，双目一瞪，舒自绣被他这一瞪，吓得放下镰刀，疾退七尺开外，那人巍巍颤颤，戟指走上前来。

文张忽然双袖一舒，一罩住那名大汉脸门，一卷住猛汉颈项，这威武的汉子挣动了几下，终于咽了气，软倒在地。

文张收了长袖，看了看地上的郦速迟，已活不成了，叹了一口气道："看来你们还是不能当四大名捕，实在太大意了。"

舒自绣看着那天神般的壮汉，犹有余悸，道："这人……"

文张道："穆鸠平。"

舒自绣吃一惊，道："连云寨的四当家？"

文张道："他也是逃亡的要犯之一，想不到伏在这儿，要了郦速迟的命，促成雷卷、唐二娘得以逃脱。"

舒自绣顿足道："可恨！这厮杀了郦兄，令我好生悲痛！我一定要为他报仇！"

文张微微笑道："报仇是假，立功是真；悲痛在口，高兴在心。"他停了一停，接道，"舒老弟，我们是同一阵线的人，所谓真人面前不打诳语，郦捕头死了，少一个竞争，足下大可当令。"

舒自绣涨红了脸，想发作，但又不敢，终于道："文大人明察，我实在……"忽又改了口气，道，"还望大人日后多多提携。"

文张道："提携则不敢当，眼下还是追捕逃犯要紧。"

舒自绣惋惜地道："这下布好天罗地网，却让那对狗男女逃了，实在——"

文张笑道："他们逃不掉的。"

舒自绣道："大人明示。"

文张道："黄大人和顾公子已布下十面埋伏，瓮中捉鳖，他们最多只能逃到五重溪，决逃不出去。"

他接着又道："刚才那两击，我本可要了他们两条性命，但雷卷只宜活捉，所以只好……"

舒自绣道："活捉？"

文张道："傅丞相要对付的是整个'江南霹雳堂'，不单只是雷卷一人。你这还不明白吗？"

舒自绣恍然道："我明白了。"

文张又道："不过，雷卷和唐晚词着了我这一击，只怕再也无作战之力了，这两人，已不足为患。"

舒自绣喜道："那么我们这就到五重溪去。"

文张忽然向他一伸手，道："你的刀。"

舒自绣一呆，不知文张此举是什么用意。心里有些惶悚，却不敢不把刀双手递交过去。

文张拿着刀，刀光映着寒脸，阴阴地笑着，端详着刀口弯锋，舒自绣也不知怎的，心里有些发毛。

忽然，文张用刀在穆鸠平尸首背部，砍了几下，然后把刀递回给舒自绣，道："行了。"舒自绣惊疑不定，接过了刀，文张又道："这样，穆鸠平便完全是你所杀，不必让死人分功。"

舒自绣大喜过望，忙不迭地道："多谢大人成全，多谢文大人成全。"心中对这个上司既畏惧又服帖。

文张喃喃自语地道："我却不明白一件事……"

舒自绣想问，却又不敢。

文张自己却说了出来："按照道理，雷卷这等自命为侠义中人，实在没有什么理由任由穆鸠平出来牺牲性命，而他不但不回头相救，甚至连脚步停也不停……"

他笑了笑，道："这倒是跟我们的作风，较为近似。"

第三十一回

火海中的男女

雷卷与唐晚词继续逃亡。

他们的伤比先前更重。

一路上，雷卷没有再说话。

唐晚词开始以为雷卷伤得实在太重了，所以说不出话来，但后来就感觉到，雷卷非常不开心。

他的脸色比他晕厥时更难看。

唐晚词终于忍不住问："刚才那闪出来抵挡追兵的人是谁？"她刚才并没有看清楚。

雷卷没有答她。

又疾驰了一段路，雷卷忽说了一句："穆鸠平。"

唐晚词吃了一惊，道："是他！？"

随而惶惑地停步，道："我们怎能让他一个人对抗……"

雷卷截道："现在回去，已没有用了。"

唐晚词道："可是，刚才我们不该撇下他一个人，独撑大局啊——"

雷卷冷冷地问："如果当时你折回去，你想现在还能活命吗？"

唐晚词跺足道："可是，我们怎能剩下他不顾？"

雷卷道："顾了又怎样？只不过大家同在一起死！"

唐晚词再也忍不住，美目含威，叱道："你——"

她的话还没有说出来，伏击的敌人已经出手。

雷卷与唐晚词苦战、突围、冲杀，围攻的人有顾惜朝的手下、黄金鳞的部属、鲜于仇的兵马，还有文张的包抄，雷卷和唐晚词且战且走，终于到了五重溪那一片稻田。

他们抵达这片田野的时候，已经脱了力，身上的伤，已经使他们不能再战。

这时他们就遇上了沈边儿与秦晚晴。

唐晚词是毁诺城的人，她熟悉这个地方，这儿是她们的粮食重地。

她控制着自己尚有一丝清醒的神志，扶着只剩下一口气的雷卷，撞开了那栋茅屋的门，然后她就扑倒下去。

可是她并没有倒地。

因为秦晚晴已扶住了她。

沈边儿也扶住雷卷。

雷卷只望了沈边儿一眼。

他只望了一眼，便已晕了过去。

这一路来，他都是用一股超乎肉体极限的意志力，强撑到这儿来的，他的体质本来就比常人羸弱，而今一见沈边儿，多少艰险辛酸，乍见这劫后余生的亲信，情怀激动之下，竟晕了过去。

沈边儿挽扶雷卷，虎目含泪。

唐晚词展开一丝笑意，艰涩地道："你们——"

秦晚晴点头，用一种平静的声音告诉她："二娘，你来到这里，就安全了，这里的事，有我，就像你以前保护我一般，你安心吧，我不会让你再受到损伤的。"

唐晚词紧紧握住秦晚晴的手，不知说些什么是好，事实上，她也无力说话。

秦晚晴拍拍她的手背，温声道："二娘，你好好歇歇吧，不要说话。"

她说这句话时，望着沈边儿，沈边儿也正好望着她，彼此的眼里都有着依恋和了然的神色。

雷卷已昏迷，他当然不晓得。

唐晚词已虚脱，她也不曾注意。

秦晚晴道："我扶你先到下面躲一躲。"茅屋下面有个贮藏谷米的地窖，通风良好，但并无出路。

沈边儿和秦晚晴把两人扶了进去，正要替他们敷上金创药，沈边儿忽然一震，伏地贴耳，半晌，道："来了！"

秦晚晴微嘘一声，把药瓶塞到唐晚词手里，道："他们来得好快。"

沈边儿道："他们早派人追踪卷哥和二娘来这里的。"他沉声道："他们要在这儿收网。"

秦晚晴沉吟了一下，道："看来，他们的意思似乎旨在活捉卷哥。"

沈边儿眉头一皱，道："他们想借卷哥来对付向不服膺于傅宗书号令的江南雷门！"

秦晚晴恋恋不舍地替唐晚词拂了拂黏在额前的乱发，沈边儿握住雷卷的手，一字一句地道："卷哥，没有你，就没有沈边儿，我决不让这班狗徒得逞的！"

可惜雷卷已昏过去，没有听见。

唐晚词迷迷糊糊中听到沈边儿在说话，眼睛半睁地问了一句："什么？"

秦晚晴道："没什么，二娘，答应我一件事。"

唐晚词只把秦晚晴的手紧紧握住："嗯？"

秦晚晴忍着泪道："你们先歇一下，不论外面有何动静，都不要出来，也不可发出声响。此外……日后，替我照顾大娘……"

唐晚词不明所以，秦晚晴忽笑道："我们要在上面部署，好将贼子一网打尽，你们先养精蓄锐，过段时间我们会来找你，大家再一起逃出去。"

唐晚词觉得有些不对劲，无奈受伤太重，又太过疲乏，连说话都困难，只能够把头点了点。

秦晚晴向沈边儿默默颔首，两人携手走上地窖。地窖盖子一阖，看去便全不觉地板能活动的样子，两人再把一些不易燃的杂物堆在上面，弄好了一切后，沈边儿向秦晚晴笑道："你猜有多少人包围在外面？"

秦晚晴道："少说也有五百人吧。"

沈边儿道："还有顾惜朝、黄金鳞、文张、鲜于仇这些高手……"

秦晚晴道："所以我们连一线逃生之机也不会有。"

沈边儿道："其实他们根本不知道我们会在里面……他们至多只不过是在纳闷，怎么派孟有威在这儿伏下的人手全失踪了……"

忽听外面有一个稳重、沉着、温和的声音在喊："雷卷、唐二娘，我们的大军已在外面重重包围，你们不必愚昧地顽抗了，出来吧。"

秦晚晴平静地道："他们果然不知。"

沈边儿道："好厉害。"

秦晚晴道："你是说……"

沈边儿道："说话的人想必是文张，这人一向深藏不露，武功莫测高深，前段日子以来，武林正义之士一直不把他列为大敌，这是足以致命的错误。"

文张是在旷野中说话，但字字清晰，毫不费力，绵延响亮，其内力修为亦可想而知。

秦晚晴道："你想他们会怎样下手？"

沈边儿说道："先试探，后放火——"话一说完，茅屋中至少有七处被闯了进来。

已近晚。

火把却照得通亮。

火舌猎猎，风声萧萧，茅屋外黑压压一大群人，却整整有序，鸦雀无声。

只有站在前面的几人在低语。

他们在负着手，等待结果。

他们刚派了七个好手闯入茅屋里去。

黄金鳞刚才说过："以雷卷和唐二娘身上的伤，保管手到擒来。"

可是他现在有些笑不出来，因为他派进去的人，一个也没出来。

犹如石沉大海。

文张悠然道："看来，他们两人，还有顽抗的能力。"

鲜于仇道："我们杀进去不就得了！"

顾惜朝道："我们要的是活口，雷卷是那种宁可战死而不降的人。"

黄金鳞道："只有……"

文张道："用火攻——"

顾惜朝道："不愁他不出来。"

黄金鳞拊掌笑道："对，他们一出来，就插翅难飞，神仙难救。"

文张于是下令：

"放火！"

火熊熊。

火光前的脸孔扭曲。

这火焰如许的烈，不出来的人，必定变成了烧猪。

——可是还是没有人出来。

难道在里面的人宁愿烧死？

当文张他们念及这点的时候，火势极为猛烈，加上风助火势，连稻田都燃烧了起来，他们已无法扑灭这场大火。

沈边儿和秦晚晴身在火海。

沈边儿深情地凝视秦晚晴。

秦晚晴咬了咬下唇，一件一件地卸去身上的衣衫。

火光映在她的肤色上，却如黄色烛光一般的柔和。

沈边儿的双手就按在最柔和的斜坡上。

秦晚晴呻吟着，闭上了眼，舌尖伸入了沈边儿的嘴里，两条舌头在交缠着；她的手伸进了沈边儿的裤里。

沈边儿忽然激动了起来。

火光。

美丽而深恋的人儿。

沈边儿迅速把自己变成了赤精着身子。

紧紧地拥住了秦晚晴。

秦晚晴仰首，双手抚着沈边儿的后发，她微仰的下颔在火光映照下出奇的柔美，肤上都密布着细汗，沈边儿埋首在她胸脯间。

他们已浑忘了置身火海之中。

火势猛烈，焚毁一切，也足以融化一切。

——仍是没有人出来。

难道真的宁愿烧死，都不肯出来！？

顾惜朝、文张、黄金鳞等人都不明白：怎么真有宁死不屈这回事！

文张开始怀疑起来了："难道他们不在里面？"

这时火舌已吞噬了茅屋，整间茅屋变成了一条摇摇欲坠的火龙。

黄金鳞道："不可能的，刚才他们还在里面动手。"

顾惜朝喃喃地道："说不定他们就巴不得我们烧死他们。"

黄金鳞笑道："也罢，这次教他们如愿以偿——其实，不落在我们手里，算他们聪明。"

文张望着火海，道："硬骨头——"这时一阵烈风吹来，几乎烧着了众人，这一干人不由得往后撤退了数十丈。

再烈的火，也会烧完。

很快的，稻田和茅屋，成了残余的灰烬。

文张、顾惜朝和黄金鳞过去仔细察看，果然见一男一女的骸体，相拥在一起，活活地被烧死。另外还有七具男尸，显然是放火前被派入茅屋试探的七名手下。

顾惜朝摸摸他已裂开的鼻子，向烧成炭灰的尸首狠狠地踢了一脚，道："你倒死得轰烈！"众人见到尸首，心中放下大石，便不疑还有地窖。

黄金鳞吁了一口气道："总算是死了……临死前还杀掉我们

七个人，也真够狠——"其实他却不知道，还有另外一人也陪了葬，那就是被活埋地上的孟有威，他是被那一场大火活活烧死的。

文张道："却不知那沈边儿与秦晚晴逃到哪里去了？留着终是祸患。"

顾惜朝道："现在当前之急，还是合力把铁手和戚少商、息红泪除掉——刘捕神捉拿戚少商，自是稳操胜券，我只怕他要押姓戚的回京，夜长梦多，还是不如就地正法，永除后患的好。……我总是有些怀疑，铁手、沈边儿和秦晚晴，是刘捕神的人放的！"

文张脸色阴暗不定，忽扯开话题，道："你看你，杀自己的兄弟，倒真比我们还急。"

顾惜朝冷哼道："那是因为戚少商恨我，尤甚于你们。"

黄金鳞也附和地道："这么说，铁手恨我，也远超于他人。"

文张道："不过，有刘独峰追缉他们，自是万无一失……铁手走脱，倒是不能小觑，'福慧双修'和'连云三乱'，万一抓不了他回来，让他潜到了京城，跟诸葛先生那一说，这仇结大了，倒是事小，万一傅丞相不悦……"

大家都不禁有些忧虑起来，这时忽听舒自绣走报道："连云寨九当家游天龙有事急报！"

顾惜朝疾道："传。"

只见游天龙飞奔过来，"噗"地跪下，磕首如捣蒜泥道："禀大当家，属下该死——"

顾惜朝冷峻地道："叫你去捉拿穆鸠平，但给逃脱了是不是！？"

游天龙心里一寒：他素知顾惜朝心狠手辣，喜怒不形于色，他奉命与高风亮追杀穆鸠平，但终究于心不忍，故意放他一条生路，佯称给他逃脱，却没想到听顾惜朝的语气，像早已透悉一切，心中正十五吊桶，七上八下之际，只听顾惜朝接着道："要不是姓穆的早已给舒捕头在途中杀掉，你这个过可不小哇！"

游天龙这才知道，原来穆鸠平还是难逃一死，心里难免有些兔死狐悲，嘴里却道："幸好有舒捕头仗义出手，诛此恶寇，否则我真万死不足以赎其辜了。"

文张淡淡地道："那也不是如此严重。"

顾惜朝道："我们还是去接应刘捕神吧。"

黄金鳞笑道："看来公子对戚少商真是念念不忘。"

顾惜朝也笑道："这就五十步笑一百步了，黄大人对铁手何尝不也耿耿。"

文张道："好吧，我们这就会合刘捕神去。"于是一行人浩浩荡荡地离去。

过了好久，地窖上的杂物忽然移动起来。

愈动愈厉害，灰烬不断地扬起，终于"啪"的一声，地窖的盖子打开，堆积在上面的残烬全都震开一旁。

一人缓缓冒了上来。

雷卷。

他吃力地爬了上来，往地窖入口垂下了手，一双玉手伸了出来，雷卷用力一拉，唐晚词也上了来。

两人脸上，给残灰焦物弄得一团黑，但两人全不在意，很快地，便找到了沈边儿与秦晚晴的尸首。两人都跪了下来，没有说话。

眼泪在唐晚词脸颊上流出两行清沟。

良久后，她问雷卷："为什么？"

雷卷没有动，也没有回答。

唐晚词再问的语调开始激动："为什么你不让我上来，杀掉那干恶贼！？为什么你任由三妹和边儿死！？为什么你对穆鸠平见死不救！？你……！"

雷卷仍是没有答。

唐晚词一掌捆了过去。

雷卷没有闪躲。

他的唇角现出夺目的殷红。

唐晚词放声大哭了起来。

雷卷心里在狂喊：他们在苏醒的时候，火已烧过去了，沈边儿与秦晚晴已经烧死了，要使他们死得有价值，便是自己和唐晚词决不要出来！

连声音也不能让人听到。

这样，才有希望报答沈边儿、秦晚晴、穆鸠平，为他们而死。

——那就是要杀死他们的人死。

唐晚词猝然立起，哭道："我要去通知大娘——"

雷卷一把拉住她。

唐晚词失去常性，用力扯开，但雷卷仍不松手，唐晚词力挣不脱，反手一掌，雷卷本就伤重，被打得一个筋斗，跌了出去，趴在焦炭上，唐晚词自知出手太重，吃了一惊，忙趋过去，关怀地问道："你……"

雷卷舐了舐唇上的血，艰辛地一个字一个字地说："你不要走。我们要对得起为我们死去的人，就得回到地窖里先把我们身上的伤治好，我们不可以去送死。"

唐晚词含泪点头。

雷卷缓缓闭上眼睛。

这片刻间，他真想杀死自己一千次。

作为一个男子，他从未想过如此孬种，托庇于自己的属下，要自己的兄弟牺牲性命，来维护他，而他却缩头乌龟一般，不敢反抗，不敢吭声。

他不明白自己何以如此沉得住气。

如果他身边不是有一位心爱的女子——他宁可自己身亡，也不愿她受到伤害——依他的脾气，就算再沉着，只怕也不能眼见至好的兄弟们一个个惨死，有的危在旦夕，他却只躲起来顾着自己。

这不是一个英雄可以干的事。

也不是一条汉子的作为。

——但却是一位复仇者的必行之路。

不管旁人能不能了解，会不会了解。

不过，他知道，就算世上任何人都不了解，有一个人一定会了解的。

——戚少商。

戚少商身负的血海深仇，只比他重，决不比他轻，戚少商忍辱偷生只为报仇雪恨，他全然同感。

——只不知戚少商现在是否仍活着？能否逃得过刘独峰的追捕？

——如果戚少商死了，那么报仇的责任，全在他的肩上了。

——戚少商，你一定要活着，你，一定要逃出去。

能活下去，才能报仇。

第三十二回

天空中的男女

戚少商几乎肯定自己活不下去了。

在毁诺城的大冲杀里，在排山倒海的攻势中，他几乎已崩溃，无法再战，不想再逃了。

这一路来一次又一次地遇险，一次又一次地被人围攻，一次又一次地牵累别人，一次又一次地失望，使戚少商已失去了强烈的斗志，几近完全绝望。

——既然逃不出厄运，又何必要逃？

——既然自己不免一死，又何苦要连累他人？

而现在他又把毁诺城牵连进去，使得满城的人，都遭受到厄运。

他觉得这种厄运，是他带来的。

想到这点，他心中就更为负疚，简直想用手中的剑自刎当场。

可是自刎有什么用呢？他宁可再用手中长剑，多杀几个可恶的敌人，多救走几个毁诺城中苦战的女子。

他已非为求自己活命而战。

他不想逃。

可是，他瞥见了激战中的息大娘。

他看见她纤弱的娇躯，跟如狼似虎的敌人交战着，汗湿了她背后的衣衫，使她柔弱的身躯，看去更令人生起一种不忍心的感觉。

戚少商只看了一眼，心中就决定纵自己死千百次，也决不能教她受罪。

所以他一定要救出息大娘。

他重新点燃起斗志。

他杀到息大娘身畔，敌人愈来愈多，他无法说出一句话。

息大娘没有回头，却感觉到是他，便把背部与他背贴着，两人去了后顾之忧，拼力杀敌，敌人再多，一时也不能奈何他们。

可是，顾惜朝和黄金鳞加入了战团。

以这两人的武功，本就是强敌，加上如潮水般涌来的敌人，戚少商知道，他要护走息大娘的心愿，只怕无法达成了。

就在这时，忽然飞入了一只极大的纸鸢。

此时此境，飞来这样一面纸鸢，岂不太怪？

纸鸢是白色，底下悬着一张小纸条，飘到戚少商跟前：

"请上。"

只有两个字。

戚少商没有再考虑，抓住息大娘，掠身上了纸鸢。这时候的情势，确已不容他多作细虑。

他们才上纸鸢，纸鸢立即被人力扯一般，飞了出去，直升上半空。

顾惜朝等要制止已来不及，只好喝令放箭，但纸鸢升空十分快速。很快地便连箭矢也无法射及，反而自半空掉落下来，伤了自己的人。

顾惜朝心下悸然，但想及刘独峰曾明示过戚少商是他要缉捕的人，谅他也飞不上天。

在半空中的戚少商与息大娘，大难不死，劫后余生，心中却十分错愕莫名，惊喜交集。

喜的是终于又在一起。

活着，毕竟是件好事。

惊的是这纸鸢是何人所放？要飞到哪里？那儿又是怎么一场命运？

他们在上空俯视底下的毁诺城弟子在浴血奋战时，息大娘真忍不住要跳下去。

戚少商将她一把拉住。

纸鸢因两人的动荡而微微一倾，幸好并没有倾覆，纸鸢仍是照样飞翔。

这纸鸢便是他俩在急湍中的独木舟，决不能翻沉，这是他们的一线希望。

过了良久，息大娘用一种从未有过的低沉声音道："也好，现在我跟你一样了。"

戚少商涩声道："大娘……"

息大娘笑了一下，还眺望着愈渐遥远的毁诺城，声音在空中也显得十分遥远："你是失去了山寨失去了兄弟的戚寨主，我是没有了城没有了家的息大娘。"

戚少商愧然道："是我又累了你。"

息大娘道："这是句俗话。"

戚少商道："但却是实话。"

息大娘道："江湖上的人，相濡以沫，同舟共济，怕谁累谁的，就不能算是个真正的江湖中人……更何况你我！"

戚少商因她那一句"更何况你我"，心里像醇酒般地温暖着，虽然在这上不到天下不及地的情况里，他紧紧执着息大娘的手，且不管在前面将遭遇到什么，这一刻却是美好的。

息大娘却望着纵控着这大纸鸢的那条白线。

线那么细，线那么白，以至在长空白云间，不细心几乎辨认不出来，所以连顾惜朝等人也忽略了这条线，未及将之斩断。

然而这条细线却牵制着他们两人的性命。

这是条什么线？

是谁在纵控着这条线？

息大娘很快的便有了答案。

纸鸢已斜飘下降。

放出这条线的人，显然已在收线。

是什么人有那么大的力量，用一条线，在千军万马中救出两个他要救的人？

纸鸢斜飞入树林。

息大娘认得出：那树林左边是肮脏的沼泽地带，右边是断崖，中间只有十余丈的一块干净地。

牵线人显然是选择了这块干净的地方——这人对碎云渊的地势如此熟稔，难道是毁诺城中的人？

不是。

毁诺城中还没有这样的高手。

线在一个人手上。

人在滑竿上。

滑竿在四个人的肩膀上。

另外两个人在纵控着纸鸢下的两条维持平衡的粗线，把他们自半空平稳地降落下来。

那竿上的人，神态威仪，神情威仪，连坐姿也十分威仪，尾指如拇指，都留有长长的指甲，正在把玩着一双鼻烟壶。

戚少商却没见过这个人。

息大娘一见那人身旁的六个人，脸色就倏然变了。

两人飘然落地，戚少商正想说话，却发现他握着的息大娘的手忽然变得冰凉。

他暗自吃了一惊，一字一句地道："刘独峰？"

那滑竿上的人道："是我。"

戚少商道："为什么要救我？"

刘独峰道："因为我要抓你。"

戚少商只觉一波未停一波又起，恶魔永无完结："你何不让他们杀了我？"

刘独峰摇首道："我只要活捉你，我不能眼睁睁看见黄金鳞和顾惜朝他们折磨你。"

息大娘忽然问："毁诺城可是你叫人攻破的！？"

刘独峰道："我这六位小兄弟，就有这本领。"

息大娘手中的绳镖呼地舞了一个圈，叱道："刘独峰，我与你仇不共戴天！"

刘独峰摇首道："息大娘，我也佩服你是位女中丈夫，我不想抓你，你去吧。"

息大娘气白了脸，道："你以为自己是什么东西！派几个人，毁了人家的城堡，可知道有多少人就这样给你毁掉！？你以为任由你要放的就放，要抓的就抓么！"

刘独峰摸摸胡子，道："那也是没办法的事。"他顿了一顿，长叹道，"戚少商，你也是聪明人，放弃作无谓的反抗吧，我应承你不为难息红泪便是。"

云大接道："对了，为了息大娘，你就投降吧。"

李二道："刘爷把你们救出来，他只要押你一人回京。"

蓝三道："回到京师，刘爷说不定能为你开解，洗脱罪名。"

周四道："你也别狗咬吕洞宾，不识好人心了，你们是逃不掉的。"

张五道："你也该想一想，与其落入顾惜朝、黄金鳞这等人手里，不如还是跟刘爷回去好多了。"

廖六道："戚寨主，请。"

这六人跟随刘独峰数十年，自然懂得该在什么时候说什么话，廖六最后那一句"请"，是要戚少商束手就擒的意思。

戚少商和息大娘深深地互望一眼。

两人都了然了对方的眼神。

戚少商眼里的意思是：希望他自己留下来而换得息大娘离去。

息大娘的眼神是：执意不肯，宁可共生同死。

戚少商了然。

他的眼神不再坚持。

息大娘的眼色又化作春水般柔和：仿佛跟爱郎在一起，纵死也心甜。

两人相望一眼，眼里的话语，两人都心知，胜过千言万语。

然后戚少商拱手道："请。"

他的"请"字，是"请动手吧"的意思。

六人转首望向刘独峰。

刘独峰长叹道："戚寨主，我这也是逼不得已，要是你能在我手下逃得三次，我便不抓你如何？"

戚少商肃容道："坦白说，能在刘捕神手下逃脱一次的，已属天下奇闻了。"

千穿万穿，马屁不穿，刘独峰也笑道："好，但愿你是例外，不过，我下手可不留情。"

云大道："爷，这儿地脏，不如就把这两人交给我们吧，爷就歇息歇息……"

刘独峰道："不。论奇门遁甲，五行机关，你们六人，当然难逢敌手；但要论武功，戚寨主和息城主都比你们高出许多，他们苦战在前，受伤在先，总不能让你们打输了之后，我才出手，这岂不是成了车轮战？……戚寨主，息大娘，你们已体力大损，功力大耗，两人一起上吧，不必客气。"

戚少商与息大娘再深深地对视一眼，戚少商拔剑道："那我们就得罪了。"

刘独峰舒然坐在滑竿上，脸带微笑，一点都不像准备格斗的样子。

戚少商本来单手提剑，剑尖平举及眉，双目凝视刘独峰，那逼人的眼神，连那六名锦衣人也为之慑住，各退了一步。

戚少商苦战数日，浴血负伤，体力耗损，而且打击接踵而来，还断一臂，居然仍有这样锐利的眼神，使得刘独峰也暗自赞一声：好！

戚少商蓄势待发。

却忽然收剑。

只听他道："刘捕神，你既不愿交手，何不放我们一条生路？"

刘独峰笑道："你可知道刚才一剑待发，又突然收剑，'水分'、'温溜'、右'肩髃'三处，曾有破绽？"

戚少商一听，蓦然一惊，他在收剑的刹那间，因一臂已断，动作时不免有些极小的破绽。然而那都只是刹那间的空隙，却没想到还是给看来漫不经心的刘独峰瞧破。

刘独峰抚髯道："如果，刚才我把握瞬息间的时机，去攻你的那三个穴位，你会怎样？"

戚少商额上渗出汗珠，缓缓抬起了剑尖，遥指刘独峰。

刘独峰倏然道："这才对了，不要看我毫不在意的样子，就轻敌或不忍心攻我，否则，后悔莫及的是你自己！"

戚少商大声地说："是！"

突然间，息大娘肩膀一动！

她缠在腕上的绳镖，闪电般射了出去！

不是射向刘独峰！

而是射向在替刘独峰抬滑竿的张五！

——射人先射马，擒贼先擒王！

绳镖飞射张五！

张五、蓝三、周四、廖六四人在抬着滑竿，云大和李二则在护法！

息大娘的绳镖一射出去，李二怪叫一声，抢身一拦，亮出一面银牌往绳镖截去！

却不料绳镖一闪，忽改变了方向，自李二胯下疾穿了过去，仍直射张五右膝！

云大大喝一声，从旁抢至，已抓住绳镖！

他空手抓住绳镖，却不料绳镖忽打几个旋转，绳子在他指掌间打了几个圈，飞镖仍径自射向张五！

这一连两次的拦阻，这绳镖竟似有生命的一般，乍生变化，但射向目标依然不改！

第三十三回

宝剑留情

在这电光火石之间，张五猛抬足，绳镖本来射向张五右膝，张五这一抬脚，绳镖必定落空！

但在突然之间，绳镖似有生命一般，突然变了方向，射向张五左腿，就像它本来就是一直往张五左脚射去一般！

就在这时，蓝三、周四、廖六同时放下肩上滑竿，分左右后三方兜截而上，蓝三出掌，周四出拳，廖六出脚，分别截击绳镖！

却不料绳镖陡然一震，嗖地改了方向，哧地射入张五已抬屈的右腿里！

张五闷哼一声，左脚踏地，脸色苍白，但滑竿三方失力，只由他一方独撑，他肩负滑竿，怎么都不肯松手。刘独峰这顶滑竿，特别宽敞舒适，由四人分四方才能平衡，张五一人独撑，自然吃力。

蓝三、周四、廖六互觑一眼，都现怒容，飞掠过去原来的方位上，向息大娘怒目而视。

云大和李二上前一步，向息大娘戟指怒道："你——！"

息红泪一击得手，脸色泛起了一阵苍白，由于她稚气的脸上，出现这一丝疲色，戚少商心里觉得一阵无由的疼惜。

刘独峰仍坐在滑竿上。

他一字一句地道："息大娘，你不该伤了张五。"

息红泪一绺发丝，晨光映照在颜面上："为什么不能伤他？你们抓我，我就伤人。"

刘独峰强忍怒气，道："我们是奉皇命来拿你们，奉国法来抓你们，你不束手就擒，还敢撒野？"

息红泪傲然道："我不管你奉的是什么命，遵的是什么法！我们江湖上的道义是：决不束手待毙，让你们抓回去受折磨，至多战死在这里。"

她又不屑地笑道："我也可以说我是奉天命行事，冠冕堂皇的理由，谁不会找？要说服人，就要有理。"

刘独峰涵养再好，也按捺不住了，长髯无风自动："你说我无理？"

息红泪含笑摇了摇头，望了戚少商一眼，悠然道："不是。"

她接下去说："我只是没有见过比你更自以为是，强词夺理的人而已！"

她望了戚少商一眼。

戚少商明白她的用意。

她的意思就是要激怒刘独峰。

刘独峰的武功太高不可测了，不激怒他，就不可能有机可乘，就算激怒了他，也不见得就有机可乘。

但至少不那么高深难测。

可是刘独峰脸肌抽搐一下，却笑了起来："息大娘，你自己砍腿上一刀，走吧，我不抓你。"

息大娘脸色突然变白。

然后她的话从慢到快，渐而如连珠炮般进口而出，清亮尖锐："刘独峰，你这个老匹夫，你以为你自己已经很公平了是不是？你要保持自己的风度而不动怒，自己却高高坐在别人的肩头上，来显示你的与众不同！你以为让我自刺一刀放我走便很宽容为怀了是不是？你知不知道我和他，活，要在一起，死，也要在一起，你要我一再负伤，再遇上黄金鳞那干混蛋岂不是死无葬身之地？你这个老王八！你处处为求保自己清誉，做的却是件恶事！你以为你是什么东西！？只不过是个狗杂种，大混球！王八，缩头乌龟狗官！"

刘独峰猛然飘起。

他的手已一探，已自廖六背上抽出一柄剑。

剑光湛蓝。

刘独峰终于动怒。

刘独峰终于出手。

息大娘的用意便是要逼到刘独峰离开滑竿，向她出手。

他一旦出手，必一定向她攻击。

只要刘独峰向她出手，戚少商便可以觑出他的剑路，从旁截击。

她坚信戚少商的聪颖和武功。

戚少商跟她初识的时候，曾跟她师兄万剑柔交手，从一招"问君何日所忆"中，揣摸到这一门武功的脉络，而施展凌厉的剑术，使得万剑柔的第二剑"问君何所愁"一直施展不开来。

戚少商的武功虽然不能算是息大娘平生所遇最高的，但他对武功的聪悟，是息大娘生平仅见。

她相信戚少商一定能及时找到破解之法。

刘独峰出手一剑。

息大娘右手短剑，左手绳镖，至少有九十六种招式，但一招也使不出来。

在这千钧一发生死之间，她竟使出了一招自己生平想都没有想过，但从所有武功招式与交手经验里所悟得的招式，在这刹那间用上。

她使了那一招后，退了五步。

刘独峰收剑，身子飘然回到滑竿上，剑又插回廖六背上的剑鞘之中，仿佛从未动过剑一般。

他一剑刺出，戚少商竟然来不及出手。

甚至还来不及看清楚。

刘独峰直如未曾出过手一般。

息大娘用自创招式架住这一剑，向戚少商展颜一笑，正想说话，突然脸色倏变，只觉一股莫匹的剑气涌来，把桩不住，连退五步，剑气已及胸前，但刘独峰仍在竿上，并没有动手。

"铮"的一声，戚少商出剑。

剑斩在空气之中。

原先潜发的剑气陡然切断。

息大娘脸色苍白，捂胸喘息，戚少商收剑横胸，朗声道："好一剑'先发为虚，后发杀人'，你出剑反而不是主力，收剑后的余势才是真正的剑气。"

刘独峰含笑道："不错，你能瞧破我的'后发剑'，已经不容易了。息大娘以急创招法破我一招，也了不起。如你们二人未曾受伤，联手起来，或可与我一战。"

他叹了一口气道："可惜你们已经受伤，受了重伤。"

戚少商冷冷地道："你这句话白说了。"

刘独峰道："哦？"

戚少商道："你若要顾得我们受伤，就不要来抓人，既要抓人，婆婆妈妈做什么？"

刘独峰道："说得好，我是不该猫哭老鼠假慈悲的。"伸手一探，铮地拔起张五背上一柄朱红色的剑。

戚少商、息大娘互觑一眼，抱剑而立，李二忍不住说了一声："爷，地上很脏，要小心。"

云大瞪了他一眼，说："爷自会小心，省得你来说！"

刘独峰的身形在滑竿上突然颤动起来，他的双袖，也像鼓满了风的帆布，这势必惊天动地的一击已矢在弦上，张满待发，滑竿之上，已发出一种隐隐的风雷之声。

突然间，两道身形，一左一右，飞掠而起，急袭刘独峰！

戚少商的剑，平平一剑刺出，但这一剑，是他毕身武学精华所集，他的剑才抬起，站在竿前的云大和李二都不由自主地，被一种不算刺目的锋芒迫得闭上了双眼。

他们一合眼，因十分关心战情，所以立即张开，张眼的时候，只见两道人影斜飞落地，地上洒落了几点滴血，就像梅花一般鲜艳夺目。

戚少商和息大娘落下，又互望一眼，她看见他的腰间冒起一股血渍，在迅速扩散，他看见她手上的绳镖，只剩下半截绳子，绳镖的利刃已不见。

然而抬竿的四人也察觉头上的风雷之声，渐渐隐去。

戚少商与息大娘在刘独峰的"风雷一剑"将发未发前，引发了它。

只听刘独峰叹道："束手就擒吧。"

戚少商大声道："决不！"

风雷之声又再响起，这次风劲势强，比上次更凌厉。

突然之间，息大娘平地翻起十七八个筋斗，她身形何等轻巧，这一连串十来个筋斗不过是一眨眼间的事，然后她春葱似的十指，已发了二十七道暗器，射向蓝三、周四、张五、廖六！

云大、李二大喝一声，正要拦阻，忽见寒光一闪，戚少商已然出剑。

云大、李二被凌厉的剑气逼得向后疾退！

猛然日光一黯，一人如大鹏一般，一剑往戚少商头上刺落！

戚少商早算到刘独峰会在此时出手，翻剑一架，两人在电光火石间，搏了七剑。

就在同时间，息大娘那二十七件暗器，骤然合为一件，飞射周四！

周四胆寒魄散，叫了一声，廖六急放下滑竿，两人四掌，全力往那一道合二十七件暗器的"暗器"击去！

息大娘身形疾闪，已欺近蓝三身前，双指直夺他双目！

蓝三猛一低头，息大娘一足飞蹴，鞋尖叮地冒出一截剑尖。

蓝三怪叫一声，身子猛地一缩，在这上下夹击当中，居然像一只泄了气的气球一般，嗖地自半空疾退！

这交手不过瞬眼工夫，廖六与周四应付暗器，蓝三被息红泪逼退，撑持滑竿的，只有张五一人。

这时"铮"的一响，戚少商的剑，已脱手飞出，刘独峰气势已尽，"呼"的一声，阳光一掩，已落回滑竿上来。

息大娘身形一闪，一剑向张五刺到。

张五本已受伤，独力维持滑竿，本已甚为艰辛，息大娘这下来袭，他实是无法应付的，但他硬拼着血溅当场也不肯放弃滑竿。

忽然阳光一黯。

息大娘的攻势完全变了。

她放弃了一切攻势。

她闪出了滑竿范围。

刘独峰才回到滑竿，马上发觉张五遇险，足尖微一借力，急沉下降，剑击息大娘！

然而息大娘已早先一步掠了出去！

刘独峰一击落空！

息大娘掠出的身形与戚少商掠出的身形交错而过！

息大娘的短剑已落到戚少商手上。

戚少商向刘独峰刺出一剑。

刘独峰一震，剑团大作，本可一剑把戚少商手臂斩断，但是刘独峰犹豫了一下。

就这么犹豫的刹那，戚少商的剑势已欺入中锋，刘独峰再也来不及砍下了这一条胳臂！

刘独峰回剑自保，"叮"的一响，戚少商的剑尖就刺在刘独峰的剑鞘上。

戚少商借剑尖之力一点，身形又弹飞出去！

刘独峰被这剑尖之力一压，啪啪二声，双足沾地，他本仍可来得及反攻戚少商，但他双脚才沾地，便怪叫一声。

因为地上十分之脏，一片湿漉，他这一双脚落地，用力稍猛，"啪"的一声，脏泥溅了上来，沾湿了他的下摆。刘独峰自十八岁以来，一直在宫廷里养尊处优，所踏之处，莫不是白玉瓷砖，洁净无瑕，锦绢绣褥，而今一脚踏在烂泥上，使他怪叫出声，身子猛往上拔，再回到滑竿上！

戚少商再闪出的时候，息大娘已逼退了云大和李二的攻击。

她用的是双脚鞋尖上的利刃，连环踢出，而她白玉般的皓腕，不时射出极之淬厉的暗器，李二和云大是招架不住的。

戚少商闪到她身旁，脚步一阵跟跄。

息大娘马上扶住了他。

任是谁跟刘独峰对剑，就算侥幸未败死，但心神体力之消耗，非同小可。

两人身形不过略略一顿，立即掠去。

这是他们生死存亡的关头，再也不容喘息偎依。

他们往沼泽的方向掠去。

这时，廖六、周四、蓝三已同时回到滑竿的岗位上，异口同声地叫："爷！"

刘独峰皱着眉头苦着脸看着自己衣摆上的泥渍，大喝一声，目光暴射，手中朱红剑破空射出，急追戚少商、息大娘！

戚少商和息大娘都听到激烈的剑气破空之声！

他们两个都没有回头。

因为这一剑的来势，是刘独峰盛怒之下出手的，他们根本招架不住。

只要他们停下来招架，便没有机会逃出去。

他们仍全力往前疾奔。

但他们的身形变了。

由于他们奔行速度奇快，以至身体几乎是与地平行的直射而出！

朱红的剑影一闪而没！

红剑击空，越过他们的身前，哧地插入土里，余力未消，剑柄兀自嗡动不已。

戚少商掠过的时候，手腕一翻，已拔起地上的剑。

他乍见剑上刻了两个篆字。

"留情。"

刘独峰大喝一声："追！"

戚少商与息大娘已掠入那一片沼泽地带。

云大和李二也跟了进去，追踪戚少商和息大娘的踪影。

蓝三、周四、张五和廖六却不敢进去。

他们不怕沼泽。

但刘独峰怕脏。

他们怕弄脏了刘独峰。

在沼泽边缘，刘独峰道："他们逃不了的，有云大、李二的追踪，他们总要自沼泽出来。他们逃得了一次，逃不了第二次。"

他这样说的时候，眼睛有深郁的郁色，并没有多少欣悦之意。

第三十四回

沼泽中的男女

在沉浮污浊的沼泽地带，戚少商与息大娘匿伏到天色全黯，然后戚少商轻轻地道："我们去吧。"

息大娘一直贴近他的身边，此刻忽然用手搭住他的手背，紧了一紧。

戚少商转头过去，但见息大娘藏在乌发里的侧脸，月亮映照在她尖巧的鼻梁上，十分柔和。

戚少商顿觉以前跟这眼前人儿的种种情分，幕幕涌上心头，心中无限感慨，只道："大娘，但愿人长久，千里共婵娟，如果这番得以不死，我宁愿息隐江湖，跟你长相厮守，那么多好！"

息大娘的睫毛在月色闪映下微微一颤，道："你说真的？"

戚少商认真地道："大娘，我从不骗你。"

息大娘忽嫣然一笑，道："这样好听的话，纵是骗我又何妨？"

戚少商急道："可是，我说的是真心话。"

息大娘道："就算是真的，可是你以前胸怀大志，没听入耳，始终入世营扰，而今你身负深仇，要你陪我逍遥过世，也决不会快快活活地过一辈子的。"

戚少商长叹道："也许上天给予我这些灾劫，反而教我看开了，勘破了，待教我出得去，活下来，还有什么争持个不休的。"

息大娘笑道："纵教你给看化了，咱们能不能逃得过刘独峰的手，还是个问题。"

戚少商沉重了起来："刘独峰的武功极高，我们决不是他的敌手。"

息大娘道："他最后飞剑本可取我们的命，但他志在生擒我们，不想杀人，所以才故意将剑投空。"

戚少商只觉浑身伤口一齐作痛，苦笑道："如果他要伤我，此刻我早已成了无臂人了。"

息大娘道："可是若为他所擒，迟早落到傅宗书那干狗官手里，那真比死还不如！"

她忽然用手搭在戚少商的手背上，道："你要答应我一件事。"

戚少商觉得一个这样绝世佳人为自己牺牲了那么大的幸福，心里一阵强烈的感动，忽然哽咽起来："大娘。"

息大娘把头依靠在他的右肩上，轻轻地揩拂，让戚少商感到一阵阵的温馨，真想一生一世就如此，那就是莫大的幸福了。

息大娘柔声道："假如我给他抓住了，答应我，把我杀了。"

戚少商听得一震。心中实在害怕息大娘萌了死志，一股热血上冲，觉得纵把自己剐上千万刀，也决不能教她再受伤害，当下便道："你一定要活下去，决不可以死。"

息大娘柔美的双眸坚定地望着他，道："要是我落在他们手上，决不如死了的好，我是个女子，你当然明白我的意思。"

戚少商道："好，假如你死了，我也决不苟活。"

息大娘叹道："你又何必如此，要是你一个逃，或许还可以逃得出去。"

戚少商立刻道："你伤得比我轻，我在这儿跟你断后，你必定能够活出去。"

息大娘道："你何苦如此。"

戚少商道："你也不必如此。"

他坚决地道："大娘，我们生一块儿生，死一道儿死。"

息大娘道："你的兄弟朋友，全教人害死，你活着还可以指望替他们报仇。"

戚少商长叹一口气，道："你也不是一样？毁诺城里的姐妹，全教我给连累了，你也一样要报仇。"

息大娘蹙着秀眉，沉思了好一会儿，道："所以我是没有办法说服你独个儿逃走了？"

戚少商道："可以。"

息大娘倒出乎意料。

戚少商接着道："你逃，我留在这里断后。"

息大娘道："可是，要是我们两人一齐逃，很难逃得过刘独峰的追捕。"

戚少商道："逃不过就逃不过，那又怎样？死在他手里，总比死在顾惜朝、黄金鳞那干人的手上的好！"

他握住息大娘的手，深刻地道："大娘，你别再劝我了，这个时候，我们是在一起的，不管生死，谁都不能把我们分开。"

两人静了下来。

息大娘偎依在戚少商的怀里。

他们处身在蕈气浓烈的沼泽地带，但星空明净，月华遍照，两人颜脸一片安详。

息大娘笑了："你知道吗？我饿了。"

他们在一起逃亡，身上的痛楚，危机的杀气，已使他们浑忘了饥饿，可是，他们现在依偎一起，那种生死相依的感情已融不尽，销不掉了，倒是没有了畏惧，反而轻松了起来，因而

298

感到饥饿。

戚少商笑道："我也是。"

息大娘道："可惜这儿是沼泽地区，没有什么野獐山猪之类，否则，真该吃一顿饱的。"

戚少商望望漆黑的周围，道："蛇吃不吃？蜈蚣吃不吃？要是你敢吃，倒不愁没有。"

息大娘白了他一眼："还有心情说笑，我都快饿死了。"

戚少商说："不说笑又怎样？对了，我们心怀大志冲出重围去吃东西！"

息大娘眼睛亮了，稚气地笑了起来："哈！"

戚少商站起来，拉着她的手道："怎样？来吧！"

息大娘却不起身，柔媚道："不，我们要在这儿，尽可能多待一些时间，让刘独峰在外面，急急也好。"

戚少商也眨眨眼，道："好，那我先去生一堆火，或许，还可以顺便烤熟两只飞蛾。"他笑着问息大娘，"飞蛾你吃不吃？"

息大娘闭着眼睛，呻吟地道："我吃人肉，你的肉。"

戚少商看见她娇俏和祥的脸庞和颔颈匀和的曲线，竟似痴了。

当戚少商望着息大娘的时候，有人同时在黑暗里注视他。

那是在远处。

一在浮沙里。

一在朽木中。

云大。

李二。

这两个本就是"五遁术"高手，他们在半途就盯上戚少商与息大娘，一直在找寻出手的机会。

"一定要把他们拿下，"这是李二的意见，"这两个家伙耗了我们很多时间，而且让爷弄污了衣服，实在可恶，必要时，杀掉也在所不惜，反正把他们押回京师，他们也决活不了。"

"只怕我们两人，未必是他们的对手。"这是云大的顾虑，"其实这两人并无大恶，现在把他们逼得走投无路，我们也身不由己。"

"我们出其不意，以五行术制住他们，谅他们也逃不了。"李二坚持行动。

"逼虎跳墙，是件险事，咱们还是谋而后动。"云大仍是犹豫。

忽然间，有人扯住了李二的后脚，同时一双手已搭住云大的膀子。

云大、李二大吃一惊，正要动手，才看清楚来人，原来是蓝三和周四。

云大喜道："你们也来了。"他虽高兴，但语气低得就似泥沼里冒了一个空气的泡。

周四板着脸孔，看看远处正在生火的戚少商："怎么，还没得手？"

李二冷冷地道："不是还没得手，而是还没有动手。"

周四道："为什么？"

李二道："老大思前想后的，尽是长他人志气，灭自己威风。"

云大分辩道："我想，爷没有下令我们动手，只要我们把人逼出沼泽来，这样贸然下重手，只怕不大妥当。"

周四拧头看着，戚少商已飞剑刺中一只夜宿于枝上的秃鸟，与息大娘正兴高采烈地，拔除鸟羽，准备大嚼一番。

"你看，他们哪里是准备要出去？"周四道，"我们可以耗，可是在外面的爷怎么办？你难道要劳动他老人家进来这脏地抓人么？"

云大垂下了头。

李二道："爷待我们恩重如山，纵是不敌，我们也得试试。"

周四道："怎会不敌，咱们四个人，还对付不了两个身负重伤的人吗！"

蓝三道："这两个可恶的人，伤了老五，我们也该为五弟报仇。"

李二道："说得是！"

蓝三道："要是老大顾虑太多，不如尽是坐着，我们动手好了，万一有个差池，你先回去报爷，这也是万全之策。"

云大听到热血沸腾，道："说什么万全之策，咱们一起动手，生死胜败，都在一起便是了！"

李二、蓝三齐声道："好！"

云大道："不过，我听说这两人也是江湖上的好汉和奇女子，我们能抓就抓，最好不要杀人。"

蓝三决然道："好。"

李二、周四交换了一个眼色。

戚少商和息大娘也交换了一个眼色。

他们的眼神却是温馨的、甜蜜的。

他们正在吃肉。

烤鸟肉。

月亮的清辉圈亮头上。

火光炽热地在脚边。

两人的脸色，也有清淡祥和，也有艳烈不安。

"好吃。"息大娘说，"原来沼泽中的鸟肉，这么好味道。"

"其实这种鸟是骨多肉少，皮太老，味道并不太好。"戚少商说。

"我知道了，你一定跟鸟争功，说是你烤得好吃。"息大娘在舐舐唇上的肉屑，笑嘻嘻地道，"其实只要人饿了，吃什么东西都好味道。"

"不是，我是说，你的香料和盐，调味得恰到好处。"戚少商悠然道，"我真服你，怎么在逃难还带着调味香料？"

息大娘笑道："逃难的人不用吃饭吗？"

戚少商马上摇头。

"相反的，逃亡的人，特别希望吃顿好饭。"息大娘道，"所以我们就应该准备点好味的东西来逃难。"

戚少商奇道："你是什么时候已有了准备的？"

息大娘道："我一知道连云寨被攻破的时候，香料都准备好了。"

戚少商忍不住感动，"喀"的一声，咬碎了鸟胁的骨头。息大娘一旦得知他连云寨覆没，即料定他会来毁诺城求助，明知毁诺城亦将受连累，定被攻破，但仍挺身相护，半生心血于是被毁，戚少商心中更是难过不安。

他这样惝然的时候，不觉把目光转移向火焰。

由于柴薪多是湿漉，而且柴枝不多，所以生起火来并不旺盛，只是幽幽蓝蓝的一团火，在沼泽之地更有一种英雄解马的古意。

然而，突然间，火焰大盛。

火势往息红泪掠去。

火焰里有人影。

戚少商大吃一惊，还未来得及叫出声，便已出剑。

但软泥里伸出一双手。

双手闪电般抓住了他双足足踝。

戚少商顾不得这许多，剑破空飞出。

火焰里的两人，本来一左一右，擢向息大娘，然而长剑划至，两人身形稍顿，去势稍挫，息大娘手中的烤肉飞出，右手一掣，一柄小剑，已刺入火焰之中。

火势大盛。

火光中的人影已奇迹般消失。

息大娘怕给火势灼及颜面，遮面急退！

她身形甫退，背后的那半株"朽木"，突然"动"了起来。

那原是周四的计策。

——只要先擒住息大娘，戚少商定必投降。

所以他们主力是先拿下息大娘。

息大娘一退，那棵"树"的双手便已箍住息大娘。

但息大娘的短剑也自肘下疾刺出去。

那人怪叫一声，松手，急退。

火光中的两人，便是周四和云大，见李二受伤，两人身法急闪，已抓住息大娘双肩。

息大娘的双脚，跃空双飞，分成一字，急踢而出，鞋尖上的利刃，已到了两人额角！

这时候，突然有一声大叫。

一个人破土而出，满身泥沼，口中喷出一大口鲜血！

原来蓝三紧扣戚少商双踝，戚少商情知已然受制，难以挣脱，手中长剑又已掷出，急中生智，不挣反沉，双脚直没入泥中。

蓝三正用力把戚少商拉住，以为他要往上力冲，不料对方借力踏下，蓝三双肩同时被踏中，格格两声，蓝三知道自己负伤非轻，怪叫一声，连忙松手，破土掠出！

戚少商虽然伤了蓝三，但半身也陷于泥沼之中。

这时息大娘那两脚踢出，明明踢到了两人的脸门，但突然间，脚上的力道击空，云大和周四的头，像凭空消失似的。

在这刹那间，双人四手，已扣住息大娘双腿，而两人的头，又神奇地在衣袪里"弹"了出来。

息大娘情知不妙，而李二也立刻急攻而至。

她以短剑急划，逼退李二要封她穴道的企图。

周四见她顽抗，知道时机稍纵即逝，叱道："杀了！"

李二的攻势更加猛烈起来！

就在这时，只听一声长啸！

李二知道戚少商已经赶到！

他向息大娘的攻势更加狠毒！

他知道自己若攻不下息大娘，制住息大娘双腿的两位兄弟处境必定危殆。

所以他忘了对方是个女子，只顾全力发动攻势！

第三十五回

逃亡中的男女

息大娘双腿被扣，要应付李二的攻势，是十分艰险的事。

李二进攻了三招，息大娘娇喘不已，脸都涨红了起来。

李二再攻了三招，息大娘仍然封锁得紧，剑意更加周密。

李二又攻三招，但息大娘已还击一剑。

李二立时发现，本来扣住息大娘双踝的周四与云大，都已倒在地上呻吟着。

接着他就中了戚少商一掌。

他飞了出去，好久才啪地倒在地上，泥花四溅，刚好他掉落的地方是浮松沼泥，他的身子不住往下沉。

他因恐惧而大叫，因为胸口中掌不轻，一时间血气翻涌，连平时的五行遁法也无法施展。

蓝三立即掠了过去救他。

戚少商一手搭住息大娘的肩，问："大娘，可有受伤？"

息大娘笑着抚发，另一只手搭在戚少商的臂上：那动作温柔关切，胜过万语千言。

周四与云大，捂胸倒在地上，互望了一眼。

周四眼神里的讯息是：不服，再战，斗志旺盛。

而云大的意思是：走！

周四一咬牙，翻滚过去，一手撷下了云大身后负着的一张七色的小弓。

云大脸色大变，叱道："你——"

周四已在怀中摸出一颗金丸，拉弦瞄准两人就射。

云大叫道："不可！"一手抓住周四的右肩。

周四没有理会他，这一弹已然射出。

刘独峰麾下有六名亲信，即：云大、李二、蓝三、周四、张五、廖六，这六人善于岐黄杂学，奇门遁甲，五行八卦，无一不精，但若论武功，则是平平。

刘独峰担心他们武功驳而不纯，易为一流高手所乘，所以传下六件极其厉害的法宝，给他们六人共有。

这六式法宝，合起来一共三件，必须要两件法宝配合，才能发挥它的威力。

这六人当中，云大敦厚稳重，李二刚烈好胜，蓝三重情机智，周四心狠手辣，张五忍辱负重，廖六淡泊功名。刘独峰为免这三件威力奇大的武器会出差错，所以分给这六人不同的配搭，以俾在性格上互相克制，真要在生死关头，方可动用这等犀利武器。

云大拥有的是"灭魔弹月弩"，周四拥有的是"一丸神泥"，两者合一，这一弹射出，可化为千万弹，中者无不成瘫痪。

李二有的是"后羿射阳箭"，廖六有的是"轩辕昊天镜"，两者配合运用，在烈阳之中，一箭必杀！

蓝三所分到的一柄"秋鱼刀"，张五所分配的是"春秋笔"，这一刀一笔，配合起来，据说可以破尽天下奇阵、兵器。

周四抄起"灭魔弹月弩"，把"一丸神泥"射了出去！

戚少商乍听云大的呵斥，已然惕觉，乍见一颗金丸，炫然中天，月黯星沉，化作漫天泥丸，直洒而落，天地之间，直似无所容身！

但只要给一丸打中，立即便要终身瘫痪！

戚少商在彷徨无计中，忽见息大娘用手一指。

天网恢恢，但天意不外人情，人情里总有隙缝可以走漏，那一线生机就像黎明时的一丝天光，戚少商与息大娘像惊弓中的一对比翼，疾掠而出！

而这千泥万丸唯一疏漏之处，便是发弹的地方。

戚少商与息红泪直掠向周四与云大。

周四那一弹发出，因为云大及时出手一搭，所以在发弹之际，震了一震。

这一震，使得灭魔弹月弩和一丸神泥的配搭有了疏缺。

这一线疏缺，戚少商与息大娘已乘机攻入。

周四为人十分剽悍，一见二人欺近，双肘一屈，拳往内伸，却分左右击出，角度完全不合常理，就像一个人的手臂，完全被人所折拗扭曲一般。

这是周四的"七屈拳"，是刘独峰亲传给他的绝招。

周四的"七屈拳"一出，但指间的"合谷"，掌沿的"中渚"，手臂的"曲池""温溜""支沟""外关"，肩膀上的"肩髃"一共七穴，同时一麻。

戚少商一指破空，连中七穴。

周四全身僵直，但脚下急退，息大娘即时追击一剑刺出！

云大一掌推开周四，叱道："退下！"铁尺架住息大娘一剑。

戚少商已反手夺下周四手上的灭魔弹月弩，弓弦反切云大。

云大武功反应，十分之快，铁尺一拧，挡开一弩，反手抓住七色弩，便要抢夺回来；要知道这是刘独峰传赠的至宝，云大是说什么也不容它落入别人手中的。

这一夺之下，自然夺不过来，但云大忽觉右胁一痛，息大娘的金剑，已全扎了进去。

云大怪叫一声，松了手，嘶声道："你，你……"

戚少商也吃一惊，道："大娘！"

息大娘因恨这些人穷追不舍，杀红了眼，叫道："快，把他们杀光，一个活口也不要留！"

周四闪身上来，一把抱住云大，眼见他活不了；只听云大在喉头里道出几个字："叫爷……爷替我……报仇！"就咽了气。

这时，蓝三也救起了李二，两人见至好兄弟云大之毙，又惊又怒，他们随刘独峰闯荡十数年，从来没有遇过这样子的事情，一时惊得呆住了。

息大娘叱了一句："杀！"一剑向周四刺去！

周四猛然放下云大，反身就逃。

周四一逃，蓝三和李二也急掠而去，三人走时，还留下悲愤的话语：

"戚少商、息大娘，你们杀了我们的老大，我们一定会报仇的，你们等着给我们碎尸万段吧！"

息大娘身形一动，便要追去，戚少商一把拉住她。

息大娘回头，只见戚少商向她摇头。

息大娘道："为什么不过去全把他们杀了？"

戚少商摇首道："不行，他们本不该死。"

息大娘看着剑尖上的血迹："但我已杀了一个。"

戚少商看着倒在地上的云大："这是刘独峰的爱将，他不会放过咱们的。"

息大娘冷笑，捋了捋头发："难道我放了他们，他们就会放过我们么？"

戚少商正色道："但杀了他们，无疑等于与刘独峰结下深仇。"

息大娘道："结仇又怎样？谁教他逼人入绝路。"

戚少商叹了一声，道："大娘，刘独峰是个很可怕的人物，我说他可怕，不是他武功高而已，而是他在朝野间，都有一定的名声和影响力；他抓我们，并没有尽力，如果他要尽力捉拿我们，想要逃生，是很渺茫的事。"

息大娘静了片刻，垂剑道："我是不是杀错了？"

戚少商道："看来这是他们六人的'老大'，对我们似最心存善意，罪不至死。"

息大娘幽幽地道："我因恨他们攻破毁诺城，以致一众姐妹受累，一时恨意难平，出手便不留余地。"

戚少商道："杀都已经杀了，那也不管那么多了！"

息大娘道："那么我们该怎么办？"

戚少商觉得这巾帼尤胜男儿气概的息大娘，忽然彷徨迷惑了起来，心中很有疼惜的感觉："我们得冲出去。"

息大娘一愕，道："不多耽片刻？"

戚少商道："不能再耽搁了，刘独峰他们必定会闯进来的。"

息大娘道："可是，刘独峰不是怕脏的吗？"

戚少商道："那只是他的洁癖，现在死的是他心爱的部下，他一定会不顾一切的。"

息大娘忽然变色道："有人来了。"

戚少商静息一下，即道："北边。"

息大娘疾道："咱们自南面退。"

戚少商道："不行，北边来的人，武功低微，脚步可闻，南面来的人才是真正的刘独峰。"

息大娘道："咱们自西面退出去。"

戚少商拉住息大娘，疾道："咱们往东面走！"

息大娘讶然道："东面，东面还是回到沼泽地带——"戚少商已拉住息大娘掠了开去，一面道："越过沼泽地带，便是往回走的路，咱们只有往回走，才能脱险！"

息大娘一面疾驰一面道："要是刘独峰还是追来怎么办？"

戚少商道："他见着部下的尸首，难免会停留一阵子，而且他怕脏，追我们不致太快！"

息大娘心忖：真的要行军打仗，运筹帷幄，看来自己还是远不如戚少商。忽听林子里一个强抑悲愤的声音，滚滚地传了开来，寒鸦震起，呱呱乱叫：

"戚少商、息大娘，你们杀了云大。天涯海角，我都会逮你们回案！"

声音恍惚就响在耳边。戚少商与息大娘行驰二十余里，声音犹在耳畔，嗡嗡不绝。

戚少商与息大娘的逃亡，在黑暗里乱冲乱闯，只要能逃，还有一口气，他们就逃！

逃，是为了活命。

活命，是为了报仇。

他们的逃亡不畏荆棘，不怕摔跌，只有一个原则：

往最脏的地方逃去。

愈是往肮脏的地方，追兵就会愈顾忌；有了顾忌，行动就难免会慢上一些！

所以他们在泥沼中、脏水中、脏臭得像炼狱里众魅呕吐的秽渣中翻滚疾行；他们在出了沼泽地之后，往一个方向全力奔驰：

——西北方！

那是息大娘的意见。

戚少商想问："为什么？"可是他没有问。因为他知道息大娘能在这危急关头提出来并坚持的意见，那么一定是可贵而且重大的。

他全力往西北面疾行。

此刻的戚少商与息大娘已是强弩之末，是一股彼此在一起希望对方也能活下去的意志，使他们忘了伤，忘了痛，继续为生命夺路而去。

终于他们来到了陶陶镇。

陶陶镇不是茶楼。

陶陶镇也不是桃花源一般的地方。

陶陶镇是村。

完完全全一个乡下的村落。

陶陶镇本来只是这么一块地方，没有名字，只有山川、田泽、林木和土地，后来一个姓陶的人来这里落定以后，一切都变了样。

这人姓陶，名清，他是个能干的造陶人，因为发现这儿的黏土很适合制陶，所以联合他的弟子、奴仆和工人，全到这儿来制陶。

陶清搬来之后，这儿就不再有鸟鸣花香，河水潺潺，这儿的河流变得一片污浊，而烧窑的火光常盛，冒出浓烟，工人在烈日下挥汗。

人类永远是大自然里最具破坏性的动物。

陶清制陶，他跟一般人一样，很喜欢在自己所居之处起名字，于是就起了陶陶镇这名字，也陶然于这一种占有感里。

不过后来"闻风而至"的人愈来愈多，这儿的土好制上陶，人人都蜂拥到这儿来了，很快的，这儿的陶竞争强，而陶土也快被"掏清"了。

陶清很有办法，他发现这地方的另一块很适合种田务农。

于是他开始养家畜。

鸡、鸭、鹅、鱼、狗、猫、猪、牛、羊……一切凡是能养的，他都养。

养了的结果，他都能赚。

能赚的结果，是人人都弃陶而务农，畜牧。

陶器的行业已达饱和，京城里精致陶具的垄断，使得陶陶镇的人更加倾向于畜、农方面发展。

于是，陶陶镇更脏了。

本来制造陶具的地方，有不少处已被废置不用，破窑、碎陶、残砖、乱石跟水畦、杂草混在一起，现在用来作粪池、便塘，以供作淋菜浇蔬的肥料，加上所畜养的家禽走兽的粪便与秽物，陶陶镇更加脏得不像话。

如果谁在陶陶镇的"要紧地方"深吸一口气，那么，它的代价很可能是要掩鼻疾走三十里，才敢再吸第二口"新鲜空气"！

这一切，陶陶镇的人都习以为常。

久居鲍鱼之肆，不闻其臭，人在秽恶污浊的环境之中，都是这样。

戚少商与息大娘逃到这儿来的用意，也是这样。

他们的神情和气态，以及他们身上的伤和原来的俊朗及秀美，委实太过夺目，所以陶陶镇的人，全部停下了工作，在看这一对负伤的男女，走入他们的镇来。

那些鸡鸭牛羊猫，也都不叫了，有一两只好奇的狗过来嗅嗅他们，也许是闻到血腥味，甩甩生虱的头皮，垂着被砍断的尾巴，胡"汪"一声走了。

息大娘忽然走过去。

走到一家门前用陶煲砌成的墙上，一肘撞去，"砰"的一声，一口陶煲被打得稀巴烂。

然后她用其中一块陶片，在最近的一棵树干上，画下了一个字。

"水。"

那树胶流出白色的胶状汁液，息大娘写完了字，在树干上踢上三脚，便站在一旁，仿佛刚才那些匪夷所思的傻事，全不是她干的一般。

但是她在做完那些事的时候，那些村民乡众，包括戚少商在内，全都看直了眼。

——她在干什么？

第三十六回

绝境中的男女

息大娘撞碎了陶瓷，使这用陶片架成的屋子有了破洞。

破洞里透入了阳光。

隐隐望去，有三个脸目黝黑的乡下人，正在制陶。

这三个人，是在这陶陶镇里唯有剩下仍坚持制陶的三人。

这三个年轻人，一向沉默寡言，专心制陶，与世无争；而今陶墙突然给人撞破了一个大洞，这三个人，停下了手，互望了一眼，其中的一个年轻人，大步行出来。

这时息大娘刚在树皮上刻了字。

这年轻人戴着深垂的竹笠，在屋里仍戴笠帽的人本就不多，在全镇村民改为种田养猪时，这三人仍旧制陶，本就不合时宜。

息大娘写完了就回身。

年轻人等她完全转过了身子，才问：“你打烂我的屋子？”

息大娘说：“是。”

青年的深笠点了点：“赔钱。”

息大娘道：“赔多少？”

青年伸手道：“两文钱。”

息大娘微微一怔，戚少商等却觉得这价钱太过微薄，不知怎的息大娘却似不愿赔。

忽听一个声音道："价钱不对。"

息大娘眼中闪过一丝喜色："你要多少？"

只见众人让出一条路来，迎面来了一个中年人，白眉无须，脸红如赤，像一个沉实的长者，又似一名童叟无欺的殷实商人。便是当年独力开发陶陶镇的陶清。

陶清道："三十两。"

众皆哗然，就算那陶具是古董，三十两也未免太贵。息大娘居然毫不考虑甚至迫不及待地拿出三十两的银票，交给那年轻人。

那年轻人无缘无故得了这笔银子，高兴得虽然戴着深笠也可以想象到他的动容。

陶清微微一笑，拾起地上一块陶片，在树干上的"水"字下，写了三个字。

"往高流。"

四个字合起来，变成了"水往高流"。

俗语谓："人望高处，水往低流"，这"水往高流"可以说是不通欠妥的。

息大娘却喜道："果然是你。"

陶清道："是我。"伸手一引道："请。"息大娘当先行去，戚少商虽如在五里雾中，但他对息大娘决无疑虑，也洒然行去。

陶清一面走着，走到一处，稍微一顿，一个蹲在街边跟小儿洗澡的男子，即站立跟上；去到一个转角，一个屠猪的汉子，马上紧蹑而上。如此一处接一处，跟着走的人，已有十七八人。

陶清这时候的神情，再也不像是一个镇长商贾，看去只像一名威仪服众的武林大豪。

他们所走之地，愈来愈脏。

走到一处，是废弃陶窑，而今用来作猪栏牛场，也养了不少鸡鸭鹅鸽，见人一来，猪叫牛嗥，鸡鸭拍动翅膀，众人的鞋子都又脏又湿。

陶清突然停了下来。

他一转身，双目神光暴长，盯在戚少商身上，一字一句地道："好潇洒！"

戚少商微微笑道："你是说在下这一身的伤？"

陶清道："我是说你这一身伤的情况下，神情还能这般洒脱，了不起。"

陶清一直没有正式看过戚少商一眼。他在开步行走的时候，也一直没有回头。可是他就像背后长了眼睛似的，已留意到戚少商一举一动。

息大娘忽然对陶清这人很感激。戚少商在劫难之中，再坚强的人，在孤立无援中，都需要鼓励。

她道："你便是陶清？"

陶清傲然道："这方圆数百里，就我一个姓陶名清。"他这样说的意思，几乎是指"陶清"这个平凡的名字，一旦他用上了，就没有人胆敢再用。

息大娘抿嘴笑道："我还知道你以前不叫陶清，叫马光明，你用马光明这名字的时候，江湖上，武林中，一样没人敢再用。"

马光明是个更平凡的名字。只要在北京城大叫一声，"马光明"，至少会有七八个人相应。不过这人在武林中出现之后，江湖上就只剩下一个"行不改姓，坐不改名"的马光明了。别人就算叫"马光明"，也都不敢再用，纷纷改了别的名字。

陶清点点头，道："难得你还能知道老夫的外号。"

息大娘嫣然道："光明磊落马大人，名动京师，十七年前，由武林人物起家，得以封将加爵，军中官场，黑白二道，无不景仰，小女子再孤陋寡闻，也当如雷贯耳。"

戚少商肃然道："原来是三尸九命马大人。"

陶清横了戚少商一眼，道："你也听说过老夫的名号？"

戚少商道："苏州苏家九兄弟，栽赃诬陷梅大善人密谋造反，把他们一门五父子全在牢里迫死，再强占梅家田宅、梅家媳妇，当时，此案无人敢理，你看不过眼，一夜杀了苏家九兄弟。"戚少商目中发出神采，"苏家九兄弟精于'九子连环阵'，武功暗器，尽得'穷刀恶剑'苏送爽的真传，但你在家中设宴，拔刀越院而去，回来的时候，菜还没有冷却。"

息大娘道："那实在是很快意恩仇的事。"

陶清也有点为当年豪勇神驰气扬，重复了一句："的确是很快意恩仇的事。"他接下去道，"不过，你可知道为何三尸九命？"

息大娘道："因为苏家九个兄弟，有三个是通缉犯，另六个都当官，所以谁也不敢去招惹他们。你杀了三个当贼的，其余六名狗官，尸首不见，想必是给你杀了，留尸则恐招惹麻烦，便都抛到河里喂王八了。"

陶清沉声道："喂王八倒没有，用化尸水全化成一摊黄水，更省事得多。"他冷笑道，"可是苏氏九兄弟之死，谁都猜得到是我干的。不错，也的确是我干的。我便是因此而入了狱。"

息大娘道："苏送爽在朝廷的力量还是不可忽视的。"

陶清道："我的确低估了他，我以为他会按照武林规矩，直接向我寻仇的，我就一直等着他来。"

息大娘道："苏送爽却借着黄金鳞的力量，告了你一状，你被判个谋反罪名，要不是当年你在武林中闯荡时的两位结义兄弟，冒死救你出来，只怕——"

陶清一字一句地道："所以高鸡血、韦鸭毛对我有再造之恩！"他双目神光暴射，"我举家避难至此，易名陶清，但只要老人家和韦二哥有令，我一定义不容辞。"

他盯住戚少商、息大娘道："他们正是要我帮助你们！"

息大娘道："我也要找你们帮助。"

"我们不需要帮助。"戚少商忽扬声道，"大娘，时候不早了，我们叨扰多时，也该起程了。"

陶清瞪着他道："你知道你在说什么？"

戚少商道："我在向你告辞。"

陶清冷笑道："你能到哪里去？"

戚少商说道："天下之大，何处不能往？"

陶清道："现在你们已是天下虽大，无可容身。"他一字一句地道，"我们不帮助你，天下便没有人能帮得了你。"

戚少商欠身道："阁下盛情，在下心领。天下无处容身，我便不求存，又何足惧？我不需要人帮助我。"

陶清狠狠地盯住他，道："有志气！但息大娘呢？你去送死，就不顾她了？"

戚少商向息大娘道："大娘，你留在这里，他们主要是缉拿我……"

息大娘打断他的话："你忘了我们的约定吗？生，一起生，死，一起死。"

戚少商垂下了头。

息大娘向陶清温声道："我明白他的意思。此时此境，并非我们要逞强，不求人助，而是他见你避祸至此，建立家园，不想再连累你。"

陶清道："没有老人家、韦二哥，就没有马光明或陶清，所以他们的事，就是我的事。我不是要帮你们，而是要帮他们，这你满意了吧？"他特别尊敬高鸡血，故称之为"老人家"。

戚少商苦笑道："可是，这样一来，你欠他们的情，我却欠你的义。"

息大娘忽道："高鸡血却欠了我的情。"

陶清豪笑道："在江湖上，莫不是你欠我的情，我欠你的情，这般欠情还情活下去的。"

戚少商道："说得也是。"

陶清大力拍拍戚少商那没有受伤的肩膀，道："我们先来研究一下，如何对付眼前大敌吧！"

戚少商问："你知道追缉我们的人是谁？"

陶清一怔："当然不知道，我只接到老人家的命令，一旦等到碎陶瓷在树干上划字的人出现后，马上带他们到最脏的地方去，掩护他们逃亡……我虽然不明白，但能把戚大寨主和息城主也迫得走投无路的人，想必决不简单。"

戚少商叹了一口气，道："何止不简单，他是……"

忽然一个村民飞掠而至，看他这一身轻功，在江湖上也必然已博得名头，只听他急促地道："三爷，有两个陌生人，抬着一顶滑竿，到了镇口。"

陶清简短地下令："用一切方法，拖住他；要是拖不住，便截住他。"

那人更简短地应了一声："是！"立即反身奔去。

陶清继续问戚少商："究竟是谁？"

忽听一人道："是我。"

陶清望去，众人也随声望去，不知何时，在众人背后已来了一顶轿子，轿子垂帘深重，倒不奇怪，奇怪的是这顶轿子，只有三个人抬。

前面两人，后面一人。

陶清神色不变，说道："你不是在镇口？"

轿中人道："镇口只是故布疑阵。"

陶清道："你要捉拿这两人？"

轿中人道："你可知道我为何只有三人抬轿？"

息大娘忽然说了一句："因为第四名抬轿人给我杀了。"

轿中人"哦"了一声，道："你在维护戚少商。"

息大娘道："确是我杀的。"

陶清哂然道："抬轿人我可赠你十个八个。"

轿中人道："他为我抬了十年八年的轿子，这次他死了，我也得为他抬抬棺材。"

陶清道："这位轿里的朋友，何不站出来说话，给大家亮亮字号？"

轿中人笑道："我从来不把双脚踏在这种地方的，我是谁，你还不清楚吗？"

陶清突然脸色大变，颤声道："你……是你！"

轿中人道："便是我，十三年前，我亲手抓你入牢。"

陶清惊魂未定，似要全力集中精神，但又被恐惧打碎了他的意志一般。

戚少商朗声道："这儿的事，跟陶陶镇的人全无瓜葛，我只是路经此地，今儿跟这位刘大人有私事了断，你们请吧。"

陶清涨红了脸，粗声道："不！"

他大声道："你不能走！"说着大力挥了两下拳头。

那一群跟着他的人，全自衣服里拔出了兵刃。

戚少商道："这事跟你无关！"

陶清反问："谁说无关！"

他吼道："我要替刘大人逮你归案！"话一说完，手中突然抄起一柄大铁钟，旋砸向戚少商的脑袋！

戚少商猝然遇袭，吃了一惊，但他反应奇速，猛一矮身，避开一击。

陶清一招击空，突然整个身躯像一尾跃出水面的鱼一般，弹转之间，掠空而过，铁钟直往轿子横扫过去！

在这同时，那十七八名跟在陶清身边的人，兵器都往那在前面抬轿的两人刺去！

这下变起遽然，敢情陶清挥划的两记拳风，便是"发动"的暗号。

轿子碎了。

铁钟威力可怖。

人在轿毁前的一刹，已经"飘"了出来。

人到了轿后。

轿后是廖六独撑。

刘独峰足尖在廖六肩膀上轻轻一点，已拔出了他背负的那柄湛蓝色的古剑。

陶清迫到轿后的时候，他已"闪"到了轿前。

陶清再挺着大铁钟赶到轿前的时候，在轿前发动攻击的十七名汉子，全被点倒，就倒在烂泥碎陶上，呻吟挣扎。

要用剑伤人不难，但要用剑锋制人而不伤人，就极不易。

何况是十七八人。

而这十七八人却是陶清一手调训的子弟！

"三尸九命"马光明当日统领黑箭骑兵，名动朝野，现在他虽然变成了小镇长陶清，但他一直自信他这些弟子，足可以抵挡得住一支军队。

然而这支"军队"在刘独峰手下，却不堪一击。

这时，戚少商和息大娘已不见。

早在攻击甫发动之际，他已留下两名亲信，带走戚少商和息大娘。

刘独峰正站在蓝三和周四的房膊上，横剑看着他，神态十分倨傲。

他只说了一句："我这次的任务，不是来捉拿你，你滚吧！"

陶清大吼一声，挥钟猛砸！

他已拼出了性子！

高鸡血、韦鸭毛所托重任，他决不能负！

就算不敌，也要一拼！

他挥钟而上，蓝光一闪。

他只觉手中一轻。

铁钟只剩下了锥柄。

钟头已被削去。

陶清呆立当堂。

他已明白，这不是敌与不敌的问题，而是自己在刘独峰面前，跟十三年前一样，不堪一击。

刘独峰把剑一抛，直插回廖六背后的剑鞘里。

刘独峰看着被砸碎的轿子，拍拍张五和廖六，道："只好……"

廖六和张五会意。

多少年来的服侍，已使他们完全明了主人的个性和意思。

——戚少商和息大娘是志在必得的！

轿子既然烂碎了，地方又脏得不像话，要追那两个逃犯，便由他们背负着刘独峰去追。

——无论如何，不能放弃追拿息大娘和戚少商！

因为主人有洁癖，张五等人也养成好干净的习性，进入这污槽龌龊之地，他们内心也极不愿意，但主子尚且不避恶臭，旨在捉人，他们自然也没二话说。

张五、廖六，各扛刘独峰一腿，发足便奔，蓝三也紧蹑而上。

他们都矢志为云大报仇。

猪栏旁，只剩下兀自呆立的陶清，怔怔地望着手中半截铁钟。

第三十七回

深笠遮脸的汉子

陶清乍然出手，戚少商和息大娘想出手相助，便有两人上来拉住他们就走。

一个说："你们快走，敌人的目标是你们两人。"

一个道："你们走了，陶爷便能应付这里的局面。"

戚少商和息大娘知道两人说得有理。

他们往烂地直闯，身上沾了不少泥泞、污物，但只一味夺路而逃，一路上，加入了四五人接应。

戚少商一面逃，心中一面感慨：他日如能得志复仇，这些在患难中冒死相救的朋友，一定要报答他们。

天色愈来愈是暗沉，阳光已躲在云层里。

转到了一处，是一个粪池和宰猪牛场，突然间，走在前面的两人，仆倒了下去。

戚少商一看，驻足，那两名陶陶镇上的汉子，已中了暗器，眼看不活了。

屠宰场内，跃出两人，只听一人喝道："姓戚的、姓息的，你们逃不了啦！"正是李二和周四。

戚少商怒道："你们要拿的是我，怎么伤害无辜！"

周四道："他们助纣为虐，为虎作伥，本就该死！"

息大娘忽然笑道："很好，我杀了你们的老大，也不在乎多杀两个！"话未说完，人已如矢般射了出去，与李二、周四交起手来。

这时，池塘畔闪出十一二人，挥刀向李二、周四攻来。

李二独力应付这群人的攻击，周四则与息大娘苦战。

戚少商一步逼近周四，叱道："滚开！"一掌劈去，周四生性强悍，刀势一划，向戚少商的五指削去，戚少商痛失一臂，见对方来招如此歹毒，踹起一脚，踢飞了周四手中的刀。

周四大吼一声，和身向戚少商扑来。

突然之间，三道白光，一齐没入周四的背脊、腰胁与小腹中。

这时，只听一声怒啸。

怒啸发自刘独峰。

张五和廖六正背着刘独峰赶到。

周四全身扭曲，哀嘶了半声，叭地倒在泥地上，断了气。

戚少商心中一寒，只见刘独峰的双眼发出一种极为愤然的厉芒，衣袂无风自动。

——云大和周四的死，都是自己直接或间接所致，这个梁子，可结深了。

那三道白光，嗖地又分三个方向，自周四体内收回。

回到三个人手里。

三人深笠遮脸，但虎背熊腰，看得出来是精悍汉子。

那三点"白光"，被三条几近无形的银丝索系着，击中周四之后，又落回三条汉子的手中。

那三个深笠遮脸的人，自然就是原来在镇口向息大娘讨赔款的那三名制陶汉。

刘独峰长吸一口气，似要把怒火压制下来，只听廖六悲声道："爷，他们杀了四哥——"

蓝三更不打话，像怒虎一般冲去。

刘独峰叱道："不得妄动！"

蓝三陡然停住。

息大娘与李二也住了手。

刘独峰涩声道："好，赫连公子的人也来了，钓诗、钩月、金风，你们又何必遮遮掩掩？"

三条汉子，一齐反手打掉自己头上的深笠，露出三张精悍、坚忍、硬朗的脸孔来。

第一人抱拳道："在下张钓诗。"

第二人拱手道："在下沈钩月。"

第三人一揖道："在下孟金风。"

这三个铁打般的汉子，却有甚为风雅的名字。

只听张钓诗道："'花间三杰'，拜见刘大人。"

沈钩月道："杀刘大人手下的，是我们三兄弟，拜见刘捕神的，也是我们三人。"

孟金风总结道："所以，我们所作所为，都跟赫连公子无关。"

刘独峰是老江湖，当然明白他们三人的意思。

赫连春水是小侯爷，有一定的权势名位，"花间三杰"出手救助戚少商与息大娘，肯定是赫连春水指使，但三人把赫连春水的名义扯开，用意至昭，不想他们的主子跟自己在朝廷上有正面的冲突。

也就是说，这三人是要照武林规矩行事，也并非依国家规法而为。

刘独峰虽然养尊处优，但也历过大风大浪，近年来，在傅承相与诸葛先生之间周旋，更加如履薄冰，追捕戚少商一事，如果要不是圣上下旨，他本身也想借此追查挚友李玄衣的死因，便决不会接下这桩棘手的案子。

"花间三杰"的意思他当然清楚。

他也不想多树强仇。

所以他点头道："好，这是我和你们三人之间的恩怨，你们杀了周四，理应偿命。"

息大娘忽道："你的手下一出手就杀了两个乡民，这又算什么？难道那就不是人命吗？"

李二气呼呼地道："他们助朝廷钦犯逃亡，本就该杀。"

息大娘冷笑道："哦，难怪了，你们高兴杀人就杀人，我看跟强盗也没什么分别。"

李二怒叱："你——"

刘独峰沉声道："李二，刚才用'一丸神泥'杀死这两人，你有没有出手？"

李二伸手一翻，亮出一簇金色箭头，嗫嚅地道："属下是有意出手，但还没有下手——"

沈钧月道："他说的倒是实话。"

张钓诗道："他是还没有出手。"

孟金风道："出手的人已经死了。"

刘独峰道："好，既然如此，周四贸然杀了两人，他被你们所杀，但他是执行公事，逮捕钦犯，这两人是助要犯逃亡，罪有应得，算是扯平——"

李二不服，抗声道："爷——"

刘独峰不理睬他："我不追究这件事。"

花间三杰脸上全现出了喜容，毕竟对付刘独峰这等大敌，能免则免，最好不过。

刘独峰又道："这是按照江湖规矩办事。不过，这姓戚和姓息的两人杀了我一名部下，我要拿他们二人归案，你们也不许插手！"

花间三杰俱是一怔。

姜是老的辣。

他们奉赫连公子之命而来，目的只有一个，便是保护息大娘与戚少商，决不能让人伤他们分毫。他们便是为了要速战速决，以便护走戚、息二人，所以一上便下重手，杀了周四，刘独峰要他们不管此事，花间三杰是决计办不到的。

孟金风忽道："刘大人，听说你有位公子，叫刘耿，很有才干，而今在赫连公子的部属任官，颇有建树，公子很想禀奏圣上，册封他的官位，不知刘大人有什么意见。"

刘独峰淡淡地道："我没有意见，耿儿做得好，自然应该推荐，他要是干得不好，丢官也是应当，我素不大喜犬子仗赖他人的情面而升官发财。"

张钓诗把大拇指一伸，道："好！刘捕神果然公是公，私是私，公私分明！不过，刘捕神一直想收集的先帝的靪纩及汉文史的簪白笔，公子早为捕神悉心遍觅，并有相赠捕神之意……"

刘独峰打断道："我虽喜好古玩名器，但此际是抓人就法，这些雅兴，待返京城再谈。玩物丧志，余不为也。"

沈钩月上前一步，道："刘大人，记得水月楼的绝代佳人梦梦姑娘么？"

刘独峰德高望重，但在京城空暇之余，也附庸风雅，到处留情，他在京城看上一位名女子，色艺双全，名为梦梦，刘独峰对她倒是痴情一片，但梦梦姑娘始终守身如玉，对这位名动朝野的老捕头，倒不怎么看得上眼。

刘独峰神色不变道："怎么？"

沈钩月启齿笑道："公子一直想成全这桩人间美事，不知刘大人可有没有意思？"

刘独峰忽道："你的牙齿很白。"

沈钩月倒没料有这一句，怔了一怔，刘独峰这才悠悠地道："要真是人间美事，就不必要人撮合，早就水到渠成，风吹花开了。公子的美意，代我谢了吧。"

然后他一字一句地道："我要捉拿这两人，除此无他，谁也不能来干涉插手。"

钩诗、钩月、金风三人互望一眼，道："要是有人硬要插手呢？"

刘独峰决然道："既然这儿都是江湖人，这是江湖事，我便入乡随俗，用江湖上的方法来处理，谁强谁做主，有人插手，杀了便是。"

隐隐雷鸣，天色愈来愈阴暗。

"花间三杰"都长叹了一口气。

张钩诗道："刘大人，其实，谁也不想与你为敌。"

刘独峰平静地道："我知道。"

孟金风道："要与你为敌，胜算太少了。"

刘独峰高高在上，傲然道："当然。"

沈钩月叹道："可惜我们别无选择。"

话一说完，在背后的蓝三发出一声惊呼。

刘独峰猛回首，便看见了陶清的钢刀已抵住了蓝三的背心。陶陶镇本就有很多捷径暗道，而陶清是对陶陶镇最熟悉的人。

就在刘独峰回头的刹那，"花间三杰"也同时发动了攻击。

他们三个人一齐扬手，就奇迹般地凭空诞生了三朵花。

白花。

花开美艳。

在炫人的灿丽中，却是惊人的杀机！

两朵白花，分别攻向张五和廖六，一朵"开"向刘独峰。

他们认准：要对付刘独峰，唯一的办法是先击倒扛着他的两人，剪除他的手下，让他在极端不利的环境下孤军作战。

人岂非亦往往如此：支撑自己的基础一倒，再厉害的人也厉害不到哪里去。

对敌决不能仁慈。

对敌人太仁慈，往往就等于对自己残酷。

刘独峰脸向后转，但双手一沉，已交叉拔起张五和廖六背上的双剑。

这一白一黑的剑光疾沉挑起，两朵"白花"被反挑回射，疾向沈钩月、张钧诗罩去！

然后他才以一个急促的大仰身，双剑一交，"叮"的一响，双剑交叉夹住一枚"白花"。

那是一柄花瓣型的刀。

刀柄有细链。

链在孟金风的手里。

刘独峰双剑一剪，链丝居然未断。

孟金风双手一拧，借力一扯，人如夜隼，急纵而上！

他飞越过刘独峰的头顶，细链已反缠住他的脖子。

同时间，张钧诗和沈钩月已卸开"花刀"，一左一右，飞纵而上，人在半空，飞刀破空，射向刘独峰！

这电光火石间，张五和廖六手里忽然各擎出一柄匕首，直刺孟金风腹间！

　　孟金风虽然可以以银链缠住刘独峰，但却势必被张五和廖六二人开了膛！

　　忽然，铮铮二响，张五和廖六手里的匕首被打落。

　　震落张五和廖六双匕的正是刘独峰的黑白双剑。

　　他不能让孟金风死！

　　就在他垂剑击落张、廖二人双匕，他的脖肩已被银链缠住，同一刹那间，张钧诗、沈钧月的双刀已然射到！

　　更可怕的是，陶清已疾射封了蓝三的穴道，挥舞钢刀，疾掠而至，一刀就向刘独峰的背后劈去。

　　他半空飞掠的身子沾了不少雨珠。

　　雨已密集地落下。

　　他这刀是全力施为。

　　他们决意不能让刘独峰活着。

　　只要刘独峰能够作出反击，他们知道谁都没有机会活着回去。

　　江湖上的规矩本来就是：不是你死，就是我亡。

　　——你死总比我亡的好！

　　这时分，刘独峰身上已被银丝链所缠。

　　他的双剑正往下击，击飞了他两名部下的双刃。

　　陶清的钢刀到了他的背后。

　　张钧诗、沈钧月的花刀，已"开"到了他的胸膛！

　　雨正在下着，一向衣不沾尘的刘独峰，发鬓尽湿，似已睁不开眼来。

　　便在这时，轰隆一声，电光耀空，刹那间天地一片苍白。

　　陶清倒飞了出去！

他的身上冒起了一道血泉。

他感到前所未有的畏惧，就连在当年被关在牢里问斩，他都不会有这种恐惧。

他也不是怕受伤。他在当将军之前，纵横江湖，什么伤未曾受过？只是从未有过一次，像这一回，竟不知道自己是怎样受伤？伤得如何？连敌人是怎么伤自己的，也完全不知。

像电光一样，一亮间便发生了，根本无法抵御。

这使得他接近崩溃，丧失斗志。

其他三人，感觉大同小异。

孟金风本掠到刘独峰的身后，忽然被一股大力一甩，呼地倒飞而行，变成反在刘独峰前面。

他感觉到自己背后有一股尖锐的痛楚。

同时他发现了自己两名结拜兄弟跟跄而退。

张钧诗捂胸，沈钧月抚臂。

本来他们四人已占尽上风，但在这电殛般的刹那，局面遽变，四人俱伤。

对方仍手持双剑，在雨中，像看着他们，也像也没把谁放在眼里。

所不同的，也许只有一点。

刘独峰已经不是站在张五和廖六的肩上。

他已下来。

他站在地上。

他立在雨中。

他双剑交叉，站在泥泞地上，滂沱大雨中。

温瑞安

——著

逆水寒
中

四大名捕

天津出版传媒集团

天津人民出版社

第三十八回

巨人细刀

交手仅一回合。

张钓诗、沈钩月、孟金风、陶清四大高手，全力以赴，但一伤四人皆伤。

刘独峰双脚终于沾地。

这一回合间的凶险可想而知。

刘独峰也衣衫尽湿，看他的样子，亦有些狼狈。他立在牛棚前，张五廖六在他左右。

交手虽只有一招，但四人俱已明白。

纵尽四人之力，仍决非刘独峰之敌。

所以，他们四人迅速站在一起，成横"一"字，四个人拦在戚少商和息红泪面前。

陶清大喝了一声："走！"

他这一声大喝是针对戚少商和息大娘所发的。

他们不管是奉高鸡血之命，还是遵赫连春水之令，都誓必要完成任务。

纵死无愧。

这一种人，在世上已愈来愈少，但在一些绝世人物、当代豪雄的身畔，仍然可以见到一些。

这四人显然就是这种踔厉取死之士。

这一种人，俗称为"死士"。

一个人可以为你不惜生死，不顾一切，不管是不是人才，这种高情高义，总是可贵的。

陶清叱了一声"走"，刘独峰的双剑已左右平举，胸襟大开。

他要出手了。

他已让戚少商、息大娘逃了一次，决不想让他们逃第二次。

因为他曾经答应过对方只要能在他手下逃三次，他便不再追捕。

他已发觉追捕这两人有着前所未有，平生首遇的麻烦。

他已不想再有太多的麻烦。

他站在泥泞中，脚下湿漉漉、滑腻腻的，衣衫也全部湿了——他不想再"湿"下去。

只要戚少商和息大娘一逃，他立即就飞身追去，要是那些人阻挡，他杀了四人再说。

可是戚少商和息大娘不逃。

他们反而加了进来，一左一右，跟"花间三杰"和陶清，联成一线。

他们本就是同一条阵线的人。

戚少商和息大娘也明白：这是他们逃亡的好机会。

他们知道这四条汉子，一定拼力死守。

他们更清楚四人拼力死守的后果就是：死。

他们也是人，也有热血。

逃亡、苦困、危难、挫伤和惨败，并不因而使他们的热血冷却。

就算这热血被世界的冷漠所淡化，但也被这四人的热血重新沸腾。

六个受伤的人。

六种激烈的斗志。

六个人，六件兵器，一条心，向着刘独峰。

刘独峰一生抓过上千个人，从来不曾遇过这样一种燃烧不畏的斗志。

他的双剑合拢。

左右合一。

成为一剑。

张五和廖六似乎有些害怕，张五悄声说了一声："爷。"廖六指指自己的肩膀，低声道："您请。"

就在这时，战斗骤然发生。

戚少商等六人还未发动。

引发这场剧战的，是牛棚的棚顶遽然倒塌。

雨下得很大，茅顶上积了不少水，茅棚一倒，水柱、枯叶和脏物，全压向刘独峰。

刘独峰站得比较接近牛棚，为的便是可以遮挡部分风雨。

——如果风雨迎面吹袭，对作战会造成一定的障碍。

刘独峰是高手中的高手，在作战之际，对一切天时地利，自然都相当留意。

但他没有留意到棚顶上会有人。

不仅有人，而且有六个人。

茅顶三个，在棚里也有三个！

六个人，一起随棚塌水倾之际，分三个方向，攻向刘独峰和张

五、廖六。

雨花四溅。

而这些雨花，决不是干净的雨水，还夹杂着许多肮脏的东西。

刘独峰一面疾退，一面出剑。

他迎面而来的是一支红缨枪。

枪花红缨如血。

枪尖在闪电中精亮。

这一枪之力，远胜刚才四大高手全力合击之十倍！

刘独峰一声大喝。

他一剑就削去了枪尖。

枪尖只剩下了一截，但枪势未减，仍直刺而至！

白光一闪，宛似电殛。

刘独峰在疾退中，又削断了那一截枪尖。

枪头只剩下斜削的铁杆，但枪劲不但未灭，反而更疾！

枪杆始终离刘独峰胸际不过半寸！

黑芒一闪，竟比白光还厉！

黑芒来自刘独峰的左手黑剑。

枪杆又被斩去一截。

但枪杆仍搠向刘独峰。

刘独峰双剑一交，枪杆再断！

枪杆只剩半尺不到！

但握枪杆的手仍坚定无比。

枪杆仍丝毫不变！

胸膛！

刘独峰的胸膛！

仿佛刺不中刘独峰的胸膛，这一招决不收回！

白剑再度刺出！

这次剑势并非斜削，而是直刺。

剑直戳入杆心，枪杆裂而为二。

枪杆已毁，持枪杆的手，疾易为指，中指一屈，直敲刘独峰胸膛！

刘独峰的胸膛忽然多了一样事物。

黑剑的剑锷。

手指就击在剑锷上。

"啪"的一声，中指力叩剑锷。

"哇"的一声，刘独峰仰天喷出一口鲜血，同时间，来人飞起一脚，踢掉刘独峰手中的白剑。脏水四溅，喷到刘独峰脸上，和血雨混在一起。

刘独峰左手脱剑，但肘腕一震，五指已抓住来人中指。

来人一上来就全力抢攻，中指未及收回，只听他大叫一声："斩！"

一道刀光，如电光疾闪而下！

比电还厉！

比电还烈！

比电还迅疾！

出刀的是一名巨人。

赤裸上身，怒目、贲鼻，身上肌肉像一块块的铅铁，头发却十分浓密。

他抱刀而立，怒目而视。

刀身窄而细长，像为女子所用。

可是那一刀之速，可比电魂；那一刀之厉，可比电魄。

他一刀既出，立即收回，不再出刀。

那一斩是他平生功力所聚，他发一刀之前，曾戒斋、沐浴、上香、默祷，一刀发出，元气大伤，半晌不得复元。

那一刀之威，的确夺了众人的心魄。

可是那一刀所造成的结果是什么呢？

"好刀法！"刘独峰喝道。

刀光猝现，他全力缩手。

这一刀目的不是在砍他的头，而是志在斩他的手。

巨人这一刀，聚势已久，为的只是砍下他一只手臂。

巨人能有这个机会，完全是因为那使红缨枪的人抢攻所致。

刘独峰缩手身退，刀光下，两根手指断落！

一是刘独峰左手的拇指。

一是来人的中指。

这一刀暗袭，布局精微，合众人全力之一击，却只能使刘独峰吐一口鲜血，断一根手指！

刘独峰问："巨人罗盘古？"

巨人不答。

站在刘独峰对面的人，在雨中，他的枪断为二，左手中指断落，雨湿重衣，但他依然有一种高贵的气质，使他看来英挺、俊朗，而又满不在乎。

没有这人的急枪，这一刀根本不能奏效。

但这人还得牺牲掉一根手指。

刘独峰武功之高，应变之快，仍然超乎他的想象。

刘独峰的目光从巨人罗盘古身上缓缓地收回来，他知道罗盘古还不能算是他的敌人。

但眼前这人却是！

不仅是敌人，而且是大敌！

刘独峰一字一顿地道："他既然是巨人细刀罗盘古，你当然便是他的主人，赫连春水了？"

息大娘乍见此人，喜动颜色，叫道："你来了。"

赫连春水平静地看了她身旁的戚少商一眼，却没有去瞧她，道："我来了。"

息大娘道："我以为你不会来了。"

赫连春水道："我说过你有难时我会来的，我便一定会来。"

息大娘道："过去的事，你还记得。"

赫连春水道："那一点一滴，都在心头，我是不会忘记的。"

这时，那棚顶落下的三名快刀手，已经制住了张五和廖六。

刘独峰这时忽道："赫连。"

赫连春水道："刘捕头。"

刘独峰道："你当然是因为救助朋友，才来冒这趟浑水，可是，这人是皇上下旨要拿的，我是一定要执行的，你若沾上身，纵有你家的几位长辈出面，也罩不住的，你断一指，我也断一指，两无相欠，你带你那十个手下离开去，我不会再追究此事。"

赫连春水说道："刘捕神，家父跟您相交二十年，论辈分，我是您的侄儿……"

刘独峰道："是儿子也没有用。"

赫连春水微笑，徐徐拔剑。剑在腰畔，剑鞘翡翠镶边，金嵌银环。"好，那我就不多言了。"

刘独峰叹道："其实，你又何必——"

赫连春水向息大娘望了一眼，只望一眼，立即又专心诚意，拔剑横胸，道："余无悔。"

刘独峰道："你既不悔，我也不再相劝。好。结束了。"

赫连春水一怔道："什么结束了？"

刘独峰道："我已断了一指，只有一只手能握剑，你们有二十五人，我的手下不是不在这儿，就是被你们所制，或已横死在这里，我已别无选择。"

他顿了一顿，道："我的'留情'已经结束，谁再阻止我拿下此人，我就要杀人。"

他说话时雨下得一线线利刀似的，打在众人的身上，可是没有人听见雨声，只听到他一人在说话。

戚少商当然明白刘独峰的意思。

刘独峰要全力出手了。

他站上前去，不是为了逞能，而是觉得这本是他的事，不该有人为他而牺牲。

赫连春水忽道："戚兄。"

戚少商闻说过赫连春水是在自己和息大娘分手后，追息大娘最力的人。这人少年得志，向来养士习艺，在王孙公子当中，是一名令人刮目相看，有雄图壮举的年轻人物。"公子，这件事，在下心领了，刘捕神是冲着我来的，一人做事一人当，公子与我，素昧平生，帮人帮到这个地步，已情至义尽了，公子请由在下自决吧。"

赫连春水冷峻地一笑："如果我是你，我就闭嘴。这件事，现在不仅是你挑上了，息大娘也沾上了，大娘惹上的事，便是我的事，我是非管不可的。"

他冷冷地道："你现在最该做的是：带大娘走，远远地走开去，这样，我们或许会少流一些血，少死一些人，少开一些杀孽。"

刘独峰道："到了这个地步，看来血是免不了要流的，人是少不了要死的，可是，谁也逃不掉。"

息大娘道："我们为什么要逃？"

赫连春水怜惜地望向息大娘，息大娘道："我们何不合力把他杀了！"

刘独峰大笑道："好，你们来杀我吧。"

戚少商道："刘独峰，我一向都敬你是个执法公正的名捕，现在非要一决生死不可，也是为势所迫，你怪不得我。"

刘独峰道："我们活在这世上，又有谁能做得了主？我连对我的剑都做不了主！你杀得了我，我便怨不得你，怕只怕在我剑下，你们这儿没有人能活得了！"

这时，高鸡血麾下的陶清和十九名弟子，还有赫连春水与巨人罗盘古，花间三杰与三名快刀手，全围拢了过来，在滂沱大雨中，重重包围住刘独峰。

刘独峰一个人，一柄剑，受伤的手，斜插襟内，神色凛然不惧。

第三十九回

杀人的雨夜

天色已黑。

电闪连连，雷鸣不已。

雨如银网密集，地上溅起千万朵水花。

攻势就要发动。

戚少商忽然闪身过去，在息大娘的耳边说了一句话。

甚至在大雨中，各人五官都像被浆糊黏住了一般模糊，可是息大娘的震讶，还是可以看得出来。

刘独峰没有法子知道他说了一句什么。

他叱道："谁先动手，我就杀谁！"他向来只抓人，万不得已的时候，决不会任意杀人，可是今晚这种局面，已由不得他选择。仿佛他这样说明在先，杀了人也会心安理得一些。

他这句话一出口，便有人抢先发动了攻势！

罗盘古！

罗盘古是赫连春水一名忠心耿耿的奴仆。

他也是赫连春水身边的一员猛将！

刘独峰一向养尊处优，太久不涉江湖，虽然很能够熟练地掌握上层高官的勾心斗角，但对武林中好汉的烈性和刚耿，了解得并不透彻。

他那一句话，起不了阻吓作用，反而激起了罗盘古的豪勇。

巨人！

细刀！

风雨！

电光一闪，一缕黑色的异芒，细刀破映雨光而入，截断了罗盘古的一切攻势！

不过在同时间，超过二十件武器，同时攻向刘独峰！

刘独峰不退，俯身，冲入刀光剑影中，又自敌方阵营中闪出。

他肩膀上一记深创，血水很快地被大雨冲去，他脚下的水畦深褐了一大片。

三名壮丁，一名快刀手踣地，他们没有痛苦，在倒地之前已失去了生命。

罗盘古晃摇了一阵，喉头发出格格一响，也仰天而倒，刀落在烂地上。

一个照面间，刘独峰连杀五人。

刘独峰的手也有点抖，这十多年来，他很少像今晚这样大开杀戒！

今晚仿佛是个杀人的雨夜！

孟金风死。

五名壮丁和一名快刀手，也在刹时间失去了生命。

刘独峰掌中的黑剑被击落。

可是他疾退之时，李二递上了一柄青色的剑。

刘独峰接剑的时候，赫连春水长空飞刺刘独峰。

刘独峰以剑破剑，击退赫连春水，同一时间李二已被张钓诗、沈钧月和陶清所杀。

刘独峰回援，剑若青龙，陶清人头落地，但李二也已断了气。

这是交手的第二个回合！

雨声犹如七万只怪蛙在鸣响，雷声如天庭的阶前滚过铜鼓，他们在等待第三度攻击！

第三个回合又是怎样一个局面？

又是谁死？谁生？谁在流血？

剩下的四名壮丁，一见陶清被杀，都红了眼，这一轮冲杀，便是由他们开始的。

刘独峰怒叱道："送死！"

青剑在密雨中，像一头破空飞去的游龙。

青光闪耀着血影。

三名壮丁被杀，余下一人，战志已完全崩溃，掩脸跪在水畦之中。

又一名快刀手哀号倒在血泊中。

赫连春水掌中剑折。

他疾喝道："退！"不去攻击刘独峰，反而剑锷直刺穴道受制的张五！

刘独峰闪身架过一剑，还攻一剑，赫连春水闪过，正欲还击，忽然胸膛一热，如遭电光劈中。

刘独峰那一有形的剑虽被他剑鞘架住，但那无形的剑意，仍在他百般防备里刺中了他。

赫连春水中剑，但全身立即急遽后缩。剑意伤了胸膛，并未刺入心脏。

刘独峰追袭，翡翠剑鞘已套入他的剑上！

刘独峰吐气扬声，剑鞘震成千百碎片，与青色剑芒，在雨中化成一蓬极好看的烟花。

却在这刹间，刘独峰突然想起：戚少商和息大娘呢？除了第一轮攻击之外，怎么不曾见他们出手！？

他怔了一怔，就在这时，赫连春水等已飞鸟投林，燕子三抄水，闪电惊虹，投入密雨的暗处。

只有沈钩月在临去前，一刀砍去了穴道被制的蓝三的头颅！

刘独峰大怒，飞脚一踢，地上那柄细小利刀，破雨网直射，贯入沈钩月背胸！

沈钩月惨呼而倒，刘独峰持剑四顾：戚少商和息大娘呢？一时也无心去追那赫连春水、张钓诗和剩下的三名快刀手。

只剩下一名壮丁，跪在血雨中，怔怔发呆。

刘独峰长叹一声，仰首雨中，道：“戚少商啊戚少商，却还是给你再跑了一次！”

战斗伊始，戚少商已经在跑了，他见各人之战志，没想到戚少商和息大娘竟会不战而退！

他说过若第三次拿不住戚少商，便不再追缉他，而今，已经给他逃了两次。

刘独峰惨笑，望望掌中的青锋剑，把另一只手自襟里掏出来，四指沾满了鲜血，一下子便教大雨冲去。雨滴打在伤口上，他只觉一阵痛入心肺，喃喃地道：“或许，我是看错你了……”

他始终没想到戚少商会临阵而逃；否则，他未必截他们不住。

刘独峰过去解开了张五和廖六的穴道。

他们本是六人一道儿来，而今，云大死在息大娘剑下，周四被“花间三杰”所杀，李二和蓝三也丧命在这一场格斗里。在刘独峰一生的战役里，极少遭逢过如此惨重的折损！

而在刚才舍生忘死的一战里，哪里还有什么高手的气派、宗师的风度，只不过是为免自己被杀，所以杀人。

杀了这么多可能是无辜，至少是还不该死的人！

在刚才的格斗里，他要不伤人只使对方重创而失去战志，那也不难做到；可是他若要剑下留情，就会增加自己的困难和危险，他便宁愿杀人。

是什么令他如此心狠手辣呢？

也许是因为这雨吧！这场鬼雨！刘独峰心中发恨：这身龌龊和肮脏的环境，造成他速战速决的立意，因而不惜杀人。

可是因为怕脏就可以杀人吗？

他心里极端难过，看着发怔的壮丁，长长地叹了一口气，廖六为他披衣，系剑，抹去泥污，张五则为他包扎伤口。

张五和廖六的心情，也都难过，沉重。

刘独峰忽向张五道："你留在这儿，好好埋葬他们。"旋向廖六道："你跟我去。"

廖六凛然道："是。"

张五抗声道："爷，让我也去，我要手刃那罪魁祸首戚少商！"

刘独峰道："你身上有伤。你三位兄长的尸首，不能任由在这儿搁着。要是我们没有回来，回去京城，不要再来。"

张五悲声道："爷——这么多年来，我们几时分开过，求你收回成命，我们一起埋葬三位哥哥，再一起上路，爷……"

刘独峰长叹道："也罢。反正他们是逃不掉的。"在雨中负手俯首，这时候的他，已完全无视这地方的恶臭污秽。他一生追捕不少大恶元凶，但从未如此沉重沮丧过，仿佛追捕者和被追捕者，在这天网恢恢的迷雨里，全是被网在同一个厄运中的可怜人。

战斗前，戚少商在息大娘耳畔说的话是：
"战斗一起，你我即走！"
这很不像戚少商的个性！
更不似戚少商口中说出来的话！
然而却是戚少商亲口说的。
息大娘为之愕然。
战局一起，便十分剧烈。
每个人都是拼命，不是拼掉自己的命，便是去拼掉别人
的命。
戚少商和息大娘发出了第一次攻击后，却拉着息大娘就跑。
在这混乱而阴暗的场面里，而且互相厮杀正如火如荼地进行
着，连刘独峰都不曾留意戚少商会在黑暗泥泞中退却。
他们一直奔出了好远，到了一个三岔路口，息大娘忽甩开戚
少商的手，道："我来引路。"
他们并肩疾奔，两人都没有说话，这时，雨渐渐小了。
隐约可以瞧见远处有一簇灯火。
有人类群居之处，总会有灯光。
人总爱光明，不喜欢黑暗。
只惜黑暗是无所不在的，人们只能在一起，尽可能多点一两
盏灯，来撑起这一角微明。
息大娘心头也有一片阴霾。
戚少商伸手去拉她的手，这一拉，竟没拉着，只听息大娘悠
悠地道："他们不知道怎样了……"
戚少商也感觉出来了，道："你是不是在对我生气？"

息大娘看了看天色。月亮像刚给水淹肿了脸庞，自浮云里缓缓踱了出来。"刘独峰的剑，在这当儿，恐怕不会饶人性命。"

戚少商用手轻轻搭在息大娘肩上："大娘，我……"

息大娘微微一挣，戚少商立即缩了手。

息大娘也觉察到自己这样做，也太明显了一些，于是道："我是在担心他们的安危。"

戚少商道："我知道。"

他顿了一顿又道："你是在生气我临阵脱逃，这是懦夫行为！"

息大娘微一抬目，迅速地看了戚少商一下，心想要从他的脸上看出他的心意，但又被他的脸上浓烈的沮丧之色震住，上前一步，拉他的手，道，"我知道你这样做是迫不得已，刘独峰的武功太高，我们纵二十五人联手一击，也决非其敌。不过，既然只有早死或迟死，那又何必逃？"

戚少商脸上的沮丧之色转为痛苦的神情。

息大娘上前看他的断臂，关切地问："伤口痛吗？"又问，"很痛吧？"

戚少商立即摇头。

息大娘道："刚才的局面，你留在那儿，也没有用，一齐出手，只有枉送性命……不过，想到他们一群朋友，还有多年旧交，为我们拼命，我实在……实在不想走，要死，就一起死，死得也痛快些！"

戚少商道："他们不是为我死的！"

息大娘不明他所指。

戚少商道："他们不认识我，可是，高鸡血、赫连公子他们却认识你，他们是因你的情面才来救我。"

息大娘惴然道："他们是答应我，一定要救你……"

戚少商道："他们是为你效死。"

息大娘说道："但我却为你不计生死。"

"我知道。"戚少商语气忽然又柔和了起来道，"大娘，我们共历生死，共度患难，难道我会连这点都不明白么？"

"可是你不高兴？"息大娘问。

"你也不开心。"戚少商道，"这些人因为你的事才来的，结果，我们临阵而逃，他们因维护我们而死战。"

"我们留在那儿又会有什么用？"戚少商的声音激动了起来，"我们一定不是刘独峰的敌手，然后被杀的杀了，被抓的抓了，有谁来报仇？"

"打从连云寨遇劫开始，因为我的事情，牵连了不少人，霹雳堂雷门、碎云渊毁诺城，而今是老人家那一帮，还有赫连王府，一个又一个，一群又一群，毁家的毁家，灭门的灭门。"戚少商痛苦地道，"他们为了护我这个早该死的，究竟牺牲了多少人，还要牺牲多少人？如果我死了，或者被逮回京城，谁来为这些牺牲者报仇？我怎么对得住他们？"

"我的死生已不重要，我想通了，"戚少商挥拳痛恨地道，"再死多些人，我也要活下去，活下去替他们报仇！"

"这仇，是决不能不报的！"

"为了报仇，"他握着息大娘的手，道，"除了你，我可以牺牲一切，不顾廉耻地活下去！"

"活下去是为了要报仇！"

戚少商道："所以，刚才我不择手段，与其大家一齐命丧在刘独峰剑下，不如逃生，而且，刘独峰目的在我，我一旦逃走，他或许便无心恋战，所以我逃。"

"我不管了，顾惜朝、黄金鳞、文张、鲜于仇、冷呼儿、李福、李慧、冯乱虎、霍乱步、宋乱水……还有这个刘独峰，有朝一日，千刀万剐，我一个也不放！"

逃亡了那么久，戚少商仍未逃出厄运，心中有一股前所未有豪杰式的怨毒。

"我当然明白你的心意。"息大娘微喟道，"一直都是我劝你逃走的，唯有逃得性命，一切才有机会……可是，在我心目中，你一直是个英雄，而今真的见你临阵逃亡，心中不知怎的，竟……唉，这确是我的不该了！"

"不是的，大娘。"戚少商深情的注视息红泪，道："你一直希望我强，希望我好，我如今这样子……你也难过。"

戚少商眼中闪着仇恨的光芒，仰天道："只是，我要报仇，所以，我会为达到目的，不惜厚颜独活，为了完成这个心愿，我不但要活下去，还要愉快地活下去，让极不愿意我活下去的人生气、发怒、失去冷静……哈哈哈……"

息大娘有些惶惑地道："你变了……"想伸手去触摸戚少商的唇，却又不敢。

"我其实没变。"戚少商道，"我只是要用最有效的办法，来打击敌人，要让敌人活得不痛快，不惬意！他们要我受尽苦楚，我偏要活得快快乐乐！"

"我刚才那样对你，你不要记在心里才好。"

"大娘。"戚少商一呼唤这个名字，语气就转为动人肝肠的柔情。

"那些人，我请动他们来帮忙，虽则，他们大部分都是有所求的，可是，他们有些，也对我真的好……"息大娘委婉地道，"他们有的人，很喜欢我，江湖中人，相濡以沫，他们纵有所求，也并不过分。"

"我知道他们对你的心意，大娘。"戚少商道，"我见穆四弟的神色，就已明白了七八分。这段日子，我一直不在你身边，你当然应该有你的朋友知交。"

"我就知道你满脑子胡猜着人家的心意，"息大娘白了他一眼，莞尔笑道，"我可没做出什么对不起你的事儿，不像你，"她一只手指几乎要捺到他的鼻尖上去，"在外尽是风流韵事，也不见得那些女子为你安危出头伸手！"

戚少商赶快移转了话题："说来，穆老四不知有没逃得出来？"

他当然不知道穆鸠平因救雷卷，已死在文张和舒自绣的手上。而且，沈边儿和秦晚晴为了掩护雷卷及唐晚词，双双被活生生地烧死。在这个生死存亡临大变的处事中，雷卷竟和戚少商都是采取了同样的态度：

先求活下去！

再图复仇！

两人的做法，不谋而合。

难道英雄与枭雄，在临危落难之际的应对之法，都是这般不顾一切、不择手段？难道当这些人要活下去，都必须要旁人付出生命的代价？

第四十回

鸡血鸭毛

"我要活下去。"

"我要用尽一切办法活下去，还要活得很好。"

"活下去才能够报仇。"

这是此刻戚少商的想法。

人是会变的。但大部分的人都以为自己不会变。其实是应该要变的，当变即变的，只不过有些人是潜移默化的变，有些人是彻头彻面的变，有些人是外形变，有些人在内心变，有些人小事变易，大节不变，有些人却毫无原则，只有性情不变。

成长是一种变。

成熟也是一种变。

患难和享乐，永远是变的源头，很少人能在受尽煎熬苦难和享有荣华富贵之后，能够全然不变的。

变也没什么不好，变有时候是必须的。

人是依靠适时而变才能活下去的，一如夏天摇扇、冬天加衣一般自然。

"他们为了我送死，我应该跟他们在一起。"这是息大娘现刻的想法。

她想到雨中搏斗的一群人，就热血沸腾。

她明知戚少商和自己应该逃离，可是，她毕竟是个丽烈的江湖女子，有些人，比谁都知道生命的可贵，比谁都了解逃生的方法，但他们在重要关头，抛头颅、洒热血，将性命作泰山似鸿毛地一掷，决无丝毫珍惜。

这究竟是聪明人，还是笨人？

也许这并不重要。江湖上、武林中、历史里，可歌可泣的事件，往往都是这些人的热血写成的。

戚少商那样一问，息大娘同时也想起了秦晚晴和唐晚词，以及毁诺城中那一干姊妹，戚少商也想起了雷卷、沈边儿和一众连云寨的兄弟。

可是想起了又能怎样？他们仍在逃亡。

逃了那么久，那么远，仍未逃出生天。

"到思恩镇去。"息大娘心里虽然难过，但是她可以肯定一点：

因为临阵脱逃，他们已争取了时机。

争取了与刘独峰拉远距离的时机。

如果善于把握这个时机，甚至可以甩掉刘独峰的追踪。

既然已经有人为这一点作出牺牲，他们就不该平白浪费这个重要的时机。

"思恩镇？"对戚少商而言，思恩镇只是一个市集中心，商人聚集买卖皮货的地方，以及屠宰场所。

"对，思恩镇。"

"为什么要到思恩镇？"

"因为我们约定，高鸡血等人在思恩镇接应，赫连春水也会到思恩镇会集。"

"我跟高鸡血、尤知味、赫连春水他们，以前也曾合作过，一齐对抗过强敌。"息大娘补充道，"我们进退之间，都有一定的默契。"

"可惜，我们从来没有应付过，像刘独峰这样正义、强悍、坚忍而武功高不可测的敌手！"

于是他俩到了思恩镇。

一入思恩镇，他们便听到那种很特殊的犬吠声。

息大娘当然明白这犬吠声的意思。

她往犬吠处走去。

最后来到了"安顺栈"。

犬吠声骤然而止。

息大娘与戚少商互望了一眼。

息大娘点了点头。

戚少商遂举起了手，叩响了门，叫道："店家，店家。"

开门了。

一个胖子、一个老者、一个年轻人，站在店门口。

年轻人掌着灯，灯光映在戚少商和息大娘的脸上。

蓝衫胖子一见到他们，就笑眯眯的打量戚少商一眼，然后又看了六七眼，再瞪了七八眼，才在脸上挤满了笑容，道："大娘，这位就是教赫连小老妖自古多情空遗恨的戚寨主是吗？现在这个模样，我是做生意的，看准你这桩买卖蚀定了老本。"

息大娘冷凝了脸孔，道："高老板，你让不让我们进去？"

高鸡血涎着笑脸道："让又怎样？不让又怎样？"

息大娘道："让就少说废话，不让咱们立即就走！"

高鸡血慢条斯理地道："我打从老远赶来这儿，累死了四匹马，磨破了三条裤裆，眼巴巴赶到这儿来，刚刚才在楼上收拾了三十来个军兵，十来名衙差，五名高手，一位大捕头，就是等你来。不让你们进来，让谁进来？"

"再说，"高鸡血用他那条血红的细长舌头，又一舐鼻尖，道，"你们要是不进来，还能往哪儿跑去？前头，据报，那姓顾的新贵，还有那用黄金买的狗官，加上些什么乌鸦、驼背大将军的，已直逼而来，你们能逃到哪儿去？"

"还不止，"息大娘道，"后面跟上来的还有当代捕神刘独峰。"

高鸡血忽然笑不出来了。

他突然收起笑容的时候，连灯火也为之一黯。

他喃喃地道："陶清他们……"

息大娘道："连花间三杰、罗盘古也凶多吉少了……"

高鸡血紧接着问："赫连小妖呢？"

息大娘道："未知生死……"

高鸡血长叹了一声，退了两步，微微欠身，意即招呼息大娘入内："我实在不该答允相助你们的！"

他叹了一声又道："这会使我们'老头子'一脉全军覆没的！我们原本只是殷实的生意人！"

息大娘并没有立刻进去，道："所以我要先把实情告诉你；你要是后悔，还来得及！"

高鸡血回头看了看，店里有一处神龛，正在上奉着，神坛上是一位老婆婆的塑像，老婆婆的神态虽然塑得栩栩如生，但全不似一般供奉神像的容态，倒不似神仙，而直如平凡人。

"迟了，迟了！"他摊摊手道，"别忘了我已在先母名位立誓。"

"这誓约只要我不提，你当着没见到我，也并不算毁约！"息大娘道，"我现在没有了毁诺城，不能给你要的东西，你有充分的理由毁约！"

高鸡血笑了笑，想了想，眯起眼睛道："我是生意人。生意人讲究眼光，放长线，钓大鱼，我的眼光一向不差，生意也做得很大。"他指了指息大娘，"你还是息大娘，"又指了指戚少商，"他还是戚少商，"顿了顿，接着说，"只要戚少商、息大娘都还活着，谁又知道哪一天又建一座毁诺城，起一座连云寨！"

戚少商忽道："高老板，你若能助我，他日连云寨重建，你就是我寨的供奉——"

高鸡血连忙摇手道："谢了免了，你们大寨，讲的是仁义道德、劫富济贫、锄强扶弱、理所当然，我讲的只是钱，可不要跟官府朝廷作对，也不空谈什么志气理想，他日如果还有连云寨，有钱可赚的事，尽来找我。若无油水可捞，光谈侠义，我可不干！"

戚少商一时为之气结。

高鸡血又堆起机警的笑脸，道："请进来吧，我们就躲在这儿，躲得过则是最好，否则占着地利，跟刘独峰、顾惜朝、黄金鳞他们打一场硬仗又如何！"

戚少商向那老者一拱手，道："阁下想必就是与高老板齐名、一时瑜亮的韦掌柜了？"

韦鸭毛道："不是瑜亮，而是牲畜，他鸡我鸭。他会做生意，搞阴谋；我会打算盘，学人笔迹刻章，如此而已。"他指指那小店伙，道："别小看他，他就是江湖人称'冲锋'的禹全盛。"

禹全盛仍小心翼翼地掌着灯，把两人领进来后，再反身上好了栓。韦鸭毛道："今晚，这儿上上下下，住的全是我们自己人，刘独峰他们要是查到这儿来，也未必能瞧出蹊跷，暂时躲得三五天，把伤养好，那也是好事。"

"是。"戚少商却瞥见高鸡血正向他母亲的灵位上香，十分恭诚，心中觉得这位"奸商"，有这份亲念孝心，可谓十分难得。

"是了，"息大娘忽然记起了什么，问，"刚才你们不是说擒住了一批人，那是些什么……"

话未说完，外面的犬吠声又起，凄厉之余，竟有些似狼嗥。

高鸡血仍对他母亲灵位叩首，专心诚意，神色不变。

禹全盛脸上微微变色，道："来得好快！"

韦鸭毛银髯微飘，疾道："上楼去！"

禹全盛立即领戚少商与息大娘上楼，进入那一间刚才格斗过的房间里。

他们隔着布帘的缝隙，在偷窥楼下街上的情形。

来的是什么人？

怎么来得这么快！

来的不止是一个人。

是一队人。

浩浩荡荡的一队军兵。

火光猎猎。

军容肃整。

这一队人马，虽历经数场厮杀，连日奔波，但依然威风有势，皆因军纪森严。

这一队人马，除了军兵之外，还有连云寨的徒众，以及神威镖局的高手，足有四百余人，在火光与马蹄声中，进入了思恩镇。

为首的是黄金鳞。他指挥全军。

全军分三个队次：军队乃由鲜于仇负责，镖局高手由高风亮调度，连云寨徒众则由游天龙率领。

顾惜朝与冷呼儿则不在其中。

他们去了哪里？

他们进入了思恩镇，就挨家挨户地搜查。

这一搜的结果，他们很快地就发现一件事情。

——李福、李慧兄弟及手下一群差役，就是在这镇里失踪的。

——还有"连云三乱"：宋乱水、霍乱步和冯乱虎，还有三十多名高手，全不知下落。

这一查的结果，很快便勾勒出这些事情，或多或少都跟安顺栈有关。

大队立刻调到安顺栈来，重重包围了这个地方。

戚少商知道这次再也逃不了了。

他没想到高鸡血、韦鸭毛等人的掩护，反而成了瓮中捉鳖。

可是息大娘神色仍然镇定如恒。

因为这时候，"咿呀"一声，一人开门，走了出去，迎向箭扣弩张的大军。

却正是蓝衫胖子高鸡血。

高鸡血打开门，缓步走出。

黄金鳞一见此人，也吓了一跳，心忖：怎会是此人！忙叱道："没我下令，不许放箭！"

全军一齐喊："是。"声量齐整有力，足可把胆子小的人吓倒当堂。

高鸡血遥相拱手，笑道："来的大官可是黄大人？这火花耀眼的，我可看不见您的全面！"

黄金鳞心中奇道：果真是他！这好钱如命的角色，做生意做到朝廷上去了，怎么会在此地出现！当即下马，笑道："原来真是高老板！"

高鸡血笑着上前，相拥道："黄大人，去年京城一会，没想到咱们却在此地会合，果真有缘！哈哈哈……"

黄金鳞运劲于身，防他突袭，却不觉高鸡血有何异动，心想此人跟朝廷各方大员都有交往，与傅宗书也有渊源，却不知因何要冒这趟浑水，便说："下官原不知高老板在此居停，因公务在身，来此勘查，骚扰之处，尚祈恕罪则个……"

高鸡血一愕，小声道："公务，却不知是什么公务？"

黄金鳞笑容一敛，小声道："实不相瞒，见高兄是自己人，我才敢说，我这回来，是捉拿朝廷钦犯来着的……"

高鸡血即道："朝廷钦犯？戚少商！"

黄金鳞没料他竟一语道破，呆了一呆，道："你也知道——"

"当然知道，这阵子捉拿戚、息两个叛贼，招贴榜文，天下不知者几希矣。"他笑了笑，低声道，"何况，刑部文大人便是叫我在这儿伏着，等戚少商那干逆贼入瓮！"

这番话倒出乎黄金鳞意料之外，他神色不变，却忍不住"哦"了一声，自然表达了一点诧异和不信。

"你不信么？也难怪，"高鸡血自襟内掏出一份火漆密封的函件，递给黄金鳞，道，"你看看便知个中内情。这是文大人的手令。"

黄金鳞一手拈接过书束，小心翼翼地拆封、打开、展读，瞧他的小心防范，高手一眼可以看出，他在提防信封内沾有毒药，在戒备高鸡血的突施暗算。

火光照着他的脸肌，在读信的时候，突突地跳动着。

火炬发出轻微但清晰的声响。

一群军队，鸦雀无声，只等黄金鳞一声令下。

黄金鳞读罢信函，折信入封，递回给高鸡血，道："大水冲着了龙王庙，真是自家人不识自家人，得罪之处，万请见谅。"

匿伏在楼上的戚少商和息大娘，虽不明信里内容，但知高鸡血已暂时应付过去了，正要舒得一口气，忽闻黄金鳞一字一句地道：

"不过，下官职责在身，这座客店，还烦高老板行个方便，让我们作个例行公事，进去搜一搜。"

第四十一回

尤知味的滋味

世上官僚都有一个共同的特征：那就是"翻脸不认人"。

这种做法，在清官叫作恪尽职守、大公无私，有时可以叫作铁脸无私、执法如山，在贪官也叫作公事公办、依法行事，甚至可以叫作六亲不认、大义灭亲。总之一个"法"字，在他们手上，既可颠三倒四，也可逆行倒施，法理伸缩自如，借法行私，自是得心应手、为所欲为。

大凡官员，自有一番官腔。

听官员打官腔，那是非同小可的事儿，因为官腔既不好听，但又不得不听，万一在恭聆时神态出个什么差池，重则灭族，轻则抄家，事情可大可小，谁敢轻惹？

黄金鳞这下子跟高鸡血打的就是"官腔"。

幸好高鸡血这个人，已听惯了"官腔"。

甚至可以说，他这一世人，都在"听官腔"和"打官腔"里度过。

有些人已习惯了天天打官腔，有朝一日忽然不打官腔了，心里就会不舒服，难受得很。就像天天坐轿子的人有朝忽然要用双脚来走远路一样。

高鸡血眉开眼笑地道："自是应该搜一搜的。不过，却也有些儿不便。"

黄金鳞盯着高鸡血的全身,眼睛眨也不眨:"既然该搜,那就不会有什么不便,莫非高老板隐藏些什么见不得光的在客店里?"

高鸡血笑眯眯地颔首:"确是。"

黄金鳞眼神转为凌厉:"高兄隐衷,无妨直言。"

高鸡血道:"奉皇上圣谕,来此设下天罗地网,来捉拿逆贼戚少商,大人这一带军入内,不是把在下苦心布置的局面搞砸了吗?这又何必!"

黄金鳞想了一想,一揖道:"高兄,下官也是军令在身,不得不执行公务,入内一搜。"

高鸡血眉毛一挑,道:"黄大人不赏情面?"

黄金鳞道:"高老板言重了。"

高鸡血道:"别无他策?"

黄金鳞道:"下官也希望有别条路径,为了不伤和气,这儿既然无窝藏钦犯,何不让下官带七十精兵,入内一搜?"

高鸡血笑道:"说得也有道理。"他好整以暇地接道,"我没有问题,可惜有一位朋友不会答应。"

黄金鳞盯着他的双手,神色不变,但全身都在戒备状态,道:"不知是哪一位朋友,不妨请他出来相见。"

忽听远远一个声音道:"是我。"

只听一阵嘚嘚的蹄响,黑夜里,一匹灰马自远而近。

这匹马奔行的速度也不算怎么快,姿势奇特,黄金鳞等虽然人多势众,但也有一种毛骨悚然的感觉。

灰马迅即奔近。

马背上却无人。

弓箭手立即瞄准马腹。

马腹下也没有人。

没有人的马，怎么会说话？

难道说话的不是人，而是马？

黄金鳞的脸色，在火光里忽明忽暗，有点笑不出来。

高鸡血问："我的朋友来了，你不认识吗？"

黄金鳞的手已搭在剑柄上。

只听一个奇怪的语音，缓缓地道："听说这个人升官发财以后，就再也不认得老朋友了。"

这人的声音，竟从马嘴里传出来。

火炬、弓箭、刀枪，都对准了那匹怪马。

怪马裂开，像一尊石膏像被击碎。

马碎裂，人在马中。

这人出现，气定神闲，是个瘦子。

黄金鳞一见此人，即宽了颜，叱道："不许动手。"

然后三两步上前，亲热地揽肩招呼道："你来了，尤大师。"

江湖上、武林中，尤大师只有一个，跟朝廷上、官场里的尤大师，是同一个人。

尤大师只有一个。

尤大师的全名是——"尤大厨师尤知味"。

尤知味这人也没有什么特别，他的武功高低，没有人知道，他的定力如何，也没有人知道，他的为人怎样，也不得而知；人们唯一知道的是，当今天子，就爱吃他亲手烹制的菜肴，这一点，比什么都重要。

黄金鳞还比别人知道多一点事情。

那就是尤知味不但控制了皇帝的胃口，同时还是当今天下权力最高的傅丞相的亲信。

单凭这两点，黄金鳞就知道，这天底下，决不能得罪这一号人物。

黄金鳞是个聪明人。

他跟尤知味毕竟也碰过三次面。

遇到这种重要人物，他只要见过一眼，立即就会记住，下次再见的时候，便会变成熟人。有些时候，黄金鳞的"熟人"，根本还未曾谋面。

尤知味淡淡地道："你要入内检查？"

黄金鳞怔了一怔，道："这……"

尤知味直截了当地道："你在进去之前，最好能先看看这封密信。"说罢掏出一封公文，黄金鳞一看，神色更是恭谨起来。

尤知味待他看完之后，又问道："怎样？"

黄金鳞额上已渗出黄豆大的汗珠，道："下官不知道傅大人已另派人手，接管此事……"

尤知味冷笑道："你们办事不力，劳师动众，捉拿区区几个反贼，都徒劳无功，相爷好生不悦。"

黄金鳞汗涔涔下："是，是……下官等确已尽力，唯望尤大师在相爷面前，多美言几句。"

"这……我会看着办。"尤知味负手沉吟。

黄金鳞上前一步，低声道："大师，城南龙凤坡旁，有一处大宅，正是龙盘虎踞之地，山幽水秀，夏凉冬暖，我和荆内早已添置，唯这等风水旺地，贵人方可承受得起，不如待大师下次来京之时，我们再接你过去看看宅子，不知大师意下如何？"

"这……"尤知味神色稍缓，道，"如此厚礼，怎好意思啊？"

黄金鳞忙道："这是个权贵双全的好居处，在下怎受得起？还是尤大师方才实至名归。大师如果坚拒，那就是不赏脸给在下了。"

尤知味道："这个……待咱们回京再说吧……你这个地方，还要不要搜一搜查一查？"

"不搜了，不查了，"黄金鳞忙不迭地道，"既有相爷手令，下官有几个脑袋，搜个什么搜？我会依照吩咐，退离十五里……"当下扬声向高鸡血长揖道："高老板，多有得罪，请您高人宽量，不要计较。"

说罢，反身调度兵马，一众凶神恶煞，片刻间走得干干净净。

高鸡血看着风卷残云般去远的军队，笑着道："黄金鳞实在是个很够朋友的人。"

尤知味也笑道："至少，他是个很管用的朋友。"

高鸡血转向尤知味，笑道："管用的是你的名头。"

尤知味反手一引，道："其实最管用的，还是你那位宝贝师弟，韦鸭毛的那一手好字和仿刻图章的本领！"

安顺栈的大门打开，韦鸭毛与禹全盛走了出来，韦鸭毛道："现在，应当如何？我那仿制的字章，总不能瞒天过海一辈子。"

尤知味道："现在？决不能贸贸然出去，外面还有搜索者的天罗地网，还有刘独峰这厉害的角色没有来。"

高鸡血有点担心地道："那顾惜朝呢？好像不在队里。"

尤知味脸有得色地道："我总得要见见息大娘，遂了心愿。"他看着自己白皙修长的十指，道，"也许，我突然兴起，见大家都逃得饿了，先给你们煮一顿好吃的再说！"

禹全盛高兴得几乎要跳起来，拍手道："好极了，能吃到尤大师亲手煮出来的东西，那是皇亲国戚才有的福分呢！"

"胡说！"尤知味感慨地啐道，"其实那干皇室朝臣，哪懂吃东西？我在御膳厨里，只管把山珍海味堆在一起，摆得华贵漂亮就好，味道吗？谁懂得品尝！"

禹全盛满怀希望地说："我懂，我懂。"

尤知味笑笑道："你也不用急，息大娘逃累了，也逃饿了，我先给她弄一顿好吃的，你们自然也有口福了。"

韦鸭毛也喜形于色："我叫三五个厨子帮你。"

"也罢。"尤知味道，"虽然我也有帮手，但他们帮我看火切菜，也总比没有的好。现在你就告诉我：息大娘在哪里？还有厨房在哪个方向？"

息大娘和戚少商跟尤知味见了面。

戚少商和息大娘身上的新伤，已被高鸡血的手下包扎裹好。

尤知味见着息大娘，对戚少商深深地望了一眼，轻哼一声道："你欠我一次情。"

息大娘道："我们仍未脱险。"

"我知道，"尤知味道，"我不是要你现在还我情。"

他皮笑肉不笑地道："我现在只是要请你们吃饭，吃我尤大厨师煮的'滋味粥'。"他说完便走下楼去，跟高鸡血小声道："怎么橱柜里有人？是什么人？"

高鸡血当下把铁手、唐肯在午间力战王命君等事，和盘相告，同时也不漏了李福、李慧来捕铁手，以及喜来锦等衙差窝里反，引出了"连云三乱"及一干官兵，后来终教韦鸭毛的手下把这一干人全制住了。

尤知味听后，沉吟得一会儿，韦鸭毛问："要不要先把连云三乱等杀了，或把铁二爷放了，还是……请他们一起来吃尤大师您的'滋味粥'？"

尤知味道："不必了。就留他们在隐蔽之处，待戚少商等人脱险之后，再把该杀的杀，该放的放，这才安全。"

韦鸭毛道："大师说得是。"

尤知味答道："我说话，一向不见得怎么有理，倒是煮菜烧饭，还薄有点名气。"

高鸡血伸手一引做恭请状，道："正是要大师大展身手。"

尤知味反身打开了大门，门前站了两个人。

这两人站在门前，仿佛已站了好久好久。

一人披头散发，满脸泥污，目光闪缩，神情可怖；另一人则像贵介公子，但左目已眇，独眼用皮套罩着，脸上近鼻梁有一道长长的刀疤，目露神光，令人不敢逼视。

韦鸭毛和禹全盛一见，却暗吃一惊。

更惊异的是，外面布下不少高手，竟都不知这两人已来到门口。尤知味却道："披发的是申子浅，外号'三十六臂'。独眼的叫侯失剑，绰号只有两个字，叫作'血盐'。"他停了停又道："烧菜就像杀人、动武一样，出手要准要快，申子浅就够准够快；煮菜不能缺少了盐，侯失剑就是我的盐。只不过，这个人，动起手来，无论在任何一方，都像菜里已下了盐一般重要。"

他拍拍两人肩膀道："他们，都是我的好帮手。"

因为有最后这一句话，高鸡血、韦鸭毛、禹全盛，才能放下心头大石。

像这样可怕难测的对手，他们实在不想招惹。

然而像这样的帮手，则多多益善。

对于这一顿美味而难忘的"滋味粥"，戚少商、息大娘、高鸡血、韦鸭毛、禹全盛等，真是吃出滋味来。这一班江湖汉子已轮班、更替地吃了两碗，还意犹未尽。

偏偏是刚吃出滋味，就没得吃了，这滋味更叫人疯狂。

也许尤知味因局限于作料的不够充分，这"滋味粥"还弄得并不如何，但他那点到为止、恰到好处的粥份，使得大家更回味无穷，念念不忘。

尤其是戚少商和息大娘，这连番逃亡下来，哪有好好吃一顿饱餐的机会？这回可让他们大快朵颐了。

高鸡血忽然想到这点，便问："你是怎么知道有人躲在壁柜里的？"因为铁手在柜里，连戚少商和息大娘也察觉不出来，尤知味的武功再高，也不至于此。

"我闻出来的。"尤知味大笑说，"你不知道吗？善于烧菜的人，鼻子和舌头都特别灵！"

高鸡血这才明白，想了想，端起剩下的一小碗粥和送粥的小食，向禹全盛道："你还是送一份给铁二爷吃吧。"

戚少商在一旁听得奇怪，问："铁二爷？"

高鸡血道："是名捕铁手——铁二爷。"

戚少商一震，道："铁二爷？他在哪里？"

"他是来抓你的吧？"高鸡血安慰地道，"他已落在我们手里，穴道被制，就困在你们刚才那房间的橱柜里，你放心吧。"

戚少商急了起来："不行，铁二爷是帮助我们的人，他决无与我们为敌的意思。"

高鸡血倒没想到，"哦"了一声，看了看尤知味。尤知味微笑托颐不语。

戚少商巍巍颤颤地站了起来，道："我要去解开他的穴道——"一时却觉天旋地转，息大娘忙去扶持他，但也觉得一阵晕眩。

尤知味道："哦，原来铁手是自己人，你们赶快上去请他下来呀——"

高鸡血的脸色变了。

他暗自运气，但不聚气还好，一旦运起内息，丹田剧痛如绞，四肢百骸均感虚脱，浑不着力。

他自是又怒又急，转首去望了韦鸭毛一眼，韦鸭毛脸上也冒着汗珠，又气又急。

尤知味笑道："请他下来又怎样？早些送死啊？"又问："这'滋味粥'的滋味怎样？"

高鸡血强自镇静，道："尤知味，你在粥里下了什么手脚？"

"我发誓：我没有下毒，"尤知味笑着摊手，道，"下毒不容易，而且你们又是顶尖儿的高手，一旦吃出来了，对谁都不好，我只下药，稀薄的，缓慢的，让你们吃下去后，还懵然不知，让你们的功力，在一个时辰内运聚不起来……"

他的笑容一敛，道："一个时辰，我们足以为所欲为了！"

第四十二回

赫连小妖

高鸡血道："尤大师，我与你一向不和，你要害我，我没二话可说，但你答应过要帮息大娘的忙，武林中人若不立信，日后江湖上没你混的！"

尤知味道："你说得对，你是靠做生意当了官，我是仗烧菜煮饭进了宫，虽不同行，但也有冲突之处，我要害你，理所当然。"他指了指息大娘，"我在答应帮忙息大娘之前，已经先答应了人，要捉拿她，我答应助她，只是将计就计，算不上背信弃义。"

息大娘道："你答应了谁？"才一开口，便知道自己真气不继，说话的声音连自己也听不清楚。

尤知味道："这你怨不得我。我要得到的是你，可是，你的心全在这小子的身上。"他一指息大娘身旁的戚少商，道，"那我帮你做什么？你的心尽向着别人！"

息大娘不去理他的话，只问："是谁指使你？"

"是我。"

一个声音道。

息大娘、戚少商一听到这个声音，心就往下沉。

这不是谁的声音。

在他们而言，这声音代表了一个仿佛永不完结的噩梦。

这正是顾惜朝的声音。

声音是从那眇目刀疤的贵介公子口里发出来的。他指了指那披头散发的人道："他不是'三十六臂'申子浅，他是'神鸦将军冷呼儿'。而今，要杀你们，已不必三十六臂，甚至不需要一条手臂，只要用一根手指，就可以把你们杀个精光……"他接着又指指自己的鼻子道，"我也当然不是侯失剑，你们也一定知道我是谁。"

"你们千辛万苦，历艰逃命，到头来还是免不了一死。"顾惜朝道，"不过，你们最终还是死在我的手上，也该瞑目了。"

戚少商心里不觉发出绝望的长叹。这一路逃亡下来，也不知牵累了多少朋友，枉送了多少性命，结果还是逃不出顾惜朝的加害，早知如此，就不必这样惶惶然如丧家之犬，奔逃求生、连累朋友了。

戚少商至此，难免要埋怨上苍作弄。他宁可死得不明不白，甚至死无葬身之地，总好过让顾惜朝得逞，亲手杀死自己。

顾惜朝向他笑道："你到了这个地步，还有什么话要说？"

戚少商长叹一声，道："无话可说。"

顾惜朝道："我把你们一个个杀了，再去杀铁手，这样，就一劳永逸了。"他顿了顿，望向息大娘邪笑道，"也许，我会剩下大娘你——戚兄虽是对你一往情深，尤大师可也是痴心一片啊！"

息大娘不去理他，却问尤知味："他给了你什么好处？"

顾惜朝没让尤知味回答，便说："我的义父是当今丞相，你想，我会给他多少好处？"

尤知味也笑道："我侍候皇上进食，皇帝在饱食之余，奴才说的几句话，也许还听得进去……我和顾公子，正是再好也没有的搭档。"

高鸡血冷冷地道："大娘，都是你不好。你除了请我和赫连助拳之外，还请来了这厮……除了狼狈为奸，贪馋之外，啥也不会做！"

尤知味狠狠地望着高鸡血，一巴掌就掴了过去，高鸡血无法抵抗，登时给掴得嘴溢鲜血，两颗牙齿也掉落下来。高鸡血忒也骨头极硬，把牙齿和血都吞到肚子里，也不哼一声。

息大娘怒道："我们在这里，要杀要剐，悉听尊便。这不关别人的事！"

尤知味狞笑道："你不忍心看我伤他？"他的样子本来并不难看，且还算得上清癯严肃，一旦狞笑起来，予人感觉却十分邪恶，息大娘仍不理他。

尤知味恶意地笑道："你不忍心我打他——我偏打他给你瞧瞧！"一拳挥去，高鸡血苦于无法闪躲，"砰"地又被击中脸门，鼻骨登时被击碎，碎骨刺破表面，一时间血流披脸。

息大娘怒叱："你——王八蛋！"

尤知味挥拳又要打，禹全盛道："不要脸！"

尤知味霍然回首，道："你这小子也来多嘴！活得不耐烦是不是？"

禹全盛怒道："有种就先解了我们身上的毒，咱们再来决一死战，你这样打人，算什么——"

"我本来就是厨师，不是你们江湖上的劳什子英雄！"尤知味上前一步，双手抓住禹全盛的颈骨，怒骂道，"你死到临头，还充什么英雄？老子就先拿你来开刀——"说着"喀喇"一声，就扭断了禹全盛的颈项。

可怜禹全盛无法聚力，不能抵抗，登时颈折身殁。

尤知味看来弱不禁风，手无缚鸡之力，但杀人如砍瓜切菜，脸不改色。当下拍拍手掌，又问："谁还敢不服？"

忽听一人竭力地放大声音道："好！"

尤知味霍然转身，见是韦鸭毛在说话："小盛子死得好！就可惜是死在江湖上一个败类加孬种的手下，可恨啊可恨！不过你虽然死，也替武林中的好汉争回一口气，总不像一些猪狗不如的东西，尽是杀无力还手抵抗的人！"

尤知味笑眯眯地盯着他，道："骂得好！果然不愧为高鸡血的拜把子兄弟！"

他一步步走到韦鸭毛面前，眼睛在端详他的脖子，仿佛那儿有一块煮熟了的嫩肉，他巴不得一口吞下肚里："你想必知道话说得太多的人容易受人注意，但通常都会命不太长？"

戚少商忽道："我们有的是命，就怕你不敢来取！"

尤知味斜剔一条眉毛，问道："你想死？"

顾惜朝怕尤知味真的下手，他就没法好好整治这个人，便插口道："看来，要这个人死太容易，只是便宜了他。"

尤知味点点头道："我把其他人都杀光，把大娘的身子也要了才杀他，就像最好的菜肴，总要留到最后，才回味无穷。"

顾惜朝道："便是。而今我们私下立了这个大功，义父自然高兴，这一高兴嘛，自然会有赏赐，这下子，黄金鳞他们可气歪了鼻子，谁叫他们自以为了不起，敢跟咱们争功！"

冷呼儿这下也插口道："便是！那老骆驼也只顾在黄金鳞面前巴结争宠，好不要脸！"他口里骂的"老骆驼"，自然便是"骆驼将军"鲜于仇，他们之间在追杀戚少商等人的过程里，势力互相牵制，也渐分作两派。

黄金鳞是傅宗书安排在朝廷以外的心腹，他的官位不小，但主要还是替傅宗书监视京城以外的异动，尤其是江湖上武林中的风吹草动。为了巩固自己的实力，黄金鳞也拉拢能人异士，为他效力，鲜于仇、李福、李慧、高风亮都向他投靠。顾惜朝则分属傅宗书的内亲，他年纪虽轻，野心却大，有意建功立威，替义父一统江湖，意图先拿下武林江山再说；尤知味、冷呼儿、冯乱虎、霍乱步、宋乱水都是向他靠拢。不料因为志大才疏，还是事与愿违，单止敉平逆党连云寨一事，便始终未能斩草除根，顾惜朝心中已大是不快。

他知道除黄金鳞外，还有另外一股势力——即是文张：这人升官极快，已位至钦差大臣，表面以傅丞相马首是瞻，唯唯诺诺，其实是皇上私下遣出来的心腹密探，来牵制朝中权臣之势力。

顾惜朝想，自己千辛万苦，混入虎穴，才把连云寨一网打尽，要是逃逸中的"匪首"戚少商，落在别股势力的手里，减了功勋，教他怎能服气？所以他千方百计，用尤知味调开了黄金鳞等，为的便是要独占大功！

顾惜朝道："有些该杀的，便立即杀。要留活的，便押回去。"

冷呼儿道："让我去唤军队过来。"他顿了顿，接道："但这客店外面，有四人把守，村口更有四人，刚才咱们在村口杀了两个，店旁杀了一个！还有五人，只怕在发放讯号之前，先得解决。"

顾惜朝道："那五个人，正要劳冷将军走一趟。"

冷呼儿笑道："对付那五个小角色，再容易不过了，待我先杀了他们，再去空旷之处燃放烟花，召大队过来便是。"

顾惜朝拱手道："冷将军速去速回。"

冷呼儿揭下邋遢污糟的易容之物，笑道："对付那些三脚猫的玩意，还会延误么！"说着干笑两声。

顾惜朝知道这冷呼儿内心极为好强孤傲，便是因为这样，他才不能屈服于武功、智慧皆在他之上的鲜于仇，于是才会向自己靠拢，当下也不便再劝，只说："将军要是回来，在门前击八长七短信号为记。"

冷呼儿道："得了。"顺手扯下禹全盛尸首上的腰带，便掠出店门。

他们来攻这安顺栈前，早已把这儿前前后后的环境状况，暗桩明桩，窥探得一清二楚，他认清店后的粪池旁，古井里，有一名高鸡血布下的弟子，伏在那儿。

他决定要先去解决那人。

他把腰带系于腰间。

他知道这腰带是高鸡血、韦鸭毛一帮的"暗记"，在黑暗中，腰带会发出淡淡的微光，他们便知道"来人"是"自己人"。

——可是这个"自己人"，却专要"自己人"的性命！

想到这里，冷呼儿不禁得意起来。

杀人立功，轻而易举，冷呼儿在杀人之前，总会有一种无名的兴奋，更何况这次杀人，万无一失，胸有成竹，而且有大功可立，怎教冷呼儿不喜形于色。

不过高兴归高兴，在月色下，冷呼儿的行动仍然小心谨慎，他浑身散发出一种极盛的杀气，几乎比月色还要浓烈。

可是杀气是看不见的。

通常当你感觉到杀气的存在之时，人已经开始被杀了。

冷呼儿果尔看见了有人影自古井口一闪。

那人一闪即不见。

不久，又慢慢自古井里冒起头来，这次再也不马上就缩回去。

——这必定是因为他看见了自己身上的"腰带"！

冷呼儿慢慢地走近去，但脸并不向着古井，佯作并没有看到这位"同伴"。

果然，这"同伴"在低声招呼："嘘，嘘，过来，过来这里，这里！"

冷呼儿假装没听见，并且好一会儿才找到声音的来源。

冷呼儿慢慢地走过去，"喂"了一声。

那人喜道："怎么这么迟才换班！店里有事吗？"

冷呼儿心忖：原来他们要换班了，自己来得正是时候。嘴里含糊地应了一声。

冷呼儿走上前去，那戍卒背对井口，其实已被冷呼儿逼入死角。

冷呼儿知道只要自己一动手，先把对方喉咙切断，对方呼叫无从，头颅跌落井中，噗通一声，一条人命便了了账！他再去找下一个！

他心下计议已定，一只手便佯装很友善地往对方搭去，仿佛要叫人早点休息一下，一切放心，由他接班。

就在他左手伸出去之际，右手已暗地掏出一柄匕首，只要左手五指一旦扣住对方的肩骨，右手的匕首便会切入对方的咽喉里！

正在此时，那人的身子，忽然一侧。

他这一侧，乃险到巅毫，冷呼儿的手指已触及他的肩膀，正要发力，他才闪了开去！

那人这一闪，使冷呼儿推了个空，一时收力不住，身子往前一抢！

便在这时，井口里，忽然冒出了一个人！

这人一扬手，黑暗里就"开"了一朵白花！

这"花"正"开"向冷呼儿脸上！

冷呼儿当真是临危不乱，一脚踢在井沿上，力道回蹬，整个人从前扑之势遽变为往后疾射！

那朵"白花"虽然"开"得极快，但依然追不及冷呼儿疾退的速度。

可是冷呼儿却觉得背后响起了一道急风！

他等于是背向着那急风撞去！

冷呼儿心中一沉，但反应丝毫不缓，身子仍急遽后弹，同时半空一翻身，匕首迎向背后的兵器！

"乒"的一声，星花四射。

匕首与一柄虎头刀交击一起。

冷呼儿人在半空，一连躲开两记致命的攻击，正欲大呼，突然之间，一物飞刺入他的口中！

那是一柄银枪！

月光下，只见枪握在刚才那个站在井边的人手中！

这人就像一个王孙公子，但神色冷峻——冷呼儿的意识只到这里为止，接下去，那柄枪尖已完全刺入他的喉咙里，而枪上的红缨也塞住他的喉头。

这人一击得手，拔枪，就在冷呼儿鲜血迸射、人在半空中坠下的刹那，他一抬腿，把冷呼儿踢入了井里！

原先伏在井里的人却已跃了出来。

这两人并不是谁，正是在雷雨中跟刘独峰决战而败退的赫连春水与张钓诗！

赫连春水道："杀了一个。"

张钓诗道："属下把十一郎、十二郎、十三妹他们都唤来。"

赫连春水颔首。

张钓诗向黑暗的树林子里疾掠过去。

赫连春水向那名使虎头刀的道："顾惜朝、尤知味他们正胁持你家主人，我们这就先去营救，你和守在这里的四人，小心把守要塞，如有可疑的人入村，立刻通知。"

那使虎头刀的汉子本来是把守古井，幸得赫连春水调换埋伏，才不致着了暗算，反而杀了来人，对赫连春水钦服已极，当下便答："是。"

这时，张钓诗又带了一女二男，掠近赫连春水，五人互一抱拳，赫连春水道："土狗和土牛呢？"

张钓诗答："早已埋伏好了。"

赫连春水道："好，这就干去！"便向客店潜了过去。

这两男一女，原也是赫连春水的手下，赫连春水本来就有实力，与刘独峰一役，虽然损兵折将，但仍立刻能召集了数名高手，一起谋求营救息大娘等。

那兵器相碰击之声，虽然并不甚响，但在客店里的顾惜朝和尤知味还是听到的。

那时尤知味已一口气杀了三名高鸡血的手下，正要把韦鸭毛也杀死之际，忽听这一声微响，便道："冷将军和人动上手了。"

仅这一句，便听到有人噗通掉下水里的微响。

顾惜朝道："冷呼儿下手，还是不够神不知、鬼不觉！"

尤知味笑道："不过外面剩下几个孤魂野鬼，冷二将军还对付得来……就怕他日后要对付鲜于仇大将军，这可不一定吃得下了。"

谈得几句，忽听有人敲了几下门扉。

尤知味、顾惜朝两人脸色一齐变了变，因为这门响并非预定的暗号，尤知味冷笑道："总不成是这些孤魂野鬼倒摸上来了吧？"

顾惜朝道："那也正好收拾他们入幽冥道。"走到戚少商和高鸡血身旁，两只手按住他们的"百会穴"，道："大师去开门，一有异动，我就先杀了这两个罪根祸首，看几只小鬼，能有什么作为！"

尤知味心里嘀咕：我去开门，是要冒险，你来杀人，倒是舒服。不过也不想就这点跟他对冲，便道："我倒要看看是什么人在搞鬼？"便去开门。

顾惜朝在后面看见他走路的背影，心中不禁暗暗钦服，这人随便几步走去，不但前面全无破绽可攻，就连背后左右也无瑕可袭，方悉这尤知味的武功，当真非同小可，自己有此强助，固然可喜，但若变成强敌，可要千万小心才是，不禁暗自警惕起来。

第四十三回

顾惜朝对顾惜朝

尤知味打开木门的时候，他的身体各个部分，都在全面备战的状况。

就算在一眨眼间，他可以至少发出二十七种致人于死的招式，让攻击他的人死上二十七次！

他以烹饪名闻天下，很少人知道他的武功如何，其实，他杀人就像砍骨切瓜一样：只是切得比别人更优美更从容。

他把门打开。

他已做好一切防备。

可是他做梦都没想到，在门口出现的会是谁！

顾惜朝！

顾惜朝怎么会在门外？

顾惜朝怎会来敲门？

顾惜朝不是留在店里吗？

尤知味在一错愕间，二十七道杀手均未发出，一记银枪震起红缨，已劈脸刺到！

尤知味在错愕间反应依然极快，身子一晃，枪尖险险自颈旁擦过，缨穗也扑在颊边！

就在这刹那间，在店内顾惜朝立足之处，砰砰两声巨响，尘土飞溅，两只手臂，已分别抓住顾惜朝双脚。

顾惜朝乍见尤知味遇袭，又见自己的样子在店门前一晃而过，心神一震，便在这时，下盘已被人扣着。

顾惜朝大喝一声，全身拔起。

那土中两人，虽然得手，但顾惜朝的内劲非同小可，冲天而起，那两人也抓紧他的脚，被带上半空！

顾惜朝双手一沉，一刀一斧，已劈入两人脑门之中，但顾惜朝亦觉双腿一阵刺痛，那两人十指如钢锥，也抓入自己脚胫骨里！

这瞬间的变化，虽然极速，但土中那两人，一个叫作土牛，一个叫作土狗，俱是土遁法高手，投入赫连春水帐下，他们一旦拿住顾惜朝双脚，原可废之，不过顾惜朝更快一步，先把他们抽离土中，再格杀之，但他双脚也受创不轻。

顾惜朝飞降而下，他第一个意志便是：速杀戚少商和高鸡血！

他自知受创非轻，生恐夜长梦多，又让戚少商逃脱，便生了立毙戚少商之意。

但就在他落下地来之际，有一男一女，遽然向他包抄过来。

顾惜朝正要全力应战，那一男一女，忽然同时飞起一脚，把刚才那两名伏击者——土狗与土牛——的尸身踢飞！

顾惜朝的斧头和小刀，仍嵌在土狗与土牛的脑壳里，两具尸身被踢开，顾惜朝一时也不及拔回武器。

那男的突攻了一刀。

女的也砍了一刀。

顾惜朝正欲招架，忽然发现，那两刀并不是砍向自己，而是两刀互击。

"呛"的一声响，星花四溅，两刀交击，发出极之灿亮的星火，亮得令顾惜朝等一时睁不开眼来。

就在他闭目的刹那间，那双刀交击间炸出数十枚细如牛芒的金针银针，射向顾惜朝。

顾惜朝双袖一卷一遮，把细针全收入袖里。

那一男一女忽然滚身欺入，双刀如雪，飞斫顾惜朝双足。

顾惜朝脚下本已受伤；这一轮急攻，把他攻退了十七八步，那对男女刀法虽然劲急诡奇，但要杀伤顾惜朝，仍然力有未逮，突然收刀疾退，护守住戚少商、高鸡血、韦鸭毛、息大娘这一干无力抵抗的人。

顾惜朝喘得过一口气，正待还击，忽瞥见大门口一人溅血而倒，一人摇晃不已。

原来赫连春水一枪不中，尤知味已一手刁住枪杆，猱身急上，追打急拿赫连春水身上七十二要穴！

赫连春水单手托枪，用一只右手与之对抗，一拆四十一招，两人既未进得一步，也未后退半步。

两人正打出真火来，那"顾惜朝"突又出现！

尤知味眼观六路，耳听八方，知道顾惜朝仍在屋里应敌，才不再上当，双手仍步步紧逼，招招封杀，双脚却疾踢了出去：玉环鸳鸯步、麒麟十八踢、谭腿连环蹴、七煞绝命蹬、虎尾脚，急踢背后那个"顾惜朝"。

"顾惜朝"在后，赫连春水在前，尤知味双手攻扣赫连春水，双脚急踢"顾惜朝"，出招凌厉，无懈可击，以一敌二，丝毫不乱。

这"顾惜朝"原来便是十一郎。

那双刀布下奇阵联手攻杀顾惜朝的，是十二郎和十三妹。

这三人原本是苗疆子弟，擅易容术和奇招幻阵，很有制敌之效。赫连春水少有大志，麾下连鸡鸣狗盗之士，无不收容，有意效仿战国四公子之遗风。十一郎一上来，即易容成"顾惜朝"模样，乍然亮相，令尤知味大吃一惊，因而措手不及。

要知道天下间再精明的"易容术"，也只不过能使脸容、年岁、身段略有些改变，但是断不可能经过长期相处之后，连亲人都认不出来，先前顾惜朝和冷呼儿故意把自己化装得残缺丑陋，使人不想多看一眼，加上尤知味的掩护，众人才未发觉，十一郎以彼道还彼身，化装成顾惜朝的样子，乍然闪出，的确是吓了尤知味一跳，若要再期欺瞒，则决不可能。

尤知味连踢数脚，逼退十一郎，双手一击，已夺下赫连春水手上的银枪，但忽觉脑门一晕，浑身不着力，内力无法聚合，倒有些似自己也喝了"滋味粥"的感觉，心知不妙，大喝一声，心下一横，连击数掌。

赫连春水接了他一掌，觉得对方掌力甚劲，知道已中了自己的"迷魂香"，但内息依然如此之强，心中暗惊。又接得一掌，顿觉对方掌力已弱。再接一掌，已大占上风。第四掌拍来之时，赫连春水双掌一挫，立意要把尤知味震伤，不料尤知味这一掌却不聚力，反而随这一震之力，飞出门外！

尤知味的目的便是借力逃脱！

他知道自己再不全力逃遁，所中的迷药一旦完全发作，就跟戚少商、高鸡血的情形等没什么两样！

尤知味的反应不可谓不快，他是一知情况不妙，立即急退，但他虽然退得快，运道却不怎么好！

一朵"花"正向他迎面开到！

他把银枪一横，震住"刀花"，红缨又是一荡，尤知味只觉鼻端闻得一阵香味，登时省悟，原来迷药就下在枪尖的红缨里！

尤知味怒叱一声，银枪飞射，把张钧诗贯胸钉在地上，但背后遽响起一道急风！

尤知味急速回身，然而神志已难以清醒，双手架住一拳，那"砰"的一脚，正踢在他的胸口，格勒勒一阵至少碎了三根肋骨，赫连春水的另一只手，已封住了他身上七处穴道。

这刹那的景象是：

尤知味受制。

张钧诗死。

十二郎与十三妹，正横刀护守戚少商等。

赫连春水与十一郎，亦正向顾惜朝望来。

顾惜朝马上作了一个决定：

逃！

顾惜朝当然认得赫连春水！

他曾经拜会过赫连春水的父亲，但知道赫连春水决不会因这点渊源而有所容情——相反地，赫连春水会杀他灭口，以免顾惜朝奏上朝廷，致有灭族之祸。

顾惜朝自然明白这点。

尤知味已遭擒，看来，刚才出去的冷呼儿情况也不会好到哪里去。

这儿除赫连春水之外，还有三名高手，自己却负伤在身，一对脚又流血不止。

顾惜朝于是立刻就逃！

"杀死他！"息大娘叫道。

——让顾惜朝逃走，会连累赫连春水一家的！

"别放过他！"高鸡血也大呼。他恨绝顾惜朝和尤知味杀死禹全盛几位弟兄。

赫连春水却知道当前之急，不是此事。

而且他心知傅宗书正与自己父亲密谋大计，断不会因自己的行动而贸然去消灭强助，破坏两股势力的合作团结。

况且，他并没有把握能够抓住顾惜朝。

他现在更重要的是，如何救走息大娘这一伙人。

所以他用两只手指压住尤知味的眼盖，尤知味的眼珠在眼皮下不住颤动，冷汗涔涔而下，骇然呼道："别，别杀我！"

赫连春水叹道："我本来也不想杀你……听说你烧的菜，尝过一次之后，剁掉舌头也无憾，我很想有这个口福。"

尤知味道："你要吃什么，我去烧……"

赫连春水道："可是，我又怕你对待我，就像对待他们一样，下了些血盐什么的——"说时手指微微用力。

尤知味只觉眼球有一阵刺心的疼痛，忙不迭地道："我不会的，不敢的，我……"只觉眼皮上的压力越来越大，刺痛越来越甚，忙道："我去解他们的毒……我是诚心的，你不要杀我！"

赫连春水指尖上的劲道略为一收，冷冷地道："如何解法？"

尤知味知道这些人的解药乃是自己的"救命符"，便期期艾艾地道："这些药嘛，配制有些麻烦……"

赫连春水打断道："我知道会有些麻烦，但我只要干净利落快捷神速见效的药方！"说着，一只手已按在尤知味的百会穴上！

尤知味的身子虽然簌簌地发着抖，但这生死关头，他是抓着"活命本钱"死不放手的："这……这药方没有现成的，一定要另外配制……我乱给你解药，那也无用啊。"

赫连春水忽然笑了。

尤知味只听得毛骨悚然。

韦鸭毛恨他杀死禹全盛，嘶声道："赫连小妖，把他杀了算了，我们——"

赫连春水笑声陡止，在尤知味眼前摇了摇手，道："看到这手没有？"

尤知味知道眼前这人决不好惹，但肉在砧上，只好道："公子，您，这……"

赫连春水道："我也没别的意思，只是，我要你看看，这是我的手，不然，待会儿你便什么都看不到了，千万别忘了，挖掉你眼珠是哪一只手，是他对不住你。"

尤知味眼皮子不住跳动，但仍然坚持道："顾惜朝逃走了……他很快便会叫大队过来。"

赫连春水笑道："你这样说，是什么意思，是要威胁我不成？"

尤知味忙不迭地道："公子，小人哪里敢，有天大的胆子也不敢，只是……小的只是想，公子如果杀掉小人，那么这三四十位英雄好汉没有解药，撤走似乎有些个不便……"

赫连春水一拍大腿，"啊"了一声，一副恍然大悟的样子。

随后用手拍拍尤知味的肩膀，道："我明白了，原来你真的是在威胁我。"

尤知味一味地道："小人不敢，小人不敢。"

赫连春水笑道："你胆子大得很，你当然敢。"

尤知味惶然道："小的说的是实情。"

"我也有个实情要说与你听，"赫连春水好整以暇地道，"你知道我为什么要放走顾惜朝？"

尤知味连忙摇首。

"我放走他，是因为他根本走不了。"赫连春水道，"你知道我素来喜欢交朋友，是不是？"

尤知味看着他那不怀好意的笑容，心更沉到了底："公子义薄云天，仁义满天下，各路英雄好汉，江湖豪杰，自都来为公子效命。"

"你很会说话啊，"赫连春水笑道，"那你想必知道我养士若干了？"

尤知味更惧："公子威仪服众，麾下没有一万，也有八千。"

赫连春水微微一笑："一万？八千？你倒夸大了，跟我一起的朋友，凑合起来，勉强算个一千来位，这次，我只带了一半来，你看，顾惜朝顾公子，和他的部队，是否可以敌得过呢？"

尤知味一听，更知大势已去，神色惨然："公子部下个个神勇过人，顾惜朝那干乌合之众，如何能敌！"

赫连春水笑着说："这便是了，既然顾惜朝他们逃不出去，又有谁会知道戚寨主等住在此？我又何必忙着要逃？再过一两个时辰，迷药力不持久，自然消散，我们再撤走未迟，只是，到那时候——"

他用手掌拍拍尤知味微秃的额顶，啧啧有声地道："到那时候，可怜一代名厨，已变作了一摊脓血了！"

尤知味又吓得簌簌发颤。

赫连春水忽正色道："所以，解药阁下高兴给，就给，不高兴给，也由你，威胁不到我的！"

尤知味脸无人色地道："我给，但是——"他现在只求赫连春水能因他给解药而答允饶他不杀，只怕要高兴得叫爹喊娘了。

赫连春水倏然脸色一变，双指往尤知味眼睛插落！

尤知味吓得魂不附体，忙把双目一闭，赫连春水指到半途，突然一转，挟住尤知味的左耳一拧，竟鲜血淋漓地撕下了尤知味一只耳朵！

第四十四回

垂帘里苍白的手

赫连春水拧着他的耳朵，只笑道："怎样？滋味好受吧？"尤知味痛得只是惨叫，偏连举手捂耳都乏力。

赫连春水道："就算我不动手杀你，任你流血，你的血也不见得流个一天半天流不尽吧？"

尤知味早已吓得魂飞魄散，现在又痛得椎心刺骨，哪里还敢讨价还价，忍痛道："解药……就在我襟里。"

赫连春水一扬眉，道："这可是你自己招供的，我没答应你什么。"他一手还挟着血淋淋的人耳，长相却尊贵温文，有一种温玉似的气质，白里透红的肤色，相映成一幅诡异已极的图画。

十二郎过去，果在尤知味衣衫里掏了七八瓶药粉。

尤知味道："把绿色的药末掺和白色的，服食一捻药粉便行……求求你，先替我止血好不好……？"

赫连春水笑道："这也无不可，不过，你先服下一剂再说。"他是防尤知味索性同归于尽，胡乱凑合了一种毒药，害大家一起送命。

十二郎马上会意，捏着尤知味的鼻子，把一小撮药末往他喉里倒，尤知味英雄一世，就算在他未谙武功之前，烹饪术已是名冠天下，谁敢对他不敬？日后他仗赖这一门绝活，使得武功高强之士，为了大快朵颐，不惜以一门半门绝艺换他下厨一餐。尤知味武功渐高，名气也更大，能请得动他的人也越有面子，而他学的武功，也愈渐精深，普通的武林人物，武功上已决非他的手脚，又哪里请得动他？今日他遭到这般折磨，也算平生首遇，当下又惊又痛，变得彷徨无计，胆气全消。

赫连春水见尤知味服后，也没什么异象，便疾封了尤知味近耳的血脉，不让他失血过多而殁，一面示意十一郎、十二郎和十三妹去给群侠服食解药。

解药一服，功力较深厚的高鸡血与韦鸭毛，很快便几近完全复元。

戚少商和息红泪因为逃亡岁月里负伤太重，元气大伤，一时还未恢复。

高鸡血戟指尤知味，向赫连春水道："这种败类，饶他不得！"

赫连春水道："我本就没打算饶他。"

尤知味哀声道："诸位大侠，念在大家同在江湖道上，就饶了我一条狗命吧！"

高鸡血冷笑道："刚才又不见得你饶了小弟我的鸡命！"

尤知味大声道："杀了我，对你们可没什么好处！"

赫连春水道："不杀你，对我们也没什么好处。"

尤知味赶忙道："你们这一路上，难免还是要饮食充饥的，你们杀了我，全天下管膳食烹饪的厨师都会跟你们过不去，防不胜防；留着我，不管吃的喝的，我用不着舌头去舔都可以分辨得出来，又何苦一定要杀我？"

赫连春水笑道："哦，我倒忘了你是天下厨子之王，杀了你，等于是跟自己的肠胃作对……可是如果不杀你，我又实在信你不过。"

尤知味几乎要哭出来了:"你一定要相信我……我已经受你们所制,我又能做些什么呢……"

赫连春水道:"哦?要是一个不小心,让你给逃脱了呢?那我们岂不是十分危险?"说着,把手轻轻按在他的百会穴上,只要一发力,立即便可要了尤知味的命。

尤知味给赫连春水弄得求生不得,求死不能。忽听息大娘道:"先不杀他。"

尤知味大喜过望,赫连春水转向息大娘,息大娘道:"这人还有用处。"

赫连春水道:"好!"忽然一掌拍了下去!

尤知味见息大娘挺身阻止赫连春水杀害自己,以为今番有救,不料猝然之间,赫连春水便施杀手,"轰"的一声,眼前一黑,便仆地而倒,不省人事。

赫连春水道:"这一掌,至少要他躺上一天一夜,睁不开眼来。这厮十分狡诈,须得小心提防。"

息大娘幽幽一叹,道:"公子,我没想到,这件事,你会……"

赫连春水哈哈一笑,道:"大娘一直以为我这个小妖怪是无信无义之徒,是不是?"

息大娘忽正色道:"其实,你并没有带那么多兵马来的,对不对?"

赫连春水也正色道:"我来助你,家严本就不许,我只偷偷带了二十人出来,现在剩下不到一半,实力绝对无法与他们相持,所以此地守不得,一定要撤退。"

赫连春水领"花间三杰"、六名快刀手,巨人罗盘古、土狗、土牛、十一郎、十二郎、十三妹、虎头刀龚翠环、四大家仆等二十人赴解毁诺城之危，但在阻拦刘独峰逮捕息大娘之际，牺牲惨重，加上击溃顾惜朝擒下尤知味一役，赫连春水手边只剩下十一郎、十二郎、十二妹、龚翠环及四大家仆八人而已。

这样的实力，自然阻挡不住黄金鳞等的大队军马。

息大娘道："既然如此，我们即刻离开。"

韦鸭毛已为部下一一解去药力，高鸡血道："楼上还有人，我去处理。"

戚少商道："铁二爷在上面，我去看看。没有他仗义相助，我们恐怕早已横尸多时，他遭人逼害，都因为救我们所致。"

赫连春水诧问："铁二爷？他是……？"

话未说完，忽听三长两短的信号，宛似狼嗥犬吠，但仔细听去，却像怪兽夜哭，十分尖森刺耳。

赫连春水眉头一皱。

高鸡血道："怎样——？"忽然住口不语，只听一阵闷响，像有人在泥泞底层击响棺椁，很是瘖哑难听。

这时，又是二长三短的嘶鸣，比前声要急促多。

掺杂着闷响之声，特别令人感觉幽森悚骨。

这次轮到戚少商问道："发生了什么事？"

赫连春水沉着脸色道："来得好快！"

高鸡血更是神色凝重："点子扎手得很！"

这时际，暗号此起彼落，更加尖锐急促。

赫连春水道："来人不多，但决不易与，已攻破了咱们两道防线！"

高鸡血倏然变色道："不好，对方已攻进来了。"

韦鸭毛长身道："咱们要退还是要战？"

高鸡血道："来不及选择了。"

赫连春水在这两人对话间，已打开了店门，长吸一口气，大步踱了出去。

明月映空。

长街微霜。

一顶轿子，赫然在长街口，巨大的木轮正辘辘地向前转动，缓缓移近。

轿帘深垂。

轿前轿后，隐约有几名衣白如雪的人影。在深夜里的月色中，这顶轿子，有一种说不出的诡异和杀气。

赫连春水横枪当胸，就算他知道来人好快，他也断未料到对方看来似是兵不血刃地就能来到了这里。

他横枪而立，有一股万夫莫敌睥睨群雄的气态，却因这冷森的杀气而震荡。

就在这时，他忽然感觉到自己的煞气陡增！

因为戚少商已立在他身边。

他马上觉得一股激荡的气势，使得他衣袂皆奋扬起来！

戚少商出来，朱红色的宝剑"留情"，正遥指轿车。

"你逼我入死路，我要你先死！"

那轿子忽然停了。

完全静了下来。

静得连路边林中一只夜鸟子眨眼的声音都隐约可闻。

戚少商忽然感觉到这寂静里，有一种前所未有的压迫感。

只听轿子里一个有气无力的声音道："是你吗？"

赫连春水把枪一舞，虎地一响，仿佛要借枪风的威力来破除这刀锋般凄寂的杀气。

赫连春水大声叱道："还有我！"

轿里完全没有反应。

静寂了半晌,轿帘略为动了一动,赫连春水执枪的手不由得紧了紧。

轿里又传出了那无力但清晰可闻的语音:"我只要拿犯人,旁人不相干。"

高鸡血也站出来,扬声道:"没有谁相干,谁不相干,我们都是站在同一道上的人!"

轿里的人轻轻咳了一声,又一声,然后静了静,似乎等呼吸平静下来,才道:"哦,原来你们千方百计,拦阻我进去,便是为了要维护他!"

赫连春水怒道:"废话!"

那轿中人便不说话。

木轮又开始轧轧转动。

轿子再度向店子逼近。

赫连春水压低声音向戚少商道:"刘独峰既已追来,看来决无善了,战斗一起,你立即带息大娘走!"

戚少商怔了一怔,忍不住道:"我已经临阵逃过一次了,你不怪我?"

赫连春水没料戚少商这般说,也是一怔,才道:"我不是在救你,也不会救你,我是要救大娘,因为大娘才救你,所以你的责任就是带大娘逃出生天,我的任务就是让你和大娘逃生,别的事我不管!"

戚少商道:"很好!"

赫连春水道:"怎么很好?"

戚少商道:"这一次,刘独峰不会放过我的,我不能被他逮着的,一旦逮住,必定自杀,大娘就要烦你照顾了。"

赫连春水涨红了脸，道："胡说！"

戚少商双眼望定着他，一字一句地道："大娘跟你，我很放心。"

赫连春水忽然感到他眼中的善意与信任，心里一阵无由的感动，这时，轿子已逼近众人，赫连春水猛抬头，向戚少商道："一动手，马上走！"

戚少商用力地点头。

除非自己再度落在顾惜朝这些人的手上，他就不惜身死，不然，他一定要活着，并且要跟息大娘活在一起的。

高鸡血这时厉声道："止！"

轿子仍缓缓前进。

高鸡血双袖如吃饱了风的帆布，鼓荡不已。

赫连春水的银枪忽然一沉，砰地拍打在地上！

陡地，四条人影，自四个不同的角度，疾射向轿子！

这四人身形极快，到了半途，骤然改变：四人本来从东南西北四面斜射向轿子，但此际东首那人，身形在半空强自一顿，高拔而起，以泰山压顶之势，由上而下，直降入轿顶！

南首那人，半空中身形如游鱼般一拧，变成横撞向轿侧；西首那人，身形疾沉，急降而下，滚入车底；北面那人，身形翻跃，已绕至轿后，这刹那间，四人的兵器，同时出手！

这四件兵器，俱十分奇特，刚拔出来时，只是一件黑黝黝的短兵器，但只不过在眨眼之间，他们人在半空，双手疾动，已把这样一件短兵器拆合接驳成一支长兵器，四个人，四件长兵器，带着锋锐割耳的尖啸，一齐刺入轿子里！

赫连春水一枪击在地上，便是下令这四人出手攻袭的暗号。

他觉得十分满意，这"四大家仆"并非他所养之士，而是为赫连家族世代尽忠的仆役，赫连乐吾父子待他们如一家人，"四大家仆"对赫连家，自然也鞠躬尽瘁，死而后已。

这四大高手分四个角度，用四种不同的兵器、手法，足可在刹那间里把这顶轿子粉碎！

赫连春水的银枪遥遥对准轿帘。

只要轿里的人为了躲避这凌厉的攻势而掠出轿子，他的银枪便立即发出雷霆一击！

对付像刘独峰这样的高手，决不能容允他有片刻喘息的余地。

可是接下来的变化，不但令赫连春水意想不到，就连曾与刘独峰数次交手的戚少商，也始料未及。

帘子略为掀了一掀。

一只苍白的手指，像分花拂柳般露了一露，立即又缩了回去。

一道细长的白光，疾地打在持巨钳仆人的钳柄上！

这仆人痛哼半声，巨钳脱手飞出，白光一折，反弹飞射，击中他的左胁，他身形一跌，斜仆出去！

巨钳恰好撞在另一仆人的巨斧上，"当"地星花四溅，那仆人的一斧，自然也失去了威力。

原来那仆人跌撞向另一仆人的巨剪下！

这仆人立即收招，扶住同伴。

两人一个踉跄，刚好封住第四名仆人巨锉的攻势，那仆人只好把巨锉一收，跃开戒备。

第一名仆人这才发现，嵌在自己腰间大横穴上，是一枚制钱。

这一枚铜钱，嵌在他的穴道上，却并没有割伤他的肌理，但它发挥的效用，无疑把四大家仆四人联手的一击，一尽化解。

但却未伤一人。

第四十五回

魔轿

"四大家仆"一击失败，四人互望一眼，身形交错，手中兵器，舞得虎虎生风，四人合力的第二击，又要发出！

只听轿内传来一声叹息。

"我只是要捉拿犯人，你们这又何苦呢？"

赫连春水突然大喝一声："停！"

他已看出刚才轿中人若要杀死"四大家仆"，只不过是举手之劳而已。

"四大家仆"身形一顿，他的身子，突然变成一道尖啸！

人是人，不可能会变成声音。

赫连春水骤然化为一道尖锐的风声，是因为他与手上的枪，已合而为一了。

就像一个巨弩的强力，发出锐无可当的一矢，赫连春水蓄势已久的一枪，已直刺了出去！

他的人，已成为枪的一部分！

他浑身的锋芒，聚成这杀气无匹的一枪，不但要刺穿轿子和轿内的人，仿佛连轿后的那一脉山丘，也要破山腹而出！

这一枪之力未发时，已使得站在他身边的戚少商等人，衣袂间带起一股扯力，头发往鬓后直贴！

枪未到，轿帘已被疾风荡扬！

而赫连春水这一枪的目的，并不是要立毙刘独峰。

他只是要把刘独峰逼出来！

轿帘被激风卷开。

轿里黑黝黝的，有一个人，着白色长衫，坐在那里，还未看清楚面目，那人手已一扬。

手苍白。

苍白的手。

手指更白。

手指拧着雪亮的刀。

刀更白！

比雪还白。

刀锋亮。

刀光更亮。

刀光灿眩了赫连春水的眼睛！

刀尖刹那间已到了赫连春水的双目之间。

赫连春水长啸一声，已不顾伤人，直射的身躯，长空冲起！

刀掷空。

赫连春水居高临下，枪势改由自上往下直戳！

但刀击空，竟然也是半空一折，倒射赫连春水小腹！

大凡武林高手的全力一击，居然可以半空换气，易势再袭，那已经极难做到，赫连春水这一击之气势淋漓，但给飞刀所挫，第二次再袭，飞刀又至，他大喝一声，半空三个翻身，落在丈外，一口元气无处宣泄，枪尖一撒，哧地刺入道旁一颗大石里！

那大石当中吃这一枪，竟喀喇一声，四分五裂，赫连春水只觉真气逆走，五脏有说不出的难受，张口欲呕出一口鲜血，但生性倔强，硬生生地又把一口热血吞下，一时只觉天旋地转，不料那一刀似有人驾驭驱使，二次刺空，竟又静悄悄地折射而至！

待赫连春水发现时，已不及闪躲！

"铮"的一响。

白衣一闪。

戚少商落在赫连春水身前。

他断臂，仗剑，击落飞刀。

他的人就拦在赫连春水的银枪前。

两个人，一剑一枪，四只眼睛，盯着那一顶轿子。

轿帘又已掩上。

轿在月光下。

这一顶鬼轿子。

戚少商出道以来，攻下过不少难以攻克的天险难关，攻破了数不清的阵势军容，但这样一顶轿子，却似固若金汤的雷池，莫测高深的堡垒，完全无瑕可袭，无处可攻！

这时候，忽听呼呼两声。

这两声就像是一个巨人，在运用他的天生臂力，挥舞两根巨杵的声响。

然而却只是头发斑白、举止老迈的韦鸭毛，在挥动他那一双袖子。

他那一双袖子像吃饱了风的帆布，他一面挥动着袖子，一面向轿子大步行去。

接着，又是虎虎几声，这风声骤加凌厉，好像挥舞的已不是巨杵，而是两棵大树。

韦鸭毛步子更疾。

他全身被袖子遮个风雨不透。

就像头发到脚趾，全让浑厚的袖风所遮掩。

韦鸭毛走得更快。

他的步子越密，双袖的急风更劲。

这时他离轿子不到七尺，袖风已成了恐恐的声音，像两面大鼓，在互相碰击着。

而韦鸭毛全身也膨胀了起来。

他遍体都布满了真气，一个本来枯干瘦小的老头，变得像高鸡血一样的胖。

然而高鸡血却知道，他这个江湖上从未背叛过他的老拍档，已使出他的看家本领"乾元大周天小阳神功"，以六十年来苦修的纯阳元功，使得轿中人的暗器无法破这浑实淋漓的元气而入。

他要一气摧毁这顶魔轿！

韦鸭毛已逼近轿子。

还有五步。

韦鸭毛准备以先天炁气之"乾元大周天小阳神功"，把轿子震个粉碎。

还有四步。

轿子里的人似乎想不出什么法儿来制住这一股势莫能御的内家真气。

若硬闯出来，势必要和韦鸭毛硬拼。

韦鸭毛武功不杂！内力却纯，这一身内气之盛，决不在铁手之下，纵横江湖，能够与他"乾元小阳神功"相持的人，确也不能算多！

就在这时，帘子一掀！

一只白玉般的手指，向下指了一指。

"疾"的一声。

手指又很快地收入帘内。

高鸡血突然尖叫一声："小心！"

他的人胖，声音却尖。

他叫的时候，整个人掠起，他的人胖得像一粒球，肚子又圆又突，当他掠起时，就像一粒柿子，遽然飞上了天。

可是没有人能形容他的速度。

就像赫连春水那一枪，比之尚且还有不如。

韦鸭毛一愣。

他见帘中伸出了手，以为要向他攻击，正全力以赴，凝神以待，不料手指又缩了回去。

便在其时，突觉脚心一痛。

这一痛非同小可，他立时感觉到一口细针，正自脚心直冲上内庭穴，转入昆仑穴位，破跗阳而上，一刹间已过三道要穴！

韦鸭毛只觉剧痛难当，"乾元大周天小阳神功"一散又聚，强自压下，要逼住那一口尖针上攒！

这时候，帘子一掀，那只手又伸了出来。

雪白的手。

修长的手指。

令人惊心动魄的手！

这只手双指一挥，疾地又射出一物。

那物细小，速度又快，以致让在场的高手都无法看得清楚那是什么。

但这只手以一柄飞刀破去赫连春水的"残山剩水夺命枪"，以一枚制钱使得四大家仆狼狈不堪，就算是他弹出来的是一根头发，也足以令在场的数大高手心惊胆战。

那事物疾射向韦鸭毛心口！

韦鸭毛的"乾元大周天小阳神功"已转入右足，逼住细针随血循环攻上，已无法抵御那一道暗器。

暗器来得何等之快，就算戚少商等要救，但也来不及了。

可是高鸡血却在危机刚起已然发动。

他的身形何等之快！

他的身形甫动，已到了韦鸭毛身边，再看时，他的人已到了天边，手里还揪住韦鸭毛。

那事物"啸"地打空，竟又"嗖"地回射入轿中帘里。

这是什么鬼暗器？

高鸡血拖走韦鸭毛，尖声道："鬼手神叟'地心夺命针'！"他说时额上已渗出了汗。

纵然他在尤知味挟持之下，临死不惧，但此际却因关心身边的老拍档，而汗如雨下。

韦鸭毛用真气强逼住细针运行，痛哼出声，却不停地猛摇头："不……是……这针……无毒……"

众人这才明白，刚才那轿中人向下一扬手，乃是射出一枚细针，刺入地面，穿入地下，再钻刺入韦鸭毛脚心里，这发射暗器的手劲、本领，真是巧到巅毫，令人叹为观止。

武林中能以地底穿针，杀人于百步之外的，便是擅施"地心夺命针"的鬼手神叟海托山，但鬼手神叟的针是淬毒的，见血封喉，无药可医，高鸡血听闻韦鸭毛所中之针并无淬毒，心中一宽，但惊栗之意，因不知来者何人，只有更甚。

他宽心的是韦鸭毛内力高深，普通细针虽潜入体内，但断不致死，惊的是来人若是鬼手神叟尚好，因海托山的暗器、偷盗、掌法俱有盛名，但内功、下盘却是弱点，如今若不是海托山，换作剑法精湛、内功奇强的刘独峰，这一战便劫数难逃。

只听轿中人冷冷地道："他死不了。"

高鸡血长吸一口气，道："好暗器！"

轿中人道："我的暗器从来不淬毒。"

高鸡血再吸一口气，道："可惜。"

轿中人道："可惜什么？"

高鸡血道："身手这般好，却当昏君奸臣的狗奴才！"

轿中人沉默了半晌，居然没有生气，只淡淡地道："我要抓的人，伤天害理，十恶不赦，是该抓的，这事情跟你们无关！"

高鸡血怒笑道："欲加之罪，何患无辞！"

轿中人也冷笑道："为虎作伥，见恶不除，看来武林中人言'鸡血鸭毛，手狠心慈'，也不过如此！"

高鸡血忽然一阵尖笑，半晌才道："你这见不得光的东西，滚出来吧——"

突然间，叮的一响。

原来在高鸡血与轿中人对话的时候，息大娘已无声无息地自后潜近轿子。

高鸡血的尖笑，正掩饰了息大娘本就如片叶落地的步履。

息大娘见已贴近轿子，遽然出剑。

剑尖刺入轿内。

"蓬"的一声，一条白影，自轿顶跃出。

高鸡血早已蓄势以待，一发千钧！

他尖啸。

啸声一起，人已到。

没有人能想象一个这么肥胖臃肿痴胖的人，身法会快到如此不可思议。

在轻功里，"快"并不是最难达到的。

在身轻如燕、一泻千里的急掠中，还能保持杀力和声势，这才是极难并存的。

高鸡血在白影一闪的刹那，已到了白影之后。

他的七道杀手同时攻了出去。

但是，突然之间，他眼前的人不见了。

背后却一凉。

敌人已到了他背后。

轿中人的轻功，比他还要可怕十倍，高鸡血完全不能想象，那人要躲开息大娘无声无息的一剑，正冲身而起，乍遇自己暗袭，却怎能于一闪身间已到了自己背后？

白衣人到了高鸡血的背后，高鸡血等于把背上的空门卖给了对方。

白衣人有没有出手？

高鸡血不知道。

他突然感觉到剑风。

白衣人也惊觉到剑风。

剑风来自他的背后。

"九现神龙"戚少商已然出剑。

剑刺白衣人背后。

白衣人突然滴溜溜一转，身子疾往下沉，人已落回轿中。

戚少商那一剑，变得刺向高鸡血的背心！

戚少商一惊，高鸡血霍然回身，回手一拍，已挟住长剑。

两人疾落了下来。

下面的轿子。

轿子并不可怕。

但轿子里的人，随时都会发出令人防不胜防的暗器。

戚少商那一剑，蓄势已久，自是非同小可；高鸡血那回身一拍，也是毕生武功精华所在，叫作"万佛一印"。这两下击空，两人力道对消，身形落下，正好让轿中人有机可乘！

赫连春水大喝一声，一跃而起，人在半空，一枪横扫，以枪杆把戚、高二人身子横拨了出去。

这时候，息大娘见一剑不中，拔剑欲退。

剑刚拔出，白衣人已落回轿中。

原先抽剑的那个剑孔，遽然射出细如针眼般十七八颗五色珠子！

息大娘一时躲避不及，突然，劲风扑至，韦鸭毛拦在她身前，双袖一阵急挥，把彩珠尽皆掇落，一面护息大娘急退。

原来韦鸭毛内力浑厚，在这片刻里已逼出脚底细针，救拯息大娘。

这兔起鹘落的几个照面间，轿中人始终未正式露面，单以骇人听闻的暗器和超凡脱俗的轻功，已力挫戚少商、高鸡血、韦鸭毛、息大娘、赫连春水五大高手的三次合攻！

轿子依然是轿子。

五人相顾失色，退了开去。

"你……"戚少商双目发出逼人的锐气，"你不是刘独峰！"

"你是谁？"

轿子里的人淡淡地道："我不是刘独峰，但一样是来抓人的。"

这同时间，五人一齐发出一声断喝！

不管来人是谁，都是来抓人的！

他们已没有别的路！

只有杀死来人，趁顾惜朝等大军未调回前，杀出一条血路！

他们五人一齐冲了过去。

银枪。红色的剑。激荡的袖风。无声的短剑。胖身以佛掌抢进。

他们立意要集五人之力，把这顶魔轿一举摧毁。

有谁能抵挡得住这五大高手全力的合击？

第四十六回

绿剑红芒白衣人

"呼"地一条白影，飞上了安顺栈的楼阁。

白衣人刚飘起，五人的攻势便攻不出去。

因为这时候对轿子发出攻击，很容易便为敌人居高临下所乘。

这五人都是应变奇速的武林好手，当然知道何时要攻，何时要守。

那人一手抓住栏杆，在月光下，被楼栏遮着，面目看不甚清楚，只听他道："如果我有意下毒手，你们还可以五人联手么？"

息大娘忽然"呀"了一声，她发现自己发髻上不知何时，嵌了一颗绿色晶莹的珠子，她现在才撷落下来。

戚少商也变了脸色。

他发现一枚金色小巧袖箭，正串在他袖口边上。

高鸡血也涨红了脸，他的长袍下摆，齐齐整整钉了四口白骨丧门针。

这几枚暗器，敢情都是在刚才戚少商与高鸡血半空落下时，息大娘拔剑未及后跃之际，轿中白衣人所发出的，但都留了手，并未杀伤他们。

他们五人合击，白衣人便无法在轿中应付，但若白衣人一早下了杀手，他们又岂能五人联手？

这五人都是绝顶聪明的武林好手，这种情状他们当然了解。

轿中白衣人无伤他们之意，这点也是至为明显的事，一时间，五人都面面相觑，要攻击下去，还是不攻击？

要束手就擒，还是抵抗到底？

这人武功那么高，到底是谁？

不论是谁，戚少商、息红泪、高鸡血、韦鸭毛、赫连春水已无法阻止这一场剧斗。

因为那一列对着街心的楼房，突然全被震开，高鸡血和韦鸭毛预先安排好的一组伏兵，蜂拥而出。

一下子，栏杆断裂，攻击全向白衣人发动。

这十几人的攻击全落了空。

白衣人一上屋顶，身法十分利落，但戚少商"噫"了一声，他已经发现，这白衣人翻腾之术，全仗一口真气运转和双手之力，而这人的一双腿子，软荡荡的浑不着力，竟似废了一般！

戚少商惊觉的同时，高鸡血已失声道："难道是他！"

赫连春水也变色道："是他！"

这时，白衣人已到了屋顶上，任何人都不能想象得到一个残废的人，身手能够如此敏捷。

只是他一到了屋顶，屋顶上又冒出十几名大汉。

这些大汉如狼似虎，攻向白衣人。

白衣人突然说话了："你们再苦苦相逼，我可要开杀戒了。"

高鸡血和韦鸭毛一高一胖两条身影，已掠上了屋瓦，拦在白衣人身前。

他们已知道来人是谁。

他们不想让手下白白送死。

高鸡血和韦鸭毛掠上屋顶，戚少商和息大娘再也没有选择。

他们也飞身上屋顶。

因为他们知道这个人不出手则已，一旦出手，恐怕当今武林中，能在他手下暗器活下来的人当真寥寥可数。

戚少商和息大娘一掠上屋顶，使得赫连春水也没有选择。

他要保护息大娘。

他要完成息大娘的心愿。

所以他更不能让戚少商被捕或死亡。

他也只有飞上屋顶。

他知道这一上纵，能否再活着落到地上，实在是没有多大把握的事。

但他没有别的选择。

他上跃之前，发出一声长叱："毁轿！"

赫连春水这道命令是向"四大家仆"而发的。

既然是跟这个天下间第一等辣手人物对上了，就必须干到底，先把他那使黑白二道闻名丧胆的轿子毁碎再说。

赫连春水掠了上去，"四大家仆"立时全面毁碎这顶怪轿。

正在这时，突然间闪出四条瘦小的人影。

四个穿紫衫、灵巧的孩童，各施一对金银小剑，刺戳四大家仆的下盘。

四大家仆的兵器既粗而重，长大而具威力，但四名小童一味近攻，身法灵动，使四大家仆一时穷于应付。

赫连春水双脚刚要沾到瓦面，突然间，一块瓦片飞射向他足踝。

这一下激射而至，以赫连春水的武功，并不怎么难以闪躲，但这一记攻击却拿捏得妙到巅毫，赫连春水足尖还有半寸即达屋顶，眼看就要站稳，全心全意凝聚下盘之力降落，就在这时，瓦片破空而至！

这好比一个人正在凝神沉思，只要在他耳边随便叫上一声，都会使他大吃一惊。又像一个人在吃嫩滑鱼肉时，冷不防肉中夹了一根鱼刺，特别容易被刺伤咽喉。

赫连春水自然也不是省油的灯。

他原可一个筋斗避了开去，只是这样会稍微狼狈了些，他立意要在来人面前显示一下他的实力，当下力聚足尖，骤然加快，"啪"的一声，把瓦片踩于足下。

他这一脚，已踏住瓦片，这一脚之力，刚可裂石，但又使得恰到好处，不致踩碎屋瓦足陷其中。

可是他脚下的瓦片，竟像游鱼一般的滑动，饶是功力霸道的赫连春水，也把桩不住，一滑倒退，直泻而下。

瓦面是下斜的，他足足滑退了七尺，瓦片仍在溜动。赫连春水应变奇速，另一只脚尖，及时又踏住了瓦片。

这时，那瓦片被赫连春水双脚踏住，再也无法滑动。

可是在这时候，赫连春水的位置，也不利到了极点。

他落脚之处，本来是面对白衣人，位置略高，甚宜抢攻，而今一滑七尺余，变得尽处于下风，白衣人若再施暗器，赫连春水只有两种情形：

一是死，一是翻落屋瓦。

就在赫连春水应付那足下瓦片的刹那间，戚少商、息大娘、高鸡血、韦鸭毛四大高手，已一齐向白衣人发出强力的攻击。

白衣人也发出了四道暗器。

四道完全不同的暗器。

他的暗器就像抓药一般。

不同的药方，适用于不同的病人。

不同的药物，抵抗不同的疾病。

他这四种暗器，刚好是觑准这四大高手武功招式的破绽而发出的。

所以四人的攻势俱被挡回。

白衣人手上已多了一枚钢镖。这一枚钢镖，仍在他的指间，并未发出。

但这一件暗器要发出时的杀气声势，全都聚集在赫连春水的身上。

赫连春水如不想死，只有被迫跃下屋顶。

可是赫连春水也当真顽强，他右手提枪，高举过额，准备全力掷出！

只要白衣人发出飞镖，他就扔出那银枪！

——宁可拼个同归于尽，也决不临阵退缩！

战况在这种剑拔弩张，一触即发的情形下僵持，胶着！

月光下，戚少商等四人看见白衣人肃杀的神态，不禁都为之悚然。

白衣人那一镖若发出去，赫连春水不一定能接得下。

同样，白衣人在闪躲赫连春水银枪奋力一掷后，也不一定能接下他们四人的全力攻击。

这是生死关头。

问题是：谁死？谁生？

白衣人并没有发出他那一镖。

他只是冷冷地道："你是'神枪小霸王'赫连春水？"他说话不像说话，像在桶里舀泼一片片的薄冰。

"你的'铁翼迎风'袖法，是用'小阳神功'使的，当然是韦鸭毛；另外一位，身法踏'玉树临风'、双掌并施'鸭犬不留万佛手'，想必是高鸡血。"白衣人继续说下去。

他在提到哪一个人的时候，便向对方看了一眼，只看了一眼，便似一片冰剑，在对方脸上刺了一记。

比月色还冷。

比雪还寒。

"双剑如梦身如絮，花落花开霜满天，剑法好、出手辣，人如此美，不是息红泪息大娘，不可能有第二位。"然后他双目盯着戚少商，英华毕露，"你的'碧落剑法'，还有'鸟尽弓藏'心法，决非'独臂剑'周笑笑能使——你是连云寨的'九现神龙'戚少商！"

五大高手，无不骇然。

白衣人能在这短短交手的几个照面里，能够从他们的武功家数，觑出他们的名号。

更可怕的是，白衣人不是从正面过招里，得悉他们的武功绝招，而只是从他们招架闪躲暗器的招式中，即道破他们的身份。

白衣人一字一句地道："你是不是戚少商？"

戚少商虽给他看得心头发寒，但凛然不惧，昂然道："你来抓的是我，岂不知道我是谁！"

白衣人摇头，道："我抓的当然不是你。"

此语一出，众皆愕然。

白衣人道："我抓的是周笑笑。"

戚少商指着自己的鼻子道："你以为我是周笑笑？"

白衣人颔首道："周笑笑也是独臂的，他逃亡的时候，海上神山烟云阁的'天姚一凤'惠千紫，也跟随着他逃跑。而我追捕他这一路来，也有很多武林高手出手拦阻，所以才致生此误会，你们……"

戚少商和息大娘都舒了一口气，戚少商道："还好，如果连'四大名捕'中的老大无情也来抓我，那我算是多生一双翅膀，也飞不掉了。"

白衣人这才一笑道："戚寨主言重了。"这人一笑，仿似严冬尽去，春暖花开，一天的阴霾俱隐去，云开月朗。

这青年人正是"四大名捕"中的大师兄，原名成崖余，江湖人称"无情"。

无情与众人一番交手，他人尽皆叹服。他因先天体弱，内气走岔，无法练成武功，只依靠一双巧手，以冠绝天下的暗器，还有自己精制的轿子机括，来抗巨敌。他双腿俱废，却以无比的毅力，练成绝世轻功，适才五大高手联手，也伤不了他分毫。

像这样一个体弱多病的残废人，却是名震天下的名捕之首，戚少商断臂之伤未愈，见了也不由得心生振奋。

无情问："却不知戚寨主因何而逃？是何人追你？何以会弄到这个地步？"

戚少商长叹道："这事说来话长………说来你还有一位知交在我们这儿。"

无情扬眉道："哦？"

无情和戚少商等的紧张局面一旦缓和，下面轿子旁的四名小童与四大家仆，也纷纷住手。

高鸡血知道眼前这极难缠的白衣青年，并非敌人，当下放下了心头大石，涩笑道："啊，原来是一场误会。"

韦鸭毛本来全身绷紧僵硬，也缓缓松弛下来，道："周笑笑是天灵堂的堂主，一向甚有令名，却不知是犯了何事，要劳名捕追缉？"

无情冷哼道："周笑笑就是有盛名，可是他的所作所为，不堪已极，我因机缘巧合，得知他的罪行，既不是奉师父之命拿他，也不是刑部要抓他，只是我要揭发他的罪状……"他顿了一顿，道，"这一路来，很多道上的人，都被这伪君子骗倒，和我作对，我因抓此人，确也得罪了不少江湖上的朋友。"

息大娘见无情说这些话的时候，目光隐有愤色，知道无情着实甚恨周笑笑，却不知周笑笑犯了什么滔天罪行。

正在这时，忽听无情叱道："谁？！"

一条人影，疾掠上屋顶。

这人来得十分迅疾，快得不可思议，连高鸡血、赫连春水等五大高手，事先也全无省觉，反倒由无情一喝，这才警省！

这人直掠而上，他所掠之处，却是赫连春水的一道暗卡所在：那是十一郎，十二郎及十三妹防守的要塞。

三条人影。

三道刀光直卷来人。

只听一声惊呼，三道刀光如长空急电，激飞投入夜空之中。

三人的身躯，被一种奇异的力量震得飞向赫连春水、高鸡血、韦鸭毛之处投来。

赫连春水、高鸡血、韦鸭毛因事起仓然，不及应变，只连忙把人扶住。

来人已扑向戚少商。

戚少商大喝一声，出剑刺去。

那一柄"留情"宝剑，原为朱红颜色，戚少商仓猝运力，剑身在黑暗中呈现通体金红，直刺来人。

来人横剑一架，手中所持的剑，通体碧绿，像黑夜森林里的狼眼。

双剑一交，红芒锐消，绿光暴长。

息大娘见戚少商遇险，双剑急刺来人背心，来人反手一剑，红色剑芒暴长，息大娘剑短，只好急忙退开。

来人的绿剑已指在戚少商的咽喉上。

红剑已在这人手里，他是用这夺来的剑击退息大娘的。

息大娘退避，是因为她完全没有想到来者可以在一招之内制伏戚少商。

息大娘、赫连春水、高鸡血、韦鸭毛再想冲近，戚少商已为来人所制。

忽听一人冷冷地道："放开他。"

来人一怔。发觉一枚飞刀已无声无息，到了自己背心三尺之远，突然硬生生停住，只要白衣人发力一催，便会疾射过来。

这样短的距离，他是不是能躲得过？

这样可怕的暗器，他能不能应付得过来？

他也不知道。

他没有收剑。

剑尖仍指着戚少商的脖子。

他缓缓回头。

他只知道一点，像这样高明的暗器手法，普天之下，绝对不超过三位。

他希望是他想见到的那一位。

第四十七回

名捕与神捕

这个人高大、威仪，顾盼间有一种高贵的气派，但身上衣衫半干不湿，血渍和泥渍斑斑点点，却仍不使他的气派稍减。

这人正是刘独峰。

刘独峰回头。

无情一震，失声道："是你！"伸手凌空一挽，收回飞刀。

刘独峰可说是六扇门中顶尖儿的好手，辈分绝对高于四大名捕，甚至足可与诸葛先生平起平坐；四大名捕声名鹊起，后来居上，大有青出于蓝之势，但四大名捕对这位公门名宿，仍是十分尊敬仰仪。

四大名捕里，无情和追命，都曾因缘际会，与刘独峰碰过面，无情还总共与刘独峰见过三次：一次是诸葛先生宴晤刘独峰与李玄衣；一次是跟御史大人、刑部尚书、吏部各大员议事；另一次，是他们合力制伏天梁、天相、天府这"三星七煞"。

那一次合作破案，使无情与刘独峰，有更进一步的合作，而且惺惺相惜起来。

刘独峰向不轻易许人，那一次，他忍不住向无情说过这样的话：

"我佩服你。"

"你比别人少了一双腿子，但你的轻功比谁都好；你的体质比任何人都弱，但你的意志比谁都坚强。你连武功都不能练，但暗器使得比蜀中唐门还好。而且谁都可以当捕快，唯独你不可以，可是，你当得比谁都称职。"

"我要是你，我办不到。我真的佩服你。"

这是刘独峰对无情最高的称许。

那次无情只说了一句话。

"我一生都是在向你学习。"

那是五年前的事。

之后，他们就没有再碰过面。

刘独峰也道："是你！"

他是先惊觉那绝世的暗器手法，推想可能是无情，所以震讶的程度，远不如无情为甚。

无情这才抱拳道："刘大人。"

刘独峰道："成捕头。"无情原名成崖余，江湖上反而忘了，刘独峰却是记得非常清楚。"你怎么也来这里？不是赴陕西金印寺办案吗？"

无情道："那案件已结了，三师弟仍在那儿善后，我因追缉一个恶徒，到了南燕镇，那恶徒伤了人，我找这儿的名医，那医师姓潘，大家谈起来，我才知道二师弟曾在思恩县出现过，像还受了伤，特地过来看看，便遇到了这桩事儿……"

"三师弟"便是追命，"二师弟"即是铁手，那姓"潘"的医师，自然就是日间铁手求医的"翻生神医"了。

无情毕竟办案久了，知道在什么时候必须要立即表明立场，他这几句话即清楚交代自己何以在这里，刘独峰当下道："哦，你跟他们并不在一块儿的。"言下之意是：如果你们是一伙的，那倒不好办事了。

无情道："戚寨主义薄云天，向有侠名，却不知今儿犯了什么事，要劳动刘爷的大驾，千里迢迢来缉拿他呢？"

无情知道不论是什么案件，只要是惊动到这位深居皇宫里养尊处优的刘神捕，事情决难善了，只是不忍见传言里一向潇洒清逸、侠名远播的戚少商，落难断臂后仍难逃法网，故出此一问。

刘独峰道："我这也是没法子的事，这戚少商，是皇上下旨要抓的。"

无情凛然道："是。"

刘独峰道："这一路来，有不少人护着他，我就趁他们和你对敌之时，偷偷潜入，一举擒下他……我掩进来的时候，看见他们全神贯注在围攻你，我也没看清楚是谁，却没想到是成大捕头你。我倒是捡了这个便宜了。"

无情道："他们把我当作是刘爷了。"

刘独峰忽道："这个息大娘，还有赫连春水，也拒捕杀害我四名随从，按照道理，我也要把他们一并拿下，依法定罪。"

赫连春水狠狠地道："我呸！你算算看手上的剑，染了我们赫连侯府多少鲜血！你杀害了我们多少热血好汉的性命，那就不用偿命了吗？！"

刘独峰道："因你拒捕在先，他们是秉公行事，杀他们是应该的！"

高鸡血愤然道："大家都是命一条，没啥应不应该的，你们要杀我们，我们就杀你们！这儿不是朝廷，一切都得照江湖规矩！"

刘独峰怒笑道："按照江湖规矩，我便要取你性命！"

高鸡血拉开马步，一手朝前招了招，道："来啊，有本事尽来取去!"

刘独峰冷笑道:"你想引开我,好抢救戚少商,别以为我会
上当!"

高鸡血道:"你是没种,不敢接战,只敢欺负受伤断臂的人。"

刘独峰脸色一变,强忍道:"杀人者死,别的我不管。息大
娘杀死云大,必须偿命。"

赫连春水长身拦在息大娘身前,道:"好,你杀了我多名部
属,也得先偿命来!"

刘独峰脸露怒色,冷哼道:"没想到赫连乐吾有这样一个不
成材的儿子!"

赫连春水道:"不成材?我这个不成材的东西,至少可以剁
掉大名鼎鼎的刘神捕一只拇指!"他自己中指折断,手里紧紧握
住银枪,正在冒血。

刘独峰心里正在迅速转念:他的确也杀了不少人,那些人大
多是忠义不畏死之士,心里难免有愧。云大的死,息大娘自该偿
命,至于杀死李二、周四和蓝三的人,都已丧生在该役中,没有
什么不公平的。

刘独峰心里清楚:戚少商和息大娘并无大恶,而且素有侠
名,自己奉旨捉拿,偏在他们落难负伤、巨仇未报之际,一上来
先破了碎云渊,枉害了不少无辜女子,又因追捕两人,先后与江
湖上的高鸡血、韦鸭毛等硬角色结仇,又与在朝廷中颇有影响力
的赫连府中人结怨,这些梁子愈结愈深,当非好事。

他看出赫连春水与高鸡血舍命出手,不像是为戚少商,而是要
帮息大娘,至于韦鸭毛,则一向都是高鸡血的拍档。如果自己一定
要杀息大娘,赫连春水与高鸡血则可以为报一众弟兄之仇来追杀自
己,如此冤冤相报,何时是了?他要一并杀掉赫连春水与高鸡血,

还不算太难，但高鸡血的部属，赫连府的亲人，难保都不报仇，这样下去，如何善了？他手上已抓住了戚少商，总算首号要犯已拿住，生恐夜长梦多，不如先押回京城，便算是完成任务；何况，圣上旨意并没有要抓息大娘等，自己又何必逼人于绝呢？

刘独峰这一阵转念，已下了决断，便道："好，我冲着你们几位的面子，息大娘杀死云大的账，暂且记下。这位戚寨主，我是身奉皇命，非抓回去不可，刘某人这趟行事，有何亏江湖礼节处，他日再当谢罪。"当下未待众人反应，便向无情匆匆低声说了一句，"我要走了，你先替我挡上一挡。他日再叙。"

一面说着，一剑刺出！

戚少商乍见剑波一吐，以为刘独峰已动恶念，要杀自己，偏又避无可避，自度必死，不料剑尖刺在他的穴道上，锋锐的剑却似变成了钝木，只封了他颈肩五处大穴，却不刺破皮肤，戚少商仰天倒下，刘独峰一手揪住，叱道："后会有期。"身形直向地面急射！

赫连春水、高鸡血俱是一怔。

他们主要的目的，是要维护息大娘，他们自己也心知肚明，单凭自己几人，就算联手，也未必就能敌得过刘独峰，何况还有个无情？俗语说：官官相护，更何况无情和刘独峰同是名捕！

可是为了保护息大娘，他们也只好一拼。

而今乍然闻说刘独峰只要抓走戚少商，先不计较息大娘，他们二人，心中俱是一喜。

就在这时，刘独峰挟了戚少商就走。

刘独峰知道，单凭那几人之力，无情若出手相助，这些人也断留他不住，自己日后再向无情面谢，总好过耗在这里夹缠不清。

刘独峰对接手这桩案子，已感到前所未有的懊恼。

刘独峰一走，赫连春水与高鸡血一时没有想到该不该出手。

韦鸭毛则看高鸡血而行事，他年纪比高鸡血大，经验比高鸡血丰富，但高鸡血却是他的师兄，他也只服高鸡血一个人，只对高鸡血一人尽力尽忠、鞠躬尽瘁，这种江湖人的感情，也非一般人所能了解的。

可是只有一人完全没有考虑。

没有考虑到自己生死安危，不考虑一切……

这人当然就是息大娘。

息大娘全力出手。

她焉能忍容刘独峰挟走戚少商！

息大娘一旦出手，赫连春水和高鸡血也出手，韦鸭毛自然也随着出手。

但他们只迟了这么一刹。

息大娘第一个出手，她最可以阻拦刘独峰，但一道黑物飞至！

息大娘全神拦截刘独峰，竟无及闪躲，腿上"跳环穴"着了一下，登时一个跟跄，赫连春水伸枪一拦，用手相扶，息大娘才不致滑落下去。

这一来，息大娘便不及拦住疾若隼鹰的刘独峰。

刘独峰肋下挟了一人，但动作速度，丝毫不减。

他人未落地，已发出一声长啸。

三匹快马，即从街角处急驰而出！

三匹健马并行，骑在左右两匹马的人，便是张五和廖六。

中间一马空驶。

刘独峰身形一降，轻轻地落在空驶的马背上。

三马急驰而去。

高鸡血和赫连春水所布下人手，想上前围拢拦阻，但全给廖六和张五舞起扫刀，逼了开去。

三马飞驰，息大娘等追了几步，距离已经拉远，但息大娘仍然发狠急追。

赫连春水、高鸡血只好也相伴，发足狂追。

韦鸭毛则退了回来。

这儿的大本营他还要坐镇照顾。

真正的江湖中人，所顾念决不只是一己之私，而是一众兄弟朋友的福利安危。

韦鸭毛身形一顿，目眺高鸡血等身形远去，蓦然回首，长叹一声，问："你为何要这么做？"

他问的是无情。

语音里充满了失望、难受。

刚才那一道暗器，打在息大娘的"跳环穴"上，的确是无情出的手。

无情也没有选择的余地。

刘独峰是捕神，他是奉旨意捉拿戚少商；他也是捕头，没有理由眼看同僚在不伤害其他江湖好汉之下擒住要犯，而在强敌围攻下不出手相助的。

所以他打出那一枚暗器。

那枚暗器旨不在伤人，只是要阻人。

可是他也知道，他这种做法，无疑已跟这一干江湖人物结怨。

韦鸭毛见他不语，也了解他的苦衷，便道："你知道戚寨主因何落到这般田地？"

无情摇首，他远赴陕西勘查金印寺奇案，后因闻铁手遇危而赶来这里，对连云寨、毁诺城被攻破的事情，均一无所知。

韦鸭毛简单扼要地对他说明。

无情听了，又惭又悔。

要知道四大名捕虽身在公门，但时获诸葛先生谆谆告诫：要体情察微，了解黎民百姓疾苦；在江湖上，要秉道义处事；在武林中，亦要照规矩行止。连云寨素有侠盗之名，因招忌而被铲除，寨主戚少商只身一人，身负重创，被叛徒追杀，自己还出手使之成擒，在情在理，未免说不过去。

韦鸭毛说罢之后，叹道："没想到戚寨主他逃过重重险阻，以为总有一天能报血海深仇，却仍是逃不过这一关。"

无情静默了一会儿，道："刘神捕不是那种人。这一路上，决不会难为他的。"

韦鸭毛哂笑道："刘神捕再好又有何用？就算戚少商不死在路上，押回京师，傅丞相会放过他么？"

无情沉默。

这时，忽听远处喊杀之声大起，又一阵衣袂掠风，赫连春水、高鸡血已挟着息大娘急奔回来。

原来息大娘、赫连春水、高鸡血狂追刘独峰，追了二三里，忽见人马浩荡，火炬耀目，竟是顾惜朝已召集黄金鳞部众赶来剿灭，刘独峰打马驰入军队中，高鸡血和赫连春水见势不利，忙挟了息大娘就走。

息大娘脸上出现了一种悲愤的神色，这却使她尖秀的脸颊有一种决绝的美。

高鸡血掠回镇中，立即部署撤退，赫连春水则在旁留意息大娘，生怕她又冲回敌阵，为救戚少商而不顾一切。

息大娘却出奇的平静，她掠上屋顶，走向无情，到七步开外处停步，一字一句地道："你害了他，好，我杀了你的兄弟！"

无情一愕，不知她是何所指。突想起刚才戚少商曾向他提起"有一位知交还留在我们这儿"，心中隐隐感到不安。息大娘已一个倒翻，掠入客栈二楼。

息大娘这不出手反而飞退，令无情心中惴然不安，双手一拍屋瓦，急掠而上。

赫连春水一向痴心于息大娘。他是世家子弟，虽然聪明过人，能果断用人、任事，这从他身边多效死之士可以见出，他不惜断一指之击以求伤退刘独峰，亦可见他的勇慨果决，不过毕竟是年少易冲动，对情这一关，十分的勘不破。他情有独钟于息大娘，本来眼见戚少商被刘独峰掳去，心底深处难免隐有一丝喜意，但见息大娘心丧欲死，他即如失了魂魄一般。

这下他见无情要追赶息大娘，不假思索，银枪一拦，一枪向无情脸门扎到！

无情见这一枪来势非同小可，心想自己跟他谈不上深仇大恨，何故出手如此不留余地，赫连春水的"残山剩水夺命枪"，自是不可小觑，当即全神应付。

息大娘跃进房里，一连转入三间房里，踢开橱柜，都没有发现人，先前她听韦鸭毛等人说起，铁手穴道被制，并藏在橱柜内，她对无情恨绝，总是觉得要是没有无情相阻，必定可以拦住刘独峰，救回戚少商，所以她要搜出铁手，杀他以泄恨。

待她踢开第四间房子的橱柜时，赫然发现铁手正在里面。

息大娘叱道："你的大师兄害了戚少商，你怨不得我！"银牙一咬，一剑向铁手心口刺落！

第四十八回

钩子与袖子

忽然"啪"的一声，息大娘这一剑，被人双掌一拍，硬生生挟住。

息大娘脸色一变，道："高老板，你别阻我！"

来人出手阻挡，正是高鸡血。

高鸡血虽然也倾慕息大娘，但其实十分自量，以义气为重，色倒在其次，只不过他惯于与人做生意，蝇头小利，铢锱必争，反而不似别人装出一副大仁大义的模样。他不像赫连春水一般痴心，知道息大娘是去杀铁手泄愤，觉得大大不妥，便出手拦阻。

高鸡血喝："大娘，这是危急之际，何苦多树强仇？"

息大娘道："我不管！无情害了少商，我杀死他的师兄弟，有何不当？"

高鸡血脸露迟疑之色："可是……"

突然外面喊杀之声大作，敌人愈冲愈近。息大娘直望高鸡血背后，叱道："顾惜朝，你还敢来！"

高鸡血大吃一惊。他听声辨位，知道敌军已然迫近，但决未料到顾惜朝已攻上客栈了，连忙回身防范。

只是背后哪里有人？他急回身，息大娘脸上充溢着霜刀般的煞气，又一剑向铁手扎下，高鸡血这次已不及出掌挽救。

突然啪的一响，一个飞蝗石，将剑锋撞偏！

跟着又"啪"的一声，一个飞蝗石击在铁手腰胁上，别看这小小一片事物，却把铁手震得斜飞出橱柜。

同一时间，七八片飞蝗石打在铁手身上。

息大娘一怔，只见门口白影一闪，无情已出现。

后面追了个赫连春水。

原来几个照面间，无情已用凌厉的暗器，迫开赫连春水，抢上客栈房间来，一见竟是二师弟铁手，连忙施放暗器阻止息大娘杀人。

息大娘气得发抖，刷地撕下墙上一块窗纸，道："好，你来受死更好！一干卑鄙小人，枉称四大名捕！"

无情也不动气，只道："你们大敌当前，大祸临头，还不从速退去，跟我穷耗作甚！"

息大娘骂道："你们这些冷血无情的东西，惺惺作态又如何！"一剑往无情刺去！

她的人飘起，单剑直攻无情，但另一只手却在背后一扬，"嗖"地一支绳镖，直射铁手胸膛！

无情一手支地，微用力一撑，左闪三尺，避过一剑。

息大娘的左手绳镖，却掩饰得十分巧妙，直射近铁手胸膛，众人才发觉，不觉失声呼叫。

息大娘如果杀了铁手，与四大名捕的梁子，可结得深了。

不料铁手轻嘘一声，伸手一抄，已抓住绳镖。

韦鸭毛暗吃一惊，心道：铁手明明是给自己封住了穴道，为何还能动弹？回心一想，当即省悟：无情的后来几片飞蝗石，想必是替铁手打通了被封的穴道。

只听铁手道："大师兄，你来了。"

无情道："二师弟，你伤得如何？"

铁手放开绳镖，道："不碍事的。不过，连云寨一案，十分冤枉，戚寨主也是一名豪杰，这样被他们抓去，实在说不过去。"

无情道："是。这个事我处理得殊为不当。现下大敌，顷刻便近，看来是要捉拿剩下这几位的，不如先行退走，再从详计议。"

铁手当即道："是。"向众人道，"戚寨主的事，我们师兄弟必当设法，你们犯不着留在此地任凭宰割，何不先撤走再说？"

高鸡血和韦鸭毛都觉有理，赫连春水望向息大娘，要看她的决定。

戚少商一旦被擒，息大娘已心乱如麻，只想要报仇，怒愤莫已。而今略定心神，知道就算自己不顾性命，也决不能叫这几名江湖好汉陪死，当下便道："你们先退，我去追刘独峰！"

铁手摇首道："你一个人去追，刘独峰武功高强，追着了又能奈何？不如先跟大伙儿退走，再合力营救戚寨主，方才是善策！"

息大娘含泪道："可是……可是……再不救少商，可能就——"她生怕戚少商会落在顾惜朝等人手中，又恐刘独峰行动迅疾，不易追及。

铁手看出她心中所虑："你急又有何用？依我看，刘大人是个公正明理重英雄的人，决不会胡乱把戚寨主交落黄金鳞这等小人手上……"这时喊杀之声已越逼越近，韦鸭毛早已放暗号，命部下在林子里外迎抗来敌。

无情忽道："息大娘，戚寨主被擒一事，因我而起，如果戚寨主实属无辜，我会负责追回此事，你不必担心。"

无情说的话，自是十分有分量。他的轻功又极好，如他追赶刘独峰，自然有相当把握。

息大娘情知此刻不能任性行事，害己误人，便道："高老板、赫连公子，我们该当如何撤退好？"

她这样一问，显然心头怒火已暂告平复，高鸡血、赫连春水等都松了一口气，这才商议如何退走。

铁手道："如果要撤，我还有一位姓唐的小兄弟，还有十几名六扇门的朋友，也得一齐撤走。"

韦鸭毛应道："好。"又问："李福、李慧、连云三乱等，要不要都一刀杀了？"

铁手道："这个……三宝葫芦的梦幻天罗，那是一定要收回的，免得给这干伤天害理的狗腿子用来害人……"

韦鸭毛道："这事我自会办理。"

无情忽问："有一干连云寨的叛徒被你们擒住了？"

铁手道："也有黄金鳞的部属。"

无情道："如此甚好。黄金鳞和顾惜朝非易惹之辈，必先部署妥善才发兵攻来，我们硬闯不是办法，这些人大是有用。"

众人知道无情是四大名捕之首，足智多谋，诸葛先生有许多重大决定，不能亲力亲为时，便交付无情代决，可见此人办事智计过人，连忙向他请教。

无情嘱韦鸭毛及部下们，把李福、李慧、冯乱虎、霍乱步、宋乱水一众人等放了出来，铁手也设法打开三宝葫芦，收回梦幻天罗，于是把冯乱虎一干人等用布蒙脸，脱去原来服饰，逼每人强服一颗丹丸，这一干人早已吓得屁滚尿流，怎敢不从？

无情吩咐道："我一喊'滚'字，你们立刻往东北方逃，走得快，不让我追到，或可活命；而且，你们吞了我的'三尸腐脑丸'，要不疾奔出汗，将药性自毛孔逼出，立即丧心病狂，毒力入脑，自噬而殁，如想要得以活命，就要看你们跑得够不够快，卖不卖力了。"

众人一听，更是吓得双腿打颤，却不知丹丸有毒，其实是假，要他们撒腿逃跑是真。

无情便暗示韦鸭毛令手下撤退，退入栈中。待顾惜朝、黄金鳞等大军一到，便命连云三乱等发腿猛跑，无情和四童发喊穷追，一面发出暗器，那一干贪生怕死之辈见逃得慢的同伴中镖路地，吓得巴不得亲娘多生两条腿子，没命似的狂奔。

顾惜朝、黄金鳞与鲜于仇冲杀过来的时候，原已料定息大娘等决不会留在客栈内坐以待毙，此番见这班人一逃，加上无情全力追逐，便更加判定客栈内不会留下什么重要人物，都全力追赶，黄金鳞与顾惜朝虽知铁手维护息大娘等，但却不知无情也帮着这一伙人，他们刚才确遇上刘独峰，刘独峰虽坚持不让戚少商落在他们手里，但却提到之所以能顺利擒得戚少商，乃仗赖无情从旁出手相助，故此，黄金鳞、顾惜朝都以为无情是"自己人"。

黄金鳞及顾惜朝虽然巴不得手刃戚少商方才甘心，但刘独峰说什么都不允可，几乎不惜大动干戈，坚持护此重犯，黄金鳞等也不敢强索，心里都在盘算：反正戚少商押回京师，落在傅大人手里，绝免不了一死，又何须挂虑？当下便发兵全力攻打安顺栈。

连云三乱等蒙面奔窜，顾惜朝等自然认不出来，他们也不知道铁手就在栈内，并曾与无情交谈过，设法要救护这一班讲道义的江湖朋友。

顾惜朝和黄金鳞发动主力追赶，弓矢齐发，射倒了七八人，剩下二十余人，更加吓得魂不附体，既不敢回头，也不敢停步，发足猛逃，狼窜兔奔，狼狈不堪。

鲜于仇则留下来，跟一队人马，搜索安顺栈。

这一来，便遇上息大娘、赫连春水、铁手、高鸡血、韦鸭毛、喜来锦、唐肯等这一脉的主力。

这些人虽伤的伤、疲的疲，但武功大都在鲜于仇之上，鲜于仇一下子便给息大娘、赫连春水、高鸡血与韦鸭毛等包围堵死。

铁手大声呼道："不可恋战！"他总是认为报仇是日后的事，万一黄金鳞等拨大队回头，则不易应付，可是息大娘杀红了眼，巴不得把这些强仇全杀个精光方才甘休。

鲜于仇在万分危险之际，忽然出现一队人马。

这队人马不多，但都十分精锐。

铁手一见，脸色倏变，疾喝："快退！"他自度元气恢复不到一二成，这还是靠韦鸭毛在点穴时，并未用重手，也不封要穴，使他得以在橱柜内，虽动弹不得，但仍可以运气调息，元气方才得以恢复一小部分。但在己方阵容里，息大娘伤疲过度，根本不宜再战，赫连春水也挂了彩，只有高鸡血、韦鸭毛等，比较在体力上没有什么耗损，但敌方增援极快，如果为了杀死鲜于仇而恋战，这是十分不智的。

鲜于仇的骆驼双峰杖，挥舞极急，策苍黄马突围，但却被高鸡血突然抱住马首，整匹健马像浑没了骨骼般地，瘫软了下来。

鲜于仇滚落地面，依然苦战不休。

赫连春水一记银枪，把他逼入绝路。

背后是石墙。

前面是息大娘要取他性命的双剑。

这鲜于仇到了性命攸关的时分，倒也非同小可，怪杖往后一击，竟将石墙击塌，他越墙而出！

息大娘报仇心切，自破墙里疾穿而出！

没料这鲜于仇作战经验丰富，临危反噬，自己越破墙而过后，一杖回击，就在息大娘在墙洞将越未越的刹那间，下了杀手！

息大娘双剑一交，架住一杖，剑尖一捺，刺入怪杖的两颗怪瘤结上。

鲜于仇回杖一抡，息大娘剑尖嵌在杖上，剑柄则在手中，借势掠了过来。

鲜于仇大吃一惊，一掌拍出，息大娘双剑都刺入杖中，体力衰弱，一时不及应变，但鲜于仇这一掌"砰"的一声，却击在一只袖子上。

那袖子鼓满了真气，就像一面皮鼓一样，鲜于仇一掌击下去，手腕被震得几乎脱臼。韦鸭毛替息大娘挡过一击，一腿向鲜于仇踢去！

韦鸭毛上用衣袖遮挡，脚下这一蹴，无声无息，极是难防，但鲜于仇临危不乱，见韦鸭毛肩膀一动，当即跃起，不料人才跃起，肩上已着了一记，闷哼一声，斜飞出去！

鲜于仇着了这一记，心里还完全不能明白，何以韦鸭毛明明是腿下一勾，但吃痛的反而是自己的肩膀。

他不知道韦鸭毛除了"铁翼迎风"袖功之外，在江湖上尤为称着的是他那"借东打西，出手打脚，打自己伤别人"的怪招。他出脚绊鲜于仇，却已出掌击中鲜于仇。

鲜于仇借力飞退，却遇上唐肯。

唐肯更不打话，一刀斫去。

鲜于仇在踉跄痛退中，无法闪躲。

唐肯刀斫至一半，突然住手，狠狠地吐了一口痰，骂道："这样杀你，胜之不武！"

他身旁的捕头喜来锦可不是这种想法。

他的铁枷一舞，用力向鲜于仇头部砸去！

"不杀留着成祸患，不可妇人之仁！"喜来锦如此叱道。

可是鲜于仇只稍缓得一口气，这人也算勇悍，一杖反击过去，枷杖互碰，鲜于仇功力本远胜喜来锦。但他仓皇应战，受伤在先，怪杖反而被喜来锦的双枷夹硬锁住。

鲜于仇四面受敌，临危反扑，一味勇悍。喜来锦养精蓄锐，除恶务尽，下手自不容情，一时间两人争持不下。

突然，一人平越过众人头顶，一钩挂向喜来锦！

唐肯横刀一架，手中大刀几乎脱手飞出！他也天生豪勇，强自立马，拼死不让人拉扳过去。那人一钩不能奏功，轻噫一声，一闪身已出足扫跌唐肯。

唐肯一倒，那人的钩子便向他脖子钩落！

"铮"的一声，钩子钩在一杆银枪上。

使枪赶来的正是赫连春水！

那人用刀一拖，钩口磨擦枪杆，发出尖锐刺耳的响声，赫连春水连跌两步，那人居然松钩，钩不回收，却以钩头反撞而出！

要知道赫连春水正被钩力扯得前冲，钩头迎胸撞来，这一正一反之力何等巨大，若是击实，赫连春水非要立毙当前不可。

那人钩法十分歹毒巧妙，可是他却忽略了赫连春水的枪法，原就叫做"残山剩水夺命枪"！

"夺命枪"自然是指枪法夺命，但"残山剩水"四字，形容的正是这一路枪法，在遇险拼命、绝境危局之时，越能发挥它的威力！

赫连春水一招失利，但即一枪搠出！

枪是长兵器，必须要回枪刺出，才有力道，否则只能借直劈搠拖刺冲之势，才能发挥效力，但赫连春水一枪在短距离出击，一枪直刺那人脸门！

那人应变奇速，急时一仰首，枪尖险险掠鼻而过，赫连春水借这一枪之势回转一格，拍地架住那一钩。

那人脸虽后仰，但左手一刀，已扣住赫连春水脉门！

赫连春水一挣不脱，猱身直上，一肘就打了出去！

凡古今使枪名家，莫不是与人拉长距离动手为尚，赫连春水却步步进逼，着着抢攻，贴身肉搏，近距发招，"砰"地一记，正中那人胸胁。

但那人也斜步一勾，把赫连春水勾跌了半步。

不过赫连春水的一肘，也足以打断了他两条肋骨。

赫连春水一跌，立刻借银枪之力反撑而起，那人亦掩胸而起，赫连春水跟那人互相抢攻，一个照面间，两人俱伤，只不过那人伤得惨重一些；赫连自觉伤得实在不算什么，但觉得那人出手不论兵器拳脚，全是以"钩"法为主，武功甚是奇特，不禁往那人看去。

只见那人眉清目秀，脸色煞白，胸胁那一记，伤得显然不轻。

赫连春水一怔，脸色倏变，忽想起武林中一人形貌，脱口道："舒自绣！"

赫连春水怕的当然不是舒自绣。

而是他知道舒自绣与郦速迟二人，都有一个大靠山。

这个"靠山"便是文张。

赫连春水怕的是文张！

可是，文张早已来了！

鲜于仇与喜来锦比拼三招，鲜于仇越战越勇，内力恢复得越快，喜来锦已尽落下风。

但韦鸭毛的袖子忽然卷住他的怪杖。

鲜于仇最忌畏的就是韦鸭毛。

韦鸭毛的另一只袖子已卷上了鲜于仇的颈项！

正在此时，另一只袖子已攻了上来。

鲜于仇心惊胆战，不料韦鸭毛竟有三只袖子；一对袖子他已应付不过来，更何况有三只袖子！

可是这只袖子却半途截住韦鸭毛的袖子，绞缠在一起。

韦鸭毛的人立即变了。

他本来枯瘦的身躯突然膨胀了起来。

他随即松开了卷住鲜于仇拐杖的袖子，攻向来人。

那人的白袖，也舒了过来；一青一白，两只袖子，袖口对联在一起，两只袖子里都像有汹涌波涛一般，激荡起来，也不知两只手掌，在袖里过了多少招、多少式。

鲜于仇眼见来了强助，大喜过望，正要乘虚攻击韦鸭毛，但息大娘双剑已然攻到。

高鸡血"砰"地撞破石墙，跨了过来，猛见一人，神态从容慈和，清癯有神的白衣文士，正以一双袖子，与韦鸭毛一双袖子战在一起。

高鸡血一看，情知不妙，叫道："是文张！师弟小心！"

突地一刀斫来，出刀者神容威猛，白发白须，正是高风亮！

第四十九回

大刀与扇子

　　高鸡血的武功原来就刁钻灵活，刚才与无情一战，因为无情暗器太过凌厉，高鸡血的武功根本不及发挥，而今高风亮一刀砍来，声威逼人，高鸡血后退半步，刷地抽出折扇，竟架住一刀。

　　刀是锋锐无比，削铁如泥的大刀！

　　但折扇只是纸和竹制成的扇子。

　　这一扇居然架住了这一刀。

　　高风亮喝了一声："好！"一刀便成千刀万刀，犹如漫天风雨，挟威而至！

　　高鸡血的扇子一开，扇子只书"高处不胜寒"五字，仿如游龙直冲云霄，破扇飞去；他的扇子一开，张扬遮掩，那一轮急刀，全给他拦了下来。

　　高鸡血赞叹道："'八方风雨留人刀'，好刀法！"

　　高风亮也拼出了真火，一捋白花花的胡子，双手捧刀，一副精诚所至、金石为开之势，道："还有'五鬼开山刀'！"

　　一刀斫去！

　　高鸡血大喝一声，折扇飞刺高风亮十一处要穴！

　　高风亮那一刀自斫他那一刀，高鸡血的折扇自抢攻他的要害，两人招式全不相近，而且也完全不理会对方攻势，但奇的是，两人招式，到了半途，却都会合在一起，交击之下，高风亮身子一晃，高鸡血身形一震，两人都喝了一声彩："好！"

高风亮刀法一转，竟双手握住刀口，以刀柄为锋，叱道："试试我的'颠倒众生，授人于柄'刀法！"

他这一刀斫出，高鸡血突然猛身抢进，他身材虽胖，动作却出奇灵敏，挺着个大肚子，砰地撞上了高风亮！

高风亮给他撞跌七八步，一时血气贲腾，但一刀已然斫落，正中高鸡血肚皮上。

高鸡血闷哼一声，也退了三四步，勉强把稳桩子，但腹部已为刀气所伤。

要是他不是用"弥陀笑佛肚皮功"抵御，这一刀若是斫落在其他的地方，则非骨折肉离不可！

高风亮刀势又是一变。

他双手捧刀，高举过顶，胸门大露，刀舞急旋，自生一股猛烈的狂风。

高鸡血叱道："好个'龙卷风刀法'！"即弹跳跃翻，纵掠闪躲，高风亮刀风的大力，全被他轻巧地避了开去。

高风亮已斗出了真火，刀法又是一变，那口近六十斤重的大刀，在他使来，如鹅毛一般，轻若无物。

高鸡血这才倏然色变。

他知道这才是神威镖局的看家本领：

庖丁刀法！

高鸡血是绿林里的顶尖儿好手，高风亮则是走镖的一流高手，这两人天生就是对头，但这次却为了官府、朋友的事，拼个你死我活，出手间谁也不留余地。

这一轮苦战争持下去，要走的反而是息大娘。

息大娘、喜来锦力战鲜于仇，息大娘因伤未愈，一路逃亡以来，自是疲极倦极，武功更是大打折扣，不过因与喜来锦双斗鲜于仇，仍是占了上风，也因而她得以统观全场……

高鸡血正苦斗高风亮，难分高下。

赫连春水决战舒自绣，稳占上风。

韦鸭毛力拼文张，却险象环生！

唐肯与勇成交手，看来两人都未尽全力。

铁手正领十几名衙役，以及四十余名韦鸭毛的部属，还有赫连春水的八名部下，与如潮水般涌来的军兵、连云寨叛徒、神威镖局子弟恶战，铁手等人武功较高，大可应付，无奈军队愈来愈多，纠合成众，再这样下去，难免要全军覆没了。

息大娘虽然豁出了性命，但她怎忍心教这一干义气之交，陪她送死？

这样一转念间，息大娘心下清明：无论如何，留得性命，这才可以为姊妹们报仇，营救戚少商——这同样也是戚少商对她深深期许的。

息大娘心中已下决定，也不顾杀死鲜于仇，只一连七八招杀着，把鲜于仇逼得手忙脚乱，突然间，她皓腕一震，绳镖急如蛇信，"嗖"地射了过去！

鲜于仇怪拐一封，绳镖突然在拐子上一绕数圈，仍疾射鲜于仇，鲜于仇一时不想放弃拐杖，只来得及侧了侧身，绳镖已射中了他的右胸！

他大叫一声，抚胸而退！

息大娘呼道："快撤！"

她这一叫，可真有效。

高鸡血的扇子突然脱出飞出，旋舞追打高风亮，高风亮急忙跳开，凝神以待，高鸡血却凌空接引，取回扇子，转身就走！

高鸡血的轻功原比高风亮高，年纪又远比高风亮轻，他这一逃，高风亮实在追他不着。

赫连春水本来就占了上风，长枪一轮急攻，突然双手抓住枪尾，全身跃起，意欲全力当头砸下！

舒自绣几曾看过如此不要命的枪法，一面举钩招架，一面卸力急退！

不料赫连春水这凌厉无俦的战姿，接下来却凌空一个翻身，拖枪就走，与高鸡血、喜来锦、息大娘等人会合一道，正要撤走。

可惜韦鸭毛却被困住。

文张的武功深不可测。

这时铁手忽然掠了过来，喝道："快出手！"一把抓住韦鸭毛，一掌向文张劈去！

息大娘、高鸡血、赫连春水见铁手如此张皇，不禁同时一惊，飞掠向韦鸭毛身旁，这时，文张的袖子已不跟他相接，三人一触韦鸭毛，才发现他衣服里无一根骨骼是完整的，嘴角溢血，牙龈紧闭，敢情嘴里还含了一大口血，未曾吐出来，再一摸鼻孔，已无呼吸！

一时之间、息大娘、高鸡血、赫连春水三人，大恸大怒，齐向文张出掌。

其实，文张的内力，本就胜过韦鸭毛。

韦鸭毛的"铁袖迎风"，真气遍布全身，但他的真气是自袖功而生，并非本身真元；文张出身极杂，所学也博，但本元内息却习自少林"金刚拳"及"大韦陀杵"功力，元气充沛刚猛，生生不息，他也长于"东海水云袖功"，以袖缠袖，两人旗鼓相当，但袖底下交手，文张便大占上风。

本来二人对掌，文张虽占优势，但一时未必能制住韦鸭毛。文张为人卑鄙，袖里藏刀，以匕首割伤韦鸭毛中指。

文张当日在"骷髅画"一案杀死鲁问张，用的就是匕首，原并不出奇；两人在袖中对掌，文张却以匕首伤人，韦鸭毛一痛失神，一着失利，文张内力源源涌至，先以浑厚无比的内力，震断韦鸭毛中指第一节，再以韦鸭毛折断的中指首节，撞断其中指第二节，再集二节断指之力，震断其中指第三节。

三节指骨尽碎，韦鸭毛内力一散，文张内力却汹涌而至，以其三节断指，撞碎其掌骨，再以掌骨撞断腕骨，腕骨震碎前臂骨，前臂骨震断后臂骨，臂骨震碎肩骨，肩骨撞碎琵琶骨，琵琶骨震碎肋骨，肋骨刺入心脏——韦鸭毛半声惨呼未出，立时身亡。

文张一举击杀韦鸭毛，心中正是得意之时，不料韦鸭毛濒死反扑，抬足向他踢到。

文张手上加劲，侧身闪开，同时用左手一格，想抄住来腿，岂料这一捞未着，反而胸上着了一掌。

韦鸭毛使的是他"声东击西"的看家本领，看似出的是腿，其实是腾出一手，劈出一掌，文张虽老奸巨猾，只一时大意，也吃了一记，不过此时他已是强弩之末，文张又内劲遍布全身，他这一掌，只能教文张血气翻腾一阵而已。

可是铁手这时已看出韦鸭毛情形不妙，急掠而至，一掌劈到！

文张血气未平，掌力已乱，只好勉力相接。

要换作平时，以铁手内功之强，足可把文张震得吐血当堂，但此时铁手元气大伤，这一掌击出，最多只有平时两成功力，文张要硬接一掌，尚可应付。

不过这时，息大娘、赫连春水、高鸡血三人掌力已至！

文张突然遇险，临危不乱，他左手与铁手交掌，右袖一挥，以"东海水云袖"截挡三股强劲！

这一下交接，文张连退五尺，口里一甜，哇地吐了一口鲜血！

息大娘、赫连春水、铁手等还待再攻，高风亮、舒自绣、鲜于仇已拢了过来，护住文张。

高鸡血一见韦鸭毛死去，心中悲愤若狂，哀呼了一声："师弟！"心感韦鸭毛、禹全盛师徒都为自己的事而丧命，他本来悲愤若狂，但毕竟是一代宗主，领导绿林同道大有经验，情知如果自己不退，别人感念韦鸭毛之死，更不会退，如此就算能手刃文张，大伙儿也全丧在这里不可，当下心意已决，以大局为重，叱道："快撤！"

高鸡血这一声号令，人人莫敢不从。

息大娘急退，赫连春水也传令部下速退，铁手则招呼衙役们退走。

唐肯则不忘背负尤知味而退。其实，他并不清楚尤知味是敌人，只见他也在客栈之中被封了穴道，穴道封得又甚特异，唐肯功力不足，无法解开，便不管他是敌是友，总之也要一齐撤走，这一来，可恨得尤知味牙嘶嘶的，文张虽然精明，料定客栈内可能还有要犯，故意留下讨伐立功，此际血战一番，尤知味依然落在息大娘等人手里。

高鸡血则背了韦鸭毛就跑。

这一来，韦鸭毛的部下都错以为韦鸭毛未死，全跟高鸡血撤退。

高风亮本就不怎么热衷于擒下这一干人，舒自绣被赫连春水伤得不轻，只顾护着文张，不敢再追，只有鲜于仇十分剽悍，竟率兵追了出来。

追了几步，铁手陡然一停，一掌劈来。

鲜于仇素惧铁手神威，猛然止步，不料铁手功力锐减，这一掌只是虚张声势，果然把鲜于仇唬住。

鲜于仇在部下面前受骗，十分恚怒，发足再追，少说也要杀得一名重犯，以平怒火。

世间对落水狗穷追猛打的人，在所多有，由于对方逃避，更激起他一贯欺压之心，加上立功心切，鲜于仇领兵猛追，追近赫连春水，赫连春水不等他出招，一沉身，半旋步，就是一记"回马枪"！

这一枪当胸刺到，声势何等疾厉，但鲜于仇骁勇善战，应变奇速，确有过人之能，在急驰中突然吐气扬声，双脚如钉子般速然敲入土里，四平大马，拦拐一格，"哧"的一声，枪尖刺入杖瘤内。

鲜于仇发力一扳，想将赫连春水的银枪甩脱，赫连春水左手中指新断，握枪不稳，索性弃枪，猱身而上，"砰"地一肘撞中鲜于仇。

鲜于仇大叫一声，他身后七八名精兵拥了上来，但十一郎、十二郎、十三妹一阵快斩，冲乱敌方阵脚，息大娘一扬手，绳镖向鲜于仇迎面打去！

鲜于仇百忙中拐杖一划，缠住绳子，绳索迅速在杖颈转成几匝，镖仍疾射向鲜于仇，鲜于仇眼明手快，一手抄住，他见自己片刻间夺两大高手的兵器，心中得意，正要说话，突然左肩府、右脖一齐凉了一下，跟着刺痛了起来。

原来息大娘绳镖射出，皓腕一翻，另有两片尖镞悄悄射出，鲜于仇只顾及应付绳镖，不意连中两下暗器，他心中一惊，息大娘一闪而至，一足踢出，踢在他的腹中。

鲜于仇中了这一脚，并不退后，反而抚腹弯腰，息大娘拔出右腿，四大家仆等上前护住，息大娘与赫连春水相偕急退。

高风亮与勇成追近，扶住鲜于仇，这才知道息大娘鞋上藏有利刃，等于是一刀刺入鲜于仇肚里，鲜于仇已是出气多，入气少了。

一干追兵见息大娘等反扑如此凌厉，都心存怯意，不敢迫近，高风亮本就不怎么全力以赴，文张因为受伤，待他调息后赶上，赫连春水等一干人早已逃得不知所踪了。

这一行人，浩浩荡荡，逃往的地方正是南燕县郊的拒马沟、青天寨！

拒马沟住的不是强盗，也不是匪寇，而是一班以牧马为业的北方好汉。

这一群好汉的领袖，原本是义薄云天、豪迈狂放的"三绝一声雷"伍刚中，但伍刚中在追随铁手追捕"灭绝王"楚相玉一案中身殁，青天寨的重任，全落在他的爱婿——"急电"殷乘风的肩上。

殷乘风本来与伍刚中掌上明珠伍彩云青梅竹马，恩爱逾恒，可是伍彩云也在"谈亭会"一案中惨死，这件惨案发生后，殷乘风性情大变，虽然真正凶手已被无情和追命杀死，不过伍彩云的死，令殷乘风郁郁寡欢，无心理事，青天寨的声望，也从此一蹶不振。

青天寨本在武林中俗称"南寨"，它被称"南寨"，却非关位居南方，而是近易水南支建寨而得名。

"南寨"原与"东堡""西镇""北城"合称"武林四大家"，但经过数番战乱、变故，撼天堡黄天星已殁，东堡欲振乏力；西镇伏犀镇蓝元山因欲逞一己野心，造成爱妻霍银仙之死，已孑然出家，伏犀镇亦名存实亡；北城舞阳城城主周白宇，因与蓝元山之妻小霍有染，愧对天下好汉，双双自杀，舞阳城本就因"魔姑"姬摇花攻城而元气大伤，迄此可说寿终正寝。

殷乘风虽然已变得无精打采，但他毕竟仍是南寨寨主。

息大娘是毁诺城城主，她原本跟伍彩云十分交好；戚少商是连云寨寨主，连云寨声势后来居上，他跟殷乘风也是相熟。高鸡血是绿林中的"中间人"，跟殷乘风虽然不熟，但跟伍刚中却有深厚的交情。

铁手曾跟伍刚中一道办案，而无情跟殷乘风，渊源可就更深了。

要不是无情，殷乘风未必能报得了杀妻之仇。

息大娘在毁诺城临毁之前，跟一众姐妹约好在易水见面，大家心照不宣，自然就是青天寨。

因为以青天寨与连云寨及毁诺城的交谊，断不会见死不救、坐视不理的。

大家集合的地点，正是这曾一度是"武林四大世家"的青天寨。

易水南。

拒马沟。

南寨。

第五十回

拒马沟、青天寨

息大娘、赫连春水、铁手、高鸡血、唐肯、喜来锦这一行人，终于逃到了易水南支，拒马沟的青天寨内。

息大娘是因以碎云渊的力量护戚少商，以致毁诺城被攻破，从此不断逃亡的，她一心全系在戚少商身上，而今只身得到暂时的安全，心情也不见得快乐。

赫连春水与高鸡血则因助息大娘而遭连累，引发这一场逃亡的，其中赫连春水带了七名部属，高鸡血领了韦鸭毛的三十一名弟子，投奔青天寨。

这一路来的逃亡，自然也遇到了截杀，赫连春水方面，十二郎身亡，高鸡血的部下，也死了三人，可谓损失惨重。

铁手是因救戚少商而身受重创，他的内功一直未完全恢复，无法发挥他那惊世骇俗的武功；唐肯本因神威镖局为势所迫，不得已投向官府，要助官兵剿匪，牵涉其中，后因出手相救铁手，相偕逃亡，而今与息大娘一伙，汇合一起，索性成为这浩浩荡荡大逃亡的一分子。

可是促成他们逃亡的关键人物：戚少商，到头来还是教刘独峰逮捕了去，不能跟他们一齐逃入青天寨。

青天寨的子弟初见这一干人物前来，以为是敌，后来才弄清楚，急急走报寨主殷乘风。

殷乘风正在寺中借酒消愁，一听是息大娘等人前来，也稍现喜色。息大娘原本与伍彩云是手帕交，而他本身跟戚少商意气相投，两寨之间守望相顾，连云寨出事之后，他一直很是担心，换作以往，他必然发兵去助，但此际他已意气消沉，再不欲插手江湖恩怨，是故未有行动。未几又闻毁诺城被攻破，连霹雳堂分堂也被牵连，心中大急，找到副寨主"三眼怪"薛丈一商议，要不要发兵营救戚少商、息大娘、雷卷等。

"三眼怪"薛丈一原是"黑煞神"薛丈二的兄长，与"黑煞神"薛丈二和"地趟刀"原混天，还有"上方剑"盛朝光合起来，是南寨中的四大高手，但薛丈二、原混天全在"毒手"一役中壮烈牺牲了，于是薛丈一升为副寨主，盛朝光则为寨中的总头目。

"三眼怪"薛丈一好胜尚义，力主调兵下山，但盛朝光比较稳重任事，大力否决，认为此际东堡已倾，北城亦毁，西镇欲振无力，南寨人手缺乏，不宜招摇树敌，再结强仇。两人争持不下。

殷乘风本人却始终念念不忘伍彩云，心灰意懒，而前几天寨里又来两位稀客，对这件事，使他心念繁忙，但一直未作出决定，更迟迟未出兵救援，没料息大娘一行人却已经到了。

更没料到的是，连四大名捕中的铁手，竟也在逃亡之行列。

盛朝光之所以力阻青天寨下山救援，主要理由之一，是不想与四大名捕为敌：四大名捕与诸葛先生，跟"武林四大家"关系一向甚佳，互为奥援，盛朝光唯恐追捕戚少商一案，是在四大名捕手中办理，为此与四大名捕为敌，殊为不值，亦为不智，却未料到铁手居然也跟息大娘等一道，投奔青天寨！

殷乘风忙命盛朝光迎众入寨,自己匆匆洗脸更衣,与近日入寨的两位贵宾,到青天寨"朝霞堂"中迎客。

息大娘、高鸡血、铁手乍见殷乘风,都吃了一惊。殷乘风本来爽朗英挺,而今却满脸愁思,形枯骨销,这样看上一眼,便可以想见他对伍彩云,是何等念念不忘,伤心痛苦了。

众人见过之后,殷乘风和息大娘异口同声都在问对方:"为何弄成这般田地?"话才出口,知道所问的心中已知答案,无疑形同问了一句废话,都没有再说话。

铁手道:"我们逃来贵寨,如果不便,尽说无妨,我们实在是不想再牵累别人。"

殷乘风猛抬头,拱手道:"铁二哥这是什么话!各位在江湖上为义舍身,不惜冒险犯难,辗转逃亡,在下却在这里饮酒伤心,实在惭愧已极,若在此时不再为诸位一尽己力,那还是个人么!"

高鸡血听铁手这等说法,自是光明磊落,但他一向做惯生意,虚实不予人说,当真生怕就此让青天寨有借口推拒不答,忙道:"殷乘风寨主不必担心。我们此番入寨,早已撇开官府眼线,暗度陈仓,谅他们也不得知我们已入贵寨。"

铁手却道:"他们虽没看见,但黄金鳞、顾惜朝非泛泛之辈,这儿方圆百里,论势力、讲义气,除南寨之外焉有他处?他们亦必定怀疑。"

高鸡血急得向铁手猛使眼色:"哎呀,他们就算起疑,也无证据,难道贸贸然挥军入侵青天寨不成?"

青天寨总头目盛朝光一向稳重小心,道:"这也难说,我看朝廷发军歼灭连云寨,再拨军攻打毁诺城,是一串连锁行动,他们只要抓到些微把柄,即可寻衅,另生战端,不可不防。"

副寨主薛丈一却颇不耐烦，一拍桌子道："我管他们发不发兵的！他们要是敢来，来一个，杀单的，来一对，宰一双，要是来十个百个，干了不必计算！"

盛朝光不服，冷笑道："咱们青天寨现在经得起官兵鏖战吗？"

薛丈一铜铃般的双眼一瞪，道："啥事经不起？想老寨主在世的时候，什么天大的仗不一概捅了？现在时势变了，但要青天寨的好汉贪生怕死，当缩头乌龟，我姓薛的第一个不干！"

在殷乘风身边的男子忽道："在下倒有一个计议，不知便不便说。"

殷乘风忙道："谢兄尽说无妨。"

那男子道："青天寨有的是不怕死的兄弟，息大娘等一行人，不过四十来人，殷寨主不妨用金蝉脱壳，暗度陈仓之计，引开官兵的追索。"说到这里，微笑不语。

殷乘风即问："如何金蝉脱壳，暗度陈仓，尚请谢兄明示。"

那姓谢的男子一笑，道："先遣派八十余人，分成两批，假扮成息大娘一行人的样貌，一批往冀东山路走，一批乘舟赴江南，把追兵引开，顾惜朝他们自然不会疑心铁二爷、赫连公子等已投入青天寨。"

众人往那青年男子望去，只见他眉宇清朗，目带异彩，满脸笑容，谈吐文雅，仪表端的不凡。

殷乘风会意，向众人引介道："这位是九九峰连目上人的入室弟子谢胜培谢兄。连目上人早年是家父创立山寨的老兄弟，后来金盆洗手，退出江湖，归隐九九峰上，潜修佛理、武功，这位便是他的高足谢兄。同行的是他师妹姚女侠——"

那女子抱拳颔首道："我叫姚阿绣。"

众人也抱拳答礼。

谢三胜接道："家师每年都来拒马沟拜会青天寨，与伍老寨主聚旧，可是这两年来，伍老寨主已然过世，家师不想触景伤情，故遣在下与师妹来拜会殷少寨主，专程讨教。"

殷乘风道："谢兄客气了，你来了敝寨，给予我们不少指点，使青天寨得益匪浅。"

谢三胜谦道："殷寨主言重，在下叨扰多日，不胜惭愧。"

高鸡血道："刚才谢兄所提的意见，甚有见地，不过，一口气派出八十余人，不是个小数目，这样对南寨，恐怕不大好……"

殷乘风道："这是义所当为的事。这几年来，青天寨虽欲振乏力，但派出近百人手，却还只是稀松平常。"

盛朝光沉吟道："不过，寨中的兄弟要是装扮成铁二爷等的模样，万一给黄金鳞等人逮着，难保不招出实情，岂不是弄巧反拙？"

薛丈一不耐烦地道："老盛，你以为咱们青天寨的兄弟，是贪生怕死、吃里爬外之辈？你放心，他们忠心一片，决不致连累大伙儿的！"

盛朝光心里有气，道："要真给那干官兵拿着，严刑迫供，你敢保证他们不说？就算他们不说，这些兄弟们，有的家眷是在寨中，有的却住在寨外，只要给官府锁了起来，要挟利诱，你能担保没有人供出一言半句？！"

薛丈一一时反驳不出，只冷笑道："老盛，你顾虑甚多！就算那些狗官们知道是咱们青天寨干的，又能怎样？咱们南寨好久没大干一番了，正好拿他们祭刀！你这几年没动家伙，可胆小手软了么？"

盛朝光这回可抑不住怒火了，愤然道："薛老大，我这番思虑，纯粹是为了南寨。南寨跟官府直接起冲突，兵祸连延，对谁会有好处？息大娘、铁二爷等驾临咱们青天寨，咱们就得处处保他们平安，若是咱们只懂放明着跟官兵对垒，这算什么？！真要拿兵器流血拼命，你一哥跑第一位，我老盛决不站第二位，你这番话，以为我姓盛的是怕事之徒么？薛老二，原老弟去了，青天寨就仗寨主和咱几人撑着，要是逞个人之勇，我老盛早就快意恩仇去了，用不着你来唠叨！"

薛丈一给盛朝光一轮数落，一时说不出话来。铁手忙道："盛兄所言甚是。"

姚小雯忽道："其实那也不是什么难事。只要贵寨兄弟引开官兵一段路程，然后暂到市集或城里卸去化装，回复本来形貌，化整为零，黄金鳞等再怎么查，也查不出个所以然来，寨中兄弟也不必冒被捕之险了。"

高鸡血拊掌笑道："是也！此计甚妙！"

息大娘向姚小雯看去，只见她鹅蛋脸儿，纤瘦清秀，便笑着握她的手道："好妹妹，如果毁诺城还在，真要请你多来谈心哩。"忽觉她的手甚是冰凉。

殷乘风道："既然如此，事不宜迟。"便立即召八十余名寨中兄弟进来，分别按照众人形貌化装，相偕出寨，依计行事。

待此事料理妥当之后，殷乘风嘱寨中大夫，为受伤众人疗伤，略作休息，共用晚膳，并暂将尤知味扣押起来。

次日傍晚，忽闻头目来报："四大名捕之成崖余的两名剑童求见寨主。"

殷乘风道："快请。"

铁手等乍闻无情的四名近身剑童中两名折返，却不见无情，自是十分担心。

两剑童来到朝霞堂上，分别向诸人见礼之后，铁手便问："情形如何？"

铁剑童子道："公子把那一干恶人蒙面赶跑，那些官兵乱放暗器，伤了八九人，逃了一段路，连云寨的游天龙、神威镖局的勇成等率众伏击，一轮冲锋又杀了七八人，才弄清楚是那三个大捣乱和姓李的那对活宝，真是笑死人了。"

铜剑童子道："是啊，笑死人。黄金鳞、顾惜朝等人追到，跟'连云三乱''福慧双修'等一朝相，哈，那个模样儿，知道是自己人杀自己人，更气了个吹胡子直瞪眼！"

唐肯笑道："冯乱虎、霍乱步、宋乱水、李氏兄弟，这五人没死，也算他们命大！"

铁手却问："金剑和银剑到哪儿去了？你们公子呢？"

铁剑童子道："公子要我们先回南寨，禀报情况，以免诸位担心。"

息大娘皱眉道："他自己却去哪儿了？"

铜剑童子道："公子交代我们向大娘您交代一声：他要和金剑、银剑去追刘独峰要人。"

息大娘一震，道："什么！"

铁手长叹一声，道："我就知道大师兄对此事耿耿于怀，决不会袖手旁观的。"

谢三胜问："那么，你们公子会不会回来这儿？"

铁剑、铜剑相顾一眼，眼中都有委屈、悬念的神色，先后道："公子说过，救不回戚寨主，他便无脸目以对诸位英雄，誓与刘捕神周旋到底。"

"如果人救得了，自然回转。我们本也要跟金剑、银剑师兄去，公子就是不准，命我们回来这里，向诸位禀报实情……二爷，我们该怎么办呀？"

这末了的一句，是向铁手问的。铁手伸出一双大手，轻轻在二剑童肩上拍了拍道："你们的公子，要办一件事的时候，无论多大的困难，无论多少阻挠，他都会去克服完成的；以前，有很多不可能解决的事，都给他解决了。现在，事情虽然很棘手，但他也一定能够解决的，你们不用担心。"

两名剑童两对清灵的眼睛眨动一下，听话地点了点头。

然而在铁手的心里，却十分的迷惘：刘独峰是六扇门的第一把好手，当年捕快群中的名宿，无情则是四大名捕里的大师兄，当今青年高手中的杰出人物；而今要无情在刘独峰的掌握中救人，那会是个怎么样的局面？

——谁胜？谁输？

铁手心里也不怎么明白：无情为何如此参与这件事？以无情一向冷静得接近冷酷的作风，应该不会只为了自己促成戚少商被捕，而要跟刘独峰为敌；何况，皇上的确曾下密旨，要刘独峰拿人，无情这等做法，岂不是违抗圣旨？

而在息大娘的心中，又是另外一个想法。

她本来恨死了无情，恨透了四大名捕，因为她觉得，戚少商也是给什么捕神抓去的，而无情也曾出手，阻拦了自己那么一下子，以致自己不及抢救戚少商。

她对一切的官兵、捕衙，全都心恶痛绝。

她就是一个这样的女子，敌友分明，爱恨分明。她可以为她所爱的人不惜死，也可以不惜一切地对她所憎恨的人报复。

可是她没有想到，那个在月光下，残废、冷傲、清俊的白衣青年，突然真的履行他的诺言，去营救戚少商！

她不禁深深地回忆了一下，那白衣青年的样貌神情，然后这样想：

——要是他真的能救回戚少商，我愿意牺牲一切来报答他。

只要戚少商真的能无恙回来。

戚少商真的能无恙回来，与息大娘共聚吗？

第五十一回

暗斗

　　铁剑与铜剑，的确已经把实况转达，但还是把一些情况，隐住不说。

　　这些没有向诸侠说出来的事情，不是两童子不说，而是无情曾叮嘱过他们：不要说。

　　无情不想他们知道太多。

　　一旦知道得太多，息大娘等就无法静心疗伤。

　　无情尤其希望铁手能早日康复，恢复功力——只有自强，才能御敌！

　　要想除强易暴，首先自己得要够强。

　　而今，他很清楚息大娘、赫连春水、高鸡血这一群人都不够强，就算铁手和殷乘风，也不是在他们最佳的状况。

　　无情是个有残疾的人，他是在襁褓的时候，就给杀父辱母的强仇，挑断了双腿筋脉，但他坚忍不拔，最彻底地坚持自强不息、奋斗不懈的道理，终于练成了绝技。

　　——如果想要锄强扶弱，而自己却不够强，那只是空有大志，无所济事，反会让人弱肉强食。

　　——如要助人，必须先能自助；如要持正卫道，自己先要人强气壮！

无情一双腿子，有等于无，但他经过苦练，轻功在武林中已算数一数二；他不能练高深的内功，但他发暗器的手段，可以算是武林中的顶尖高手。

无情决不向命运屈服。

他觉得命运老是挫他、辱他、讥笑他，为的便是要他克服这一切障碍，而成为一个不凡的人。

所以他成为"四大名捕"中的大师兄，当今六扇门中最受重视的人物。

他略施小计，让顾惜朝、黄金鳞等对自己手下糊里糊涂追杀了半天，便与四剑童隐身树上，偷听"连云三乱""福慧双修"以为自己已中剧毒，并且垂头丧气、气急败坏地遭顾惜朝顿足斥骂。

当时，黄金鳞情知中了调虎离山之计，也明知顾惜朝争功冒险，以致折损了尤知味、冷呼儿等两员大将，心中当然有气，却不发作，把李福、李慧叫近前来，端详一番，再掀开他们的眼皮瞧瞧，沉着气问："那干盗匪迫你们服下的是什么毒药？"

李福早已惧得脸无人色，声音发颤："他们说……迫我吃下的是什么'三尸腐脑丸'，服了会全身奇痒，丧志失心，自噬而亡……"

李慧哭丧着脸，问："黄大人，这、这种毒丸，可有解救么？"

黄金鳞微哂道："是'三尸腐脑丸'？"

冯乱虎、霍乱步异口同声抢着道："是'三尸腐脑丸'！"

黄金鳞游目一扫，看过众人气色，心中已有计较，"连云三乱"是顾惜朝的心腹，"福慧双修"也是文张的手下，加上高风亮等仍受文张的控制，而较听命于自己、并无权位上冲突。然而武将鲜于仇与冷呼儿，冷已身亡，鲜于仇又不在此，自己显得有些势孤力薄，非要广结善缘不可，便道："你们都受人摆布了。'三尸腐脑丸'是一种天山派的奇毒，任何人服了，半个时辰之后，眼白都会有十数至百粒灰点，耳筋突露、鼻涕、唾液、汗水都无法控制，黄脓不堪，你们都没有这些症状，牙龈也没渗出脓血，服的自然不是'三尸腐脑丸'。"

"福慧双修"喜形于色，"连云三乱"则惊疑不定。

宋乱水道："可是，我服了之后，的确发觉全身都有些不妥……"

黄金鳞道："哪里不妥？"

宋乱水期期艾艾地道："这………这又说不上来。"

黄金鳞笑道："那是心里有阴影所致，有人告诉你已服了奇毒，自然就会感到不适。我们曾经处死过一个犯人，饿了他十多天，让他意志消沉，筋疲力尽，再蒙他双眼，绑他在石床上，用冰块划过他腕脉，然后悬放一漏水的木桶，并告诉他，我们已用尖刀划断他的脉门，如此把他弃置在密室内两天两夜，这犯人果然就死了。其实他并无受伤，只是以为自己血已流干，斗志生机全失而殁，那都是心理作用。"

宋乱水喜道："真的？"

李福道："黄大人精于医道，朝野闻名，黄大人下的判定，自然不错！"

李慧恨恨地道："看来，我们真的受骗了。"

无情和四名剑童躲在隐蔽处，本来甚觉嬉闹，但见黄金鳞如此冷静处事，心中倒是一悚，暗中端详黄金鳞，只见他方脸大口，狮鼻环目，头巾飘飘，战袍束带，绿靴虎步，很有气派，心下起了警惕，觉得这是一个劲敌，倒不可小觑了。

只见一个高颧阔肩、虬髯满腮的精壮汉子没好气地道："叫你们抓人，结果给人耍了，使大家露了行藏，实在枉费了大当家在林中安排伏兵这一着。"

这说话的人正是游天龙。他原在连云寨九大当家中排行最末，早在劳穴光还是大当家的时候，已经加入连云寨，后来戚少商独闯连云寨，败服八大当家，被推举为首领，游天龙更受到重用。

只是游天龙再怎么受重用，以他的武功才干，也难以胜过其他八名当家，直到顾惜朝入主连云寨后，任用游天龙位居要职，使他心存感激，再以威迫利诱，使他背叛连云寨，仅对顾惜朝一人效忠。

游天龙毕竟是连云寨的"老臣子"，对冯乱虎、张乱法、宋乱水、霍乱步等四名"新贵"，本就不怎么瞧得顺眼，而对正统的官府人物，也格格不入。刚才他在林子里伏袭来人，不知竟是自己人，曾扫中宋乱水一棍，但也被霍乱步击中一掌，并与冯乱虎打得难分难解，而今伤有余痛，"新仇旧恨"，越发涌上心头。

游天龙这般一说，登时激起"连云三乱"心头怒火，宋乱水骂道："你这小子真他妈的，明知是自家人，还斜来暗算老子一棍，这又算什么？"

宋乱水不骂犹可，他这一骂，游天龙是张飞脾性，也冒上了火，戟指霍乱步斥道："他也从后打了我一掌，大家都是同袍战友，这又叫什么名堂？"

冯乱虎冷冷地道："打你又怎样，刚才要不是大当家赶到，再二三十招，要你死在我掌下！"

李慧因恨"连云三乱"在安顺栈里故意不施援手，插嘴冷笑道："其实，刚才我已嘱大家不要乱跑了，还不是这三位连云寨

'乱'字军的高人慌作一团，早就不必自己人误打误伤了。"

霍乱步沉声道："刚才鬼叫豕号、贪生怕死的，难道也是我们师兄弟三人？"

李福怒道："你们这三个草寇野盗，说话可要检点一些！"

冯乱虎吼了回去："你叫咱们什么？咱们四师兄弟可一向都跟随顾公子，就算在连云寨落草，为的也是替朝廷剿灭祸患！"

游天龙最怕听别人论出身，当下按捺不住，大声道："我可是奉顾大当家之命，在林里埋伏，你们自己闯入，破坏了计划，不向大当家请罪，还在这里推诿胡赖什么！"

冯乱虎、霍乱步、宋乱水一听，倒是觉得有理，生怕顾惜朝怪责，诚惶诚恐地往顾惜朝望去。

顾惜朝的脸色非常难看，却并不发作，只说："你们不必再互相谴责，日后谁抓了戚少商，杀了息大娘，擒了铁手，拿下那一干叛逆，谁就可以论功行赏。"

霍乱步、冯乱虎、宋乱水、游天龙稽首说："是。"

李福、李慧互觑一眼，知道自己势孤力单，刚才一时嘴快，怒斥"三乱"时，难免有得罪顾惜朝之处，便自然倾向黄金鳞那一方，李福道："咱兄弟未能达成任务，有负大人所托，请大人降罪。"

李慧与李福心意相通，也道："这次我们受贼人愚弄，全仗大人释疑，万请大人予我们将功赎罪的机会。"

黄金鳞当然会意，笑道："对手非同泛泛，今日之失，不能怪你们，日后多加警惕便是。此当用人之际，你们跟高局主应紧密配合，早日拿下钦犯，以报皇恩。"

李福、李慧都答："是。"

黄金鳞向顾惜朝道："顾兄。"

顾惜朝微笑道："黄大人。"两人语气上竟都似客气了起来。

黄金鳞道："现在的情况，那一干强盗定已去远，顾公子有何妙计？"

顾惜朝淡淡一笑道："妙计不敢，只不过，黄大人真以为他们已经逃远？"

黄金鳞脸色不变，笑道："顾兄果尔明察秋毫。下官心中的确起疑，这既是声东击西之计，只怕他们仍在——"住口不语，望向顾惜朝。

顾惜朝知道自己不得不说："安顺栈。"

黄金鳞抚掌道："公子与下官真是所见略同。"

顾惜朝却道："如果不幸料中，他们仍在安顺栈的话……鲜于将军的情况，可不怎么令人放心。"

黄金鳞笑道："不过，有一位渔人，早就撒网苦候多时了。"

顾惜朝心头一震，道："文大人？"

黄金鳞道："看来咱们只是空忙了一场，这大功还是文张兄独占鳌头了。"

顾惜朝淡淡哂道："看来，比起文大人，咱们只能配是打先锋和做探哨的。"

两人哈哈大笑，竟生敌忾同仇之意。

这时，一骑急骋而至。

马上的人，是官兵装扮。

官兵匆匆下马，向黄金鳞、顾惜朝二人见礼后，迅疾地向他们说了几句话。

那几句话是报告安顺栈的战况。

——鲜于仇阵亡。

——文大人负伤。

——敌寇中，除韦鸭毛已被格杀外，余众全皆撤离，连铁手也在其中。

顾惜朝和黄金鳞听了都沉下了脸。他们心里有惊有喜，又怒又急。

——喜的是文张抢不了这个大功，他们这一路来艰辛跋涉，连场恶战，捉拿要犯，自不想让后来居上的文张独占首功。

——惊的是息大娘居然能够逃脱。

——怒的是连鲜于仇都命丧敌手。

——急的是无论如何，都不能放虎归山，让这一群跟他们已有深仇大恨的人脱逃。

他们都知道这是要紧关头，决不能再各执其是，闹意见，黄金鳞道："我们这就马上调大队过去。"

顾惜朝吩咐道："游当家的，你留在这儿看看贼子有无留下线索，再来跟我们会合。"当下各领部属，往安顺栈赶去，只留下游天龙和十九名部下，在林子里把尸首清理，观察有无敌人留下的痕迹。

这些人与其说是清理尸首，不如说是搜查尸首上有无遗下值钱事物、银两等，至于死尸，只往沟壑里一抛，就算了事。

无情见大队远去，心中有了计议，向四剑童低声道："我要生擒这个人。"四剑童自幼便受无情调训，深知主人个性，早已配合无间，当下都点头准备。

俟游天龙身边手下分头远去，只剩下三人在旁时，无情微一领首，"嗖"的一声，打出一根树枝。

树枝"哧"地没入一堆灌木林中。

游天龙登时起了警觉，挥手命两名部属过去察看。

便在此时，金剑和银剑同时在灌木丛里窜了出来，以迅雷不及掩耳的手法制住两名连云寨子弟的穴道。

铜剑自树上飞身而下，踢倒剩下一名部属，并迅速刺其要穴。

游天龙即有所觉，"霍"的一声，树上又落下一人，正在自己背后。

游天龙急忙拧身，挥棍欲击，却见是一小童，正是铁剑童子，游天龙见来人只是个小孩，一时击不下去。

就在他转身之际，无情五指一弹，已疾射出三道暗器。

游天龙闻声欲再转身，已迟。

他的反应也不可谓不快，伏身闪过一枚暗器，再滚身避过一枚暗器，然后再翻身躲过另一枚暗器，一个鲤鱼打挺，站立在地，想大呼应战，却觉胸口一麻，已着了暗器。

无情的第四道暗器，根本就是无声无息的。

他要发出的，本来就只是第四道暗器。

然后金剑与银剑，前后用两根竹竿，托着无情在树与树之间急驰。

游天龙则被铁剑与铜剑一前一后地抬着疾掠。

无情的目的，是要劫持游天龙，但又不想任何人知道：人，是他劫持的，同时，他也不想有人知道游天龙被劫持了。

金银铜铁四位剑童的轻功要比他们的武功更高，急驰了个把时辰，已到了一处乡间。

这时大部分的农夫，已下田耕作，无情用一块布巾蒙住脸孔，才解开游天龙的"哑穴"，让他正视自己。

游天龙瞪着眼，问："你抓我干什么？"

无情道："我要杀你。"

游天龙昂然道："杀吧。"

无情道："你不怕死？"

游天龙道："我落在你手上，怕死又能怎样？"

无情道："你败得不服，是不是？"

游天龙不服道："暗算算得了什么英雄？"

无情双指一弹，一石飞出，撞开了游天龙身上被封的穴道。

游天龙霍然站起，无情伸手一拨，把置于膝边的熟铜棍拨了过去，游天龙一手接住，呼呼舞了几个棍花。

游天龙天生神力，棍法走劲急路线，这随手挥舞几棍，棍身都给劲气所激，震颤不已。

无情淡淡地道："请吧。"

游天龙瞪眼道："请什么？"

无情招手道："来攻我呀。"

游天龙瞧了他一阵子，看他秀气文弱，忍不住道："你站起来呀。"他好像居然看不出无情双脚已废。

无情道："我坐着就可以。"

游天龙怒道："亮兵器吧。"

无情道："我有暗器。"

游天龙以为对方瞧他不起，叱道："那你死吧！"力挥铜棍，发出风雷之声，直砸无情左肩！

第五十二回

不是逼供

游天龙这一棍，所取的部位是对方的肩部而不是要害，便是因为对方已把他制住，而又放了他，让他有公平一战的机会，他也不想把对方一棍打死。

无情没有动。

这一棍所带动的风声，把他衣袂激得直飘。

游天龙大喝道："还不躲开！"

无情突然出手。

他是俟棍子击近他肩膀时才出手。

一片飞石。

后发先至，石片射中游天龙肘部！

游天龙左臂一麻，右手一震，熟铜棍神奇般地弹起，反击在他的额上。

游天龙哇地叫了一声，虽没有被击个正中，但也稍碰了一下，额上起了一个老大的瘤。

跟着就是双脚一麻，仆地跪倒。

只见那个瘦弱的人仍是端坐未动，问他："怎样？"

游天龙冷哼道："不怎样。"

无情道："你不服？"

游天龙摸着肿瘤，道："我怕你会给我一棍砸死，所以留了手。"

无情伸手一弹，哧哧两声，两枚石屑，推开了游天龙腿上穴道："棍在你的手上。"

游天龙抓住棍身，站了起来，瞪着无情。

无情道："这次不必再留情。"

游天龙道："你！"

无情道："请。"

游天龙想了想，抡棍吼道："好！"

一棍打出，棍未至，人弹起，这迎面一棍，变成了在无情身后击至！

可是就在他飞身掠过无情头顶之际，无情一扬手。

一把沙子。

游天龙只觉眼前一黯，这先声夺人的一击，只好变成化攻为守，身子斜飞丈外，待沙尘稍降，便要看清楚敌在何方，忽闻一声冷哼，就在自己身后两尺不到之处。

游天龙猛然回身，举棍欲击，忽顿住。

无情道："打呀，还等什么？"

游天龙一跺脚，放下了棍子，突目怒视无情。

无情道："怎么？"

游天龙气呼呼地道："服了。"

无情道："不打了？"

游天龙道："我不是你的对手，你要杀就杀吧。"

无情问："你想死？"

游天龙道："不想。"

无情道："我要问你几句话，你照实答，我可以饶你不死。"

游天龙哼道："那要看是什么样的问题。"

无情道："你的性命在我手里，我要杀就杀，你不想死，就不能不答。"

"我是不想死。"游天龙道，"可是，我该死。你要杀我，我就当是现眼报，死了也无妨。"

无情不明白："现眼报？"

游天龙坦然道："我背叛了一众兄弟，我本就该死！"

无情本来就是要问这事，当下以退为进："你要的是荣华富贵、高官厚禄，那些食古不化，只甘心当强盗的人，你当然要大义灭亲了。"

"大义灭亲？"游天龙却光火了，"当年，我被官府逼得无路可去，是连云寨收容了我，他们当我亲如手足，大家有福同享，有难同当。我们虽然当强盗，但做的是扶弱济贫的事，你看那些狗官们，弄得百姓受苦、民不聊生，这样当官，只会欺压人们，不如当强盗好！"

无情故意说："既然如此，你又为何弃暗投明，加入官兵军队，剿灭连云寨？"

游天龙恨恨地道："都是上了顾大当家的当！"

无情道："哦？"

游天龙握紧拳头，道："都恨我自己不好，听信顾惜朝的话。"

无情道："他说过些什么？"

游天龙忽生戒备之意："我为什么要告诉你？你是谁？要知道这些干什么？"

无情淡淡地道："你且别管我是谁。你说了，至多不过是一死，但如不说，立刻就得死；你本来就有愧于心，把它说出来才死，不是也死得磊落，死得英雄，死得瞑目么！"

游天龙睁大双眼，瞪住他一会儿后，才道："他说，朝廷招安，原是要重用各寨主，但戚寨主和劳二寨主一意孤行，不肯受劝，他要我和七寨主助他促成此事，先发动兵变，再劝服大寨主和二寨主等。他跟我们说：与其成天在荒山野岭忍饥受寒，沦为贼寇，不如效命朝廷，为国尽忠，更加事半功倍，名正言顺得多了……"

他顿了顿又道："他一向都较重用七寨主和我，又保证说日后连云寨顺利变成正规军队，他保我个兵马大元帅做。何况……"他垂下了头，"我是被逼落草，成为官府通缉的巨盗，我也很希望有一日能衣锦还乡，让我那被人瞧不起的老母，在乡亲们面前能够风光一番……"

无情淡淡地道："所以你就出卖了戚少商？"

游天龙涨红了脸，怒道："我不知道他们会那么绝，那么狠，下手不留情——"

无情道："你大可制止，或通风报信，至少，可以在半途退出这个手足相残的圈套啊。"

游天龙道："那时我已身在其中，一举一动，完全被孟老六监视，稍有异动，只怕大当家就会先把我除掉，我，我又能做什么？"

无情一哂道："瞧你神武豪勇，却不料你也贪生怕死，卖友求荣！"

游天龙怒道："你若要侮辱我，就把我杀了吧！"

无情道："大丈夫敢作敢为，你竟出卖同袍，给人数落了两句，有什么听不得的！"

游天龙激怒地道："你见我豪迈大胆，就以为这种人不会出卖兄弟朋友了是不是？我告诉你，其实，像我们这种人，胆小的时候，比谁都胆小；怕事的时候，比谁都怕事；怕死的时候，比谁都怕死；出卖起人来的时候，谁都不敢置信。连被出卖的人，都以为像我们这样子的人，不会做出那样子的事！"

无情静静地在听他说下去。

"在连云寨里，人人都说我和穆四寨主老实耿直，勇猛重义，但说多了，我自己就想，说的人光凭一张嘴巴就可以了，可是，一旦被冠上了这些名头，就非要老实、耿直、勇猛、重义不可以！对任何事情，都要老老实实，否则，别人就大为震讶；处事一定要耿直，不然，别人会大为失望。遇到危险，必须要勇往直前；一定要以义气为重，否则别人就为你摇头叹息。有时候，遇到一些事情，自己明明想自私一些儿，但不行，要以义气为重。有时候，前面明摆着凶多吉少，自己确也畏缩不前，但不成，我是勇猛出名，一定要冲锋陷阵。有时候想讨点便宜，取些便利，但一个老实耿直的人，又怎么能做这种事？"游天龙苦笑道，"一个是我，一个是穆鸠平，我们都给困住了！可是我们解脱不掉这无形的枷锁，穆老四比我好，他是一个真正忠实勇敢的人，他乐在其中，我呢？"

"第一，那不是真正的我，我也懦怯、自私，贪图荣华富贵；第二，就算我做得再好，我也当不了像戚寨主这样的领袖，就算连这种形象，也不能比穆鸠平做得成功！"游天龙厉声问，"那我自己算是个什么？"

无情道："因此，你就甘于受顾惜朝的引诱，背叛连云寨，出卖戚少商了？"

游天龙颓然道："如果我知道后果是那么严重，我也断不会这样做的，可是后来我已身不由己，就算放手不干，戚寨主一旦复起，也不会放过我的，我只好一不做、二不休，干到底了。"

无情淡淡地道："你以忠厚老实、耿介英勇出名，只要你也出面反叛戚少商，自然很多人会相信你的话，跟从你的行动，看来戚少商从前那么信任你，实在是他的失败之处。"

游天龙坦然道："不错。若不是戚寨主在下山对抗官兵火枪队前，把维系寨里安危的亲兵交我统管，戚少商也不致给顾惜朝打个攻其不备，一败涂地。"

无情道："你能解散连云寨精锐之师，并鼓励叛变，想来戚少商也必有不是之处，使人不服，才致如此。"

游天龙冷笑道："顾公子令下，谁敢不从？管仲一服大寨主，所以便被诛灭了。哪个不服，只有死路。当然也有不怕死的，但十成中有二成贪生怕死，只好从了；二成贪富慕贵、趋炎附势；有二成先被奸灭、制伏；还有两成被调远方，根本无法回援，多半给官兵剿灭；剩下两成不到的人，被杀得措手不及，跟着大寨主长期逃亡，只怕也所剩无几了。"

"大寨主确是个人才，二寨主与兄弟们共生同死，兄弟们都十分感念，可惜的是，他们只顾着全忠尽义，宁死不屈，却不为大伙儿着想一下，这样下去，兄弟们可有前途？大寨主再英明能干，也只是个寨主，他掌管了数千弟兄的生杀大权，而一般兄弟，有的却是什么？作战、戍守、流亡的马上岁月，有谁不想过安定的生活？"

无情微微震讶于外表粗豪的游天龙，却粗中有细，而且言谈间显示出他心思周密，点头道："你跟他们一起出身，就这一点上，的确可能要比戚少商更了解连云寨下层弟兄的心态，可是，劳穴光呢？"

游天龙冷哼道："二寨主一向服膺大寨主，他是大寨主的应声虫。"他摇摇首又道，"戚大哥虽然神武过人，但也不是完人，他风流倜傥，跟一些寨中的姐妹们，难免把持不住，一夕风流，这些女子，有些是日后成为弟兄们的妻室，如此一来，顾老大便更加宣扬煽动，使得大寨主确实失了一些人心……"

无情忽截道："戚少商跟这些寨中女子往来，可有不情愿的成分？"

游天龙一怔，答："这倒没有。"

无情道："可有分属人妻，戚少商加以强占？"

游天龙迟疑了一阵："其实，那都是你情我愿的事儿，只是在事后，女方总会归咎是对方诱迫——"

无情截道："这当然是顾惜朝离间的重点。"

游天龙冷哼道："顾惜朝其实比戚少商起码要不检点十倍！"

无情道："戚少商的到处留情，早已传遍江湖，世间风流男子，多不胜数，凭此也不能定他的罪。"

游天龙道："顾老大说过：要去征讨一个人的时候，必须要先冠之以滔天大罪，以此恶名，这样才可以兴堂正之师，有很多方便。"

无情道："除此以外，你还觉得戚少商有哪些该杀之处？"

游天龙沉吟了一阵，说道："你知道吗？其实，我毕生最佩服的，只有一个人，便是戚少商。"他回忆而感触良深地道，"他虽是权势集一身，但处处关心部属，冷暖温饱，事事为子弟着想。他要判一个人罪时，不惜心力交瘁明察暗访，常想为他翻案；无论任何不出色的弟兄来请他帮忙，他总义不容辞。他钟爱一位部下的才干时，比什么都高兴；他重用一个人才时，不会因过错和谗言而有所改变。他真的把连云寨一干苦人儿，当作自己的亲生兄弟；半生里，大部分时间精力，都耗在其间。"

游天龙长叹一声又道："我知道，像他这种人，若为了自己前程而尽全力，不管在朝在野，早就大富大贵，权力功名，享之不尽了。"

无情道："可是，现在，他已是你们的敌人，你们已经失去他了。"

游天龙自嘲地一笑道："我们不是他的敌人，我们没有资格成为他的敌人，顾惜朝才配当他的敌人。"他用讥诮的语调道，"没有了他，连云寨还算是连云寨吗？那只是强取豪夺的官府，多了一处变相的支部罢了。"

无情不再做声。

游天龙又瞪住他："你还想问些什么？"

无情冷冷地扫了他一眼。

游天龙道："你要杀我，便不需多考虑，我就当是叛忠背义，所应遭的报应。"

无情忽道："你走吧。"

游天龙忽道："你好像一直没有站起来过。"

无情不说话。

游天龙道："所以我已知道你是谁了，你的暗器手法，的确天下无双，不过，我会当我自己不知道的。"他说这句话的神情，一点也不像个老粗了。

接着游天龙瞪了无情一眼。

深深地瞪他一眼。

然后就走。

这个铁塔般的汉子，一旦迈步，只怕很难有什么东西能叫他分心止步。

游天龙走了之后，四剑童又闪了出来。

他们站在无情身旁，谁也没有说话。

无情平时偶尔也会跟他们有说有笑，甚至闹作一团，但在无情肃然沉思的时候，任谁也不敢去惊扰他的思路。

良久，无情长吁了一口气。

"我抓这个人，是为了要从他的口里，让我作一个明智的抉择。"

他没有说出那是个怎么样的抉择。

他只是问："你们能不能告诉我，从我教你们那么多的先例中，要真正地了解一个人，应该从哪一些人的口中了解较为可靠？"

这个问题对这四位仍未长大的小孩来说，是非常有趣的。

"从他朋友的口中，一个人的一言一行，他的朋友自然了解得最清楚。"

"从他亲人的口中，一个人再能掩饰，他的真正个性，也瞒不过他至亲的人。"

"从他敌人的口中，一个人的优点与缺点，从他的敌人眼里，看得最细微清楚。"

"从不认识他的人口中，这些人根本不认识他，只从他言行里得到印象，必定是最客观的。"

四剑童各有意见，而且都装得非常成熟的样子。

无情笑了。

他道："好，那我们就去问问这儿的一处人家。"

可是他已经不用问了。

他看见三个人，走入这乡间，然后走向一间较大的茅屋，走了进去。

470

无情从他们的装束上看得出来，这三人正是连云寨子弟，而且，还是跟游天龙一起留下来在树林子里的其中三人。

——他们来做什么？

——是来找游天龙？还是找息大娘等人？或是来搜索自己的？

无情也想看看，他们进入那茅屋里去做什么？

第五十三回

在空气中消失

三名连云寨的人，一脚踢开了门，闯入了那家茅屋。

茅屋的门一倒，屋里有女人的惊呼，还有小孩的哭声。

一个粗布妇人，抱着婴孩，畏惧地道："大爷……你们，又来做什么？"

一名麻脸大汉怪笑道："怎么？我们不能来么？"

另一名塌鼻大汉道："我们连云寨的人，高兴来就来，高兴怎样就怎样。"他恶意地干笑两声，葵扇大的手掌往木桌重重一拍，叱道："快去，把韩老头儿叫回来，不然，我杀了你儿子，宰了你家的猪，还奸了你！"

那女人吓得脸无人色，低着头，紧抱着孩子，匆匆去了。

三人乐得哈哈大笑。

另一人道："要不是这娘儿长得并不标致，我看你早就不放过了！"

塌鼻大汉一扪鼻子，咳呸一声，往地上吐一口浓痰，道："老九，这倒不是假的，老子好久没开斋，趁此乐上一乐，那婆娘真要把老子搅火了，管她嘴大皮粗的，咱们也要她叫死叫活！"

"可得小心一些。"那被唤作"老九"的汉子道，"自从咱们连云寨换了新主儿，这些老百姓好像不怎么买咱们的情面。"

麻脸大汉粗声骂道："我买他娘的！这些人都给姓戚的宠坏了，偌大的山寨，人家不给'红赃''保银'，还要我们终年庇护、分米派粮的，谁不撑着腰板子等咱们奉养！"

塌鼻子大汉又吐了一口唾液："那好！咱们有顾大当家做靠山，他们吃下去的都要他们吐出来！"

老九道："只怕这些人不听话。"

塌鼻大汉伸手自背后拔出一柄大刀，把刀往桌面"啪"地一放，道："谁不听话，我就一刀一个，杀了反正也不怕官府追究！"

这时，门口来了几人，都是农人装扮，粗布上都沾黏泥泞，东一块、西一块的，荷着锄头，其中一个，年纪很大，其余两个是中年人，还有三个青年，可能因耕作维生之故，都很高大结实。

那个惊惶未消的女人用手往屋里一指，道："就是他们。"

麻脸大汉一看来人，便道："嗳，韩老头儿，你回来得正好，安乐里进贡的五两银子、七口猪、六只羊、三头牛，可都准备好了没有？"

几名农夫面面相觑。

其中一名中年农夫怒道："什么？先时不是只要五口猪、两头牛，哪有六只羊这一桩？"

麻脸怪汉笑道："六只羊？那是给咱们三兄弟的茶钱路费呀！咱们为你们这些区区贡品，往来了几次，你们送六只羊来，也是天经地义！"

老九笑嘻嘻接道："识相的把鸡呀鹅呀鸭呀什么的，都抓几只来，给爷们带走。"

塌鼻汉眉开眼笑地道："还有，还有，你们村里不是有个叫什么来娣的标致娘儿，也得送来让咱们乐上一乐，这才不枉费了爷为你们保护财物人命的大功大德！"

"我呸！"一名庄稼汉道，"这儿一向平安，几时出过事情，都是你们这班人来搅扰，村里已经起了几宗人命，还有颜脸来讨什么贡品红赃！"

这人性子十分冲动，他身旁的几人连忙制止。

麻皮汉脸色一沉，又腰道："哦，你们这算什么？不认账了？"

一名青年大声道："我们又没欠账，凭什么要我们认账！"

"就凭这个！"麻脸汉刷地一刀，把桌子一砍两爿，挥刀指着门口几人道："你们要敢不给，就是反抗连云寨，咱们连云寨一向是顺我者昌，逆我者亡，不怕死的尽管不交！"

一名庄稼汉心平气和地道："这位大哥，以前连云寨都没这些规例，戚寨主一向都很照顾咱们，怎么现在全变了样呢？"

塌鼻汉一听人提起戚少商，更加怒不可遏，跃上前迎面一拳，把那庄稼汉打得捂脸蹈地，鼻血长流："什么戚寨主不戚寨主的！现在只有顾大当家，没有戚什么寨主！"

老九却觉得恶名不妨由别人顶替，便接塌鼻汉的话说下去："我们就是戚寨主派来的，他要你们交白银献贡礼，我们也没办法！"

那几个农人虽然长得结实，但对武功是一窍不通，塌鼻汉闪身掠近，出击命中，他们全无法抵挡，知道决不是这几人之敌，心中都怒不敢言。

麻皮汉怪眼一翻，道："怎样？你们交是不交？"

那韩老爹道："三位好汉，请高抬贵手，我们不是不交，而是最近收成实在不好，贡礼又那么多，我们怎交得起？"

麻皮汉嘿地一笑："交不起？交不起我们就要放火烧你们的田，看你们交是不交？"

几名青年都忍无可忍，韩老爹道："你们忒也霸道……能不能，通融一下，少收一些？"

塌鼻汉笑道："可以！不过，要把那个来娣姑娘一并奉上，咱三人要是满意，那就不跟你们多作计较！"

那名极易冲动的庄稼汉怒吼道："你们这算什么！无法无天，强欺良民，从前连云寨岂是这个样子的——"

塌鼻汉脸色一变，一刀砍去，几名庄稼汉挥动锄具反击，这几人虽不会武功，但含忿出手，塌鼻汉竟一时有些招架不住。老九与麻皮汉双双扑出，拳打脚踢，把几人击倒，塌鼻汉一把扭住那火气大脾性躁的汉子，骑在他的背上，挥刀狞笑道："我先宰了你，好教人看看不听话的人如何下场——"挥刀就要砍下，眼前突然多了两个孩童。

这两名小童，样子十分可爱，扎着冲天小辫子，双眼圆骨溜、黑乌乌的，唇红齿白，双颊扑红，塌鼻汉一怔，怎么会突然自天而降一对仙童？这一刀倒没立即斫得下去。

这两名童子侧头望着他，他也侧首望着两名童子，望得头都歪了。

其中一名伶俐的童子说："你们三人，实在太坏了，怎么这样欺负好人？"

"什么！"塌鼻汉为之气煞，几曾被一个小孩子这般指着痛斥过？

另一个灵巧的孩童则道："这是你们最后的机会，滚吧！"

塌鼻汉忍无可忍，叱道："无知小儿，再不让开，我一刀杀了！"

两个童子却笑道："我们不怕，你杀吧！"

麻皮汉和老九伸出大手，要把两个小孩像猫一般地拎出去。

就在此时，剑光闪动！

剑光并不太亮。

但极快。

麻脸汉、塌鼻汉和老九要想招架防御时，左边小童的铁剑，已割下了麻脸汉的右耳，再斩断了老九的左手指，而铜剑先刺瞎塌鼻汉一只左眼，再斩掉麻脸汉左耳，然后两剑交叉，铮地一响，收剑回鞘，拍拍手掌，像拍掉身上的灰尘一般，在三人负伤惨鸣中说道：

"我家公子说，你们罪当处斩，但如果并未出手砍杀我俩，则可免一死。"

"我家公子叫你们告诉顾惜朝，不要再假冒戚少商之名作恶，否则王子犯法，与民同罪。"

那干乡民万未料到这一对粉雕玉琢似的孩童，武功如此之高，剑术如此之好，而出手竟又这般狠辣，都啧啧称奇不已，韩老爹不禁问道："你们家公子究竟是什么人啊？"

铜剑道："你们听说过四大名捕吗？"

铁剑道："我家主人就是无情公子。"

这一群庄稼汉，毕生都难得进城一趟，除了韩老爹曾略闻"四大名捕"之威名外，余人大都不知"无情"是何方神圣。

可是那三名负伤的大汉，一听到"无情"二字，连呻吟都吞回喉咙里了。

断手的拾手，眇目的遮眼，两颊淌血的捂住双耳，溜之大吉——事后他们只有庆幸：幸亏那天出手的不是无情！

——要是无情亲自出手，他们要想活命，只怕也是下辈子的事。

铁剑与铜剑，便在此时与无情及两位师兄分手的。

无情亲眼目睹这一切事情。

他看出顾惜朝、黄金鳞与文张三人之间表面是共同对敌，内里钩心斗角。顾惜朝想借灭连云寨来巩固自己的地位，突出自己在朝野间的成就；黄金鳞是敉乱总指挥，文张是敉乱督察使，一受命于天子，一为傅丞相效命，各有争功之心。

游天龙更是连云寨九大当家之一，后来背叛了戚少商，无情劫持他，便是要从他的口中，了解戚少商是怎么一个人，连云寨是怎样的一个组织。

而今，他又从这三个连云寨"叛徒"的行为里，明白了连云寨今昔作风的对照。

他吩咐铁剑与铜剑"处理"那三个欺压百姓的人，而他自己，决定带金剑与银剑，去做一件事：

追刘独峰！

——戚少商不该被捕。

很多江洋大盗和穷凶极恶的人，看到无情，知道他手段冷酷，处事狠辣，都吓得双脚打颤，就像老鼠遇着了猫，能逃得了性命已算徼天之幸。

可是无情只杀该杀的人。

他知道戚少商并不该死。

他更加明白，只要戚少商一旦被押回京师，则非送命不可——傅宗书要他死，谁也保他不住。

所以他要去追刘独峰，希望能说服他，劝他放走戚少商。

——刘独峰会答应吗？

这简直是不可能的事。

——能追得上刘独峰吗？

无情全无把握。

但是他只知道一点：该做的事，便一定要去做。

虽然，他跟戚少商并没有交情，也不想有刘独峰这样的敌人！

追踪刘独峰，绝对是件吃力不讨好，而且容易毫无结果的事。

刘独峰出身世家，贵为望族，养尊处优、锦衣美食，就算早年行走江湖，也是仆从如云，华厦香车，声势浩大，排场威皇，但这一次，刘独峰几经艰辛，方才捕获戚少商，身边六名高手忠仆，折损其四，显然使刘独峰深自警惕。无情沿着刘独峰必经之处，已然追出两百余里，仍是全无刘独峰一行四人的踪迹！

无情深知刘独峰一向讲究排场气派，而且出身贵介，但他毕竟是捕快中最卓绝的前辈人物。如果刻意要避免招摇，隐蔽身份，除非是三师弟追命亲至，否则，要追搜出他的行藏，只怕希望甚渺。

无情并不气馁。

他又追出百余里。

无情本身功力甚弱，轻功虽高，身法再快，但惜无长力，以他来追踪刘独峰，自然无法持久；一般情形，都是由金剑和银剑用竹竿架负他赶路，金银二剑还是孩童，内力也并不深厚，无论再怎么快，也打了折扣，而且时时需要休息。如此一来，无情心中难免怀疑，可能自己已被刘独峰一行人远远抛离了！所以，他更不分昼夜地疾行赶路，一路追查，但仍旧音讯全无。

无情在逼于无奈的情形下，做了一件事。

他要金剑和银剑，在每一处衙门官府，出示"平乱玦"。

"平乱玦"是御赐的玉玦，四大名捕曾跟随诸葛先生为朝廷立过救平大功，所以四人手上，都有"平乱玦"，一旦将此玉玦出示，地方官员和军队，一定要给予最大的配合与调度。四大名捕在江湖上行走，一向极少用到"平乱玦"，不想仗兵权官威行事，反教江湖中人看不起。

无情这次动用"平乱玦"，只是打听一件事。

——可有发现刘独峰的行踪？

无情算准刘独峰返京路途，原以为一定会有所发现，但一无所获。他只要出示"平乱玦"，大小地方州乡官员，莫不俯首听命，明察暗访，尤其六扇门中的捕役衙差，本来就对"四大名捕"久闻其名，而今知道无情亲自重托，都四出侦察，望能受无情器重，立功扬名，不过，到头来，仍是白忙一场。

——刘独峰究竟去了哪里？

无情经过一番深思，知道刘独峰生怕戚少商的党羽好友来救，提防铁手或自己出手谋救，所以隐伏行藏，使人无法追查得知。

自己乔装打扮，昼伏夜行，倒非难事，但是要押着一个身怀绝技的独臂犯人，要完全避人耳目，决非是件轻易事。

——刘独峰是用什么办法来遮掩行藏的呢？

不管他用的是什么办法，以刘独峰惯于享受、安于逸乐的性子，如此藏伏赶路，都是一件大逆常情的事——刘独峰为安全计而出此下策，坚忍负重，无情是十分佩服的。

这使得他益发坚决要查出刘独峰的下落。

他本来要追捕周笑笑和惠千紫一事，反而耽搁了下来。如此行行重行行，已赶了近五百里路，超过了七日的行程，仍是一无所获，倒是刘独峰初时追缉戚少商等人的讯息，许多人都能提供，但对他回返的行程，却无人知晓。

——难道这一行人在空气中消失了不成？

第五十四回

蚂蚁记

这一日，无情来到比较靠近碎云渊的一处叫作土坑的地方，这小镇只有五六百户人，以种稻麦为生。此处穑夫里吏，极少入城见世面之故，孤陋寡闻，连四大名捕是什么人，只怕也没听说过，问起刘独峰这一行人，他们倒有讯息。

他们有的却是昔日刘独峰刚到的时候，攻破毁诺城，追击息大娘等人的消息。

这儿一带的人对毁诺城的女子显然很有好感，对刘独峰"助纣为虐"覆灭毁诺城的作为，是不予好评，只不过这一路上，大多数的人都"敢怒不敢言"，土坑镇的人则较朴直，见无情打探行踪，都很不乐意相告。

至于毁诺城惨遭荼毒，官兵如狼似虎的劣行，乡民提起此事，莫不咬牙切齿。

无情听在心里，也感沉重，官兵军队如此无法无天，怎能治理好天下？

有一名衙差还充满敌意地道："这位公子爷，你要打探官爷押解犯人的事，小的实在不知道，就算知道，也轮不到小的知道。不过，那些官爷们从连云寨打到碎云渊，他们的马，踏坏了我们的秧，他们的脚步，踩坏了我们的苗，他们还放一把大火，烧了我们的田，还抓了我们的妇女，吃尽我们的干粮，这些案子，呈报上去，乡绅的爷们不理，县衙的爷们也不理，这又怎么处理？"

无情顿感无辞以对。

另外一名差役犹有余忿，道："五重溪的一大片稻田，全给烧毁了，还有几具尸体，有一具身子全埋在土里，只剩下头露土外，五官都被烧焦了，火是官兵放的，这是怎么一回事？就算处决犯人，也不须用这等酷刑，并要咱们一大块熟了的稻米也赔上去！"

一名老捕役感叹地道："早知道这样，这次我们就提早几天收割，就不致今年入冬便要挨饿了。"

无情听得心里一动，道："被埋在土里烧焦的人可知是谁？"

衙役道："我们怎么知道？五官烧焦，辨认不出了，就是他父母前来，也保教他们认不出这是谁。"

那老捕役忽道："在他尸首旁，倒有一支被烧得变了色的金枪。"

衙役笑道："要不是烤褪了色，这支金枪又怎会留在那里？早给那些强盗都不如的官——咳，那些人，捡走了。"

无情心头一动，即问："那支枪在何处？"

老捕役道："公子爷要检查凶器？"

衙役哼哼地道："公子爷要这柄金枪，拿去也无妨，咱们这儿，地僻人穷，可没有什么好孝敬的。"

无情语音一整，道："各位，我这次来，旨在查案。官兵罔视国法，残民放肆，我一旦证据齐集，定必举报，绳之以法，请诸位万勿因害群之马，而怨怼于朝廷。我是个残废的人，千里迢迢来查案，为的是弄清楚，其中有无冤情，须否平反，否则千里往来，风尘仆仆，又何苦来哉？我双腿已废，高官厚禄、荣华富贵，对我又有何用？望诸位仗义相助，以匡国法，成某人感激不尽。"

这干差役听无情如此诚恳直言，又见他真的下身残废，为之感动，都严肃认真了起来，带他进入班房，端出长枪，让无情过目。

无情仔细视察金枪，见枪身虽已变色，的确是用纯金镶裹，此枪锋镞作波曲状，更特别的是，枪尖已脱离枪，连着一条幼细的铁链，内有机括，虽然使枪者已在格斗中放出枪尖，暗算敌手，但在金枪脱手时，定必十分仓促，以致尚未将枪尖安装回杆上去。

无情向诸人道："可否劳驾诸位，带我们到现场看看？"

老捕役等人都说："好。"

金剑在路上悄声问无情："公子，这枪有什么蹊跷？"

无情道："这枪没什么特别，只是使用这柄枪的人，如果我没料错，便是连云寨的七寨主孟有威。"

银剑接问："孟有威？'金蛇枪'孟有威手上的金枪，怎会离手？"

无情道："所以我怀疑孟有威已被烧死，否则，大火灭后，他大可回来寻回金枪的。能令孟有威命丧的战役，自然应该去看看。"

于是他们到了八重溪。

时近黄昏。

无情请诸差役先回乡镇，也嘱金银二剑，到溪边去掏虾抓鱼作乐。他则自己一人在旷野上沉思。

与其说是旷野，不如说是一大片烧焦了的田野。

一大片昏鸦掠过上空，或许它们在前些日子还栖息在稻田间，但而今稻草已被烧个干净，昏鸦无处可栖，唯哑哑鸣叫。

天际残霞如赭。

四野苍茫，远处五重溪映如金带。

烧剩的残根，烧焦的枯烬，使得这四周都有一种焦辛的味道。

被火烧过的地方，都有这种历劫的遗味。

这样一片土地，就算能再翻种，起码也是三四年后的事了，一片肥沃的土地，给一把火烧成这个样子，难怪乡民们无不惋惜。

无情长叹一声。

他望着残霞、归鸦及远方金光闪闪的河流，心中可一点头绪也没有。

听说这块焦土上，曾发现一男一女相拥的尸首，但后来被"那一干官爷们挫骨扬灰"，尸骨全无。

这使无情心里有一个想法：看来，黄金鳞、顾惜朝等人曾在此地全力围捕犯人中的高手，以致损失了孟有威，但犯人中也有一男一女两大高手丧命于此。

——这一男一女，既然不是戚少商与息大娘，那么，会是谁呢？

无情也在这段日子里，逐渐弄清楚了：江南霹雳堂分堂堂主雷卷，还有年轻一辈的出色人物沈边儿，还有毁诺城的唐二娘、秦三娘，也卷入这场腥风血雨之中。

如果这地方只是顾惜朝集团与息大娘的人火并之处，那么，与刘独峰押解戚少商无关，自己算是白来一趟了。

无情心中忽然生起一个奇怪的意念，他是向那一对被烧死的男女默祷：如果他们真的是同情支持戚少商的友人之英魂，请让他能够掌握线索，救走戚少商。

　　无情如此默念了一会，也没有什么灵感，只是晚照愈来愈黯淡，霞色愈来愈深艳罢了。其实，他也不求有什么结果，低首沉思了一会，正想回去，忽然，腿腰之间，疼了一下，像给什么东西螫了一下似的。

　　他开始还以为是蚊子，伸手一捏，才知道是只蚂蚁。

　　他坐在木轮车上，蚂蚁沿着轮车，爬上了几只，是一些红头火蚁，螫人特别疼痛。

　　无情也并不在意。

　　他甚至连那只蚂蚁都没有捏死。

　　他只轻轻挥指，弹掉那只蚂蚁。那只不过是一只小小的蚂蚁。

　　地上还有许多蚂蚁，正排成一个行军的阵势一般的，往灰烬堆里蜿蜒而去。

　　由于无情稍稍移动了这一下，有好几只战斗力强，警觉性高的蚂蚁，都停了下来，抬头昂身，触须交剪磨动着，似乎是要用这种姿势来阻吓敌人的侵犯。

　　无情不觉莞尔。

　　他发觉这些蚂蚁正抬着一只死去的壁虎，往蚁洞里爬去，十分有规律、守秩序。

　　有一只蟑螂，一只爪子被一只蚂蚁噬住，它抖不掉，第二只蚂蚁又缠上了它，它抖动再三，还是甩不开。

　　这就注定了它的厄运。

　　蚂蚁群拥而至，终于把它噬伏。

蟑螂身上都铺满了蚂蚁，然后小蚂蚁又同心协力，拉须的拉须，抬腿的抬腿，把偌大蟑螂的身子推动，拖回蚁穴里去。

无情忽然觉得很佩服。

这些小生命的战斗力顽强勇猛，而且团结合作，远超乎人类。

他心中除了感叹之外，还有一些什么，但却不怎么为意。

他隐约听到远处传来金剑和银剑嬉戏的声音，觉得很安慰。

他遣金银双剑去溪边玩耍，便是不想这些孩子太过沉闷，这该是他们嬉闹玩乐的时候，然而，他却教了他们狠辣的剑法、武功，以及对付成年人奸诈之心的应变之法，这实在都使孩童的心理负担过重了。

他自幼失双亲，身患残伤，任何在别人来说是轻而易举的事，自己却要花十倍八倍的苦功才能达到。他为报答诸葛先生，很早就少年志成，为诸葛先生分忧解劳，所以未曾享受过多少儿时的乐趣，他当然不欲四剑童步入他的后尘。

四剑童本是遭人掳劫拐带的孩童，无情因侦破一案，把他们救出后，收养教诲，才学得一身本领。无情因内息走岔，双腿已废，既精习暗器，可在远距离防身，便无法兼通剑术，他把剑法尽皆传授给四剑童。

他跟四剑童已经不只是主仆的关系，而且有一种至深的真情，他自己已深知吃公门饭的，就算是六扇门中的第一把好手，生活也并不安定，常在刀口舐血的日子里过活，随时都有生命的危险，所以他希望俟四童长大后，退出江湖，出仕或从商，总而言之，有安稳的生活才是至为重要的。

而他自己呢？

他是个残废的人，天生就不幸与寂寞。

可是他偏偏害怕寂寞，怕不快乐。

他回想三个同门师兄弟，本来也是在江湖涉险里过活，热闹但又寂寞，多变却也恒常，不过，近来却有了变化。

冷血跟习玫红是一对欢喜冤家。

铁手跟小珍一刚一柔，正是一对令人羡煞的爱侣。

追命与离离的苦恋，便似酒入愁肠愁更愁。

只有自己……

无情无奈地苦笑一下：他难动真情，一旦动情，则永难磨灭。他跟姬摇花一场由爱转恨的感情，已使他饱受创伤。

人总是要有一个安栖之所的，他希望日后四剑童都比他幸运。

想到这里，心头忽又是一动。

人的思想有时候是很奇怪的，偶然会有刹那的灵感，但又不易捕捉，轻易溜走，不容易回想得起来。

无情也在奇怪：那是什么事情？已经是第二次浮现了，通常，那是极重要的发现，才会有这种情形，可是，究竟那是个什么样的意念呢？

他忆起刚才思索的事情，尽可能联想起一些相关的东西。通常，一个人要唤起自己的记忆，这是一个较为有效的法子。

"……人总是要有个安栖之处的——"他刚才曾想到这一句话，那念头就一闪而过，难道，那意念跟这句话有什么关系不成？

他突然明白了。

——蚂蚁！

他的腰脊立即挺直起来。

通常，他遇上大敌或处理要务时，都有这种绷紧的反应。

他刚才思索的时候，眼睛不自觉地凝视蚂蚁的行列，想到这句话。——"人总是要有个安栖之所的"，蚂蚁，也正往它们的"安栖之所"行去。

本来，这并无特异之处，可是，一处刚经过大火烧得一干二净的所在，又怎么会有蚁穴呢？

——蚂蚁怎么会选在火神肆掠过的地方建穴？

——蚂蚁的巢穴，总是离可以觅食物的地方不远，何况，这祝融肆威之处，居然还有壁虎和蟑螂！

——本来，这些爬虫集处的地方，应该是食物贮藏之地才是！

——可是，这儿在几天之前，被一把大火烧得什么都不剩！

——这是什么道理呢？

无情循着蚂蚁的路向跟去，只见一处废墟，倒着几根烧焦的梁木，显然在大火之前，有一间小屋便是建在这里。

屋子早在大火里烧得个什么也不留。

蚂蚁的行列却钻入黑土里。

——难道下面是另外一个世界？

无情立即采取行动。

他推断出，从前这儿是一大片稻田，屋子建在这里，多半会怎么一个位置，再从残余的梁木中推算出这屋子原来的方位与陈设，然后，很快地找到一处重心。

无情在四大名捕中，原就精通奇门遁甲、五行布阵，所以，很快便能判断出：假使要在此处辟一地道，而又要能隔断火焰，水源自给的话，会设在何处。

他已找到了那个地方。

然后用了三种手法、五种手段，终于把一大堆杂物清除，掀开了一块已被烤烧但仍紧合的铁片。

他才掀开铁皮，一道刀光，迎面飞到！

无情精于暗器。

无情善于应变。

他在揭这块铁皮时，也暗自警戒。

他的轻功奇佳，一有异动，立时就翻退而去。

可是，这一道刀光之快、之奇、之锐，令他完全不及应变，不及招架，不及退避！

他的手仍扣着铁皮，突然往下一压！

这刹那间铁皮遽沉，加上机括本身的弹力，骤然而及时地盖下！

"嘣"！

刀破铁皮而出，露出尺长的一截刀尖！

这铁皮足有近半寸厚，虽经大火烧过，但铁质无损，地底下那人的一刀，竟有如斯威力！

刀夹在铁皮破洞里，刀尖离他鼻尖不及一寸！

无情知道自己无疑是在阎罗殿里打了一个转回来。

他毕生历经无数战役，但这一刀之险，委实向所未遇！

要不是自己双手仍扣着铁皮，这一刀，就断断避不过去！

他长吸一口气，道："好功力！"

他却不赞暗器快、刀法好！

如果那人擅刀法，精于暗器，此刻，他已永远没有办法再说出任何一句话来。

第五十五回

太阳下去明朝依样

无情又长吸一口气，才能平定乍死还生的震动，他扬声道："尊驾何人？在下不知下面有人，大胆冒犯，还请现身相见。"

地底下没有人回应。

无情等了一阵子，他跌坐在残烬之中，白袍萎地，状甚安详。

暮色渐渐降落。

无情又道："这地穴出入口虽不易强入，但如我要攻破，并不是难事。天圆如张盖，地方如棋局。此穴暮入阴中，东壁四度，若用炸药，全室必致塌毁，阁下恐难身免。至于四角的通风口，若加以封闭，也不是件难事，阁下不是要逼我如此吧？"

久久，只闻乌鸦偶一两飞落在残烬之地，但无回音。

无情微一皱眉，问："尊驾是不肯相信在下所言？"

忽听远处"呀"的一声，接出"铮铮"二响急速出剑的啸风，无情脸色倏变：不好！原来这地下石室，还另有甬道，室内之人，已乘他说话之时，潜离地底，却教金银二剑发现，动上手了！

无情知道敌人武功极高，内力深厚，金剑银剑决不是其敌手，双掌往地上一按，正转身弹出！

就在他的注意力刚离开铁皮，转身离去的刹那，"砰"地铁皮被一掌震开！

无情已不及回身！

他借双掌一按之力低头疾冲了出去！

一缕指风，破空急射，啸地自他头上掠过！

他头上的儒巾飘落下来！

头发披落在肩上。

无情仍是没有回身。

他双腿转动不便，而他知道在他背后的，肯定是第一流的劲敌。

刚才如果他先回过身来才应敌，那一指早就洞穿了他的额头。

后面的人，早已蹿了上来。

那人似也没想到对方居然躲得了他这一指。

无情心急。

但他没有回身。

这一回身，可能就永远翻不了身。

他急的是心悬于金银双剑的安危。

隔了半晌，那人轻咳一声，道："好快。"

无情道："太阳落得好快？"

暮色却已十分沉重，昏黄的夕阳，隔着烧焦的木柱照进来，很有一种荒凉的感觉。

那人道："两次你都闪躲得快。"

无情道："你的指法也很快。"

那人咳嗽，咳得好一会儿，有些气喘，气咻咻地道："我不知道你的腿……"

无情挺直了背脊。

那人顿了一下，才接道："要是我知道，我就不致要暗算你。"

他一字一句地道："我们可以公平地决一死战。"

无情冷着脸孔道："没有什么公不公平的！你暗算我，也没能杀死我。"

那人淡淡地道："以刚才的情形，我尚不能得手，我的武功，只怕不及你。但是我占了三个便宜。"

无情道："你有腿，我无腿。"

那人道："我在你背后。"

无情道："还有呢？"

那人一拍手掌。

无情身前丈远之处，就出现一个女子。

女子皓腕上掣着一把刀。

刀架在两个孩子的脖子上。

两个小孩当然就是金剑与银剑。

金剑与银剑的眸子，都有点害怕的神情。

他们不是怕死，而是怕无情责怪。

押着他们的女子，在暮色里，眉毛像两把黑色的小刀，眼睛利得似两道剑。

秀丽的刀。

美丽的剑。

这女子的英气在暮色里分外浓。

无情一点也不轻视这个女子。

她能够在片刻间制伏金银双剑，武功自然是高。

他看得出金银双剑并没有受到什么伤害。

他没有动容，但心已被牵动。

他待四剑童犹如兄弟、手足。

后面的人并没有看见他的脸，但仿佛已了解他脆弱的内心。"这是你的手下？"

无情淡淡地道："这就是你占的第三个便宜？"

"不是。"那人斩钉截铁地道，"我不会用他们来威胁你，不过，我们有两个人，你一个。"

无情静了半晌，才一字一句地道：

"有一句话，我要告诉你。"

那人道："请说。"

无情道："你一个便宜都占不了。"

话一说完，两道激光，电射而出，一前一后，快得连声音也没有！

背后的人明知道无情会出手，他早已有防备。

可是就算他有防备，一样无法应付这样快疾无伦的暗器！

厉芒一闪的刹那，他已全身拔起！

可是他拔起得快，暗器却半空一折，往上射来，闪电般到了胸口！

他拇食二指一屈一伸，"啪"地弹在暗器上！

他弹出这一指之际，还不知道是什么暗器，当手指与暗器相接的刹那，他已知道那是一把刀。

一柄薄刀！

他这一弹，是毕生功力所聚，弹在暗器上，暗器咻地激飞，但突然之间，他头上一根烧焦了的柱子，和着石屑，塌了下来，当头砸到！

他马上双掌一架，斜掠而去，这瞬息间，他知道那一把飞刀虽被他弹飞，但对方把一切应变、方向和力道，计算得厘毫不失，飞刀旁射时，切断了原已烧成焦炭的柱子，向他塌压了下来。

他足尖落地，放眼望去，场中局势已然大变。

无情的另外一枚暗器，已在那女子未及有任何行动之前，打飞了她手中的单刀，同时间，他已飞身过去，护住了金银二剑，并替他们解了穴道。

待那人落地时，无情已扳回了大局，望定向他。

无情道："是不是？我说你一件便宜都没有占。"

那人终于看清楚无情的形貌，冷沉地道："你是无情，四大名捕的无情！"

这样的残障，这样的年纪，这样的暗器，这样的轻功，武林中，再也不会有第二个人。

无情道："如果你不是重创未愈，我这道暗器，未必能拦得住你，雷堂主。"

那人一震，苦笑道："看来江湖上满脸病容，身子赢弱的人，真不算多。"

无情道："半指挽强弩，一指定乾坤，阁下在此时此境此地，还裹了件大毛裘，要不是雷堂主，还有谁能弹指间震落在下的暗器？"

雷卷苦笑道："你既已算准我接得下你这一刀，所以才利用我这一指之力，刀断残柱，阻我扑前，也就是说，早在回身之前，已知道我是谁了。"

无情道："转身以前，我只是猜臆，未能断定。"

雷卷道："要是我不是雷卷，接不下你这一道暗器呢？"

无情道："那我会发出更快的暗器，击落我这把飞刀。"

雷卷长叹道："原来你还有更快的暗器。你没有施放暗器以前，我也猜是你，但也不能肯定。"他喃喃自语道，"他们果然派四大名捕来。"

无情回身道："我正要找你。这位是毁诺城的当家吧？"

那女子声音低沉，眼见这无腿青年在举手投足间击落了她手中的单刀，抢回了金银二剑，但毫无惧意："我姓唐，唐二娘，唐晚词就是我，大捕头，你要拿人，就请便。"

无情摇首道："我为什么要抓你？"

唐晚词盯着他道："你要抓人，何须问犯人理由！"她缓缓把手腕举近颊前，用鲜红的唇，吸吮皓腕上鲜红的血。

无情刚才用一叶飞刀，飞射在刀柄上，震落了她手上的刀，虎口渗出血渍。

无情看着她吸吮伤口的神情，心头突然有些震荡，好像风拂过，一朵花在枝头摧落。他从未见过这样一双凌厉的眼神，但美丽深刻得令人连心都痛了起来。

这使得无情突然忆起了一些不欲忆起的事：

——姬摇花临死前，被浓烟熏过、被泪水洗过的眼睛。

这使得他一时忘了回应唐晚词的话。

雷卷突然发出一声铺天卷地的大喝。

雷卷瘦削、苍白，身子常半裹在厚厚的大毛毯里，看来弱不禁风。

可是他那一声大喝，如同焦雷在耳畔炸响，连无情也不禁为之一震，金银双剑，一齐坐倒。

雷卷衣风猎猎，飞扑而至。

无情霍然回身，他要应付雷卷飞身扑来，至少有十七种方法，可是，他必须要弄清楚，雷卷扑将过来的目的是什么？

扑过来的目的只可能有二：一是要攻击自己；二是自己所占的位置刚好切断了雷卷和唐晚词联手的死角，雷卷要硬闯过去与唐晚词会合，这样会较方便保护唐晚词，也方便与唐晚词合力攻袭自己。

如果是第一种目的，他是非予以截击不可。

要是第二种目的，他要不要出手呢？

他在一犹豫间，忽见眼前一空，半空的毛裘已收了回去，雷卷根本没有移动过半步，唐晚词已掠至雷卷身畔。

——原来雷卷根本没有动过。

——他是用毛裘遮掩，让对方以为他已发动攻势，其实是让唐晚词潜了过来。

——这是掩耳盗铃之法，要是刚才无情对毛裘错误地发动攻击，那反而被雷卷有机可乘。

雷卷已跟唐晚词在一起。

他心里生了一种很奇怪的感觉，这感觉便是：仿佛他们两人只要在一起，就算死，也不觉有什么遗憾了。

他知道眼前的对手是当今最难应付的十个人中之一。虽然他自己年轻、残废，不会武功，但他心中难应付的人和事一向很少。奇少。

雷卷与唐晚词深深地对望了一眼。

雷卷深深地吸了一口气，道："好定力。"他是指刚才无情觑出空门，却仍没有贸然发动攻势。

无情道："我没有看破，而且我还没有决定如何应付。"

雷卷道："你现在已可想出如何对付我们的法子了？"

无情截然道："我根本就不想对付你们。"

雷卷和唐晚词俱是一怔。

雷卷道："可是，全天下的官兵、军队、捕快、衙差，都在缉拿我们。"

无情道："他们是他们，我是我。"

雷卷忽向唐晚词道:"我初听说铁二捕头仗义援助戚少商他们,本也并不怎么相信。江湖人说:'四大名捕'身出公门,但完全照江湖义气、武林规矩行事。我原也不如何相信,而今,"他的身子又往毛裘里瑟缩了一下,道,"不道我不相信。原来,那些人是那些人,'四大名捕'是'四大名捕'。"

无情道:"你想不想知道你那干朋友的下落?"

雷卷和唐晚词都没有答话。

他们的神情比千言万语都说得还要多。

一个真正注重友情的人,无论受尽打击,都不能磨灭对朋友的关注。

无情道:"戚少商已被刘独峰抓走。息大娘与赫连春水等一干人,退到青天寨去,暂时应尚无凶险。"

唐晚词笑了起来。

她的样子像暮色一般成熟,是个浓艳且有魅力的妇人,可是她开心的时候,又像是个小女孩一般。

她好开心。

她一个箭步跑到无情身边,好像想一把抱住他似的,又跳回雷卷身边,沙嘎着声地笑着,开心地对无情道:"大娘没事,你真是个好人。"

雷卷却咳嗽了起来。

他一面咳,身子一面往裘里缩,仿佛外面的世界太过冷冽,教他禁受不住。

唐晚词搀扶他,关切地问:"你怎么了?"

雷卷的裘毛贴住他双颊,他脸色愈白,两颊愈是火红:"没想到。"

他顿了一顿,接下去道:"没想到戚少商这一劫,还是躲不过去。"

无情忽然说："我这次来，便是要找一个人的。"

雷卷和唐晚词都没有问。

他们不是不想知道，而是不知道该不该问。

——像无情这样的身份，有很多事，是不便给任何人知道的。

无情道："我是来找戚少商的。"

雷卷心里一沉，缓缓地道："你是要抓戚少商？"

无情点点头道："他是因为我，所以才被刘捕神拿住的。"

雷卷很慢地，但很深地长吸一口气，道："又给他逃走了？"

无情道："不是。"

雷卷道："他既已给逮着了，你再找他做什么？"

唐晚词厉声道："你是不是想在押送过程中杀了他？！"

无情笑了："听江湖上的人传说：戚少商本来是霹雳堂的人，是雷老大一手扶植他起来的，可是，等到他羽翼已丰，武功有成时，即弃霹雳堂不顾，反出雷门，脱离你的旗下，是不是有这等事？"

雷卷想也不想，道："是。"

无情道："你栽培他，他背叛你，而今，他被人出卖，不正合你意，大快人心吗？他被人拿住，又与你们何干？"

雷卷忽道："你看那天。"

无情看去，夕阳如金，残霞似血，西天好一片遗艳的美。

无情叹道："黄昏是太阳最后的一个媚眼。"

雷卷道："不过，太阳明天还是照样会升起来的……"他指了指荒地，道，"现在这儿是一片枯草焦土，但过得两三个月，就有新芽，三数年后，照样莺飞草长——你说，太阳需不需要我们来唤醒它？这儿要不要人来换土种栽？"

无情听得出雷卷的话别有所指，便不做声，等他继续说下去。

雷卷道："一个真正的人才，不需要栽培，就似太阳的光辉，黯了一段时间，仍会光耀天下，又像肥沃的土地上，自然会开花长草……真正的才人，对恶劣的环境，自然会克服、突破，只要加上一些儿的运气，配合时机，或有一点儿耐心，是没有怀才不遇这回事的——"他咳了两声，道，"通常自觉怀才不遇的人未必真有才。"

无情点头道："一个人的'才'，已包括了他克服万难、造就自己的先决条件。"

雷卷道："所以我们不要认为自己栽培了些什么人，要图他们的回报，要他们感恩，以为他们没有你就不行了，这世间里，没有什么人没有了谁，便不能活下去的事。"他双手钻进裘袖里，像很畏寒的样子，脸色始终惨白惨白的，说道：

"他们只是像经过风景一般地经过了你，你也适逢其会，不管你教了他，还是他帮了你，都是互利的，心甘情愿的，没有谁欠了谁。"他的眉浓如东边的夜色，整个人有一种很深重的郁勃之气，"他们没有我，也一样可以活得下去，取得功成名就。要是他们记得这一段情义，那是最好不过的事，要是不记得……"

他深郁地笑了一笑："也且由他。"

无情突问："他记得吗？"

雷卷反问："谁？"

无情道："戚少商。"

雷卷忽然静了下来。他佝偻着背影。无情的脸色如其衣衫一般霜白。只有唐晚词，在深暮中更是美艳。

第五十六回

残废者与病人

"其实戚少商也是一个极重情义的人。"

雷卷缓缓伸出了袖里的一双手，负手望向西天的残阳："很多人以为他忘恩负义。其实，我知道，今日要是江南霹雳堂遇危，他一样会拼命相救。"

无情目光闪动："就这样，你便为他不惜一切，患难相助？"

雷卷皱着浓眉，沉声问了一句："你要找他？"

无情道："是。"

雷卷道："既然是你替刘独峰拿下的人，你又为何失去了他的下落？"

无情道："我帮刘捕神抓他的时候，不知道他何故被通缉。"

雷卷眉梢一振道："你还没把事情弄清楚，就抓人了？"

无情垂下了头，道："是。"

雷卷嘿声道："四大名捕，也不例外！"

无情道："我希望你能明白一件事情。"

雷卷冷然望了他一眼。

无情道："刘捕神是我的长辈，他一生清誉卓著，决不徇私，我对戚少商仅知其名，尚未结识。当时，是在混战中，敌众我寡，刘捕神要抓戚少商，我自然应当出手相助。"

雷卷的眼睛看向远方，沉声道："那你又何必再找他？"

无情道："我想办理这个案件。"

雷卷双眉一展，道："是上级要你为戚少商翻案？"

无情道："不是。"

雷卷紧接着道："是有人要你救戚少商？"

无情道："二师弟与戚少商意气相投，但他深知我的为人，并没有开口求我；息大娘为这件事很不能原谅我，她跟戚少商情深义重，可是，如果戚少商是该死的，就得死。"

雷卷道："那你为何插手？"

无情长叹道："因为我发现戚少商并不该死，而他一旦被押回京师，就非死不可，我不能见死不救！"

雷卷回过头来，他一直未曾正式望过无情一眼，如今一双鬼火似的眼睛盯在无情的脸上："我知道，刘独峰在朝廷里，很有名望，你比起他来，只是个后辈，你插手管这件案子，很可能会使他不快。再说，你也未必是他的对手。"

无情道："我也知道。"

雷卷鬼火似的双眼鬼火似的闪动着，浓粗的眉毛像两条黑虫一昂一扬："你既知道又何必生事？"

无情道："我可能已造成了错事，我不能一错再错，而且，只要我知道有冤，就不能不平反。"

雷卷的目光又望向远处："你知不知道，朝廷为何要灭连云寨，捉拿戚少商？"

无情道："请教。"

雷卷将每一个字都说得非常清晰："宋室偏安，残民以虐，不抗外敌，只压内愤，朝廷乌烟瘴气，强征苛税，百姓民不聊生，苟延残喘，有几个县里的苦民，连草根树皮都吃光，只好互

500

相噬食，朝中大臣，只懂得作乐，什么三院御史，既未巡监、赈灾、平冤案、查失职、究贪渎、举荐人才，反而跟地方官员狼狈为奸，朋比贪财，直达朝廷。所以，各地都有百姓组织的力量，本来主要是对抗金兵入侵，可是权相一意求和，皇帝无意作战，畏于金人的阻吓，所以便命人敉平这些所谓的'乱党'，并派朝廷里的大将，缉拿'叛乱'，另暗遣高手，杀害人们崇拜的头领。连云寨便是这样的组织，戚少商便是这样的领袖。"

雷卷说到这里，顿了一顿，问："你觉得我这样说很大逆不道，是不是？"

无情一对锐利的眼睛盯住他，半点不移，平静地说："我知道你说的是实情。"

雷卷干笑一声道："单凭你这句话，传到权相耳里，便足以灭九族。"

无情眼也不眨："说下去。"

雷卷道："当年，戚少商看重'灭绝王'楚相玉能号召十万军民抗金，曾在皇帝下旨格杀后，仍维护楚相玉复出，后来，楚相玉被阁下的同门铁二捕头所杀，二捕头并未向连云寨追究这件事情。"

他的脸色愈是青白，眉毛愈是浓得化不开："可是，消息还是传到奸相昏君耳里，连云寨这根刺，是非除去不可的。"说到这里，剧烈地呛咳起来。

唐晚词接下去道："可是，戚少商是深受百姓乡民爱戴的领袖，军气如虹，又得民心，据险固守，傅宗书恨得牙为之碎，也奈他不何。"

雷卷接道："所以，傅宗书便看准了戚少商的弱点：爱才！他遣了自己的义子顾惜朝，混入连云寨中，从事破坏离间，岂料戚少商重才一至于斯，让了寨主的位置给他当，但顾惜朝还是狼子野心，毁了连云寨，自然也不会放过戚少商。"

无情道："像戚少商这种人，生在这样的一种时局里，是不会有好结果的。"

雷卷沉默了一阵，才再说话："昏君和权相都视他为眼中钉，才不惜派出刘独峰、文张、黄金鳞、顾惜朝这样的人物来剿'匪'平'乱'。"

无情道："奇怪。"

雷卷问："怎么了？"

无情道："傅丞相不知有何用意？"

雷卷皱起了眉头，眉心呈现一条竖纹，深如刀刻。

无情道："黄金鳞、顾惜朝和文张，都是傅丞相手下大将。黄金鳞跟顾惜朝里应外合，黄金鳞一向是他官场中的心腹，顾惜朝则是他的义子，至于文张，本来已在仕途失势，却由傅丞相一手提擢，成为要员。傅宗书这次一口气派了三名得力手下，来办这件案子，有什么深意？"

雷卷道："那么说来，刘独峰是奉旨来抓戚少商的了？"

无情道："奉旨北上的人，定不止他一人。"

雷卷道："却不见得有人比他更难缠。"

无情道："有一个。"

雷卷讶然道："谁？"

无情道："常山九幽神君。"

雷卷动容道："他？！"

无情道："鲜于仇和冷呼儿，都是他的门徒。当年，我们四师兄弟曾跟他的两名得意弟子独孤威和孙不恭交过手，他们武功诡奇，殊难取胜。九幽神君本来一直隐伏不出，但这几日，带了两名弟子离开常山，悄然东渡，诸葛先生飞鸽传书予我，点明此事，可能与缉捕戚少商一案有关。"

雷卷叹道："对付区区一个戚少商，何用这么多高手！"

无情扬眉道："故此，在戚少商身上，一定有什么极重要的秘密，有人非要杀他不可。这一点，恐怕戚少商自己也未必知道。"

雷卷道："如果你参与此事，又秉公处理，只怕，会吃不了兜着走。"

"我从来就不怕吃不了，也不怕兜着走。"无情笑了，剔眉问道，"雷堂主这是相激在下？"

"不敢，但确有此意，"雷卷坦然道，"你要是因为此事得罪了刘捕神，开罪了傅宗书，跟九幽神君、黄金鳞、顾惜朝、文张这一干难缠难惹、有权有势的人结了仇，岂不是愚笨得很？"

无情笑。他笑起来，很俊、很清朗，甚至很俏，连唐晚词在一旁看了，不知怎的，也跟着开心起来。

无情扬着眉毛道："他们又能怎样？人生总不能老是拣不得罪人的事情做。"

雷卷的眼神已禁不住流露出一种奇异的神色，悠悠地道："你刚才不是问起，我为何要舍身救戚少商吗？"

无情点头，望向他。

雷卷道："佛家有谓业力。业力何者？天底下，人人都营营役役，往一个去向，便形成一个共业。若果是为了万民福祉，和睦共处，升平喜乐，同一个意向，同一方向地去努力，那就是共同的业力，定能形成一种进步的作用，使大家都富裕快乐了起来。不过，世事常与愿违，金人要侵占大宋富庶的土地，两国争锋，战祸连绵，生灵荼害，百姓希望逐退外侵，安居乐业，但朝廷偏偏偷安求存，耽于逸乐，当权得势之人，往往暴虐苛政，于是少数的人控制了大多数人的命运，业力作祟，正往一个万劫不复的深渊堕去。"

雷卷说到这里，长叹道："人像什么？就像舀一把水，水里有许多看不见的细微生物，挣扎求存。又像这地上的蚂蚁，终日蠕蠕，不知何之。这是共业。个人的努力与意愿，只是别业，往往受共业的操纵，身不由己，所谓因果循环，善有善报，恶有恶报，福有攸归，往往不能立足。不过，一旦形转势移，能坚持一己'别业'的人说不定能救天下，助万民于水火之中，扭转'共业'。戚少商便是一个这样的人。他明知不可为而为，这种人往往是悲惨下场，但教你见着了，遇着了，总希望这样的好人好事，不该让它毁了，灭了，全无希望了，是不是？"

他涩笑了一下，道："人说戚少商叛了雷门，我以德报怨，救他助他。其实不然，他出去仗三尺剑，管不平事，便是光大了雷门，壮大霹雳堂之威名，我引以为荣。"

无情的眼神里已有敬佩之色："江南霹雳堂是不是人人都是这样想？"

雷卷一愣，道："不一定。"

无情问："雷门的人是不是人人都像你？"

雷卷静了一下，道："也不一定。"

无情道："可惜。"

雷卷道："可惜什么？"

无情道："要是人人都像你所想，天下何愁不能定？"

雷卷摇首，充满倦意地道："可惜的不是我，是你。"

无情微讶道："哦？"

雷卷道："你刚说过，像戚少商这种人，生在这样的一种时局里，是不会有好结果的。很不幸的，你自己也正是这种人。"

无情扬扬眉，道："我是吗？我以为你才是。"

两人都相视笑了起来。

无情自幼遭逢亲离死别、孤独伤残，所以，养成了他略近孤傲的个性，很少欢笑称心；雷卷早年身遭劫患，肺疾缠躯，性近孤僻，亦甚少言笑。而今两人相知、相说之下，心情大畅，引为知交，眉头舒展。

唐晚词跟雷卷一段时日，鲜少见他舒眉欢笑过；金银二剑服侍无情已久，亦不常见他喜溢于色。而今得见两人说笑甚欢，都因而宽怀而心情喜乐了起来。

雷卷笑道："适才，我暗算了你一刀一指，原先以为你跟顾惜朝等人是一伙的，又不知道你是个残废的，实在无耻！"

无情大笑道："你这个王八蛋，病得已只剩下一口气，居然还有这般指力！可惜暗器手法，却是第九流的！"

雷卷哈哈笑道："你瞎了眼珠是不是！我要不是受了不轻的伤，那一刀一指，你躲得过去？！"

无情笑容微微一敛，道："你伤得倒不轻。"

雷卷指指披在身上的毛裘道："已好得六成了，你怎么看出来的？"

无情道："谁伤的？"

雷卷道："太多人了，其中，文张和顾惜朝的遗祸最深。"

无情道："你病得也不轻。"

雷卷豪笑道："这个病，已二十年，迄今还死不了。"

无情道："要小心，病不死人的病，往往最要命。"

雷卷转开话题："你找到刘独峰的行踪没有？"

无情道："没有。"

雷卷的眉又蹙了起来，两道浓眉像被斜线缝合在一起，在印堂上结成了一线："一点线索也没有？"

无情的眼睛闪着慧黠的光芒："本来是没有的。"

雷卷道："现在呢？"

无情道："你告诉了我。"

雷卷诧然道："我告诉了你？"

无情微笑颔首。

第五十七回

九幽神君的九个徒弟

无情道："你那一刀，让我知道地下有个高手，'危险'到底是怎么一种情况。但那一指，却很管用。"

雷卷沉吟道："你是说，我请二娘遁地溜出去，擒下在溪边的两位小哥儿，分开你的注意力，乘机震开铁盖，背后暗算你那一指？"

无情道："我原本守在通道口，大占地利，为什么差点着了你的道儿？"

雷卷想也不想，便说："因为你以为我已在溪边，没想到我仍伏在铁皮下。"

无情道："这便是声东击西之计。"他停了一停，眼睛在发着亮，"我以为你已逸至溪畔，然则你仍在地底里。"

"我一直以为刘捕神已押着戚少商，在返回京师的路途中，"无情微微有些兴奋，"其实，他可能根本未曾离开过那儿，他算准可能有人在道上拦截，他既不欲伤人，又不想与戚少商的朋友交手，最好的办法，便是以静制动，暂时不动，让敌人扑空，一再无功，定必灰心，那时他再押人入京，可保平安……刘独峰，毕竟是老狐狸。"

雷卷道："所以，你已经可以追查得到刘独峰的下落？"

无情道："到目前为止，我只发觉先前我追查的方向是错误的。"

雷卷咳了两声，道："不过，我还是欠你一刀一指。"

无情微微一笑，问："你们因何在此？"

雷卷道："养伤，报仇。"

无情打量了雷卷一阵子，道："伤是要养的，病也是要养的。"

雷卷道："伤不好，无法作战，所以要养伤；我这个病已纠缠了我二十多年，我没给它病死，它也没给我医好，谁也奈不了谁的何，我才不去管它！"

无情道："如果要养伤，为何不回到霹雳堂？"

雷卷淡淡一笑，道："我干这件事，江南霹雳堂不见得同意。这纯粹是我个人的事，我已经连累了三位兄弟和一位最信重的人牺牲了。"

无情道："既然如此，你养你的伤，我找我的人。"

雷卷道："我要养伤，也要找人。"他转面向唐晚词问，"你的意思怎样？"

唐晚词道："先时，我们不知道大娘他们在哪儿，便只好在这里养伤，现在我们也该赶去青天寨聚合了。"

雷卷道："正是。"

无情拱手道："既然如此，请你转一句话给息大娘，戚少商的事，在下无论如何，都会给她一个交代。"

雷卷凝视着他，道："可惜没有酒。"

无情道："你想喝酒？"

雷卷道："不，只是要敬你一杯，以壮行色！"

无情笑道："酒且留待我们再见面时才喝，以目下雷堂主的伤和病，也不宜多喝，而且，亦不便在大庭广众共醉。"

雷卷道："待他年乾坤事了，再与足下痛饮。"

无情微笑望了两人一眼："那时候我叨饮岂止一杯？"

无情坐在滑竿上，被金银二剑抬走了之后，唐晚词忽道："江湖人都传他辣手无情，当真是传言不可尽信。"

雷卷声音忽似沉落了许多："其实这个人最大的弱点，便是太重情重义，只不过外表发出一副冷漠态度罢了。有些人，一旦没有了朋友，整个人便像站在虚空处。"

唐晚词忽然转过脸来，深深地瞧着他，道："你呢？"

雷卷苦笑道："我？"

唐晚词眨眨眼睛问："你是无情？还是多情？"

雷卷道："我？我已经没有情了。"

唐晚词垂下眼来，幽幽地说："我早就知道你会这样说。"

雷卷笑道："我的情都给了你，自己不是什么情都没有了吗？"

唐晚词美丽而娇娆地笑了起来，用手去擂他的胸膛。

"你也会贫嘴！"

"因为要你想不到我会这样说。"

"不要脸，谁要你的情了！"

"那我可是无脸又无情了。"

唐晚词又笑着擂他。

恋爱中的女子最美丽。

唐晚词在这时的一颦一笑，都美艳得还比残霞夺目。

雷卷看了一阵心痛。

他真愿就这样跟她静静而亲亲地，度过下半辈子。

可是他不能。

男子汉有他的事业和志业。

雷卷还有很多事要做。

要重建霹雳堂。

要光大雷门。

要救朋友。

要报仇。

昏鸦起，夕阳低，无情在晚风里起程，去继续他那无情但有义的追逐。

第二天，略经易容的雷卷与唐晚词，就到了碧鸡县。他们绕道而走，目标是拒马沟。

傍晚时分，他们已到了南角口，这是一个市镇，离小子湾的环西城不过十八里路，按照道理，两人是要再赶一程的。

将靠近南角口镇时，两匹快马，自官道疾驰而至！

一般来说，马匹到了镇上要道，无论怎么赶路，都该放慢下来才是，以免误伤人畜；但这两骑，完全没有这个意思。

不过马上的人骑术十分精娴，也没撞着什么，两骑经过市场时，同时弯身向左右弯身一抄，一个在路旁摊口抓了一只鸡，一个则在店门前拎了一坛酒，扬长而去。

雷卷和唐晚词早已闪到一旁，他们耳力甚尖，除了摊店主人在怒斥吆骂外，也听到了马上的两人在笑着说：

"你那只鸡可不够胖，咱们还有两个师兄姐在前面等着——"

"有肉有酒，逍遥快活，只要别谈师父的事，就……"

声音渐远，再难以分辨。

唐晚词以为除了马上两人特别彪悍，语音不大像中土人氏外，也不过是普通武林黑道上的恶人，要在平时，她早已掀他们下马，好好地教训一顿了。

可是她发现雷卷脸色变了。

雷卷按低草帽，疾行入镇。

唐晚词紧紧跟随，没有问。

走了好一会儿，到了一家客栈前，雷卷道："我们进去住。"

唐晚词点头。

两人走了进去后，掌柜见二人行动有点古怪，显然有些疑虑。唐晚词一锭银子就掷在桌上。

掌柜登时改了态度，一张脸皮全涨满了笑容："两位要一间上好干净光猛漂亮宽敞舒适软床雅致豪华舒服的大房，还是两间？"

雷卷一怔，一时不知怎么回答是好。

唐晚词即道："一间。"

掌柜更加眉开眼笑，忙不迭地道："剩下的银子，小号就为两位客官保留着，俟结账时一起——"

唐晚词截道："不必了。我们住一晚就走，替我们准备上好的酒菜。"

掌柜脸上的笑容更挤得满满的，道："是，是……"乐得什么似的，一面大声吩咐伙计准备酒菜，一面叫人打扫房间，捧上热水供二人洗脸，还亲为二人领入房间。

雷卷一见那又窄又小又脏又乱的房子，不禁失笑道："这就是上房？"

掌柜的怕两人稍不称心，掉头就走，哈着腰道："小店是本镇字号最老、服务最好、名头最响、房间最大的客栈，客官要是认为不满意，旁边还有两间，请移步过去参观参观。"

雷卷看旁边那三四间房间，也不会好到哪里去，而这间客栈，不过六七间房间，不想多作计较，不耐烦地道："去吧。"

掌柜的欢天喜地去了，不一会儿，伙计小心翼翼地捧酒菜入房来，唐晚词特别给他们一些碎银，他们感激得什么似的，唐晚词吩咐道："小心收着，不要让你们老板瞧见，又分了去。"

伙计离开后，唐晚词向雷卷柔声道："是不是嫌我太会花钱？"

雷卷笑道："怎会？"他跟唐晚词这些日子来，脸上已渐可常见笑容。

唐晚词道："所谓'狗眼看人低'，又云'人靠衣装、佛仗金装'，多给一些钱，待遇也会好些；至于这几个苦哈哈儿，才是该多给他们一点，只怕他们藏不妥当，还是给掌柜的勒诈了去。"

雷卷微微笑道："应该的。"

唐晚词仰着红唇，问："既是应该的，为啥连笑的时候，也皱着眉心？"

雷卷沉吟不语。

唐晚词省觉地道："你有心事？"

雷卷负手望向窗外。

唐晚词即道："刚才道上的两骑……？"

雷卷点点头，道："你可知道他们是谁？"

唐晚词问："谁？"

雷卷忧心忡忡地道："狐震碑与铁蒺藜。"

唐晚词秀美的眉光一蹙，道："是些什么人？"

雷卷眼望窗外，一字一句地道："九幽神君的两名徒弟！"

唐晚词霍然一惊，失声道："九幽神君？！"

雷卷沉重地道："常山九幽神君是个极为可怕的人。听说，当年朝廷要请国师，诸葛先生与九幽神君掀起一场斗争，兵部侍郎凤郁岗、御史石凤旋、左右司谏力荐诸葛先生，蔡京、傅宗书力主起用九幽神君，两人经过一场明争暗斗，九幽神君功败垂成，遁迹天涯，使得傅宗书掌握大权得以延后一十六年。"

"可是九幽神君仍跟傅权相暗中勾结，九幽神君可以说是傅宗书在武林中伏下的一记杀着。"雷卷平素沉默寡言，但与唐晚词在一起，话也说得比平时多了几倍，"九幽神君收了九个徒弟，他们在江湖中都大有名头。"

"他们是：孙不恭、独孤威、鲜于仇、冷呼儿、狐震碑、龙涉虚、英绿荷、铁蒺藜和泡泡。"雷卷附加一句道，"孙不恭外号'土行孙'，独孤威则有'人在千里，枪在眼前'的称号，他们两人都丧命在四大名捕的手里，于是九幽神君和诸葛先生的怨隙更深了。冷呼儿与鲜于仇则是当上了将军，这次攻打连云寨与毁诺城便有他们的份儿！"

唐晚词则颇好奇地道："铁蒺藜？泡泡？"

"你别小看这两个名字，"雷卷道，"铁蒺藜是什么？"

唐晚词道："是一种暗器呀。"

雷卷道："铁蒺藜通体有刺，使用不娴熟的人，常未伤人，先伤己。这种暗器，体积虽小，攻击敌人时呼啸旋转，不易抵挡。"他顿了顿道，"泡泡是虚幻的，你去抓它，它就碎了，然而它偏又神奇夺目，令人防范松懈。"

"这些年来，武林中因为疏于防范而死在泡泡手上的人，实在不能算少，就算武功比他高的人，也一样着了道儿。"雷卷道，"至于英绿荷，是九幽神君九名徒弟中最难缠的一名。"

唐晚词道："他们来这儿干什么？"

雷卷长叹一声，捂胸，咳嗽，皱起了眉头。

唐晚词扶着他，看着他，柔和的笑道："不管他们来做什么，你都要把伤还有病养好了再说。"

雷卷点头，用手轻轻搭住她搀扶他肩上的手背，苦笑道："你的伤也还没复元。"

唐晚词道："已经不碍事了。"

雷卷望着她，问："还痛吗？"

唐晚词一笑，收回了手，道："我们来比赛，看谁好得快些？"

两人正在吃饭的时候，忽然间，楼下传来一阵扰攘，唐晚词侧耳要听，雷卷道："楼下可能来了不速之客。"

不一会儿，即听到有人大步走上楼来的声音。两人以为来人是冲着他们来，但步子走过他们房间，进了隔壁房间。随而还听到伙计们被大声呵斥的声音，伙计只敢唯唯诺诺，不敢反驳，唐晚词悄声道："这人步子好重，他一个人走，比三个伙计分量还重！"

雷卷聚精会神地道："还有一个人，步子好轻，使人完全察觉不出来。"

唐晚词"哦"了一声，微觉诧异。听了一会儿，忽听到隔壁房多了一个女子的声音："滚出去吧，拿上好的酒菜来，省得教人生气！"唐晚词听了，向雷卷点了点头，表示还是他的耳力好。

只听"噼啪"几声，接着是"哎唷"夹着"叭噔"连响，敢情几名伙计，都给这一男一女打下楼去。

唐晚词低声道："哪有这么霸道的人！"肩膀微微一起，雷卷的手即按在她的肩上，用手指凑近唇边，轻"嘘"了一声。这时两人站得极近，雷卷见唐晚词眉目姣好，一双俊俏的眉和一双多情的眼，教他看了心里一荡。唐晚词用舌尖舐了舐微干的红唇。

这时，隔壁传来那豪壮的男子语音："看来，铁师兄和狐师哥刚去不远，咱们为何在这间小客栈停留，不赶路去？"

那女音说话十分的轻细，要不是雷卷内力精深、唐晚词耳力极佳，根本不可能分辨得出她在说什么。可是那男子的一番话，令雷卷与唐晚词大为震动，知道这两人跟九幽神君必有渊源，于是更加留心聆听。

　　"七师哥，咱们这么快赶去会合，这又何苦呢？这一趟要取的是四大名捕中的老大和老二的性命，必有伤亡，咱们何必冲锋打头阵呢？"

　　"英师妹，这么说，我们就待在这里，违抗师命了？嘿，什么四大名捕，我龙涉虚可从来没怕过谁来！"

　　"谁敢违抗师父意旨？！谁又要违抗来着？小妹只是觉得，不妨拖上一拖，况且，咱们也可以多叙上片刻……师哥，你不珍爱我吗？怎么老是这般粗暴！"

　　"我怎舍得对你粗暴呢……不过，你对其他师兄弟，都一视同仁，你是因为孤师哥冷落了你，你才对我好——"

　　"啪"的一声，似有人被掴了一记耳光，只听那女子尖声道："你说什么？老娘对你稍假颜色，你就臭美，语言上来侮辱老娘！你不知好歹啊你！"

　　只听那男子讪讪然道："我……我……"

　　隔了半晌，那女子又昵声道："我打了你，你可恼我不？"只听咿唔有声，显然女子正在挑逗那汉子，两人动情而呻吟起来。

　　雷卷和唐晚词听了，却有些不自然起来，唐晚词笑着低啐了一口，道："不要脸……"

第五十八回

冲天火光深心恨

只听那龙涉虚长长地吁了一口气，声音也较先前温驯得多了："那么，我们几时才赶上去？"

"你急什么？"英绿荷喉头发出一阵荡人心魄的呼声，这句话也不知是指龙涉虚急着赶路，还是急着做别的勾当。停了一阵，她才接下去道，"师父的旨意，是取无情和铁手的狗命。但傅相爷更进一步，他还要刘独峰的人头。最好是刘独峰跟四大名捕拼个玉石俱焚，这样皇帝的手上红人出事，龙颜大怒，自然迁怒到诸葛先生身上，只要有了芥蒂，傅相爷便可乘虚而入了。咱们也学学他们的榜样。"

龙涉虚呻吟似的道："怎么个学法？"

英绿荷又道："让几位师兄弟先跟他们硬拼几场，咱们再过去收拾场面，岂不是好？记得以前孙大师兄和独孤老二吗？跟四大名捕硬碰硬，结果不是出师未捷身先死——咱们可不用这样子笨法！"

龙涉虚道："是呀。"语音已经心不在焉，并传来两人哼哼唧唧的声响。

唐晚词与雷卷乍闻有关四大名捕与刘独峰的消息，不禁分外留意，屏息聆听，却只听到那对男女胡混的声息。忽听英绿荷道："慢着。"

龙涉虚粗嘎地道："我不管了，你又——"

英绿荷声音甜糯糯地道："嗳，不是呀，要是我们刚才的话，给隔壁住的人听去了，该怎么办？"

雷卷和唐晚词都是一震。

只听龙涉虚道："当然不能给人听去。"

英绿荷道："万一给人听去了怎么办？"

龙涉虚不耐烦地说道："在这山村小镇，有谁会听到？谁会在这儿留意咱们说什么？听到了也不关他的事，理他作甚！"

英绿荷道："话不是这么说。隔墙有耳，小心驶得万年船。万一这番话传到师父耳里，咱们可有全尸之望？"

雷卷与唐晚词对看了一眼，心中同时都升起了一种感觉：这个只闻其声未见其人的英绿荷，确是个谨慎辣手的角色。

只听龙涉虚的口气也急了起来："怎会有人听到我们谈话？"

英绿荷道："我的声音小，你的嗓门大，事情要是传出去，都是你误的事。"一下子，她把责任推诿得一干二净。

龙涉虚道："这……这怎么办是好？"

英绿荷道："很简单。到左右隔壁去，不管有无听到，杀了便是。师父不是常教我们'斩草不除根，春风吹又生''宁可杀错，不可放过'么！"

唐晚词向雷卷望了一眼，意思是问他：要不要逃走，或者先下手为强？雷卷摇了摇头。

只听龙涉虚道："既然如此，不如把这店子的上上下下，一概杀光，放把火烧干净才走。"

英绿荷道："这就是了。这才是万无一失，反正，我们手上银子不够花用了，趁此捞一笔也好。"

雷卷与唐晚词都觉得这两人当真是心狠手辣，几句话下来，便定了这一客店里的人的生死。

却听英绿荷又道："刚才我们在楼下打听到，左边那间房里那对夫妇，手上很阔绰，我们先去下手。"

唐晚词知道两人要冲着这边来，低声向雷卷疾道："怎么办？"

雷卷指了指窗口，道："你先出去，这儿由我来应付。"

唐晚词不解，问："为什么？"

雷卷道："我们不能杀死他们，他们一死，九幽神君一定会把箭头指向我们，我们非他们之敌。也不能逃。两人都逃走，便是表示已听到他们的对话，一定不会放过咱们，而今之计，你先走，我来应付。你放心，他们不知我会武功，我还应付得了。"

唐晚词还是不放心。

雷卷道："你去那镇口小桥墩下等我，无论发生什么事情，都不要过来。"

唐晚词眼色依依："你……"

雷卷一字一句地道："我一定会来找你。"

唐晚词轻叹一声，一双美目，望定雷卷，咬着下唇道："你一定要来找我。"

雷卷用力地点头。

"嘎"的一声，隔壁那对男女，已开了房门。

雷卷伸手往唐晚词背后一送，道："快去！"

唐晚词轻盈地掠出了窗外，落在瓦上，半空还回眸，看了雷卷一眼。

雷卷也望着窗外，但窗外一片灰瓦和黯穹，已不见了唐晚词的身影。

这时候，门房已响起了敲门声。

雷卷把毡帽压低了一些，装出一口粗浓混浊的声调，他本来说话就有些上气不接下气，而今刻意说来，更像一个痨病多年的语音："谁呀？你回来了？"

对方只是敲门不应。

雷卷先把怀中一包银子放在桌上，然后一面蹒跚地走过去开门，一面唠叨着说："我嘱你去拾几剂药，是要你花银子去找药局里的行家，把药煎好熬好，省得拿回这儿，让这些店里不懂事的小伙计乱搅一通，这些药材是很贵的，万一给人摸走了一些，就不够效力了……你怎么这么早就回来？"把门打开，还假装咳嗽着没瞧见，加问了一句，"是不是有药材没买着？"

门口站的是一男一女。

雷卷很仓促地瞥了一眼。

因为他知道自己必须要记住这两人的容貌。

门前那男的，虎背熊腰，满腮虬髯，眉粗眼大，样子倒有七分威武英挺，可惜眼神有点痴呆。

女的却像个粉团娃娃，头发齐短，弯月眉，眼眯眯的，整张脸上，粉扑扑的，给人很驯良的感觉，整个看去都软糯糯的。

那男的向女的望了一眼。

女的点头。

那男的马上出手。

龙涉虚要出手之前，雷卷已经知道。

可是他没有躲避。一躲，对方就会知道他有武功。

他也没有用内力护体，因为这样做，结果只有比躲避更糟。

他只暗自用真气护住心脉。

"砰"的一声，龙涉虚一脚踢在他胸口！

他闷哼半声，口吐鲜血，直飞出丈外，躺在地上，一动也不动了。

龙涉虚冷笑道："窝囊废！"然后一个箭步过去，把桌上的包袱拆开，看见有银子就往怀里揣。

龙涉虚里外搜了一下，再往雷卷身上一翻，一摸雷卷鼻息，笑道："这痨病鬼，要了他的命，倒帮了他不必活受罪！"又搜走了些银子。

英绿荷道："死了？"

龙涉虚笑道："他怎受得了我一脚！"又道，"可惜那婆娘出去买药没回来。"

英绿荷啐道："可惜什么！你以为我不知道你心里打的是什么鬼主意！"

龙涉虚忙道："哪有，哪有！"

英绿荷道："我们再到别家去，杀光了再放火！"

龙涉虚大步走了出去。英绿荷走在后面，跨过了地上雷卷的身躯，突然间，拔出一把铁如意，闪电般向雷卷背上拍落！

雷卷当然未死。

他只是诈死。

他要龙涉虚和英绿荷不虞有他，以为已杀人夺银而去，这样才是万全之策。

但他没料到英绿荷闷不做声，突然施辣手！

他发现时，铁如意已近背心！

他只有三个选择：

一是避。

二是反击。

三是硬受。

第一和第二点反应会使他前功尽弃。何况他已硬受了龙涉虚一脚，这时候才跟这两人拼命，实力已然受挫，不如一开始就联同唐晚词，力战这两大煞星的好。

雷卷并不闪躲，默运玄功，硬受一击。

"啪"的一声，铁如意击在雷卷背门上。

英绿荷击实一记，淡淡地道："真的死了。"

龙涉虚这时已步出门房，听到背后异响，回过头来，问："他已经死了，你还打他干什么？"

英绿荷道："小心驶得万年船。"又喃喃地道，"我见你踹他一脚，飞出去时的身子未免太轻了一些，所以不放心，为安全计，补他一下，没料到他真的给病淘虚了身子。"

说着再跨过雷卷的"尸身"，跟龙涉虚走到楼下去。

惨呼、哀号、求饶、呻吟声不绝于耳。

这些声音很快地从楼下到楼上，遍布了这客栈的每一角落。

而且很快地就逐渐微弱下去。

这对煞星，当真是杀人不眨眼，无论老幼都不放过。

雷卷咬着牙。

他倒在自己的血泊中。

身上所受的伤虽然痛楚，但周遭所发生令人发指的事更令他痛苦。

可是他要强忍。

忍到有那一天，自己才可以为自己、为这些人报仇！

——只是，这一日何时才到来呢？

残忍的杀虐持续了好一会儿，才告平息。

接下来是熊熊的火焰，吞噬着整个被血腥充满的客栈。

雷卷在火光冲天时，才静悄悄地跃出火场，他一面走，一面吐血。他一定要走到桥墩下，会合唐晚词。他不能倒下。他决不能倒下。他要报仇。他一定要报仇。要报仇就一定不能倒下去。

他不能倒下。

他要报仇。

他一定要报仇。

他一定不能倒下。

在桥墩下守候的唐晚词，在暮晚里看见客栈那儿的浓烟，跟着便是冲天而起的火光。

她几次想折回去，可是她记得雷卷说过什么话，她都强忍住。

她知道雷卷说的话一定算数。

她认识他虽然不深，但却完全相信他。

他外表看来那么坚忍冷静，但她却知道他有一颗正义的赤子之心，还有对人世间如火般的热诚。

就在这个时候，两匹快马，疾驰过桥上。

她在深暮中辨认得出来，这一男一女在马上说话的声音：

"今儿的银子可不少……"

"咱们在前面城里可以住得舒服一些……"

唐晚词不知客店那儿发生了什么事，雷卷如何了？可是她却知道，无论发生的是什么事，牺牲都定必惨重。

她突然觉得很忍辱。

她自从加入毁诺城，跟着息大娘，确实快意恩仇，行侠仗义了好些时候，而今落难，到处躲藏，实在不像是一个堂堂正正的人。

可是再大的侮辱，也比不上她现时对雷卷的担心。

她看着熊熊的火光，眼泪不觉淌在脸上。

——卷哥，你快回来。

——我们还要在一起，报这个大仇！

就是为了"报仇"这个意念，戚少商才会活到现在。

"报仇"是冤冤相报，无时或了，但对于某些人来说，却未尝不是好事，而且还是活下去的主要根源。

有很多人是依靠这个意念而奋发向上，用惊人的意志力，完成普通人不能完成的事业。

有些人也依凭这个心愿，忍人之所不能忍，渡险历练，终于在生死边缘中熬炼出一个坚忍不拔的人物来。

戚少商便是因此而活下去。

没有这个强烈的欲望，他早就死了一百次了——不管是别人杀了他，还是他自己杀了自己。

可是他要报仇，就不能死。

开始几天，他不知道刘独峰要拿他干什么？

刘独峰抓住了他，封了他的穴道，与张五、廖六，连夜赶程——但没有赶出很远，只到了思恩县旁的南燕镇，直入衙门，便不再行动了。

以刘独峰尊贵的身份，来到南燕镇，自然是大件事。那身份差不多只是"三老"的小官儿宾东成，吓得几乎要三跪九叩，把城里所有见得的东西都奉上去孝敬刘独峰。

可是刘独峰只要他做一件事：

不要铺张。

——万万不要铺张，不许惊动任何人。

那姓宾的小官唯唯诺诺，心里以为还是得要尽其所能，招待这位皇上跟前的佩剑红人。

刘独峰却真的做到"不扰民"。

他对宾东成的"招待"毫不假颜色，斥责退回，他只要一席干净舒适的行居之所，同时，也要张五、廖六和戚少商有舒服的下榻处，对其他一切应酢酬宴，一概严拒。

宾东成是地方小官，职掌一向只负责收税和赊贷，最多只兼管管地方罪案、开垦废田、兴修水利、建立堤防、修贻圩秆的事儿，而今见到这位素来办要事破巨案的刘神捕来，当真是手足无措，慌了手脚。

刘独峰把戚少商封了要穴，使其无法行动。除此以外，他让他吃得好，用自己珍藏的金创药为他治伤，还时时照料他的伤口，甚至运用自己的内功，助他恢复元气。

此外，也并不跟他多说什么。

戚少商不知道刘独峰因何这般善待自己，却又滞留在南燕镇，始终不走。

他心中疑团虽多，但只问过刘独峰一次。

刘独峰一笑不答。

戚少商没有再问。

次日，他开始绝食。

第五十九回

人知道太多便不会快乐

绝食到了第三天，刘独峰便过来和戚少商开始了谈判。

刘独峰道："你这样是什么意思？"

戚少商道："你这样做是什么意思？"

刘独峰眯起了眼睛。

戚少商道："你抓我，既不回京，又不启程，不如痛痛快快地杀了我！"

刘独峰笑道："我为什么要杀你？"

戚少商道："你不杀，又不押，也不放，所以应该是我问你，到底是什么意思？"

"没别的意思。"刘独峰道，"是维护你，也是在保护你。"

戚少商道："保护我？"

刘独峰抚髯笑道："你不明白？"

戚少商愤然笑道："铲平区区一个连云寨，京城各路人马尽数出动，未免太瞧得起我戚某了。我从头到尾都不明白！"

"单凭连云寨，还不成气候，不足为大患，的确犯不着动用那么多的人来抓你。"刘独峰道，"不幸的，是你所知道的事情着实太多了一些，你所认识的朋友也未免太杂了一些。"

戚少商冷哼道："不错，认识到像顾惜朝这种人，是我自己瞎了眼睛，连累了大家。"

刘独峰淡淡地道："也不只是顾惜朝，还有楚相玉。"

戚少商微微一震，失声道："楚相玉？"

刘独峰点头："绝灭王。"

戚少商瞪目道："这跟他有什么关系？"

刘独峰道："当然有关系，因为楚相玉知道皇上的一些重要的秘密，而他在被铁手杀死之前，曾上过连云寨，而且，楚相玉一向极为赏识你、器重你，这些秘密，很可能会向你提过。"

他有条不紊地道："有人不希望你把这些秘密说出去，所以便下令全力剿灭连云寨，傅宗书派了顾惜朝来卧底，结果真的从你口中得悉，楚相玉的确曾告诉了你一些事情，傅宗书本已派出文将黄金鳞和武将鲜于仇、冷呼儿围剿你，因要探知这个秘密，再派出心腹文张来暗中主理此事，打算从你口中探得一切之后，必要时就地灭口，至于当今天子也知道你得悉秘密一事，便命我来抓你回京。"

戚少商道："原来真的有……嘿，嘿，嘿！"

刘独峰不愠不火地望向他，道："你这三声'嘿'算啥意思？"

戚少商恍然道："我本来根本不知道那真的是个秘密……这昏君这么一搅，倒让我明白了实情的真相！"

刘独峰道："那秘密你原本并不相信？"

戚少商道："我可以告诉你这件事情。"

刘独峰忙道："谢了免了，如果是那桩秘密，我可不要听，我不想惹来杀身之祸，同时也并不好奇，更不想知道太多，知道太多的人便不会快活。"

戚少商苦笑道："说的是，我便是因为知道太多……"

刘独峰接道："还有交友不慎……"

戚少商道："便落得如此下场！"

刘独峰微笑望着他，道："谁要知道真相，都要付出代价。谁有太多朋友，定必带来许多麻烦。"

戚少商道："不过，我不是要告诉你什么秘密，而只想告诉你，楚相玉虽然是我的朋友，但我对他的心狠手辣、不择手段、务求夺位掌权的做法，一向并不以为然。"

刘独峰道："哦？"

戚少商道："不错，他是义军的领袖，也是我们的前辈，不过，大家行事的方式不同，他跟连云寨也并无太密切的关系。"

刘独峰道："但他在遇难逃亡的时候，你们连云寨还是庇护他？"

戚少商道："那是义所当为，理所当然的事。不过，我们也仅只阻了追兵一阵，并没有全力护他。他后来被杀，我也自觉歉疚，但为了大局着想，我不想把连云寨全为他赔了出去。"

刘独峰道："你没有想到结果连云寨还是为他赔掉了。"

戚少商道："是没想到。"

刘独峰目光发亮，道："可是，当日楚相玉逃入连云寨的时候，告诉了你一些话，你姑且听之，并不相信，现在，却不由得你不信了。"

戚少商道："怒动天颜，劳师动众，要他说的不是事实，何用这般阵仗？我敢不信么！"

刘独峰叹道："所以，皇上要我抓你回去，是有道理的。"

戚少商坦然道："既已抓到，定立大功，还不回京，流连此地作甚？"

刘独峰道："那么我也无妨告诉你，现在若回去，不是不回去，而是回不去。"

戚少商讶然道："回不去？"

刘独峰道："现在，傅宗书想先一步知道这秘密，文张已然赶到，传达了密令，一定先要逮住你，逼你说出机密，必要时杀人灭口，免得皇上追查，傅丞相则可以此秘密相胁皇上。"

戚少商恍然道："你怕文张、黄金鳞、顾惜朝等兜截到我，抢了你的大功——没想到我这条命倒还值钱！"

刘独峰摇首道："随你怎么说。我既受命来抓你，就决不能让你半途落于他人之手，也不可以让你死得不明不白。而且，我倒不是怕这几个人……"

戚少商怪有趣地问道："还有更厉害的角色来了不成？"

刘独峰点头。

戚少商发现刘独峰神色凝重，禁不住问："谁？"

刘独峰道："当年，要不是诸葛先生仅以一招之胜，恐怕早在二十年前就要天下大乱。"

戚少商动容道："常山——"

刘独峰沉重地道："九幽神君。"

戚少商道："这倒是个魔君。可是，你是奉旨抓我，九幽神君虽然暴戾凶残，但一向听从皇命，不致公然抗旨吧？"

刘独峰摇首苦笑道："其实皇上有没有命九幽神君出动，我也不知晓，到目前为止，都只是揣测而已。不过，九幽神君表面听命于皇上，但实则俯从于傅相，故此，九幽神君是奉皇上之命而行傅相之意，如果皇上派九幽神君来抓你，无疑是正合了傅宗书之意，你落在他的手上，比死都不如。"

戚少商道："我知道，九幽神君不是人，他当然更不是人。"

刘独峰道："坏就坏在他手上可能有圣旨，见着了他，我只有避一避，不能硬碰。"

戚少商道："你这是为我着想?"

刘独峰忽然静了下来,半晌才道:"你不怕?"

戚少商惨笑了起来:"我有什么好怕? 我是一只飞不上天躲不进河的跛足兔子,给谁抓着,我的下场都是一样,只不过,你可以给我死得舒服一些,他们要我死得百般痛楚——不过这也不算什么,我见风势不对,自戕在先就得了。你们之间争这只兔子,我横竖不过一死,见有机会就逃,还担心些什么?"

刘独峰盯住他一会儿,才道:"说得也是。"

戚少商道:"不过,我奇怪的是,既然你知道九幽神君为非作歹,助纣为虐,攀附傅宗书的权势,为何不跟皇帝禀明,由他敕我不分地胡混下去呢?"

刘独峰道:"你要我廷前谏君,胪举失政么?"

戚少商道:"难道不应该么?"

刘独峰叹了一口气,道:"有四件事,你有所不知。你不知道皇上多宠信于傅丞相,此其一。我曾欠傅相之情,不想做违背他的事,此其二。皇上不是个可以接纳忠言的人,我不想因此牵连亲友,此其三。皇上其实也有意让九幽神君保持实力,以制衡诸葛先生与我。此其四。"

戚少商大笑。

刘独峰瞪住他。

戚少商一面笑一面道:"便是这样……便是这样……你怕死,所以不敢直谏。你顾全情面,不想得罪小人。你怕别人说你争宠,清高自重。你眼见昏君自以为是、自作聪明,将你们势力划分,互相对峙,但又不图阻止,不敢力挽狂澜,便由错误继续下去……像你这等独善其身、贪生怕死的人,我倒是高估了你!"

刘独峰脸色一沉,道:"你自命不凡么? 你与众不同么? 如果你在官场浸得久了，只要还活着，只怕比我更滑不溜丢，比我更没有作为！"

他冷笑："你们这些自以为侠义之士，为民请命，不惜发动叛变，以为万民之福祉而启战祸，结果，流了多少血，牺牲了多少人命，换得来什么？就算给你们当上了皇帝，一朝得了大权，身在高位之后，不也一样残民以虐，草菅人命，哪有将百姓放在心上？说得好听，满怀理想，不一定就能成大事，能担大任！"

戚少商道："你说得对。我就是这样，领导了一群兄弟，看来是使他们团结在一起，过的热闹快乐的生活，以百姓福利为己任，结果，只是害苦了他们，害死了他们！"

刘独峰心里一怔。他没想到戚少商如此坦然地承认他们领导连云寨所带来破坏性的一面。随即他也省悟：在这般逃亡受辱的日子里，戚少商身边兄弟几乎伤亡殆尽，而且连累了不少英雄好汉，这些残酷实实在在都逼使他早已作出深刻的反省。

刘独峰有点懊悔自己用语过重，便在话题上转了个弯回来："便是为了这些煞星，我们一动不如一静，免得给他们截着，拼上数场，都不是好事。"

戚少商道："我明白了。"

刘独峰道："那你还绝食不？"

戚少商道："说来，你是一个人，他们是全部？"

刘独峰道："也不是全部，他们之间，彼此也不和。"

戚少商道："看来，在这些抓我的人当中，落在你手上，是我的最好收场。"

刘独峰道："这点倒没有说错。"

戚少商道："你知道我活下去是为了什么？"

刘独峰在等他说下去。

戚少商道："报仇。"他说这两个字时不见得有如何激动，仿佛这两个字已根深蒂固得与生俱来一般。

刘独峰微叹了一口气，道："其实，冤冤相报何时了？你实在不必为了——"

戚少商断然截道："你没有亲身经历这些祸害，当然不知其苦！就算我不报仇，我那些被害得家破人亡的兄弟朋友又何辜？你身置事外，要说什么话都可以，但我深受其害，活着不报仇，就不是人！"

刘独峰不跟他争辩，只说："好，也许你便是凭着这样一股意志力，才能活下去的。"

戚少商道："既然你们之间会为了我自相残杀，我便乐意继续活下去，所以，现在我饿了。"

刘独峰笑道："这是句好话。"

于是他们结束了这次友善的谈话。

刘独峰吩咐张五去弄一点好吃的回来，廖六则继续看守戚少商。

可是，张五去了好一段时间都没有回来。

刘独峰深知张五的办事能力。

张五干练、机警、胆大而心细，反应奇快，虽略冲动、暴躁一些，但遇大事亦能忍耐，在这小县镇里，肯定是无对无匹的。

除非有特殊的意外，否则张五不可能会出事。

刘独峰觉得奇怪的时候，廖六便进来要求去接应张五。

刘独峰同意。

他亲自过去"监视"戚少商。

这一等，又是等了个把时辰。

戚少商忽道："这次我恐怕想吃也不一定有得吃了。"

刘独峰似乎没有什么表情，只坐在窗旁借下午的阳光看书。

戚少商喃喃自语道："你那两位弟子一去这般之久，只怕难免遇到了事故……你不担心么？"

刘独峰缓缓放下了书，道："我不担心，因为……"

他接着道："他们已经回来了。"

张五、廖六等跟随了刘独峰多年，刘独峰自然分辨得出他们的步伐：张五在彪悍迅捷中略嫌轻浮，但遇大事时极能忍辱负重；廖六在沉稳中略为迟钝，但在遇变时甚能镇定，刘独峰都了如指掌。

他常常感叹：人生的际遇，可以有不同的变化，但人的性情，却说什么都难以改变。所谓"江山易改，本性难移"，每个人的天性，再怎么掩饰，最多只不过是埋藏在内心深处，骨子里还是没有变更，有日一旦引发，反而变本加厉，一发不可收拾。

他因人施教，所以他的六名部属，都有不同的武功和特长。

就这一点上，他觉得上天是非常公平的。张五聪敏性急，所以武功上手得快，但功夫底子就扎得不够深，他能忍，但不堪激；廖六功夫学得慢，练成的更少，但根基却扎得极好，他为人淡泊，但胆气较弱。

自从云大、李二、蓝三、周四死后，刘独峰更加痛惜剩下的两名部属。云大平实敦厚，李二勇悍急进，蓝三以柔制刚，周四手辣心狠，加上张五反应快捷，负重坚忍，廖六步步为营，本来这是最好的搭配，可是，没想到在这一场追捕里，六去其四，想到这里，刘独峰真恨不得一剑杀了戚少商。

其实张五、廖六也痛恨戚少商。

没有他，云大、李二、蓝三、周四就不会丧命。

刘独峰曾用了颇大的心力，来压制自己不能因私怨而杀人的冲动，同时也抑制住张五、廖六的报仇之念。

他心里有时候也闪过，自己不杀亦无妨，只要让戚少商给顾惜朝等逮着，不是什么仇都报了……？

他又立刻制止自己想下去。

故此，当他听到戚少商口口声声要报仇的时候，他心里也呐喊着一个声音：

——如果我也要替四名部下报仇呢?！

但他并没有喊出来，他没有做出任何复仇的行动。因为他知道，戚少商是被迫抵抗，他没有别条路可走，同时，他也没有亲手杀死自己的部属，真正杀人的凶手是这个"案件"。从一开始，直至现在，在这件事里就牺牲了不少人。

而且好像还要牺牲下去。

他想到这里，就看见张五、廖六两张大异常态的脸孔。

第六十回

往没有路的地方逃

张五和廖六进了房中，互望一眼，向刘独峰揖拜道："爷。"

刘独峰点点头。

张五、廖六二人又互望一眼，张五道："属下因事耽搁，致令爷为属下操心，伏乞降罪。"

廖六也道："属下也没遵照爷的吩咐，因事耽搁了一些时候，特来请罪。"

刘独峰静静地坐着，他的座椅舒适，铺着白狐裘毛，似望着他俩，又像谁也没看。

廖六和张五互觑一眼。

刘独峰道："可以说了。"

张五和廖六脸上都掠过一丝惊诧之色，刘独峰笑道："你们跟了我这许久，有事难道我还看不出来吗？心里有话，就说出来吧——是不是在这儿不便说？"

他指的是戚少商在场，是不是有些不便？张五口齿伶俐，即道："不是的。爷的是明察秋毫，我今回儿出去，的确遇上一些不寻常的事儿。"

"说来奇怪，这两天来，思恩县上，发生了件大案子。邻近的徐舞镇驻扎的戒防，连营二十七，但被人一夜间尽拔，无一活口。思恩县的知县梁纪文，被人砍了首级，另外在无终山的十二户乡民，给人一把火烧个精光。"张五越说越是激动，"燕南镇上有十一个闺女，大前天失了踪，刚才我出去吩咐宾老爷的管事送饭菜来，听说河上有浮尸，便赶过去一看——那十一位美貌的黄花闺女，全被人剥了衣衫，浮尸河上！"

刘独峰没什么反应，用手徐徐揭了茶盅，低首呷了一口茶。戚少商坐得较近，发觉他的脸肌微微抽搐了一下。

张五激愤未平："所以，我便待在孔雀桥上，查看有何蛛丝马迹，耽搁了一些时候——"

刘独峰道："可有线索？"

张五说道："那是些武林败类干的好事！"

刘独峰道："何以见得？"

张五咬牙切齿地道："她们被奸淫后，被人用'落凤掌'震碎经脉而死，再投落水中。"

刘独峰未及说话，戚少商脸色一变，失声道："'落凤掌'！"

张五恨声道："便是套取女子贞元越多，掌力越犀利难敌的落凤掌。"

刘独峰沉吟道："你不会看错了？"

廖六道："五哥没有看错，因为'卧龙爪'也出现了。"

刘独峰道："哦？"

廖六道："属下本来出去要找老五，可是听到外面沸沸腾腾，牢里的犯人都给放出来了，到处作乱，大牢看守的人全给杀害，属下禁不住过去察看，见被害的狱卒全在脸上有五个洞……"

刘独峰道："双眼、人中、印堂、喉咙？"

廖六岔然道："正是。"

张五忍不住道："练'卧龙爪'，要不是自己先保童子身，练就童子功，就得伤残幼童，更惨无人道！"

刘独峰道："既然有'落凤掌'在先，'卧龙爪'的出现也不足为奇。"突然听到外面一阵骚动，刘独峰住口细聆。

廖六道："外面变乱迭生，宾老爷自然大为惊怒，县里也即转报城中都军事，调兵遣将来查明此事。"

刘独峰道："假如真的是使'落凤掌'和'卧龙爪'的人作的乱子，郗舜才派再多帮手前来，恐怕也没有用。"

张五道："所以，依属下之见，既然恰好给咱们撞上，不如……"

刘独峰截问："你想插手此案？"

张五道："反正……"

刘独峰斩钉截铁地道："不行。"

张五道："爷……"

刘独峰道："你知道这些案子是冲着谁干的？"

张五愕然。

刘独峰道："他们在回京的途上兜截我们不着，便猜我们仍逗留在附近，在这一带先干下几桩大案，诱使我们出手——我们只要一出手，他便知道我们所在。他们是冲着我们而来的，目标是戚寨主。"

张五讶然道："他们……"

廖六疑惑地道："他们是谁？"

刘独峰道："武林中同时会使'落凤掌'和'卧龙爪'的人不多，九幽神君是其中一个。"

张五怒道："九幽老妖是傅相爷的人，他用这种卑鄙手段，也不怕人参他一折！"

刘独峰道："九幽老怪干了这事，谁也指证不了是他下的手，他的目的只是拿住正犯，手段向来不顾惜。另者，这事也未必是他下的手，近年来，九幽老怪也很少亲自动手作孽。"

廖六道："可是他的弟子没有一个是好东西！"

张五道："我看这说不定是鲜于仇和冷呼儿那两个狗东西干的！"

刘独峰道："他们身任官职，还不敢明目张胆。再说，这两人武功不大济事，未必能使这两种歹毒绝伦的妖功！"

廖六道："爷！那我们应该怎么办？"

戚少商忽道："把我押出去，交给他们。"

刘独峰微讶道："你刚才不是说过，要挺下去报仇雪恨吗？"

戚少商的话音有一种万念俱灰后的平静："不错，我是要为死去的兄弟朋友报仇，没想到，却又连累这许多连见也未曾见过面的无辜。"

刘独峰忽然站了起来，背负双手，来回走了几步，这次他竟以无视于地上的尘埃："不管是谁，这种作为，都为天理不容。"

然后，他突然停了下来，望定戚少商，道："故此，我们更不能把你交出去！"

戚少商道："为什么？"

刘独峰道："你好歹是个侠义之士，就算我把你交出去，也决不交给辱杀好汉的卑鄙小人！"

戚少商道："你……"忽然哽咽，说不下去。

刘独峰陡地喝了一声："谁？"

一人仓皇而入，向刘独峰拜倒。

刘独峰上前，把他扶起，道："宾兄，我早就说过，你我非以廷礼相见。"

来人正是此镇小官宾东成。他执意要拜倒，对刘独峰想刻意讨好，着意结纳，但他被刘独峰这沾袖一扶，只觉一股柔力将身子托起，再也拜不下去。

宾东成慌忙道："下官不知刘捕神诸位在谈要事，贸然闯入，该当向刘大人讨罪。"

刘独峰知道宾东成此人俗礼既多，又好丢虚文，实不耐烦与他细谈，只说："外面都是些什么人？"

宾东成道："城里郗大将军身边的九大护卫。这九位勇士，个个骁勇善战，立过大功，今番郗将军恩准，前来为刘大人金躯保驾，亦可算是下官和郗将军的一番心意……"

刘独峰憬然一震，却道："慢着！你是说郗将军从城里调来了'无敌九卫士'来此处？"

宾东成连忙道："是呀！这九位大英雄、大勇士是郗将军身边爱将，这次郗将军肯把他身边九位卫士派来，便是因为刘大人面子够，贵重之身，决不能受近日一带作乱生祸的妖人骚扰，所以才特别遣派这九位——"

刘独峰即问："郗舜才是怎么知道我来了这里的？！"

宾东成听他直呼郗将军之名，暗知不妙，但却不知何故得罪了刘独峰，只吓得忙不迭地道："下官该死，下官该死，下官见近日怪事四起，祸乱频生，囚犯逃窜，既担心下官部属不才，无法保护刘大人周全，又答应过郗将军，如果有何贵人显要到来，务必要先通报他知道……故此，下官愚鲁莽撞，昨日通知了郗将军，郗将军一听得刘大人来了，便毫不犹豫，今早就拨来了这九位勇士……刘大人可不要见怪，这九位勇士，虽远远比不上大人神功盖世，但忠心耿耿、胆色过人，还……"

刘独峰一挥手，制止他再唠叨下去，向张五、廖六道："准备启程。"

宾东成惶恐起来，但他又不知道自己错在哪里："刘大人，您息怒，我撵走他们就是，请您——"

刘独峰道："不关这九人的事。你不该把我在这里的事告诉郗舜才。我们马上就走，我们来过的事，千万不可再泄露出去——"

他顿了一顿，沉声道："否则，回京以后，你的乌纱帽只怕难保。"

宾东成不料自己这一趟马屁拍到了马腿上，觉得自己顶上的乌纱，当真要逸空飞去，吓得只会说："是是，是是是，下官……"

刘独峰拍了拍他的肩膀，安慰地道："你先出去，最近的怪案，你管不来的，尽可能去安慰死者家属，重加抚恤便是了。"

宾东成只会道："是是……"

刘独峰打开了门，道："请。"

宾东成可怜巴巴地走了出去。

刘独峰沉思着回身。

廖六道："爷，咱们真的要走？"

刘独峰沉重地道："非走不可。"

张五道："为什么？"

刘独峰道："如果这些怪案都是为试探我们在哪里而生的，那么，宾东成的行踪，一定为敌人所注意，加上郗舜才这下着意示好，派了手下九名要将过来，对方如果精细厉害，早就留心了，咱们再待在这里，不安全至极，非走不可。"

张五道："不如——"住口不语。

刘独峰如冷电般盯了他一眼，只说了一个字："说！"

张五道："我们跟他们面对面，拼一拼！"

廖六也插口道："对，他们犯上那么大的案子，咱们也该为民除害。"

刘独峰摇首道："不。"

张五、廖六脸上都有失望之色。

戚少商道："你们有所不知，他不是不敢拼，而是对方万一奉有圣旨、持有密令，如果坚持硬拼，那是违抗皇命。就算对方没有奉命，这一出手相对，无疑是跟傅宗书正面为敌，我看，你们的'爷'向来竭力避免这僵局。"

刘独峰淡淡地道："你说对了一半。"

戚少商问道："却不知错的是哪一半？"

刘独峰道："他们大致并未受旨，否则，大可名正言顺，要各省各县官衙交出在下及足下便是。我一则不愿与傅丞相正面为敌，二则……我跟九幽老怪有些渊源，我希望他不要逼人太甚！"

戚少商哈哈笑道："你们官场里，渊源可真不少！"

刘独峰似没听出他语调里讥诮之意，只道："跟你在江湖上朋友的因缘，也差不了多少。"

廖六道："那我们该怎么走？"

刘独峰双眉一皱，道："这儿有几条回京的路？"

廖六道："一条是官道，经过燕南县直至丹阳城，转巴道回京；另一条是捷径，翻过无趾山，更转入邺城，然后抄小道上夕阳崖，如此转转折折回京。"

刘独峰只沉吟了一下，就道："这大小二道，九幽老怪必已留意，不能走。"

廖六道："还有一条路。"

张五道："水道。"

廖六道："我们可乘舟西行，航入易水，以水路缩减行径，待离开这一带之后，才上岸返京。"

刘独峰道："水路是万万不可的，因为九幽老怪精通水性，在水里遇上了他，敌优我劣，敌暗我明，决非其敌！"他用手轻轻拍了拍茶杯盅盖又道，"不是往回京的路，又有几条？"

廖六眼睛亮了一下，道："一共也是三条，一是——"

刘独峰截道："三条都不走。"

廖六和张五都是一怔。

刘独峰道："我们往没有路的地方去。避开有水的地方、避开极宜布阵的乱石绝壁，这都是善于布阵的九幽老怪易于发挥的所在。我们往没有人迹、没有路的地方去，带好干粮、营帐，躲它几天，让九幽老怪摸不着头绪再说。"

廖六道："可是……"

刘独峰道："可是什么？没有这样适合的地方么？"

廖六惶惑地道："有是有，可是都很脏乱……我们，又只剩下两师兄弟，恐怕服侍您不周……"

刘独峰看看自己洁净的一双手，又望望自己素净的一双腿子，微微叹了一口气，道："算了，这是什么时候，脏就脏一些吧，只是辛苦你两人了。"他顿了顿，又瞧瞧自己中指上的翡翠玉戒指，同时看见自己已断了的一根尾指，正裹着白布，时仍渗出血水来，心中大感烦恶，喃喃地道："实在不该来这一趟的。"

他在京城养尊处优，原可不必亲自捉拿戚少商，就算皇上降旨，他大可诈病养晦，皇上也不致即降罪于他。他也料不到在这追捕押解的过程里，会发生这么多事情，有这些种种不如意的变化。

这使他很气恼。本来，他决意视此次捕押为最后一次，而且为了解救在京里的一些好友身受的刑枷，他毅然承担这个不讨好的重任，结果现在夹在几重矛盾与为难下，进退不得。

他既不能完全秉公行事，因为他发觉这"公"是陷人于不义；他又不能完全站在正义来对抗强敌，因为他有太多的顾虑，使他不能作一个决然的姿势。他只有维持自己"捕头"的责任，既不让人伤害他押解的囚犯，也不让他的"同僚"侵犯到他的权威，同时，亦不能让他的"囚犯"脱逃。

在这件事里，他至少已损失了一只手指和四名爱将。

他想着有些苦恼，道："你们不必管我，看顾戚寨主便是。"

戚少商道："你们如想轻松一些，何不解开我双腿穴道，我答应只要大局还是为你所控制，不逃就是。"

刘独峰斜睨着他："你不逃？"

戚少商道："我不逃。"

刘独峰又道："你会跟我们行动一致？"

戚少商道："他们是来抓我的，我若落在他们手上，比落在你手上，要惨一百倍都不止，我要逃，也要逃出他们的魔掌，不是你们。"

刘独峰觉得如果戚少商肯合作，倒是大可减轻负担，于是道："你说话可要算数。"

戚少商道："我得先声明，要是大局仍控制在你手，我便不逃，否则，我就要逃命去了。"

刘独峰沉吟一下，道："一言为定。不过……你的伤——"

戚少商苦笑道："有这几天调养，稍好转了一些儿。"

刘独峰抚髯道："如此甚好——"

忽然外面一阵喧闹，"砰"的一声，有几条人影冲了进来。

第六十一回

一个决定足以改变一生

这几个人冲了进来，一齐下跪行礼："属下给刘大人请安。"

刘独峰脸上浮起了一个似笑非笑的表情，只道："你们来得可正是时候。"

只听宾东成气急败坏地说："谁叫你们来的！快回，快回！"他刚才已极力拦阻过这九名郗舜才的近身侍卫进来，可是这九人却不肯听他的话，他只恐刘独峰见责。在外县僻镇当个小父母官，边防小将虽然是个肥缺，但对能够在天子面前说得上几句话的朝廷命官，总要矮上一大截。他宁可得罪郗将军，也不敢开罪刘捕神。

那为首的大汉满脸笑容地道："宾老爷，这可是你的不是了。"

宾东成气得鼻子都白了，他身旁两名衙役，已手按刀柄，一口叱道："大胆！"一口喝道："闭嘴！"

宾东成一摆手，制止两名手下有所行动。那两名衙役瞧在职责上头，不得不吆喝几声，充充模样，其实要他们真个出手对付边防将领的亲信，那可要他们的命！宾东成心里总是盘算，自己还要在这地方混下去，好歹都是直接负责治安的地方官，但郗舜才手握兵符，尽量不要扯破了颜脸。当下强忍一口气，道："洪副统领，你有什么高见！"

大汉笑龇了牙，但话锋分毫不让："高见不敢当！宾老爷是知书识礼，我洪放斗大的字都不识得一个，只知道刘捕神是万民景仰的大捕头，这次因公莅临本县荒镇，我们郗将军慕名已久，诚心结纳，宾大人这下拒人于千里之外，把刘捕神这么一位名震八表的人物，关门藏了起来，其他钦仪刘捕神的人，岂不是都要求见不得了？你这般做法，岂不是让将军抱憾，错失交臂？"

宾东成怒道："如果我有意把刘捕神的行藏遮瞒，郗将军又怎会知道刘捕神来了？你这番式也无理！"

洪放仍然笑着，笑得十分谦卑："属下不敢无礼。刘捕神这下明明要走，将军早料有这一着，要我们先行一步，保护刘大人，将军随后就到。"

宾东成气得跺足，只道："刘大人，你看，这……我左右做人难哪。"

刘独峰知道宾东成拦不住这九人，才让他们闯了进来，实非他有意设计，便道："是我叫他不必张扬的。他通知了郗将军，我很不高兴。我这番来，原有重要任务，不打算通知任何人。"

洪放似没想到刘独峰会这样说，怔了一怔，仍满脸笑容地道："将军是怕这一路上不平静，特别要我们九人来侍奉刘大人的。"

宾东成道："咄。路上不平静，刘大人天下无敌，谁敢招惹？就凭你们，就保护得了刘捕神么？"

刘独峰双眉微微一皱："诸位请回，我承办一些案件，不宜偏劳各位，请转告郗将军一声：将军好意，在下心领了便是。"

洪放等人互觑了觑，其中一个瘦子道："郗将军命我们前来，要是我们违命自去，必遭重罚，刘大人可否稍待片刻，俟郗将军亲来拜会再说？"

刘独峰心忖：郗舜才这一来，可就更加招摇了，当下便道："不必了，我们这下正要赶路，马上就走。"

洪放道："将军想必已启程，刘大人不必久候，只需片刻，将军必可赶到……"

刘独峰森然道："我有公事在身，如有延误，你们负责得起？"

那九名汉子一齐变色，都俯首说："不敢。"

刘独峰知道这一句话已然奏效，心下一阵惭愧：利用职权、权威，的确可以享受很多常人不能有的方便。自己一直力求避免，但有时为情势所逼，一样不能豁免。只要有了个开始，滥用特权，就会不知不觉地腐化下去，造成肆施淫威。自己尚且如此，定力不够的人更不堪设想。其实，他在此地并没有什么特殊任务，只是为了躲避敌人追击，只好这般说，以免这干人老是夹缠不休。但这般说了，自己分明是仗声威唬人，实在问心有愧。

他双手一拱，向九人道："诸位请了。"阔步踏出。张五、廖六押着戚少商，走出了宾府。

迤逦的泥道，穿过衢衖，不知往何处延伸？残垣上有一丛草，在阳光下水葱也似的碧绿，乍看还以为草端上都白了头。

长路漫漫。

他们没有马上离开燕南镇。

这镇上有两家客栈，一大一小。大的较干净，小的很肮脏。规模大的价钱在规模较小的三倍以上。过路的客人，没有钱的，多选小的住。大的客人并不多，可是一旦有人住上，一个的花费便顶得住小店里投宿四人。所以，总计算来，还是大店赚钱，小客栈只能维持门面。

人就是这样，仰卧不过三尺来地，但要好的，要干净的，要讲究体面的，也因为这样，店子愈开愈漂亮，人为了要充这些体面，手段只好愈来愈肮脏。

刘独峰等走进了那家小客栈。

这当然不是刘独峰的本性。

他一向注重享受，好排场，讲舒服。

他们从前门走了进去，不到半个时辰便自后门溜了出来。

进去和出来的时候，已完全换了个模样。

刘独峰变成了个商贾。本来绕在颚下的五络长髯，而今绕缠两腮，一双本来极为凌威凛凛的眼睛，用肉色的黏泥贴在眼盖上，使得看去眼睑如刀裁，眉尾用染黑的玉蜀黍茎须黏上，垂及眼角，穿上城里绸商的云雁细锦，头戴大裁帽，皂履革带，看起来福泰团团的，完全变了个模样。

戚少商却裹在鹤氅之中，头戴席帽，活像个在中暑的病人，连行路都没了气力，看了更不带眼力。

张五和廖六则上身着袄，下身青裤，头扎布帻，脚绑行缠，四人雇来了一匹马车，给足了银两，张五扶着装扮成"病人"的戚少商上车，刘独峰也翻入车篷之内，由廖六打马赶车，匆匆离开燕南，直驱无趾山。

燕南是个大镇甸，来往商贾自然不少，这情景就像一个商客带着个患病的子侄去城里求治，谁也不起疑心。

这些化装，自然都是张五的把戏，以图瞒过敌人的视线。

至于能不能避过敌人的注意力，或许这只是假想出来的敌人——敌人根本就不存在？这都是难以逆料的事。在意外发生之前，感觉到危机的伺伏，设法去避开它，是门最高深的学问。因为危机虽在，但被你料敌机先，先行避开，或先将其彻底毁灭，危机就不存在了。不过谁也不知道危机是不是果真会发生？不像危机真的发生之后，悔不当初之际来得那么分明清楚。

真正的高手，是要在危机发生之前觉察出来，而不是在危机发生之后，才去痛悔。

刘独峰装扮成商贾模样，贴上了许多"假须"，黏上了许多"肉泥"，变成了个福气惇惇、反应迟钝的商贾，刘独峰自然不喜欢。

他出身素封之家，富裕尊贵，生活舒适已极，但始终保养得好，练功极勤，所以依然矍铄雄健。这段日子以来，为了追捕、押解戚少商，已吃过不少苦头，而今又叫他沾泥混尘地乔装打扮成个胖商贾模样，心里虽老大的不愿意，但仍然不怨一声。

因为他知道，若不如此，难免就要遇上危机：要押活的戚少商回京，这一路上就得要委屈自己一些。

张五知道主子难受，所以已经尽量不替刘独峰浓妆——不像戚少商，脸上青的蓝的白的粉垩涂了一大堆，活像个古墓的僵尸。

马车辘辘。

起先一个时辰，道上还有行人车辆，不久之后，行人渐少，路渐崎岖。

廖六果是个赶车能手。

马匹都像跟他有默契似的，要它们急驰就急驰，缓行就缓行，不管速驰徐行，车上都不感到震荡。

戚少商忽然想起连云寨的兄弟：他们也各有各的本领。像"千狼魔僧"管仲一，就擅于召兽驱狼，"赛诸葛"阮明正擅运筹帷幄，"阵前风"穆鸠平能决胜千里……但也有一些兄弟，狼子野心，不惜卖友求荣，枉自相交一场……

忽听廖六低吟两声，又尖啸数下，似跟马匹交谈，又似是喃喃自语。

张五道："爷，属下过去察看察看。"

戚少商警醒地道："什么事？"

刘独峰说道："小六子发现，有人跟踪。"

戚少商愤笑道："这些冤魂不散的，真非要戚某人头不可！"

刘独峰笑道："你的人头我已定下，要你的头得先问我。"

张五脸有忧色，道："爷，要不要属下先去探路？"

刘独峰道："你别急，小六子已过去看了。"

戚少商微微一愕，马车仍然疾行有度，廖六却已不在辔前纵控，看来，廖六的御马术比张五的易容术不遑多让。其他四人什么云大、李二、蓝三、周四等，想都必有过人之能，都因为追捕自己而一一死于非命，不但可惜，在刘独峰和张五、廖六心里，也想必悲痛莫名。

戚少商不觉有些歉疚起来。

忽闻车外几声低啸微吟。

那是廖六的声音。

他已回到辔前，就像从未离开过一般。

刘独峰说："是他们。"

张五脸上已没有那么紧张。

戚少商不禁问："是谁？"

刘独峰说："那九个人。"

戚少商道："'无敌九卫士'？他们跟来干啥？"

刘独峰哂然道："坏就坏在他们真以为自己'无敌'。"

张五请示道："爷，属下去把他们打发。"

刘独峰沉吟一下，向帘外道："离下一个歇脚处有多远？"他的声音不大，也不高昂，但刚好可以送入廖六耳里，马蹄车轮声也掩盖不住。

廖六道："离开黄槐山神庙，不到三里路，那儿很合歇息。"

刘独峰向张五道："反正不急。到那儿才略施小惩，把这干无聊的东西赶回老家去。"

张五脸上露出兴奋之色，恭声道："是。"

戚少商见张五还很容易便露出一种少年人的气盛和顽谑之色，便道："敢问五哥，今年贵庚？"

张五慌忙道："戚寨主，千万不要折煞小人，叫小五即可。我叫张五，原字五可，今年十九，我们跟随爷，以先后入门定长幼，所以廖六虽比我年长，但因迟我两年入门，只好屈居老么。他原名廖六德，其实无能无德。"

只听廖六在外笑啐道："死老五，你又在背后嚼舌什么？"

张五笑骂道："你这小六子，五哥也不呼唤一声，没长没幼地鬼叫什么！"

刘独峰笑道："他们就是这样，爱闹爱玩，入我门下，正经事儿没办成几件，倒爱钻邪门歪道，嬉笑玩闹……"说到这里，忽然念及云大李二蓝三周四已殁，心里不禁难过顿生，话也接不下去。

戚少商因为先前已深觉愧疚，现下知道刘独峰伤怀，就没有特殊的感触，反而生起一种奇怪的对照：云大等六人，加入刘独峰门下，以先后定辈分，一如"四大名捕"投效诸葛先生门下一般。可是，"四大名捕"，名满天下，威震八表，这六个人却只是跟从，在武林中，既无鼎鼎之名，也无赫赫之功，可见人的命运与际遇，是何等的不同。

——息大娘如果不维护他，现在毁诺城想必固若金汤。

——雷卷若不支持他，江南雷家便不会兵败人亡。

——连云寨兄弟不跟着他，也许便不会有这场浩劫！

"到了！"

这一声语音，把戚少商唤回了现实。

掀开帘子，日正黄昏，几棵苍劲的松树，掩映着一角的庙宇。

戚少商看看古旧的匾牌，上面写着几乎被尘网遮没不见的字："山神庙。"

这庙宇已失修多年，廖六找了一处比较干净的青石板，找了两个破垫子，一个替刘独峰垫下，另一个要给戚少商，戚少商摇摇了手，谢道："不必。"

俟廖六生起了火，要烘热干粮和葫芦里的酒之时，张五已静悄悄地溜了回来。

他虽然像狸猫一般无声无息地闪进了庙门，刘独峰已然察觉："怎样？"

张五立即顿住，垂手道："禀爷。他们知道我们在这庙里歇脚，便在一里外的军冢歇脚，我过去张了张，的确是那九位'无敌人物'。"

刘独峰抚髯正欲说话，发现长髯收拢钩到腮边去了，嘴里道："这九人居然跟得上来，也算是个角色。"

张五道："爷，要不要我这就去打发打发。"

刘独峰道："急什么？等小六子煮顿好吃的，你们两人才一块儿过去。"

张五道："爷，打发他们，我一人就可以。"

刘独峰望望天色："天快要黑了，摸黑下手，事半功倍，而且也好叫他们认不着点子。"

张五转首向廖六嚷道："小六子，还不快些把食粮弄好，咱们要去闹乐子哩。"

廖六径自把干肉往火上烤，撒了一些调味料儿，笑道："快了，快了。咱们打发掉那几位无敌的大爷们，这些草上的火头还未熄呢！"

刘独峰向戚少商笑道："你看，我这几位伴在身边的人，还倒像小子们闹着玩哩。"

戚少商又想起他那一群大块吃肉、大碗喝酒，一块嬉闹、癫在一团的兄弟们，不觉心里一阵黯然。

第六十二回

不是人叫得出来的叫声

干粮——恐怕是江湖人最怕吃但最惯吃的食物。

人在旅途上，不是哪里都有食肆、酒楼以供疗饥的，为了不饿在荒山僻壤，带着干粮上路是必需的。

不过绝少有人像他们手上的干粮那么美味——经过廖六的炮制，这些干粮比大鱼大肉还叫人垂涎。

戚少商忍不住赞道："六哥的手艺真是一绝。看来'厨王'尤知味真要让贤了。"口里刚提到尤知味，心里就念及息大娘，一时再也说不出话来。

他在心里狂喊，叫自己不要去想，不要去想她……他现在自身难保，命在旦夕，一生全无希望，再要想息大娘和从前的老兄弟，除了倍加伤心，肯定无济于事。

廖六谦了几句，和张五扫出一块干净之地，用草席垫底，再以缎绒覆盖其上，置妥小枕、暖毯、拨好火蕊，这才向刘独峰请命："爷，属下跟老五去把那干烦人的家伙撵走。"

刘独峰盘膝而坐，眼观鼻，鼻观心，手捏字诀，正在默练玄功："去吧。可是别杀伤人。"

张五道："是。"两人并未走开。

过得半晌，刘独峰奇道："去啊。"

廖六道："是，爷。"仍不离开。

刘独峰睁眼，"嗯？"

廖六眼珠子往戚少商坐落处转了转了："爷要自己保重。"

刘独峰莞尔一笑："不碍事的。戚寨主不会趁此开溜的。"

戚少商心里明白，插口道："我就算想溜，在刘大人的法网下，也逃不了。"

廖六道："这样，咱们去了。"

刘独峰挥手道："去吧。"心里却有些纳罕：怎么这两名跟随自己多年的部属，今晚却如此婆婆妈妈起来？

张五、廖六常抬着刘独峰追捕犯人，翻山越岭，而且还不让轿里的刘独峰受震动，轻功自然极高，再加上他们借夜色施五遁隐身法，更加是神不知、鬼不觉。

他们分头而去，不久后又在一株被雷劈了一半的盘根古树下会合。廖六吐吐舌头说："那叫洪放的，耳力不错，我还险些儿教他发现了呢。"

张五道："他们是分成三批，以东、南、北三个方向，各距一里，离山神庙也有一里之遥，各有三个人，照这情形，一旦有啥风吹草动，他们必有一套自己的联络暗号。"

张五想了想，道："这阵势摆明了是三面包围，网开一面，那向北之处是易水南流之秘魔崖，谁也渡不过去。"

廖六道："他们一批三人，分作三批，是跟咱们耗上了。"

张五道："他们力量分散，咱哥儿俩正好逐个击破。"

廖六微笑道："不是击破，是吓破。"

张五笑了起来："难道你想……"

廖六笑了笑，道："这不也是挺好玩的吗？"

火，并不是烧得很旺盛。

这三名卫士，正吃着干粮，他们不敢太喧闹，也不敢把火拨得太盛，便是因为不想惊动一里之外山神庙里的人。

这三名卫士自然怨载连天。

这三人从围着火堆开始，就一直怨个不休：

"将军也真没来由的，偏要咱们跟着这姓刘的，受寒挨饿的，全没道理！"

"谁叫咱们是下人呢！将军叫咱们向东，咱们还敢往西走不成！"

"将军把我们师兄弟九人都遣了出来，万一有人暗算他，岂不危险！"

"这小地方有谁敢太岁头上叮虱子？如今不似当年，咱跟将军一起剿抚乱匪那时，可真是步步惊心。"

"现在将军可高俸厚禄，太平安定了，咱们呢？可还不是在这里餐风饮露的！"

"看来将军还是只宠信洪老大一人，咱们在他眼里，算不上什么东西！"

"算了，就少一句吧。"其中一个年纪较大的汉子道："洪放比我们狠，功夫比我们强，最近这两天，他又似转了性子似的，脸上全长出疮痘来，不知是不是染了哪股子寻香院的毒？脾气可戾得很，这下子跟他拗上，可划不来，都少说几句吧。"

"不说便不说。"最多牢骚的高个子起身伸了伸懒腰，"咱去解小溲。"

"余大民特别多屎尿，"那个阔口扁鼻的小个子说，"你呀，你就是大溲小溲的过了大辈子！"

两人都调笑了起来。那余大民不去管他们，径自走进人高的

554

草丛里，解开裤子，正要解溲，忽然觉得草丛里有样什么东西，蠕动了一下。

——敢情是蛇吧！

余大民忽生一念：要真的是蛇，抓起来剥了烧烤，倒也鲜味。

想到这里，食指大动，正俯身看准才出手，忽觉背后的火光暗了暗，有一个似哭泣又似呜咽的声音，钻入了耳朵里。

这声音似有若无，听来教人怪不舒服的，余大民还没弄清楚是怎么回事，脚下一绊，差点摔了一跤，定眼看去，只见一具宽袍尸首，竟是没有头颅的！

余大民也不是胆小的人，刀口舐血杀人的事，他决非没有干过，但在荒山里这么一具尸首直逼眼前，也难免心底里一寒，暗下默念：有怪莫怪，我这下不是故意踩上去的，孤魂野鬼万勿见怪……

但那泣诉之声又隐隐传来。

余大民这一下可听得清楚了，毛骨悚然。

声音来自背后。

余大民刷地抽出一对六合钩，掣在手中，才敢霍然回首。

后面没有人。

连鬼影都没一个。

声音依然响着，哀凄无比。

声音自脚下传来。

余大民悚然垂目，看见了一件事物：

人头！

人头是被砍下来的。

血溅得一脸都是。

更可怕的是，那被砍下来的人头正在启唇说话："还……我……命……来……"

余大民怪叫一声，拔足想逃，但双脚怎样都跨不出去。

他惧然警觉，地上正冒出一双手，抓住了他的双踝。

血手！

他以为是鬼拉脚踝，只觉头皮发炸，心跳如雷，跑又跑不掉，一时之间，只能再发出一声撕心裂肺的尖叫，后脑忽给敲了一下，晕死过去。

余大民发出第一声惊呼的时候，围在篝火边两条大汉都觉得好笑。

"敢情老余踩上僵尸了。"小个子笑说。

"没法啦，一个人上茅坑里的时候……"年纪较大的汉子说到这里，突然听到余大民的第二声惨叫，他也陡然住口，抽出单刀，霍然而起，道，"好像不大对路。"

小个子仍不怎么警觉："怎么？"

老汉道："余大民不是个没事乱呼一遍的人。"

小个子也抄起熟铜棍，道："去看看。"

两人掠入草丛里，蓦见一处草丛几下起伏，小个子林阁和老汉陈素，招呼一下，一左一右，包抄了过去。

林阁掠到一处，见草丛略略移动，吆道："哒！还不滚出来！"举棍要砸，忽然，一人长身而起，只见一披头散发、五官淌血、脸容崩裂、獠牙垂舌的僵尸，面对面地跟他贴身照个正着！

一下子，两边都没了声息。

陡地，林阁发出一声大叫，转身就逃，这几人当中，本就要算他的胆子最小。又因曾杀过几人，午夜梦回，已常常吓出一身冷汗，这下真的见着了鬼，可三魂吓去了七魄，撒脚就跑。

他不溜还好，这一转身，刚好跟另一张血脸几乎碰个正着。这张血脸已血肉模糊，嘴巴咧到耳下，眼角咧到鬓边，额间一道裂纹，斜裂至颚下，一张脸已不算是脸，四分五裂，只差没松散脱落下来。

这张脸比鬼还可怕。

一种腐尸般的臭味，直冲入林阁的鼻端。

林阁举棍要打，突然间，手腕一麻，那根棍子，竟"飞"了出去。

真的脱手"飞"去，不知飞到哪里去。

那两具僵尸，一前一后，把他夹个水泄不通，林阁又惧又怕，大叫一声："鬼呀——"只觉有人往他脑门一拍，便晕了过去。

林阁见鬼的时候，陈素掠到草丛颤动之处，见到了卧在地上，口吐白沫，全身痉挛的余大民。

陈素扶起了他，用两只手指在他额上大力摩擦着，余大民醒了一半，来来回回只一句："鬼……有鬼……"

陈素听得心头一寒，他江湖跑得多，大大小小鬼魅传说，他耳里眼里，都听过看过，邪门事也撞上过几桩。余大民一向不信邪，今回儿要不是真的碰上些什么，决不会吓得个半死不活。余大民这么一说，他倒觉得附近妖雾重影，鬼气森森。

正在这时，便传来林阁那一声："鬼呀——"便没了声息。

才醒了一半的余大民，乍听之下，陡然振起，推开陈素，没命似的飞奔而逃，一面惶然叫道："鬼——鬼！饶了我，饶了我……"

陈素再无置疑，眼前情势不妙，人总斗不过鬼，单刀霍霍舞几道刀法，口中念念有词，尽是乡间辟邪驱鬼的咒语，一面念着，一面脚底加油，紧跟余大民之后，落荒而逃。至于剩下的另一伙伴，那是再也顾不得了。

这可把张五和廖六笑得直打跌。

那些"鬼"，当然就是他们两人的把戏。

张五和廖六，正道武功虽不如何，但这些儿吓人、唬人的玩意，可懂得不少。两人穿上足可令人触目惊心的服饰，脸上涂得鲜血斑斑，一个把头埋在土里，只留身子在外；一个把身子埋在泥里，把头搁在土外。两人这一搭配，变成无头尸首会说话，直要把余大民吓得魂飞魄散，更不消说本来胆小如鼠的林阁了。

两人这一场把戏成功，比打了一场胜仗还高兴，扣着胳臂欢笑几个圈，张五道："看他们吓破了胆子，还敢不滚回老家去！"

廖六忍笑道："还有两批人马，咱们还得演上两场戏。"

张五道："这又有何难。不如一人演一场，你去吓东面那批崽子，我去吓北面的，比一比，看谁先得手，谁就是唬人大王！"

廖六微沉吟道："这，不好吧……"

张五一向好胜："这又有啥不好！万一给他们瞧破了，格斗起来，难道咱还会输给这干号称无敌的软团头不成？"

廖六好整以暇地说："我攻东面，有那洪放在，他是硬点子，自然是你比较容易得手。"

张五一听，当然憋不住气，便拍胸膛说："这样好了，你去北面，我负责东面，姓洪的那弁官，也不是什么东西，且看我三两下手脚把他料理。"

廖六连忙说道："吓不着人，不到必要，可也不许伤人哦！

你没听爷吩咐下来吗！"

张五没好耐性地道："早听见了。敢包他吓得尿滚屎流，夹尾就逃。这就干了！"便往东面掠去。

廖六早已摸熟张五的性子，洪放看来有两下硬把式，他正好省这趟功夫，而且，实际上张五的武功也比他高，不愁他会出事。廖六如此想着，便往北方纵去。

奔行了一段路，忽听前面有急促对话声，忙隐伏到乱石后，再伸出头来细聆。这一听之下，几要失笑。

原来那个余大民，跑到北面的三个师兄弟面前，气急败坏但又绘影图声地叙述刚才遇鬼的事。火光映在三名大汉的脸上，忽明忽暗，脸上僵着半个不自然的笑容，看来心里头倒是信了泰半。

廖六一看，知道大局已定：真是天助我也！余大民这下说得煞有其事，已在三人心里打了底，只要再吓一吓，准能成事。看来，那年纪较大的汉子则可能跑去东面报警，自己要胜过张五，倒要快些动手才是。

这边余大民还怕三人不信，一面说，一面还打着颤，道："我发誓，那真的是被砍下来的人头，血流了一地，但他……他还会说话，这……"

其中一名猴脸汉子忍不住道："余师兄，可惜你这下见着的是恶鬼，不是艳鬼啊！啧啧啧。"

他这一句，把其他两个在诡异气氛中的人，都逗得爆笑了起来。

余大民登时拉长了脸，沉声道："倪卜，你这是什么意思？"

那叫倪卜的汉子忙道："余师兄，不是我不信你，而是你刚才说的，实在太……对不起，我只是开了一句玩笑，你别当真。"

另一名鼠耳汉子也道:"这年头也不平静。前几天,乱葬岗上枉死了几个人,有人亲眼看到,是一只赤足披发的女妖,眼睛里两个血洞,飘在空中,只叫:'还我命来,还我命来……'"鼠耳汉子正要往下说,忽见对面三人都变了脸色。

他已经没有再叫下去,但:"还……我……命……来……"的凄呼仍若断若续,萦回在夜风中。

四人的手,一齐按住了兵器。

除了余大民一直紧执手中仅剩的一柄六合钩外,其他三人,都摸了个空。

有的人的兵器,是系在背上;有的人是挂在腰畔;还有一个,枪在马背上。但这三件兵器,全摸了个空。

地上生的火头,忽然暗了下来,变成青绿色的一抹火焰,映照得这四人好不可怖。

那似男若女的诡异声音,依然飘飘荡荡:"我……死……得……好……惨……啊……还……我……命……来……"

那叫倪卜的突嚷了一声:"若兰山庄!"四人都大叫而起,同时想起了一件他们曾经做过的丧心病狂之事,他们曾在行军时借剿匪之名进入一家"若兰山庄",干出了不为人所知的兽行。这师兄弟九人,虽然干下了这宗淫辱杀人勾当,但心中不免暗惧,而今听到索命的声音,自然都想到自己做过的亏心事,越发心寒。

这时,只见一条白影在空中冉冉飘起。

四人中,倪卜和余大民早无斗志,另外两人,一个还不十分相信世上真的是有鬼,一个觉得不妨一拼,正在此时,倏地——

一声惊心动魄、恐惧已极的惨嚎,自远方裂空刺耳地传了过来。

要不是遇上极端诡异、恐怖的事，任谁都发不出这种叫声。

他们分辨得出那是二师兄朱魂的声音。

朱魂外号"失魂"，这个人，只会把敌人杀得失心丧魂，一生人可以说是从来不知惧怕为何物。

连他都发出这样的惨嚎，情况可想而知。

朱魂一向是个连死都不哼一声的人。

这一声惨叫把四人的斗志摧毁。

四人齐齐发出一声怪叫，落荒而逃。

廖六是成功地吓跑了这四个人。

可是他还未感到高兴，而是先感到奇怪。

——他诧异张五怎会有本领教这些总算见过世面的江湖人，会吓到发出这种不是人能叫出来的叫声！

第六十三回

临死前，照镜子

廖六决定要过去东面看个究竟。

四周都是寂静的，流动着一股淡漠的烟气，月色朦胧，有一股说不出的诡秘。

月色一忽儿明，一忽儿暗，明的时候似没有限度地膨胀着，暗的时候像突然间被林间、草丛里什么野兽吞噬了一般。

这种幽异的气氛令廖六有一种奇特的感觉。那感觉就好像他从前听过的一个故事：一群人摸黑上山去挖掘山顶那两颗闪闪发亮的宝石，山下的人远远望去，那些上山的火光，到了靠近宝石的地方，忽然间一阵狂风大作，就熄灭了，那些人再也没有回来。但人为财死，鸟为食亡，还是有很多人都为了宝石，带良弓，备良箭，驱良犬，骑良马，上山掘宝，但结果仍是一般，没有下落。

后来村民发现那座山居然会移动，这才知道：那座山不是山。

而是一条盘伏已久，几已化石的千年巨蟒。

那两颗五彩斑斓的宝石，自然就是蛇的双目。

寻宝者要采"宝石"，自然要经过巨蟒的大口，等于送入蟒口，这血盆大口在一张一合间，便把寻宝石的人全吞食掉了。

廖六现在正有这种感觉。

他觉得自己正站在"蛇口"上。

危机似是一触即发，可是他又不知道危机在哪里。

他用手拍了拍绑在腰间的一个国字织锦镖囊，四处探了探，撮唇卷舌发出三长一短又一短三长的蛙鸣。

这原是他与张五的联络讯号。

没有回应。

廖六等了半晌，心下纳闷，忽然鼻端飘过一丝淡淡的烟味。

廖六从这似有若无的烟气里，立时分辨出方向，往乱草丛中掩去。

越过了一大片荒草地，从草缝里看出去，可以见到一大片乱石之地，怪石嶙峋，大小不一，再过去便是河涧，水流潺潺，在黑夜里像喃喃地念着符咒，除了偶然撞击在河岩上翻出巨浪，其余都像一匹灰色的长布，伏在夜的深处，谁也瞧不清楚它的真面目。

河边有一堆余烬残木，火光刚刚熄灭、余烟仍袅绕。

廖六心忖：老五好快，居然已把那三个恶煞逐走了？

他瞧了一眼，正想又发出蛙鸣暗号，联络张五，突然，他眼角瞥见一件事物：

一对脚，自一块大石后平伸出来。

有人倒在石后。

廖六一伏身，已贴地闪到石旁。

他没有立时转入石后，他虽然能判断对方是仰倒在地上，但仍提防对方是不是诱他入彀。

他可以肯定那不是张五的脚。

张五穿的不是这种编织草履。

廖六在石旁等了一阵，那双脚依然动也不动。

廖六突然伸手一弹，一颗小石子，已击在那对脚的脚背上。

同时间，廖六一闪身，已自伸脚处的另一端转了进去。

他的目的是要对方发觉脚部遇袭的刹那间，他已自另一端逼近，而取得制敌先机。

那双脚"啪"地被石子弹了一下，却并无动静。

廖六抢进石后，本来旨在声东击西，但月下的情景却令他当堂惊住！

——只有脚。

——没有头。

这一对脚只到了腰身，便被人拦腰斩断，断口处血肉模糊，令人不忍卒睹。

廖六大吃一惊，退了一步，第一个意念就是：老五怎能下此毒手！

他这一退，蓦地发觉头上似乎被某件事物，遮去了月华的光影。

他单掌护顶，身子斜里一错，抬目一看：几乎和一个人打了个正照面！

那人俯脸垂手，廖六惊觉时已离得极近，但因背着月光，样子看不清楚，廖六闪开再看，才发觉那人双目凸露，五官溢血，早已气绝多时。

廖六心下狐疑：究竟这儿发生过什么事情！？这时，他也认出这人是"九大护卫"里的其中一人，被人拦腰砍为二截，身首异处，下身落在地上，仅露出二足于石旁，而上身就搁在石上，血液犹汨汨淌下，由于石块高巨，在昏暗月色下，廖六一时没有留神，不意石上还有半截尸首。

廖六退了两步，足下突然踏到一物。

江边的石子全是硬绷绷的，而今他脚下突然触及一件软绵绵的事物。

廖六反应何等之快，脚未踩实，立即一弹而起，人在半空，拔刃出手，只见地上是一个人，伏在那儿，也不知是生是死。

廖六左足足尖方才沾地，右足已疾地一挑，把地上那人挑得一个大翻身，变成仰朝向天！

浮云掩映，光暗间照了一照，地上有一件事物也寒了一寒。

廖六眼光一瞥，立即认得出来，这是刚才被自己和张五联手吓跑的三名"护卫"中里那名老汉。

现在老汉陈素就躺在地上。

单刀已脱手。

刀口有血迹。

他的颈项也只剩下一道薄皮连着。

这老汉赶来通风报信，却死在这儿，难道老五为了争功，竟下了这般辣手，忘了爷的吩咐么！？廖六心下狐疑，忽见远处又趴了两个人。一个半身浸在溪涧，一个伏倒在涧边草旁。

廖六一见，心口像被擂了一记。

半身浸在溪中的人，廖六认得，那便是"九大护卫"之首洪放。

另外一人，在月色昏冥中，从衣饰身形中隐约可以分辨：张五！

——莫不是张五和这干人拼得个两败俱亡！？

廖六心下一急，急掠过去，叫了一声："老五！"

张五唤了一声，身子略略掀动了一下。

廖六连忙俯身，扶起了他。

廖六在弯腰搀扶之际，仍有戒备，若有任何不测之变，他至少有七种应变之法、六记杀手、三种闪躲之法，防备来自身后左右的攻袭，但近里一看，发现果是张五。

只见张五血流披脸，奄奄一息，廖六情急之下，防范便疏，就在这时，张五双眼一翻。

张五睁开了眼睛。

廖六突然觉得异样。

——那感觉就像是：怀里的人是张五，但那一对眼睛，却肯定不是张五！

他警觉的同时，"张五"双肘一缩。

这一缩十分奇特，就像双手突然自手肘倒缩回骨里去，但在肩膀上突生了出来。

这变化十分之快，廖六一旦发现情形不对，那一双"怪手"，各执一柄铁叉，已刺到他双肩上！

廖六原本想立即放手，但已无及，急中生智，双手原本抱住张五，陡然变招，五指挥弹，扣拿他身上七道要穴！

——就算对方用双叉废了他的一双手，他也要对方全身为他所制！

他这一招果然要得，"张五"双叉骤止，也不知怎的，双肘一拢，竟挟住他的双臂，但一对铁叉，也一时插不下去。

这一下子僵持，廖六突然一脚踩地！

他这一脚踏地，"砰"的一声，"张五"双脚似被什么大力震起一般，一时跃了半尺。

人一离地，难以借力，功力便衰。

廖六一个大旋身，把"张五"摔了出去！

他务求先脱身，看定局势，再定进退！

可惜就在他旋身的刹那，两柄钩子已到了他的胸际。

廖六手上还与"张五"纠缠着，人也正好在全力旋转，这一对亮晃晃的利钩，他是避无可避，躲无可躲！

这刹那，右钩子先刺入他的左胁，左钩子挂入他的右腰，廖六这一下子猛旋，登时自腰至胁，从左而右，被撕裂了两道口子，皮开肉绽，鲜血直冒，肠流胃破。

廖六大叫一声，发力把"张五"摔了出去，一手拔出一个布包，一脚把从后袭击的人踢退三步。

突袭的人是洪放。

洪放没有死。

他觑准时机，一击得手。

他的双钩留在廖六体内，一时抽不出来，廖六突然出脚，他只有弃械急退。

廖六已然打开了布包。

一面长柄古镜。

镜子！

一个身受重伤的人，临危之际却抽出了面镜子，究竟是什么意思？

庙里。

火光渐渐暗了下去，只维持一点点的暖意。因为没有人添加柴火，原先的柴薪已渐渐烧完了。

戚少商合起眼睛，想好好地运气调息，但眼前本来还有晕黄的微光，随着光芒的黯落，在黑暗里，出现的身影也就愈来愈多。

劳穴光、阮明正、勾青峰……一位位结义兄弟的溅血，一个个连云寨弟子的哀号……最后息大娘哀怨的目光。

"少商。"

她伸出手来，柔弱无依。

杀伐声起，影影绰绰里也不知有多少敌人。

在黑影里，似乎有一个强大无匹的力量，把她卷了进去，拖了进去……

息红泪的手如临风无凭的一朵白花。

眼神楚楚……

"少商。"

仍是那牵肠挂肚，朝思暮想的一声无奈的呼唤。

就在这时，那一声不像是人可以呼叫出来的凄嘶，透过重重黑幕，刺入戚少商耳里。

戚少商双目一睁。

他立即看到昏暗里一对厉目。

那双目光闪着晶绿的神采。

那是刘独峰的眼睛。

刘独峰的眼神比剑还厉。

在他睁目的同时，刘独峰已睁开了双眼。

"你不静心打坐，内外伤便不易复元。"刘独峰的眼睛像透视了他的内心。

戚少商惭然："我……"

"我明白。"刘独峰道。

"那声惨呼……？"戚少商问。

刘独峰皱了皱眉头："也许是小五小六太调皮了，声音不是他们两人发出来的。"刘独峰语气里也有些不安。这时火头已熄了，只剩些金红的残烬，随着野外的松风激扬星散。"你应该要敛定心神。一个学武的人必须要先能定静，然后才能有修为，这跟学道的人一样，先静后定，才生大智慧。"刘独峰双目熠熠有神，望着他道，"你甚有天分，招式极具创意，变化繁复，很有'通悟'的境界，只在内力修为上不足，定力也差了一些。"

戚少商道："所以我不是你的对手。"

刘独峰道："但日后焉知我是否敌得过你。"

戚少商双眉一展，随后沮然道："我这身伤，恐怕要恢复当年功力，也断无可能了。"

刘独峰道："你别忘了，无情天生不能聚力习武，还双腿残废呢！"

戚少商长叹道："其实，这身体的伤，戚某倒不怎么放在心上，只是心上的伤，再也难以愈合。"

刘独峰微微一笑道："你现在觉得很难受是吗？"

戚少商点点头。

刘独峰两道锐利的目光观察似的睃巡了戚少商脸上几遍："以前没有历过这等苦，是吗？"

戚少商道："我原是簪缨世族，但为奸宦所害，自幼沦为草野，十三岁起浪荡江湖，浪迹天涯，什么苦楚不曾受过？只是，到了今天这种处境，众叛亲离、人残志废、前后无路、身在俎上，人生里还有什么比这更苦的？"

刘独峰淡淡地道："我也曾经过这种时分，也许没有你的情形险恶，但是，要想度过人生最不易度过的时候，最好的方法，就是当它已经度过了，现在只是一场回忆：愈艰苦的事情，只要度过了，就愈值得记住。只要当它是记忆，已经过去了，就不过得那么艰苦了。"

戚少商望定刘独峰，笑了，笑得很傲慢，也很潇洒："我明白你的意思。"

"我试试。"他说。

刘独峰和戚少商都合起了双目。

正在此际，廖六那一声撕肝裂肺的惨呼，再度刺入了戚少商的耳中。

戚少商陡地睁目。

黑暗中那双绿眼已经隐灭。

刘独峰呢?

难道刘独峰已在这一刹间不在庙里了!?

第六十四回

你是谁？我是谁？

惨叫甫起，刘独峰已掠出庙宇。

洪放一眼望见廖六掏出了镜子，即猱身抢进，一声叫道："别让他照镜！"

他手上已多了一条链镖，伸手一挽一放，嗖地向廖六射了一镖。

廖六已经伤重，无法闪躲。

他只把镜子向着洪放一映。

眼看那一记镖就要命中，突然间，洪放发现有一个人，向他射了一镖。

洪放应变奇急，冲天而起，躲过一镖。

就在这时，他发现又有一人，激冲而起，再向他射了一镖，而那个人就是他自己！

洪放急忙一个千斤坠，往地上一伏，就地翻滚，扳身挺起，正以为躲过了这一镖，但见一人滚地而至，由下而上，向他胁下甩出一记链镖！

洪放一口气躲过二镖，第三镖又到，他心念电转，但身手决不稍缓，一连八个半旋转，不但避过链镖，身形却反迫了过去！

可是那链镖"嗖"地回转，直钉洪放的背心。

洪放心下已有定夺，手上链镖一圈一套，已勒住廖六颈项，"哈"的一声，狞笑道："那只是镜子里的幻象，我才不信——"话未说完，急风袭背而至！

洪放这下可谓惊得魂散神飞，顾不得用力勒杀廖六，急一侧身，"叭"的一声，链镖射入洪放左背臂骨之中。

洪放痛得死去活来，廖六再把镜子一扬，只见镜里掠过一条人影，又向洪放射了一镖！

洪放痛得魂散不全，哪有余力闪躲？

却在此时，廖六身子一僵，扒仆在地上，他背上插了两支铁叉。

"张五"正在他的身后。

镜子已到了"张五"的手上。

只见这"张五"眼睛发出异光，紧握着手上的镜子，喃喃地道："轩辕昊天镜！正是轩辕昊天镜！果是神物！"

突听一声悲号："老六！"

洪放急呼道："小心！"

一条人影，挟着劲风，急扑向假"张五"。

假"张五"百忙中一个大仰身，鲤鱼打挺，野鹤投林，转而黄莺掠柳，急上而落，以细胸巧翻云急攫来人！

假"张五"在刹那间反守为攻，并把镜子插入腰间，一连变了四种身法，把来人逼入绝地，他手上一掣，阴阳三才夺锁扣而出！

阴阳三才夺布满钢刺，上下如钩，锁套敌手兵刃，易如反掌，钢锥喂毒，末端鸭嘴形尖矛，锋背微凹，见血透风，血挡亦可伤人，是极歹毒的武器！

但来人突然拔出一件兵器。

这兵器令假"张五"意想不到。

那竟然是一支笔。

一支笔，居然要硬碰他足令江湖闻风色变的"阴阳三才夺"！

"阴阳三才夺"是他师父传授给他的独门兵器。三才夺总共有两根，他拿的是阳夺，通体闪着令人不寒而栗的惨白光芒。

这一种武器，总共有九招，他只学会一招。

那一招叫作"指天划地"。

但就凭这一招，已经成了他的外号。

他这柄"三才夺"锁下过十二颗人头、七条胳臂、四条腿子，还有两个人是被拦腰锁断的。

这二十五个人如果不是毁在他手里，武林中，江湖上起码有一千名黑道厉害人物要藏匿一辈子，不敢冒出头来。

所以假"张五"对自己的武器十分有信心。

他也知道敌手是谁。

那是真的张五。

张五一点也没有犹疑。

他那一支细笔，立时被绞入三才夺里。

假"张五"连第一招都尚未使出来，笔夺已锁在一道。

结果完全令洪放和假"张五"震愕。

"阴阳三才夺"就像变成了树枝，张五手中那支小笔，就像利刀，一记记地削了下去。

才不过一下子，三才夺被削成了一根秃棒。

笔尖已转入中锋，那是张五"春秋笔"笔法里最凌厉的杀着，每一笔都带着虎虎狂风，犹如战阵杀伐！

假张五怪叫一声，百忙中抽出昊天镜一架，这照映之下，春秋笔的杀势反向张五反攻而至！

张五跟廖六是同门，感情也最融洽。

他当然知道"轩辕昊天镜"最大的威力是在：利用虚幻的景象，把对方的攻势，反击对方，当对方以为只是水月镜花，不过幻象之时，它就会变成实实在在的杀着；如果对方防备招架时，却不过是幻影假象而已。

对方攻势愈凌厉，反击也更强烈。

张五笔意一缓，竟凌空画起花鸟山水来。

攻势顿灭。

假张五手持昊天镜，物应心通，一时间竟难以节制，意兴淡淡，防范顿疏，洪放见情形不妙，叱道："五师兄，你干什么！？"

张五突然做出一个动作。

他把笔往咽喉一递。

假"张五"在迷惚间，也把镜沿往喉咙一送。

这支横扫千军的笔，攻不了人，就反攻自己。

当笔攻向镜子，镜子反照了它的攻势，而令笔反过来攻伐自己，镜子顿失去了作用，人反而成了镜子。

张五的笔，到了喉咙，突然软了，就像一根普通的笔一样，笔尖在他的咽喉，只是轻轻点了一点，捺上一抹淡淡的墨痕，如此而已，春秋笔可刚可柔，随心所欲。

可是假"张五"却不知道如何控制"昊天镜"的用法，这一个杀着到了假"张五"手上，变成了一个危机。

"轩辕昊天镜"边沿顶端有一枚尖镞！

假"张五"这回手一戳，无疑是自取灭亡。

洪放乍见情形，顾不得背上疼痛，伸手一扬，三枚铁蒺藜呼啸而出！

一枚射向镜子的尖镞上！

一枚射向镜子的弯柄上！

一枚直取张五的眉心！

张五已经豁出了性命。

他看见云大、李二、蓝三、周四一个个先他而逝，又眼见廖六惨死。

他决意要杀眼前的两人为廖六报仇，夺回昊天镜。

当他一见"阴阳三才夺"的时候，已经知道来人是谁了：

"指天划地"狐震碑。

"铁蒺藜"。

这是九幽神君的两大弟子。

狐震碑化装成自己，"铁蒺藜"扮成洪放，抑或洪放根本就是"铁蒺藜"，合力暗杀廖六。

他明知自己决非狐震碑和"铁蒺藜"联手之敌，但悲愤之情已掩盖了一切，他决定要以手中刘捕神的独门法宝，来与这两个恶魔一拼。

他伸手一按，"啸"的一声，一团墨汁，恰好迎射在飞弹而来的铁蒺藜上。

"波"的一响，墨汁结成的硬块，与铁蒺藜一撞之下，碎成无数片，但铁蒺藜的方向，也被打歪，不知落到哪里去了。

同一时间，"假张五"狐震碑手上的"轩辕昊天镜"被一枚铁蒺藜震得一歪，尖棱便刺不中咽喉，只镜沿在颈上抹了一道淤痕。

而另一枚铁蒺藜，却射在狐震碑手腕上。狐震碑手腕一抖，昊天镜落了下来。

"铁蒺藜"的铁蒺藜是淬有剧毒，通体尖刺的，但这一枚飞激在狐震碑的手上，竟只震落昊天镜而不划破皮肤，可见铁蒺藜在匆急中的施放暗器手法轻重拿捏，仍毫厘不失！

昊天镜一落，狐震碑如大梦初醒，不意自己的师弟铁蒺藜会暗算他，怒吆一声："你干什……"但却省起刚才危机，一时变了脸色。

张五手上的春秋笔一扬，人往昊天镜掠去！

——这件宝物，决不能落到敌人手上！

"铁蒺藜"却是志在必得。

他一扬手间，两枚铁蒺藜分上下射至。

张五蹲身一伏，伸手一抄，两枚铁蒺藜已然射到！

他要接住昊天镜，便得给那铁蒺藜射中！

他如果退身躲避，昊天镜便必定落在敌人手中！

——昊天镜落在敌人手里，他的春秋笔威力便必然受制，自是必死于敌人手中。

——如果强取昊天镜，这两枚铁蒺藜，已不及闪躲。

横死。

竖死。

张五决定置之死地而后生。

他要搏一搏。

他身法不变，陡然加快。

镜已接在手中。

铁蒺藜已在眼前、胸前！

他把镜子一反，照出了一上一下的两枚铁蒺藜！

这当口儿，两枚铁蒺藜已经十分逼近，昊天镜照见它们的时候，两枚铁蒺藜，几乎都要在刹那间打入张五的身上！

可是昊天镜已经及时映照了这两枚铁蒺藜！

由于张五抄镜急照，角度上已无法顾及，这一照，只把上射额顶的一枚铁蒺藜，照见大半，下射胸膛的那枚，照见小半。

不过昊天镜的奇特力量，已然发挥。

两枚铁蒺藜，上面一枚，立即反射！

下面一枚，欲发不能，退力亦不足，在半空微微一顿，"波"的一声，炸成碎片！

"铁蒺藜"射出两枚绝门暗器，以为唾手必得，不管张五或避或死，他却要先一步拾得昊天镜。

不料人才蹿至，铁蒺藜倒射回来！

"铁蒺藜"人往前蹿，等于向铁蒺藜撞了过去！

一迎一射，何等迅疾！

"铁蒺藜"确有过人之能，"啸啸"二声，两枚铁蒺藜又自双手激射而出！

第一枚铁蒺藜抵消了反射那枚铁蒺藜的劲力，第二枚铁蒺藜把那两枚在空中消劲的铁蒺藜震飞出去。

"铁蒺藜"掠势不减。

张五抓住昊天镜柄子的同时，"铁蒺藜"也伸手抓住镜沿。

张五手腕一擎，把镜子一捺。

镜沿有尖棱。

"铁蒺藜"只好缩手！

就在这时，张五察觉背后急风陡至！

他一回身，一枚铁蒺藜已到了他的鼻尖。

那枚铁蒺藜竟是刚才张五用"春秋笔"里的"墨汁"震飞的

那一枚。

那枚铁蒺藜竟没有被震落。

它仍然飞旋着，换了另一个方位，无声无息地射进张五。

待张五发现的时候，任何应变，都来不及把自己从鬼门关里抢救回来。

这就是为什么"铁蒺藜"在江湖上，凭着几颗小小的铁蒺藜，就可以吃尽三湘七泽、绿林十六分舵的红赃之故。

"铁蒺藜，见血封喉，一路赶到阎王殿。"

张五的命运，看来也只有阎罗王才可以处理。

戚少商眼皮一张，发现刘独峰已不在庙里。

但他却有一种诡异的感觉。

这庙里不止是他一个人。

黑暗里必定还有人。

什么人？

就在这个时候，残烬竟然重燃。

几缕烟气，笔直上升，那余烬竟又成了火焰，火光虽旺，但庙里的光影却更暗。

因为火的颜色是惨绿的。

几缕烟气摇荡不定，绿焰摇曳吞吐；戚少商仿佛听到地底下的哀鸣惨嚎，脚链轧轧。

戚少商却定了下来。

愈是遇险，愈要镇静。

恐慌无补于事。

真正历劫渡险的江湖人，都有这种定力。

绿焰愈来愈盛。

整座破庙都是惨绿色，连菩萨的宝相，密封的蛛网，都有了凹凸、玲珑、诡异的深浅碧意。

火焰烟气聚而忽散，成为四柱，四柱直升，合成一体，渐渐形成一条平薄的绿片，好像一张薄纱，罩在绿焰三尺之上。

戚少商望定了变化莫测、幻异万千的绿焰，只觉得一阵刺目，他缓缓合上了双目。

危机当前，他居然不看？

只听一个声音道："你是戚少商？"

戚少商闭上了眼，可是比开眼的时候更敏锐清醒，但这一句问话，却令他心神一震。

这声音如同鬼啸魅鸣，都不能令他惊怕，但这语音却是来自他的喉里。

刚才那句话，竟似他自己问的。

那语音完全跟他的声音，一模一样。

究竟是什么力量，能使他自己问了自己这样的一句话？

戚少商禁不住答了一句："你是谁？"

那语音仿佛仍似来自他的喉底，也是问了一句："你是谁？"

戚少商汗自额冒，嘶声道："你究竟是谁！？"

他的声音依样问了一句："你究竟是谁！？"

戚少商喃喃地道："戚少商，我是戚少商。"

那一个声音突然分成两种声音，一是戚少商的语音："我是戚少商我是戚少商我是戚少商……"一个如婴孩断气，病弱弥留时的语音道："你是戚少商你是戚少商你是戚少商……"

戚少商断喝一声："你是谁！？"震得喀喇喇庙顶一半尘沙簌簌落下来。

这一声断喝又造成回声："你是谁你是谁你是谁……"旋又分成两个声音："你是谁""我是谁"，接着，又翕翕回应地分成了四个声音："你是谁""我是谁""你是谁我就是谁""我是戚少商"……反复回旋着，然后又分成八个、十六个不同的语音，交织、回荡在戚少商脑里耳中。

戚少商突然骤起长啸。

啸声清越。

绿焰一晃。

破庙里蝙蝠、昏鸦四飞而起。

庙宇蓦然又静了下来。

只剩下戚少商一人盘膝而坐，面对绿焰。

戚少商眉发皆碧。

无声。

静。

第六十五回

山神庙里的风雷

铁蒺藜已到了张五的眼前！

饶是一向机变百出的张五，也不及作出任何应变。

这是一枚夺命的暗器！

因为这一下避无可避，非死不可，在这刹那间，张五的脑里，因为自分必死，反而没有震愕，没有恐惧，全副心神都在一个"死"志上！

（没想到我就这样死了！）

这是张五在这生死一发间唯一想到的事！

他盯住疾飞而来的铁蒺藜，居然连眼也不眨。

正在此时，突然，一片小物飞旋而至！

就在铁蒺藜差一分就要钉入张五鼻梁之际，这片事物后发先至，从侧激撞，"啪"的一声，爆出了星花。

张五甚至感觉到自己鼻尖微微一痒。

那枚铁蒺藜被这一撞，突然加快，往相反方向，迅若星火，疾飞而去！

而那片事物，余力已尽，落到地上。

张五大叫一声，仰身而倒。

狐震碑突然厉啸一声："来了！"扬手打出一道火箭花旗，

在夜空里璀瑰烁目！

　　戚少商的呼吸已调匀。

　　他双目发出冷湛的神光。

　　他盯着绿焰，一字一句地道："九幽神君，亏你还是个武林前辈，在暗里施展这装神弄鬼的把式，这算什么!?"

　　只听一个幽幽细细的语音唧唧笑道："好眼光，居然识得我老人家的'夺魂回音'。"

　　戚少商冷冷地道："还有'勾魂鬼火'。"

　　那幽异的声音忽又哼哼嘿嘿转成了娇娇滴滴的女音："静无虚念，以制万幻。戚寨主落到这个地步，还能有这样的定力。"

　　戚少商微微一笑，道："过奖。"

　　那语音转为阴恻恻，直似从地底里传来："不过，定力是不够用的，在江湖上，要讲究实力，而你我之间，则要比功力。"

　　正在这时，庙外突然光了一光，亮了一亮。

　　戚少商瞥见夜空爆起一朵奇花，绽如雨树，坠如流金，这劈面映得一映，已听九幽神君笑道："刘独峰已去抢救他心爱的部属，他再快也不及回来救你了。"

　　这句话才说完，那一面被火焰托起的绿色薄纱，突然震起，攫了过来！

　　那薄纱看去只是火焰燃烧时所形成的一种幻觉而已，可是这"绿纱"竟然离开了火焰，活似一头绿兽，罩向戚少商！

　　戚少商眉眼全碧。

　　"绿纱"已直盖下来，一阵腥膻污秽的恶味，扑鼻而来。

　　戚少商突然拔剑。

　　他身上无剑，剑在何处？

原来剑就藏在他的断臂袖子里!

剑拔出时,"绿纱"已离头顶不及半尺,青光乍现,迅逾电掣,把"绿纱"斩而为二!

那"绿纱"一旦裂开,便发出一声喑哑的惨呼,听来令人不寒而栗!

"绿纱"一分为二,竟一左一右、一上一下,平削向戚少商!

戚少商一生历过不少险,跟不少高人交过手,但如今始终是一面"绿纱"追袭,可谓闻所未闻,遇所未遇!

戚少商脚步游离倒错,突然一翻,间不容发地自两片绿光之间穿过,青芒一闪,又把两片"绿纱",砍为四爿!

戚少商手上的剑,正是"青龙剑"。

"青龙剑"在他第一次跟刘独峰交手时已失去,刘独峰知道九幽神君的弟子已经出现,便把"青龙剑"还给戚少商,以备应急之需。"青龙剑"是戚少商的爱剑,当日连云寨叛徒人人都以为戚少商已被炸死,独顾惜朝见"青龙剑"不在现场,认为戚少商定已逃逸。

那四块"绿纱",呜呜哀鸣,在半空游散飘荡,忽又四爿合一,榫接无间,天衣无缝,并乍然响起一阵桀桀怪笑,呼地向戚少商平削而至!

这片"绿纱",竟然像活的一般!

戚少商一时也不知如何应付是好!

那片"薄纱"已经飞切而至!

戚少商一个旱地拔葱,孤鹤横空,全身拔起,"薄纱"削空,割入庙柱,喀喇喇一阵瓦落梁移,那偌大的一条柱子,竟给割为两截,使得这陈年失修的庙宇一阵晃摇!

"薄纱"却似人一般，以后为前，退撞而至！

戚少商对这毫无生命不怕伤害、但却又似有生命能伤害人、倏忽在前忽焉在后的"事物"，束手无策，退跳丈远，眼看"绿纱"飞袭而近！

戚少商突一让身。

他背后原是火焰。

他一脚横扫，往火烬扫去！

几根兀自燃烧的柴薪，直撒向"绿纱"。

戚少商想以火灭纱。

那些火团扑到了绿纱身上，果然蔓延开来，几处都着了火，可是经这一烧，变成了镶满朵朵绿焰的袖子，中间一陷，两边包抄，恰似一个罩袍人展袍左右一拢，要把戚少商用绿火袖子搂实！

那一道"绿纱"，连柱子都削木如灰，加上"满身"火焰，一旦被它沾上，岂有活命之理？

戚少商从来没有见过这样的一个"敌人"、一种"武器"，任何招架它或反击它的方式，都只使它更加威力强大！

戚少商唯有再退。他退往庙角一片灰暗所在。

他脚倒踩七星，横剑当胸，正待全神对付那片"绿纱"，蓦然间，天地全暗了下来。

原来，他退入的地方，不是地方。

而是一张灰袍。

灰袍已合拢。

戚少商正要挣扎，忽闻到一阵如兰似馥的香味，全身如同跌入一个不着边际、浑不着力的地方，已觉一阵昏眩。

这时候，戚少商已完全失去了抵抗力。

灰袍覆盖向他，就像一张天罗地网！

突然间，他被裂帛刺耳的锐响惊醒！

他出力一挣，一个翻身，扑跌出去！

人逸丈外，足下一稳，回剑边峙，却见那一张灰袍已然粉碎成漫天布片，在庙内回荡如灰蝶飞蝠。

灰袍碎裂处，有一个人，手中有一把剑。

红光荡漾。

三绺长髯，目蕴神光，正是刘独峰！

绿芒红光，把这人脸上映得阴晴不定。

灰布飞扬，只听庙里回响着一个凄厉的语音："你没有走！"

刘独峰道："我根本就没有离开过！"

那语音厉声道："你丢掉两个手下亲信的生死不理，却来救这小子性命！？"

刘独峰道："因为我知道你会来，你一定会来。"

语音突灭，剩下那片"绿纱"突然颤震扭曲，驳缠绞结，就似一条抽搐的绿蛇。

刘独峰道："你已中了我的'一雷天下响'，万籁无声，五雷轰顶，你可够受了。"

那绿纱绞成一个时老时嫩的语音："你……你这老狐狸，你暗算我，伤了我形神——"

刘独峰长吸一口气，道："不错，我暗算了你。"他又自背后拔出一剑，蓝光湛然，与右手红剑相互浸揉成紫，他脸上也煞气大盛，"我还要杀了你。"

那九幽神君的语音凄凄惨惨地道："我早知道，你和诸葛都容不得我。"

刘独峰长叹一声道："你又何尝容得下我！"

那"绿纱"突然光芒暴长，竟向自身一投，全影即时变形，化成一缕绿烟，一溜儿往庙处掠去！

刘独峰长啸一声！

地上近破鼎之处，原插着一把剑。

啸声一起，刘独峰凌空接引，隔空发力，黄光陡起，破鞘而出，拦截绿烟！

那"绿烟"竟似有人性一般，半途一扭，窜入破旧幔帐之后，往神龛掠去！

神龛上供着被蛛网绕缠、脸目难以辨认的山神！

刘独峰沉声喝道："哪里逃！"蓝红双剑合一，电射入幔帘之后，双剑一分，一斩绿烟之首，一截绿烟之尾！

戚少商历过不少阵仗，但这等怪异斗法，平生仅见，他只觉神志迷糊、四肢无力，未能恢复，一时也不知从何插手臂助是好。

却眼见刘独峰驭剑两头一截，那缕绿烟走投无路，刘独峰这下急掠，陈旧的黄幔已陡扬了起来。

戚少商眼快，只见那座山神神像，突然眨了眨眼。

——神像怎会眨眼？

那一双眼神，倏地变成极其凄恶！

"山神"突然动了：双手一掣，多了一柄三尖刃镶链齐眉棍，一棍自上而下，往刘独峰拦腰打落！

戚少商勉力叫了一声："留神！"

刘独峰身子陡止，双剑一架，剪往齐眉棍！

正在此时，那黄布幔蓦地夭矫盘旋，已卷在刘独峰腰上！

这时候，庙内突然充满了风雷之声。

这一连串闷响，使得戚少商感觉到一股无形的大力，像万浪排壑、惊涛裂岸地潜涌而至，耳为之塞，鼻为之窒。

只听"啪叻叻"一阵声响，再看去时，只见卷裹在刘独峰腰畔的黄幔全碎。

接着一声厉啸，像是痛极而呼，非男非女，刺耳欲聋，这时龛上的神像，那一缕绿烟，一齐消失不见。

只剩下刘独峰一人，脸色微微发黄，他那红青双剑，全插在身前上中，兀自晃动不已。双手执持黄剑，状若入定。戚少商率众与他对敌数次，甚至毁掉他的青、黑、白三剑，从未见过他动用黄剑应敌的。

戚少商道："你——"

刘独峰陡地睁目，神光暴长，叱道："退后！"此话一出，庙内陡而响起了一阵万钧怒发、惊魄欲裂的怒啸，像九万张强弩满弓欲射，亿串厉雨狂飙飞袭的刹那，全涌进了庙里。

戚少商只觉庙门"砰"的一声，被震了开来，外面无星无月，一片漆黑，其中一张黑色的"苍穹"，竟以硕峨无匹的声势，罩盖而来！

戚少商看不见敌人。

只见一张黑袍！

他甚至一时无法分辨得出，是苍穹还是一面黑衣！

黑影一至，天地尽黑。

刘独峰全身突然发出一阵风雷之声，闪身便到了戚少商的身前，坐马扬声，双掌平推而出！

这两掌推出之后，外面突又一声爆响，一朵火树银花，在半空亮了一亮，而厉啸声突然增强，但由近而远，满庙的劲气忽一扫而空。

星月满天。

古庙寂然。

刘独峰缓缓收掌，一晃，再晃，三晃，戚少商想上前扶持，但又浑不着力，只见刘独峰一个踉跄，扶着一排木牌架子，回首苦笑，边挥袖揩去嘴边的血迹，道："这一掌对得好实！"

却又反过来问戚少商："你觉得怎样了？"

戚少商仍觉天旋地转，刚才的事，就像一场来去如风的噩梦一般。

"这是……怎么一回事？"戚少商很有些迷茫。

刘独峰叹道："敌人已经退走了。"

戚少商还是觉得有些浑浑噩噩，刘独峰道："你中了'尸居余气无心香'，幸你的'一元神功'基础稳实，所以中毒不深，但一时三，怕仍难以复元，必须要抱元归一，活脉行血，祛逼毒力。张五廖六恐已遇危，我先过去探探。如无意外。敌人已经远去，会调兵蓄锐，再发动攻击，但决不会是顷刻间的事。"

戚少商知道他心念部属，忙道："我不碍事，你去救人吧。"

刘独峰一跺足，忽道："我不放心，我们还是一道儿去的好。"

戚少商知道他是担心自己的安危，而不是防自己脱逃，心中感念。刘独峰一手搭住他的肩膀，道："你不必发力奔行，只消提气便可。"当下便以这"一臂之力"，扶着戚少商疾驰起来。

刘独峰与戚少商在乱岩嵯峨、怪石矮树的河涧，找到了几具尸体。

一名是被斩成两截的死人。

一名是首颈之间只剩一张薄皮连着的老汉。

另一名便是被开了膛子，背插铁叉的廖六。

刘独峰用手轻轻合了廖六怒瞪的双目。"小六子,你是死不瞑目的,我是知道的,你们遇难,我没有赶去救援,可是,我也知道九幽老妖的目的,便是要我过去,他们好把戚少商杀死,他们既有这一着,便会防我赶至,所以,我是万万不能中计,不能离开戚少商的。"刘独峰平静地道,"我虽不能及时赶来,但我一定会替你们报仇,一定。"

戚少商被晚风一吹,已清醒了大半,加上路上血脉畅行,剩余的一点毒力已被迫出体外。他当然明了刘独峰正在极度的悲痛之中。他心里又悔又憾,知道刘独峰是不忍放下他不理,以致无法及时救援他的两名部属。

他只能在旁说:"张五不在这里。他可能还活着。"

刘独峰喃喃地道:"是的,他可能仍然活着。"

戚少商垂首道:"都是我累事,害死了⋯⋯"

刘独峰长叹一声,道:"也不仅是为你。我料想九幽老怪用他几个徒弟调虎离山,旨在杀你。他以为我赶过去营救,再赶回来山神庙时,大约他已能把你制住,他同样会设法取我性命,故此,我让他错以为我已离开,先发制人,一举先重创了他。"

戚少商茫然道:"他⋯⋯他究竟是人还是鬼?是什么妖魔?怎么变成一道绿芒?那绿芒是什么东西?"

刘独峰道:"这九幽老怪有过人之能,古怪武功极多,他能借五行五遁攻袭对方,倏忽难防,那道由火焰炼化的绿纱,就是他形神凝聚的化身之一,只要能使那绿芒粉碎,便可以杀伤他。但我还是太疏忽了。"

戚少商也很想明白个究竟,不由问:"为什么?"

刘独峰说:"我忘了他还有一个小徒弟叫泡泡!"

第六十六回

埋葬

戚少商皱眉道："泡泡？"

刘独峰道："泡泡是九幽老妖的得意弟子，学了他不少本领。刚才一战，开始潜化为那件'绿芒'的九幽老怪，后来则由泡泡撑持，他化作灰袍罩住你。你失去抵抗之力，便是着了泡泡'尸居余气无心香'之故。他以为我已远去，不及赶回，故现身出手，因此为我'风雷一剑'所伤。"

他说到这里，把廖六抱到地势较高、泥土较松软一边，用地上那一对银钩，一下一下往地上掘落。

戚少商明白他的意思。

刘独峰要把廖六埋好。

戚少商也有这个意思。

他总是觉得，刘独峰带来的六个人，有五个人都可以说是他间接害死的。

他没有任何法子去偿还这些人的命债，但心里决不忍廖六就此横尸荒山。

所以他也收剑回鞘，在地上拾起那把被削得像是根钢椎秃棒的兵器，用力往地上掘。

刘独峰忽道："你手上的棒子，是九幽老怪的趁手兵器之一，叫作'阴阳三才夺'，看来，狐震碑已经来了，这地上还有几枚铁蒺藜，'铁蒺藜'也肯定到过这里。你交手的时候可要留意，九幽老怪手上还有一支阴夺，能使九招，发七种机关，务须小心。"

戚少商看看自己手上的"秃棒"，不禁趁着涵照的月色细细把玩了一番，道："我看他没什么。一把利器，被削成这般怪样，看来也不大济事。"

刘独峰冷哼道："那是因为它碰着兵器的克星：春秋笔！"

戚少商抬头望了一眼，凛然道："笔则笔，削则削，春秋之笔，严如斧钺。"

刘独峰颔首道："'春秋笔'就在张五手里。"

戚少商道："那么说，张五也来过这里了？"

刘独峰微喟道："廖六遇难，张五怎么不过来？我这六名部属，只有临危赴义之人，没有贪生怕死的事！"

戚少商怕他又触景伤情，忙找个比较转忧为喜的话题："看来，张五得以身免，却不知到哪里去了？"

刘独峰用钩子指指地上，下颔微扬，道："你看。"那对钩子被他大力掘地，早已碰损撞崩，刃口倒卷，刘独峰恨它为杀廖六凶器之一，掘土时全不护惜。

戚少商只见身前地上，有两行轮印，虽被乱石枯岩切断，但在有泥土不远之处亦可续接。这轮痕在辗过石上绿苔时，尤为深刻分明。

戚少商恍然道："来人乘坐木轮轿子？"

刘独峰眉心打了一个结，道："我就是奇怪这一点。九幽老怪风瘫多年，乘舆而出，原无足奇；但九幽老怪既在破庙偷袭，又怎么能分身来此袭击廖六，这倒是奇。"

戚少商道："在破庙的确是九幽老鬼？"

刘独峰微哼道："要不是九幽亲至，就有这等功力，哪岂容我们两人活到现在？"

戚少商知道刘独峰年纪虽大，德高望重，但争强好胜之心，仍然热切，不过他说的话也确有道理，便道："在破庙里那块灰布——九幽老妖中了你一剑，明明已化作一道青烟，被你兜截住了，怎会——？"

刘独峰道："你被'尸居余气'所迷，看去的有一半模糊不清，一半是幻象，要是别人，早已倒下了，你的内力毕竟不弱，几经折腾，还可以保住元气。不错，九幽老怪是着了我一剑，我错以为他潜化为'绿纱'，再转为青烟溜走，正欲乘胜追击，不料那一道青烟，只是他徒弟'泡泡'的杰作，他则潜入帐幔之中，趁我乍然受他另一位徒弟龙涉虚化作山神像攻袭时，也伤了我一记。"

他苦笑一下，接道："要不是我伤他也相当不轻，加上那一道示警的烟花，九幽老怪才不会与龙涉虚、泡泡急急退走。"

戚少商道："烟花？示警？"

刘独峰道："九幽老怪一定还有别的门徒在外把风，第一道烟花，显然是向他暗示，我已赶到这里，意促九幽老怪动手。第二道烟花，应该是示警，但还有什么含意，我就不知道了。他临撤走前，仍不死心，全力反扑，彼此对了一掌，嘿，嘿，谁也讨不了好。"

戚少商微一沉思，道："不过，那第一道烟花所传递的讯息，未免失误，你压根儿没离开过庙里。"

刘独峰手下不停，一面道："是呀，我也觉得奇怪。"突然弯腰抚腹，闷哼一声。

戚少商知他伤得不轻，忙问："你怎样了？"

刘独峰立即挺身，截然道："我没事。"双眉闪电般迅快一蹙，长吸一口气，反问道，"你呢？"

戚少商知他好强，便道："还有些浑浑噩噩，要不是捕神来得快，我迷醉得被人大卸八块也浑然不知呢！"

刘独峰拍拍戚少商肩膀，笑道："你岂会这般不济事！我当年也着过迷香，全凭一口真气，制住了六巨寇才倒下去，昏迷了个一天一夜，醒来的时候，那六个窝囊废却仍未冲开穴道，能奈我何？哈哈……"这笑得几声，不知是因笑震痛了伤处，还是忽又想到伤心处，抚胸变脸，却成了几声干咳。

戚少商岔开话题，道："看来，九幽老妖这一伤，非要一段时间不能复元。"

刘独峰脸色愈来愈差，戚少商迎着月色一望，只见他头上的白气愈来愈浓，仔细看去，隐隐晦黑，不禁吓了一跳。

刘独峰大力掘了几下，又大声喘了几口气，忽然道："你在担心我的伤势？"

戚少商却说："天快亮了，张五他不知道会不会退回庙里找我们？不如廖六哥的葬地就由我来挖土，刘大人先回庙里歇歇。"

刘独峰道："你看我只是在掘土，其实，我是用大力掘地的挫力来疗伤回气。我伤在腰肾，五行中水属黑，我头上冒黑气，便是要把肾脏的淤伤散发出来而已，我正要借掘土时所冒升之气，来运导体内的水流往正途，你要我回庙疗伤，反而是舍近求远了。"

戚少商这才恍悟，刘独峰正是要借土力生化，催养调和，恢复伤患。只听刘独峰又道："张五如果能回到庙里，也必会来此处找我们，只怕他——"

戚少商忙道："张五哥机警过人，而且，他手上又有你亲传的'春秋笔'，只要不是九幽老怪亲出，要为难他谈何容易！"

刘独峰道："我知道，这是你安慰我。廖六死了，他本来也有'轩辕昊天镜'，而今不也一样不翼而飞！难道，除了九幽老怪之外，又来了些什么强敌？"

戚少商心中一动，道："江湖传闻说你给六位部属亲信六件宝物，件件都是犀利霸道的武器，不知可有此事？"

刘独峰微微笑道："你可知道那六件武器的名堂？"

戚少商道："倒是听人说过。"

刘独峰道："你说来听听。"

戚少商道："'灭魔弹月弩''后羿射阳箭''秋鱼刀'、'春秋笔''一丸神泥'和'轩辕昊天镜'。"

刘独峰点点头，道："不错。他们六人，武功不高，我原先之意，是把这六件宝贝传予他们，配合运用，来的就算是高手，也不易应付。"

戚少商道："张五哥生死未卜，廖六哥的'轩辕昊天镜'恐怕已然落入故手，剩下的三件不知道是否还在刘大人处？"

刘独峰眼睛忽发出异彩，道："'一丸神泥'，已给周四用去。'秋鱼刀''后羿射阳箭'在蓝三、李二死时，廖六收回交我，现仍在我这儿。"他顿一顿，沉声问，"你为何不说四件，而说三件？"

戚少商道："这便是我问的真正用意。当日周四的'一丸神泥'，便施放在我和息大娘一役中。是役大娘顺手拿去'灭魔弹月弩'，这件事，我觉得应该向你交代一声。"

刘独峰颓然挥了挥手，道："罢了，罢了，在也罢，无也罢，再见这六宝，无非增添睹物思人。我生平惯用六把剑，即是'黄云''红花''碧苔''蓝玉''黑山''白水'六剑，而今，黑山、白水、蓝玉三剑已毁，仅存黄、青、红三剑，其实，世上有哪一事哪一物能永存？纵连宝剑古鞘，也不过是一时之利器罢了。"

这时土坑已掘得相当深宽，刘独峰替廖六拔掉背上的铁叉，血污汩汩流出，沾染了他的双手，刘独峰平静地道："廖六，我知道，杀你的人是狐震碑和铁蒺藜，这些都是他们的独门暗器。我一定会替你报仇的，你放心安息吧。"

说着，把廖六放入坑里，开始拨泥入坑。

戚少商在旁协力拨土。

刘独峰一直没有说话。

他的双手和鞋子，全沾满了泥土。

冷月下，戚少商突然觉得这位一向荣贵逸尊、锦衣玉食的老人，很是孤独无依、凄凉可怜。

刘独峰在奋力填土，浑似已忘了身上的泥污。

他身边已没有服侍的人。

刘独峰忽然震了一震，从侧面望去，他白花花的胡子也微微颤动着。

戚少商很想过去搀扶他。

刘独峰马上就感觉出来了。

他突然强了起来。

整个人就像是无坚不摧、无敌不克的一种坚强。

土已填平，他用双掌平压了几次，然后说："九幽老怪不可能就此放过我们，这一路上，难免多事。"

戚少商垂下头来，好半晌，才涩声道："我觉得……大人——"

刘独峰微笑打断道："叫我刘独峰。"

戚少商顿了一顿，道："刘前辈。"

刘独峰坚持道："如蒙不弃，我们就交了这个朋友。我叫刘独峰。"

戚少商道："不行。"

刘独峰讶然道："哦？"

戚少商道："这个时候不行。"

刘独峰问："为什么？"

戚少商道："这个时候，你是在扣押我，假如我是你的朋友，你还方便押解我吗？"

刘独峰道："不对。朋友是朋友，押解是押解。你纵然是我的朋友，只要犯了法，我还是要拿你。"

戚少商道："不是的。我只要跟谁交上了朋友，我就维护他，他做错了事，我也会袒护他，除非他泯不悔改，我才下手制裁。"

刘独峰道："所以你遇劫难时，也有很多人为你愍不畏死。"

戚少商点头道："我们是两个完全不同的人。"

刘独峰道："那只是个性上不同而已。人与人之间，不一定要个性相同才能成为好朋友，只要志趣相投，便可以成为知交。"

戚少商道："如果我当你是朋友，纵然应付了九幽老鬼之后，我有机会逃脱，但也不能逃脱了，因为这样会对不起朋友的。我一生不是没有做过对不起朋友的事，而是尽可能不做对不起朋友的事，但只要有机会，我是一定要逃的，因为我要为我的朋友报仇，我还是叫你刘捕神好了。"

刘独峰叹道："你执意如此，我也不能勉强。但我心里，还是当你为朋友。"

两人静默了半晌。

刘独峰才道："你刚才想说什么？"

戚少商道："我觉得九幽老怪志在杀我，你大可不必插手。

596

我要是能在他手下逃脱，那是我的造化，你不必为我挡这个灾煞！"

"这点你估计错了。"刘独峰道，"九幽老怪要是只想把我引出庙外，不杀廖六，我或许也能相信他目的只在取你之命。他既然下令把廖六杀死，便无惧于与我结下深仇。想来，傅宗书所下的指令里，不但要拿你的命，也要我的人头。这也罢，我跟他的新仇旧恨、多年对峙，总该找个时候算算总账！"

他抚髯又道："现在我跟你，是在同一条道上并肩作战，你不必再担心连累我的事，等击退了强敌，你再设法你的脱逃，我再进行我的押解。"

戚少商长叹道："也罢。"忽道，"看！"

刘独峰循指望去，只见来处漆黑一片，但凝视一会儿之后，隐隐觉得黑幕天边，似乎有一股蒙蒙黄光，微微晃动。

刘独峰诧道："火光？"

戚少商毕竟长年累日在连云寨上主持大局，对风火所示方面探测极有把握："我们走时，庙里的火是否已经灭了？"

他们走时确把柴火完全踏熄，生怕山火无情肆虐。

刘独峰会意地道："是在庙里的火？"

戚少商望定天边，临风岸立，薄唇抿得紧紧道："庙里有人。"

庙里有人。

是敌？是友？

刘独峰和戚少商都没有避开。

如果是敌，避也避不开。如果是友，又何必要避？

所以他们一齐往火光处掠去。

火晕渐渐旺炽。

除了两人已渐渐接近火光之外，这火也正好被拨生起来。

——生火的人似有恃无恐！

刘独峰、戚少商接近庙门之际，蓦地两人一分，戚少商一鹤冲天，掠上庙檐，倒挂金钩，猱身而下，捷逾猿猴，轻似四两棉花。

刘独峰一按剑，一挌髯，吐气扬声，提足踢开半掩的庙门！

突见火光一盛，一支火把焰子，迎面扑来！

刘独峰一闪身，猱身而上，青芒一闪，火把已斩成两半，火头掉落地上，灼了那白鼻人的脚一下。

那人痛得大叫一声，还喊了一个字："爷——"

话止，声绝。

戚少商的剑已架在那人头侧。

他的人也无声无息地落在那人背后。

刘独峰乍听语言，叱了一声："慢着！"

这时三人才彼此看清楚了对方的面目，都喊了一声：

"是你！"

这人正是张五。

张五的鼻子白了一块。

那是一块包扎着他伤口的白布。

张五没有死。

他还一只手拿着昊天镜，另一只手去掏春秋笔，准备跟来敌拼个死活。

可是他这时已被制止。

同时也清楚了来人。

来人正是他惦念着的主子！

张五仍然活着。

可是连他都以为自己死定了。

那一片事物，撞开了铁蒺藜，落到地上，原来是一枚铜钱。

张五全身都软了。

而鼻尖的麻痒更厉害了。

他仰身倒下时，只见狐震碑扬手发出了烟花，金灿夺目！

他还看见那枚被倒撞回去的铁蒺藜，竟倒射向"铁蒺藜"！

"铁蒺藜"本来胜券在握，乍逢急变，一时慌了手脚。

他也听见另一个女音叫道："正点子来了。"随后他就不省人事了。

第六十七回

枪、矛、戟

再醒来的时候，张五发现自己身在破庙里，鼻子隐隐有点疼痛，伸手一摸，原来裹了块白布。

张五迷迷糊糊摸索间，觉得自己胸腹有一方轻物，类似纸帛，在庙里光线昏沉，正在挣扎起来点火，突然间，一物闪入，如飞蝠一般，在张五身上一掠而过。

张五神志未复，竭力闪躲，把桩不住，摔了一个大跤。

那"飞蝠"一晃而灭，黑暗里什么也看不清楚，但也没有再行扑击。

张五再起来的时候，那方纸帛却不见了。

他用火煤生火再找，但寻遍亦不可得。

张五生起了火，想起廖六已经丧生，六名同门中只剩下自己一人，顿觉伤情。

正值这种情绪之际，庙门突被踢开，张五以为有敌来犯，急忙抄起一根火棒，就往前搠去！

可是来者非敌！

而是刘独峰。

张五所知也仅只这些。

他甚至不明白自己是怎样会回到破庙的。

刘独峰拍拍他的肩膀，道："能没事，那就是好事，那就是好事。"

张五垂泪道："可是六弟他……"

刘独峰大力点头，道："我知道。我已把他埋了。"

张五禁不住落泪："六弟他也去了，就只剩下我了。当年，记得在中条山缉拿'显道神'李化的时候，刚刚立下大功，由兵部转奏圣上，龙颜大悦，降旨册封我们，云大就说：'我们今日得此荣华，全是爷提拔我们的。'一个说：'我们永远也不要忘了爷的恩典。'一个说：'我们也永远不要分开。'我说：'对，在一起才是力量。'大概是四哥说：'我们要服侍爷一辈子，他待我们恩义如山，我们竭尽今生恐也难以报还。'李二哥说：'我们没有了爷，也不知如何是好；爷失去了我们，恐怕也会伤心，也有许多不便。'那次见爷有意在京城休生养息，我们六人都以为虽曾在江湖上刀头舐血，但终究可在京师告老归山……不料，才几个月下来，他们……我们……就只剩下我一人了！"说着有点泣不成声。

刘独峰银髯微颤，道："都怪我，早该偃旗息鼓，不该再带你们出这一趟差事。云大曾劝我……"突然忍不住，老泪纷披，颤巍巍地道，"其实，你们都曾劝过我，要是我心头没那么热，要在撒手归隐、逍遥晚景之前再管一管事、亮一亮身手，你们……何至于此！"

张五垂泪道："爷，都是我们平日疏懒，老爱沉迷旁门左道的小技，武功没有学好，才遭此劫。"

刘独峰长叹道："瓦罐不离井上破，江湖几个好收场？我看黄泉路不远，你的几位兄弟，也不需久候了。"

张五听了心如刀割，只叫："爷！"戚少商却听得心里一寒，虽然明知刘独峰待部属如亲子，平素华衣锦被，住的是画栋雕梁，这次屡遭迭变，连丧数名亲信，且心乏力疲，风尘仆仆，一直强抑悲楚，而今乍逢死里逃生的张五，反而忍悲不住，尽皆宣泄出来。可是此际刘独峰所说的话，未免不吉不祥，强敌环视，怎可斗志全消？不禁心头大急。

刘独峰哭得几声，忽道："你仔细听，有人来了。"

戚少商一震。

刘独峰虽然在伤心中，但依然耳聪目敏，反应迅捷。

戚少商一沉肩，耳贴地上。

"四个人的脚步声。"

刘独峰嗯了一声。

"还抬着一件东西。"

刘独峰点点头。

"是件重物。"

"是个人。"刘独峰然后自问了一句，"他怎会恢复得如此之快？"

"已到门前了。"戚少商忽道。

那是因为抬东西的人脚步突然加快。

庙门仍然半掩。

外面了无动静。

张五的手执住"春秋笔"。

刘独峰横手伸去，握住他的手腕，示意要他别轻举妄动。

只听外面传来一个慈祥的语音：

"刘捕神，请借一步出来说话。"

月亮下，大道上。

四个人，抬一口棺材。

那四个人清一色状若死尸，脸色惨白，木无表情，挺身僵立，每人还斜背了口油纸大布袋，臭气熏天，不知盛着什么事物。

刘独峰、戚少商、张五，三人打开庙门，直行出去。

停在庙旁的马匹希聿聿一阵嘶鸣。

三人迎风直行。

刘独峰一面阔步而行，一面对张五低声说："那抬棺的四人，都吃过在云南风魔岭一带的毒药'押不芦'，都迷失了本性，全受人奴役，不顾性命，跟他们交手，就算杀了他们，也全无意义，这点不可不知。"

他的语音已然压低，一面递给张五一弓五箭，箭身小巧玲珑，但箭镞金光闪闪。

可是那慈和的声音突然转为一阵张狂的大笑："刘捕神，你伤在三焦俞、太阳俞、肾俞，都伤得不轻！"

刘独峰道："听声辨伤，足见高明！"

遽然停步。

戚少商在他的左边，张五在他的右边，也都一齐停步。

那语音又开始有点混浊起来了："你说得对。这些'药人'，都是我的奴隶，任我摆布，听我驱策，他们本身是没有性命的，他们的命是我的。"

刘独峰霎然道："没有人的命是谁的。"

那语音顿了一顿，随即笑道："可是他们的命全是我的。你知道他们是谁吗？他们全是我杀了他们父母或全家，害了他们师门或全族，剩下来矢志要报仇雪恨的人，我放过不杀，留了下来，设计让他们吃了'押不芦'，男的毕生供我驱使，女的任凭我淫辱，你说痛快不痛快，过瘾不过瘾？"

张五脸色有点发寒。

刘独峰道："痛快。"

戚少商道："过瘾。"

"这就是了，"那语音道，"而且，凡是吃了我这种药，便绝无解救之法，就算能使他们乱性，也不能使他们回复本性，你说，他们还有什么指望复仇，还有什么活下去的意义？"

语音一顿，变作认真地劝诫口吻："与我为敌，不好玩的啊。刘捕神虽然发妻早丧，但还有一位未出阁的女儿……戚寨主则还有位息大娘，好像还在到处逃亡哩。"

刘独峰忽问了一句："以前，也有个武林人物，专门制造药人，驱为己用，后来怎样来着？"他这句话是问戚少商的。

戚少商即道："这传闻我也听说过。后来，那使人失心丧魂的姬摇花，教'四大名捕'中的无情杀了，一把火烧得连骸骨也不剩。"

刘独峰道："真的？"

戚少商道："真的。"

刘独峰道："那真是恶有恶报了。"

戚少商道："迟早都要报的。"

那语音静了半晌，才道："你们刚才说的那个人，叫什么名字？"

刘独峰和戚少商都不知道他这一问是何用意？张五抢先道："是无情，无情大爷！"

那语音又道："无情？成崖余？"

突然像裂柴似的笑了起来，"砰"，棺盖飞了起来，烟雾遽起，刘独峰用蚁语传言示警道："小心，不要呼吸。"

棺内伸出两只手。

白生生、秀气的手。

手在黑夜里分外的白。

白手伸到肘部，突然间，没有了。

只剩下两团血污。

这断手握在两只枯瘦如鬼爪的掌里。

刘独峰和戚少商这才弄清楚：棺材里伸出那一双白玉般的手，不是属于棺里人的。

那一对鬼爪，才是棺里人的手。

而白手是握在鬼手上。

白手是被人硬生生砍下来的。

刘独峰脸上微微变色："你这是什么意思？"

那鬼里鬼气的语音忽又祥和了下来："没有意思。只不过给你看一对手臂。"

刘独峰和戚少商的样子都似被打了一拳似的。

那棺材里的声音又道："放心，这对手臂，还不是刘大人千金刘映雪的藕臂，也不是息大娘的皓腕，这只是嘛……"语音笑道，"天下四大名捕之首，无情手臂一双！"

刘独峰、戚少商闻言都是一震。

那语言怪笑道："若然不信，请看。"

微一抬手，一面纸帛，平平向刘、戚、张三人身前送来，就像有无形的走兽托负着潜浮而来一般。

刘独峰用极低的语音道："提防有诈，不可用手碰触。"

一面道："好一手'无极含一氙'，老兄不但邪门武功练得多，正道内功也练得精……"

棺内一阵格格大笑："得捕神提评贱及，胜过万人称誉。"

刘独峰截道："不过，你伤在'天宗''膈俞''身柱'三处，恐剑伤亦不为轻。"

棺内语音忽止。

棺内人露了一手玄功。

可是却教刘独峰瞧破了他的伤患。

他语音千变万幻，叫人无从捉摸，刘独峰起先也以为他并无负创，或负伤不重，但这一招以"无极含一炁"平送薄纸，却令刘独峰看出了他功力返本还元略失，凝神反虚有隙，因而断定他的伤势。

张五拔出春秋笔。

他以春秋笔平托住信函。

春秋笔没有变色。

纸上无毒。

正在这时，张五只觉那薄薄的一张纸上，骤然涌来大力，他禁不住往后退了一步，但才退了一步，力道更如万涛决堤，崩裂而至，但戚少商一只手及时在他肩上一搭。

这一搭，使他生起大力，塞住功力的决口，稳住了脚步。

戚少商缩手。

缩手之前，在他肩膀上五指一挥。

这一挥手，使张五胸口烦恶尽去。

刘独峰忽道："看来，你的'无极含一炁'的亢阳之力未足，当然决不会是阁下有欠功候，而是'脾俞'也有伤未愈……看来，你化身幔帘卷住我腰际，我那兜身一剑，毕竟也奏了功效。"

九幽神君冷哼道："戚寨主身上所受的伤，可也是琳琅满目、应有尽有啊。"

这时，刘独峰与戚少商已借月色，看清楚了那纸上的符印。

戚少商对官场印鉴还不十分了然，刘独峰可脸色大变。

"这是无情的符印！诸葛先生亲传的'平乱玦'！"

棺里的鬼手拿着一颗印章，在月下一扬："他的印信都在我这里，人还能活么？"

刘独峰想起无情的才情和他在擒拿戚少商时所给予的援手，怒道："九幽老鬼，你杀了无情，我和诸葛先生，都不会放过你的！"

九幽神君怪笑道："我正是要你不放过我。"

刘独峰道："说得好！"话一说完，钻天鹞子般腾空而起，只听半空宛似响了几道焦雷，而焦雷又连着一起响，山雨欲来，郁闷迫人。

青光一闪，刘独峰的"碧苔剑"已然出手！

棺椁里突然伸出了一柄长枪！

长枪红缨飘飞，金镞遽震，刹那间，不知向半空腾身的刘独峰攻出了多少枪，下了多少记杀手。

长枪由来最古，能取远敌，可格近敌，攻如潜龙出水，守如猛虎奔山。

——当年，在四大名捕"会京师"之役，十三杀手中的"人在千里，枪在眼前"的独孤威，便是九幽神君九名弟子之一，九幽神君更是精于枪法。

刘独峰在半空搏战，不管长枪怎样刺攒，来势如何猛烈，都被他在空中纵横游行，挥剑格开。

但刘独峰也攻不进棺材里。

两人一在棺里，一在半空，交战六十七招。刘独峰借剑架长枪之力，仍在半空浮移，并不落下来。

风雷之声愈来愈盛！

红光一闪，绿芒大盛。

长枪枪尖已被斩落！

刘独峰双手双剑，直压棺椁！

突然间，棺里又挺出一矛一戟，怒刺刘独峰！

矛为兵器至长，矛头俏尽，形扁平，双刃弯曲如蛇形，架荡攻刺，如虎入平原。

戟近于矛，秘端有刃，冲铲横刺，回砍截割，以主力破万敌，势不可挡。

——"神鸦将军"冷呼儿本就擅使矛、戟的，而冷呼儿也正是九幽神君门徒之一。

矛、戟本来都是重门长兵器，耗力甚巨，但像九幽神君矛、戟并使，施展得大开大阖、飞沙走石、金风飞腾，每一出击所带起的厉风，连刘独峰的风卷雷行都为之减色。

戚少商与张五立即发动了攻势。

他们要制住那四名"药人"，如此不愁不把棺里的人逼出来。

他们也要见见这个令人闻风丧胆、横行江湖五十年的大魔头，是个何等人物？

他们身形一动，暗处立即跃出四人。

张五怒吼道："就是他们杀死六弟！"

来人正是狐震碑与"铁蒺藜"。

他们两人的服饰装扮，依然一个是"洪放"，一个是"张五"。

洪放当然就是"铁蒺藜"，"张五"则是狐震碑。

另外两人，一个就像一座铁塔山神。

他的确是"山神"，雄武威猛，凛凛生风，但目光有些痴呆。

还有一个却是女子。

这女子就像个粉琢的囝囵。

女子笑起来的时候，便吹皱一池春水。可是春水是净洁无瑕的，但这女子却姣艳如花，骚媚入骨。

这两人正是龙涉虚与英绿荷。

正是九幽神君的四大弟子。

狐震碑、龙涉虚、英绿荷、铁蒺藜都来齐了。

——泡泡呢？

第六十八回

燃烧的棺材

九幽神君的战略是这样的：

——以狐震碑与龙涉虚缠住戚少商。

——再以英绿荷及铁蒺藜先把张五干掉，然后聚四人之力，制伏戚少商。

英绿荷与铁蒺藜拦向张五。

张五跟铁蒺藜正是仇人见面，分外眼红！

铁蒺藜假扮成"洪放"，以"子母天魔钩"暗算重创廖六，廖六才致被狐震碑的"子午透骨叉"刺死。而后铁蒺藜施放暗器，与狐震碑的"阴阳三才夺"合斗张五，眼看得手，杀敌取宝，但迭逢突变，未能一举杀之，心中也是恨极。

张五盯上铁蒺藜！

铁蒺藜一闪身，链镖在一侧间飞射而出！

张五身躺笔飞，直削铁蒺藜双腿！

铁蒺藜平飞一丈有余，人未回身，链镖已自胁间倒射而出！

张五突然挺直弹起，春秋笔一架，让链镖射空，镖链缠在笔杆上，用力一阵回卷。

铁蒺藜知道"春秋笔"吹毛断发、削铁如泥，一方面借力旋身，想脱离春秋笔的纠缠，以保住他的"丁甲神镖"，这"丁甲

神镖"他已练得五六成火候，他希望日后在江湖上，除了以"铁
蒺藜"享得盛名外，名头上还加添："丁甲神镖铁蒺藜"。

　　同时间，他左手一扬，两枚铁蒺藜，急取张五下盘！

　　张五的一条腿子，本来就带伤，铁蒺藜觑准他的弱点下手。

　　可是铁蒺藜的一条胳臂，曾着了自己的链镖一记，伤得也不
轻，加上他中了廖六临死前的一脚，也受了点内伤，比起张五绝
讨不了便宜。

　　张五若要扭断"丁甲神镖"，脚下一定要把桩发力。

　　若他立马不动，必中暗器！

　　铁蒺藜这下是围魏救赵，攻其所必救！

　　但张五不救。

　　他亮出昊天镜。

　　铁蒺藜一见昊天镜，便知道情形不妙。

　　他的"丁甲神镖"喀裂裂一阵连响，寸寸断折。

　　他的铁蒺藜也开始倒射而至！

　　张五用"昊天镜"和"春秋笔"，把铁蒺藜打得狼狈不堪，
可是他也没闲着。

　　因为英绿荷悄没声息地掩过来，手上的铁如意，已敲在镜
背上！

　　英绿荷并没有向着"昊天镜"正面下手，因为她知道"轩辕
昊天镜"能把任何在镜面中反映的事物反射回去。

　　她往镜背下手。

　　"乒！"内力透摧，镜面碎裂！

　　"轩辕昊天镜"毁！

　　张五怒吼一声，"春秋笔"追刺英绿荷背门！

　　英绿荷急于要一举毁去"昊天镜"，背后难免防疏，但她突

一扬手，撒出一条五彩锦帕！

张五一见丝巾，知道是她的独门迷魂香，急忙把笔势一收，蓦地飞掠向棺材处！

他本与铁蒺藜和英绿荷交手，突然撒手就跑，铁、英二人不禁一呆，正待追击，倏地剑光一寒。

戚少商已向他们攻出一剑。

只是一剑。

两人都觉得这一剑是攻向自己的，两人都急忙退避、跃开。

不但他们有此感觉，连狐震碑与龙涉虚也不例外。

戚少商那一剑劈出，也像是向他们而发的。

他们也急忙招架、闪躲、还击。

他们原是跟戚少商缠战，但七八招下来，他们已被引进二十来步，变成转到张五与英绿荷及铁蒺藜的战团来了。

张五一跑，戚少商的剑就补了上去。

铁蒺藜与英绿荷要应付戚少商的宝剑，已无及追截张五。

戚少商以一把青龙剑，独力缠住龙涉虚、英绿荷、狐震碑、铁蒺藜四人！

他出剑不多，但每一剑，都似攻向四人。

一剑当然不可能连攻四人。

可是谁也无法断定他攻杀向谁。

所以四人只有都先求自保。

张五却全力往棺材奔去。

刘独峰已在半空抢攻七次，都抢不进棺椁里去。

张五奔近，未待那四名"药人"出手，一伏身，解弓搭箭，"嗖"地射出一箭！

其中一名"药人"伸手一抄，抄住箭身，但金箭依然疾飞，他的右腕却被锐力撕断，黏在箭上，直射在棺上！

这一箭之力，竟把棺木洞穿，自棺木另一面穿破出去，那"药人"的手，被棺木撞得直飞了起来，棺里也发出一声厉呼！

同时间，棺材起火。

火势极盛，一发不可收拾。

这时，一张黑袍，陡地自着火的棺材里飞腾而起！

张五的"后羿射阳箭"一击得手，张弩瞄准黑袍，欲发第二箭！

刘独峰的青红双剑，立时与黑袍斗了起来，空中斗得飞沙走石，下面烧得火舌腾天，张五只见红光绿芒，夹着黑影飞展倏掠，一时抓不定准儿，搭箭凝神，迟不敢发。

那四名"药人"，仍背着焚烧的棺材，不晓得放下。

连那名断臂的"药人"，也全无动静，断腕处，只淌落乳状胶汁也似的液体，而全无血污，想是九幽老怪全力应战，已来不及向这四人发号施令了。

两人在半空交手，足下不住点到四名"药人"头上借力，四人也全不规避。

光影交错，风啸雷作，张五只见有几滴鲜血，自四名"药人"的头上滴落。

——在空中的两人，必有一人淌血。

张五这样一想，越发焦急，生怕刘独峰负隅，想予臂助，但在激烈交战中又分不清谁是谁，拉满了弩却不敢发箭。

九幽神君的几名弟子知道这是生死关头，全面冲出戚少商的剑网，可是戚少商在这个时候也把他武功剑法的韧力，发挥得淋漓尽致。

如果他不是独臂而且受伤，他每发一剑，都能令眼前四名敌手有承受百剑千剑的压力。

但在狐震碑、龙涉虚、英绿荷、铁蒺藜而言，戚少商每一剑仍有万钧之力。

不过戚少商只有一条手臂。

他的内外伤都未痊愈。

三人集中攻他的断臂，铁蒺藜拉远了距离，施放暗器。

戚少商全身化作一道青龙。

怒龙。

他知道这四名敌手的目的。

他绝对不能让这四人冲过去，夹击刘独峰。

他已把坚守这一道防线，当作保卫他的性命一般重要。

他决不能让敌人越雷池一步——这样才可以使刘独峰全力对付九幽神君。

这样刘独峰才有希望解决九幽神君。

大凡对敌的时候，默契调配与齐心协力，有时候比个人的勇气和武功更重要，刘独峰、戚少商、张五，虽然以寡击众，但彼此的心意却是一般的、步调都是一致的。

狐震碑、英绿荷、铁蒺藜、龙涉虚四人心里虽急，但亦不能马上冲破这道紧密的防线。

张五这时已走得很近。

半空的激战已成了啸啸的剑风和滚滚的雷动。

那四名"药人"，依然目光呆滞，愕立不动，他们肩上还托了具焚烧的棺材，甚至连抬棺的木担都已开始燃烧，他们亦似全无所觉。

张五决定发箭。

这时，剧战中青红二芒遽然大增，只见一道黑旋风也似的魅影急卷直升，张五大喝一声，撒手放箭！

箭风如万雷！

箭如一电！

蓦地，一个透明的、椭圆形、无色无味的大泡泡，冒了上来。

箭射穿了泡泡，但却穿不出来。

张五吃了一惊，四名"药人"中的一人，脸上突然有了表情。

他手中有一支吹泡泡的竹管。

他的竹管往张五眉心穴就是一刺。

张五离这"药人"本近，不虞这一着，说时迟、那时快，根本避无可避，陡听一声长啸，风雷之声大作，在剑芒疾闪之刹那，那"药人"眼神一碧，抽身急退！

急退之际，还飞起一脚，把一名"药人"踢向风雷剑光之所在。

刘独峰从上击下，及时救了张五，放过了与九幽神君生死之战，但不忍伤杀这神迷智丧的"药人"，猛将剑气一收。

黑云又落了下来。

黑云贴俯在那名吹泡泡的"药人"背上，同时发出一声急哨。

剩下两名"药人"，立即置下燃烧的棺材，把背上的油袋一开，往地上就是一泼一撒。

地上立时流着又青又蓝、污秽黏腥、浆糊呕渣般的胶液，向前流来。

姑不论这些黏浆似的呕心秽物是否有毒，但刘独峰整个脸色都变了。

他紧紧地握着剑，双目盯住那蜿蜒流来的秽物，脸肌被火光映得抽搐不已。

刘独峰身居高堂华厦，封官世袭，一向养尊处优，锦衣绣服，而且确有过人本领，德高望重，几时受过这些长途跋涉野宿山行的苦？何况他小时家族曾被人诬害，被囚在天牢一段时候，在那光景里的经历，使他对污垢不洁的事物感到末日危途式的畏惧，这一路来，他已经竭力摆脱过去的阴影、心理的障碍了，可是这一摊污秽事物一泼流过来，他真的不知如何应对是好。

他的"风雷剑法"一向是居高临下发剑，便是要凌空虚刺，制敌后足不沾地，面回到座上轿中。他连平常的泥地也不愿意踏践，更何况这一地秽物！

刘独峰空有一身本领，却无从施展！

张五机灵，叫道："爷，马车！"

刘独峰一跺脚，向后一蹿，掠上了马车。

跟戚少商交手的四人，突然散开，往四个不同的方向倒纵而去。

戚少商本来全力拦截四人，却不料这四人骤然撤退，一时倒也追击不及。

刘独峰人在马车上，见九幽神君的四名弟子如此进退有度，急叱："别追，小心有诈！"

只见"泡泡"背上那面黑布高高隆起，像有什么事物正在里面蠕动一般，又似有什么生物正在里面痛楚挣动一样，并传出一个郁闷的声音，道："刘独峰，我的琼液仙浆沾不上你，你的火箭也烧我不死！你够狠，我们就在石屏铁鳞松处，恭车候教！"

刘独峰扬声道："要分生死胜负，在此便可，何庸费事！"

"泡泡"等那面黑袍的话说完，撒腿就跑，刘独峰双剑一交，正欲长身掠起，越过秽物，追击九幽神君，蓦见黑袍里"啸啸"

二声，射出两道黑漆漆的事物，"啪啪"各打在剩下两名神志呆滞"药人"的背心上！

两名"药人"一齐狂叫一声，躬俯地上，用手捏起污秽浆胶，往刘独峰等身上就是乱泼！

这一下子不但刘独峰至为震惊，连戚少商都甚为狼狈。

刘独峰叱道："快入车来！"

戚少商、张五飞掠上车，刘独峰身子一缩，缩入车篷内，纵有污水泼来，只溅及车篷，不会沾到他们身上。

可是戚少商在半空一抄，已拿来张五背上的"后羿射阳箭"，人方落在马车上，回身单手发箭，"哄"的一声，箭过半空，亮如金阳，一箭连透二药人胸膛，再飞射"泡泡"。

这一箭之威，在戚少商手中使来，又比张五施用时高出许多。

可惜，"泡泡"已趁那一瞬之隙，逃入林中，"射阳箭"连折数树，才钉入一块巨岩之中。

刘独峰叱道："我们追他去！"

张五一策丝缰，双骏齐鸣，放蹄驰去。

戚少商不管秽物有无毒质，挥剑把车篷外沾上污水的地方一一削去，一面道："不怕有诈？"

两旁景物呼呼飞驰，树木迎奔，刘独峰深深地吸了一口气，道："我跟九幽老怪交手，本来谁也没占谁的便宜，但小五子的那一射，射得适时，老怪着了一下，才中了我一招，伤上加伤，不过我要救小五子，来不及杀他，但此时老怪负伤甚重，此时正是歼灭他的最好时机，不能放过。"

张五听自己立了大功，自是喜上心头，一面赶车，一面大声道："幸有戚寨主截住四人，否则，我也发不了箭！"

刘独峰一面观察地形，一面道："你别得意忘形！泡泡在你眼前，你还懵然不知呢，要不——停！"

马车戛然而止。

一旁是巉岩陡峭，壁立千寻。

另一旁是山深菁密，松涛怒风，看去浓荫匝地，月色掩映下，略见松林铁鳞虬髯，半枯半茂，荒道上，有一辆冷沉沉、铁铸也似的轿子，僵尸似的矗在路中。

刘独峰、戚少商、张五一齐感觉到一阵迫人的寒意，自这深冷的轿子里隐隐浸透出来。

第六十九回

青红双袖黑影子

一边是峭壁千仞，屹立如削，崖下溪声急湍，隐约可闻，却不知有多深多远。

那一边是参天古松，藤萝密绕，牛腰般粗大的枝干，栲栳般粗的杈丫，挂满流苏般的藤葛。

月色溶溶，那一顶怪轿，仍静寂寂、黑漠漠的，全无动静。

马车里的三个人也静了下来。

松风阵阵。

溪水潺潺。

一二声马蹄踏地轻响。

马车，轿子，就僵在这断崖松岭上。

又隔了半晌，刘独峰才开口道："九幽老怪，你又何必在此时此地还装神弄鬼呢！"

忽听轿子里一个年轻而负痛的声音道："你是谁？快叫潜入松林的人止步，不然我就不客气了！"

这句话使刘独峰为之一愕。

正在自岩壁滑贴入林，再自密松上移枝渡干，准备在刘独峰吸住对方的注意力时，作首尾相应的突袭的戚少商，也为之怔住。

轿内的人已经知道他的举动。

可是听刚才那一句反问，轿内的人难道不是九幽神君？

——九幽老怪的语声千变万化，谁也不知道哪一个声音才是他的真正声音，可是，刚才的语音，却怎地熟悉！

刘独峰问："你是谁？"

轿内人语音忽显惊异："林内的人是不是只有一条胳臂？"

戚少商一时也不知答好，还是不答的好。

刘独峰冷笑："你这是多此一问！"

轿内人道："我不是多此一问，我只是从他的步法中听出他上身左边虚乏，故才有此问。"

这人顿了一顿，又道："如果他是独臂，又有此功力，那就一定是戚寨主无疑。如果他是戚兄，那么，阁下就想必是刘捕神了！"

刘独峰一震，乍想起一人，道："无情！"

轿人语音悲酸，也喊："刘大人！"

刘独峰禁不住道："你不是受伤了……？"

无情忿声道："九幽老匹夫……他使诈，我——！"

刘独峰掀开布帘，走出车外，停住遥相问道："贤侄，你……可不可以出轿来一趟？"

无情唤了一声："铁剑。"

只听轿后缓缓地走出一个扎辫梳髻的幼童，悲声道："公子。"

无情说道："把我的印鉴，交给刘大人。"

刘独峰道："无情，你这是——"

无情截住道："刘大人，我双腿早废，此际双手又断，生不如死，也不想让人见到……我这个样子，只求大人把我的印鉴转呈诸葛先生，就说无情已……有负他老人家厚爱……"

说到这里，竟说不下去。

刘独峰戚然道："贤侄，你切莫这样想……"

那剑童这时已钻进轿里，不一会儿又闪了出来，他身形虽小，行动却有些僵滞，可能是因身上也受了伤之故。

他手上拿了一方事物，双手捧着，低首前行。

张五一撒丝缰，跃下车辔，道："爷，让我来接。"

刘独峰点头道："去呀！贤侄，这个仇，我一定会问九幽老怪讨个公道，这件事，你还是跟我一道返京，跟诸葛兄禀明再说，千万不要怀忧丧志，遂了九幽老怪的野心！"

无情悲愤地道："刘大人，你想想，一个人，四肢全废，活下去还有什么乐趣？"

这时，铁剑已经把手上的印鉴，交到张五的手上。

张五接过印鉴，突觉手心凉，寒飒飒的感觉十分特异，诧道："这是什么东西……"张开手心一看，"印鉴"竟只剩下一摊黏黏的液体！

张五大吃一惊。他原本早有防备。刘独峰那一句"去呀"，已经是提醒他"小心防范"的暗号，要不然，平常刘独峰会说"去吧"或"好"。张五有提防铁剑倏然出手，但万未料到握在手里好好的一枚印鉴，竟成了几滴水，见热就钻，已全吸入张五的掌心里！

张五只觉全身一寒，激灵灵地打了一个冷战，再想说话，舌头与牙龈已纠结在一起，半个字也说不出来。

铁剑陡然出手！

刘独峰即已警觉，怒叱一声："你干什么！？"

铁剑双手已按在张五两肘上！

张五全身僵硬，动弹不得，铁剑一触他双肘，五指挥动，弹了几弹，又迅速向他双腿关节处按去！

刘独峰长啸一声，全身衣袂如吃饱了风的帆，青剑凌空虚发，剑气破空而至，挟着隐隐雷声，越空锐斩"铁剑"！

"铁剑"双目尽碧！

本来好好的一个小孩子，突然间，双目尽碧，暴射妖光，而全身骨骼也陡然长了起来，他口中呼啸有声，双手已按住张五的膝部。

在这紧急的关头，"铁剑"的举动无疑十分不合常理！

刘独峰的剑锋已当头斩至！

"铁剑"身形暴长，双目绿芒一如剑光般寒厉！

刘独峰从"铁剑"的瞳仁中乍见一道红色的布帛，已向自己的后颈迅速无声地伸掩而至！

刘独峰半空换气，陡地拔起，铁鹞翻身，月影横斜，剑光回切红布，但就在他整个姿势在半空中作极大变化之际，右足同时踢出，凌空飞蹴"铁剑"额顶！

刘独峰身形陡变之际，红帛一折，已把"铁剑"拦腰卷起，迅速至极地抽回轿车中。

红布虽收得甚快，到了半途，白影一闪，戚少商已一剑斩下！

突听到刘独峰怒叱道："小心！"他已仗剑拦在张五身前，原来在他鹞起兔落的刹间，左手已跟"铁剑"过了三招，把"铁剑"本已到手的"春秋笔"夺了回来，那剑光回斩，是抵御红布突袭，飞足蹴踢，其实是对"铁剑"作扭转乾坤之一击：他算准轿中人会救"铁剑"，他便可以护住张五。

红布果然卷走"铁剑"，但"春秋笔"已被他夺回！

他喝得一声，戚少商乍然发现，一条绿巾，已像寒蟒出洞般，无声无息地掩切而至！

他要斩断红布，腰身也得被绿布切为两截！

戚少商把心一横，"一飞冲天"，往上拔起，"一意孤行"，人剑合一，"一落千丈"，陡然骤沉，"一往无前"，半空迎着绿布折射而去！

他决意以驭青龙剑无匹剑气，力抗那一面既似光芒又似布帛的事物！

刘独峰一见，再不迟疑，弯弓搭箭，"呼"的一声，只见一道极为灿目的金火流光，自刘独峰手上疾溜而出，凡所过去，金光夺目，强胜白昼！

轿中突然飘出一条黑影！

这黑影一出，青红二帛，立即疾缩了回去，戚少商那驭剑一绞，击了个空，忙敛神落地，只见轿前一道黑影，用左半身绿色右半身红色的袖子一合，已把金光抓在绿布红袖黑袍里！

刘独峰怒叱一声："开！"这一声真有移山动地之威！

只听"轰"的一声，万道金光竟然自红、绿、黑中炸了开来！

这一炸，轿车立即轧轧催动，急驰而去。

刘独峰已弯弓搭上另一支金箭，但这已是最后一箭了，因无法认准目标，一霎眼间，轿子已隐入松林之中。

刘独峰跺足道："又给他逃去了！"

戚少商疾道："为何不追？"眼睛瞥处，只见张五目光呆滞，神志迷糊！

戚少商道："他——"

刘独峰道："抱他先上马车，老怪已一伤再伤，此时不诛，留着祸患！"

说着，一手抄起张五，如鹰隼搏兔，飞掠上车。一策绳缰，策马追去。

戚少商知道自己可施展轻功，追蹑轿子，但张五情形不妥，而刘独峰甚惧污物，九幽老怪的弟子又擅放秽物，是以决不便弃车！

追得一阵，只见松林渐密，松荫所盖，风入林间，高吟低哦，各种巨松，不同形态，有的如苍龙搅海，有的如独钓寒江，有的如群魔伸爪、穿云拿月，有的如丹凤朝阳、岸然独立。而路径至此，侧分作左右中三道。

戚少商风驰电掣，打马过去，选择了右边有轿痕的一道追去！

忽听背后车内的刘独峰道："你佯作未见，继续前驶。"

刘独峰这样一说，戚少商仍然控辔前驶，但不禁多加留意，蓦然发现，一棵数人尚不能合抱的巨松丫杈上，有一项黑乎乎的事物！

如果不留意细看，这挂在树杈上的事物，很容易便被忽略过去了。

戚少商运足目力看去，虽树影沉沉，但依稀仍能分辨得出，那是一顶轿子。

轿影正随松风飘晃，跟松影恍惚交糅在一起。

戚少商心道好险，若果自己一时不察，策马掠过，轿子里的人从上狙袭，只怕难以防范！

说时迟，那时快，马车已在那株巨松下驰过！

突见一道青光，自马车里疾掠而出，飞射向松顶，直取挂在树上的轿子，剑风挟着闷雷之声，刹那间掩没了一切山岚杂响。

戚少商心中喝了一声彩！

刘独峰是以其人之道反治其身，在对方以为自己方才中计落入陷阱之时，攻他个措手不及！

这一剑，显见刘独峰是全力施为，只许成功，不可败！

剑过苍穹！

剑气掠空！

剑意振出了杀气！

杀气逼止了疾奔中的马车。

马长嘶。

人怒叱！

一声惨呼！

一人自半空摔落下来！

白影在树上一闪，一时间，好像下雨一般的声音，细、碎，而急、疾！

那瘦小的身形，已然落下，刚好掉在马车的篷盖上，"砰"的一响，再弹落到马前来。

戚少商一手接住，默运"一元神功"，凝神看去，只见一名垂髫小童，胸前一大摊鲜血。

戚少商手所触处，心神一震：

——这是个小童！

——小孩子的骨骼！

——没有经过易容化装！

——九幽老怪的九名徒弟中，只有"土行孙"孙不恭是个侏儒，但孙不恭是个中年人，只是骨骼奇小而已，"泡泡"虽精于易容，形象难以捉摸，甚至通晓"缩骨法"，但肯定不会是个小孩子！

——然则这中剑落下的人确是个小童！

戚少商心中一阵茫然，这只不过是瞬眼间的事，再抬头望去，只见那白色影子和刘独峰已三分三合，两条身影，均摇摇晃晃的，欲坠不坠！

戚少商觉得情形不对劲，正想大喝住手，只见头上人影倏合又分，刘独峰嘎声道："怎么——"那白影也喘息道："是你——"

正在此时，两股巨飙排山倒海从松林深处而至！

一袭青袖，如流云般穿枝越干，飞卷而来，罩向白影！

一袭红袖，如长蛇般回旋起伏，疾横切扫向刘独峰！

"啪勒勒"一阵连响，那一株巨松，转眼枝断叶落，成为一株疏秃秃的松树！

戚少商策马急移。

"轰"的一声，那轿子骤然跌落下来！

戚少商勒住马缰，树枝和轿子全打落在原来马车停着之处。

那轿子凌空摔下来，竟然未碎，但也变了形状。

这时，月光已有一方之地可以照见。

红袖已卷住白影。

青袖罩住刘独峰。

奇怪的是，青红二袖全部拉得绷直，似发出这双长袖的人正与刘独峰和白影子全力对抗，相持不下一般。

青袖子不住颤动着，像有无数的青蛇在里中蠕动；红袖子不停地在翻动着，像千浪万涛在里面滚涌不已。

戚少商知道情形不妙，百忙中先把张五往车篷内一放，拔去他腰间的"春秋笔"，抽出青龙剑，剑作龙吟，一拔而起，连人带剑，射向青袖！

这里，红绿两袖，陡地收了回去！

一条人影，半空跃起，迎面向戚少商打出一件东西。

泡泡！

戚少商是连云寨寨主，他未入连云寨前，早就以文会友，以武结交，对江湖上各门各派的武功秘技，了如指掌。

而今他虽然寨毁子弟亡、断臂人负伤，但他的识见反应，仍是在武林中年轻一代好手里足以睥睨群伦的！

敌人这一手兵器——或是暗器——竟是一个似透明又似无形，既胶黏又轻盈的"泡泡"，实令他无法应付！

他第一个意念就是把这一招人剑合一的"一泻千里"，往"泡泡"攻去，以剑气大力攻破这无足轻重的事物！

这刹间，戚少商心念电转，他想起张五以"后羿射阳箭"射去，但金箭却被"泡泡"裹住，丝毫发挥不了威力。

——以"后羿射阳箭"尚且攻破不了"泡泡"，自己连人带剑射去，岂不自投罗网！？

这时，泡泡经月色一映，竟漾出千万道眩人心魄的幻彩来。

仿佛每一个幻彩里，都有憧憬，都有梦幻。

谁愿意亲手去刺破自己的梦境？

谁忍心去终止自己的憧憬？

这一迷惚，泡泡已迫了过来。

青龙剑已刺入泡泡里。

泡泡立即裂开，但迅速有一种奇异复合的魔力，裂开处自动缝合，裹住了青龙剑。

——人剑合一于一击的戚少商呢？

——会不会也被吞噬在泡泡里？

第七十回

谁愿意负仇

泡泡已裹住青龙剑。

青龙剑剑气使气泡膨胀，绷紧。

但泡泡仍然圈裹住剑锋，而且向戚少商之手臂及身子黏来。

戚少商立即撤剑！

"驭剑之术"通常都是把人的精气神、功力身与剑合而为一，以锐不可夺之势摧坚削抗，这是一种置之死地而后生，全力一击，以死相搏，不惜玉石俱焚的拼命打法。

这种人与剑已为一体，人就是剑、剑即是人的招法，非功力深厚的人不能为之。一般会家子，剑是剑，人是人，是人使剑，道行较差的，甚且为剑所驱，成了剑使人。

功力较高的，确能把剑使得出神入化，但仍然是"剑法"；把剑法再融入自己的情感思想的，进而至"剑术"；不过，真正能够把剑变成了自己，剑在人在、剑亡人亡的，才能激发出剑的全部锐气和人的全部潜力，二而为一，是人剑之极限，这叫"驭剑之术"。

不过一旦"驭剑"，便难分难解，一旦剑毁，人也不能卵存。

戚少商的青龙剑，已被泡泡裹在气圈之中，眼看他自己也得被罩了进去。

可是戚少商居然能及时弃剑。

他能"驭剑"，但更进一步，又到剑仍是剑，人仍是人，人的元气与剑的精华合一出击，但念动形分，一旦遇危，人仍可离形归神，人与剑分！

——剑是剑，人是人。人以剑御敌，剑若不敌，人何必亡？

戚少商一撤剑，身形便落了下来。

他只有一只手。

他撤剑的时候已抄出春秋笔。

春秋笔在泡泡未完全愈合的底部裂缝上一划！

青龙剑虽被吞裹，但锐气过处，泡泡仍裂了一道隙缝，正在迅速合拢中。

春秋笔这一捺割，泡泡就裂开了！

戚少商以春秋笔配合，破了这一个奇异的"泡泡"！

泡泡一破，忽听一个女音哀呼了一声。

松影婆娑里，一个瘦小的身影闪晃了一下，戚少商人在半空，骤落下来，就在他破泡泡之后，足未沾地之际，头上松顶突然爆出一声极大的巨响！

这声音像千魔万魅，被一阵旋风卷去似的，戚少商猛抬头，只见一个巨大的黑影子在树梢间一抹而过，这影子的左右两侧，像一对羽翼，一青一红，青得令人心寒，红得令人心悸。

而那瘦小影子，也随这魔影紧蹑而去。

几乎是在同一刹那，四个人，自四棵齐排的松树上落了下来。

这四人凌空蹑虚，拔步飞渡，直向那棵枝散叶落的凌霄长松逼去。

只见巨松上一处盘根虬结的枝干交搭之处，一左一右，端坐着两个人。

趁月色一张，那两个人，一个便是刘独峰，而另外一个，竟是无情！

"四大名捕"之首：无情！

戚少商心神一震。

他已经可以感觉到刘独峰和自己做错了些什么无可补救的事，可是在这紧急关头他已无暇多虑。

他长身拦在松树下。

那四个人互觑一眼，扇形地分了开来，仍逼步前行。

那四个正是：

龙涉虚

英绿荷

铁蒺藜

狐震碑

九幽神君的四大弟子！

戚少商仗剑拦在松树前。

任何人要靠近松树，不管飞天遁地，都得先经过他的身子。

那等于是先要问过他手中那口宝剑。

戚少商心中非常清楚，这局面显然是：九幽老怪费尽心机，假意逃走，引刘独峰追赶，而把无情的轿子误作敌轿，出手杀了无情的一名近身剑童，无情含忿反击，与刘独峰互拼重伤，才发现竟是对方，但九幽老怪趁机骤下杀手，把二人击至重伤，恐怕一时三刻两人都难以复元，也不能再战的。至于九幽老怪，似也在刘独峰与无情合力反挫之下，吃了大亏，已跟被自己剑笔攻破的"泡泡"避遁而去，而这四名凶神恶煞的九幽老怪之弟子，便是要留下来取刘独峰、无情和自己及张五的性命！

戚少商决不容人取自己的性命。

他还要活下去，活下去报仇。

只有从来没有真正尝过仇恨的人才妄口胡言：何必报仇、何苦报仇！戚少商当年能大度容人、吸收精英、结纳贤能，但待他真正身历血海深仇之时，便知道世上有些仇，你要想不报、设法要避掉，也甩不开、避不掉的！

——戚少商何尝希望有一天自己竟成了"复仇"的代号！

——他何尝不想容人、忍人、恕人！

可是他现在若不挥剑自卫，还有什么路可走？

他不截断来敌的去路，他自己可有退路？

没有负仇的人是不会了解身负深仇的人之忍痛、无奈，不会怀仇的人是幸福而幸运的，但不可就此揶揄讥讽记仇的可怜人！

——谁愿意有仇？

——谁希望记仇？

戚少商观形察势，他不能落在这四个恶魔的手里，而且也决不能容人加一指于刘独峰与无情！

——刘独峰是扣捕押解他的官差。

——无情是促使他被捕的祸首。

——可是他们是两条好汉，戚少商决不能让他们落在这些恶徒的手上。

他可以逃走。

此刻这四人似乎志在刘独峰与无情，他一旦逃跑，对方顶多只能分出两个人来追击！

四个人他恐非其敌。

两个人则好解决。

可是戚少商不能逃。

他不能以一条胳臂带三个伤重的人走。

刘独峰、无情、张五……无一人不是身受重伤，连生死都未有着落的。

他只有咬牙苦拼。

狐震碑、龙涉虚、铁蒺藜、英绿荷交换了眼色。

——今晚能杀刘独峰、无情、戚少商，在师父面前就是大功一件，而且，也是件轰动天下的大事！

——不过，要杀刘独峰和无情，就得先除掉眼前这个戚少商！

戚少商横剑立在树旁，月光下，独臂凌霜，大有一夫当关、虽死不悔的神貌。

英绿荷笑嘻嘻地道："戚寨主，你一个人，我们四个人，刘捕神和无情大捕头已被我们师父伤得奄奄一息，束手待毙，我看你还是乖乖地投降，省得再作无谓的顽抗了。"

戚少商淡淡地道："这一路来，大概走了两千里路，很少有以一敌四的局面。"他顿了一顿，接道，"通常我都是以一敌十，以一当百的。"

英绿荷看见戚少商落拓但潇洒、负隅但傲岸的样子，心中着实爱煞，很想兵不血刃地把他收服，恣肆纵情一番，便道："你看我们师父的神威，刘独峰和无情现在不是被打得泥塌散的人像似的，端在树上动也不能！你能将我们的小师妹泡泡儿的法宝毁掉，足见高明，朝廷既视你为祸害，非要抓你正法不可，你又何必护着这些狗衙差、臭捕头，过去一剑把他们杀了，投诚于我们，我跟你向师父说情去，说不定他老人家心中一乐，把你收为小师弟也不一定哩……"说着，自己叽叽咕咕地笑了起来，笑得花枝乱颤，水眼儿眯成一线，俏俏勾瞄，也确是媚人。

戚少商低首凝视手上剑锋，道："令师武功高强么？他狼狈遁去，恐怕伤得不比树上的两位轻吧？"

英绿荷粉脸在冷月下变得更白，道："戚少商，你这是非讨死不甘休了？"

铁蒺藜冷笑道："跟他啰嗦什么？他无非是要拖宕时间！"

英绿荷小脸一扬，"你等什么？刘独峰和无情挨的是我师父的'空劫神功'，功力愈高，受伤愈重，他们怎复元得了，张五中了小师妹的'摩云摄魄'，嘻，断恢复不了，你等救兵？白等了！"英绿荷的面貌姣好，虽不是花容月貌，但一副天真未泯小女孩子的模样，然而说起话，腰肢摆个不定，声音也低沉浓浊，这倒似是秦淮江畔老于经验的风尘女子才有的举止。

戚少商看了她一眼，突然觉得一阵昏眩。

不知怎的，英绿荷肤色的白，使人立即冒起一种邪想：很想撕剥掉她的衣衫，看她衣衫里面的身子，是否仍一样细嫩白皙，直似捏得出水来。

戚少商知道对方正施展邪术，立即不去看她。

他看剑锋。

剑锋蓦地透绿了起来。

"一元神功"已逼入剑身之中。

英绿荷陡地笑了起来："看我呀，怎么不敢看我？"

龙涉虚忽吼了一声："跟他多说什么！我杀了他！"

狐震碑冷沉地睨了他一眼，道："我还没有下令，你急什么！"

狐震碑的辈分在同门中要比龙涉虚高，龙涉虚一时无法说下去，狠狠地一脚踹去，一棵小松树，竟给他一脚踢断，轰然而倒！

狐震碑冷笑道："你这算是不服？忘了师父的吩咐？"

龙涉虚一听"师父"二字，赶忙强忍怒气，不敢多说二字。

狐震碑双目闪着豺狼一般的光铄，向戚少商拊掌笑道："戚寨主，以德报怨，人要锁你斩首，你仍护主心切，了不起，了不得！"

戚少商笑笑不语。

狐震碑道："你真的要以一敌四？我是在顾全你啊！"

戚少商一哂道："刚才在下没你的顾全，一样曾经以一敌四。"

狐震碑脸上杀气一闪，反退了一步，道："好。"顿了顿，又说，"破轿子里的人，滚出来！"

他一语未毕，七道溜烟，已从他身旁的铁蒺藜手上疾射出去！

铁蒺藜这一出手，暗器入轿，却如泥牛入海。

然后，月色下，只见一矮瘦的身躯一溜烟似的闪了出来，蜻蜓回气似的掠了前来。

一个梳髻扎辫的小童。

戚少商与他一照面，只见这小童骨骼清奇，目灵眉清，但满脸泪痕，一脸悲愤的样子。

戚少商跟他这一朝相，特别看个清楚，对方是否真是个小童，小童一落下地来，看见伏在马车上的小童尸体，就呜咽起来。

这一下留意，知道绝非易容，决非花假，只见那流泪的小童向戚少商一揖，道："戚寨主。"

戚少商迟疑道："你是……"

那小童乌灵灵的眼睛眨了眨，揩掉脸上的泪珠，向戚少商道："戚寨主，你不必疑虑，我们在思恩镇安顺栈见过，当时，公子以为你是巨寇恶匪，仓促间出手助刘爷把你擒下，后来听一众英雄好汉说你的种种事迹，心生仰慕，自告奋勇，要赶来把你从刘爷手上救回……岂知刘爷一上来，就下了杀手，把我的小兄弟杀了，也重创了公子，完全是……"说着又哭泣起来。

戚少商看了心中难过，道："你不要哭。"

英绿荷笑道："他害怕嘛。"说话时一双眼睛还是勾着戚少商瞧溜。

不料英绿荷那句话一说，小童手中多了一把银色小剑。

银剑一掣在手，剑尖已到了英绿荷的咽喉！

英绿荷吃了一惊。

她知道无情身边的四名剑童也自有过人之能，但万未料到出手竟如此快、狠，而且话也不打，便出杀手。

何况，英绿荷见得在月色下、秃松前的戚少商，志高倜傥、傲岸不群的样子，早已心神酥了半爿，银剑这一刺，她几乎躲不开去。

狐震碑冷眼旁观，英绿荷对戚少商另眼相看，早已妒火中烧。龙涉虚则早已暴跳如雷，恨不得把戚少商大卸八块，倒没注意银剑会猝然出手！

连戚少商都没料到银剑会骤施杀手！

英绿荷心神一栗，脚步倒踩，一逸丈余，银剑急纵而出，食指一按，"嘣"的一声，剑尖飞脱射出，仍然飞钉英绿荷的喉咙！

正在此时，"啸"的一响，一枚拳头般大的铁蒺藜，飞旋而到，后发先至，击在剑尖上！

剑尖一荡，银剑童子几把握不住，脱手飞去，忙把银链一扯，稳住身形，可是英绿荷这时已发出一声厉啸。

只见她发虽不长，但散披在脸上，发尖上打着好些环结，用彩线束着，她已拔出一支铁如意，夹着厉叱，猛身抢上，往银剑童子头上、身上，狠命地打击下去！

戚少商一见，便知英绿荷动了真怒。

他怕银剑遇危，刚要上前，狐震碑叱道："上！"

铁蒺藜伸手一扬，五道暗影直射入马车内！

暗影从车篷而入。

只听一声惨哼。

戚少商眦睚欲裂，怒吼："张五！"

狐震碑已一溜烟似的直掠上松树。

他的目标是刘独峰和无情！

戚少商正要上前拦截，龙涉虚已像一座山似的压了下来。

他全身涨红，脸如衁血，全身像吃饱了风胀满了气的红帆鼓革，又似一双鼓着气的白蛤，向戚少商拦腰就是一抱！

第七十一回

劫后重逢

戚少商又急又怒，身子一闪，龙涉虚已搂了一个空。

戚少商正要飞身掠上半空，拦截狐震碑对刘独峰与无情下毒手，可是龙涉虚一扭身又扑了过来！

戚少商换步移位，在急切间仍能拿捏极准，他一抢得空隙，正拟急掠而起，对方再要拦截，除非是不要命了。

龙涉虚看来真似不要命一样。

戚少商一咬牙，剑锋游电般刺出！

剑刺在龙涉虚胸膛。

人已被龙涉虚揽个结实！

戚少商马上发现了一个事实。

那一剑犹如刺在铜墙铁壁上。

当龙涉虚抓住戚少商双肩的时候，戚少商在还未被对方扯过来之前，刺出了三剑！

肚脐、心窝、咽喉！

这是一般武林高手练硬门气功的三处死门！

龙涉虚高大魁梧，戚少商上身给他扳住，要刺他脸部，并不容易。

戚少商只有急取这三个要害。

三剑俱命中！

三剑皆白废！

龙涉虚已按住戚少商，把他的身子拉了过来，戚少商已经感觉到左臂创口奇痛攻心，而全身骨骼抵受不住那巨大的压力，发出阴郁的闷响。

戚少商这才知道：铁蒺藜擅施"铁蒺藜"，龙涉虚则练成了"金钟罩"！

——在武林中，这种刀枪不入的硬门气功，大致可分："十三太保横练""铁布衫""童子功""金刚不坏禅功""金钟罩"五大类。

练这种武功的，付出的代价十分惨痛。

"童子功"要以童子之身方可完功，故龙涉虚练的不可能是"童子功"。"金刚不坏禅功"是佛门正宗。"铁布衫"是这一类硬气功的入门，决抵挡不住"青龙剑"的锋锐。"十三太保横练"，浑身似铜墙铁壁，但仍怕攻击穴位。而今龙涉虚不惧锋利无比的青龙剑刺戳穴位，练的必然是"金钟罩"！

练"金钟罩"的人不易让人找得到他的罩门！

戚少商被龙涉虚搂住之前，仍做了一件事！

他双指一弹，把青龙剑化作一道青龙，飞掟狐震碑！

这一记，他是早有准备的。

——龙涉虚既敢和身扑来，对他手上的利剑视若无睹，自然就有制他之法。

他自己纵不能脱身，也一定要阻止狐震碑下辣手！

剑脱手，他手腕一掣，要拔出"春秋笔"。

可惜他只有一只手。

龙涉虚已用力抱住他，正运"金钟罩"的活门气功要把戚少商全身的骨骼震得节节碎裂！

戚少商因分心而先势尽失，只有强运"一元神功"力抗！

就算在这紧急关头，他仍是分心。

分心于树上无情与刘独峰的安危。

分心于与英绿荷困战银剑的生死。

分心于在马车中张五的存亡。

分心让他更感绝望……

他的剑甫一掷出手，铁蒺藜就迎空飞追！

他在半空追上了剑，一兜腕把剑抄在手里，一个空翻，边笑道："好一把剑，谢了！"

人又落回马车旁，正在仔细把玩手上的青龙剑。

狐震碑飞身上树，冷笑道："捕神刘独峰、名捕无情，你们也有今天！"说着缓缓推出双掌。

他以"隔空破山掌"遥击二人，心中也着实对二人的声威存有惧意，纵明知二人受伤极重，决无抵抗之力，但他一向谨慎小心，仍不敢贴近于这两大高手，以免冒险。

他一面发掌，一面防着刘独峰与无情的反击，也提防戚少商的拦击。

戚少商果然出击！

他飞剑投来！

狐震碑一见来势，立时收掌，心忖：久闻戚少商有一柄青龙剑，先夺下来也算捡了个便宜。

没料半途杀出个程咬金。

铁蒺藜把剑截去。

他素知这一干师兄弟们的脾性——谁得了好东西，决不让给任何人！

他心中暗恨，只好又拟推出双掌，杀掉刘独峰与无情，是大功一件，此大功当然是四人都有份；但这两个赫赫有名的人是死于自己掌下，传出去对自己日后在武林中的威名肯定有助。

他正在这样想着的时候，蓦地发现件令他诧异至极的事情：

马车里闪出了人影！

——张五为小师妹所制，如同废人，再加上铁师弟的暗器，自是非死不可，怎么在马车里还无声无息地闪出了人影来？

——人影还不止一人！

他正待发出警告，人影已经出手。

两条人影，一左一右，左边那名到了铁蒺藜身后，右边人直掠向英绿荷。

狐震碑连忙大喝一声："小心！"

可是就在他这一声喝出之前，那在铁蒺藜身后的人影已先叱了一句，道："看打！"

铁蒺藜吓了一大跳，急忙旋身！

他转身的时候，单掌守八路，身疾后退，右手扣了七枚铁蒺藜，随时都一触即发！

他一转身，黑影就出手！

右手用食指一捺。

指头捺在他额顶上。

铁蒺藜空有七八种身法，十几道杀手，但偏避不开去，施不开来，头上已着了一指。

他只看见跟前的人，穿着厚厚的毛裘，瘦小的身子，一张削寒阴冷、双目如冷电的脸！

他的意识只到这里为止。

这时他的人已经倒飞丈五，仰八叉地倒在地上，松林深处。

狐震碑正待跃下来，那人自毛裘里伸出一只瘦寒的白手已扣了青龙剑，剑尖遥指松顶，向他问："你要继续杀树上的人，还是要下来杀我？"

狐震碑只觉那人一双鬼火般的眼，使他觉得一股寒意从脚底升上头皮。

那裏在毛裘里的人，在对铁蒺藜出击之前，尚且喝了一声，可是，那位潜向英绿荷背后的女子，可半声不吭，一刀就砍了下去。

英绿荷却有警觉。

那是因为狐震碑那一声大喝，以及她从银剑眼中发现狂喜的神色。

她霍然回身，铁如意横胸一架，架住一刀，星火四溅，两人都觉脸上一痛！

英绿荷也在星火四进的刹间，瞥见对方绝美的容颜！

对方第二刀紧接砍到！

英绿荷唯有奋臂再格！

两人都觉臂腕酸痛，虎口麻痹，但那女子第三刀又砍了下来，一刀快过一刀。

英绿荷尖叫一声，五指骈伸，抓向那女子脸门！

那女子黑发披落下来，竟不闪避，反手一刀，斫向英绿荷的脸！

英绿荷本算准美丽女子都爱惜自己的容颜，想以抓毁对方容貌来逼使对自己的攻势稍缓；不料对方根本不闪不避，不怕花容被毁，而要一刀把自己一张脸分成两爿！

英绿荷回臂又用铁如意一封，星火激进，两人贴身近搏，脸上都被星火溅得一阵刺痛！

这时，银剑已歇息得一口气，挺剑刺来。

英绿荷在几下交手后，已知道来人武功是在自己之上，决不在自己之下，眼看又加了个小灵精，心中一慌，四周一望，发现远远地上倒了个半死不活的铁蒺藜，而狐震碑竟不知去了哪里，情形不妙，心头一慌，嘴里尖啸一声，衣衫竟裂了开来！

英绿荷本来穿一身镶绣花绦子的深黛衬红的紧袖衣裳，此际突然爆裂开来，只见上身雪白眩目，急旋之间，前后两道晶光一闪，女子和银剑都觉刺眼。

英绿荷铁如意一回，力砸银剑天灵盖，似非要把这幼童打得迸出脑浆来不能甘心！

银剑双目因烈光而无法睁开，只有一面急退、一面挥剑胡乱招架！

那女子却低着头、闭着目，刷刷一连三刀，往英绿荷背上直斫！

英绿荷只好挥铁如意招架，那女子根本闭上双目，只求贴身近搏，几乎每一招都肘向后缩，刀尖才能刺中对手，而膝肘腕肩，猛身搏击，无不是抢攻，连一向刁辣的英绿荷，也应付不来，只好反手一拍胸前！

原来在她裸露的上身，双乳之间和背心，各系了一面晶镜，幻着七色妖彩，但有时各种异彩合成一道极强烈的白光，与她对手的人，根本睁不开眼来。

如果对手是定力较低的男子，眼中则只有她的肉体，在她的

"荡心镜"的幻照下，早任由她摆布。

银剑童子不曾见过女子裸体，一见之下，已大吃一惊，慌忙闭目不敢看，英绿荷正要得手，但那个拼命的女人，却闭着眼更拼出了狠劲！

英绿荷怪叫一声，凌虚拔步，跃出战团，她的样子在月光下，像一只白色的鸟，但又妖冶无比。

她只求速退！

她心中还在诅咒：怎么突然杀出一个这么不要命的女人，究竟是谁……？

忽听耳边传来了一句话："你曾在客栈里暗算过我一记——""砰"的一声，背后已着了一下。

英绿荷全身一搐，但身子仍然不停，鲜血像雨花一般喷溅下来。

只听那人仍冷森森地道："记住了，暗算你的人是雷卷和唐二娘。"

英绿荷是记住了。

但她不敢回答。

她只求脱身。

此时她身上所受的伤，也真叫她说不出话来。

就在她逃命的时候，耳际听到龙涉虚的一声怒吼。

她也不敢回身相救。

甚至不敢回首。

——在九幽神君的九名弟子的观念里：没有任何人的性命，比自己的更重要，甚至连最亲的人都如是。

在英绿荷的心目中，她可不愿意为龙涉虚牺牲一小片指甲。

龙涉虚发出惨叫是因为他感觉到自己以泰山压顶拿住一个软绵绵的身子，慢慢变成了一条炙炭，那情形就像自己用力挥拳，却打在一口钉子上一般。

戚少商见有人来援，心就定了。

他本身的"一元神功"也全力施为。

龙涉虚好比老虎。

戚少商却是虱子。

龙涉虚用尽巨力，却伤不了戚少商。

戚少商在对方回力未复之前，开始反螫对方。

龙涉虚开始发现他抱的是一只刺猬。

可以攻破他"金钟罩"的刺猬。

他一而再、再而三地发力，都攻不破对方的防线，但对方内力回吐，他忍耐不住，力道徐泄，渐渐松了手。

手一松，戚少商便拔出"春秋笔"在手。

春秋笔刺在龙涉虚的肚皮上。

龙涉虚发出一声狂嚎。

他撒手就走。

戚少商没有马上追击。

因为他发现连"春秋笔"都未能戳破龙涉虚的肚皮，只是让他感到尖锐的痛楚，吓退了他而已。

龙涉虚的"金钟罩"的确到了神兵难摧之地步。

不过，戚少商在这种凶险的情形下拔笔挺刺，力道拿捏得自然失准，否则，以"春秋笔"之锐，龙涉虚是断断承受不住的。

所以，这才把他惊退。

戚少商不追击的另一个原因，是因为他看见了雷卷与唐晚词。

——劫后重逢，只要彼此还互相关怀，有什么能比宛若隔世的相逢更欢畅？

唐晚词待龙涉虚一退，就闪到戚少商身前："嗨！"

戚少商也笑着招呼："嗨！"

唐晚词掠了掠发，笑道："别说我不过来助你一刀，你们一对一，不好帮，你只有一条胳臂，对方又跟你是同辈，我帮你，等于是同情你独臂……你不需要人同情的对不对？"

戚少商只有答："对！"

唐晚词妩媚地笑道："你们两个反倒没话可说是不是？"

戚少商觉得唐晚词那一双明如秋水的眸子，在横嗔雷卷一眼的时候，有说不出的风情与深情，心中突然感悟到一些事情。

雷卷仍裹在毛裘里，脸色青白，比以前还要瘦削，还要病恹恹得多，但奇怪的是，双眼里的寒光，却显然清淡了许多了，像有两盏微烛，把他眼里的寒意渐渐烘暖了起来。

戚少商叫道："卷哥。"

雷卷点了点头。

戚少商问："你们怎么会来这儿的？"

自从在毁诺城被冲散以后，他们彼此也断了讯，失却了对方的消息。

雷卷说："我们在五重溪就见过无情，后来又在拒马沟无意中知道九幽老妖率他的徒弟们来找你们的麻烦，便盯上他们，一路上怕他们发现，不敢过于接近，今晚想掩过山神庙来通知你们，刚好赶上这一场事。"

戚少商知道雷卷轻描淡写几句话，就辗转到了黄槐来，其中必有说不尽的凶险曲折，他忍不住还是问了一句："边儿呢？"

雷卷没有答。

戚少商的一颗心沉了下去。

沉到底。

两人相对，冷月无声。

往事如风声掠过。

唐晚词道："刘捕神和无情还有马车里的人都伤重，先救治他们再说。"

她和雷卷在九幽神君与泡泡遁走之际掩至，趁戚少商拦截四名敌人时潜入马车内，铁蒺藜攻杀张五的暗器，也教雷卷用毛裘尽数兜住了，并佯作中了暗器，呼了一声，然后在紧急关头之际，才一出手就重创铁蒺藜、伤了英绿荷、吓跑了狐震碑，再由戚少商打退了龙涉虚。

戚少商与银剑以二敌四，银剑还只是个小童，戚少商又负刀伤，对方是四大恶煞，雷卷这才肯下手突袭，但他在动手之前，还是先扬声，不过仍把铁蒺藜一指捺倒。至于英绿荷，原先曾在他背上敲了一记铁如意，他也毫不客气地一指弹碎她背上的"晶镜"。这两面"晶镜"，也是九幽神君所传，跟刘独峰的"轩辕昊天镜"一正一邪，功效迥然不同。

"轩辕昊天镜"能把对方的兵器施还其身，只要映落在镜面上，即可以映象反击对方，疑真疑幻，不易应对。是故廖六重伤之下，仍把铁蒺藜和狐震碑二人打得阵脚大乱。

英绿荷的"妊女摄阳镜"，却能将任何热力和光芒，聚摄于镜中，再反射出来，成为莫大的锐力，弱可迷眩对方视线，强则可割体伤人，英绿荷身体不住旋转，甚至要脱光衣服，便是借体内功力的一切能力，来吸取月亮的光芒，在晶镜里反激出去，使唐晚词和银剑无法睁目，她正可赖以求胜。

雷卷却一指戳破一片晶镜。

英绿荷既然负伤，雷卷也不施加杀手。

除非不得已，暗算伤人本来就不是雷卷的个性，何况对手是个女子。

唐晚词则恰好相反。

她不管。

她冲出去，根本对暗算不暗算没有概念，她的目的是要砍倒敌人，如此而已。

这一路来，雷卷与唐晚词生死同心，同舟共济，并肩作战，齐历患难，但在性格上，谁也没有影响了谁。

雷卷深沉含蓄。

唐晚词侠爽豪放。

两人性格不同——但性格不同的人，只要有量度有慧眼，反而较能相处、互相欣赏。

能在一起历难，那也是一种幸福。戚少商看见他们双双掠往树上的俪影，心中不由得生起慨叹：

——大娘，大娘。

第七十二回

顺逆神针

戚少商也飞身上树，忽听银剑叫了声："公子！"他才发现情况比他想象得还要严重。

刘独峰身上中了三把飞刀。

左胸、右胸、胸腹之间。

三柄仍嵌在胸肌里。

刘独峰鼻孔里有一点点的血迹。

无情背部裂开一道口子，有一道剑伤，血已渗透白衫。

他身上并无其他的伤痕。

戚少商、唐晚词、雷卷，掠上了松枝，银剑却是转转折折，一节一升地跟上来的，这时无情缓缓睁眼，道："我们决不能留在此地。"

银剑童子道："是。"可是样子很是茫然。

唐晚词说："我们先上马车再说。"

戚少商有点迟疑："可是，两匹马——"两匹马拉上七个人坐的车子，恐怕走得不快，何况这是山道。

雷卷道："只要行过山坳，不到半里，我们有两匹马候在那儿。"

戚少商知道他们是为免惊动敌人，是故弃马欺近，正要过去替刘独峰拔刀敷药，刘独峰陡地睁眼，一手按住戚少商的手，摇头道："不要拔。"

戚少商一见刘独峰的目光，心中一寒，因为那一双一向寒芒锐蕴的眼光，此刻变得倦倦无神了。

"刀不拔，我还能别住一口气，上了马车再说，"刘独峰道，"我的伤，主要不在这三把飞刀。"

他这句话是说给无情听的，也许是他的傲岸，也许他是要让无情心安。

无情没说什么，他只是重复一句："我们不能留在这里。"

唐晚词问："我们该到哪里去？"

她是问雷卷。

雷卷也没了主意：他自度决非九幽神君之敌，但不知九幽神君现下伤成怎样？究竟要与之对抗，还是设法潜逃？

无情道："九幽老妖还会再来，要到最靠近的人多的地方，找一处王公门第、深院广厦去。"

雷卷与戚少商都颇感踌躇，这一带都没有江南霹雳堂和连云寨的势力，就算有，这一轮风声传布开去，谁敢破家相容。

刘独峰怒道："到郗将军府去。"

戚少商道："他？"

雷卷感觉敏锐，道："怎么？"

刘独峰道："这方圆数十里内，只有他那里较恰当。"

戚少商道："这可给郗舜才盼着了。"

无情向银剑道："金儿他？"

银剑目中泪光闪动。

刘独峰垂下了头。

无情长吸了一口气，"记得也要带他一起走。"

银剑悲声道："公子放心，银儿决不会撇下金哥哥的。"

刘独峰忽道："我——"只说了一个字，便说不下去了，满目都是惶愧之色。

无情低沉地道："我们在路上再说，少停，只怕那老妖又到了。"

唐晚词的眼睛像两片水云，都勾在无情处："你没事吧？"无情只笑笑。

戚少商和雷卷一听，都知道九幽老怪伤得似乎并不重，心中也忧虑了起来，九幽老怪非同泛泛，若是"福慧双修""连云三乱"等，最多只能施加暗算，不足为患；若是顾惜朝、黄金鳞，则功力相仿，只要多加提防，还可应付，独是九幽老怪门徒既众，武功又高，又擅妖法、奇术，稍一不慎，即成祸患，就算力拼，也不足以御。

唐晚词心急："那我们还等什么？"

刘独峰点点头，长身而起，戚少商搀他一把，两人飘下树来，直掠马车，刘独峰的一口气似已用完了，在车内胸膛不住起伏，话也说不出来。

戚少商张眼一看，只见银剑双手把无情抱了下来，因为他年幼力小，树高地远，雷卷在半途搀银剑一把，戚少商看了心中一凛：看来，无情的伤势，要比刘独峰更恶劣！

应付九幽老怪那魔头，只怕要落在卷哥、唐二娘和自己的身上！

只听唐晚词道："林子里还有一个半死不活的东西，让我去补一刀。"

雷卷却道："那放铁蒺藜的么？不必了！他活下来也充不了好汉！"

刘独峰在车内听着了，知道那被放倒的人是九幽老鬼的弟子铁蒺藜，也就是杀死廖六的凶手之一，本想过去替廖六雪仇，无奈一阵天旋地转，胸中一阵气塞，一时之间，半句话都说不出来。

马车略略一沉。

无情与银剑已坐了进来。

银剑右手搂住脸如白纸的无情。

银剑膝上躺了一个人：

衣衫遍血的金剑。

刘独峰身边也坐了人：

形如痴呆的张五。

刘独峰看了心中越发难过，收回视线，却正好看到无情那一对明利的目光。

一声马嘶。

车后景物如飞。

刘独峰的心绪也乱如飞逝的松林山景。

无情望定他，虚弱地道："江湖中人，都说我孤僻寡情，其实，我是没有什么怨言的。"

刘独峰等他说下去。

"因为，我是有亲人、有兄弟、有朋友的。"无情道，"我的亲人只有一个，那是诸葛先生，我一辈子都感激的人。"

无情微微笑了，他用手拥紧一些银剑的瘦肩："我的兄弟，举世皆知，那是铁手、追命、冷血，另外，还有四人，我也当他是小兄弟，那是金儿、银儿、铜儿、铁儿。"

"这几个人，只要他们受到任何人的欺辱，我都不会放过对方——"然后他道，"可是，金儿现在死了。"

他一个字一个字地吐出来："他是你杀的。"

刘独峰点头。

张五仍在傻笑。

刘独峰只觉心口一阵揪痛。

他道："我懂得你心中的感受。"他顿了顿，又道，"我这一趟来，六个手足死了五人。我曾矢意要杀戚少商、息大娘替他们报仇。"

无情道："你明白就好。"

刘独峰摇首道："可是我不明白。"

无情摇头道："我也有很多事情不大明白。"

刘独峰道："你为什么会来这里？"

无情道："上次，在思恩镇的安顺栈，我不知道事情始末，见你抓人，就出了手，这件事，我很后悔。"

刘独峰道："那次如果没有你，我不一定能在他们一众拼命维护的人里逮得住戚少商。"

无情道："现在看来，你跟他倒似有不错的交情。"

刘独峰道："所以，你是为营救戚少商来的？"

无情道："不错，我走了许多冤枉路，没把你找着，却打听了许多有关戚少商的事，越发使我觉得要向你手上讨一个情，不要押解戚少商回京。后来误打误撞，找着了雷堂主，两人拼了一场，才省悟你可能根本没有走，仍留在思恩镇。"

刘独峰说道："所以你立即就赶了过来。"

无情道："我赶过来的时候，你刚刚离开，我见都将军府派出九名侍卫追踪你，我便远远盯着，也跟了上来。"

刘独峰道："那么说，小五子曾告诉过我，他眼看要被铁蒺藜所伤之际，却被人救了回山神庙，想必就是你了。"

无情道："我想以你一向作风，晚上不致动身，故在夜里赶上，会方便一些，刚好就遇上张五被铁蒺藜和狐震碑围攻，我发了一轮暗器，把英绿荷、龙涉虚也逼了出来，他们不敢恋战，落荒而逃，我见张五也沾了点毒，便没追赶——"

刘独峰满目都是谢意："你还替他剜去鼻尖的伤处，把他救了回庙。"

无情道："我知道你和戚寨主就要回来，便不在庙里待着，把写好的条子，放在张五的身上。"

刘独峰动容道："条子？什么条子？"

无情变色道："你没看到么？"

刘独峰诧道："是写些什么的。"

无情仰天长叹，抚摸金剑的头发，忍悲声道："既是天意，也是我大意，合当有此劫。"

刘独峰急道："你写了条子？小五子没交给我哇！是写什么……"

无情微扬手，刘独峰就住了声。

银剑在一旁忍不住道："我家公子怕面陈过于唐突，所以写了一张信柬，恳求刘爷您高抬贵手，放戚寨主一马，他感同身受，无论你允可与否，都相烦来铁鳞松断崖口处一晤，因怕你不置信，还留下了公子的印鉴，恳祈刘爷移步商酌……岂知——"

刘独峰这才省悟，跌足长叹道："这……我……"

无情道："我明白了。都怪我一时不慎，没想到连九幽老怪都出动了，他先一步取去了信柬和印鉴，千方百计，把你引去松崖口，让你错以为我们是敌！"

刘独峰一时只觉种种大恨，都已铸成，体内气息，并抑制不住乱流乱窜，无情一见，即道："刘大人，气纳丹田，导息畅流，大敌在前，保重为要。"

刘独峰猛自一省，忙抱息归元，好一会才勉强平复，惨笑道："我知道了，你是为了不想挟恩胁报，又为求光明磊落，故先赐柬于我，道明此事，邀约见议。九幽老妖早到一步，取去信柬，阅过内容，特意以棺材、步轿出现，再出示你之印鉴，使我急怒中种此大错……我一见松上有轿，即急下毒手，那一剑，破轿而入，杀了小哥儿，伤了你……"说到这里，愧莫能言。

银剑恚怒地道："公子一见是你的马车，便疏于防范，你飞剑而至，我们都大为错愕……如果我们有备，你怎伤得了公子，杀得了金哥哥！"

刘独峰赧然道："那是我的鲁莽。九幽老妖几度装在棺材、轿里，还宁愿身上挂彩，把我们引来，我以为他在上面伏击，便一声不响、先发制人，却……却害了这位小哥的性命……我一定会给你们公子一个交代。"

银剑冷哼道："人都死了，你能有什么交代！"

无情沉声道："银儿。"

银剑立即不说话了，但显得很悲愤的样子。

静了半晌，无情才道："当时月遮林密，我一见有人出剑，杀道凌厉，不留余地，也疑不是你……所以便全力出手。"

刘独峰知道无情这样说，也是在为他开脱，只道："我……还是伤了你……"

无情傲然笑道："你可也没捡着便宜！"

戚少商忽攒入了脸面，问道："九幽老怪是在你们受伤后施暗算的？"他一直都在留心聆听，车里两人的对话也是有意要让他也听明白，他这时的问话，也有意岔开两造之间的仇怨，问了这句话之后，他又调身过去继续打马策辔。

刘独峰说："我跟无情交手三招，两人都以为是劲敌，尽了全力，彼此都受了伤……但从对方招式里发现不对劲，心中疑惑，正要住手喊话，九幽老怪就猝然施加辣手……"

"其中大部分攻势，都是刘大人一力接下的，要不然，我现在也没命坐在这里了。"无情接道，"我们齐心合力，全力反击，但受伤已重，抵不住他的攻势，唯刘大人全力抵挡住他的攻击，我才能趁隙赏他三口'顺逆神针'。"

刘独峰道："他着的是'顺逆神针'？"

无情道："要不是无声无息，无光无形的'顺逆神针'，又怎能在号称'遇强愈强，得必全失'的'空劫神功'下借掌风却逆掌力而入，射中了他的掌沿、指尖和袖襟呢？"

刘独峰点首道：'难怪那几道几乎看不见的细毫，只沾着他袖口，也能钻入衫内，飞若游丝，直戳九幽老妖的手腕。闻说'顺逆神针'顺血攻心，若以内力抵抗，则逆真气运走，钻脑而殁。"

无情道："是。"

刘独峰道："听说天下间无药可救治这'顺逆神针'，只要中了一口，便只有攻心或刺脑，不死也得残废！"

无情道："是。"

刘独峰道："那么……"

无情叹了一口气，道："可惜他是九幽老怪。"

"'顺逆神针'的确无可救药，但却可以凭极深厚的内力将它逼出来，有这般高强内力的人，举世滔滔，只怕无几，九幽老怪却刚好是其中一个。"他语音一顿，又道，"而我的暗器，偏偏从来都不淬毒。"

第七十三回

空劫神功

这时，雷卷骑马在前，唐晚词策马在后，一前一后，夹着由戚少商揽辔的这辆马车而驰。

刘独峰出神了一会儿，叹了一声。

无情道："刘大人——"

刘独峰用手掌在无情手背上拍了拍，道："到这个地步，已同生共死了，还什么大人不大人的，你要是不见弃，就称我一声'大哥'吧。"

无情并不同意："家师是诸葛先生，但他因收过一名大逆不道的徒弟，曾当天立誓，永不收徒，他视我们如同己出，跟你原是同朝命官、分属同僚，先生也尊称你为'兄'，我岂能僭越辈分？"

刘独峰摇首道："俗礼、俗礼，可废、可废！"

无情一笑道："我就称一声刘捕神吧。"

刘独峰道："那也随你。"便等无情说下去。

无情道："九幽老怪一上来时便似已受了点儿伤？"

刘独峰苦笑道："我原先在庙里腰部已着他一击，但我也赏了他一剑。第二次在庙外接战，又趁火势劈了他一记，在崖前，他扮作是你，诱我上当，张五着了他们的毒手，但他也被我的射阳箭炸伤，本来在这场战斗里，他一直占不了上风……"

说着嗟叹道："都怪我糊涂，三十多年的跟恶匪强敌周旋，竟还是上了老妖的圈套！第三遭在山神庙内，他遣人杀了廖六，却算不到我仍伺伏庙里，在他正要对戚寨主下毒手时，我伤了他，但他手下人多，我也着了他一下，算是打和。接下来，他因为有了你的平乱块和手迹，便处心积虑，躲在棺材里，在庙外向我挑战，但也没讨着便宜，只把我引到松林崖前，又弄了一顶与你的行辕相似的轿子，突施攻袭，然后就逃，让我乘胜追击，因而误伤了你，才遭他暗算。"他摇头冷笑道，"老妖可真能忍，我也服他！"

无情道："要不是我太避嫌，老早跟你拜面直禀，就不会发生这种事情。"

刘独峰道："若不是我执意要抓戚少商，也不会有这种事咧！"他自嘲地一笑又道，"看来，现在是他护着咱们了。"

无情双眉一剔，道："你的伤？"

刘独峰长叹一声："完了。"

无情道："我那三刀……实在……"

刘独峰道："你那三刀，是伤了我，但我也划了你一剑，而且，是伤了你的右臂筋脉，要不然，你也不至于被九幽老怪的'空劫神掌'震脱了左腕手臼！"

无情道："我本身并无内功，而所练的内劲又只为发射暗器用，跟一般内功大相径庭，九幽老怪的'空劫神功'遇强愈强，遇抗更厉，所以他是非遇上劲敌，不轻易施展'空劫神功'，那一掌，只能使我左臂全使不上力，却不能伤我。"

刘独峰喜道："要多久才能恢复？"

无情眉宇之间不禁愁云满布："恐怕也要明晨，才能转动，一天一夜，才能使劲，完全恢复，怕要两天两夜。"

刘独峰晃一晃头，道："劫数！劫数！右手又如何？"

无情忽问："刚才在松树上交手，我发第三刀时，你大可以'风雷剑法'断我一臂，但突改用短刃一捺，按理我这条胳臂也断保不住才是！"

刘独峰微微一笑："九幽老怪武功再高，也断断放不出这样光明磊落的暗器，所以我已惊觉出来，可能是你。"

无情道："幸好你手下留情，不然我这条膀子——"忽想起戚少商断臂，便没说下去。

刘独峰歉意地笑道："我施的是'秋鱼刀'，被它触及任何部分，都会麻痹无力，少说也要三天三夜，才能复元。"

无情讶然道："'秋鱼刀'是捕神六宝之一，我是听说过了，但怎会——"

刘独峰道："'秋鱼刀'其实不是刀，而是鱼。"

无情更感诧异："鱼？"

刘独峰道："那是天竺圣峰上天池里的一种通体透白的鱼，潜泳的人碰上了它，便全身发麻，这种鱼原名'秋骥清明'，是神的意思，简称'秋鱼'，是在秋天里出现，产量极稀，据闻已经绝种。这鱼上的骨骼，是透明的，在水里可以看到鱼的脊骼。这种鱼极不好抓，当地又当是神物，而它寿命又短，仅三个月就不活了，一旦死后，其使人麻痹之力量全消，成为其他鱼类所争的食物。独是我手上这一尾'秋鱼'，据悉已活了三百个秋天，最后在湖里吞噬了一柄神刀，因而致死。它的背脊竟与神刀混化为一体，成为这一柄'秋鱼刀'，我也是机缘巧合，才能获得的。世间所谓利刃，无非是杀人如何快利，如何吹毛断发、削铁如泥，我手上这柄，却是能制人不会杀人，我认为这才是宝刀！"

无情道："看来你的六件宝物，都各有来历。"

"我还有六把宝剑呢！"刘独峰正得意处，忽看见全失了神的张五便痛心地道，"但本来拿这六件宝物的人，现在，不是死了，就是伤成这样子！"

无情赶忙道："也就因为是'秋鱼刀'，所以我这条臂膀还能保住。"

刘独峰道："但现正重大关头，你的双手仍不能发力，而我……"说到这里，心下已有了决定，急笑一声道，"没想到这条命要赔给九幽老怪！"

无情知他伤重，但仍估计不出伤得究竟有多重，只关切地道："'空劫神功'愈是遇上高深的内力，反挫力愈大，我看见你背上被印了一掌。"

刘独峰截断道："我伤得自是不轻。不过，凭我苦熬三十五年的'雷厉风行大法'，遇上愈重的伤，也愈能压抑得住。"他哈哈一笑，又道，"刚才我说完了，实在灰心丧志之至，待九幽老怪逼出老弟的'顺逆神针'，我们的伤，说不定已好了七八成！"

无情眼光闪动，道："但愿如此。"

其实刘独峰是强颜作笑。九幽老怪处心积虑、千方百计，不惜三度以身作饵，为的只是废了无情一条臂膀，在自己的背上印上一掌，那一掌，自然非同小可！

那一掌用的是"空劫神功"，但与袖风力拼时，指掌间也进伏了"落凤掌"和"卧龙爪"的内劲。这两种内功，一是夺取女子元阴而练得的，一是吸取童子元阳而修成的，练法都不堪已极，令人发指，但这两种功力，是专破内家护体罡气，任是绝世高手，一旦沾上，如果有幸及时护住经脉，不立时丧命，也非要三个月以上运功苦修，静坐行功，才可以将阴劲阳煞清除。

可是，此时此境，教刘独峰有什么时机可以行功运气？

刘独峰怕给无情瞧破，便反问道："你看以九幽老怪的功力，如果要逼出三口'顺逆神针'，要多少时间？"

无情道："快则一天，慢则三天。"

刘独峰摇摇头喟然道："这样说来，我、你、九幽老怪，三人暂时都失去了战斗能力。"

无情双眉微扬，道："可惜我轿子都摔坏了，连机关都生不了效用。"

刘独峰长吁一口气："九幽老怪还有五名弟子。"

无情道："铁蒺藜着了雷老大一指，纵保得了命也保不了元气，剩下只有泡泡、狐震碑、龙涉虚和英绿荷。"

刘独峰道："泡泡难缠，身份莫辨。"

无情道："不过她的独门兵器已给戚寨主破了，人也受了伤，倒是狐震碑，他也练得'落凤掌''卧龙爪'之类的阴毒功夫，不可不防。"

刘独峰道："英绿荷身上系的'妊女摄阳镜'，能吸收任何光亮成锐劲，不过，已给雷堡主戳破了一面。"

他们二人说话时都故意放响了一些，目的是让戚少商也能听到。

听到就会注意。

注意才能防范。

现在这一场战斗，倒不在九幽神君、无情、刘独峰的身上，而是靠戚少商、雷卷、唐晚词和九幽神君四名弟子的胜负而定——至少在这一两天内的局势看来如此。

无情伤怀于金剑童子之死，但见张五神志呆滞，忍不住道："他中了毒？"

刘独峰看了张五，忧伤地摇摇头，道："中毒还可药救，他现在只怕是神志受制，解铃还需系铃人，除非把九幽老怪或泡泡擒住，否则……"

无情正待说话，突听戚少商大喝一声，马车戛然而止。

马车陡止，张五和金剑的尸首，几被弹出车外，刘独峰双手一抬，抓住两人。

无情伸头出车帘，问："什么事？"

戚少商神色凝重，扬了扬下颔，道："卷哥进去了。"

无情一看，只见道上插了数百根大大小小被削过的竹子，大小不一，一望无尽，每间隔数十根，就有一盏如萤灯火，黏在竹尖上，发出幽幽的光芒，远黯处还不知有多少根这样的竹子，但当中倒有一条路，可供马匹驰入。

无情失声道："雷堡主走入阵中去了？"

戚少商双眼往断竹林中不住睃巡，道："卷哥一看，就抛了一句话：'可能有诈，我去看看！'便策马驰了进去。"

唐晚词这时已打马拢了上来，皱眉道："这是啥劳什子玩意？"

刘独峰喃喃地道："是阵势。"

无情也脸色冷沉地道："这阵非九幽老妖摆不出来！"

刘独峰变色道："难道九幽已逼出了'顺逆神针'？"

无情略一思虑，即断然道："这阵确是九幽布的。唯其是他布下的，便足以证实他已无出力之手，但此人思虑周密，行动快捷，能够先发制人，预先设伏，或是指使徒弟布此'竹篱九限阵'，切断我们的去路！"

唐晚词秀眉一蹙，英气大现，扬鞭叱道："这是什么阵！？我也要闯一闯！"

刘独峰和无情一齐道："使不得！"

就在这时，一阵怪异的声音传了过来。

戚少商听到的是息大娘的一声哀呼。

无情听到的是铁手的一声怒吼。

银剑听到的是金剑的一声惨叫。

刘独峰听到的是廖六的一声厉嗥。

唐晚词听到的是雷卷的一声求救。

这一声传入人人的耳中，但感受人人不一。

张五这时脸肌一搐，但没有人注意到。

人人都因那一种幻异的叫声而震。

银剑功力较弱，但他知道金剑已经死了，不可能发出这种呼声。

呼声每人听来不一，但都传自于那断竹丛中。

只见那一条逶迤的竹灯路，在黑暗里有说不出的诡异。

唐晚词叱了一声，扬刀一挥，打马就往竹路里闯："喝！我看这是什么鬼阵！"

无情急叫道："拦住她！"

说时迟，那时快，戚少商在唐晚词策骑飞掠过他的马车之际，已一手勒住了她马上的缰绳！

马长嘶，作人立。

唐晚词怒道："干什么！？"

无情道："里面凶险，不能进去！"

唐晚词情急，一刀反砍戚少商手腕。

戚少商只有缩手。

他只有一只手。

他不防此着，唯有缩手，唐晚词便纵骑入了断竹丛中，她的后发还高高地扬晃了起来，露出玉雪一般的后颈。

刘独峰顿足道："她进去又有何用！"

戚少商道："二娘进去，说不定能助卷哥一臂之力。"

无情立刻摇首："没有用，这阵势，多少人进去，都如孤身一般，除非把这阵毁了，否则就算是一人能出阵，其他人也难保安全。"

戚少商呛地拔出青龙剑，剑作龙吟："我们一路把竹削去，看这阵怎还发挥效能！"

无情即阻止道："斩不得！这竹上涂有毒药，竹下有炸药，一旦引发，就算阵外人安然，阵内人也要遭殃！"

戚少商急道："这……"

无情望向刘独峰："依你之见？"

刘独峰沉默半晌，开口即道："九幽老怪目的是要困杀我们一二人，他想必还有更厉害的后着，来对付未入阵的人！"

无情道："所以事不宜迟，得立刻破阵！"

刘独峰目中神光暴长，但旋即黯淡，他全副精神都在思虑当中："鬼神不测之机，天地造化之妙。一限九变，九限八十一变，这应该是八重门户，休、生、伤、杜、景、死、惊、开的变化和生克，怎会有第九道门！？"

无情经这一提点，豁然而通道："对，这不是生克奇门，而是迎神役鬼拘魂摄物的左道邪门，最后一门，才是万端法门，随魔生障！"

刘独峰目光又是一亮，喜道："对！"

无情即向银剑吩咐，说道："按四时，化五行，合三才，布九宫，你可都还记得？"

银剑晶莹的目光一闪，道："记得。"

无情道："按照六丁遁甲，参用奇门八卦，逢三一拔，见六一劈，遇九灭灯，或可破之。"

银剑拔剑长身道："是。"

无情道："记住，此阵巧侔造化，易生幻象，破阵时必须无私无视无思无事，不能生畏怖之心，记住，手不可触火，足不能沾竹！"

银剑又道："是。"

无情挥手道："速去速回！"

银剑闪身即入阵中。

戚少商吃了一惊，担心地道："此阵凶险，不如我去！"

无情道："破此阵要兼修颠倒遁甲和太极玄门法，银儿去较适妥。"

戚少商仍然不放心："我……"

刘独峰道："这儿必有更不易渡过的奇艰，还仗你——"

话未说完，戚少商突然大喝一声，一剑下刺，插入土中。

土里刚伸出的十只又粗又短的手指倏又收回土里去了。

戚少商再拔剑时，剑上沾血。

只见一人闷哼一声，破土而出，捂胸跄踉了几步，一双眼珠子怨毒地盯着戚少商，正是狐震碑。

戚少商却霍然回身。

一个脸圆圆，人甜甜的女孩子。

青春得连她的丰腴都充满了弹性和软嫩。

戚少商一见到她，像一个经验老到的猎人突然遇上了一头老虎一般。

那少女唉了一声，蹙眉哀怨地说："你弄坏了我的泡泡，还弄伤了我。"

第七十四回

月色如刀

这小女娃子粉砌酥搓，脸上粉嫩中又隐透绯红，像蒸发得恰到好处的寿桃包子，她样子不是艳丽到绝顶，但却十分甜美，看来一点也不妖冶，反而有点像邻家小女孩的朴素与平凡。

这样的一个女孩子，才一出现，场中刘独峰、无情、戚少商三大高手，无不回头。

那小女孩的话一出口，人人都知道她便是"泡泡"。

这样一个女孩子，便是三次在众高手中护走她师父九幽神君的人，而且，也是九幽神君三次弃战时都把她携走的"泡泡"。

刘独峰心忖：自己跟九幽老怪交手四次，竟连他的脸孔也瞧不着，这"泡泡"也神秘莫测，没想到，竟是一个娇柔的小女孩。

戚少商更是如临大敌。

雷卷、唐晚词身陷敌人布设的奇阵之中。

银剑童子正蹿去鹤伏鹭行地破阵。

车中有三个无力还手之人，要仗他这个独臂人来照护。

他不能有失。

车里的几个人，都可以说是为他才落到这个地步的。

他虽然曾破了泡泡的奇门兵器，但这回泡泡居然敢现身，定必胜算稳操才会甘冒奇险。

泡泡向戚少商噘着嘴儿道："我不要，你要赔我泡泡。"

戚少商冷笑道："你过来呀，我给。"心里暗道：你要是敢过来，我就赏你一剑。想到这里，心中一寒：怎么自己对一个看来无缚鸡之力的小女孩，也这般残狠，莫不是这段日子在逃亡杀戮中度过，真的把自己的天性都磨得这般狰狞了！

泡泡欢颜地道："好，你可不许赖啊。"走了过来，伸出了手。

刘独峰猛想起张五被制住的情形，叱道："不要碰她的手！"

戚少商本想一剑剁下她的手，但面对这样一个娇柔的女子，也觉得无从下手，刘独峰这一叱喝，他便不由自主地反退了一步。

泡泡软腰一伸，伸手迎空虚点。

戚少商见状大吃一惊。

泡泡这凌空虚划，仿似全无劲道，但究竟是不是运施极高深的内力，隔空打穴，远距伤人？戚少商全无把握，当下心念电转，想起武林中绝少有的几种越空制人的指法："金刚指""诃摩指""拈花指""多罗叶指""六脉神剑""弹指神通""一阳指"等，但却无一样，跟眼前少女一般，脸上笑嘻嘻、浑身不着劲的、五指软绵绵的架势相似！

戚少商正要设法闪躲，又发现对方出指全无劲道，便要观而后动。

刘独峰和无情也一时摸不着头绪。

倏地，张五长身而起，十指箕张，双手已抓住戚少商背后的灵台穴与志堂穴。

戚少商手紧握剑，但全身不能动弹。

泡泡尖啸一声。

张五飞身而出，抱住戚少商，大步往松林密处疾奔！

这一下，变起骤然，就连在车中的刘独峰和无情也措手不及，戚少商便受制于人。

刘独峰大喝一声："张五！"

张五浑然不觉。

刘独峰再怒吼一声："张五！"

张五已奔入树林里，他本来腿部受伤，但而今仿佛也不觉得痛。

刘独峰脸色紫涨，突然盘膝打坐。

无情变色道："不可！"

泡泡甜甜地笑了一笑。

她走近马车。

狐震碑也逼近马车。

两人正好一左一右，向马车行来。

无情长吸一口气，再徐徐吐气，然后又深吸一口气，又缓缓吐气，接着，又长吸一口气——

然后撩起长衫，移位出帘，往马车篷前端然一坐，眼睛平视二人。

泡泡眼睛鼓溜溜一转，向无情招呼道："大捕头，你可好？"

无情微微一笑，望着她。

泡泡缓缓自腰畔，抽出一根竹管子，又慢慢地把竹管子举了起来，然后小心翼翼地对准无情，才道："听说，你一双腿子，已经废了，是不是？"

无情没有说话，只看着她。

泡泡说："也侧闻你的一双手，现在也不大灵便，对吗？"

无情脸无表情，望着泡泡，泡泡突然觉得有些心寒，不禁升起速战速决的念头。

泡泡仍甜笑道："而且，你那一顶宝贝轿子，好像也毁了，也就是说，你没有脚，动不了手，机关也废了，所以，变成百无一用了，对不对？"

无情冷冷地，没有言语。

泡泡用眼梢往车里探了一下："还有里面那位捕神老爷，挨了家师一记'空劫神功'，又着了'落凤掌'和'卧龙爪'，大概已跟废人差不多了吧？"

无情这才变了脸色。

他现在才知道刘独峰不止着了"空劫神功"，还硬受了"落凤掌"及"卧龙爪"这两种阴毒绝伦的邪门掌功。

泡泡用一对美目，向狐震碑瞟了瞟，道："大师兄，看来，我们这大捕头，和里面那位老捕神，都是外强中干的货色，你还不过去向他们请教请教、亲近亲近？"

狐震碑似乎对这位"小师妹"甚是畏惧，捂胸干咳一声，应道："是。"

蓦地，马车内风雷之声大作。

无情一回首，只见刘独峰五络长髯，无风自荡，一双电目，神光暴射，胸臆间一连发出四道闷雷般的响声。

然后"轰"地一响，车篷震飞！

刘独峰只说了一声："我去追回戚少商！"人已似怒鹏冲霄般直掠出车外。

刘独峰重伤之下，居然有这般声势，泡泡本要出手，但心念一转，向狐震碑叱道："截下！"

狐震碑铁雕凌空，左落凤、右卧龙，截击刘独峰。

狐震碑并非无惧，而是认定刘独峰只是虚张声势、不堪一击，便要用落凤掌与卧龙爪置之死命！

只听长空一声霹雳！

青光如电，一闪而没！

一条人影飞起。

一条人影掠入林中。

飞起的人影啪地撞在山壁上！

这人被撞得五官血如泉涌，但贯胸一把青碧色的剑，把他钉在石壁上，没及剑锷！

这人正是狐震碑！

刘独峰如巨鸟投林，遇挫不顿，已掠入林中。

只闻林里一阵如狂飙骤雨之声，愈渐远去。

泡泡为之玉容失色。

如果那一剑是向她掷来，她一样闪躲不了，如果不是一念之间，改变主意，而向刘独峰发出攻击，只怕此刻被钉入崖壁上的人，不是狐震碑而是她！

刘独峰因为强持一口气，且痛恨使"落凤掌"与"卧龙爪"的人，又急于追敌，将自己手中的一口"碧苔剑"凌空飞投，把狐震碑钉入了崖壁上！

狐震碑一死，泡泡倒抽了一口凉气。

她耸耸肩，伸伸舌头，笑了笑道："哗！幸好送死的还不是我。"

然后又向无情道："那脾气不好的走了，剩下你好脾气的一个儿了，也怪寂寞的。"

无情冷冷地看着她，眼光里有一种彻骨的寒。

泡泡的眼眸子往上面溜了溜，又往林子里瞟了瞟，竹管子遥对着无情："车内的老捕神，还剩一口气，已经飞走了，只剩下一个飞不走的小捕头，是个废人，想走，也走不了，对不对？"

无情目光暴长，"对！"啸的一声，一物自口而发，闪电般击中泡泡额前！

泡泡手腕一擎，竹管一震，已射出一道黄蒙蒙的光线。

那两匹健马突然踏地，哀鸣半声，整个身体都在融化中。

泡泡撒手仰天而倒。

一人从天而降。

铁塔般的巨人。

同时间，林子里疾掠出一条人影。

正是龙涉虚与英绿荷，他们是配合行动！

无情一低首，一阵弓弩之声，三枝急箭，一齐钉入龙涉虚小腹上！

龙涉虚怪叫一声，半空一个翻身，落在丈外！

三矢命中，但他"金钟罩"护体，居然镞尖见血但未入肉。

英绿荷马上停步。

她还没有出手。

但她已发现武功最神祕莫测的小师妹，已经倒在地上，没有声息，七师哥中了三箭，要不是他铜皮铁骨，肯定也报了销。

无情却还是安然一端坐在车辕上，虽然车子因马匹踏地而渐渐下塌倾斜。

她自度可没有龙涉虚的铁功护体，也不比泡泡刁钻犀利。

她不知道那个看来文弱无力的残废书生，还会有什么厉害法宝。

她可不想轻试。

她不想死。

无情冷冷地望着她。

那种冷的感觉仿佛冷入她的骨子里去了。

那眼神仿佛也是无形的暗器。

"你想怎样?"无情问。

英绿荷看看地上的泡泡，额上渗出了鲜血，生死不知。龙涉虚呆在那里，也不知如何是好。他正在庆幸自己是以"金钟罩"护住全身，然后再扑击而下，准备以巨力砸死对方，要是平常贪图快攻，护体内劲不够周密，这三箭岂不是要了他的命?

就算要不了他的命，只要射低两寸，也要自己绝子绝孙!

他想到这里，天大的勇气都成了半空折翅，沉到十八层地底里去了。

英绿荷看到了他的样子，想到他所思跟自己大致一般，当下咬牙跺了跺足，话还未说出口，已听到一个小童的欢笑声："你们出来了!"

英绿荷更不敢怠慢，疾喝一句："走!"急掠而去!

龙涉虚一向以英绿荷马首是瞻，只怔了一怔，也跨步追去，两人都相继消失在林子里。

无情这才舒了一口气。

长长地吁了一口气。

因为，只有他自己知道，刚才，英绿荷与龙涉虚用一根手指都能杀得了他。

他所有的暗器，都因为双手不能运力而发不出去，而几道不必动手就可以发射的暗器，也都已发光了。

那顶藏有无数机关和暗器的轿子，又已经毁了。

无情只有强作镇静。

如果他一旦撑不住局面，龙涉虚和英绿荷来一记反兜截杀，银剑童子断非所敌，这竹箦阵不破，雷卷和唐晚词也就危险了。

他以背弩射击龙涉虚，但此人毕竟有过人之能，中而不倒，他心里就凉了半截。

他口中含的一块飞棱，因要先把泡泡这个极难缠的敌手击倒，只好先行喷射，如果龙涉虚与英绿荷再行逼近，他可无法应付。

但他们终究不敢。

而且两人一听银剑说"你们来了"，吓得立刻就走！

银剑这时冒了出来，样子十分可爱。

他探着头问："公子爷，那两个恶人走啦？"

无情微笑地点了点头，说："雷堡主和唐二娘呢？"

银剑嘻地一笑："我已照公子的吩咐做了，但到现在仍不见有人出来。"

无情啐了一口道："好小子，把我也欺瞒过去了！"

银剑伸伸舌头。

只听"轰"的一声大响，像引爆了什么威力极大的地雷似的，一人倒飞上老半天，才一个倒栽葱似的落了下来。

来人脸色青、人瘦，身子裹在毛裘里，须发被烧髭几处，毛裘被灼焦了数处。

正是雷卷。

雷卷一落地来，就问："二娘呢？"

忽听哗啦啦一阵响，一条艳红色的人影像游鱼一般，自竹林间疾闪了出来。

她紧身的红衣已湿透，越发突现出她诱人的身材，一头的黑发也湿透，束披在红彩上，有一种惊心的艳。

正是唐晚词。

雷卷喜形于色，走前一步。

唐晚词回身捋发，嫣然一笑道："你也出来了。"

雷卷道："我一进去，只见暮合雾深，风云翕起，雷电交加，骤生大火，我在火中左冲右突，到处是火妖四起，火球四进，火中喊杀震天，但却又偏不见去路，觅不着敌人，正危急间，忽有山分火裂，现出一处洞天，我一闯进，即似遭雷轰，震了出来，才知道竹子仍是竹子，不曾着火。"

唐晚词道："我跟你全然不一样。我一头钻了进去，就见风云变色，海飞波立，浪高如山，波涛汹涌，我被吞噬在水里，便是怎么挣扎回避，仍被奔流急湍所控制，以为这次难有生机了，不料双足突然着了陆，但马儿却大概淹在里面了。"

雷卷喃喃地道："原来只是虚幻一场，好厉害的阵势！"

无情道："马仍陷在里面，无碍，一会儿就会出来。"

唐晚词问："这儿的情形究竟怎样了？"

无情急道："雷堡主才进阵中，唐二娘也跟了进去，刘捕神和我商议了破阵之法，我便嘱银儿进入阵中攻破，不料泡泡和狐震碑突然出来，戚寨主正要力抗，不料，张五原来是着了'押不芦'和蛊术合并的暗器，神志已为泡泡所制，猝然出手，制住戚寨主背后要穴，往林子里就跑，大概是九幽老鬼在松林里发声纵控吧。当时景况紧急，刘捕神竟运起'雷厉风行大法'硬生生把内创压住，一拔剑就杀了狐震碑，然后全力追逐张五。"他顿了顿，又道，"我跟泡泡对峙，终用暗器把她击倒，但她应无性命之碍，我要留她活命，找出救张五哥之法，不料来了英绿荷与龙涉虚，要乘隙讨便宜，但银儿正好出来了，他们知道你们也将脱阵，毕竟没有勇气再战，也逃之夭夭了。"

雷卷望了唐晚词一眼，只说："看来，我们是闯祸了，既未顾全大局，还全仗公子相救。"

无情道："快别这样说。现在更严重的情形是：刘捕神不止着了'空劫神功'，还身受'落凤掌'与'卧龙爪'之伤，他若强用深湛内力逼住，再贸然与人动手，只怕——"

雷卷疾道："我去接应。"

唐晚词身形也一展，雷卷道："你留在这里！"燕子掠波，已没入密林间。

唐晚词反首问无情，在月下好一股英凛的艳色："只怕怎样？"

无情叹了一声："轻则残废，重则走火入魔——"话题一转，向银剑嘱道，"你去把那女子扶起，制住她气海、建里、章门三处穴道，把她手上的竹管子拿来，要小心一些，竹管子里，是九幽门下最歹毒的'大化酏醪'，沾也沾不得的。"

银剑应声去办。

唐晚词上前一步，摺了摺湿发，她的手上扬的时候，胸前的红衫皱了一些微纹，更显出她胸脯丰满而腰肢如柳，她自己却似未觉察，只问："卷哥怎样才找得到他们。"

无情没有去看她。

他只看着月色。

月色如刀，为死亡的千岁明辨细毫。

"你有没有听到雷声？"

唐晚词侧耳细聆了一阵，道："有，很是隐约。"听到一声像隔着棺材发出的闷响，一声，两声，三声。

无情道："既然我听到，你听到，雷堡主也定必听得到。"

他的脸色因月色而煞白。"刘捕神也该听得到。"

温瑞安

——著

逆水寒 下

四大名捕

天津出版传媒集团

天津人民出版社

第七十五回

黑穴黄土

荒坟。

冷月。

一件黑袍，罩在一块残碑上。

这坟冢已废修多年。多年前，这儿有过村落，也有过战争。但战争终于吞噬了村落。加上一场洪水，把剩下的村民全都逐走，这儿已成了无主孤魂的荒冢，野狼掘尸嗥月的所在地。

没有人再来这个地方。

周围都是泥泞、瘴气、尸骸枯骨，不是被浸得霉烂，便是被野兽噬得七零八落。

到处流窜着鬼火一般的绿芒。

低洼处积存着污秽的死水。

不知是什么事物在发出悚人的低鸣，是人？是兽？还是鬼？

这是人间地狱。

九幽神君选在这里。

因为他知道，刘独峰不会来这里，同时，也不敢来到这里。

他中了三枚"顺逆神针"，在未把针逼出来前，他也不想力拼刘独峰或无情。

九幽老怪在轻轻地敲打着一面黑色的小鼓。

一声、一声、一声……

单调的回响。

像死人的心跳。

然后，远处的狼嗥忽止。

接着，近处的虫鸣又静了下来。

远处狼嚎再起，这荒冢间已多了两个人。

一个直挺挺的人，抱住一个不能动弹的人，缓缓放下，然后，呆呆地站在那罩着黑袍的墓碑前。

直挺挺的人是张五。

那不能动弹的人当然就是戚少商。

戚少商穴道被制，神志却仍清醒。

张五虽可活动，但已丧神失志。

戚少商知道自己已难幸免。

他知道自己已落在九幽老怪手里，这不比落在无情或刘独峰手中，甚至连手段残毒的顾惜朝、黄金鳞都不能比。

落在九幽老怪的手上连死都不如。

戚少商也想自绝，但他连自绝的力量都没有。

而且，他已从这一连串的失意和失败中学得：忍到最后一刻、活到最后一刻！

能活下去，再厚颜、丢脸，再痛苦、绝望，也是要活，活下去，才会有变化，才能有转机！

为了要活下去，戚少商已经吃了不少苦头、熬了不少屈辱，而且，还不知有多少更苦楚的更屈愤的事情在等着他。

他现在已全不能动弹。

可是面对的是一个绝世魔王。

——无情、刘独峰，加上自己……跟他数次遇战，居然连这老妖的样子也未曾瞥见！

戚少商倒要看看：九幽老怪是啥模样？

没有模样。

碑上是黑袍。

碑下是深穴。

穴里黑漆不见物。

穴旁是一具残缺不全、血肉模糊的死尸。

这乱葬岗上，至少有二三十具缺头缺肢、腐烂腐臭的尸体。

穴前有一面鼓。

三角形的鼓，黑而亮，不知是什么皮革制成的。

鼓一声一声地响，像死亡的节拍，冗慢而沉重。

却不见敲鼓的人。

——难道是一只无形的手？

——九幽老怪是没有影子的鬼魂？

戚少商猜测鼓是被隔空的内力敲响的。

却不见发内力的人。

突然听到一个阴恻恻的声音："你来了。"声音响自耳边。

戚少商并不吃惊。

他在山神庙里已经领略过九幽老怪的"夺魄回音"，知道九幽神君的声音，可以无所不在，早有了防范。

只是那声音那么近，就像跟他面对面说话一般，还可以感受到对方嘴里的一股寒气。

——难道九幽老妖真的能隐身？

戚少商的眼光不禁往前面的黑穴看去。

黑穴黑。

黄土黄。

冷月冷。

那声音又道："你看不见我，我却看得见你。"

戚少商不言。

声音道："我只叫人制住你的穴道，不给你动，但却没有不让你说话。"

戚少商冷笑。

"你不必冷笑。你到现在还不死，只是因为我要问你一句话。"

戚少商还是不说话。

那声音只好说下去："我要问的是：当今天子的把柄是不是落在你的手里？"

戚少商道："原来也是为了此事。"

九幽神君道："还有什么人也为此事而来？"

戚少商冷笑道："朝廷派出这么多大官猛将，傅相爷出动这么多左道邪门的高人好手，不都是为了这桩事情吗？"

九幽神君道："那是什么事情？"

戚少商道："傅丞相不是管叫你杀、没叫你问吗？"

九幽神君道："现在你落在我的手上，要杀要问，随我高兴，说不定，我心里一欢喜，就放了你。"

戚少商嗐了一声。

九幽神君道："你不说？我倒有法子要你说出来！"

戚少商道："你刚才在破庙里用'夺魄回音'，又施'勾魂鬼火'，为的便是把我逼得失心丧魂，把这天大的秘密供出来，但不是一样徒劳无功！"

九幽神君说："你的‘一元神功'，火候不错，但我只是顾惜你，要不然，你大概也听说过‘押不芦'吧，我把‘押不芦'的药性和‘三十三天九十九极乐神冰'掺和在一起，往你掌心一钻，且看这位刘独峰身旁的爱将，现在不是成了我的忠仆么？"

戚少商心中自然惊惧，但他神色不变："你对我下了药，而只多了一名‘药人'，而我心中的祕密，却永远套不出来了。你杀了我，秘密也永远是秘密。我要是说了，不就等于逼你马上杀我么？"

九幽神君道："你说了，自有你的好处，你不说，我不下药，也不杀你，一次割你一块肉，挖了你的眼睛，割了你的舌头，砍了你的四肢，把你腌在尸堆里，古时候吕后对付当年皇帝宠妃的故事，你不是没听说过吧？"

戚少商知道这次当真比死还惨，只图激怒九幽老怪，让他一怒之下格杀了自己："傅相爷叫你杀我，你却光问不杀，莫不是要探得秘密，好威胁他？还是傅相爷要你向我逼供，以便挟天子以令天下？今回我活得出去，把这事一传扬，你、傅相爷、当今圣上，无一不有祸患，看你又怎么承担得起！"

九幽神君怪笑道："你只不过想激我杀你，让你有个痛快！我今日若叫你死得容易，便不叫九幽——"

戚少商截道："叫八幽，王八的八！"

九幽神君阴笑道："骂得好！愈骂，我就愈清楚你不怕死，但怕痛苦，怕难受，怕道破真相！"

他桀桀地笑道："我就愈要你痛苦，难过，说出真相。"

突然语音一变："你不该来的。"

戚少商警觉这句话不是对他说的。

这句话语音里有惊惧之意，甚至也不似是九幽老怪说的。

就在这时，风雷之声大作。

一道惊虹闪起，矫若神龙。

极强烈的剑光已笼罩了来人。

只见剑，不见人。

戚少商却认出了那柄剑

"红花剑"。

——刘独峰的宝剑"留情"！

剑来了！人到了！

戚少商喜出望外！

这一剑，以锐不可当之势，直刺黑穴！

朱红色的剑光直荡入穴中！

万未料到地上那具残缺腐烂的死尸，一挺而起，黑袍已铺罩在他的身上。

红色剑芒自穴中一沉既升！

九幽神君的黑袍一展，青袖已卷住红剑。

刘独峰大喝一声，黄剑拔鞘而出！

黄芒暴射！

红袖却又卷住黄剑。

两人各往后一扯，只听一种令人牙酸的声响，黄红二剑，竟似面条似的愈拉愈长，而那青红双袖，却似钢板也似的愈来愈硬。

铁剑如绵。

软袖成铁。

戚少商不知道两人胜负如何，但却知道刘独峰和九幽神君，正在比拼内力，作殊死斗。

刘独峰原先受了伤，而且左手也伤了一指，更要命的是，他着

680

了"空劫神功"，而且吃了"落凤掌"和"卧龙爪"的阴毒暗劲。

按照他受伤如许之重，静息调气尚恐不及，本是决不能再动武的。

刘独峰这一鼓作气的追赶，越过不少脏乱之地，但他全然不理，因为这是个垂死关头，他不能让自己苦心培养出的部下张五，被人控制了心志，致而害死了自己所押解的钦犯也是朋友戚少商！

他用"雷厉风行大法"强振元气，再以"一雷天下响"的内力，力拼九幽神君。

九幽神君也没有料到刘独峰竟然全不顾惜自己的元气，而追到这里来。

——这头号劲敌既然来了，除了力拼，也无他法！

九幽神君使的是"空劫神功"。

对方功力愈高，劫力愈大。

刘独峰施的是"一雷天下响"。

以万钧之力，集中摧坚挫锐的劲气，攻破对方的防守。

戚少商感觉到自己好似突然置身于雷电交轰、杀气撕裂的空气之中。

任何决斗，都会有对峙。

只看对峙的长短。

任何决战，都会有结果。

不管是两败俱亡，或是一战功成万骨枯，还是会有结果。

人岂不就是为了这些"结果"而战？

两片袖子，锵然落地。

黄剑粉碎。

红剑落入黑穴中。

九幽神君急退。

黑袍飞旋如巨蝠。

刘独峰正要追击，蓦地，旷野里有十七八具腐臭的尸首，都向刘独峰掩扑过来。

尸虫、腐肉、臭气、秽液……一齐向刘独峰攫近！

这些都是九幽神君的药人。

生前是他的宿敌，失去知觉后仍被他驱役的可怜人！

刘独峰闪躲、回避，身上已沾了不少尸虫、尸臭，有的还扑抓到他的身上，而且在一跄跟间掉进了一个坟穴里。

里面伸出一双腐烂见骨的手，抓住他的双肩。

刘独峰长啸。

他拔出"秋鱼刀"。

刀过处，"药人"纷纷软倒。

"秋鱼刀"只制人，不杀人。

在这急乱之中，刘独峰背后砰地中了一掌

这一掌，足把刘独峰身上仅聚的内力打散。

刘独峰飞跌出去的同时，剩下七八具腐尸药人仍向他追去。

刘独峰在半空中张弓搭箭！

金芒迸现，穿过两名药人胸背，射中黑袍！

黑袍立即着火。

九幽神君痛嚎，纵上蹿下，火星子仍爆焚在黑袍上。

刘独峰发出的是"后羿射阳箭"。

那是最后一支箭。

第七十六回

九幽神君一捕神

刘独峰背部着地，正跌得星移斗转，药人已包拢上来，半顷也不容他喘息。

刘独峰一箭射出，身上已着了几下拳脚，连金弓也被夺去，他一面招架，一面图冲出重围，但觉一阵天旋地转，气促神虚，又着了两三记攻击，有两名腐臭溃烂的"药人"，还猱身跟刘独峰扭打在一起，几乎跟他面贴面缠战。

刘独峰这时已不顾肮脏污秽，他发力把几个人摔开，一口气已接不上来，体内更觉如万虫噬咬，万箭穿心。

九幽神君的身上仍沾着火，黑袍连着火光往地上一抄，已抄起那面三角形的鼓，用力一擂，"咚"的一声，张五徐徐开眼，盯住戚少商！

再"咚"的一声，张五已向戚少商迈步踏来。

又"咚"的一声，张五扬掌，往戚少商额顶拍落。

这声鼓响，正是无情问唐晚词有没有听到鼓响，唐晚词侧耳细聆，隐约听到的鼓声。

无情的心何尝不急？

他千里迢迢地赶来，帮不了刘独峰、救不了戚少商，却中了九幽神君的圈套，跟刘独峰斗得两败俱伤，反而授敌予机！

可是他右臂因着了"秋鱼刀"，一天之内不能转动，左臂被"空劫神功"所侵，浑不着力，急又有何用？

他估量时间，就算雷卷赶得上，只怕恶斗已有了结果？

——结果如何？

——强逼住内外重创的刘独峰，决战中了三枚"顺逆神针"的九幽老妖，谁胜谁败？谁生谁死？

张五掌击戚少商。

而九幽神君整个火团似的人扑入黑穴里。

泥土簌簌罩下，填了坑穴。

他是要用土来灭火。

刘独峰猛喝了一声："咄！"

他手上的"秋鱼刀"猝然碎了！

每根"骨刺"化成银色的碎片，在银色的月光下，分别射中六名"药人"。

"药人"一挨着"秋鱼刀"，立即变成泥塑一般，直挺挺地躺了下去。

剩下两名"药人"，刘独峰身形陡地一沉，环腿一扫，两人脚骨齐折，蹲地不起，刘独峰双掌在他们背上一按，这两名"药人"便没了声息。

刘独锋也借这双掌一按之力，扑到张五身前，一脚把戚少商踢了出去，顺手拔出了戚少商腰畔的"春秋笔"！

张五一掌击空，反手向刘独峰攻来！

刘独峰叱道："张五！"一手勾住他的掌势，不料，地上突然噗地突出一截红色的剑尖，已穿透刘独峰的左足踝。

刘独峰痛心入肺，闷哼一声，张五趁此一掌，把刘独峰胸前的一支匕首，直按没柄而入！

刘独峰闷哼变成了惨哼。

他俯身削笔，这一下是拼尽毕生之力，一笔削落，红剑剑尖切断，他才拔足，一反肘把张五撞飞出去！

"哄"的一声，一条黑袍影子破土而出。左手持矛、右手仗戟："刘独峰，你完了。"

刘独峰只觉眼前一黑，金星直冒，他突然做了一件事。

把胸上另两把短刀，疾拔了出来。

血涌如泉。

九幽神君退了一步。

刘独峰已跛着腿蹒了过去。

他把最后一分的生命力都逼了出来。

他手中的"春秋笔"，与一矛一戟战在一起，只见银光忽东忽西、忽聚忽散，紫电飞空、旋光遍体，两人一合又分，九幽神君手上的矛、戟全已断折，只剩下半尺不到的一端，握在手里。

九幽神君发出一声怒啸，拔出一管鸭嘴形尖牙钢锥，尚未出手，忽全身一震，双手紧抓头部，全身发颤，痛苦不堪。

刘独峰见他拔出"阴阳三才夺"，知道凭自己几近油尽灯枯的体力，只怕难以抵挡，但九幽老怪却痛苦得全身抽搐，黑袍簌簌而动，虽瞧不见他的脸孔，但知要这等高手突然因病而脑袋痛得如同被人刀研斧劈，那自是罕见的事！

刘独峰猛然省起，扬声戟指道："老怪，你的顺逆神针，已钻入脑里去了！"

九幽神君惨哼一声，全身抖得越发厉害。

刘独峰正要持笔上前出手，但脚下一阵跄踉，竟给人拦腰抱住。

抱住他的人是张五？

九幽神君突然尖啸了三声。

啸声使得远处林木撼摆，欲穿耳膜，一声比一声凄厉，只见他啸了之后，持"阴阳三才夺"，往刘独峰身上就搠。

刘独峰一时挣脱不得，怒喝道："张五，放手！"

张五已失心丧魂，只抱住刘独峰不放，怎会听他号令？

刘独峰慌忙以春秋笔回捺过去，虽然双臂被抱，但笔法依然错落飞旋，笔法如山，笔意似练，封住九幽神君的攻势。

"阴阳三才夺"，落到九幽神君手里，决不似握在狐震碑手上所施；而"春秋笔"执在刘独峰手里，也决不似张五手中所使；可是，刘独峰的身子，却被紧紧搂住，施展不开来。

"嗒"的一声，"阴阳三才夺"的钢刺暗扣，已挟住了"春秋笔"。

刘独峰还待力拔，但"三才夺"连声嗒嗒作响，至少有十六七道活扣暗卡，都钳住了春秋笔。

九幽神君疯狂似的尖笑起来。

他全身绕着"三才夺"，在半空旋动。

春秋笔变形、扭曲，虽不致断裂，但已弯折得不成样子。

刘独峰猛喝一声，如同半空雷震，双手陡地一扬，张五便翻跌出去。

刘独峰震开张五，趁九幽神君尖笑起落之际，一手抓住了"三才夺"，就要抢夺过来。

可是，"三才夺"尖，突然射出一道细细的白芒。

白芒正中刘独峰脸上。

刘独峰捂脸倒下。

九幽神君桀桀狂笑。

冷月如钩，大地如罩上一层冰屑。

这样一轮冷月，唐晚词却有万千的愁绪。

——戚少商被擒。

——雷卷追敌。

唐晚词在担心着两人的安危，自然其中惦念的是雷卷。

息大娘力主要救戚少商于水火之中之时，唐晚词曾大力反对过，果然，毁诺城因此而城毁人亡，唐晚词亦曾在心里埋怨过。

——可是，换作如今，遇难的是雷卷，她愿不愿意舍身破家相援？

愿意！

答案绝对毋庸置疑。

她终于明白息大娘的心意。

唐晚词现刻不能相随雷卷赴救戚少商，只因为这儿需要人守护。

可是她的一颗心，仍无法安静得下来。

也因为这样，她对一切都较不留意。

蓦闻一声惊呼，唐晚词霍然回首，刷地拔刀，刀光比月色更冷。

只见一道薄雾轻纱般轻颤的绿色微芒，飞旋而没入林中。

银剑拔出小剑，一面愤然不甘的样子。

唐晚词问："什么事？"

无情慨叹道："也罢，这女娃子命不该绝，且望她能痛改前非，好自为之。"

原来泡泡倒在地上，额上着了无情一片飞梭，晕了一阵，却未毙命，主要是因为无情双手无力，运力不畅，而见泡泡是个女孩子，也不忍心猛下杀手，所以未尽全力。

银剑正要过来擒住泡泡封其穴道的时候，泡泡却醒了过来。

她人虽醒，额角还流着血，神志却乱成一团。

无情的暗器，使她脑门受到极大的震荡，一下子变成连一点记忆也没有了。

她本能地觉得惊惶，飞身而起，一拍命门，全身化成一道"碧毯"，往林内掠去；其实碧芒只是障眼法，她的人是借着诡奇的光芒护身而遁走。

银剑未曾识过九幽门下"身幻光影"的奇技，一怔之下，只觉好玩，而唐晚词又心不在焉，终给泡泡逃跑。

这一逃，日后江湖上便多了一个失去记忆、额上有一道艳疤、手段狠辣、武功怪异、脸目甜美的小女孩子，人称"无梦女"，干出了不少惊人的大事，这是题外，在此不提。

无情本来也无杀她之心，但见她太过狠毒，不能放过，但泡泡这一逃，无情要追也有心无力，这对泡泡而言，反而等于重新以另一个面目，再活了一次。

唐晚词觉得自己一时不察，以致跑掉了一个劲敌，有点不好意思，只说："没想到这小娃儿流了一脸的血，行动还如此迅捷。"

无情不答她，却转向银剑道："银儿，你去把道上的竹子全削断拔去吧，免伤了路人。"于是便授银剑拔竹之法，唐晚词在旁听了，也讪讪然地帮银剑削竹清道。不久，连那两匹马，都牵了出来。

唐晚词看见马，又想到人。

——雷卷啊雷卷，这一路上，我跟你共历患难，你都没有丧命，决不可一个人的时候，而遇到不幸……

任何人都有幸与不幸。

刘独峰身上有严重的内伤，是他的不幸，所以他明知"阴阳三才夺"里有杀着，也躲不开去。

九幽神君被"顺逆神针"射中，同样是不幸，因为他强别住一口气跟刘独峰动手，不意三枚针中其中一枚，已逆走入脑，一枚顺刺入心，只有一枚，仍逼在尾指甲间。

九幽神君的痛楚，自不堪言。

其实，九幽神君和刘独峰对上了，是彼此的不幸。

刘独峰中了白芒，倒下之后，再也没有起来。

任何人跌倒，都得爬起来。

也有人认为，在哪里跌倒，就必须在哪里爬起来。

甚至有人说，跌倒就是为了再爬起来，而且永远不跌倒两次。

刘独峰却不能再起来。

他已失去了再起来的能力。

九幽神君见刘独峰倒下，"三才夺"嗤的一声，又射出一道黄雾似的东西，钉中了张五。

张五怪叫一声，全身慢慢融化，表情痛苦至极！

九幽神君的"三才夺"一沉，往地上的刘独峰当头砸下！

这时候，青光疾递，戚少商已挺剑攻来！

九幽神君回夺一架，两人走了几招，进退几步，戚少商攻不进九幽神君的防守，九幽神君也逼不退戚少商！

——只要逼退戚少商，他矢志要先杀了刘独峰，亲眼看见他断气才甘心。

戚少商之所以能拔剑再战，完全是因为刘独峰在他背门踢了一脚。

那一脚是踹在气海俞穴上，刘独峰借着这一脚，把内力传到戚少商的身上，他踢了这一脚之后，更加神竭力衰，加速败亡。

戚少商却贮聚那一踢之力，默运玄功，经过一阵冲激，终于冲破被制之穴道，抄起青龙剑，立即赶援，但刘独峰已倒了下去。

戚少商连忙护在刘独峰身前，一味抢攻，但他穴道被制刚才解除，运气仍有阻塞，要不是九幽神君心痛头疼，只怕早就被"阴阳三才夺"分了尸！

戚少商咬牙苦战，但只能进，或苦苦撑持，坚持不退，九幽神君神乱志昏，但他手上的"三才夺"，机关精密，自动咔地扣住了青龙剑！

戚少商发力一拉，不曾把剑扯得过来，九幽神君负痛发蛮，大力回扯，戚少商聚力相抗，"啪"的一声，剑锷突然松脱，掉下一张织帛来！

锦帛在月下一照，血渍斑斑地遍写了字，九幽神君喜道："在这里了！"他要逼戚少商道出的祕密，显然在这布帛上！

九幽神君飞快地弯身俯拾。

戚少商单手抢入"三才夺"里。

九幽神君回夺一绞，立意要把戚少商的手臂绞断。

戚少商的用意，却不是要抢"三才夺"。

他的手指极迅急地在"三才夺"柄上一个绝难看得出来的活扣上一按，"哧"的一声，一股淡而迅疾的黄雾，反射在九幽神君黑袍内的头部！

九幽神君半声惨呼，顿住。

戚少商急缩手，袖子被扯裂，他一抄手拖起刘独峰，急掠三丈，才敢回身。

只见在冷月下，那黑袍筛糠般地抖动。

白烟自黑袍里冒出，里面的事物，似愈缩愈小，愈来愈瘪，到后来，白烟愈来愈浓，连黑袍都逐渐腐蚀。

"三才夺"噗地落在地上。

刚才射在九幽神君脸上的，正是他用来射杀张五的"大化酰醯"，那是一种厉害无比的毒液，稍加沾蘸，立即要化成一摊尸水。

戚少商曾在山神庙附近，得刘独峰指点过，他记性好、悟心高，已记住"三才夺"机括的运作法，在刚才危急关头，要决心一搏，按下一个机括，果然使九幽神君作法自毙。

九幽神君终于变成了一滩尸水。

不过，还是谁都没有看过他的真面目。

戚少商怔怔出神半晌，突然间，有两条人影，向他飞扑而至！

他手上还抱着奄奄一息的刘独峰，这两人倏地出现，寒光照面，一根三尖刃齐眉棍，已向他当头打到，那女的却疾掠向地上的织帛！

同一刹那，忽听一人沉声叱道："看打！"

在这两人攻击未及戚少商前，双手的拇指，已按在两人的背上！那女子背上"乓"的一声，像有什么碎裂的声音，那男子往前一冲，哗地吐了一口鲜血！

两人不敢恋战，只没命地往前就跑。

那后面的人也不追赶，身子像没四两的棉花，轻飘飘地落下地来，但身上穿着极厚的毛裘，月亮照出他一张瘦削深沉的脸。

这人当然就是雷卷。

他赶到的时候，英绿荷与龙涉虚正向戚少商暗算，他不动声色，先发制人，又弹破了英绿荷背上的一面晶镜，而龙涉虚仗着"金钟罩"护体，居然伤而不死，但两人发现既被人"黄雀在后"，师父九幽神君又已惨死，哪敢恋战，当下不要命似的飞逃。

雷卷一到，知道织锦里必有重要秘密，当下看也不看，就把织锦塞回青龙剑剑锷内，把剑锷重新旋上，交回给戚少商。

戚少商正全神贯注在刘独峰的身上。

第七十七回

叛逆

月光下，刘独峰缓缓睁开双眼，瞳孔失神，眼白赤紫，脸色青白一片，看不见青紫煞白之处，便是给血污沾污。戚少商见了一颗心往下沉。

刘独峰昏厥了过去，醒来时发现挽着他的是戚少商，正替自己止血，并要拔除嵌入他左颧骨上的一枚紫蓝色的钢刺，立即将头一偏，道：“千万不要——”戚少商即停手。

刘独峰问：“九幽老怪呢？”

戚少商道：“死了。”

刘独峰也没说什么，隔了一会儿，道：“我在南，他在北，各人有各人的因缘际会，没想到，他注定要因我而死，我也是注定要死在他手里。”

戚少商道：“快别那么说。你的伤是可以治愈的，我扶你回石屏铁鳞松处，跟无情他们先行会合，然后马上赶到镇上，悉心调理，应无大碍。”

刘独峰摇头微笑道：“我自己受的伤，我自己比你清楚。我颧上着了‘三阴绝尸刺’，是决不能活了，而且原先的内伤掌毒，全发作了出来，又恃强苦拼，以致内息走岔，而今身上没有一处经脉是能复续的，我之所以能够不即死，是这支毒刺，反而以毒攻毒，镇住了九幽老怪四种毒掌的阴劲，但是，一旦这五种毒力互相抵制之力消解，并发攻心，我就求死不能了。这钢刺……现在是不能拔了。"

戚少商知道刘独峰说的是实情，只能谨遵地道："是。"

刘独峰苦笑道："我是个最怕脏的人，虽说我世袭缨侯、华衣美食、扈从如云，但好洁如此，却非我之天性。我少年时，家道曾一度中落，为奸臣逼陷，幸得忠仆抱到猪栏里躲藏，才逃得过性命。那段日子里，在脏臭污浊之地度日如年，目睹亲人被残害，自己又着重病，变成深刻的梦魇，镂刻在心里，日后虽能重振家声，衣锦荣归，唯一见到脏秽之地，就心生畏怖，仿佛噩梦重现，死期将至……"

他讥诮地一笑道："没想到，这隔了多年之后，我真的是在泥坑里、秽物中打滚，然后就要一命归西了。"

戚少商听了心里十分难过："都是我，把你连累了……"

刘独峰道："要是我能忍得下傅宗书这种人的手段，我也不是刘独峰了，我就是不能任由九幽神君杀人灭口，所以，就算杀的不是你，我也一样会插手，何况，傅宗书要的不止你的命，还有我的人头！这不干你的事。"

戚少商知道刘独峰是替他开脱，不使他歉疚。

"你曾向我提过，握有关系到当今天子的秘密。那时候，我还活着，知道听了反而招惹麻烦，所以不听为上。"刘独峰说话艰辛，但运息仍然清明，"但现在我快不行了，你的秘密，可以告诉我了，你们长期被敓剿追缉，也不是办法，总要想个法子，置之死地而后生，方有个安身立命的时机。"

戚少商垂泪道："你如果要听，我什么时候都可以坦然奉告，不过现在你还是疗伤要紧，这些事，暂缓再说。"

刘独峰忽然握住戚少商的手，道："再缓我已听不到，不能给你意见了，到这地步，我是活不了的，你也不必尽说些安慰的话。"

雷卷过去，在九幽老怪那一滩尸水里，小心翼翼地拾了一方印章，正是无情的"平乱块"，他收入怀中，听闻刘独峰这样说法，知道这老人古道热肠，濒死仍要为人排忧解难，便向戚少商道："你还是把话告诉捕神吧。"

戚少商道："是。我的秘密，来自楚相玉，楚相玉自沧州大牢逃了出来，曾躲在连云寨一段时期，他屡次兴兵造反，都被剿平，那次逃出来，野心不减，但知道朝廷已派出好手追捕他，他便有些不宁定起来，有一日，悄悄地跟我说：他手上握有皇帝的秘密，证据一分为二，把其中之一寄存在我处——"

雷卷忽道："这事我该听吗？"

戚少商一时也不知该如何回答。

刘独峰神志倒是十分清醒："这事可听可不听，不过，到今天这样的局面，就算你不曾听着，做贼心虚的人也认定你知道始末，同样不会放过，如此说来，这事多一人知道，也无不可。"

雷卷淡淡地道："反正这趟浑水我是蹚进去了，不听白不听。"

戚少商道："其实秘密很简单：当今天子赵佶，不是依先帝的遗诏所立，这里面涉及一场宫廷斗争，皇室内闹，楚相玉说，里中情形，诸葛先生是知道的，傅宗书也明白几分，其中蔡京已二度被罢丞相之位，但实权尚在，其实便是傅宗书的后台，朝中新旧二党，谁也扳不过他。"

刘独峰震诧地道："蔡京的确是个位极人臣、祸国殃民的得势小人，而今朝政颠覆，这人可谓罪魁祸首。但赵佶确是由向太后所立，乃典礼之常，莫非其中别有内情……？"

戚少商点头道："据说，太子太傅离奇暴毙，资事堂变乱，

694

向太后临朝，只半年就离奇病逝，新党章淳被贬，和亲王赵似出亡，都是蔡京一手造成的。楚相玉原是三太子少保，曾护皇叔赵似出亡，投奔女真部，图谋争回帝位，但中途被蔡京和傅宗书的人截杀，楚相玉逃得一死，身上有太后的手谕与太子的血书，足可揭露赵佶的大逆不道、逼害宗室的手迹。太后手谕，楚相玉携之逃亡，而太子的血书，则嘱我代藏……"

刘独峰摇首叹道："赵佶轻佻，群臣进言直谏，莫不是降罪的降罪，抄斩的抄斩，充军的充军，贬谪的贬谪。独是浮滑无行、不学无术的蔡京，凡政事之要者，不论宗室、冗官、国用、商旅、盐泽、赋调、尹牧，无一不夺权独揽，钳制天子，因'花石纲'事而动天下之怒，皇上为平众忿，暂时罢黜，但仍由他忠心党羽、武功高强的傅宗书代左仆射之职，大权在握，弄得朝政日非，民不聊生。不过，而今国难当前，外敌侵略，赵似已殁，朝廷若然再倾轧动乱，想非社稷之福，纵有血证又有何用？实在大势已去，安定是福啊！"

雷卷忽道："看来，赵佶和蔡京、傅宗书谋夺这些血证，不过只是为了保持令誉，他年谥号追封功绩，不致遗臭万年罢了。"

刘独峰点头道："天子赵佶，沽名钓誉，自然得毁灭这些逼害宗室的铁证。不过，我倒认为圣上要追回这些证物，是要保全英名，傅宗书要得此铁证，为的是巴结蔡京，使他更可挟令天子……"突然心口一痛，全身抽搐了一阵。

雷卷早已蹲在刘独峰之后，左手拇指抵着刘独峰的命门穴，将一股内力缓缓输入，刘独峰歇了一歇，才道："他们目标一致，但图谋不一。"

戚少商苦笑道："而今，我手上有了这份血证，其实并无用处，但却怀璧有罪，这烫手山芋一天在手，他们必不会放过我，就算我把它毁弃，他们也非要杀我灭口不可。"他揶揄地道，"我本还以为'绝灭王'楚相玉胡诌，也没有当真，现在出动到这么多朝中权贵，派出那么多武林高手，这证物自然也是真有其事了。没想到，楚相玉被捕杀这么一段时间之后，还闹出这么大的事情，连云寨、毁诺城、霹雳堂，都遭了连累。也许楚相玉死后阴魂怪责我当年只挡追缉军队一阵，没有为他截住追兵吧。不过，当时的情形，我们也算是全力以赴了，连云寨亦因此而折兵损将哩。"

刘独峰道："这件事，一日不解决，天下虽大，但你永无处容身、无所安歇，我倒有一个计议。"

戚少商知道若在平时，刘独峰忠心社稷，决不会跟他密谋对付朝廷的计策，而今肯于授计，乃因自知不久于人世矣。

"我们来个'以毒攻毒，将计就计'。"刘独峰道。

雷卷目中寒光吞吐："捕神的意思是？"

刘独峰道："你反过来，不要逃避，威胁朝廷，他们再迫害你，你就把证物公之于世！"

戚少商与雷卷都吃了一惊。

刘独峰道："你只要表示血证和内中曲折，你已告知十数友人知晓，他们散处各地，如你一旦被人缉捕灭口，江湖朋友必为你公诸天下，这样，昏君不但不敢杀害你，反过来还要遣人来保护你，怕你被人害了，却连累了他，就连傅宗书、蔡京也不敢造次，如此，你便能扭转乾坤。"

戚少商瞠目半晌，一时说不出话来。

雷卷长吁了一口气，道："可是，该怎么着手进行？"

刘独锋道："无情。"

雷卷道："无情？"

刘独峰道："他有侠义的心肠，他又同情你们。有他出面，事可稳成，这件事，你们也应对他们说明，也提到是我的意思。"

他顿了一顿又道："你们应先到郜将军府，无情跟郜舜才很有交情，安全大致不成问题，你们住在官家，傅宗书的人也不敢不照章行事，俟无情双臂伤愈，'无敌九卫士'倒可派上用场，一日连赶两百里，只要往京城找到诸葛先生，握此证据，面呈献议，局面应可把持。我们刚才要先赴燕南为的是借重郜舜才手下的人在广宅深府里布阵迎战九幽老怪，而今，你们还是赴郜将军府，但情形却大大不同了。"

戚少商犹疑地道："这件事，我已连累太多友好了，再要劳扰无情兄，还要惊动诸葛先生，未免说不过去，我也于心不安。"

"这有什么！"刘独峰道，"官场的事，由你们自己去解决，那是事倍功半，且易徒劳无功的，这件事交回官场的方式办理，则易办多了，诸葛先生比我更知进退，懂分寸，只要他得悉原来个中情由，他向来足智多谋，必有化解办法。"

雷卷道："少商，这件事，刘捕神说得是，你也不必多处推辞了。"

"这种欺君逆主之事，我本也不便说的，"刘独峰道，"可是，他们所作所为，端实是太甚了，金人进侵，辽军逼境，他们一味弃盟议和、苟且偷安、抱残守缺，但只对内部茶毒百姓、欺压良善。当年，有位神相替我算命，说我将来难免'晚节不保'，又说'为臣不忠'，我当时尽忠职守，为国效命，怎会信他一派胡言？现在看来，倒是在我临终之前现验了。"

雷卷瞧见刘独峰脸上的气色已跟死人无异，便道："我们还是先跟无情兄等会合再从详计议吧。"一面暗催内力，灌入真气，尽力护住刘独峰微弱的气息。

"我要是能挨到石屏，还要在此地把话说清楚么？我因把毕生功力全拼了出来，内息弄岔，走火入魔，而新伤之毒又恰好能克制旧伤之毒，才能唠叨到现在，已经油尽灯枯了。死又如何？不过是一场梦醒而已！你们不必为我悲伤。人生再活数十年，也难免一死，现在我身边六个亲如手足的人，都全军覆没了，我也该去会合他们，我们既一起来，也该一起去的。"刘独峰兴叹道，"要是像这些躯壳未腐，神智却为人所奴役，而又无药可救的药人，苟延不死，这才是世间第一惨事……"

说到这里，五脏六腑似有百把小刀同时搠捣，痛得他半句话都说不出来。

戚少商连忙也加了一道真气，自刘独峰"志室穴"输了进去，刘独峰怪眼一翻，声音浓浊，知道他连说话启齿都十分痛苦："拔刀！"

戚少商一怔，不知他何所指。

刘独峰想用手拔除胸前被张五拍入的那一柄刀，但连手也无力举起，又叱了一声："替我……拔刀！"

戚少商知道刘独峰是要速死，但他又狠不下心眼看刘独峰死于自己手下。

雷卷冷着脸色道："这样他会很痛苦的。"

戚少商的手碰到刀柄上，他没有抽拔，抱着一线希望地道："说不定还有救——"

雷卷忽然起身。

他一掌推开戚少商。

一手拔出刘独峰胸中的刀。

血迸溅，刘独峰大叫一声，毙命当堂。

雷卷脸无表情，执着刀子，每走近一名倒在地上的"药人"，就过去刺戳一刀。

戚少商忍不住道："为何要杀他们？"

雷卷下刀不停，边道："让他们成为无主孤魂，而又返魂乏术，岂不更惨？"

戚少商明白雷卷的意思，只见张五已化成一滩尸水，遂过去拾起"阴阳三才夺"。要不是在这之前刘独峰已教他留意"三才夺"，他曾细察这武器上的种种机关，今晚就未必能把九幽老妖杀死，心道好险，犹有余悸；想起刘独峰可以说是为自己而千里跋涉，万里送命，心中更是难过。

雷卷背起刘独峰的尸身，向戚少商道："来，还有很多事，等着我们去办。"

戚少商与雷卷在车内向无情说明了这件事的始末，无情对刘独峰的死，十分悲伤，只说："要是我不来，九幽老妖未必能伤捕神，却是我累事。"

戚少商垂泪道："不，刘爷是为我的事而出京，是我累死他的。"

雷卷把"平乱玦"还给无情，说："你们谁也别自责了，刘捕神已经死了，他临死前的建议，不知可不可办？能不能办？"

无情皱着眉心，没有说话。

马车飞驰，这次是由唐晚词和银剑赶的车。原先拉车的两匹马被泡泡的暗器射死，唐晚词把她和雷卷骑来的骏马替换上。

戚少商向雷卷道："不能办也不打紧。反正已逃亡了这些日子，不见得就逃不过。"

雷卷盯住无情，冷冷沉沉地道："你若是不能帮这个忙，也要说一句话。"

无情道："刘捕神这个意见很好。"

戚少商与雷卷脸上都现出了喜容。

无情道："我只不过在想，这一劳永逸、以恶制恶之计，不如顺水推舟、连消带打、借刀杀人！"

戚少商和雷卷都不明白。

无情一笑，道："秘密在手里，你可以开出条件。你要他们不再追捕你，是最低要求，可是，你也可以开出其他的条件，来交换你不再亡命天涯，及弥补这些日子来所遭受的荼害。"

戚少商明白了几分，道："我们这样做，却由何人转达？"

无情道："我。"

雷卷道："你？"

无情道："我仍坐镇燕南郗将军府，跟你们同在一起，九幽老妖已除，有我在这里，凭这只'平乱玦'，他们一时不敢乱来，我则请郗将军亲信连同银剑，飞骑赶回皇城，面报诸葛先生，快则十一二日，迟则二十天，事情便有了决定。"

戚少商道："可是，这可会使你不便？"

无情道："只要做得技巧一些，便可反客为主。你提出条件，我伴装是为皇上平息这项丑事外扬之人，将消息飞报天子，并非跟你们同道，不应有罪。何况，皇上也需要派人跟你们商议解决此事之法，故此并无为难之处。"

戚少商喜道："如此甚好。"

雷卷道："却不知要附加些什么条件？"

无情微微笑道："我这也算叛君逆国了吧？"

忽语音一整，冷笑道："横是叛、竖是逆，但对这样一班君不为君、臣不为臣的昏庸奢恶之徒，我就逆他一逆，叛他一叛！"

第七十八回

胜利中相见

　　燕南县本来不是兵家重地，但因金国入侵，宋土节节失陷，拱手让人，燕南县逐渐成为边防后方，显得重要了起来。

　　此地民产丰庶，兴旺繁盛。其中燕南镇只是该县的一个小镇，宾东成的职分近于该镇镇长，至于郤舜才，则是官拜副参将，他个人倒没有什么过人之能，但却是名福将，莫名奇妙、糊里糊涂地打了一些无关轻重的小胜仗。当时，宋金对垒，士气消沉，忠勇之将领无不悲惨下场，几曾闻宋兵得过胜仗的？且不管是数百人围攻数十人，或对方仅是老弱残兵不堪一击，只要能打胜仗，定必俨然民族英雄模样。郤舜才打的根本是糊涂仗，对方人多势众他偃旗息鼓往后就撤，故方人少气弱就穷追猛打，居然也赢了少数二三仗，便自称"郤大将军"。这一带，也没有什么重要守将是从朝廷遣发下来的，郤大将军这称号自然也没有什么人敢提出异议。

　　无情跟郤舜才谈不上交情，但郤舜才却跟诸葛先生有些渊源。郤舜才原属蔡京爱将张贴逸的部下，虽也一样会逢迎巴结，但毕竟坚守原则，所以并不得意官途。

　　在当年"千手王"京城作乱之时，他勇猛赴战，虽未立战功，但其奋勇护主为诸葛先生所赏识，多方保荐，使他终有个外使参将的差事，离了蔡京、傅宗书一伙，不致同流合污。

郗舜才出来几年，居移气，养移体，也就发福了，人的享乐一旦多了，便不似当年勇猛了，而且当时朝政腐败，真正敢奋勇抗敌的多不得志，阵前多是求和将兵，郗舜才眼里瞧惯了，作战亦是虚张声势而已，倒是作威作福，排场十足。

无情一到燕南，郗将军府的管家潘天生便着他的侄儿暗地里通知思恩镇的宾东成。原因非常简单：宾东成是文官，郗舜才是武将，论官阶，当然是郗舜才高，论资格，却要算宾东成老。故此，两人脸和心不和，郗将军有兵权，但在地方上，宾东成有着不可忽视的影响力。凡是有朝廷派下来的"贵人"，两家都密切留意，争相接待，好让贵人回去美言荐举，升官发财。

刘独峰曾匿居思恩镇，要宾东成不要把消息外泄，宾东成当然正中下怀。

唯宾东成的家人也有郗舜才伏下的眼线，赶忙通知郗舜才，郗舜才千方百计接待不到刘独峰，甚至连见上一面也办不到，对宾东成恚怒在心，几乎破脸。

最惨重的是他派出"无敌九卫士"，以洪放为首，追迎刘独峰等人，不料却因"闹鬼"，把两名部下朱魂和陈素的性命也丢了，派人到"十八罗汉涧"一查，发现两人是死在刀下，要是有鬼，怎会使刀？郗舜才近年再没胆气，也不致信鬼神之说，故此分外气愤。

就在他下令得力干员追查命案之同时，也对宾东成这地方小官施压力，限时破案，不料这日来一行人，投帖子里写的竟是"成崖余"三个字！

郗舜才一看，只觉名字好熟，却记不起是谁。

洪放想了一会儿，忽"啊"了一声，失声道："难道是他？"

洪放是"无敌九卫士"之首，是郗舜才的爱将。当年郗舜才要提擢武功高强的亲信，要部下表演功夫，谁的武功高，谁便是卫士统领。几天下来，一众卫士，都有表现，以肉掌破砖的破砖，以空拳穿墙的穿墙，一晃眼蹿上飞帘倒挂下来的也有，一口气把同时放出笼子的两只鸟雀抓住的也有，他们便是余大民、林阁、曾宝宣等人，武功都有相当造诣，但大统领这个位子，却是旗鼓相当，争持甚烈，谁也不服谁。

这时候洪放就站了出来。

"你们擅长的是内力和轻功，我就以内力和轻功赢你。"

郗舜才见洪放大言不惭，也要看看他的本事，教人抬出两大袋盛满黄豆子的沙包，要他试演铁砂掌。

不料洪放却道："打沙包？把袋里的豆子撒在石板地上吧！"

郗舜才不明所以，只好把硬豆子铺撒在地上，洪放从容不迫地走过去，躺下轻翻，他躺到哪里，翻身到哪里，也不见他用力，豆子都扁爆成粉末，紧黏在石板上，众人这才知洪放的内力，已经到了不费力而能聚千钧之力的地步。

在喝彩声中，洪放越发得意，更加要炫技卖弄，便说："请放鸟儿。"

郗舜才知道他要显露轻功，不外是抓鸟逐兔，便叫人放了两只鸟儿，众人以为他顶尖儿也不过是空手追擒，不料洪放说："不够，再多放一对儿。"

总共是四只鸟儿，一齐往天上放。

洪放飞掠而起，人在半空，鸟儿飞到哪里，他的手就截到哪里，四只鸟儿，就在方圆十尺的半空之中，一只也飞不出洪放双手的天罗地网。

众人看得连喝彩也忘了，当真是目不眨眼、张口结舌。

洪放炫技了片刻，这才把四鸟抓住，纳在口袋里，双手呈给郗舜才。郗舜才本来也勇武过人，一柄大刀舞得虎虎生风，轻舞可以只断发不伤头皮，重使可以裂石如切豆腐，不然，当年也不为诸葛先生所看重了。郗舜才使的大刀其实便是单刀，他在当将领时的刀法，十招中有九招半是往前抢攻，只有半招回刀自守，但守中仍带攻势。近几年来却修成一种刀法，十刀中有九招自守，另一招纯属试探，一旦势头不对，立即舞圈刀花往后就走。

郗将军把当年刀法名为"一夫当关"，近日研创的刀法称为"万夫莫敌"，他自觉刀法上大有进境，不似当年心浮气躁，易作无谓牺牲，免成匹夫之勇云云。

郗舜才见洪放有此能耐，自然破格起用他为"大统领"。其余余大民、陈素、朱魂、林阁、曾宝宣、曾宝新、倪卜、梁惠燊虽亦有过人之能，但自知技不如人，心中未必服气，但也只好服膺。

这便是郗舜才属下"无敌九卫士"的来历。

由于洪放是郗舜才的得意部属，所以说话极有分量，洪放这失声一呼，郗舜才便问："究竟是谁？"

洪放问倪卜："是不是他？"

倪卜一看名帖，变色道："是他！"

郗舜才不耐地道："你们九人已剩下七人，怎么说话还是有一截没一截的？究竟来者何人？"

倪卜望向洪放。不该抢先说话的时候，他一向少说话。

洪放道："无情。"

郗舜才道："无情！"

洪放道："四大名捕之首无情。"

郗舜才跺足挥手喊道："这还得了！快请，快恭请，不，不，我们且出门恭迎！"

郗舜才近日虽是好逸恶劳兼且贪生怕死，但诸葛先生当日扶掖之恩，他倒是永志不忘的，何况，无情虽然分属捕头，但其实是现今国师太傅诸葛先生的亲信，也即是金銮殿前的侍卫，自是非同小可，郗舜才这一听无情驾临，无论在公在私，都当作一件殊荣。

门房把无情、戚少商、雷卷、唐晚词、银剑等人接入大厅，叙了几句，无情便吩咐郗将军把刘独峰、金剑的遗体好好收殓，待他日事了，再奉灵回京，风光大葬。

郗舜才见刘独峰亡毙，为之惊住。

刘独峰是皇帝跟前的红人，他领了几个禁宫总指挥使的名衔，但最名动武林的，还是江湖上人人封他一个"捕神"的绰号，这样一名朝廷要员，死在这个小地方，他和宾东成只怕都脱不了关系。

无情道："刘捕神的死，我已有案目，是朝中另一高官策使的，其中还牵涉到一桩大案子，我正要回报朝廷，听候指令。"

郗舜才知道无情有破案的把握，这才放了心。

"你可知道这案子有多严重？"无情问。

——大名鼎鼎的"捕神"也丢了性命，案子当然非同小可了。

郗舜才心中是这么想。

"这件案子闹开来，只怕要株连不少的人，这些人，有的是皇亲国戚，有的是朝廷命官，有的是权贵闻人，有的是武林名宿。"郗舜才听得直瞪着眼，无情才接道，"你试想想，如果侦破这件案子，你也立了一个旁功，封赐升官，唾手可得的。"

郗舜才期期艾艾地道："可是……这案子一直全仗大捕头独

力勘查，标下迄今仍懵然不知，能免重罚，已经感恩不尽了。"

无情微笑道："如果要你也领一功，何难之有！"

郗舜才听出无情话里的意思，忙道："请大捕头指点明路。"

无情慢条斯理地道："将军只要跟你手下雄兵，护送我们返京，也是大功一件。"

郗舜才立即拍胸膛承担道："只要大捕头吩咐，赴汤蹈火，在所不辞！"

无情淡淡地道："好。"遂把返京面奏圣上的情形，告知郗舜才，但把戚少商手中的血证与秘密，隐住不说，只提自己若平安回京，即能提出足够证据，侦破此案。如果护送有功，赏赠封赐，在所必然。

郗舜才觉得这是件美差，自然兴高采烈，除了急于立功之外，心中也未尝不存报答诸葛先生栽培之心——保护诸葛先生的得力弟子无情回返京师，不但可略表对诸葛先生的敬意，也是件光彩的事儿。

于是问道："大捕头准备何时出发？"

无情答："明晨。"

于是，无情跟一众人等上房歇息。戚少商等跟无情同来，郗舜才自然礼待有加，派上美酒佳肴，服侍得妥帖周到。

到了晚上，无情等再商议计策。

雷卷问："你的双手，明天是不是可以复元？"

无情只道："不碍事的。"

戚少商忽插口道："我在篷车的时候，听你曾向刘捕神说过，你的手，明日至多只能转动，要能使劲，少说也挨到后天，完全恢复，则更费时，可是，你准备明天动身，万一遇上了强敌，岂不危险？”

无情道：“我自有打算。”

雷卷道：“我们随你一同进京。”

无情说道：“不成，你们早已被绘图缉捕，不能露面，跟我同行，反而打草惊蛇，让傅宗书那一伙人早作防患，迎途拦截。”

雷卷道：“你这样返京，未免太过冒险。”

无情道：“过一两天后我双臂可运劲自如，不见得他们能奈我何。”

雷卷道：“怕就怕在这一两天出事。”

无情道：“救人如救火，焉能延缓！我早一日回京，希望早一日能使你们不必再逃亡，早一日减免不必要的牺牲。”

戚少商道：“最多我们易容乔装，还是一起去的好。”

无情摇头道：“不行。你们也不闲着，也有要事待办。”

雷卷冷笑道：“有什么事重要得过送你返京。”

无情道：“有。”

戚少商讶然道：“什么事？”

无情道：“你们送我回京，为的是保护朋友，但有一群好友在青天寨里，不知安危如何？你们早去一步，说不定有起死回生的绝大效用。”

戚少商一时无言。

他想起息大娘。

雷卷静了下来，好半晌才道：“你就靠那九个什么大将军、无敌卫士护送你？”

无情道：“他们是官，一路上，有许多方便。”

雷卷道：“这两天，你未复元，二娘一路上倒可相护。”

无情仍是摇首：“二娘和银儿，另外有任务。”

雷卷望定他，眼睛里闪着寒光，只道："好，好，那你要一路小心，一路顺风。"

无情也望定他们两个道："你们也是。这件事，我们是站在同一艘船上，处于同一阵线上，我们本不相识，而且各树敌对，而今，逼使我们在一道儿的，只有两个字：道义。"

无情道："为了这两个字，我们更不能败。我们要是输了，不是输去名誉，不是输掉生命，而是输了在江湖上这两个字给人的信心，予人的意义。"

"所以，"无情正色道，"你们赶赴青天寨。二娘和银儿有重责在身，我返京师，我们都不能败。"

"我们要活着相见。"

"胜利中再见。"

第七十九回

雨与同情

淅沥淅沥，下着小雨。

雨丝钻入脖子里，怪痒痒的。

雨丝仿如情愁。

人生的哀愁好比无常的雨，晴时多云，浓淡无定。

唐晚词在郗大将军的花园子里。

她在等候雷卷走出房间来，向她走过来。

明天就要分手了，今晚不诉衷情，他日纵有千种风情，更与何人说？

月自东升，月在中天，月渐西沉，雷卷仍是没有走出房来。

唐晚词听不到她久已盼待那一声门开的咿呀响。

——那死东西，难道他忘了明天就是别离？

一场生死不知的别离。

——难道他太累了，睡着了？

唐晚词却分外明白：在别人而言，也许还会发生，但决不会发生在雷卷的身上。

——这个看来病恹恹的人，骨削肉少，但每一分每一寸都似是铜打的铁铸的，不怕风吹雨打煎熬磨炼的。

——糟的是连他的心看来也是铁造的！

——不来，良夜是不能留的，为何不来？

——不说一声告别？

——这样就走？

唐晚词霍然回首，花圃仍寂寂，厢房紧掩。

——这算什么！？

——说不定他以为这就是潇洒！

唐晚词猛撷下了一朵已睡熟了的龙吐珠。

——不行！

她飞燕穿柳，飘上石阶，穿过曲廊，掠到雷卷和戚少商的门前，正要敲门，忽听里面的人道："你总得跟她说上一说呀。"声音很带点恼意，正是戚少商在说话。

隔了一会儿，却不曾听见回应。

戚少商又道："瞎子都看出二娘对你的感情。我们这次逃难，初入碎云渊的时候，二娘就一直往你身上盯着看。"

只听另一个冷森森的声音道："往我看？那是因为我整个病瘟神的模样吧。"说着，干笑一声，正是雷卷的语气。

戚少商似并不认为有何可笑之处，语音更是逼人："这句话是你心里要说的么？你们经过患难，有什么事不能再在一起的？你们明天就要分头办事了，你也很应该去跟她说上一说呀！"

雷卷忽道："你明天真的要赶去青天寨？"

"易水南，拒马沟，青天寨，那自是要去的。"戚少商道，"只不过，不是明天。"

雷卷道："你要等到无情双手复元？"

戚少商道："至少也要护送他一两天。"

雷卷道："我也是这个意思。"

戚少商道："青天寨势威虽大不如前，殷乘风怀忧丧志，但以拒马沟的实力，天险地绝，只要稳守慎防，文张、黄金鳞、顾惜朝十天半月间，还未必能拔之得下。无情身负重任，而又伤重未愈，就花上一两天工夫护他，也理所当然。"

雷卷道："看来无情坚持不要我们护送，其意甚决，我们一路上暗中保护就是了，不必道明。"

戚少商道："是。"说到这里，略为一顿，又道，"不过，二娘那儿，你还是应该跟她叙别的。"

雷卷语言中显示极大的不耐烦："我自省得。这事与你无关，你也别费心了。"

戚少商道："这事当然跟我不相干。你兜了个大圈子，目的也在于不想谈此事，我是知道的，不过，你总不能辜负了二娘对你的一番情意。"

雷卷冷笑道："那么，当年你又怎辜负了大娘对你的深情厚谊？"这句话方才出口，雷卷也自觉用语太重了一些。

戚少商默然了半晌，涩声道："是。我负了她，我误了她，我害了她。"

雷卷心中觉得愧疚，反过来安慰他："也不是这么说的，万事都有因缘在，强求无用，当日你俩各是一方之主，却不能结为鸳盟，这一场动乱，反而把她跟你撮在一起，这不也是姻缘有定吗？"

戚少商道："这只是累了她，还不知道要累她多久。"他深吸一口气，又道，"我和大娘的情形不同。以前，我自命风流、拈花惹草，大娘是一个专情女子，她忍不了我的作风，才天涯远去，自创局面。卷哥，我知道你是一个不易动情的人，但凡不易动真情的汉子，一旦注入深情，怎可轻易自拔？你跟二娘，正好天生一对，你又何苦强作情薄，何必矫情！"

雷卷恼道："我矫情？你这是——"忽又深深地叹息一声，"我不是矫情，而是我这个残薄的身子，是有情不得的。"

戚少商似吃了一惊。在窗外偷听的唐晚词乍听也吃了一惊。她从第一眼见到雷卷起，便知道他的身子单薄，但决没有想到这么严重，心里也急欲细聆下去。

"我身上受过十七八种伤，而且，我自己知道，我肝脏间有一处恶瘤，那是内力化解不了的，一旦发作，断无幸理。"雷卷望着窗外下着的小雨，怔怔地说。其实，要不是风声雨声，凭雷卷与戚少商的警觉，断无不知唐晚词已在门外之理，"这数年来，我愈发制不住恶瘤的发作，看来也不久于人世了，我怎忍再惹情障，害了二娘呢？"

雷卷说话，不住地咳嗽起来。

他的人在厚厚的毛裘里，但抖得就像一个在寒冬里未披衣的人。

戚少商颤声道："卷哥，你，你此话当真……？"

雷卷竭力忍住咳嗽，惨笑道："我骗你作甚？俟险难过后，我再见着她时，也只跟她说：你还厚颜跟我做什么！我不喜欢你！"

戚少商还待说话，蓦地砰然一声，门被打了开来，一个绝色女子，目光泛泪，银牙咬住红唇，一上来，劈手就掴了雷卷一记耳光。唐晚词出现得太突然，雷卷也忘了闪避。

也许他也不想闪躲。

唐晚词一跺脚，双目噙泪，吐字如剑："你说什么？你再说一遍！"

雷卷抚摸热辣的脸颊，一时说不出话来。

唐晚词竟走上前来，揽住了他，一头伏在他肩上，哭了起来："我告诉你，无论你说什么，做什么，你打我，赶我，骂我，我都要跟着你。你不要跟我在一起，今晚，我偏要依着你，看你能把我怎样！"

雷卷想劝开唐晚词，手触处只觉温香玉软，唐晚词梨花带泪，更添娇艳，一时心都疼了，脑也乱了，整合不出一句话来。

唐晚词忽又笑了起来，嗔喜之间，泪犹未干，笑靥娇美已极，雷卷一时看得呆住了。

戚少商笑着摸摸鼻子："我出去一下，明天我们依照约定行事。"也不理雷卷的反应，一纵身就跃出房去。

唐晚词用手抚摩雷卷的脸庞，眸子透露出万种痴迷，红唇微翕："明天，明天我们就要分手了吗？"

雷卷的心，也热了起来，怜惜地注视她："你明天非去不可吗？"

唐晚词整个人都温柔可可，全不似平时的英气凛凛。她眼神掠过一阵黯然，但非常肯定地点了点头。

雷卷捧起她的脸靥，问："是什么任务？"

唐晚词一双秋水般的明眸，简直要把他沉浸在其中。"谁也不能告诉。"她摇头，"我会在路上想你。"她摸摸自己的胸脯，又把玉掌按在雷卷瘦削的胸前，"你在路上，不要出事，你在我心里，无论你在哪里，我呢？在不在你心里？"她微扬首问。

"你也不要出事。"雷卷被一股潜伏已久突然奔泻的深情感动得全身都似燃烧起来一般，"无论你去哪里，我都惦着你。"

唐晚词笑了，白了他一眼，她那略带沙嘎但韵味深回的语音道："刚才，你又说出那样子的话来？"

雷卷叹息般唤了一声："二娘。"

唐晚词扬首，翩翩地瞅着他，用鼻音应了一声："唔？"

雷卷用手撩了撩她额前的发丝，看着她，忍不住为那一双明静的眸子而叹息，叹了一声，意犹未尽，又叹一声，终于问出了他心中一直想问的话：

"你为什么要对我这么好？"雷卷决定要问个明白，"你是不是同情我？可怜我？"

唐晚词望了他一眼，深情转为冷锐。她离开了他的怀抱，也撩了撩发丝，说："你的毛裘真暖。"

"你瞧，我这句话，无疑是说，我在你身上得到温暖，受到你的照拂，可是，世界上偏偏有些人，把自己当作是冷的，这样就要暖也暖不起来了。"

唐晚词一面说着，一面俯脸在看一盏八角小灯的灯芯，她用手烘焙着，眼睫毛在灯光下长长地眨着："我是上了年纪的女人，而且，曾在青楼里混过，自然可以说是阅人无数。在楼子里，有钱有面的爷们自然教姐儿巴不得出尽浑身解数，但也有的没银两，却是俊俏哥儿、文人雅士，还有懂得使姐妹服服帖帖的汉子，一样是受欢迎的人物。"

"其中还有一类人，那是或四肢残废、或天生畸形的苦命人，他们有的是瞎子，有的是侏儒，有的遭意外断了手脚，有的病得奄奄一息，我们在行有余力，莫不顾恤。你别以为我们青楼女子，就狠心冷漠，我们大多数也是薄命女子，不得已才坠落风尘里，所以，不少人仍秉着善心，对那些残障的可怜人，布施捐献，不落人后。"唐晚词瞧着自己略为粗糙的手指，夹着一朵龙吐珠，在灯下细瞧着。

雷卷也细聆着。

"这般说来我们姐儿们都安着好心眼是不是？其实那也不尽然。我们好比穷人遇着乞丐，因而提醒自己虽比上不足，但仍比下有余。"唐晚词的薄唇在灯下艳得像滴蜡的红烛，"我眼看有几

714

个姐妹，她们不但布米捐帛，甚至以千种温柔、多方呵护一些落难书生，还有特别体恤照顾几个天生残废丑陋的可怜人。我初以为她们全是善心诚意，不禁由衷佩服。但旋又发现，这些可怜人全生了依赖，依附在她们的身上，连奋斗的志气也没有了，只伸手待人施舍，以为自己尽得女人青睐，天生有贵人相助，便洋洋自得，不图上进，这样下去，这些虽有缺憾但仍有作为的人，反给这些仁慈施予害了。"

"伪善谁不会作？三数句温柔话儿、几日夜温柔照拂，谁不会做？只是把有志气的人，全变成了女人手上的粉团儿，这男人卖弄他的自怜、自伤，有时又弄得过分自负、自信，反而满足了姐儿们做活菩萨、能助人的意图。"唐晚词脸上有一种接近讥刺的笑容，眼角鱼尾纹里漾出了一种熟读人世的沧桑，"做好事谁不会？听说过吗？京城里有人乐善好施，见残废伤眇者就捐赠布施，于是便出了一个拐人贩子的组织，专把小孩抓了去，挖目斩手，有时只砍剩一只左膀子，放他们在大街求乞，幕后操纵人便全倒入自己私囊里，这桩案子，后来终为人所侦破，想你也有所闻，这样说来，自以为行善的人，反而是在作恶了。"

"其实要捐点小钱，偶尔照料一下弱小，又有何难？同时可以自觉分外的高贵，对女人而言，都有一种母亲待儿女般的得意，可叹的是，那些被照顾的残陋者，不知是伪善，莫不以为这便是真情，以为世间真有此不变之情，死心塌地，到头来这些姐儿们都只管逗引、不动真情的，免不了真相大白，一走了之，可怜人便知道自己仍是自己，非自立图强不可，但已欲振乏力，其心中所受之创，何尝只见于外形！"唐晚词道，"她们照顾过了，遇上抉择，便不顾而去，或把善心做足了，自己满意之后，渐渐生厌了，不再假意柔情，这都不啻是使身体有缺憾的贫弱者，更受心灵上的创伤。"

"我那时看了就感觉到：如果我是善的，就拿出实际的帮助，决不温言甘词，而是激扬踔厉，不是让他们自作多情，而是要他们发奋图强。如果高兴就发一发慈悲心帮他一下，反正也不是跟他一辈子的事，这样不如不帮，我宁可不行善，要行善则要行彻，伪善我是万万不干的。"唐晚词语锋如刀，"当年，我初见纳兰，他贫而有志，文采盖世，他是既狷又狂，不过决不是软骨头，在脂粉丛中，他亦不改其狷，在落难挫境中，不易其狂，也不借文士风流之名来行污秽之事，我就喜欢他这傲然不拔。"

一提到纳兰初见，她的语气就愈渐温柔起来："他是不需世间予同情的人。那才是我心目中的男子汉。由于我粗通医理，我初见到你的时候，便晓得你有七八种顽疾缠身，戚少商被砍断了一臂，身上十七八道伤，但那只是外伤，你患的，是别人看不见的，却无时无刻不煎熬着你五内的伤。"

她艳艳柔柔地一笑。"可是你，一副孤高无人可近，自洁傲岸的样子，身上的伤，重得不能再重，但却不许任何人碰你，残弱的身子在那儿一站，仿佛人人都受你保护似的。我看了，便想去惹你，但另一方面，却又敬你。"她偏着头儿，双手十指交剪着负在背后，剪水双瞳斜乜看雷卷，问，"这前后我都说了。我跟你是相依为命，共度患难，这其中没有谁是弱者，就此相濡而来。你看我像是为了同情你而接近你吗？你想想自己是不是个需要人可怜的人呢？"

她没有等雷卷回应，便说："刚才我的说法，很多姐妹们都笑称我为不慈不悲唐观音，只有大娘跟我说：晚词，世人只知行小慈小悲，唯你能持大慈悲心。可惜，我们行事下手，都辣了一些，够不上善行两个字。"

雷卷向她微微笑道："你表面上不施同情，其实是让人不必再求同情；你所作为看起来无情，其实比谁都多情。"

　　唐晚词刮脸羞他："你几时学会那么甜嘴滑舌的！"

　　雷卷笑着搂住她。一具热力四射的胴体在他身边轻轻扭动，雷卷不禁为之动心，只唤道："二娘……"

　　忽听雨声中，一阵噪吵。

　　有人大声呼道："有刺客！"

　　有人大喊："拿下！"

　　也有人喝道："住手！"

　　有人叱道："是自己人！"

　　最后那个声音，正是无情。

　　雷卷与唐晚词彼此看了一眼，一齐飞身掠出上房，直扑堂前。

第八十回

独臂毒剑

　　雷卷与唐晚词掩扑至堂前，才发现无情、戚少商及洪放等数名侍卫都在。倪卜、曾氏兄弟、林阁等人正在收回拔出的武器，而有两名小童，生得精乖可爱，跟银剑聚在一起，脸上都洋溢着久别重逢的亲热。

　　无情道："是在下的两名仆童，误闯府上，惊扰各位，恕罪恕罪。"众人才知是铜、铁二剑童。

　　只见两名小童，都衣衫破损，唇焦额汗，唐晚词便端水给二童喝了，二童似有满腹的话要说，这时连郗舜才也惊动了，由梁惠燊和余大民拱护着出来，无情再解释数句，便与率先发现有人闯入的戚少商及雷卷、唐晚词等，走入内房，这时两童虽未说明情形，但四人心头沉重，可以揣想得出青天寨必有不利的变动。

　　本来青天寨派出了数十人，乔装打扮成息大娘、铁手、赫连春水等，确已把追兵引走，殷乘风着副寨主盛朝光派人打听，知道黄金鳞等果然中计，心怀稍宽，向铁手、息大娘、高鸡血、赫连春水、唐肯、喜来锦等报告这个大好消息。

　　殷乘风向谢三胜和姚小雯嘉许地道："两位计策确是要得，可把那一群煞星引出三十里，看来再过二十余里，官兵便会兵分二路，一往翼东山，直扑浮塘，难免在三官庙穷耗着；一往南下，经过坟山，会被我们的人引领到柴家集一带绕圈子，非要二三十天不可能回头，这可是你们诱敌之功，免战得胜。"

谢三胜谦道："主要还是殷寨主派出去的人，精于易容，敢于诱敌，善于隐躲，才把黄金鳞一干狗蛋搞得团团转。"

息大娘盈盈立起，向谢三胜、姚小雯和殷乘风等揖谢道："两位妙计退敌，自是该谢，殷寨主和各位对咱们患难相助，秣马厉兵、严防厉守，更是铭感五中，谢犹觉轻。"

殷乘风、谢三胜、姚小雯、盛朝光、薛丈一五人全都回礼，薛丈一还大声道："大娘客气作啥？我们只是做该做的事，这样道谢，反而显得我们做得勉强、做得艰难，不要谢不要谢，千万谢不得。"

息大娘眼尖，觉得谢三胜站起来还礼时左边上身似有些不便，就问："谢兄身上可带着伤？"

谢三胜说道："旧伤，已愈，不碍事的。"

息大娘回盼了赫连春水一眼，又向青天寨一众好手道："官兵已去，我等也应趁此告辞。"

殷乘风奇道："官兵才刚刚拔队，铁二哥等伤势仍未复元，何不多待一月半月，待风平浪静后才走？"

赫连春水道："铁二哥就先留在此处，养好伤再说，我在易水对岸八仙台那儿，住着家父的一位世交，可不妨先到那儿避避再说。"

殷乘风还未说话，盛朝光已问道："在八仙台住的朋友？想必是令尊赫连大人当年八拜之交，人称'鬼手神叟'的海托山了？"

赫连春水近日来跟青天寨的相处，知道盛朝光粗中有细，心思缜密，博见多闻。海托山在这一带颇有盛名，原是名绿林大盗，跟赫连春水的父亲赫连乐吾不打不相识，一正一邪，结为知己，海托山从此洗手不干，官府也不再追究，主要便是赫连神侯托情说项，还使他在易水以南一带做了个举足轻重的绅董州官。海托山出身武林，颇了解黑白两道的难处，青天寨的实力强大，在武林中素有清誉，而且决不欺侵良民百姓，海托山的兵马也从不烦扰南寨，彼此一向相安无事。盛朝光一听赫连春水要往八仙台投奔，左右一想，便知道必是海托山莫属了。

果然赫连春水答："便是海伯伯。"

盛朝光不再搭话，望向殷乘风，殷乘风道："有几句衷心话，说了得罪人，公子不要见怪。海老武功虽高，尤其擅发'地心夺命针'，称绝武林，但若论兵强马壮、人多势众，青天寨多年基业，只怕要比八仙台的朋友稍强上一些，诸位又何不留在敝处，却要再冒险露脸，过江投奔？难道是敝寨有怠慢之处，冒犯了诸位不成？"

赫连春水忙说不是，一时不知如何推托。原来息大娘昨晚已找他和高鸡血一众人马议定，叨扰青天寨已好些时候，而今追兵眼见已被骗追错了方向，正好趁此离开，以免见好不收，万一牵连南寨，吃官府大军围剿，跟毁诺城、连云寨一般下场，岂不疚悔无及？因念及此，息大娘深觉殷乘风大有难处、处境微妙，犯不了为自己等人而惹上大祸。赫连春水便提出海托山这个去处，息大娘想：海托山在绿林时心狠手辣，但一向以义气为重，而今当了见得光的官，大概也不会忘了武林同道的义气，至于手段够毒，正好可用来对付文张、黄金鳞、顾惜朝那一干毒人。

不料殷乘风却极力反对。

息大娘只好道："寨主及各位兄弟待我们恩重如山，款待厚遇，我们焉有不知？我们在此已渡过最危艰的劫难，不能再拖累诸位，故走投海神叟，也好让贵寨恢复常业。"

薛丈一摇头大声道："说错了，说错了。"

盛朝光接道："诸位来此，是看得起南寨，是敝寨无上光荣，不怕诸位笑话说一句，敝寨一向自耕自织、自食其力，偶看有为富不仁的，下山出沟，打打秋风，诸位在这里，哪有影响我们什么作业！我们可不是开黑店的，诸位来店里歇脚，便让不出上房招待其他客人！大娘却是过虑了。"

薛丈一又摇头摆脑地说："说对了说对了。"

息大娘心头感动："实不相瞒，我是怕官兵搜追了个空，转疑贵寨，回来重搜，这样连累大家，我们于心有愧。"

盛朝光问道："诸位如躲在海托山那儿，万一给官府知道了，就不会牵累海家么？"

息大娘被问得一时哑口无言。殷乘风道："诸位，这可是你们的不是了。你们宁可牵累神叟，不愿连累我们青天寨，可不是把南寨兄弟的热血看作寒冰吗？"

高鸡血连忙站了起来，说道："寨主言重了，是我们多虑，请诸位大哥万勿介怀。"

殷乘风这才展颜笑道："既然如此，如承各位仍看得起，那就再在敝寨多盘桓数日，待铁二哥、息大娘的伤痊愈再说吧。赫连公子，你的指头仍渗着血哩。还有高老板，你那张脸，还不仍绷着伤布吗？这样走出去，穿府越县的，岂不招摇？"

高鸡血的脸可是给尤知味行刑逼供时打砸的，不提起这件事犹可，提起来他就把尤知味恨得心痒痒，一路上已不知打还尤知味多少记耳光、踹了他多少腿子，不过都没下重手就是了。

高鸡血摸摸那张脸，手指触着的不是裹伤的布帛便是疤结，心中恚怒，息大娘见殷乘风等拳拳盛意，知道不好推辞，便说：
"如此，还要再叨扰几天了。"

谢三胜忽道："大娘是怕追兵回头？"

息大娘道："文张、顾惜朝都是极精明的人。"

谢三胜道："我有办法。"遂向殷乘风道，"请寨主给我三数
人马，我跟姚师妹出去一趟，布下疑阵，就算追兵发现不对路，
回头寻索，我也留下线索，要他们往易水北支方向误折，直入老
龙口，这样把他们搅得团团转的，以绝他对青天寨之疑。"

殷乘风犹豫地道："这危险啊。"

谢三胜微微一笑道："我自有把握。"

姚小雯站出来向殷乘风抱拳道："我愿随谢师哥一道去，请
准寨主。"

殷乘风沉吟一阵，道："我跟你一道去。"

谢三胜即道："寨里的事，还要寨主主持大局，我和姚师妹
便绰绰有余。"

殷乘风道："不如，盛副寨主且随你们一道，他足智多谋，
地面又熟，可能有帮助。"

谢三胜也不再推搡，盛朝光却向他和姚小雯表示亲热，道：
"你们本是客人，却为此事跋涉，偏劳偏劳。"

谢三胜说："什么话，自家人！"

便由谢三胜、姚小雯挑了迅雷、疾雨两堂四名好手，盛朝光
则挑了追风堂两名精兵，拜别而去。

九匹快马，疾驰出拒马沟。

谢三胜策马趱程，往翼东岭山路追去，追了近十里，已接近
宁家铺子，盛朝光双腿一夹，追上了谢三胜与姚小雯，在风里嚷

道：“两位是要追上官兵么？”

谢、姚二人勒缰放呔，按辔徐行，谢三胜笑道：“当然不是，追上去给官兵杀么！”

盛朝光道：“两位这样的打马奔驰，只怕不消半日，便要碰上官兵了。”

姚小雯知是打趣，巧巧地笑道：“我们先赶去宁家铺子，再作计议。”

盛朝光道：“好，宁家铺子村口有一座花神庙，荒废已久，可先到那儿再作安排。”

再驰一程，已接近了花神庙，盛朝光一看道上蹄迹，便道：“官兵昨晚曾在此处落脚，”又眺了眺庙顶，伸手拦阻道，“不要过去。”

姚小雯奇道：“为啥？”

盛朝光指指天上的一股灰烟，道：“那是庙子里有人生火，这一带村民，都传庙给邪神占了，平素不敢入内，黄金鳞、文张、顾惜朝不愧能人，可能见追踪的方向势头不对，一路上留下人来监守，想必还有传书健鸽，方便通讯。”

姚小雯道：“副寨主果然细心。”

盛朝光道：“只是因地头熟而已。不如我们绕道往野坟地去聚议，准没人料着。”

谢三胜道：“好。”

三人又绕了道，往坟地驰去。

到了野坟地，东一冢、西一堆，还留有半爿阳宅，破落不堪，盛朝光道：“在此歇歇吧。”遂取出干粮，分予大家吃。

谢三胜也命部下取出水囊，供大伙饮用。

盛朝光忽道：“我倒有一计。”

谢三胜凑近问道："请教。"

盛朝光边吃边道："狗官既派人留守此地，我们不如挨到晚上，掩杀过去，把人擒下，逼问他们联络之法，万一顾惜朝等人警觉折回，我们也以其人之道，把他们拧个团团乱转。"

谢三胜竖起大拇指赞道："好办法。盛副寨主不愧智勇双全。"

盛朝光谦辞道："我看谢老弟和姚家妹子才是成竹在胸，真人不露相，不像我这半桶子这一路吭当响。却不知两位打算怎样着手？"

姚小雯见盛朝光吃得告一段落，便把水囊递了过去，说道："文张、黄金鳞、顾惜朝这些都是聪明人、老江湖，没有理由不曾防着青天寨出手救人，只不过，他们见前面猎物仍在逃，是故尚未生疑罢了。"

盛朝光咕噜咕噜喝了几口水，这一路来赶程，渴比饥甚，出汗太多，更需水分补给。一边说："对呀！所以，一旦他们发现走了冤枉路，还是很可能疑心到青天寨上头去。"

谢三胜走近盛朝光，盛朝光把水壶递了给他，谢三胜接过："这似乎是无可避免的。"

盛朝光笑道："我总觉得谢老弟已有万全之法，"目光落在他左膀子上，"我也总觉得……谢老弟的左手，似乎——"

谢三胜笑问："似乎怎样？"

盛朝光道："似乎不大灵便。"

谢三胜爽快地撕下左手袖子，露出一只巧夺天工、不细辨几乎分不出来的木制假手，"我的确只有一只手。"

盛朝光诧异地道："没想到是真的。谢老弟的手是啥时遇事的呢？"

谢三胜道："我的手，是给一种毒物咬断的。"他把衣袖掀至肘部，凑近盛朝光，边道："你看，当年留下这伤口——"

倏然，"叮"的一声，那假手的肘部疾射出一枚小刺猬团般的暗器！

盛朝光大叫一声，仰身便倒，钢针掠脸而过，身子一仰立即弹起，鲤鱼打挺，又站了起来。

谢三胜手中的水壶，激喷出一道水箭，射在盛朝光的脸上，盛朝光掩脸拔剑，谢三胜一剑已剁下他的右腕，姚小雯的短锋锯齿刀，一个冲步，全扎入盛朝光的腰脊里去。

盛朝光惨呼半声，挺着腰痛跳几步。半身侧倚着一棵老树挨倒下来，仍瞪着眼睛厉视两人。

谢三胜把剑压在靴子一抹血迹，边笑道："盛副寨主，你完了。"

盛朝光艰辛地道："你不是……谢三胜！"

谢三胜点头道："真正的谢三胜早已给我在途中杀了，我是'独臂剑'周笑笑，她是'天姚一凤'惠千紫，我们犯了大案，还杀了九九峰的连目上人，被无情一路追缉，躲到这里，都怪你那位年轻寨主，根本弄不清楚我们是什么人，便收留了我们。你居然看出我一只手有点异相，可惜你向以为我是谢三胜，自然就未联想起一向有'独臂剑'之称的周某了。"

盛朝光想说话，一开口，就吐血。

周笑笑笑道："你觉得自己反应不如平时快，才着了道儿是不是？也罢，这教你死得心服。这袋子里的水，是加了料，要是毒药，以你精明，未曾喝下便已觉察，要是蒙汗药，只怕也骗不过你，我只下了轻量的迷药，你喝了也没什么，决不致晕迷，只反应迟钝了一些。只要你慢了那么一些些，又怎么躲得掉我们的暗算？"

转首问惠千紫：“是吗？”

惠千紫也笑了：“他已听不完你这番话了。”

盛朝光已然死去。

他死时仍瞪着眼睛。

他死的时候，他带去的两名追风堂弟子，也在其他四人的出手狙击之下身亡。

惠千紫呢声笑向周笑笑，道：“下一步？”

周笑笑搂着她，一脸邪笑道：“咱们师兄师妹，好久不曾亲热亲热了。”

惠千紫的样子也娇得似滴得出水来：“他们还在啊。”

周笑笑道：“还不简单，叫他们把守在庙里的官兵请过来，我要铲平无情所有的线、除掉他所有的朋友，然后仗官府的力量，重新做个顶天立地的英雄！”

惠千紫斜睨着他，那笑意说有多媚就有多媚，道：“英雄？不知你要做个哪一门道的英雄？”

周笑笑用手拧拧她的脸蛋：“做个难过美人关的英雄！”

周笑笑与惠千紫只带两员弟子回寨，向殷乘风报称：“已部署稳妥，纵官兵折回，仍必被引走，盛副寨主因不放心，转领四名弟子沿路布局，以引官兵上当，一二日即返大寨。”

殷乘风深信不疑。他知道盛朝光一向审慎，智计多端，这等作为正合乎他的性情。

殷乘风毕竟不是伍刚中。

要是老寨主“三绝一声雷”伍刚中，自然就会知道盛朝光既然一向审慎，便断没理由自作决定，不先作禀即行离寨有所行动。殷乘风毕竟仍太年轻。

他要派薛丈一在这数日领一舵弟子严加防守青天寨，卡子暗桩，一直设到寨外三十里外。

周笑笑问："官兵已不可能折回，何必这般费事？"

殷乘风答："还是不能大意，以策万全。"

周笑笑道："既然如此，请寨主也发两堂弟子，让我和师妹列入暗卡，以尽绵力。"

息大娘、赫连春水、高鸡血等知道事因自己等人而起，也向殷乘风请将巡防，殷乘风只有五堂弟子，把一堂弟子，交"谢三胜"与"姚小雯"，另一堂则交给伤得较轻的唐肯和喜来锦布防，五舵轮流列班。赫连春水及高鸡血也不闲着，把带来的人手作调配，也参与戍守。防范归防范，众人听说官兵已经远去，莫不松了一口气。但真正的意外，常常都是在人松一口气的时候发生的。

第八十一回

祸患

尤知味身上被下了七道铁锁。

这几日来，压根儿就没有什么人理会他，南寨的人知道他曾出卖朋友、害死禹全盛，都对他十分鄙夷、憎恶，有一餐没一餐，或在餐中偷工减料，甚至在饭肴中加料炮制，故意整治他。

尤知味之前美酒佳食，最擅巧手调味选肴，而今面对粗食淡水，都求而不得，苦屈之处可想而知。

不过，他倒希望赫连春水等人把他忘记，尤其是高鸡血，因恨他杀死禹全盛，一见着他就拳打脚踢、诅骂咒斥，尤知味早已遍体鳞伤，见着胖影子就害怕。

日子实在难熬，尤知味总是盼望官兵早日攻下青天寨，所以无论再怎么苦，都要熬下去。尤知味怕的是死。

自古以来，没有什么人是不怕死的。一个人活得好好的，谁愿意死？只有在活得不如意、不自由、不顺遂，或为了免除痛苦、坚持原则，才会自寻死路，尤知味拼着活一天是一天，也要活下去。

只是他不大明白为何自己还未遭到毒手。

不过，他很快也想通了。

息大娘进来了两次。

一次令他道出了"滋味粥"里放的"五股烟"的制法，一次使他交出了另一种有色美味的毒药"笑迎仙"，并还逼他逐步说出几种特殊珍肴的秘制方法。看来，这便是把他"留着不杀"之用处。

——只是这种"留着不杀"，恐怕迟早仍难免一死。

尤知味无时无刻不在想尽办法逃，可是身上有三处要穴被封，扣上了七道锁链，外面还有每天三组、每组七人在戍守，尤知味自知逃不出去。

——假使逃不出去，被抓回来，可能反致对方动了杀心！

——好死不如赖活。

——只要不死，总有机会。

尤知味终于有些明白了戚少商、息大娘这一行"逃亡者"的心境。

身在忧患动荡中的人，只求活得平安无事。

已经活得安稳的人，才要求生活多彩多姿，要遂青云之志。

遂了大志又如何？那时候，又有更高的奢望、更多的欲望，人的欲求，是永远不会有止境的。

尤知味开始后悔，他何必要帮顾惜朝干这件出卖武林同道的事情，他大可以两不相帮的。也许，他一向都在暗自憎忿息大娘跟戚少商的深情相知，或许，他无法忍受息大娘除了邀他助拳之外，还有赫连春水、高鸡血这两个"情敌"的插手，他知道相帮反而不见得会受息大娘青睐、重视，却宁可做那出卖朋友的事，如此，息大娘才会明白他的举足轻重，后悔不该薄待他。

——如果息大娘只求他一人相帮，他会不会帮呢？

尤知味扪心自问：如果息大娘真只求他一人，他倒真的会为她卖命，绝对不会帮顾惜朝来倒戈相向的。

他在安顺栈制住了息大娘一干人之后，曾故意当众说过："我要把其他人都杀光，把大娘的身子也要了，才杀她，就像最好的菜肴，总要留到最后，才回味无穷。"这句话，他是故意恫吓高鸡血等，也故意使顾惜朝对他信任放心的。

他说的也是衷心之言，只不过，他才舍不得杀息大娘，他只望可以把息大娘唬得向他求饶，那他就可以为所欲为。

这却成了他最后悔的一句话。

其实，他也深知息大娘的个性，要是她怕吓，也就不是息大娘了，他就是喜欢她这种个性，是别个女子身上难得一见的。他把话这样一说，又为树立威望而打死了一个跟他争地盘的韦鸭毛的得力手下"冲锋"，那就情断义绝，只剩下深仇大恨了。

这些都是尤知味后悔无及的事。

他真希望事情能重来一次，他便不再为虎作伥，跟息大娘、赫连春水这一伙，虽然亡命，但到处有江湖人物尊敬、道上朋友放线，而今自己这一闹，就算能逃出生天，武林中人也会不齿于他所为。

况且，他也是老精细明的人，如果他当天不杀"小盛子"禹全盛，那还可能有活命的机会；而今他杀了"冲锋"，高鸡血第一个就不会放过他。而最近高鸡血在青天寨里又召集了手下大将"陷阵"范忠和七八位手下赶到，这范忠跟禹全盛合称"冲锋陷阵"，"禹冲锋"与"范陷阵"一向是焦不离孟，有过命的交情，一是高鸡血亲信，一是韦鸭毛心腹，禹全盛为自己所杀，范忠是决不会放他活着离开南寨的。

尤知味正是思前想后，左忖右度，十分难过的时候，铁栏里突然闪进一条人影。

尤知味心中一凛，暗自危栗：这回惨了。敢情是范忠忍耐不下，悄悄过来了结他。

只见那人左右四顾，掏出一大把钥匙，试了几根，好一会儿才把铁门吱呀打开来。

尤知味心中一喜，以为是来救命的，却见是殷乘风的幕客谢三胜，手上还持着利剑，登时冷了半截。

只听谢三胜问道："你想活不想？"

尤知味忙道："蝼蚁尚且贪生，求谢兄予我生路。"

谢三胜狞笑，把剑一晃，尤知味以为我命休矣，不料谢三胜把剑锋往他脖子微微一压，并不发力，只低声疾道："我要是救了你，你可知感恩图报？"

尤知味声音都抖了："谢大哥，只是蒙你相救，尤某永志不忘，粉身以报。"

谢三胜目光闪动："我不姓谢，我姓周，江湖人称'独臂剑'周笑笑便是我。"

尤知味见他左臂僵直，而剑锋沾血，想必是已杀死看守的人，周笑笑一向有恶名，"独臂毒剑"可是黑白两道都憎恶的人物，而今反出青天寨，想来不假，便道："周大侠，尤某一切凭你吩咐。"

周笑笑道："我师妹跟你曾会过面，她也不叫姚小雯，原名惠千紫，武林素称'天姚一凤'，跟我们是同一道上的。我们今晚要里应外合，打开寨门、造成骚乱，接应文、黄二位大人和顾公子的兵马，急需人手，要你出力。今日在此地并肩作战，他日在官途上相互照应，你可别忘了今晚的事。"

尤知味知道有望逃生，心中狂喜，忙不迭道："一定一定。"

周笑笑问明尤知味身上铁锁是哪一根钥匙，一面替他开启，一面吩嘱道："青天寨里有不少能手，我们攻其不备，暗中下手，能杀一个，便是去一名强敌，知道吗？"

尤知味嘴里唯唯诺诺，心中却有些为难：这一来，岂不是又要跟他们更结深仇吗？但回心一想，此乃生死关头，决不能妇人之仁，拼着活命，就非要杀敌不可。

这时，周笑笑忽疾道："有人来了！"即要尤知味佯作铁锁未解，仍缠在身上，掩上铁栅，自己闪身门后。

只听一个人落步甚轻，自远而近，睃巡一阵之后，又踟蹰不去。尤知味怕自己逃生希望告吹，一颗心忐忑乱跳着。

只见那木门"吱"的一声，被推了开来，一个狮鼻阔口的青年，张望走入，尤知味一看便知是赫连春水的"四大家仆"的其中之一。

原来赫连春水与高鸡血，都觉得该对青天寨付出一分防守的责任，赫连春水遣"四大家仆"对各处多加留意，高鸡血也嘱咐范忠参与巡逻戒备。这家仆独经此处，发现空荡荡的，把守的四名士卒，都不知去了哪里，大起疑窦，便进来瞧瞧，见尤知味仍锁在墙上，因在栅里，这才算放了心。

家仆正要离去，忽见地上投了一条长长的人影，疾退数步，单掌护胸，掣刀在手，喝道："是谁！？"

人影立即走了出来，道："是我。"

家仆一见，原来是寨中的谢三胜，即收刀拱手道："不知是谢爷，得罪之处，尚祈见谅。"

周笑笑笑道："你是不是觉得有点奇怪？"

家仆微微一怔，不明白他何有此语。

周笑笑道："这儿看守的四位兄弟，却到哪里去了？"

家仆道："是呀，我正觉得奇怪，所以进来看看。"

周笑笑扬手拿出一件东西，道："我发现一物，沾有血迹，你看看可有蹊跷？"

家仆凑脸过去一看，发现只不过是一只钢镖，也没沾什么血迹，还待发话，倏地，周笑笑一甩手，钢镖迎面打到！

家仆又惊又怒，急闪身急避，钢镖钉入肩膀，家仆正待喝问，周笑笑一剑已刺入他的胸里，一面笑着跟他道："没办法，你既送上门来，我非杀你不可，这儿的人，迟也是死，早也是死，你就先走一步吧。"

家仆手中巨锤半式未展，已含恨而殁。周笑笑把他的尸身摆成尤知味蜷伏墙角的模样，把家仆身上的衣服卸下，叫尤知味换上。

周笑笑反身对尤知味道："你瞧见了吧？"

尤知味忙说："瞧见了。"

周笑笑道："文大人、黄老爷、顾公子、高镖头的兵马，二更就到。惠师妹已领了人，左腕蒙上黑巾，作为暗记，尽可能把青天寨暗卡引开，或引不开，便逐一掩杀，你我俩在此处，把站防班守的剪除，最好也把青天寨高手格杀，里应外合，不愁南寨不破，我还有几名手下，已散布四处行事，都是以腕缠黑布为记。"

尤知味诺诺，但心下议定，无论往哪儿去，杀人放火，都要随着周笑笑，这不是为别的，只因为尤知味自知几日来身受打熬折磨，万一遇上强敌，可能真应付不来，岂不自找死路？

尤知味心里想着，嘴里却道："我们下一步该怎么做？"

周笑笑道："大军从西北二门攻入，西门的人马，已受控制，大军一到，定必响应，北门有范陷阵与三大家仆值夜守更，撞上谁，便先解决谁。范忠骁勇善战，遇上了可得小心。四大家仆声气同心，而今一人失踪，其他三人必定往寻，为免张扬，还是及早除去的好。"

尤知味道："是，是，只不过我对这地头不熟，只望能跟在周大侠身边行事……"

周笑笑以指比唇，低声道："嗫声，快脸向墙角蹲下。"把先前那家仆的武器巨锉迅递给尤知味，尤知味连忙找阴暗处伏下了。

有人沉声喝道："今年是十二生肖哪一肖？阁下何人。"

周笑笑即以暗句回答道："今年肖猫，在下非人。"

那人立即现身，原来又是"四大家仆"中另一人，手持巨剪，见是周笑笑，揖道："原来是谢爷。"

周笑笑招呼道："老哥出来巡察么？"

那名家仆道："老三刚往这边看看，但却不见了，不知谢爷可曾见着？"

周笑笑扬眉道："你那位大眼阔嘴的弟兄么？他刚才……"突发一声断喝："是谁！？滚出来！"指着蹲着的身影，神色十分紧张。

尤知味心头一震，以为周笑笑要出卖自己。那家仆也吃一惊，随指望去，只见一个老三服饰手持巨锉的人影，正待喝问，忽觉背心一痛。

这仆人此惊非同小可，他应变奇快，往前急纵，但剑尖已嵌入背肌三分。

仆人往前掠，周笑笑也往前掠。

剑尖仍在背上。

剑再刺不进去，仆人也甩不掉剑锋。

两人一追一逃，仆人只觉刺痛入心，但脚下决不能停，只想换得一口气，呼叫求助，但前面那影子突然立起，巨锉横截，已击在他胸前！

他的肋骨，登时碎了七八根！

这一顿之间，剑已刺入背内，自胸前冒出一截尖剑。

这仆人瞪目吐舌，仆地惨死。

周笑笑笑道："又一个……"

尤知味知情识趣，忙道："周大侠好剑法。"

周笑笑道："哪里，我们是合作无间。"

尤知味赶忙道："我是誓死追随。"

周笑笑看看沉沉天色，道："一更天早过去了，不知惠师妹可顺利否？"

"天姚一凤"惠千紫一向是周笑笑最得力的左右手。所以江湖人都传说：周笑笑虽然失去了左臂，但有惠千紫，就等于有两条右臂。

周笑笑其实并不杀人放火、结伙掠劫，也不行侠仗义、抱打不平，只偶尔明抢暗盗，江湖人称他"毒剑"，是因为他心胸极窄，睚眦必报，甚至鸡毛蒜皮的小事，他也会记仇在心，报复得惨无人道。

商丘有一家绸店，因东家不怎么瞧得起周笑笑，语言刻薄了几句，周笑笑也不发作；到得夜里，竟持剑到了东家屋里，奸污了他的老婆，还要逼那东家奸他的女儿。镇江有一家"晓岚镖局"，遭周笑笑拦路索财，局主甘晓岚是个老英雄，脾气刚烈，说什么也不交呈"拜礼"，周笑笑战之不胜，居然偷了官帑、贡品，栽赃甘家，害得甘晓岚满门抄斩充军，镖局也因而消散。

所以，武林中人大都鄙薄周笑笑为人，又不敢宣之于口，怕惹来这个魔星寻仇。

周笑笑最令人不齿的行为，是惯"抽后腿"，谁跟他结下梁子，他固然不择手段，施加报仇，但就算相交甚笃，一旦有祸患来时，或利益当前，他也把伙伴照"卖"不误。

如果说周笑笑也有"原则"的话，那么肯定就是他从不做对不起惠千紫的事。

周笑笑的断臂，便是为惠千紫力退强敌"神剑"萧亮。惠千紫生性淫狠，又极好面子，凡是跟她相好过的男子，她多在事后杀而灭口。萧亮的一位好友，不会武功，诗文极好，受惠千紫所诱，糊里糊涂就缠绵了几天，以为飞来艳福，结果一颗头颅被惠千紫的锯齿刀锯剩下一块头皮。

萧亮大怒，为友出头，追杀惠千紫，周笑笑竟然为惠千紫奋勇迎战，被萧亮剁去一臂，负伤逃逸。后萧亮要力战"大梦"方觉晓，不能再追杀二人。周笑笑、惠千紫作恶如故。洪泽旁一家饭铺的伙计见周笑笑独臂憔悴，服务态度恶劣，招待不周，惠千紫斥喝几句，那伙计反说："我是你家奴么？我是你儿子吗？去你奶奶的，你们作威作福，不怕生个没屁眼的儿子！"

周笑笑听了恨极，公然把那伙计扭到菜市街口，大庭广众之下，挖眼拔牙，穿耳剁鼻，还把他的牙齿全打落，逼他吞下，然后才扬长而去。这件事，恰好惊动了要追查那一批官帑、贡品真相，还"晓岚镖局"清白的无情，他知道周笑笑在何地出现，立即追了过去。

周笑笑和惠千紫自然不是无情之敌，闻风而逃。周笑笑虽谈不上有什么朋友，但和惠千紫却握有绿林同道的不少"秘密"，以此为要挟，要他们设法阻拦截下无情，有些不怕死的，不知"四大名捕"厉害的，也在沿路阻截无情，但全都被打得落花流水，狼狈不堪！

周笑笑、惠千紫一急，投奔九九峰连目上人，连目上人本是周笑笑父执辈的世交，好心劝谕周笑笑，要他向无情自首投案。周笑笑恶向胆边生，狙杀了连目上人，待谢三胜和姚小雯回来，布下陷阱，把二人格杀，然后装扮成他们形貌，投奔南寨，殷乘风一时不察，便将这两个祸患收容。

其实大凡武林中人，挟技斗勇，以求快意恩仇，也是常事，只不过，大都智者知藏，适可而止，恩怨分明，尤其不对不识武艺的常人恃武行凶。周笑笑这种作为，实犯众怒，是故才引动"四大名捕"里的无情千里追缉，因而误将戚少商捕拿，惹起了跟刘独峰的一场误斗，为九幽神君所趁的种种事故。

周笑笑和惠千紫却为无情这一逼，迫入了青天寨，灵机一动，恶念又起，知道自己被缉拿得紧，总不能逃亡一辈子，决意跟官府合作，将"功"赎罪，要歼灭南寨，换取自己的自由、生命与功名。

第八十二回

乘风轩之风波

惠千紫参与青天寨的布防，第一步便把暗卡撤后十五里。

由于她有寨主殷乘风的手令，对暗卡的调动，别人也不敢置喙。

她第二步便要把后五里地的明卡归由她的部属掌管。

这招致薛丈一的反对。

薛丈一这样说："没有寨主的命令，谁都不可以做这样的调度。"

惠千紫幽怨地眄了薛丈一一眼，故意挨近身子，肩膀微触薛丈一的胸膛，呢声道："你天天晚上都忙这忙那的，总没歇过，人家怕你辛苦嘛。"

薛丈一是个老粗，心中有点陶陶然，嘴里却说："辛苦点也没办法。"

惠千紫拧他的脸："你这人怎么那么呆板。"

薛丈一的大手搂住了她的腰："什么板？"

惠千紫斜乜了他一眼："你歇歇呀，我待会儿就来陪你。"

薛丈一乐不可支，张着嘴合不拢，一味地道："好，好。待明晨换哨了就回去。"

惠千紫跺足嘟着嘴儿道："什么换哨？这儿就留给我啦。"

薛丈一色迷迷地看着惠千紫，道："不行，不行。"

惠千紫给他气煞："你干什么啦！"

薛丈一的手一路摸了上去，惠千紫把他的手打开，他却正色道："什么我都可以答应你，但不能违背青天寨的规矩。"

惠千紫见他对美色兴趣盎然，但决不因私废公，恨不得一刀把他杀了，但这桩子里双方都有部属，一旦闹了开来，事情就穿了，惠千紫也不敢冒这个险，只好佯怒道："你要是不放心我，我就不睬你。"

薛丈一扯她衣角，央她不要生气。

惠千紫又施温柔手段："你就少管一晚事吧。"

不料薛丈一仍是道："就这样不可以。寨主把责任交给我，我乐归乐，不能误事。"

惠千紫游说道："你交给我，我替你盯牢着，哪有误事来着！你别婆婆妈妈娘点子样儿，放点男人气概出来好不好？难怪殷寨主只瞧得起盛副寨主，没把你看在眼里！"

薛丈一恨恨地道："寨主看重谁，我也拿他没法，谁胆小手脚软，谁才是好汉，用不着我姓薛的充！不过，有违职守的事，我老薛说什么也不干！"

惠千紫只好翻脸："你不干，便是对我不好，我这辈子都不睬你。"

薛丈一急得跳脚，但仍是道："你体谅体谅。"

惠千紫没法可施，忽灵机一动，拿出盛朝光的印信，冷语道："其实盛副寨主早已下达命令，要你撤守寨内。"

薛丈一气得干瞪眼，愤愤地道："那姓盛的这不明争功嘛！我——"

惠千紫以为薛丈一必定不服，谁知薛丈一道："按照寨规，我也不能不听副寨主的行军调度，唉，算了。"便依令撤军退守入寨。

惠千紫不意误打正着，正要顺水推舟，实行第三步骤："外面的传讯，盛副寨主有令，也一概由我明、暗二卡接收，你们不得插手。"

薛丈一怒笑道："没这样子的事！"

惠千紫以为露了马脚，暗吃一惊。

薛丈一愤愤地道："副寨主权限只能叫我撤人，不能禁止传递急信。青天寨设在外的传讯三十七处，万一有敌掩扑，少说也有十几路信号告急，分七种门道，明卡接收五成，暗卡接收三成，我们寨防接收二成，另外三路，直接通告殷寨主，谁也更改不得。"

惠千紫听青天寨传讯系统这般严密，知道此事难以求功，心里准备一旦官兵掩近青天寨，她即率部属将忠心防守的南寨弟子除去，反扑大寨，先把薛丈一格杀再说。至于传递给殷乘风的讯息，有周笑笑在内截阻，理应无碍。当下便峻然道："好，你先退返寨内吧。"

果然，接近二更时分，官兵急扑青天寨，由于南寨外围疏于防范，军队又有备而来，行动犹如迅雷，不少桩子猝不及防全都拔掉，其他方面未被惊动。犹是如此，仍有十三道伏桩，发出了告急暗号。

这些急讯，有用烟花作讯号，有燃火以传递，有快马传信，有飞鸽传书，但给惠千紫的明卡，截去六件，暗卡截去四件，且把传讯者诛杀。

但仍有三件传讯，成了漏网之鱼，不透过旁人之手，直入青天寨，其中两项，是要直接送达殷乘风之手的。

剩下一个快讯，是经拒马沟的护寨沟道，塞在空瓶子里，流经寨前，由薛丈一亲信接获，立刻交给薛丈一。

薛丈一命人展开一看，此惊非同小可，却因未证实消息真假，立即单骑赴前卡，找上惠千紫，问个清楚。

薛丈一是一个极遵守寨规的人，古板而老实，偏偏古板而又老实的人，往往也不怎么聪明，此事颇为蹊跷，怎会前卡风声全无，而告急讯息反直达寨里呢？薛丈一却不假思索，也没命人走报寨主，径自去察看卡桩。

他找着惠千紫，劈面就问："你是干什么的！？敌人逼近都不知晓！"

惠千紫察看他身边没带手下，便道："哪有此事。"

薛丈一粗声道："赶快传七路分卡的头目来见我！"

惠千紫忽嘘声道："其实我早有了线报，作乱的贼子是盛副寨主！"

薛丈一一听就立刻不信："胡说！"

惠千紫掏出一张纸，道："不信你看这封血书！"

薛丈一伸手就要夺来看，不料一阵风来，信纸飘落地下，薛丈一俯身去捡，惠千紫自后拔刀，一刀砍落，把薛丈一由脊至股，直劈了进去！

薛丈一惨嚎一声，惠千紫再把刀尖往前一送，自内直搠入心脏，然后沉腕稳住刀势，一抬足把薛丈一的尸首踢飞。

她把刀锋上的血迹抹在布幔上，喃喃自语："快二更了。"嘴角仍带一丝销魂的笑意。

"快二更了。"周笑笑说。

他和尤知味又合作杀了一名"四大家仆"，正要截杀最后一名家仆，免生祸患，忽有惠千紫派遣的人来报，可能会有告急讯号入寨，要周笑笑留意拦截。

周笑笑略沉思片刻，便道："以此事为重。"只要殷乘风一且接到讯息，立即加紧防范，官兵要攻入青天寨，那就事倍功半了。他又知其中一种通讯管道，是从地底通道直入殷乘风寝室内，通道口设在寨外远处，除了寨主和负责传讯的人外，谁也不知设在何处。要截阻此事，除非得要在寨主卧室里。

周笑笑道："殷寨主对我倒有情义，我本不想杀他，但事到头来，想不杀他也不可以。尤大师，你想不想立一个大功？"

尤知味失手遭擒，当然想将功赎过。他倒不怕殷乘风，觉得他年轻识薄，不见得是自己之敌，可虑的只是他自己受伤不轻，只怕万一制之不住，但既是施加暗算，谅殷乘风也没多大能耐，能躲开自己的杀着。当下便道："我这条命是你救的，当然听你调度。"

周笑笑道："不敢当。我们合作做事，到殷乘风寝室去，来个永绝后患。"

尤知味正要答好，忽有一阵轻微的振翅越空之声，周笑笑一抬拳，射出一道白光，暴没入苍穹，一物落了下来，正落在烟云厢的屋瓦上。

周笑笑冷眺低声道："是信鸽，已给我射了下来，告急的讯息，又给我截了一路。"

尤知味道："这信鸽必须取回。"

周笑笑道："对。你小心着，跟在我后面，当是我部属，别让人发现了。"

尤知味早已换上四大家仆之一的服饰，点首道："是。"

周笑笑到"烟云厢"廊前，四顾无人，一纵身到了屋顶，拾得那只染血的健鸽，细看鸽爪上系着告急密札，才放了心，正要下去，忽听有人和气地道："谢兄，还未休息？"

周笑笑暗自一栗，知道是铁手已上了屋顶，就在近处。铁手恐怕是这干敌人中最难缠的角色，纵受伤未愈，却也不可轻视，又怕在屋下的尤知味被发现了，那就更是不妙。他暗自惊栗，脸上却镇定如常，微微笑道："二爷，快二更天了，上来凉快着？"

铁手踩在瓦垄上，负手笑道："谢兄好手劲，我听到暗器破空之声，生怕出了岔子，便上来瞧瞧。"

周笑笑心中更惊，自己不过发出一片飞蝗石，打落健鸽，立即就使铁手生警觉，上来巡察，如有一个应对不妥，恐有麻烦，便道："我奉寨主之命，坐夜守更，见有异鸟掠过，一时手痒，打下一头，没想到骚扰了铁二爷。"

铁手笑道："哪有骚扰，我反正是还没睡着，本道谁的手劲这么好，出得房来就见一物自天而落，暗佩眼尖式准，果是谢兄，佩服佩服！"

周笑笑用手把健鸽握着，笑道："二爷见笑了。"

铁手往屋下望了一望，扬眉笑问："下面那位兄台是谁？"

周笑笑俯瞰一望，只见一个人影，把毡帽压得低低的，站在树影暗处，面孔谁也不易看清，知道尤知味机警，知道不对劲，尽量遮掩着，便道："那是赫连公子的近身，今晚与在下一道司防。"

铁手忙道："谢兄辛苦了。"

周笑笑道："哪里，应该的。"

铁手道："既然没啥事，我也不干扰谢兄的公事。"

周笑笑道："二爷伤未痊愈，早些歇歇好呢。"

铁手笑着拱手："有劳费心。"也不显轻功，逐步下得屋檐，落下围墙，再推门入房。

周笑笑下得屋橼来，跟尤知味道："好险，差点给他瞧破。"

尤知味道："这人十分难缠，还是让大军来收拾他才好。"

周笑笑道："他周身是伤，合我们二人之力倒不怕他，只不过他机惕过人，一旦收拾不下，惊动寨内，那就前功尽废了。"

尤知味巴不得能不惹此人，忙道："是啊。"

周笑笑道："事不宜迟，我们这就先去把姓殷的翦除，好教他们群龙无首。"

两人趋近殷乘风的乘风轩。南寨内对粮仓、银库、眷房、要道，把守倒十分严密，但对寨主寝居之地，防卫却不森严，主要是因为殷乘风自觉俯仰无愧、光明磊落，不怕敌人攻陷青天寨，他又自恃艺高胆大，不怕自己人暗算他，所以根本不加重防。其余一般设防，见是周笑笑，对了暗语，也不加怀疑。

故此，周笑笑与尤知味二人，毫无阻碍地便到了乘风轩门前。

乘风轩本有四名精悍卫士把守，可是殷乘风却认为："我在睡觉，他们却为我熬夜，这算什么？再说，要是有人杀得了我，他们又焉能救得了我？"于是撤销四人职守，另派要务。不过，盛朝光一向审慎，又派了四名手下侍候，殷乘风仍然不允，撤了二人，只留二人守夜，算是"聊备一格"。

周笑笑和尤知味手辣心狠，一上来，应对了几句，两名青天寨子弟正要入禀，已给一人一个，下重手格杀当场。

周笑笑与尤知味蹑手蹑脚，进入乘风轩。

殷乘风正和衣睡在床上。

周笑笑正要动手，忽闻帐上一阵清脆的铃响，两人大惊失色：都以为自己误踏机关，触动了警报，这时殷乘风眼皮一翻，正要坐起，周笑笑和尤知味行动何等之快，一个像一股烟似的钻入了床帘子下，一个闪电似的躲进了挂衣镜后。

殷乘风乍醒，感觉到似乎有什么事物闪了两闪，但警号更扰乱他的心思。他马上打开床前的一道活板，地底下立即冒出一个身着深色夜行装的汉子，向殷乘风拜倒在地。

殷乘风忙问："玉冠珊，什么事，这般急？"

那汉子满头大汗，神色惶急，但神态间依然十分恭敬："弟子玉冠珊，拜见寨主，前方告急，有大队官兵，左右包抄，离大寨已不及五里！"

殷乘风此惊非同小可："什么！？"

玉冠珊道："请寨主立即下谕。"

殷乘风为之震怒："敌人迫得如此之近，你们现在才来报告！？"

玉冠珊惶然道："我们至少已派出十七路走报，我是最后一起，却不知……"

殷乘风变了脸色，喃喃道："有奸细，有奸细………"

正待发令，倏地，两道人影飞扑而出！

一自镜后，一自床底，一剑双爪，急攻殷乘风！

这下猝不及防，殷乘风外号"急电"，但剑不在手，闪躲无及，招架不能，眼看要伤在狙击者之手，蓦地，一人破窗而入，双拳左右齐发，"砰砰"二声，把两个暗算者逼得拔步后退，脱身不得。

殷乘风定睛一看，来人原来便是铁手。

铁手一面发拳，牵制二人，一面扬声叱道："殷寨主，赶快下令防守，这两人由我料理便得！"

殷乘风见铁手及时到援，自是大喜；这时又一大汉闯将进来，正是唐肯，一见他就报道："殷寨主，我已将息大娘、赫连公子、高老板等唤醒，正候你调度。"

殷乘风又感动又惊佩，但又见一人驰入报告："寨主，不好了，三十里明暗卡惠舵主引路回攻，已攻下寨门，西路寨防为防守者打开，敌兵已攻入寨内！"

第八十三回

害人反害己

原来铁手在厢房已然歇着，忽听暗器划空之声，紧接着一物落在瓦上。铁手的伤势只好了几成，但他内功深厚，一旦调息得当，恢复极快，而且一向机警精细，乍听有异响，即纵上房去巡视。

及后见是谢三胜，本已消疑，但谢三胜掩饰其辞，铁手眼尖，看他藏掩手中所拾的，应是信鸽而非夜枭，心中疑念又起，便不动声色，跃下厢房，唐肯仍然呼呼大睡，铁手把他推醒，唐肯惺忪着眼问："有事吗？"

铁手凑近低声疾道："我见谢三胜行动有异，他的身后还跟了个人，黑里瞧不清楚，身形却似尤知味。"

唐肯奇道："尤知味？怎么放出来了么！"

铁手道："我也不知道。我且去睄住他们，你去寨前寨后走一趟，看有何异动，若发现不对路，马上通知大娘他们，聚拢防范，再到乘风轩报急。"

唐肯即打起精神，道："是。"他一向服膺铁手，经这次出生入死后，两人更是肝胆相照，相惜相重。唐肯对铁手的吩咐，更是精神抖擞，全力以赴。

唐肯连长衫也不披就冲了出去，铁手则穿檐越脊，四下一望，见乘风轩那儿人影疾闪，铁手便提气赶去，却迟了一步，遥见守在乘风轩的两名弟子似遭了毒手，谢三胜和另一人不让那两名守卫软萎于地，便扶住背起，置于暗处，再摸入乘风轩。

铁手好生歉疚，不及制止谢三胜骤下毒手，救不回两名守卫，于是更下决心，要弄清楚谢三胜究竟搞的是什么鬼。

及至见轩内玉冠珊告急，殷乘风猝受暗袭，铁手破窗而入，连起两拳，把谢三胜与尤知味逼退。在房内朝相一看，这会可看清楚了真的是尤知味。

殷乘风戟指叱道："姓谢的，你这是什么意思？"

饶是周笑笑一向狡狯，但行藏被对方撞破，也不免心慌，铁手双拳打到，一股极强的劲气，将二人逼近墙边！

周笑笑忙叫道："误会，殷寨主，误会……"

殷乘风刷地抓起悬在床前的无鞘利剑，厉声道："你放走尤知味，暗算于我，还是误会不成！"

周笑笑与尤知味左冲右突，就是没有办法冲得过铁手的一双铁拳笼罩之下。铁手出招不多，只是无论周笑笑与尤知味用何种招式和方式以图突破防线，他仅在要紧关头和要紧之处，加上一掌或一拳，伸手一拦或一拨，就把对方的去路截死，把两人的攻势消解，一面向殷乘风说道："殷寨主，他们至少已杀了你轩前的两名子弟，我自会留下他们，寨中防守，还需你主持大局，这儿的事，就交给我。"

殷乘风一听大怒，即叱："好贼子！""啸"地一剑，划出一道银光，急叮周笑笑的咽喉！

周笑笑本来已是惊弓之鸟。他见事机败露，青天寨一众高手必不肯放过他，只图全力夺路而逃；偏是尤知味，曾为阶下之囚，这次说什么也不愿再失手被擒，只拼命脱险，两人本就不同心，现各为活命，只顾逃亡，动手间亦未为照应，殷乘风这一剑，含忿出手，直夺周笑笑，还喝了一声："看剑！"

要不是殷乘风这一声叱，周笑笑可能真接不来这一剑。

周笑笑翻腕一架，剑身回护咽喉，"铮"的一声，殷乘风那柄窄细利剑，剑尖刺在周笑笑的剑身上。

殷乘风冷笑一声，身形一挫，左膝一弓，右脚一挺，剑尖转刺周笑笑腋下！

周笑笑剑往上回，格开殷乘风第一剑，腋下却露了一个小小的破绽，这空隙不过霎间，但殷乘风的剑已似银蛇般攒到！

周笑笑大叫一声，全身一抽！

他这种抽退法，像整个人突然被抽掉了气，整个人干瘪了也似的，突然从原来的位置缩退了三步，使身与剑之间争取一个空间，殷乘风的剑尖还待往前递，周笑笑的剑锋已及时拍了下来，压住了殷乘风的剑，正待借势回刺，殷乘风扬眉叱道："难怪！原来你是'独臂毒剑'！"突然间，剑到了左手，剑光一闪，又是一刺！

他在交手第二招里，已从对方剑法中判断出这便是"独臂剑"周笑笑。殷乘风精好剑法，所以对江湖上一般用剑名手，以及剑法招式，十分详熟，若是伍彩云仍在青天寨内，以她对武林各家各派武术的了如指掌，周笑笑更加不可能以"谢三胜"的名义瞒骗了那么一段时间！

周笑笑以缩身奇法来争取刹间，以剑反压对方之剑，正待反攻，不料殷乘风只做了一件事：右手剑突交左手。

周笑笑的剑骤压了一个空，身子往下一沉！

殷乘风的左手剑已向他左胸刺到。

这一下，攻其无备，而殷乘风外号"急电"，剑势何等之疾！

周笑笑本已避不开去，危急间突一拧身，侧身一让，以左臂掩挡，殷乘风那一剑，正刺在他的左肘上！

"嗤"的一声，周笑笑回剑飞刺，直夺殷乘风咽喉。

殷乘风马上省悟：周笑笑是有名的"独臂剑"，他的左膀子当然是假的。

他想到立即拔剑，一面拔剑一边身退，不料他那一柄剑，却似嵌在那假臂里，拔也拔不出来！

这稍慢得一慢，周笑笑的剑已近眼前！

殷乘风应变奇急，不抽反递，大喝一声，运劲于臂，剑自肘部穿出，直取周笑笑左腋！

周笑笑的假臂是用豫鄂边界的一种叫无歇木精制，一般兵器刺入其中，只要将肩部耸起，木纹软韧，便易入难出，不少武功犹在周笑笑之上的武林高手，都毁在周笑笑这一招令人防不胜防的机关里，轻则丢了兵器，重则为他所杀。

殷乘风却在心念电转的刹间，不退反进，剑锋破臂而出，直取其要害。

周笑笑此惊非同小可，忙一闪身，但殷乘风冲步再刺，剑黏于肘间，扔也扔不掉，甩也甩不去，成了一个大破绽，处处受制于人。

周笑笑怎顾得再作攻击，忙回剑自守，殷乘风攻得三四剑，把周笑笑逼得手忙脚乱，忽听铁手在旁沉声道："殷寨主，还是大事为重。"

殷乘风冷哼一声，力注于腕，沉腕一捺，剑锋生生把那木制假手震裂，周笑笑不惊反喜，以为脱困，殷乘风将剑一收，插回腰间，向铁手一拱手道："这厮非杀不可，交给二爷了。"便与来报的青天寨头目疾行了出去。

周笑笑反身欲逃，却见铁手冷森森地瞧着他，尤知味早已倒在地上，左手腕像被人卸了臼，一双腿子似也站不起来。

周笑笑大吃一惊，殷乘风和他交手不过数招，惊险互见，尤知味却一声未响，已被受伤未愈的铁手放倒，看来这在"四大名捕"里坐第二把交椅的好手，当真是非同小可。

周笑笑心中虽惊，但反而不敢莽撞，他瞧得出铁手的气势与方位，自己若贸然硬闯，只有输得更惨，所以反而笑道："铁二爷，咱们河水不犯井水，我没伤着您老手下的人，青天寨与你又非亲非故，你老高抬贵手，放我一马又如何？"

铁手道："就是因为你伤的是青天寨的人，我才不好自作主张，任由你走，更何况，大师兄好像也千里迢迢，追查你的下落，所以你更不能走。"

周笑笑打量情势，强笑道："大家都是江湖人，二爷何不留点面子。"

铁手道："似乎也曾有过不少武林前辈给你留面子，可是，到头来，他们好像一个都没能逃得过你的复仇剑。"

周笑笑道："那是有人在恶意诋毁我，我一向感恩必报，决无二心。"

铁手道："青天寨也有恩于你，你现卜的所作所为，便算是报答？"

周笑笑忙道："我只是受了奸人挑拨，一时糊涂，又受命于黄金鳞与文张，想将功赎罪，才干下这种汗颜愧煞的事！"

尤知味人虽受伤，无法再战，但一听周笑笑这种说法，便知对方实暗中把罪行推诿于他，忙撞天屈似的叫道："是你自己逼我逃出来，还杀了赫连春水的手下，不是我唆教的，我是冤枉的，二爷明鉴，我是冤枉的！"

铁手寒起了脸："周笑笑，你干的好事！"

周笑笑挥手道："我……"突然暗芒一闪，一物已射向铁手面门。

铁手一扬手，已抓住那件暗器。

周笑笑一闪身，并不冲出去，一剑急刺唐肯！

唐肯猝不及防，挥刀一格，周笑笑借刀势之力，急旋一圈，骤然下坐，刀尖扬刺唐肯的咽喉。

他的目的不是杀死唐肯，他只是要制住唐肯。

他明知今番难以逃出青天寨，除非能先制住寨里一名要将，或能挟持交换自己一条性命，或延宕时间，让救兵进寨再说。

这一剑蓄势已久，唐肯慌忙间避不开去！

忽闻"铮"的一声，一件暗器，疾射在周笑笑的剑尖上，剑尖震得一歪，险些脱手飞出，唐肯趁此一个大仰身，往后翻去，喘了几口气，才定过神来，暗器却落到墙边。

撞歪周笑笑剑尖的暗器，正是刚才他发出去的那枚。

周笑笑反而笑了。

那枚暗器，叫作"刺猬"，那一颗如铁莲子的物体上，足有三百八十四枚长短尖刺，且淬有奇毒，任何人沾上了，被刺破一小块表皮，毒便入侵，就算是放射的人，不预先戴上手套，也得遭殃。

周笑笑故意向铁手求情，便是借此暗中戴上手套，他因只有一条臂膀，另一只假手已被殷乘风削毁，戴手套花费工夫，一旦戴上，他便发动攻击，发出"刺猬"。

这种毒辣的暗器，是他杀害了一名唐门暗器高手唐春雨身上所得的，只有两枚，连他自己本身都没有解药，非到万不得已时不敢乱用；一旦施用，也必千方百计取回再用。这种暗器毒性极具持久力，一枚大概可用上十次，毒性依然不减，据悉是昔年唐门掌刑唐铁书亲手所制。

周笑笑先见铁手空手接下暗器，又把暗器发了回来，想必难免遭倒刺戳破掌心手指，心下大定，但仍不敢直接对付铁手，只虚晃一剑，翻身破窗而出，一面抛下一句话："姓铁的，小心你的手掌吧，周某可不奉陪了！"

他人一到屋外，夜凉如水，深吸了一口气，忽见月色一暗，后颈已教人拿住。

周笑笑还待挣扎，但这一揪拿之间，几乎令他窒息，四肢百骸，一点气力都施不上来，心中又惊又惧。

但那手掌一抓又放，只听铁手沉声道："你以为我中毒了？我的手是百毒不侵的，你没听说过吗？好，你这下是大意不算，小心着了，下一招可不再饶了。"

周笑笑知道对方并不占这个便宜，愈是这样，愈是心慌。

这时外面火光四起，喊杀连天。

铁手眉头一皱，道："姓周的，南寨待你不薄，你做的好事！"

周笑笑立即跪了下来，恳道："二爷，人谁无过，请予活路。"

铁手趋前道："快制止你的部属做那里应外合的事，或能将功抵过。"

周笑笑神色惨然地道："二爷，他们一旦发动，我……我也无能为力啊。"

铁手略一犹豫，伸手扶挽道："你且先起来再说。"

周笑笑抬头。

铁手挽着他的肩膀。

周笑笑伸手。

铁手正想把他拉起，倏地，周笑笑的腕间疾射出一枚物体，直夺铁手咽喉！

这一下，相距既近，出手又毒，铁手想用双手遮拨已迟，闪躲亦已无及，百忙中吐气扬声，喝了一声："咄！"

一股气流，迸喷而出，激在暗器上！

铁手的内力，全化作一股劲气，那暗器登时折射，倒射向周笑笑胸膛。

周笑笑正要提剑疾刺，忽见暗器倒射回来，顿时唬得魂飞魄散，回剑便格，但已慢了一步，引臂一封，暗器虽没打在胸膛上，却嵌入手背中。

周笑笑怪叫一声，立即什么都不顾了，大敌当前也不理，只见他以指挟剑，设法想将剑近柄处利刃回割手背上的暗器；他只有一只手，目赤嘴张，十分狼狈，仍无法把手背上的暗器扫落下来。

铁手见周笑笑两次暗算自己，心下提防，一时不再上前去，只静观其变。

只见周笑笑低低地嘶吼了两声，竟用牙齿咬着剑柄，稳定住剑势，以剑尖一挑，把嵌在手背上的暗器抛了出来，伤势只淡淡现了几个细小的孔，手背上便流出淤色的血。

周笑笑眼中满是惊惧，仿佛手背中的暗器仍未抛去，含剑将自己手背上划了三四道血口，但伤口里流出的血，仍是褐色的。

周笑笑的喉咙呵呵地叫着，全身颤抖了起来。他的手一面抖着，一面淌着血，伸入到襟内，挖出了几个盒子，他把盒子一个个地打开，往嘴里塞了六七颗药丸，又想把药末敷在手背上，但因独臂，而又因心头太过恐惧，竟连极简单的动作也无法完成。

铁手见他真的慌惶，便想过去替他裹伤敷药，周笑笑神色怪异，双目无神，时又赤火逼人，铁手一搭手上去，只觉他的手腕肌肉似热铁一般，硬胀火烫。

铁手吃了一惊，暗忖，那暗器竟是这般毒！若挨着的是我，岂不……

这时，周笑笑手背上流的血，愈流愈少，愈流愈浓，颜色也愈深褐，隐有一股腥味。周笑笑忽发狂似的甩开铁手的掌握，以铁手双手之力，竟也拿他不住。周笑笑大口大口地喘着气，不住往身上挖，摸出一个锦盒，盒子里有三颗晶莹剔透的丹丸，铁手瞧得仔细，记得周笑笑原先已服了一颗，但听他"唉"了一声，把三颗药丸全一股脑儿吞入腹中，双眼一阵翻白，铁手忙道："我去端水给你。"

唐肯道："我去。"

周笑笑愕然道："完了，这是唐门的淬毒暗器，叫作'刺猬'……"

铁手见势头不妙，周笑笑声近嘶哑，牙关紧咬，牙龈已渗出血来，唇呈青紫，唇吻沁血，两颗充血的眸子直似要努出眶来，知道须清除此毒，可能要壮士断臂，但周笑笑只有一臂，这话无论如何都说不出口。

却见周笑笑胸肌一阵抽搐，忽哑声道："快……快替我砍掉这条膀子！"

第八十四回

渡江

　　铁手闻言吃了一惊，知道周笑笑又急又惧，正要出言安慰，周笑笑忽似内脏被刀子搠了一下似的，怪叫起来，跃起丈高，落地却站立不稳，栽倒下来。

　　铁手再看时，周笑笑已口吐白沫。

　　铁手忙用掌心逼近他的"神道穴"，想以己身的内力修为，替他逼住毒力，无料掌才贴上去，只觉触手如炙，周笑笑体内真气乱流，一时之间，竟无法收摄。

　　铁手的内力再输进周笑笑体内，周笑笑眼眶立时渗出血来，唇裂紫胀，铁手大吃一惊，暗忖：这暗器怎么这般毒法！

　　这时忽听轻如柳絮拂地的细响，铁手慌中不乱，抬头只见一个清眉秀目的女子，在月光下，双瞳剪水，眼尾如钩，看着在地上辗转挣扎的周笑笑，脸上也微微发白，正是息大娘。

　　息大娘道："官兵已包围大寨，前寨已告攻破，寨主要你急到朝霞堂急议。"却见周笑笑全身打颤，仿佛每一根骨骼都被寒冰切割一般，但双目犹如赤火，牙齿错响，汗流浃背，不住打颤，不禁失声道："怎么这么个毒法？"

　　铁手往掉落地上的"刺猬"一指，道："他发射这枚暗器，反受其害，在手背上刺了一下，就这个样子了。"

息大娘俯身端详一阵，道："这是蜀中唐门的'刺猬'，是当年唐门掌刑十九老爷唐铁书独门暗器，据说流传在江湖上，只有三枚……"

铁手伸手往房内近挂衣镜桌旁一指道："那儿还有一枚。"

息大娘吐舌道："好家伙，居然身上就带了两枚，也竟然一口气就发了两枚，真个深仇大恨不成！"

周笑笑忽又一声怪吼，巍颤颤地站了起来，以牙齿咬住剑柄，就要往手臂砍落，砍得几砍，手臂鲜血淋漓，无奈毒伤过重，无以发力，就是没法把手砍断。

铁手一手夺过剑来，急问息大娘："这暗器可有解救之法？"

息大娘摇头道："仓促间哪有办法？"说着要拈手捡起"刺猬"观察，铁手忙提醒道："小心，这东西利得很！"他仗着一双苦练三十年的铁掌，才不为这毒物所趁。

息大娘小心谨慎地撕下一片布帛，连着手绢，再拾掇上几片叶子，才轻手软指的，把暗器拈上在月下细看，又凑近一闻，似有淡淡的甜味，只有暗器尖芒上经月色一映，隐有暗青微芒，不禁低声道："好毒，好毒！"

铁手正要挥剑断臂，以阻毒力蔓延，却见周笑笑颈筋青暴粗胀，一股紫气，笼罩喉骨，当下不顾他乱挣乱颤，撕他的衣襟一看，只见他胸上已呈现无数血斑，东一块、西一块的，有的巴掌大，有的绿豆小，铁手长叹一声，知已无救，那一剑已砍不下去了。

周笑笑一见铁手的神态，倒是宁定了下来，眼角滚下了两行热泪来，喃喃地道："我一念之差……一念之差……"声音遂低沉了下去。

铁手正不知要拿什么话来安慰他是好，忽见周笑笑长身暴起，一手向他脸部抓来！

周笑笑在此时此境仍猝起发难，实令铁手始料未及，但铁手伤虽未完全愈合，功力却已恢复了七八成，一侧身便让过了这一招，周笑笑却一沉肘，已扣住长剑，和身扑来，快捷犹胜平常！

铁手暗吃一惊，又不愿刺伤周笑笑，唯有撤剑身退。

铁手一退，周笑笑夺剑在手，长笑一声，一剑砍向唐肯！

唐肯见他发戟目赤，唇裂龈血，吓得连跳带纵，挥刀乱挡，且战且退！

周笑笑虚砍两三剑，全身突然一搐，顿时全身又抖颤起来。

挨伏在地上的尤知味，更怕是再度落入这班人的手中，见状连忙叫道："周大侠，周大侠，我的腿上穴道被封，快来解——"

周笑笑狞笑起来，跟跟跄跄地冲将过去，铁手逼近叱道："不可！"周笑笑回手就是一剑！

这一剑已全无章法，状若疯虎，但便是这样，越发难接，铁手只得闪让一旁。

周笑笑喉咙里怪嘶半响，却听不出他发音，旋身一剑，竟把尤知味半片脑袋砍飞，脑浆、血浆，溅得墙地皆是。

众人齐唬了一惊。

周笑笑挺剑又刺向唐肯。

唐肯胆子再大，也不敢跟这样的疯子交手，扭头就跑，周笑笑茫然四顾，挥剑往息大娘砍去。

息大娘目光如棱，忽一招手，"嗤"的一声，那枚"刺猬"已钉入周笑笑的额上。

周笑笑身子一晃，马上怔住。

铁手叹道："你——"

息大娘道："不杀反而痛苦。"

周笑笑脸上出现了一个极其古怪的笑容，剑也掉落地上，正伸手要摸额前，伸及半途，忽咕噜一声，栽下地来，身子压在剑上，立时溅出了一道血泉，那血也是褐色的。

铁手小心翼翼地过去，摸摸他的鼻息。息大娘却弯腰把另一枚"刺猬"拾了起来。唐肯犹有余悸，问道："到底死了没有？"

铁手摇摇头，叹了口气。

息大娘冷然道："这种人临死还凶性不改，自己朋友也下毒手，没什么好惋惜的，整个青天寨都势必教他累了，他刚才一剑杀了尤知味，不管尤知味人品如何，他总是因我而死的，我算是替他报了仇了，我们这还是先到朝霞堂聚议吧。"

周笑笑和尤知味的行藏虽被发现，导致两人恶贯满盈，但周笑笑所伏下的心腹，早已四出行动，加上惠千紫把明桩暗卡全控在手，一上来先杀害了薛丈一，又没有盛朝光主持大局，惠千紫一面暗中剪除对青天寨忠心耿耿的部属，一面率众反扑，大寨迅即被攻了下来。

殷乘风惊觉后，匆促率兵迎战，加赫连春水、高鸡血二部鼎力臂助，眼看可以收复，但黄金鳞、文张、顾惜朝已统兵攻到。

黄金鳞统领的兵员，早在追斗转战中死伤甚众，但他以奉令剿匪之名，征用沿途府道衙门营弁防军，声势只强不弱。加以文张参与追剿平匪事件，拨入五名帮带三名统带，纠军三千，声势大增。文张又邀一批武林中人，来为他效命，说这是"参联敉匪"，为"效忠朝廷"以表心迹，很多绿林同道都被他捏有把柄在手，心存畏怯，只好从之，不惜对穷途末路的连云寨、毁诺城、雷门、青天寨、赫连府的人穷追猛打，落井下石。另外一些武林中人，有的是想趁此献功捐官，有的则不敢得罪得势高官，实行敷衍了事。其中高风亮数度托辞镖局有事，须亲往料理主持，但文张一意不肯，加上黄金鳞轻描淡写地表示：铁手已伙同流寇，叛逆朝廷，正已上奏候决，但铁手是神威镖局的镖头唐肯所释的，神威镖局自是责无旁贷，务要清理此案，否则一概当与匪结党查办。高风亮曾亡命天涯，深受无辜获罪之害，所谓"一朝被蛇咬，十年怕井绳"，只好带局中高手随军征伐，不敢有所怨怼。

文张却自有他的打算。

他正是要借"敉匪平乱"的名目，来收揽这一群江湖中人，为他效命，日后成为巩固自己的势力，在傅相爷面前自有不可取代之功。

黄金鳞更是聪明人，有做官人"见风转舵""顺应时势"的习气，稍加相处下，但见文张，意气发舒，升递极快，请奏无不爽利，交往莫非权贵，知道他在朝中甚有倚荫，马上转了脸色，跟文张成了同一鼻孔出气。

这一来，顾惜朝连同一干寨子里的人，更形孤立，他的手下"连云三乱"，也暗自不服，但都不敢形于色。他们合起来是一股军力，但内里实是文张领舒自绣等自成一派，成为主力；黄金鳞表面附和奉谀，暗里跟李福、李慧，结成一脉，保持实力；顾惜朝却与宋乱水、霍乱步、冯乱虎及游天龙，联成一气，虽受排轧，但仍互为奥援；高风亮与勇成及一众武林人物等，也另有打算。

他们本来就对青天寨极为留心，早欲除之而后快，但不想节外生枝，又生恐南寨为顾全武林同道之义，收留叛逆息大娘等，后经探子打探，得悉那一众逃犯，未在拒马沟逗留，自是喜忻，以为可免招惹多一强敌。不料才返出二三十里，却接获留后布防的信鸽信讯，犯人仍在后方，文张等心中疑虑，再探虚实，知确有人告密，即领大队回扑，跟周笑笑与惠千紫会合。

周笑笑与惠千紫明本要求，虽肯提供钦犯行踪，亦愿代为应合，但要文张、黄金鳞等应承他们"立功抵罪"，赦免前刑，并禀奏他们一个武职官衔，才肯合作，并要书明盖章为凭，以上种种允诺。

文张老奸巨猾，心知周笑笑和惠千紫案乃"四大名捕"要办，与他无涉，乐得做个顺水人情，凭他受傅宗书识重，加上暗权在握的蔡京，也重托于他，跟这两个"卖友求荣"的小毛贼捐个文官武职，又有何难？何况待大功告成，这两人生死握在自己手里，如无可用之处，悔约又如何？于是便一一答应下来。

周笑笑与惠千紫便跟他们禀明情由，部署擘划，准两更天率兵全力攻打青天寨。

待计划安排妥当后，官兵找个僻谷隐蔽起来，周笑笑与惠千紫便回青天寨，分头行事。

周笑笑因贪功而被铁手识破行藏，到头来跟尤知味一同命丧南寨，但惠千紫方面，却依计行事，攻破了青天寨，纠合大军，杀进南寨总堂。

殷乘风的青天寨兵力，虽已远不如昔，亦有近千人之众，不过其中两成不在寨中，一成为周笑笑、惠千紫所杀或已反出南寨，剩下七成，仓皇迎敌，被官兵杀个措手不及，死了二三百人。

殷乘风还想顽抗，赫连春水与高鸡血见势头不对，忙拉殷乘风退却，殷乘风退入朝霞堂时，铁手和息大娘刚到了堂上，他们见殷乘风披发浴血，便知阵前失利。铁手碍于身有官职，不便明目张胆，与官兵鏖战。

赫连春水极力主张："这种情形，不可恋战，俗语说得好：

留得青山在，不怕没柴烧。殷寨主，我看还是撤兵退走的好。"

殷乘风咬牙切齿地道："岳父留给我这一片基业，我怎忍心教它毁在我手里，不行，我再跟官兵拼一拼再说。"

高鸡血急道："少寨主，这祸事本就是因我们而起的，你想拼命，我们要不想拼，那还是人不是？我们当然也想和狗官拼死！但此时若不退兵，一味死守，敌众我寡，敌优我劣，只怕徒连累寨里一众弟兄丧命，何不保持实力，暂撤大寨，他日一旦能扭转局势，寨主何愁不能再重整旗鼓、重新收拾呀！"

殷乘风从来惯听伍彩云的意见，但自妻新丧后，心志颓丧，不曾下过重大决定，多由盛朝光做主。现听赫连春水、高鸡血这般相劝，一时踌躇未决。

息大娘目明心清，道："殷寨主，你莫要再犹豫了，我想，如果彩云姑娘在生，也会这般做法的。"

此语果然有效。殷乘风神色愕然道："恨只恨我连这块与彩云生前相聚之地，也保不住！"

于是下令急撤，青天寨一向以牧马为业，当下挑选健马数百匹，连同寨中老弱妇孺，尽皆撤走，留下两百精兵，以强弩利兵，苦守断后。

息大娘、高鸡血、赫连春水因见祸由己出，拖累南寨，全向殷乘风请命，要求截阻追兵。

铁手则道："断后固然重要，但南寨一众精英、眷属，仍需高手相护、开路。"遂作安排：由铁手作先锋，息大娘随行护眷，高鸡血和赫连春水这两员猛将则拦阻追兵。殷乘风主持大队，强渡易水，沉舟登陆，往八仙台避去。

这一路鏖战，连番恶斗了几场，南寨子弟伤亡或遭擒了近半，只余三百余众，直奔八仙台。然而官兵也死伤两百多人，被易水拦断，无舟可渡，徒呼奈何。

黄金鳞即命当地县衙立即造船制筏，准备过江追击，文张乔装打扮，率舒自绣先行渡易水，到了八仙台。

黄金鳞这下可又佩又嫉，心想文张身为权贵，居然敢冒险犯难，直捣黄龙，就凭这点胆识，自己可比不上，于是羡慕之余，更多了一层妒忌。

文张却也有文张的想法。

他见殷乘风弃车保帅，得存元气渡江，只怕八天十日，难以轻取，唯在战斗中瞥见无情的两名近身仆童，心想无情、铁手必在附近，因何却不出手、不出头、不出面，只要自己擒得住一名剑童，便可押其返京，交由相爷发落，借以指证无情参与叛变，残杀官兵，最好还抓到铁手混在匪军内的罪证，一石二鸟，除了捉拿戚少商、平匪乱之外，又是一个排除异己、得建殊功的妙计！

文张这下定计，所种下的因，以及所得到的果，机缘巧合，生死变化，连他自己也意想不到！

第八十五回

抢崖

殷乘风把三百多名残兵重新编整，高鸡血建议要化整为零，来使官兵顾应不及。

铁手却不赞同："若无妇孺老弱，此计可行，但如今寨中眷属安全为要，一定要集中兵力，全力护眷突围，强渡易水，如果军力分散，更易被敌人逐个击破，应救无及。"

赫连春水是将门之子，行军打仗，自有腹笥："铁二爷所说甚是。敌众我寡，此时兵力只宜集中，以锐锋破重困，不能各觅生路、各自为政。"

高鸡血身为绿林中人，对布军对阵之事并不甚详，相比之下，赫连春水是将门虎子，对调军进退，反而甚为干练。高鸡血自然听从赫连春水的意见。

殷乘风本也舍不得跟手下弟兄、寨中老弱分散，于是遣兵调将，自与铁手、唐肯、范忠作先锋开道，以赫连春水的部属十一郎、十三妹及"虎头刀"龚翠环押左翼，南寨弟子玉冠珊和喜来锦那一组捕役衙差押右翼，赫连春水、高鸡血及其二十八名部属，负责断后，各率残兵，杀出拒马沟，直奔绕影山，意图自绕影壁翻落，再渡易水，逸向八仙台。

官兵的主力不在拒马沟，反而等候青天寨的人翻跃绕影山时，才在山腰团团包围，想一股将之歼灭。青天寨集中主力突围，向后山三度冲杀，官兵人多势众，几也抵不住一冲再冲。

黄金鳞原率部在前山攻打，全山包围，接到急报，忙命顾惜朝率一千精兵，增援后山的文张部队。

殷乘风心乱神清，在第四轮突围时，忽转向垭口，盘旋而下，顾惜朝增援，反把兵力堵在后山，青天寨却自山阴栈道强闯而下。

但山阴道上亦有官兵把守。

李福、李慧还有游天龙，都是扼守山阴栈道的重将，他们带有五百兵力，伏弩布阵，栈道狭隘，殷乘风一众本是决渡不过去的。

"陷阵"范忠提着斩马刀，几度冲杀，第一次眼看要冲过去了，但被箭雨射退回来。第二次他是冲过去了，可是大队跟不上来。第三次再冲，中了数箭，眼看就要被伏兵所杀，铁手抢上栈道，把他救了下来。

殷乘风看得义愤填膺，拔剑上阵，咬牙道："让我来。"

铁手拦住了他："你是主帅。寨中兄弟，以你为寄；寨中父老，以你为托。你出事不得，让我去。"

殷乘风急道："你是官面上的人，这一露面，可就难以翻身了。"

铁手说道："就是因为我算是身负官职，此时若不为正义出头，那才是愧负皇恩。"

他不理殷乘风拦阻，抢上栈道，一时箭如蝗雨，铁手深呼一口气，往道上猛冲。

他的内力，已恢复了七八成。

在他聚气全力冲刺之时，带起一道强厉的急风，所有的箭矢，全在他身前震飞跌落。

他冲上栈道口。

官兵一拥而上，包围着他。

铁手双手拔起崖边一棵枯树，横扫狂舞，所向披靡。

李福喝道："快把此人拿下，这是要犯！"

李福不叫还好，他这样一叫，官兵本来就悉闻"四大名捕"中的铁手和无情也在叛军之中，列入追缉名单里，大家都深自惶惑，有的是出自于敬慕之情，有的是心生惧畏之意，最怕便是遇上这两大名捕：一来不知手上要不要留情的好，二来也自知决非他们之敌。铁手这一上阵，气势非凡，已伤了十六七人，还有七八人被震落崖下，箭矢都射他不着，正惊疑间，李福这一着紧，人人都知道来的是铁手，反而让出了一条路。

铁手奋身力敌，一面招呼殷乘风等率军抢渡栈道。

李慧叱道："姓铁的，亏你也是御封名捕，居然纠盗杀官，还不受死！？"

铁手怒笑不答，赤手空拳，追击李福、李慧。

李氏兄弟明知决非铁手之敌，当日又曾乘铁手伤重，尽情凌辱过他，更怕铁手报复，一见铁手冲了上来，立刻急退。

他们一退，官兵自然心无战志，殷乘风等一众人已有小半抢登栈道，反守住栈口，让后人跟上。

其实铁手之意，也旨在吓唬李氏兄弟，他们一退，官兵必减战意，趁此使青天寨的人能渡此天险。

——栈道下面是百丈深渊，栈道狭隘，最多可容二人，按照情理，青天寨扶弱携老，决无可能从此间突围。

铁手、殷乘风、赫连春水等人商量的结果：便是故意声东击西，让敌人集中火力攻前寨，而拨兵增援后山，他们却调头过来渡天然栈道，为的是攻其不备，而敌方认定青天寨不会舍近求远、不顾安全取此险道，因而屯军要据，只派兵略守。

只要能夺取栈口，就不怕埋伏了。

铁手已占据栈口，但青天寨数百人之众，要全安然渡过栈道，少说也要个把时辰的工夫。争取时间，拖延敌军是最吃紧的关键。

铁手与已渡过栈道的殷乘风、唐肯等人，奋身守住栈口。息大娘则在栈道上，促眷队疾行。

这一来，埋伏的官兵便向抢过栈道的青天寨高手发动攻击。

青天寨的人只守不退、只进不退。

——一退，栈道上便被切断，便过不去。加上前后一旦合击，便死无葬身之地了。

这回是实战，无法再作游击，也不能取巧。

官兵飞报主队，文张和黄金鳞惊疑不定，虑是疑兵，一面将兵力布防，唯恐又遭南寨声东击西之计；一面派军急援，又放出旗火，召令近于垭口的部队，迅速抢援。

高风亮的一支队伍，正在将相台附近，见讯调兵堵住垭口，与铁手等人正好碰上了照面！

李福、李慧早已绕在后头，力促部下抢登栈口，扼杀南寨的退路。游天龙领连云寨众，一攻三退，未尽全力，这才使铁手等人能勉强守住。时间一久，南寨抢过栈道上来的弟子愈来愈多，但官兵也愈来愈众，战斗也愈来愈惨烈。

唐肯几度冲杀，却被高风亮一柄大刀留住，不管他人闪到哪里，高风亮的刀就拦到哪里。

唐肯见范忠已被掀翻在地，被李福一剑刺死，一股怒愤冲入脑门，怒道："老镖头！"

高风亮的样子本来甚为俊伟，其实并不见老，只是他这段日子来，整个人显得苍老了下来。唐肯这一喊，在喊杀冲天里，他蓦然一怔，这时，身上、手上、衫上，都有"敌人"的血迹。

唐肯提刀大声道："你平日教我们要持正卫道，行侠仗义，不可凌辱了神威镖局的门风，而今你助纣为虐、残害忠良，这算什么！？"

高风亮怒道："你胡说八道！"

唐肯挺胸道："我有哪一点胡说？你说！"

高风亮喘气道："你去帮这一群盗匪叛乱，害得官家以这一点相挟，要查封镖局，强征平匪，这都是你一人闯出来的祸！"

唐肯痛心地道："老局主，高镖头，我知道你苦心要保存神威镖局，咬牙挺过这许多折辱，可是，镖局这样子狐假虎威的胡混下去，还有什么神威可言？苟活不如痛快死，当年你单刀救丁姊，独斗聂千愁，何等英雄气概？何必为一个虚名，受人指唤成了窝囊废！"

高风亮掀胡子气得发抖："你，你这叛贼！我，我就算能任意行事，扣在衙里的一家大小又该怎么办？要不是你加入贼党，我还可以推说我们是平民，叛匪与我等无关，偏你又……"

唐肯一惊，道："夫人和小心都被收押了！？"

高风亮悲愤地点了点头。

唐肯忽然下了决心似的道："假如我死了，你是不是可以和勇叔叔回去，不再参与此事？"

高风亮忽道："你想死？"

唐肯惨笑道："我不想死，但我更不想夫人和小心她们为我所累。"

高风亮道："好主意，但你死了，他们还不一定放人，除非被我擒回去报功，他们才会相信我的赤胆忠心。"

唐肯本来想横刀自刎，听高风亮这么说法，长叹一声，掷刀于地，道："老镖头，只要能不使夫人和小心受罪，你教我怎着就怎着吧！"

高风亮盯着唐肯，看了半晌，才吐出一个字："好！"

忽然收刀就走。

唐肯愕然。

勇成正好冲了过来，大脚踹倒一名高鸡血的手下，高风亮刚好走过，道："放了吧。"

勇成抬脚，诧道："局主……"

高风亮挥挥手道："死就死，与其受辱，不如一死，宁可立而死，不愿跪求生。"他向勇成说道，"人待我以义，我们不能不义。我们回去，收拾镖局的烂摊子吧。"

勇成喜道："好。"打出号令，要神威镖局的人停止攻击。

李福和李慧都包抄了过来，李福问："高大局主，你这是临阵退缩，是什么意思？"

高风亮道："没什么意思，只不过不想再打这种不义之仗了。"

李慧道："我知道了，老镖头是不把我们两兄弟瞧在眼里，不受号令？"

高风亮淡淡地道："也没这样的事，只不过，我宁愿回去领罪，也不要在这里打糊涂仗。"

李福笑眯眯地侧身一让，伸手请道："好。老镖头，既然你去意已决，我们也不敢强留，您老请。"

这态度反而使高风亮大奇，拱手道："两位放老夫一马，感激不尽，但我不是孤身前来，局子里的朋友，素来是共同进退，不知两位可否高抬贵手，网开一面，大恩永记心中！"

李慧也一改前态，笑道："这又有何不可？黄大人早已料到你们是留不住的了，一再叮嘱，要是各位要走，决不勉强，只不过……"

高风亮早已猜测接下来会有难题，便挢髯气平道："请吩咐。"

李福接道："现正在阵战中，高局主不愿打，可以走，但若放明着走，人人都见您老这么一甩身就不打了，难免影响军心，这可教我们为难了。"

高风亮还道是什么难题，原来是这件事，心里一宽，即道："两位放心。既蒙两位放行，我们局子里的人，一定悄悄地离开，决不影响大局。"

李福笑道："如此最好不过。"

李慧道："这样大家都好做事。"

李福接道："留待日后好相见嘛。"

高风亮道："正是正是，感激不尽。"

李慧又道："往这来路退走，难免有惊动，还是从山坳底下的捷径撤走，较不显眼。"

高风亮来时看到山坳有条兽道，就在布军之下，尖石嶙峋，下临绝崖，虽不好走，但也难不倒他们，何况这是临阵逃脱，人家好意放行，难道还求个大摇大摆不成？当下便道："好，我们就从这儿取道。"

高风亮便率数十名镖局的人，悄悄地抄山坳下的兽径撤走。

唐肯被几名官兵围攻，心下大急，想过去跟高风亮说话，但又被隔断。

高风亮押在最后，临下山坳时远远地望了唐肯一眼。

唐肯仍在恶斗，冲不过去，口里叫道："老局主……"

高风亮站在那里，显得像一株落净的叶子的孤树一般，远远地喊了一句："自己保重！"便疾行去。

唐肯挥刀力冲，但缠着他的七八名官兵手底很有两下子，就在这时，忽有两位官兵被砍倒，一人跟他背贴着背，挥舞双斧，对抗官兵！

只见那人短小精悍，一身黑布长衫，短打裹腿，重眉毛，抡着双斧，正杀得性起，唐肯喜叫："二叔！"

勇成只一颔首，沉声道："我们来拼它个痛快，这些日子来，好久不曾痛快！"

两人抖擞神威，又砍倒了两名官兵，忽见李氏兄弟纠合了百余名官兵，伏在崖边，另一指挥便在枯叶遮掩的土中抽出一条火药线，正用火折子点燃，唐肯骇然叫道："不可！"

勇成也马上省觉，狂呼道："大师兄，小心——"

这时，爆炸声已起，原来山坳下的兽道，已布下了炸药和易燃之物，火线一及，立时爆炸，并即燃烧起来。

官兵这一道埋伏，是黄金鳞的设计，以防万一青天寨的人真的越过栈道，觅路而逃，只要官兵封锁主道，对手必抄兽道逃亡，这时即可引爆点火，至少可消灭一部分匪军。

没料这一着，却给李氏兄弟用来对付神威镖局的人。

李福、李慧经过"骷髅画"之后，对高风亮等一直记恨在心，神威镖局的人还留在军伍里，他们还不便公报私仇，而今高风亮一旦离军，他们便借对阵前倒戈之罪，实行赶尽杀绝！

这一阵子爆炸，炸伤了十来人，都滚下悬崖，尸骨无存。

而火势蔓延开来，至少有七八人，丧身火海，或带着火光坠下万丈深渊。

剩下的高手，退路已被火墙隔断，一力想越过坳口，抢回崖上，但李氏兄弟一声令下，箭矢齐飞，在狭窄的兽道无闪躲之地，这十余人都中箭身亡，加上一轮沙石，滚滚而下，剩下三四人，莫不被撞落山崖和碾毙撞死，只有高风亮和两名镖师，抢上崖来。

一名镖师才一露面，已被暗器射着，掉下绝崖。

另一名镖师抢上坳口，已被七八名官兵，居高临下刺杀于崖边。

高风亮遍身浴血，人却如天神一般，飞跃了上来，李福、李慧双剑齐杀了上去。

唐肯和勇成三度猛冲，但官兵又增上三人，唐勇二人仍给缠住，勇成怒叱道："让我来！"双斧挟着风雷之声，飞旋回劈，把缠住唐肯的对手也全拢在身上。

唐肯不管一切，抱刀就俯冲过去！

有七八名官兵兜截唐肯，但不是教他撞倒，便是被他砍倒。

唐肯本身也添了三道血口子。

这一来，李氏兄弟在指挥手下对付神威镖局的人，偏又不能全遮瞒下来，高风亮等在崖前浴血现身，使得参战的武林人物全知道官家要残害武林同道，纵不敢公然倒戈，但再也无心赴战，游天龙更不肯出力，连云寨众虚应几招，吆喝数声，再加上唐肯和勇成这一冲锋，李氏兄弟的亲信忙着护主，反而让青天寨的人可以全力越险，占据了坳口，组成了强而有力的防线，应接后来的人。

高风亮一上得崖来，大刀一展，砍向李福。

李福闪身一避，身子在绝崖边滴溜溜一转，间不容发地躲过，却急刺高风亮左腋！

李慧剑花一抖，扣制高风亮的刀势，人亦欺近，回刺高风亮的右胁！

他们并不打算把高风亮刺杀于剑下。

因为他们知道高风亮的武功。

他的"庖丁刀法"，以无厚入有间，实难以破解。

何况高风亮通晓的刀法，至少有二十种，每一种俱是刀法中之极品，刀法中的精华。

可是高风亮已身受重伤。

他们虽来不及细看，但也知道高风亮身上有炸伤、箭伤和灼伤。

他们只要在高风亮尚未抢登上崖前把他逼退。

只要高风亮一退，下面就是悬崖。

天险自然会替他们杀了高风亮。

第八十六回

枪与肚皮

高风亮、李福、李慧，三个人都抢在崖边，一照面就以生死相拼。

下面都是熊熊火光，火舌子直蹿上崖口。

崖上都是一撮撮的人在混战厮斗。

唐肯心中大急。

他遇过几对兄弟和师兄弟，性格和行事都不尽相同：譬如同是以义为先者，铁手和冷血，就是一个宽和大度、沉着重义，一个勇悍坚忍、性急好义；同是神威镖局门下，高风亮就威震八方，勇成仍只籍籍无名；至于言有信与言有义，同是无信不义之人，但言有信尚念手足之情，言有义却无手足之义。

至于李福、李慧这对兄弟，生得清眉秀目，但为虎作伥，手段卑鄙至极，不过，两人却都有兄弟之情，一旦联手对敌，一人退则二人皆退，一人进则二人皆进，共进同退，守望相顾，这在应敌上，变成不止是两人联手之力，简直可作三人使——两人声息相通，就像多了个心灵相应的无形人的臂助强援。

唐肯一时冲不过去，皆因一名手持锁骨钢鞭、巨颅海口的虬髯老人，封杀着他的去路。

这人身穿灰布白斑齐膝半短大衫，须眉深灰，看衣着不似是官府中人，武功极倏忽诡异，唐肯在他手上，落尽下风，能苦苦撑持，已属侥幸，更莫说是冲去支援高风亮了。

勇成则比唐肯更加心急。

他跟高风亮同出师门，但高风亮在武学上有天分，他则无。

所以他练得再好，也不过是匠，而高风亮则能创。

武学上的宗师，先是学，然后要能创。这跟艺术一样。凡举琴棋诗书画，先是临摹，后是创作。一生人若只循规蹈矩，仅止于模仿，则只是艺海一粟，不足为宗师。凡大师必有所超越，有所突破，并能踰越规矩、另立规矩，让后人遵奉，直至另一青出于蓝的后人来"破旧立新"。

一位天才本身的意义就已具备了"突破万难而能有所成""在前人阴影底下而别树一帜"的先决条件，所以怨天尤人、推咎时势，不啻是自欺欺人，本身才具不足，却又不自量力。

高风亮就算不能说是一代刀法大师，但至少也是刀法名家。

当年，"寒夜闻霜"鲁问张与他交手，想试出他的刀法，结果他尚未出刀，已变了三种刀诀："五鬼开山刀""八方风雨留人刀""龙卷风刀法"，一刀既出，便伤了鲁问张，但也为鲁问张手中的"梳子"射着。这一战，使高风亮的刀法名声更响。

勇成一向佩服这位大师兄。

虽然只要高风亮在场，便一定抢尽了他的光芒。

相较之下，高风亮像太阳，他只是蜡烛。

可是勇成并不嫉妒。

有些人把自己生命精力，全用在辅佐他人取得功业，这种人无疑是十分伟大，但往往无赫赫之名。"一将功成万骨枯"，勇成可以说是"万骨"之一骼。

他自知并非人才，他把希望都寄托在高风亮的身上。

只要高风亮能有所成，他视为自己的成就。

高风亮的成就，主要在神威镖局上，武功、刀法，还在其次。

高风亮最注重的就是他一手建立，威震大江南北，黑白两道无不敬畏的神威镖局。

他这镖局的招牌算不上比当年的风云镖局响，但至少已可以傲视同侪，声名远播。

大凡一个人的才能其实得要包括了他对推展这项才能的能力，高风亮建立了神威镖局，便是表现了他的人面、地位和组织、策划能力。

他大半生都浸在局子里，孜孜营营，创出了这般局面。

在"骷髅画"一案，官府查封了他的镖局，几令他一蹶不振，但终于雨过天晴，他又在短短期间重组镖局，使人咋舌震佩不已。

因为他太注重镖局的存亡，所以才致被朝廷利用，强逼他参与"救匪"，逼使他做不愿做的事。

这一路来，高风亮人天交战，心里煎熬，几度想放弃退出，但不想使神威镖局再遭查封之门，只得忍辱负重，昧着良心去逼害一群落难的忠义之士。

这段日子，可以说是高风亮最郁郁不欢的岁月。勇成冷眼旁观，洞若观火。

他关心这位大师兄。

他在他最落魄的时候，依然忍辱含屈坚守维护镖局，不曾出卖、背叛他。

可是，他却无法相劝。

——大师兄都解决不来的事，我定必更束手无策。

自从"平匪"这一连番征战中，镖局里的好手、战友，已折损不少，而今，高风亮引领局里的精英撤走，不料却遭"福慧双修"的暗算，埋伏、箭袭、火攻、暗器，致使伤亡殆尽，高风亮就算能冲上崖来，只怕也必伤愤若狂。

勇成望去，乍见高风亮身上着了至少五支箭矢、几处灼伤，血染红了白衣衫，目眦贲张，一副拼死之意。

李氏兄弟偏在此时围上了他。

勇成情知要糟。

但他也无法冲过去。

官兵像一群讨厌的饿犬，追噬着他。

然后他目睹了一件事情的发生：

李福剑刺高风亮的左腋。

李慧剑刺高风亮的右腋。

高风亮没有闪躲。

也没有退避。

就在李福的剑刺中他的时候，他的刀已自李福身上掠过，同时在李慧的剑未刺透他的身体前，他的刀光已在李慧眼前闪过。

接下来的一件事，也使同时目睹这件事的唐肯毕生难忘：

三个人都一同往崖下徐徐攒落。

崖口有火焰。

崖深不见底。

李慧的后项冒出了大量的鲜血。

李福捂着胸，背部一阵抽搐。

李氏兄弟都背向唐肯，所以看不清楚他们脸上表情。

高风亮胸腹之间插了两把剑。

李福和李慧的剑。

他脸上漾起了一种似笑非笑、似怒非怒的神情。

就这样，三人一同坠下这深渊。

一下子，一位武林宗师，两名青年高手，一同丧命在绕影崖下。

不知怎的，唐肯在这力抗强敌之际，眼见高风亮身亡，忽想起一件事：

——关飞渡死了之后，丁裳衣就不曾真正"活"过。

——神威镖局一旦不复存，高风亮也不要活了。

他临死前，杀了李福和李慧。他濒死前的一刀，正是"颠倒众生，授人于柄"的刀法。

李氏兄弟都逃不过去。

这一趁乱，青天寨的人都已抢过栈道。

官兵已抵不住青天寨的锐军突围。

铁手一接上手，把使锁骨钢鞭的老者击退，唐肯过去把围攻勇成的官兵砍倒了两名，两人一齐冲刺到崖边，但崖口浓烟余烬，更形险绝，早已看不见高风亮、李福、李慧的身影。

南寨的主力虽能突围，但后翼却遭受黄金鳞、惠千紫等苦苦追击。

在南寨大队还未越过栈道之前，赫连春水与高鸡血唯有死守不退。

官兵如潮水般地涌来。

断后的南寨高手，大都踔厉敢死、为义取死之壮士，但一连经十数次冲杀后，高鸡血和赫连春水身边的人渐渐少了。

高鸡血胖。

胖人怕热。

他汗流得很多。

但他已不及抹拭。

汗把他的蓝衫浸成黛色。

别看他身形肥胖，动作可捷若飞猿，迅若鹰隼，只是他在敌军中东倏西突，扇子一点一捺、忽戳忽拨，不少人已哎声踣地。

他一闪身，又回到赫连春水身边，一拨额前发，长舌一舐鼻尖上汗珠，跟赫连春水笑道：“老妖，没想到我们一世横行，竟会丧在这没影子放马的地方。”

赫连春水正以一柄“残山剩水夺命枪”，连挫敌手七度攻击，并一轮急枪，搠倒十八名劲敌，心气正豪，但左手中指伤断处一阵发疼，握枪不稳，难免一阵气苦，刚要泄一口气，高鸡血却上来跟他提起这些。

他没好气地道：“你丧你的命，本公子可没横行过。”

高鸡血桀桀地笑道：“没横行过就趴下了，岂不可惜！”

赫连春水坐枪连递，把一名统带逼得丢刀怪叫，后退不迭，边道：“高老板，我算服了你。这时候，你还有这闲心来闲扯这些闲言闲语。”

高鸡血忽然递给他一面八角铁牌，道：“现在谈正事。如果我死了，你抓住这面牌子，替我照顾弟兄们。别小看了这小小一面令牌，这干王八蛋贼做惯了，没有这面令牌，可管不住！”

赫连春水推拒怒道：“你胡说什么？你的人，自归你管！我不管！”这时几名高鸡血和赫连春水的部下已换上阵去，敌住官兵的攻势。

高鸡血一把揪住他，正色道：“你清醒点好不好？人谁不死？能不死则最好，万一死了，其他的人总要活的，总要个人带领，你懂是不懂？"

赫连春水觉得这番话十分触霉头，骂道："我知道你！你不过想骗我把手下的人都交给你！"气呼呼地不去睬他。

高鸡血看了看他，摇了摇头，又看了看他，再摇摇头，道："这算什么'神枪小霸王'，可比我老人家还要古板。"

赫连春水正待答话，只见一人大袍一闪，抢了过来。

赫连春水见来人来势迅若飘风吹絮，暗吃一惊，坐身进枪，刺向来人中盘"云台穴"！

那人忽然抽刀扬袖。

刀短。

刀好。

刀快。

刀压住枪锋，袖子已遮住赫连春水的视线，身子突然凭空抽起，双足蹬向赫连春水的胸膛！

赫连春水知是遇上了劲敌。

他手上的枪，"咯哧"一声，忽折为二。

两条枪，如双龙闹海，分波掀浪，一抽身，就弹了出去，对手双足踢了个空，险险站住，赫连春水已猛然反攻。

两条枪，左攻右胁，右刺左膀，前扫胫，后挑腿，上点眉心下撩阴，倏扎盘肘倏搠心，愈打愈狠，愈打愈快，那人以手上的紫金鱼鳞刀一口气接了十三招，两人才算打了个照面：

黄金鳞！

黄金鳞见久攻不下，有意要激励士气，他自信还收拾得了赫连春水，挺身出战，没料才打了一回合，便知道是硬点子，倒抽了口气，赫连春水第二轮枪又攻到！

黄金鳞喝了一声："来得好！"

手腕一震，刀锋一展，展开刀法，枪到哪里，他的宝刀便磕到哪里，竟似吃定了赫连春水的双枪。

赫连春水双枪上崩下砸，里撩外滑，刀势迎锋，便撤步抽锋，甩枪滑打，穿肋截腰，极尽狡展，虚实莫测。

赫连春水手中的枪有两柄，黄金鳞的刀却只有一把。

但黄金鳞的一柄单刀依然可以处处克制赫连春水的双枪。

只见黄金鳞的身影忽前忽后，倏东倏西，反展刀锋，迅似骇电，赫连春水右手枪还足可应付，左手枪则因伤指，显得有些力不从心。

"喀"的一声，赫连春水手中双枪，又连成一枪。

枪是一柄，但有两处枪头。

赫连春水一手执住枪把，避过枪刃，忽横忽竖，呼呼地直扫舞了起来。

枪势舞得愈大，风声更劲。

这一轮急枪狂舞，声势无可或挽。

黄金鳞亦无法再抢进枪圈内。

官兵更纷纷后退。

赫连春水白忙中一看，只见高鸡血和惠千紫斗在一起，杀得灿烂。

忽听黄金鳞吆喝一声："放！"

他的人往下一伏。

他身后的四排弓弩手，一齐放箭。

原来在黄金鳞和惠千紫出来缠战赫连春水及高鸡血的时候，弓弩手早已引弓待发，黄金鳞这一声令下，自然是箭如骤雨，飞射而至！

赫连春水大吃一惊，长枪如狂飙旋卷，圈子愈舞愈大，但也愈舞愈急，箭矢尽都被磕格了出去。

高鸡血跟赫连春水一般首当其冲，赫连春水以长枪替他挡了不少箭矢，他以"高处不胜寒"的扇法，把箭矢都吸到扇面上，再卸去劲道，落了下来，整个身子，只有腹部露了出来。

事实上，高鸡血身上最明显的目标，也就是他的肚子，他的肚子像座贲起的小丘，十分累赘，兵勇们自都向他肚皮瞄准发箭。

不过，箭矢射上了高鸡血的肚子，全像射进了棉花里，软软的掉了下来。

高鸡血只恐人不射他的肚皮。

他的"弥陀笑佛肚皮功"别说是远箭，就算是近枪也刺不进。

箭发了一排，第二排又至，他们堵在土岗斜坡往山后走道口上力阻官兵追袭，地势险恶，近处只有草丛，远处才有荒林，近前全无掩蔽屏障，位置算是易守难攻，居高临下，只要往古道厄口一封，谁也无法通过，可是最怕的就是箭矢暗器，因为躲无可躲，若要退避，则守不住关口。

黄金鳞这一轮密箭，只把赫连春水和高鸡血等人弄个手忙脚乱，但未能真个伤了人。

但有一人却险些遭了殃。

第八十七回

高老板与赫连公子

差些儿遭殃的是惠千紫。

"天姚一凤"正与高鸡血恶斗。

她使的是短锋锯齿刀，这把刀，她在一天之内就已让它喂了青天寨两大重将：盛朝光和薛丈一身上的血。

没有她的卧底倒戈，南寨未必会给官兵一攻而破。

她引领官兵攻下本来固若金汤的青天寨，正得意之际，却发现周笑笑不曾来作应合，心中诧疑，结果发现周笑笑全身紫胀，倒毙于乘风轩前。

——周笑笑死了！

——一切的胜利都变得毫无意义了。

惠千紫把满腔的悲愤化作仇恨，她矢志要杀死殷乘风，杀光青天寨的人，至少，能杀一个就是一个，杀得一个，便算是为周笑笑报了一点仇！

赫连春水和高鸡血护着青天寨的人断后，惠千紫恨极，偏是高鸡血一见着她，涎着笑脸叫了一声："喂，守新寡的！"

惠千紫一听，错以为周笑笑之死，这高鸡血必有份下手，恼怒之中，骂得一声："我呸！胖王八！"猱身上前，刀刀往高鸡血身上招呼！

高鸡血的人虽肥胖，但他的轻功极高。他明知这一个人身材臃肿，行动上便不够灵捷，所以痛下苦功，练好轻功，别看他肥得像口葫芦，但轻身翻跃功夫，还在英悍敏捷的赫连春水之上。

高鸡血的轻功，就叫作"玉树临风"。

他以"玉树临风"，与惠千紫游斗，以"鸡犬不留万佛手"，反攻惠千紫。

惠千紫的刀刺不进高鸡血那肥袖宽袍里，但高鸡血的大手却始终把她紧紧裹住，使她攻不成、退不得、闪不掉、躲不开。

不过，高鸡血想要在短时间内击垮惠千紫，却也不是容易的事。惠千紫的刀法快、狠、绝、准、毒，刀刀都似拼命，不让自己有后顾的余地，其实，她每一刀都是先置自己于万全之地，要是她每一刀都是在拼命，早在十三年前她就已经送了命。

惠千紫是个女子，女孩儿家的气力自比不上男子，惠千紫为了避免这个弱点，便一力抢攻，看似拼命一般，把敌人逼得手忙脚乱，乱了阵脚，只望她不来狠攻已属庆幸，更休说生欺压她之念头。

一个人有弱点，其实并不十分重要。高鸡血的优点是把自己的弱点变作长处：别人以为他动作迟钝缓慢，他痛下苦功，化缺点为优点，若敌人还以为那是他的弱点，就反为他所趁。惠千紫则把她刁辣、狠劲发挥无遗，不但掩饰了她的弱点，还加强了她的长处。

一个人能不能成功，就看他是不是善于利用自己的长处，善于纠正自己的弱点。

惠千紫善于掩饰自己的弱点，高鸡血则善于化弱为强。

他们两人对在一起，这一战，一时间旗鼓相当。

但是论到长力，惠千紫则远不及高鸡血。

不过，如果那一群官兵在此时围攻上来，合战高鸡血，高鸡血也确难以占到上风。

不过，此际是高鸡血、赫连春水跟惠千紫、黄金鳞的对决，官兵并没有上来帮手。

俟黄金鳞一退回阵中，喝了一声"放箭"，百数十支箭，一齐放射，惠千紫已不及退回，乍听弩矢破空之声，忙回身挡箭。

官兵总共是三排弓箭，前排蹲下，中排躬身，后排则挺立，全弯弓搭箭，一排放，另一排瞄准，还有一排则搭箭，一放一瞄一搭，如此更替回环，不愁不把敌手射杀。

第一排箭一轮放完，惠千紫玉臂上着了一箭，咬牙拔箭，哀呼道："黄大人，你怎么连我也射了！"

黄金鳞心里一软。他本来是一个脸慈心狠的人物，射杀那么几个"同路人"，只要能伤得了敌，不有什么大不了的事，但他对惠千紫很有点非分之想，见她痛得银牙咬碎的样子，又念及周笑笑已死，放着个美人把她活活射死，不太可惜一些了吗？一迟疑间，便没下令放箭。

世上有些事往往是难以逆料的，黄金鳞一向老谋深算，心狠手辣，他做事一向不择手段，不讲情面，而且也不是如何好渔色，而今不知怎的，忽对惠千紫动了怜香惜玉之心，这一念间，箭放得慢了一慢，惠千紫已跃回官兵的阵仗里。

这一缓之间，青天寨已滚蹿出二十四名铜牌手，各以铜盾护身，也把高鸡血及赫连春水包拢其中。

官兵放箭连射，铜牌手边挡边退，任箭雨如蝗，都伤不了他们。

高鸡血和赫连春水方才喘得一口气，高鸡血就把长舌一吐，道："好险好险，我以为这次死定了。"

赫连春水仍是没好气地道："乌鸦嘴，没好话！"

高鸡血故意斜着眼打量着他，嬉皮笑脸地道："没想到你年纪轻轻，又是世胄子弟，却比我还要信邪。"

赫连春水吭声道："谁信邪了？"

高鸡血道："你以为嘴里不说死字，就可以不死吗？我跟你说，好汉也是怕死的，只不过到了这种地步，只有置之死地而后生，才无视生死。我高某人就是这样子的好汉，不像你硬充英雄！"

赫连春水边用眼睛搜寻铜牌手的防线有无漏洞，一旦发现破绽，即用枪锋挑补，以防敌人趁虚而入，一面道："你要怕死，就不要冒出来混世！"

高鸡血仍笑嘻嘻地道："说真的，要是我死了，大娘那儿，就是你的天下了。"

赫连春水怒道："大娘心里只有戚少商，你我今天是什么时候，还来说这些鸟话！"

高鸡血道："这就不对了，谁知道戚少商死了没有？他一旦是死了，或被押上了京，我你之间，不一定全无希望。"

赫连春水一振臂，扎死一名入侵的兵带，一边不耐烦地叱道："你有完没有？大敌当前，尽说这些闲话作甚！"

高鸡血喃喃地道："你说这是闲话，但眼看在这里死守，只怕非要守死不可！万一你我间有一人有个什么，现在不谈，何时再谈？想你、我和尤大师三人对大娘有意思，现在老尤死了，只剩下高某和你老妖，谁知道谁先向阎王报到？"

赫连春水见官兵又再增多，显然连顾惜朝的属下也赶援合击，眼看要抵挡不住，心头火起，叱道："姓高的，你要死就去死，别拦着本少爷杀敌！"

这时，一人自退路处疾掠而至，正是青天寨头目玉冠珊。

玉冠珊一见赫连春水与高鸡血，即禀道："高老板、赫连公子，大队已越过栈道，寨主和大娘请你们两位随即跟上。"

高鸡血、赫连春水及众留守的子弟，皆脸露喜色，抖擞精神，再来把敌人抗住。

赫连春水略一思索，即问："若我们都往栈道上撤，他们紧蹑而来，该怎么办？"

玉冠珊道："大娘说，只要把敌兵拒于一小段距离之外便行了，我们已在栈道上埋好了炸药，只要我们的人全撤清，立即点燃，栈道一断，这干官兵跟后山的敌兵凑合不上，便挡不住我们了。"

赫连春水沉吟道："这，好是好，不过……"正想着撤退并非难事，但这干官兵必定穷追，要把他们拒远，可不是容易办的事。

高鸡血忽道："不行，不行，留在后面断后，自己当不也断了后，这不要命的事我可担不上。"

赫连春水一听，反而激发了豪情，心中有了计议，高声下令："伙计收摊，绕着招呼顺着流！"

这是青天寨的暗号，表示马上撤走，一面抗贼一面往后山抢道，众下一听，知道主队已安然越过栈道，这儿苦守任务已经完成，大为振奋，冲杀一阵，才骤然急退。

这下退得极快，但仍由高鸡血和赫连春水及玉冠珊三人留做断后。

三人断后，一舞枪、一挥剑，加上一双神出鬼没的肉掌，竟把追兵硬生生拒住。

赫连春水换上一根白缨素杆三棱瓦面枪，展开"七十二路飞猿枪法"，招疾势沉，力猛枪雄，把敌人拒于十步之外。

玉冠珊手中青钢剑上下飞腾、青光迸递，攻虚捣隙，如蛟龙出海，令对方不及张弓搭箭。

高鸡血则忽东忽西、倏起倏落，手中扇指东打西，时以掌力遥劈，把敌人逼退，一面嚷叫："风紧，风紧，窝点儿劲，要起风了!"意思是敌人太强,催促玉冠珊和赫连春水快走。

赫连春水心中看不起高鸡血,觉得他在敌人前忒没胆识,玉冠珊也觉得这位高老板未免并不怎么高明。

他和赫连春水都一味拼命,先让一众弟子撤清再说。

高鸡血急了,满头是汗,不住地用他那细长的红舌尖舐在鼻尖上的汗渍,但一张大脸,都沾了汗。胖子行动不便,他克服了,但肥人易流汗,他却无法改善。眼看友军已撤走,敌兵愈渐增多,急了起来,连暗号都忘了打,只叫道:"撤啦,撤啦,再不撤,可走不了!"

赫连春水和玉冠珊也知道不能再拖延,拖剑回剑,反身就走。忽见一人在身前掠过,玉冠珊以为是赫连春水的部下,赫连春水当是高鸡血的手足,高鸡血见人是南寨子弟的装束,以为是青天寨的弟兄,三人都迅目四顾,看有没有撤下了自己的人。

黄金鳞早看出三人要溜,立刻掠身奋追;惠千紫左臂中了一箭,吃了亏,倒追不快了。

三人里要算高鸡血跑得最快,他肥宽大影,一起一落间,已领先七八丈,往栈道上奔去。

黄金鳞一面喝令弓箭手搭箭,但敌人去得太快,就算要射,也射不及,黄金鳞一马当先,紧追上玉冠珊的身后。

玉冠珊轻功不如赫连春水,也不及黄金鳞,眼看尚离栈道口三十余丈,就要给截上。

赫连春水故意慢走一些,忽回抢攒刺黄金鳞,向玉冠珊叱道:"你先走,点炸药,我就到!"

黄金鳞不料赫连春水逃跑之余,居然还敢绰枪回搠,差点被刺个窝心搠,连忙展开六六三十六路"飞金遂波伤鱼刀法",一刀六招,一招六式,要把赫连春水缠住。

就在这时，敌军一阵哄闹，原来文张大袍裒动，正要抢上栈道来。

文张一到，追兵更加增多，声势如虹，高鸡血已跃进栈道，回头见赫连春水被黄金鳞缠住，不禁变了脸色。

由于他轻功奇高，虽迟走但已赶上了一众留守弟子的后面，那群弟子见赫连春水无法退走，都回过头来，为赫连春水高喊助威。

铁手、唐肯、勇成正在后山拒敌，殷乘风等引家眷及主队奔往易水，息大娘已把炸药伏引栈道入口，只等断后的子弟越过栈道，便点燃炸药，截断追兵。

赫连春水为黄金鳞所缠，文张已越众而出，息大娘知道此人的武功，只怕都在自己和高鸡血及赫连春水之上，除非是三人合击，或铁手上阵，或能制得住他。

铁手正和那锁骨钢鞭、大头阔口的老人力战，并抗住一群敌兵的包抄，此时炸药再不引爆，敌军一旦越过栈道，只怕很难敌得过对方主力的追击，伤亡必巨！

这边青天寨的子弟一齐呐喊，为赫连春水打气，对方也高呼为黄金鳞助威，文张已然抢上，息大娘叫道："快，快过栈道！"

一众子弟往栈上猛抢。

息大娘向玉冠珊招道："你来点火药，我叫'见光'，你就不必理会，立即点燃！"

玉冠珊知道情势紧急，道："是！"立即自怀中找出火引子，晃燃了火头。

息大娘拔出挂在肩上的七色小弓，却找不到箭矢，向玉冠珊道："剑来。"

玉冠珊一愕，即道："是。"马上递上青钢剑。

息大娘把剑搭在弩上，"呼"的一声，如神龙乍现，飞剑破空，射向黄金鳞。

息大娘一面疾呼道："公子，快跑，过来！"关切之情，溢于脸上。

高鸡血一面挥拨射来的箭矢，在后赶羊似的护着青天寨子弟们快跑，乍听到息大娘这样呼唤，身形一顿，百忙中遥看了息大娘一眼。

然后再回望赫连春水那儿，息大娘以"灭魔弹月弩"，射出青钢剑，如蛟龙掠空，直投黄金鳞！

"灭魔弹月弩"自不属息大娘所有，原本是刘独峰的"六宝六剑"之一宝，为息大娘从云大那儿夺过来的。"灭魔弹月弩"不比"后羿射阳箭"，本身就弓矢齐备，"灭魔弹月弩"原本应和"一丸神泥"配合运用，更见灭敌之效。

息大娘手中有弓无丸，只有以青钢剑作矢，"灭魔弹月弩"本来就有惊人的威力，黄金鳞百忙中挥刀一格，刀被震飞，虎口震裂，要不是赫连春水忙着要撤退，只怕搠枪便能扎死这名劲敌。

赫连春水原还要战，但听息大娘这一唤，顿生全身之志，便回头急奔。

他逃得快。

文张追得更快。

黄金鳞缓一缓气，大呼道："他们要炸毁栈道，快阻止！"

他是喊给文张听的。

这一句喊出，惠千紫和舒自绣一齐掠出，要抢登栈口。

黄金鳞一手夺回官兵拾起递上的鱼鳞紫金刀，发现刀刃缺了一个指粗的崩口，心中暗惊：一个女流之辈，竟能绰手射出这样的锐力来！心中自是怀疑不定，但唯恐失功，急起直追。

息大娘低声喝道："见光。"

玉冠珊立即点燃炸药引子。

药引子约有五尺许长。

火头像闪蛇一般灼灿着蜿蜒燃去。

这时，青天寨弟子已全过了栈道。

息大娘扼守着栈道中途。

玉冠珊在栈道前端点火线。

高鸡血在栈道口，其时风大，他肥袖飘飞，回头望见：

赫连春水绰枪急掠！

文张在他背后不过两尺之遥！

他们后面不到十尺，便是惠千紫和舒自绣，以及后来赶上的黄金鳞。

这三人的后面，便是一拥而上、壮大浩荡的官兵，至少有千余人，一齐冲杀过来！

——决不能给这群官兵踏上栈道！

——这干官兵一旦赶上主队，只怕青天寨元气难保。

高鸡血想到这一点的时候，息大娘也同时在想着这一点。

玉冠珊已站了起来。

炸药快要爆炸。

栈道一毁，敌人过不来，但自己人也一样过不来。

——赫连春水来得及过栈道吗？

玉冠珊看见赫连春水飞扑栈道口，文张寸步不离地紧追，玉冠珊急得回望，只见后面十余丈外的息大娘，脸也白了，纤瘦的身子，像在悬崖上的一朵飞花。

青天寨弟子，更是心悬于口，大声呼噪，期盼赫连春水能够拒敌过得栈道这头来。

——赫连春水过不过得及呢？

第八十八回

我害了他

息大娘站在栈道中段，脸色微微发白，风那么大，直扯着她的身子，但她的神色却是冷冷清清的。

她掏出绳镖。

搭在弩上。

瞄准。

然后发射——

这一"箭"，是射向文张！

文张正全力追赶。

他的轻功要比赫连春水高。

他又把距离拉近了尺余。

他追得极急，但绳镖迎面射到！

如果文张不是先见了息大娘以青钢剑射黄金鳞之劲道，如果文张不是有过人之能，这一记绳镖，确可要了他的命！

息大娘这一箭，使青天寨这边的人全暴喝了一声彩，官兵那头全惊呼了一声！

息大娘却遥向玉冠珊叱了一声："抓住！"又向赫连春水大呼："抓住！"

玉冠珊一怔，但他极之聪敏，立即抓住飞掠而过的镖绳末端。

文张俯身，身体几乎连在地面上，去势更疾，直"射"了出去，绳镖在他头上打空，他的双袖齐疾卷赫连春水双足。

官兵禁不住大声喝彩。

赫连春水枪挟腋下，右手一捉，抓住绳镖前段，正好玉冠珊抓住绳镖尾端一扯，赫连春水登时迎空而起，被抽得飞空落到栈道前段上！

这一来，文张双袖卷空。

赫连春水已落道上。

青天寨的人震天似的喊起好来。

彩声未了，文张已掠近栈道口。

炸药只燃剩二尺许。

文张双袖挥出，要罩灭火头。

他的袖中本就有刀——韦鸭毛就是死在他的袖中刀下的。

——炸药一旦不能引爆，官兵就会抢上栈道来。

——虽然可以在栈道甬道上力拒官兵，但给后山官兵来个前后夹击，只怕难免要全军尽没。

息大娘以绳镖凌空引渡赫连春水，但文张原来志在灭掉炸药。

息大娘人在栈道中段，鞭长莫及。

玉冠珊和赫连春水在栈道前段，他们要赶上去，只怕不是文张已然得手，就是炸药已经爆炸。

这是个重要关头，关系到一群人的成败存亡。

高鸡血人在栈道口。

他本恃着过人轻功，留在栈道口断后，以为可以在炸药炸起来之前回到栈道中的。

赫连春水眼看就要走不成了，他为他担心。一旦赫连春水走不成了，他知道自己不一定走得成了。

可是，在这种时候，他也没有选择。

无可选择。

他扑向文张。

肥袍大袖，向文张发动了狠命的攻击。

文张志在扑灭炸药引子。

可是高鸡血截上了他。

他不得不应战。

两人才一接触，双手已换了四招八式，两人均是抢攻，扇子和匕首同时落地，两人同在悬崖边抢位，十分凶险。

这时，黄金鳞、舒自绣、惠千紫都已抢近合攻，但高鸡血在崖边摇摇欲坠，就是不坠，双掌双袖，化作天罗地网，就是不肯让上半步。

赫连春水猛回头，眼发红了，挺枪要赶去帮高鸡血把来敌打发掉。

息大娘却一把拖住他。

不知何时，息大娘已掠了过来。

赫连春水大急，想甩开，却听文张骇然叫道："不行了，快退——"

文张、黄金鳞、舒自绣、惠千紫一齐飞退丈余。

息大娘忽然大叫："高老板，今生今世，我欠了你的情——"

只见高鸡血的背影一阵摇晃，显是受了伤，发出一阵尖笑，道："大娘，你没偏心，你没让老妖独得青睐，你也关心我——"

"轰"的一声，炸药爆炸。

石裂山崩，天摇地动。

俟尘埃稍伏时，断崖裂了一个大洞，高鸡血已然不见。

息大娘、赫连春水、玉冠珊等伏在栈道中前段，裂缝就在数尺之遥。

而对崖的文张、黄金鳞等，也打得遍身泥石，正徐徐挣动。

——他们离得这般远，尚且几受波及，高鸡血守在栈道上，焉有命活？

崖上已不见了高鸡血。

赫连春水却发现一把扇子，正落在他身边，他捡起来，赫然看见泥尘中的扇面，有"高处不胜寒"五个字。

隔崖的官兵尽是吆喝、着急，但毫无用处。

他们过不来了。

栈道断裂至少有七八丈之宽。

他们的箭矢也射不过来——纵射得过来，也失去了杀伤力。

他们只有把兵力往前山打个大转，翻过岩壁，才能在后山汇集。

赫连春水一手用枪强撑着，一手扶息大娘起身。

息大娘的脸更白了。

她只低低地说了一句话。

"我害了他。"

——不是为了息大娘，一向在绿林中任畅自如、自私善变的高鸡血，决不会逃亡千里，然后命送这里。

他们三人互相扶持，走过栈道，回到后山。

就在进入栈道最后几步时，一条人影忽一闪，似撞向息大娘来。

这人穿着青天寨弟子的装束，似想过来禀报什么，又似脚步一个踉跄，往息大娘处倾了一倾。

息大娘正在伤心。

赫连春水正在难过。

他们一时都没有防着。

幸亏他们身边还有个玉冠珊。

——但这却成了玉冠珊的不幸。

玉冠珊一向有个长处。

他机警、办事有效率、记忆力奇强。

他的机警，使息大娘的飞绳营救赫连春水，得以成功。

他精明强干，所以成为殷乘风一手擢升的亲信，以致官兵来犯，只有他这一路告急能直接通报殷乘风。

他的记忆力之佳，可记得青天寨每一位弟兄的姓名、面貌和特征。

所以他立时发现：

——寨里没有这个人！

——这是谁？

——假如是连云寨、高鸡血、赫连春水的人，干吗要打扮成南寨子弟的模样？

玉冠珊见此人来得蹊跷，想起这岂不就是刚才自栈道口掠过的陌生人，立时挺身挡了一挡。

这一挡，就挡在息大娘身前。

那人原本在那一倾之时，要把一柄短刀，刺入息大娘胸中。

玉冠珊这一拦，刀便刺入他的心窝里。

玉冠珊本来心生疑窦，想拦身叱疑，不料却着了一刺，他手中无剑，无法反击，只能大叫一声，踢出一脚，那人撒手一闪，息大娘扶着玉冠珊，赫连春水挺枪迎战！

那人急退，连闯三道拦阻，越入了后山官兵的阵营中。

那人出手前，已算好退路。

那人一退入官兵阵中，官兵正要拦截，那使锁骨鞭的老头即喝止道："别动手，是顾公子！"

这人正是顾惜朝！

他假扮作南寨子弟，随大队自栈道中退了下来，匆忙里，高鸡血、赫连春水、玉冠珊都不曾察觉。顾惜朝本想夺回栈道，但因惧自己身入虎穴，一旦被人从后兜截，尤其像铁手这样的对手，自己决计斗不过，所以迟迟不敢出手。

后见栈道已被炸断，知此战难以一举歼灭青天寨，便欲刺杀一名宿敌，然后再退入军中，谅匪军也奈何不了他。

他要杀的对象是息大娘。

因为他知道，只要息大娘能活着，有朝一日，必不会放过他的，无论是戚少商或息大娘，跟自己的仇恨，关系到千百人的性命，八辈子也化解不了。

没想到他这一刀，仍是要不了息大娘的命。

息大娘扶着玉冠珊，只见他本来年轻俊朗的生命力，正在迅速萎谢，原本充满血色的薄唇，也变得紫白："他……他不是南寨的……他不是……"

息大娘忍悲道："我知道，我知道。"

玉冠珊吃力地想要睁眼，无奈眼皮如千钧重，抬不起来，只说："他伤了我……他是谁……他刺中了我……"

息大娘道："我知道，我知道他是谁。我会替你报仇的，我一定会替你报仇。"

玉冠珊这才安静了下来。

彻底地安静了下来。

永远地安静了下来。

青天寨的人终于全部撤走，除了战死者之外，他们扶伤助弱，杀出重围，在江水寒、风雪卷之际，强渡易水，沉舟登岸。

那使锁骨鞭的老人，领着一组不着戎装的大汉，苦守要道，却遇上了铁手。

铁手维护南寨主队，直冲下山。只见他双手连挥，遇着他的官兵，几乎全被他抛起、掟出、抓住、甩开，纷纷跌了开去，所向披靡。

不过，这些被铁手扔飞的兵士，最多只跌个狗吃屎，或受一点轻伤、折了臼骨，决没有重伤或身亡的。

铁手决不想杀人。

其实，官兵也不想拦挡铁手的去路。

他们也没这个胆量。

所以官兵很快地便让出一条路来。

铁手以破竹之势直抢下山，而锁骨鞭的老者却迎上了铁手，凛然不退。

铁手见老者矍然而立，知有来历，忙凝神收势，拱手道："请教前辈尊姓大名，可否借让一条路，在下感激不尽。"

老者冷哼道："咱们是敌非友，不必客气。"

铁手道："我们素不相识，何敌之有？"

老者仍拿鼻子作声道："我是受人之命，忠人于事，没得说的！"一语既毕，锁骨鞭连攻七式，人已逼进十六步，进一步，指掌肘足间又下了十来道杀手。

铁手知道事宜速战速决，见老者来势凶猛，一面避让来势，一面观察敌招。

老者连攻五十七招，铁手都没有还手。

到了第五十八招，铁手遥空一掌。

跟着是第二掌。

然后是第三掌。

老者却没有反击的余地。

铁手的第一道掌风，使老者的一切攻势全化解于无形。

第二道掌劲，逼住了老者的身形。

第三道掌力，却只催动了老者的银发扬了一扬，却又自消解不见。

老者知道这第三掌是铁手暗中留了一手。

老者脸色突然涨红，愤愤地道："好，好！我打不过你，可杀得了别人！"扭身就扑向殷乘风！

殷乘风正为主队冲锋开路，宋乱水、霍乱步、冯乱虎三人正缠斗着他。

铁手自然不愿那老者过去烦缠殷乘风，拔步便追，一面叫道："前辈，前辈何苦……"

话未说完，忽觉足下一陷，一大片沙泥跟着坍落，原来那是一个丈余大坑，下面插着数十柄尖刃向上，正是一个挖好的陷阱！

老者见铁手中伏，即停步叱道："快射、罩网！"

二十名精悍汉子分开两队，一队搭箭往洞口就射，一队张网就要封住穴口！

铁手脚下一虚，人往下落，眼前一黑，但坑底却映漾一片刺亮，知有利刃伏于坑中，遇危不乱，俟将近地面时，双掌吐力，遥击地上，人借力往上一冲，直扑坑口！

坑前十人，一齐放箭！

铁手的掌力击在坑底，劲力回冲，速度加快，双掌再遥击发力，那十名箭手的箭，全被狂飙掌劲迫得往天反射，箭手亦往后而跌！

铁手却夹着势不可当的锐劲，冲出坑外。

老者惊见铁手再现，趁他脚未立定，一鞭挥击，这一鞭乃集他毕生功力所聚，声势非同小可。

但他才发鞭，铁手人已不见。老者一鞭击空，势子往前一倾。

铁手已到了他的背后，肘部回撞！

老者怪叫一声，收势不住，正要扎手扎脚落入坑里。

他可没有铁手的掌功，无法借掌力冲回坑口，坑里遍布淬毒利刃，这一下去，焉有命上得了来？

他双手挥舞，想维持平衡，连鞭都扔了，但仍止不住下坠之势。

他总算没有掉下去。

因为一双手抓住了他的后领。

他回首一看。

抓住他的是铁手。

铁手已松了手。

而他身边的十名箭手、十名网手，全都穴道被封、倒在地上，动弹不得。

老者长叹一声。

他已无话可说。

他总算已尽了力，不过仍留不住铁手。

如果再要蛮缠下去，只有自讨没趣。

所以他也让出了一条路。

"连云三乱"可不想让路给殷乘风。

他们分三面飞袭殷乘风。

剑、刀、金瓜锤，将三条去路封死，且一齐兜截，殷乘风除死之外，只有退却。

——"连云三乱"甚至还认为，如果张乱法不死，殷乘风就连个退路都没有，只有死路。

如果张乱法未死，合"连云四乱"之力，是不是可以制得住殷乘风？这答案宋乱水、霍乱步、冯乱虎都不知道。

可是凭他们三人联手，是不是可以敌得住殷乘风？这答案他们几乎是马上了解。

因为他们分三个人合击，都觉眼前剑光一闪，三人同时后退，殷乘风已闯了过去。

宋乱水怒道："他只向我发了一剑，你们怎么不拦住他？"

冯乱虎也愤然道："他是向我发剑，我不得不退，你们又为啥不拦住他呢!？"

霍乱步气得鼻子都歪了："他也有向我出剑啊，怎么你们都没看见！"

三人都只觉得殷乘风只向他个人发剑，顾着闪躲，已来不及拦路。

三人彼此不忿了一下子，都不甘地道："我们再去截下他！"

殷乘风正如疯虎出柙，连伤十数名官兵，正与两名统带、一名将官厮战中。

冯乱虎、宋乱水、霍乱步又悄悄地包抄上去。

然后三人一齐动手。

仍是剑、刀、金瓜锤。

——动手的结果如何？

霍乱步跳开。

宋乱水滚避。

冯乱虎跃退。

前面的两名统带，一死一伤，那将官也早就弃戟而逃了。

宋乱水怪叫道："好险！好险！"

冯乱虎道："我看见了，好快的剑！"

霍乱步也叫道："他刺的好像只有一剑，但我们三人都几乎中剑！"

冯乱虎恨恨地道："不行，不能放他逃去！"

宋乱水道："那该怎么办？"

霍乱步道："我们三人要祸福与共，无论他的剑攻向谁，都要三人齐心：挡，一齐挡；进，一齐进；生，一齐生；退，一齐退……"

宋乱水心慌意乱，只附和说："对！死，一齐死——"

冯乱虎啐道："我呸！只有他死，没我们死！"

宋乱水忙改口道："正是，正是，他死他死。"

霍乱步道："我们还等什么，再等，可截不住了！"

三人又掩了上去。

殷乘风正招呼主队护着家眷夺路，三人又向他痛下辣手！

这次，他们都同在一路，集中往殷乘风背后下手。

——这一次结果又如何？

三人一齐滚下山坡。

宋乱水痛得哇哇地叫了起来，摸着额上的一道血痕："好厉害，好厉害！"

霍乱步手背上也有一抹血口子，悻悻然道："好快的剑法，我替你挡那一剑，才受了伤！"

宋乱水撞天屈地道："我是替他架那一剑，所以才挂彩。"

冯乱虎忙道："我是替你拦住那一剑，才滚下来的！"

霍乱步并不友善地道："可是你总算不曾受伤。"

冯乱虎分辩道："不错，我没见红，但手上的剑，给他砸飞到不知哪儿去了？"

霍乱步一见果尔，只能叹道："殷乘风的剑好快，不愧为'急电'。"

宋乱水仍气急败坏地道："这次糟了，截不住姓殷的，大当家一定又怪罪的了。"

霍乱步白了他一眼，道："这又怎样！难道你想学李福、李慧那两个呆子一般送了命不成？"

宋乱水忙不迭啐道："不是不是，才不是，他们送死，我们没死的事！"

冯乱虎也插口道："这也没得怨……我们三人，都已尽了力。螳臂挡车，枉送性命而已。我们还要协助顾公子定大计呢！"

他们索性在山坡上赖着，等上面的战局不那么凶险才敢再上崖去。

第八十九回

天弃人不弃

殷乘风率领百余子弟，和两百多名老弱妇孺，渡过易水，苦候江边，与赫连春水、息大娘等百余名断后截敌的部众会合，击沉舟筏，整顿兵马，尚有两百五十余名壮丁，其中约有三成挂彩受伤，轻重不一。

众人隔岸只见冲天火起，知道官兵正放一把大火，把青天寨烧个精光。眼见多年基业毁于一旦，众人在寒风中不禁感伤起来，同时也更心怀仇愤。

高鸡血已然牺牲，尸骨无存。他和韦鸭毛都被牵入这一场剿杀中，先后丧生。息大娘负疚最深，高鸡血可以说是为她而殁的。多年来，高鸡血对她的心意，息大娘是聪明人，焉有不知？赫连春水也很难受，他和高鸡血一向斗嘴斗智斗功夫，水火不相容，高鸡血一旦死了，赫连春水感觉得无由的伤心、无依的寂寞。

——也许，他和高鸡血都在一段深刻而无望的感情里，最是相依为命、相知最深吧。而他们又不像尤知味，可以不讲原则、不择手段。他们明知无望，但仍肯为这段绝望的恋情，付出一切。

——可是结果是什么？

赫连春水不敢想。

——高鸡血死了，他更陷入深心的孤独里。

一方面，他觉得自己更无望和荒唐；另一方面，心底里那一个呼之欲出的期盼，却燃烧得更炽烈了。

高鸡血和韦鸭毛的二十八名部属，也牺牲了五人，"陷阵"范忠和"冲锋"禹全盛也都死了，范忠来援的八人，死了四人，剩下的这二十七人，没有了退路，暂时全跟着息大娘。

赫连春水的"四大家仆"，已被周笑笑杀了三人，十三妹则死在官兵埋伏下，只剩下一名家仆、十一郎和"虎头刀"龚翠环三人而已。

喜来锦那一群衙差，也丧了两人，还有十一人，仍跟着铁手共同进退。反正他们已没有后路了，只好跟铁手打出一条血路。

如果不是殷乘风一早下令撤退，保存实力，只怕伤亡更重。

殷乘风毕竟是绿林中人，善于游击，行军打仗的事反不如赫连春水。赫连春水是名将之后，熟读韬略，行军进退，甚见干练，加上铁手的沉稳机智，虽然敌众我寡，但依然能杀出重围，强渡易水。

殷乘风掠扑八仙台，马匹多在渡江时放弃，四顾茫茫，不知何去何从？赫连春水道："我们先去八仙镇，跟海伯伯计议，看是否有容我们之地？"

铁手沉吟道："海老已收山多年，如今要他得罪官兵，似乎不妥。"

赫连春水想了想，道："铁二哥别多虑！海伯伯是我爹爹至交，他若能收容，便不会推辞。若不能，也决不致告密。"

息大娘忧虑地道："我们此去，岂不拖累了海神叟？"

赫连春水道："这也顾不得了。海伯伯受过我家的恩，他是响马出身，这一带人面熟、字号响，有他庇护，自有去处，若乱冲胡闯，一旦追兵渡江，联合了这一带县衙的兵马，来个大围攻，只怕挨不住这样长期的多次耗战，不如还是让我去海伯伯那儿探路再说。"

殷乘风估量局势，道："若要渡江，造得船来，少说也有两三天，我们要是到处流窜，家眷太多，终究逃不过他们的围堵。即使海神叟不便出面，只要有隐蔽之地，能防易守，指示我们一条明路，那便是大好的事了。"

赫连春水道："我也是这样想。"

殷乘风道："那要麻烦公子走一趟了。"

铁手道："是不是应多带一二位当事人去？"

赫连春水思虑了一下，便道："铁二哥是名捕，暂时不宜出面。殷寨主身负重任，青天寨的子弟都看你的，也不便冒险。只好请大娘跟我走这一趟吧。"

众人商酌了一番，也觉得只好先此议定。铁手为安全计，息大娘和赫连春水携好火箭焰火信号，以备不测。殷乘风也在八仙镇内外伏下数十精兵，以便万一有变，及时营救，这些都是为万全之计。

赫连春水和息大娘略为乔装打扮，携同十一郎和一名家仆，佯作夫妇畅游，顺道访友，混入镇中，直赶海府。

赫连春水和息大娘到了海府，在巷前甩鞍离镫，整衣下马，通报姓名，并递上名帖，算是礼数做足。

长工捧名帖进宅传报后，赫连春水与息大娘相顾一眼，不禁手心都微微出汗。

——如果海托山跟朝中傅派的人有联络，或跟剿定的官兵有通声息，忽然来个翻脸不认人，他们的处境可以说是甚为危险的。

他们只等了一会，却如临大敌，暗中观察门前管事的神色，一有不对，立即退走。

正暗自惕防间，海托山却和另一老叟亲自出门相迎，边豪笑道："稀客！稀客！赫连公子来了！请恕迎迟！"一面搂肩搭背，状甚亲热，又以为息大娘是赫连春水的夫人，尽说些"珠联璧合""天生一对"的话，害得赫连春水都有些不自然起来，倒是息大娘泰然自若。

赫连春水暗里观容察貌，觉得海托山仍可信托，豪气未减，息大娘亦以为然，赫连春水便将事情简略而婉转的向海托山提出，并表明事态严重，可能牵累连祸，但只要他日能平冤雪辱，定必报答。

赫连春水言明不需海托山派人相帮，只求代觅暂避之地，及供应一时之口粮。息大娘连忙补充，若海府不便，也不打紧，他们亦然明白，并会速离八仙台，只不过敦请海托山切要守秘，万不可说他们曾来过此地求援。

海托山听了赫连春水的话，沉吟了良久，负手来回踱了一会儿的方步。

息大娘见状便道："海前辈万勿为难，常言道：有心无力，海前辈有家有业，自有不便之处，是我们提得冒昧，请海前辈就别当一回事，我们速离本镇就是。"

海托山抬起头来，一下子，他脸上的皱纹又像增添了许多："赫连公子、息大娘，按理说，别说老将军跟我这般恩重，就光念在武林同道之义，我们相交之情，隔岸的青天寨披难，我也不该多作考虑，只是我年纪大了，不比当年了……"

赫连春水明白他的意思。

也明白他的心情。

因为他的父亲赫连乐吾也有这样的心情。

——英雄怕老，好汉怕病，将军怕暖饱。一旦有妻有室、有儿有女，心志便不复当年了。

——不是没有勇气，而是有了顾虑。

赫连春水正想要走。

海托山却拦住了他。

他的手仍热烈。

他的眼光仍没有老。

"只不过，"海托山炽热的道，"有些事年轻时做了，老时才有自豪的记忆。而又有些事，做了之后，死得才能眼闭。"

赫连春水笑了。

他看向息大娘。

这眼神仿佛是告诉息大娘：他没有看错，这位"海伯伯"仍是热心人！

海托山紧紧地握着他的手，道："你等等我，我跟老二、老三商量对策，情形如何，马上就告诉你。"

那在旁边一直不曾言语、神情颇傲岸的老者终于开了口："我觉得我们也该商议一下，只不过，无论商谈出来的结果是怎样，赫连公子的事，就是我们'天弃四叟'的事！"

这傲慢的老叟说完了，就向海托山道："咱们找老三去。"

然后两人一齐进入内厅。

赫连春水当然明白那傲岸老叟那句话的意思。

——你的事就是我们的事。

——"天弃四叟"已经揽在身上了。

——现在只是在谋算较妥善的办法。

——请放心。

息大娘却不怎么明白那傲叟的话。

"海托山原本跟另外三个高手结义，合称'天弃四少'，取名'天弃'，是'天为之弃，人为之遗'的意思，当年海伯伯的出身，本不足为人道，尝遍种种苦艰，所以便叫作'天弃'。"赫连春水解释道，"他们结义，是以年纪作排行，以刘云年岁最长，是为老大，吴烛为老二，巴力老三，海伯伯原名得一山字，排行第四，但若论武功，则要倒过来数才对。他们年纪大了，'四少'便变成'四叟'了。"

息大娘动容道："我知道了，原来他们就是有名的刘单云、吴双烛、巴三力和海……"

赫连春水笑道："原本是海四山，但海伯伯排行虽最末，武功、名头却大，其他三叟都最服他。海伯伯字托山，日后江湖上人都尊称他为'海托山'，省一'四'字，然而海伯伯仍尊奉其他三位结义兄长，拢在海府做事，供有长职。海伯伯的念旧长情，可见一斑。"

息大娘沉吟道："天弃人不弃，人不自弃，便自有在天地间立足之处。"

赫连春水道："刚才那位沉默寡言，神态傲慢的便是吴双烛，他说话很有担当力。"

息大娘柔娴地说道："却不知他们闭门密议，商议成怎样了？"

海托山自帘后步了出来，他身边除了那名神态傲然的吴双烛外，还跟着另一个慈目祥眉的老头，正是巴三力，海托山一出来便豪笑道："要二位久候了。"

原来他们三人闭门密议，决定要将近易水清溪港的秘岩洞拨给众人先躲上一段时间，俟过得两三个月，官兵搜索过去，风声平定了一些之后，再作他议。

"秘岩洞"原本是"天弃四叟"当年当盗匪的高踞老巢，甚是隐秘，而且天险难犯，当年曾有官兵二度攻打，全失利无功而折返。海托山言明会暂供应食粮，由巴三力负责祕密运送。秘岩洞一带则由吴双烛带领，并负责设卡、伏防的问题，以便任何风吹草动，早作照应。

赫连春水和息大娘闻言自是大喜，忙道谢不已。

海托山只说："世侄，我跟令尊交情有如山高海深，办这点事，也算不上什么。"又言明再三叮嘱手下小心保密，决不让群侠在八仙台出事。

其实海托山也有难处。

他也怕被牵累，略有疑虑，复又认为赫连老将军在朝中握有重权，跟诸葛先生过从甚密，能在皇帝身边说得上话，迟早必能平反此案，假如自己不曾相帮，他日还有何颜脸见赫连乐吾？更何况以武林之义、老友之情，也不该见死不救的！

他进去找上了巴三力，三人一齐细议此事。

巴三力大力反对，认为不该惹祸上身，又虞此事和傅承相或蔡京有关，而这两人权倾朝野，是决惹不得的。

吴双烛则力主相助：按照武林同道的义气，理当施援，否则，也应提供食粮、快马，让赫连春水和青天寨的残兵早日远走高飞。

可是海托山心里也不愿赫连春水就此跑掉，生怕此事有一日成了自己官途的障碍，一时左也不是，右又不是，竟拿不定主意。

巴三力道："不如等大哥回来，问问他的意见吧。"

海托山顿足道："可是我现在就要安顿来的人啊。"

吴双烛道："那还是先把人藏一藏吧；此事十万火急，数百条性命交攸，不容延误。"

海托山无奈之下，只好听取此计，领赫连春水一众残部，避入"秘岩洞"再说。

这边群雄一旦得悉暂避之所，铁手便命铁剑、铜剑二童，飞马燕南，知会大师兄无情。

他不知道大师兄还在不在燕南，但无情是在思恩镇一带出发找戚少商的，无论他去到哪儿，都会留下暗记，让二童追索的。

铁手之所以派铁、铜二童前往，也有他的苦心：一则他希望二童不必跟着大伙儿受苦、冒险；二则他知道二童在战役中一直未曾露面，由这两个幼童请援，多不令人注意，而双童得离这正受追缉的队伍，反而安全。赫连春水则派剩下那名家仆，一起同赴，以便照应二童。

他总觉得，留在八仙台，看来已暂得安身之处，既避风头，又可秣马厉兵，养精蓄锐，重新再战，但不知怎的，老是有一种不祥之兆，萦绕心头，不过究竟是什么，他也说不上来。

第九十回

魔头会合、群侠分散

　　铜剑、铁剑两人把短剑藏于袖中，扮作近处人家出外嬉游的童子，由赫连春水那名家仆引道，抄道转赴燕南，没料他们才出门，便被文张与属下舒自绣发现。

　　文张和舒自绣乔装打扮，先渡易水，正要向当地几个豪门大户探道，忽见一老二少，表面上装得悠游自在，然神色间仍掩抑不住情急紧张，策马匆匆离开八仙台。

　　文张马上留意。

　　——跟着这三个人，可能便可以翻出息大娘、赫连春水他们躲到什么地方！

　　文张和舒自绣立即暗里追踪。

　　结果追出了一百多里，停了三个旅驿，文张和舒自绣都发觉有点不对劲。

　　青天寨那一干流寇，决不可能一下子逃出了那么远！

　　——就算逃了这般远，也断无可能沿途毫无线索！

　　文张几疑自己是猜错了。

　　一次，文张趁一老两小在店外用膳时，命舒自绣潜进房间里，翻搜他们的包袱，结果发现了他们的"武器"：

　　——一柄铜剑，一柄铁剑。

——还有可以接驳成一柄长斧的器具。

舒自绣立即退出房间，向文张报告。

舒自绣还向文张补充了一句："赫连乐吾的四名家将，其中一人，使的就是这种接驳而成的大斧！"

文张摇摇头，扪着长须道："这还不新奇。"

舒自绣诧问："莫非……"

文张道："如我猜得不错，那一对小剑，是'四大名捕'中老大无情的四名近身剑童之武器。"

舒自绣讶言，道："无情近身仆童的武器在这里？那他岂不是跟贼党是一伙的了？"

文张道："那有什么稀奇！铁手也混在匪帮里，无情又清高得哪儿去！"

舒自绣兴致也高了出来："要是我们追查到无情也庇护匪党，加上铁手通匪，岂不是可以奏他一本，把'四大名捕'一网打尽。"

文张沉吟道："铁手身在匪党，助匪杀官，早已没得翻身了。无情在安顺栈里逼李氏兄弟、连云三乱等服假毒药，让官兵分散主力，以致贼党逃脱，亦是重大罪状。'四大名捕'里，为这件事，至少有两个变成通缉犯。不过，我怀疑无情脱队，为的是救戚少商。而这两个剑童，是去讨救兵的，至少，也是向无情会合的。"

舒自绣道："如此这般，跟着他们，岂不就可以找到无情？"

文张道："找到他，也许也可以找到戚少商。"

舒自绣道："戚少商才是第一号重犯！一切追捕行动，岂不都为他而起的！"

文张拈拈长须，道："我想，我们不必放着个元宝，反去捡碎银。"

舒自绣道："大人的意思是……？"

文张道："追下去。"

这一追，就追到了燕南。

文张见二童一仆闯进了郗将军府。

文张和舒自绣小心翼翼地翻墙匿伏，发现无情、雷卷、唐晚词、戚少商这一众人，都在屋里。

文张的追踪，并没有白费。

但他却静悄悄地拉了舒自绣就走。

两人找到附近一家小店，住了下来。

舒自绣当然不明白。

"这四个重犯，全找着了，但却不能轻举妄动。"文张说，"无情、戚少商、雷卷、唐二娘都在，我们敌不过的。"

舒自绣道："我们可以通知这地头的衙差，前来围剿他们呀。"

"没有用的。"文张道，"乌合之众，非其所敌，何况无情向有威名，县衙敢不敢动他，还是疑问，何况还有郗舜才为他撑腰？"

舒自绣问："那我们该怎么办？"

文张道："暂且先什么都不办。你有没有发现一件事？"

舒自绣道："什么事？"

"无情。"文张道，"无情似乎全身都动弹不得。"

"这是一大劲敌，"舒自绣喜道，"他要是动不了，我们便轻松多了。"

"铜铁二剑童来报青天寨受困的事，戚少商必去解厄，他们这几人，必去了一半或以上，剩下的，便容易料理得多了。"

文张道，"我们的主要目标还是戚少商，好歹把他留下条命来再说。"

"如果无情、戚少商、雷卷、唐晚词全都丧在大人手里，这个功嘛……"

"这个大功，当与你共享。"

"谢谢大人提携……"

文张住在这爿小店，自信从窗户望落，可以监视鄙府的动静，不料这时一阵快马，两人投了店。

文张居高临下，望下去，这两人依稀相识。

文张大喜忖道：在此地见此二人，真是天助我也，想来九幽神君，也定在附近，可以一举把无情等人收拾。

——这来的两人，一男一女，正是英绿荷和龙涉虚！

英绿荷与龙涉虚数度暗算刘独峰、戚少商等人失败，师父九幽神君还跟刘独峰互拼身亡、狐震碑惨死、铁蒺藜生死不知、泡泡神志俱失，几乎无一有好下场，英绿荷本身护身的两面晶镜俱被戳破，龙涉虚也负了内伤，正相扶到这镇上来歇息。

他们解马入店，龙涉虚又想施故技，发横威，唬吓店家，英绿荷却偷偷地扯了扯他的衣袖："不要发蛮，有人在监视我们。"

两人乖乖地交了银子，入了房，龙涉虚迫不及待地道："怎么着？"

英绿荷道："我们才下马，就有人在北三窗户一直盯着我们。"

龙涉虚一连吃了几个败仗、又伤了几处，心无斗志，忙道："那还不走，待在这里等兔子爷不成！"

英绿荷道："不能走。我们这一走，反而打草惊蛇，教敌人睄上了，敌暗我明，岂不更糟！"

龙涉虚道："那该怎么办？"他脑筋子一向迟钝，主意就看英绿荷的。

英绿荷一咬下唇道："咱们反扑上去，我认得是北三房的窗子！要是上道的，咱们见机不妙，来个夜里撤。要是不上道的，趁黑里招呼他个白进红出不就结了！"

龙涉虚自然同意。

到了初更，英绿荷与龙涉虚换上了夜行衣，摸到北三房，到了门前，犹豫了一阵，两人悄悄用刀抬起了门闩，闪了进去，见没有动静，两人往床上就一压，一刀就扎了进去。

英绿荷刺了一刀，立知不妙，失声道："不好！"

龙涉虚在黑里问："怎么啦？"

英绿荷低声道："不妙，床上没人。"

龙涉虚跳过对床去："我那儿也是一样……"肩膀挨在英绿荷胸上，忽又动了淫念，"他们不知溜躲到哪儿去，不如我们俩在这儿先来个……"

英绿荷忽低叱道："不对路，咱们先回房！"

两人不带声息地闪了出来，自窗户跃回他们的房间去，才一跃下，便发现房间"嗖"的一声，似有些不对劲。

龙涉虚却已跃了下去。

英绿荷叱了一声："小心！"话一出口，已闪离原位。

只听房间里精芒一闪，似有人拔出了利器，被月光反照了出来。

龙涉虚也发现了，三尖两刃齐眉棍虎的一响，往精光处就砸！

"当"的一声，两件兵器交在一起！

只听另一角落有人低喝了一声："别动手！"

英绿荷听声辨位，铁如意一招三式，都是杀手。

但三招皆不着，反而屋里的事物，被她碰得哇啦啦、豁琅琅一阵响。

英绿荷三招击空，心知来人决非庸手，不理龙涉虚那边的战况，翻窗就走。

只听一人沉声喝道："尊驾是谁？请留姓名！"

英绿荷心中冷笑：你们三更半夜，潜入我们房里，带着兵器，还问我们是谁？不料龙涉虚一向胆大脑钝，竟答："兔崽子！俺行不改姓，坐不改名，龙——"

英绿荷人在窗边，一听之下，叱道："住口！"

只听暗里那人似吁了一口气，道："窗上的可是英女侠？请不要走。"

龙涉虚跟敌手摸黑递了几招，退到窗边，低声问英绿荷："怎么办？"

忽一人搭住他的肩膀，龙涉虚发现不对，正要挣扎，但已麻痹了半爿身子。

这时，却闻一阵马蹄声响，在街外由近而远。

龙涉虚以为英绿荷已舍他而去，急叫道："英师妹，师妹你——"

黑暗中的人再无置疑，晃亮了火篾片，一面道："误会，误会！下官姓文，我们以前见过，这次夜闯二位寝座，实情非得已，尚请见谅。"

只见窗外探了一双明亮的眼珠子，不住地探察，文张放开制住龙涉虚的手，向窗外拱手笑道："英女侠请进，莫不是不认得下官了？"

英绿荷一看，发现房里只有两个外人，一个文质儒雅，温和有礼，正向她发话。另一人剑眉星目，持着镰刀，刚与龙涉虚的齐眉棍交手的便是他。

英绿荷借光详看，这才放了心，跃入房间里来，也还揖道："原来是文大人还有舒老总！"

文张笑道："英女侠、龙壮士，咱们这份黄夜闯入，当真失礼了。"

英绿荷心中还是防着："难得文大人深夜有此雅兴，驾临探问，却不知所为何事？"

这时房里交手的声音，已惊动外头，店家掌灯过来查问，英绿荷隔着门说没事，店家嘀咕一阵，才告退去。

文张笑道："下官原有要事与二位共商，不想惊动旁人，不料两位夜深外出，始有此误。"

英绿荷也听得出文张话里的讥诮之意，心中老大不悦，对文张的问话，便也十分保留。文张问起她九幽神君的情形，英绿荷不想让对方知道他们后盾已失，只说：九幽神君已杀了刘独峰，也重伤了无情，无情于今暂失去反抗之力，但九幽神君也受了点伤，无法将戚少商等一网成擒。

蔡京请动九幽神君出动，原本就是傅宗书穿的针、文张引的线。九幽神君的弟子，除了早已命丧在"四大名捕"手里的"土行孙"孙不恭和"人在千里、枪在眼前"独孤威之外，其他七名弟子："骆驼老爷"鲜于仇、"神鸦将军"冷呼儿、狐震碑、铁蒺藜、泡泡、龙涉虚、英绿荷都知悉此事。文张是自己人——这一点英绿荷是可以肯定的。

不过她连遭铩羽，师父亡殁，同门亦先后惨死，使她如惊弓之鸟，不得不暗自提防。龙涉虚一向看英绿荷脸面行事，英绿荷说的虽与事实略有出入，他也不敢更正。

文张一听，自然忻喜。

——刘独峰死了。

文张的"劲敌"可谓又去了一个。

——无情伤重，不能动手。

只余下戚少商、雷卷和唐晚词三个大敌，至于三童一仆，文张还没把他们瞧在眼里。

英绿荷又告诉他：那封事关重大的"血书"，就摆在戚少商的剑锷里。

文张道："无论如何，我们有三件事物是志在必得：一是戚少商的人头，二是那份密件，三是要趁无情无还手之力，把他杀了。这件事，还得借重两位的大力帮忙才行。"

英绿荷与龙涉虚也恨煞戚少商、雷卷、无情等人，自有杀师之仇要报，不过又自忖未必是这几人的对手，脸上难免露出迟疑的神色，口中更不敢贸然答允。

另一方面，英绿荷又知道自己顿失靠山，急需要文张这等在官道上武林中都吃得开的人照应，所以也不敢拒绝文张的要求。

到了第二天，文张派舒自绣易容乔装，在郓将军府附近打探，却发现戚少商和雷卷及使长斧的仆人已不见。

文张自是惊疑，使人再探。这次花了好些银两，买通了郓府的一名长工、一位管事，才知道雷卷和戚少商果然走了。

那是在昨晚初更以后离开的。

文张细察时间，才知道昨晚他跟龙涉虚、英绿荷糊里糊涂中交手之际，正好是那名仆役带着戚少商及雷卷飞骑出城的时候。

文张自知一时失策，顿失戚少商及雷卷的影踪。

——想必是闻殷乘风的青天寨已破，黑夜赶去急援吧？

——如果跟上他们，岂非不止能杀戚少商、取血书，还可以识破那一干流匪的匿藏之处！

文张只好跌足长叹。

——既然戚少商、雷卷赶路赶得如此之急，要赶上他们便难上加难。

文张立即动手。

——这儿还有无情及唐晚词，杀了再说。

他把这个意念告诉龙涉虚及英绿荷的时候，他们二人都甚赞同：

无情已形同废人。

杀一个唐晚词，何难之有？

至于郗舜才、三剑童、九卫士，他们都不认为是什么障碍，只要雷卷和戚少商不在，英绿荷与龙涉虚反而胆大了起来。

第九十一回

拦道

到了约莫巳牌时分，郗舜才等一行人离开了"将军府"，直出燕南，走上了官道。

文张点算一下，向龙涉虚、英绿荷、舒自绣道："郗舜才把他手下的七个卫士都一起带出去，看他们的行装，像是要出远门，无情、唐二娘和三剑童都在一起，我们俟他们一上郊道，即行截杀。"

龙、英、舒三人都跃跃欲试。

文张心里却有分晓：无情等这样匆忙地往京城道上走，必定是有了对策，不管是为了自身安危，还是巩固己方的权势，他都必须要在道上杀掉无情。

他一直避开不想与"四大名捕"正面冲突，可是他又知道，只要自己官阶继续擢升上去，总有一天，这朝中的两大势力，必定会来一次对决；而自己跟"四大名捕"，也难免会来一次决战。

——所以他必须在自己还有胜算的时候，把"四大名捕"逐一除去。

——而在难以占便宜的时候，尽量忍让求存，就像上次他宁牺牲李鳄泪，也不与冷血为敌一样。

到了离官道约十余里的倒灶子岗，无情跟唐晚词道："二娘，你可知道我们赴京的用意？"

唐晚词在马上一撩发丝，笑道："你是要反守为攻，回京去告这一干狗官一状！"

无情也骑在马上，但他无力骑马，银剑替他策辔。因为要赶路，郗舜才本要请脚夫起快轿，但遭无情拒绝，生怕拖慢行程，这一来，连热心的郗舜才也不好意思坐在轿子里，只好在马上冒日晒沾风尘了。"我已把奏本写好了，你单骑快马，便于赶程，大娘和赫连公子、殷寨主处境危殆，不如请你跟铁儿、铜儿，先赶到京里去，联络诸葛先生，先行请奏为重。"

唐晚词想了一想，凝凝定定地摇了摇头。

无情很有些讶异："你不肯？"

"我不愿意。"

"因为我知道你的用意。"

"你想把目标全揽到自己身上，把我引开，以免万一发生事情，我还能活，你不妨死。"

"是不是？"唐晚词很柔静地问。那一双清明的眸子，看得无情不敢去对视。

"不止如此。"无情挪开视线，"我是以大局为重，我这封信，一定要递上给诸葛先生。这份奏折，一定要面奏圣上。"

"所以我保护你去。"

"你可以代我去。"

"为什么？"

"因为这样可以更快。"

"但你的手只能动，不能使力，我走了，你更危险。"

"我从来都不需要人保护的。"

"我不是在保护你。"唐晚词争辩的时候，仍带有一份韵味无穷的笑意，仿佛在跟一个小孩子辩驳，不动肝火，"我们在一起，更加安全。我也在保护自己。"

"你真的不去？"无情没奈何。

"你如果一定要找人去，可以找郗舜才。"唐晚词的红唇向得意洋洋策骑走在前面的郗舜才努了努。

"他还不便做此事。"无情轻声道，"我也还没有完全信任他。"

唐晚词笑了。

她的眼色更美了。

在冷风中，她宁静的美靥，多情而风情。

"你最好也不要完全信任我。"

无情听了，忽想起姬摇花。

然后他的心就似被炙铁刺了一下。

他立即道："你弄错了，我也没有完全信任你，我只是信得过你去做这件事情而已。"

"真的？"唐晚词故意拉缰走慢了一些，打量着无情的后身，又说，"真的？"

无情气苦，斩钉截铁地说："真的。"

郗舜才却打马回来，兴致勃勃地道："我好像听到两位齿及下官的名字？"

唐晚词笑得更是艳艳的。

无情忙道："我们都说，让将军辛苦了。"郗舜才本来只是副将，称他"将军"，他总是高兴得飞上了天。

郗舜才一听果乐，笑得合不起嘴来："应该的，能为朝廷做事，应该的，应该的，能为诸葛先生效命，应该的，应该的，能为'四大名捕'……"

唐晚词笑道："不应该的，不应该的，实在不应该请你老远跑这一趟的。"

郗舜才仍是一个劲儿地道："应该的，应该的，我早想趁便上一趟京，拜会诸葛先生，还有……"

郗舜才见无情上京，也许是因为太久没有出来活动，也许是因为心志仍豪，也许是念旧思昔义，也许是想趁此讨功……他一力要带七卫士送无情回京。无情本要婉拒，但觉得沿路上有郗舜才这等官面相送，一切事情都易打点多了，因此也不坚拒。可是这郗舜才并非可担大任的人物，心粗口疏，无情还不敢嘱以重托，但心中也颇感激郗舜才的这番热切。

郗舜才又道："再过七八里，就是思恩镇。那儿有个乡绅叫宾东成，不像话啦，上次刘捕神路过，他都不通知我，接待又不周到，我看大捕爷这次路过，也不必照应他了。"他能接待无情这样的人物返京，颇觉踌躇满志，巴不得让他的对头宾东成羡煞。

无情只淡淡地说："咱们还是赶过三个驿站，能不惊动不干事的人，自是不惊动的好。"

郗舜才只好道："是。"打马又到前面吩咐去了。

无情和银剑同坐一匹马，铁剑和铜剑又共骑一匹马，其余是一些扛夫、仆役，郗舜才身边的"无敌九卫士"，剩下七人，洪放、余大民、梁惠燊、倪卜、曾宝宣、林阁、曾宝新，倒是全都来了。

这七人又分作两拨，洪放和梁惠燊，左右护着郗舜才，曾氏兄弟则在前面开道，林阁和倪卜押后，余大民则负责"照顾"无情、唐晚词和三个小童。

无情和唐晚词当然是不需人来"照顾"。

所以余大民只有跟三小童闲扯。

光天化日，人多势众，郗舜才等都不认为有什么值得戒备的。

无情仍小心翼翼。

虽然，他据铜剑、铁剑所报，顾惜朝、黄金鳞、文张这种棘手人物，全耗在易水一带，而九幽神君已死，按照道理，不大可能有人会在路上伏击。

但无情仍小心提防，而且已经小心提防了。

——小心，不一定就可以不发生意外，但小心的确可以避免意外的发生，或使意外的发生不那么意外。

可是意外会发生吗？

会的。

每个人一生里都会发生一些意外：有的多，有的少；有的大，有的小；有的无伤大雅，有的无可挽救。

如果意外能够事先预防，那就不叫意外了。意外一如命运，当你知道有它，便无可避免了。

否则也不叫命运。

就算你能避开它、改变它、抗拒它，那也只是"命运"的一部分，你并没有超越命运，命运里，早已安排你的种种"反应"。

林阁属于心粗气豪的那类人，他不相信命运，但怕鬼。

事实上不道他不怕，那次在荒山之后，他就被"鬼"几乎吓破了胆。

所以他对风吹草动都特别留意。

因为他最提心吊胆。

提心吊胆的人容易杯弓蛇影。

他真的看见了草动，但却不觉有风吹。

虽然在晴天亮日下，他还是有点心惊胆跳，忙凑近倪卜处，说："我看有些不对劲。"

倪卜笑了笑，道："我看你才有点不对劲。"

林阁不服气地道："为什么？"

倪卜道："因为你整天疑神疑鬼，草木皆兵。"

林阁道："但这世上，真的是有神鬼的，你不信？"

倪卜冷声道："我没见过，所以我不信。"

林阁驳道："我也没见过，所以我信。"

倪卜道："你信，那对你有什么好处？"

林阁道："你不相信，对你又有什么好处？"

倪卜道："至少我可以——"忽然，旁边草丛"啸"的一声，疾射出一块黑乎乎的事物，倪卜要避，已来不及，正中左颧。

倪卜大叫一声，登时血流披脸，摔落马下。

就在这同时间，一人如铁塔般，向林阁掠扑而至。

林阁早有防备，一旦发现势头不对，忙滚落马下。那匹马被那扑下的人一压，立时哀啸一声，四蹄俱折！

林阁大叫道："救命、救命！"

前面的人一齐勒马回头。

无情叱道："小心！"

话才出口，一条袖子，已卷住曾宝宣的脖子，曾宝宣抽刀要割，另一条袖子又绞住他的一双手。

曾宝新想上前救助，但精光骤闪，一抹弯刀掠过，曾宝新后脖冒血，跌下马来。

这时，那一对淡淡的袖子又收了回去。

双袖当然掩着一对手。

这对手的主人是一个温文儒雅的人。

他身旁那位眉目清秀的汉子，已拦手收回了镰刀。

这四人一出现，就杀了三个人。

他们原本想要一下子突击，至少可以连杀四人的，这样的"成果"，他们并不感满意。

还好，他们知道剩下的人必然一个个都难逃活命。

他们有这个自信。

在无情的喝令之下，大伙儿全拢聚在一起。

洪放护着郗舜才急退，梁惠燊断后掩护，余大民挥白蜡杆，林阁连滚带爬，返回大队。

三剑童一齐跃落地上，银、铜、铁三剑一同出鞘。

唐晚词的唇更红了。

她拔刀。

双刀。

她多准备了一柄刀，一长一短。

长刀是要别人的命。

短刀是跟敌人拼命的。

无情徐徐地、缓缓地、深深地，但又轻轻地在吸气。

——其实呼吸是很好的享受，只不过一般活着的人并没有特别去感受。

——尤其是空气还好的时候，多吸几口气，是活着的人才能拥有的享受。

无情估量情势：

敌人似乎不多。

只有四个，前面拦道的两人，后面截路的也是二人。

但这四人均是扎手的劲敌。

——他们是文张、英绿荷、龙涉虚、舒自绣。

这四人当中，最可怕的就是文张。

这人是个老狐狸，有少林"金刚拳"和"大韦陀杵"的硬门功力，偏又精修"东海水云袖"的软门武功，而且"袖里藏刀"，是有才有智、能屈能伸、心狠手辣、口蜜腹剑的人物。

英绿荷、龙涉虚都受了伤——但受伤的狼就像饿疯了的狼，比平常的狼更难应付。

舒自绣外号"咽喉断"，人传他为"小四大名捕"之一，是文的得力助手。

这四个尽管难缠，但无情自度自己如果不伤，就算四人一起上，他也可以应付得了。

可惜现在他已有心无力。

对方似乎有恃无恐。

——他的双手虽然可以活动，但却提不起劲力，"秋鱼刀"的余力尚在。

——缺乏了劲道，暗器就像没有了毒牙的蛇，失去了杀伤力。

——一记轻若鸿毛的拳头，试问又怎么伤得着人？

——自己无法动手，唐二娘、三剑童，还有郜将军及剩下的四卫士是不是可以敌得住这四个一上来就下杀手的大敌呢？

虽然敌寡我众，无情已有防备，但仍觉心头沉重。

文张轻咳一声，向郜舜才道："我是官，我是奉傅相爷之命，前来截杀流寇的。你们要是助我杀匪，有功有赏。"

郗舜才把胸一挺，戟指怒道："我也是官，你杀了我的人，把命偿来。"

文张冷笑道："你敢违抗朝廷命令？"

郗舜才本来有些气怯，因为他曾在京城官场的酬酢里，确然见过文张，知其所言非虚，但他终究胆气一豪，指向无情大声道："他也是官，诸葛先生叫他来查办枉职滥权的贪官，就算你是官，你也是该被撤职查办的狗官！"

无情没想到郗舜才会说出这种话。

看来锦绣华厦、珍馔美食，并没有使郗舜才变成了个懦夫。

文张笑了，他绰须道："好，好，好。有种，有种！这些这么有种的人，自是一个也不能留。全都给我杀了！"

第九十二回

箫声笛声

文张这边只有舒自绣、龙涉虚与英绿荷，一共四人。

无情这方面的人，却有唐晚词、银铜铁三剑童，郗舜才和林阁、洪放、梁惠燊、余大民总共十人。

这原本是无情那儿势众，但其中最大的危机是：无情已失去了动手的能力。

无情不能出手，便无人制得住文张。

文张还要下令发动，这毕竟是官道，虽然行人不多，但自是速战速决的好。

三剑童立即扑向龙涉虚。

龙涉虚高大威猛，他的掌力裂雷惊涛，但也就因为太过壮硕，应付这三个身形灵动、剑法矫捷的小童，反而在移动应招间觉得处处不便。

英绿荷掠向无情。

除了要报杀师之仇外，能把无情格杀，那也是一件足以震动江湖的事。

英绿荷当然不会放过这种机会。

文张并没有抢在前头，只要能假手他人去杀"四大名捕"，他总是让别人下手——万一在朝廷局势有些什么个变动，权力有些什么个转移，问罪下来，他仍是可以推诿：那不是他杀的！

英绿荷一抢近无情，唐晚词已挥舞双刀，截住了她。

英绿荷跟唐晚词交过不止一次的手。

她自知不是唐晚词的敌手。

这时候舒自绣的镰刀，发出惊人的锐啸，卷向唐晚词。

英绿荷立刻放了心，她的铁如意也发挥了狠着：

——以二敌一，必杀唐晚词！

舒自绣冲过去围攻，当然是文张的意思。

——先杀无情，以绝后患！

——只不过无情最好是死在别人的手上。

他要舒自绣助英绿荷一臂，不但要杀唐晚词，更重要的是使英绿荷有机会去杀无情。

他自己呢？

他倒不急。

他一看当前的局势，便已知道无情确无动手之力，他是胜定了。

换句话说，这些人是死定了。

一个活口也不留。

他摸出了一支笛子。

这才是他的独门武器。

笛一摆近唇边，立即发出三声急啸。

每一声啸声，都令无情震动一下。

三下笛响，使无情脸肌抽搐，青而煞白。

——他的确是完全失去了功力。

甚至连内力根基浅薄如郗舜才，乍闻三下笛音，也不过是感觉到刺耳刮心，并不似无情如受重击。

——这主要还是因无情本身并无内力，而仅持的一点元气又被"秋鱼刀"化去，所以更是虚弱无依。

文张肯定了这一点后，更觉安心。

现在他可放心对付郗舜才及他身边的四名奴才了。

他把笛子仍然放在唇边。

无情的脸肌仍无法恢复正常，他的手艰难地往襟里摸。

谁都看得出来，他的手指正在发抖。

文张不禁停了下来。

——他要摸什么？

——暗器？

无情好不容易才自怀里摸出一管箫。

文张笑了。

——无情抵不住他的笛音，只好想用箫声来压制。

——没有用的。

——就算他抬出一面大锣，也压制不住他的笛声。

文张还是要试一试，他撮唇于笛孔旁，一下子又发出三声连啸，合成一音，似暗器破空般锐射而出！

无情摸出玉箫，箫一摆到唇边，立即就溜出几声悠扬动听的韵律，清越凄切，但笛声裂空，箫韵也似割裂，顿挫了三次。

三次过后，无情唇边有血。

他以雪白的袖子揩抹。

文张笑了："成捕头，你的箫艺纵能教凤舞龙吟，也没有用了，我的笛是用来杀人的。"

无情不理他，仍然低首吹箫，开音初尚平平，但即湍籁逸飞，上遏云辰，优雅低回，时羽声高扬，呼吸槃擗之际，使在战中的双方，一时心无斗志。

文张暗吃一惊，叱道："好箫！"一连吹响几下急笛。

这几下笛声仍如银瓶乍破、铁骑突出，但无情已沉浸于韵律里，仅在衣袂间动荡了几下，并没有被震倒。

文张怒笑道："我就看你怎样吹奏下去！"

——无情虽无发暗器之力，却居然有一记绝活！

——再让他吹奏下去，只怕把自己这方面人手的斗志全摧毁了！

文张知道不能再等。

无情虽不能发暗器，但他的箫声，犹如无形的暗器，甚至无可抵御。

他只好改变原来的计划。

他决定要亲自动手杀掉无情。

他的笛子一扬，半空发出尖啸，洪放、余大民、梁惠燊、林阁一齐拥上前去，要拦截他。

唐晚词心中大急。

她知道这四人断断拦不住文张。

——无情不能死。

她挥舞双刀，但舒自绣的镰刀，紧盯着她的长刀，英绿荷的铁如意，紧逼着她的短刀。她愈想冲出去，敌人的攻势就愈紧。

唐晚词一口气抢攻了八刀，稍稍一顿，又攻八刀，英绿荷与舒自绣的拦阻力似被冲破，唐晚词正待冲出，铁如意和镰刀的攻势又合拢了起来，唐晚词突然发现三个人身上都有了伤痕。

英绿荷伤在手背。唐晚词攻势太猛，她只好让上一让。

但只不过一让，她又把缺口填补了过来。

舒自绣伤在腿。他眼见唐晚词的攻势烈，无法不作暂退。

但他只不过是退了一退，又包抄了上来。

唐晚词臂上着了一记铁如意，脸颊被刀锋划破了一条血口，但她仍突破不了二人的合击。

三人在抢攻紧守中皆负了伤，但因抢攻太甚，都浑然未觉。

唐晚词在百忙中一看战场：

三剑童仍苦斗龙涉虚。

三剑童都制不住这铁塔般的巨汉，但这巨人一时也捉拿不着他们。

三剑童就似三只灵敏的飞鸟，在巨龙身边飞绕——可是这终究是凶险至极的：因为飞鸟始终无法伤及暴龙，而万一不慎，给巨龙击砸一下，那就不堪设想了。

唐晚词很为那三个小孩担心。

但她眼角一瞥上文张的战场，心头大乱，连手中长刀都被打掉了。

只剩下短刀。

她把一绺黑发咬在贝齿间，只有奋身苦拼。

文张以一敌四。

当唐晚词看那一眼的时候，已变成了以一敌三。

林阁已殁。

他的额头被笛子打穿了一个大洞，鲜血汩汩淌流。

谁都看得出来，洪放、余大民、梁惠燊三人是绝对拦不住文张的。

余大民的"三江夜游白蜡枪"，就招赶招，一根白蜡杆，同使出剑、棍、枪的狠着，梁惠燊的七节鞭，狠打狠着，鞭上七节，伸缩自如，并在一起，是硬门兵器，但串散开来，便成了软兵器，殊不好应付。

可是文张压根儿没把他们放在眼里。

他的大袖飘飘，像是吃饱了风的布帆，又似两道软不着力的气墙，谁都攻不进去。

别人攻不进去，他却能攻人自如。笛子一旦出击，非死即伤。

林阁的"五郎八卦棍"，是冀东第一把手，当日在郗将军所设的擂台竞技，他如果不给洪放的内力震倒，及被梁惠燊放软鞭缠住，人人都猜测他必当上统领之职，只看或正或副。无论怎么说，他除了胆小一些，性子拗僻一些，容易自以为是，在处事上容易执迷，在处世上不易勘破之外，也算是将军府里一把好手。

但这把好手就毁在文张的手中。

他的笛子突破四人的围攻，击中了林阁、击倒了林阁、击杀了林阁。

四敌中少了一人，文张的气势更是雄长。

郗舜才见爱将又死了一名，自然怒急攻心。他发掘这干亲信不易，而且长久相处，跟他们倒似兄弟一般的感情。他本来近年怕事懦弱，能不拼命，他当不硬拼，可是眼见曾宝新、曾宝宣、倪卜及林阁相偕而亡，他倒是激起了豪侠心肠，挥舞大刀，也要加入战团。

文张当然无惧。

再来五个郗舜才，他都不怕。

他心里分明：自己仍被缠住，那不是因为别的，主要是洪放那一对肉掌，和他雄浑的内力、倏忽的身法。

——这才是这几人中的硬点了。

洪放心里明白。

——就凭自己这些人，决不是文张之对手。

——如果恶斗再持续下去，自己这方面必败无疑。

人都难免贪生怕死，所谓"祸福与共"，其实多是希望有福同享、有难你当。洪放空有一身本领，但出身寒微，误交匪友，被官府剿诛，朋党死绝散尽，只剩下他一人，黯然浪迹天涯，苦练武力，有时做做独脚盗，有时当当大户护院，要不是郗舜才赏识器重，他可能还在别处挂单。

郗大将军对他无疑有知遇之恩，故此郗舜才之才能，纵未能教他膺服，但他一向尽忠职守，唯命是从，为的是报郗舜才对他信重之情。

可是人到了生死关头，义气、血性是不是那么重要呢？

——别人是全忠尽义、留名青史，或成仁取义、流芳百世，但他自己为人舍命，求的是什么呢？

——人死了就是死了，什么富贵荣华、什么名声地位，全完了。

——他跟文张本无仇雠，而今为郗舜才拼命，是不是值得？

——如果说他要报答郗舜才，这些日子以来，为他鞠躬尽瘁，不是已经报答了么？

洪放眼见文张在化解他们狠命的攻势中，从容杀林阁，他心中又是一沉：

——林阁被杀，无情无法阻拦，看来，无情是真的失去了作战的力量，这局面要全落在他们的身上了。

——而这些人当中，又以自己武功最高，所以责任也最重。

——这是拼死的责任。

责任愈重，危险就愈大。

这点洪放更加清楚。

就在这时候，文张说话了。

他在剧战中说话，从容淡定就像家常闲话一般："你就是'掌底乾坤'洪放是不是？我正是待用人之际，你替我杀了郄舜才和这两个莽夫，我对你便既往不咎，必加重用。"

这个局面，洪放也在午夜梦回，暗自想过：当生死荣辱间的抉择，他面临求生、得利、遂青云志，会不会出卖故主呢？

眼下便摆明了这一道抉择。

洪放心下有了决定。

唐晚词开始是想早早把英绿荷和舒自绣砍杀，好去保护无情。

接着她只想突破二人的合围，助洪放等围截文张。

跟着下来，她只希望不要落败得那么快。

因为她已经知道，她决非英绿荷与舒自绣二人联手之敌。

明白了这一点之后，她已知道自己已失去救人的力量，甚至也没有自救的力量。

于是她的愿望变得就跟少年人所许的志愿一般：人在年少时志愿总是伟大的，但等到日子一天天地过去，他发现人生里有很多必然的过程要历练，有许多挫折和起伏要渡过，直到后来，便会发觉一些自己一向认为不怎么看得起的俗世成就，他都不能达到，便会开始冷静下来，重认自己，再作检讨。

所以年轻人志大，到了壮年，有志气已就很难得了；到了中年，志气换为俗气；等到老年，俗气又成了暮气了。

血气方刚的人骂老人家"老气横秋"，殊不知一个人生命已将秋尽，接近冬藏，你想他不丧气都不可以。

唐晚词此时已明白真相。

明白真实情况的人通常无法奋亢起来。

因为真相往往使人气沮。

唐晚词手上有一把短刀，已不能拒敌于远，所以封守的多，抢攻已感吃力，要不是舒自绣断了几根肋骨未曾痊愈，而英绿荷胸背的晶镜俱破，失去了护身法宝，委实不敢太过近身拼命，唐二娘早就要败在他们手里了。

唐晚词奋战着，忽然心里一动。

同时也是心里一痛。

因为她想起了一个人。

雷卷。

——无论你去哪里，我都惦挂着你。

雷卷曾对她如是说。

——现在雷卷在哪里？

——卷哥，卷哥，我惦挂着你。

唐晚词估量情势，知道这心血来潮似的惦记，恐怕也不长久了。

一个人如果失去了生命，也等于失去了感情，失去了记忆，失去了一切。

所以她想趁这一息尚存之际，好好地惦挂一下这个心里一直想着的人。

——纵没有天长地久，但总算有了这生死一发间的刹那，自己是全心全意地念着他。

可是他呢？

——他正在想什么？

第九十三回

呼唤

雷卷正和戚少商策马快骑，往八仙台方向飞驰。

这时，他们正在一处溪边稍作停留，领马饮水，舒展肢体，准备片刻后又作赶路。

雷卷望着草原一片葱青，天淡云闲，似乎怔怔出神。

忽然，他的骏马希聿聿一阵嘶鸣，雷卷似是震了一震。

戚少商马上就看出来了。

"想人？"

"嗯。"

雷卷苦笑了一下，不知怎的，心头那一点艳冶而凄美的身影，总是搁不下来。在那马鸣的一刹，仿佛有人在唤他，真的，心里头有个细细的声音，正在哀切低迷地唤。

在这一刻里，雷卷心头隐隐觉得挂心，很想不顾一切，往回头的路走。

但他不能。

——青天寨、毁诺城以及一大干武林同道，还在等着他们的急援。

人生里总有些牵肠挂肚的事，总是不能让人可以痛痛快快。

——或许，人生里真正痛痛快快、一了百了、无牵无挂、不闻不问的，只有一死。否则，就算你看破红尘、落发出家，还是得挂着肚皮、留意天色、寻觅栖身之处。

戚少商仿佛看透了他的心事。

那是因为戚少商心里也惦着人。

所不同的是：戚少商正在赴见息大娘，会面的心情是愈来愈浓烈了；雷卷则不一样，他是跟唐晚词分别，愈行愈远，离意愈深切。

所以戚少商心里很惭愧、很歉疚。

他觉得自己连累雷卷太多了。

不过，他所连累的人，又何止雷卷一个？

一个人如果欠人太多，他已没有办法偿还，他唯有尽力地让他所亏欠的人觉得这亏欠是值得的。

故此戚少商力图振作。

他能在郗将军府回上一口气，只要有一天还有息大娘、雷卷、铁手、无情、刘独峰这些朋友，他便要活下去。

好好地活下去。

因为他已找到了活着的意义。

当他看见雷卷一向森冷的眉宇间抹过一阵忧伤，他已了然雷卷想起了什么。

——恋爱的人总是易喜易嗔。

——恋爱的人总是爱受伤。

他很想请雷卷回燕南的道上去。

——他自己一个人独渡易水就可以了。

但他还没有开口，雷卷的视线已从天外云际收了回来，说："我们走吧。"

说罢他又很轻很轻很轻地，叹了一声。

戚少商的话说不出来了。

因为他曾跟随过雷卷，他知道这位"卷哥"的脾性：这个脸冷心热的人，一旦下决心赴义决死，纵千折亦不回，谁若是叫他回头，不论是用什么借口，那是白碰一鼻子灰而已。

戚少商明知劝不回，但总是要想劝劝。

殊料他还未曾发话，雷卷好像已知道他要说什么。

"你想念的人，未必见得着；你见得着的人，未必真的想念。"雷卷苦笑道，"就算你本来想念的人，只要天天见着，就不一定会很想念；本来不怎么想念的，太久没见，也会有些想念。情到浓时情转薄，世事就是这样，这样也好，情若浓时，又岂在朝朝暮暮？"

戚少商知道他说的有些是违心之言，但他主要是为自己开解，也且让他说下去。

"人生里忍耐的时间，一定多于成功的时间。"雷卷的脸眼，充满了世间的风霜、世事的沧桑，"一个人如果要成功，就必须要能够忍耐；就算不想成功，也得要忍耐。因为，活着本身，就是一种忍耐。"

戚少商完全同意。

他知道雷卷说的是真话。

真话除了是肺腑之言，通常也是金玉良言。

雷卷最后加了一句："走吧。"

戚少商只好启程。

雷卷踏鞍翻身上马，清清楚楚地感觉得到，在刚才转身的刹间，确是有人在呼唤他，呼唤他的声音遥遥远去。

其实在那一刹间，唐晚词确在心里呼唤着他。

雷卷继续远去。

唐晚词境遇更危。

如果说深念或深知的人就算分开，也会有心有灵犀、特殊的感应，但要是相距愈远，这心灵的感应是不是也愈渐消淡呢？

甚至，已全然失去了感应？

至于无情呢？他眼看一群热血朋友，全在危机之中，而他自己却爱莫能助，他心里当会是怎么个急法？

——会不会比当日铁手在安顺栈里，功力未复，而身旁好友如唐肯等眼看要丧在"福慧双修""连云三乱"手里还急？

洪放呢？究竟要为求生存而叛主，还是为求尽义而拼死？他决定了没有？下手了没有？

郗舜才大将军并不知道在洪放心里有那么大的挣扎。

文张对洪放所说的话，他犹如充耳不闻。

他一向是个命福两大的人。

他一向信任他的部下。

所以他以为文张的话，对他部下根本起不了作用。

他压根儿不相信他的部下会出卖他、背叛他。

他舞着大刀，飞砍文张，他的人就站在洪放身边，跟他肩并着肩，一点防患也没有。

其实，不疑人也是一种福气。

一个人常常怀疑有人会对不起他，无疑是件很痛苦的事。

郗舜才糊里糊涂由小兵升了副将，在宫廷斗争里不费力地就有了有力的靠山，又莫名其妙地被调来这山高皇帝远的地方来当"土皇帝"，而且也胡胡混混中打了战仗立下战功，还发了点财，一直都是靠运气成事，所以得来并不费力。他也豪爽好客，一生人只奢豪一些，海派一些，并不做有损阴骘的事。

——一个人天生机智聪敏或豪勇过人，甚或才能出众，都不如天生幸运的好。

——幸运的人可以没有一切才学，但能达成比有才学的人更大的成功。

郗舜才并不能说很成功，但至少有糊涂好命，不必饱历忧患，也不必操劳些什么。

可是一个人怎能一世够运？

——正如赌博一样，你可以靠手气赢十次八次，但不能靠它赢一辈子。

郗舜才一向信任洪放。

他也一向重用洪放。

他根本不防洪放。

——这次他押的赌注，是输还是赢？

——不过无论输赢，他都是要付出性命的代价。

——如果洪放下不了手，文张也不会放过他。

——不过，有的人宁愿死于敌手，有的人情愿死在自己手里，但谁都不愿意死在出卖自己、背叛自己的朋友或部下手中。

所以，戚少商千里逃亡，他是决不愿教顾惜朝如愿以偿。

郗舜才对文张的话恍若充耳不闻。

他就在洪放的身旁，与洪放并肩作战。

郗舜才旋舞大刀，竟是刺多于砍。

——能把大刀的使法易斩为刺，又能使得这般娴熟的，就算是"关东斩马堂"的高手也未必办得到。

看他出手，谁都会感觉到成功当非幸致。早些年的戎马生涯，近几年的锦衣玉食，郜舜才却并未把功夫搁下来。

只不过他才挥刀，洪放突然从他身旁窜了过来，空手扣住他的手，探手扣拿他的手臂，郜舜才仓促间大刀被夺，身子也被揿着，洪放一刀就向他头颅砍去！

文张喝了一声彩："好！"

郜舜才绝对信任洪放、梁惠燊与余大民。私底里，余大民还算佩服洪放，梁惠燊对洪放则一直都是小心翼翼，处处提防。

——在同一个老板手底下做事，想要彻底地做到坦诚相交、绝对互信，又谈何容易？

洪放才一把夺过郜舜才的刀，梁惠燊的七节蜈蚣鞭暴长急攻，叮向洪放背心。

洪放一刀向郜舜才砍去。

虚砍一刀。

全力的、拼命的、发狠的、不留余地的一刀，却是砍向文张！

文张好像早知道洪放有此一着。

他左袖裹住洪放的刀，右袖卷住梁惠燊的蜈蚣鞭，突然向前一送。

蜈蚣鞭被文张的袖子一借力，登时速度加快，而且七节鞭就似突变成七把鞭子，刺向洪放背部七处大穴。

洪放却不避。

他只做了一件事。

他借势冲了过去，一把抱住文张。

文张没料洪放真的拼出了狠命；如果洪放攻袭他身上任何一处，他都有办法招架，可是洪放却和身扑来，一把抱住了他。

洪放吼叫道："快！"

文张右袖卷带，梁惠燊的蜈蚣鞭已刺入洪放背脊里。

在一刹间，尖锐的痛楚直透入洪放的骨髓里。

剧烈的痛苦使洪放知道：这是他最后一种感觉。

这痛楚是他自己的选择。

——在卖友求存与全义取死间，他终于作了一个让他心安的选择。

他觉得很安详。

他已尽了力。

他只希望他的同伴能够把握他这个用性命换来的时机。

梁惠燊和余大民不能算是人才。

余大民反应太慢，他看见洪放攻袭郁大将军，他吓了一跳，再发现洪放扑向文张，他又吓了一跳。

——一个常常被"吓"了一跳的人，只怕在危急关头担不了什么重责任。

时机稍纵即逝，等余大民回过神来，七节鞭已刺入洪放的背脊里。

梁惠燊的反应则太快。

——练过武的人都知道，反应太快和太慢的人都是缺点。

反应太慢的人，别人打你一拳，你还想不到用什么招式来封路，已经被击倒在地上。

反应太快的人则相反，别人肩膀一动，你以为他要施"猛虎出柙"，便全力封架，但对方却只一脚把你勾倒。

真正的反应，要不早不迟、不快不慢、及时适应，甚至能制敌机先，这才是一流高手所谓的正确"反应"。

梁惠燊发现洪放攻向郁将军，便立即以为他"卖友求荣"，即时发动狠命的突袭。

所以他反而被文张利用，蜈蚣鞭扎入了自己战友的背肌里。

在混乱中，反而是郗舜才的反应最为正确。

他的武功不高，但他信任洪放。

洪放夺了他的刀，他让他夺。

洪放砍他一刀，他没有躲。

那一刀转斩文张，他也没有惊奇。

——因为他知道洪放一定会这么做。

他也冲近文张。

可惜他手上已没有大刀。

他立刻取出怀刃。

这一刀便刺向文张。

这刹那间，洪放紧揽着文张，梁惠燊和余大民，都在文张身前，乱了手脚，而郗舜才正扑向文张。

——要是在这电光火石间仍制不住文张，不但洪放白白牺牲，就连在场的人，只怕也无一能够幸免。

洪放陡然被震飞了出去。

他落到丈外之时，身上已没有一块骨骼不折裂。

文张的"大韦陀杵"，传说中可以直追"少林三神僧"，但他如今可以不出手便把敌手震杀，运功之巧妙，恐怕还在"三神僧"之上。

他震飞洪放，郗舜才短刀已到。

他及时偏了一偏。

刀刺在他左肩上。

他右拳往郗舜才脸上痛击。

——他在少林金刚拳的造诣，绝对要在"大韦陀杵"之上。

这一拳如果击在郗舜才的脸上，就像把一块大石砸在一只鸡蛋上一样。

可是就在这生死一发间，发生了一件事。

一枚暗器，竟然能巧妙地越过文张身前的梁惠燊，掠过在文张身侧的余大民，更在与文张苦苦缠战的郗舜才发间擦颊而过，"咻"地激射向文张的印堂！

文张百忙中一拧首。

暗器打入左眼。

鲜血飞绽。

文张只见左半视线，一片厉红。

文张狂吼一声，他那一拳，只击在郗舜才的右肩上。

郗舜才飞了出去。

文张发现自己现在右边的世界，才是一片血红；而左边的眼睛，已完全黑暗，一点东西都看不见。

他知道自己左眼已瞎。

左眼上的血，溅到右边，所以望出去，尽是鲜血淋漓。

文张又惊又怒，又痛又急。

——一个人失去了眼睛，当然痛和怒，但他更惊急的是：那用暗器打瞎他一只眼睛的，竟是他以为再也不能动弹、毫无威胁的无情！

暗器是无情发出来的。

暗器是由无情手上发出来的。

暗器果是从无情手中的箫里发出来的。

第九十四回

没羽箭、飞棱、针

郗舜才飞跌出去，好半晌都爬不起来。

可是梁惠燊和余大民并没有过去扶持他。

这是紧急关头，谁都看得出来，不杀文张，不但洪放白白丧生，郗舜才负伤，甚且与文张敌者谁都不能活下去。

所以他们都在拼命。

拼命想在这稍纵即逝的时机里格杀文张。

梁惠燊的蜈蚣鞭早已脱手，余大民及时丢给他一柄六合钩；余大民的六合钩原有一对，但被张五、廖六扮鬼吓得他魂飞魄散，六合钩只剩下一柄，一时无及打铸另外一柄。

梁惠燊手里的兵器虽不趁手，但一钩在手，奋身搏击，配合余大民的白蜡杆枪抢攻猛击，要把文张置于死地。

他们俩真的是在拼命。

因为他们知道拼命才可能保住性命。

可惜。

可惜他们的武功跟文张相去太远。

文张既惊且怒，又痛又急，他瞎了一只眼睛，痛得他全身都一齐渗出了冷汗。

痛还不是他所面临的最大障碍。

第九十四回　没羽箭、飞棱、针　847

血水流溅得他一脸都是，让他另一只眼睛视线模糊不清。

他看不清楚。正如戚少商失去了一条手臂，决不止是失去一条胳臂的不便，甚至连自身的平衡都颇受影响。一个人忽然失去了一只眼睛，另外一只眼睛开合间也会引发刺心的痛楚。

文张几乎是等于失去了一只半眼睛。

更可怕的是恐惧：

——无情竟能使暗器！

——他既然发射了第一枚暗器，便能发射第二件暗器！

文张虽痛，但仍不乱。

凭他的武功，要应付梁惠燊与余大民的合击仍绰绰有余。

他怕的是无情的暗器。

他只怕无情的暗器！

无情一出手，就打瞎了文张一只眼睛，这无疑是粉碎了文张的信心，击毁了文张的定力，让他自知判断失误，而产生了极大的恐惧！

他恐怕无情会再向他发出暗器。

他后悔自己还是低估了无情，包括太相信了龙涉虚和英绿荷的话，太过肯定无情已失去发射暗器之力。

他现在唯一能做的事，反而不是急着要把梁惠燊及余大民放倒，而是要他们活着，继续向他发动攻击。

只能有活着的人，才能够作为他的掩护。

他没有信心躲得掉无情的暗器，但他至少可以使无情不敢乱发暗器。

他既负痛，心里又十分恐惧，但他的神志在痛楚中仍十分清醒。

他甚至一面用"东海水云袖"去抗住梁惠燊及余大民的扑

击，一面忍痛拔出嵌在眼眶的那一小片三角尖棱。

——棱上确是无毒。

如果有毒，他就不能再拖着缠战，冒再大的险也要冲出重围，或向无情进击，活捉他逼他交出解药，可是只要棱上确然无毒，他只愿尽一切力量远离无情。

想到他这次纵逃得掉，日后也少了一只眼珠子，而脸上有这一道永久的伤痕，只怕升官也难免受点影响，想到这里，他内心的痛苦，尤甚于肉体上的痛楚。

可是他仍镇定应敌，决不乱了阵脚。

一个人能在此情此境仍不心乱，绝对已经算得上是个人物。

文张本来就是一个人物。

他经过许多次大难，都能重振，他不相信自己在这一次就丧在这里。

他虽受了伤，但唯一畏忌的，仍是无情的暗器。

他经过一段时期的观察，才肯定了无情已没有能力放射暗器，没想到，他这个判断竟是错误的！

要命的错误！

——无情竟可以在刚才那么混乱的情况下射伤了他，还几乎要了他的命！

——无情竟仍能发放暗器！

——这年轻人竟这般沉得住气！

无情的确是沉得住气。

无情真的无法发射暗器。

刚才他只是按发了箫管上纤巧的机簧，一点寒星，飞袭文张的印堂。

但文张避得绝快，所以他才不过瞎了一只眼睛。

他一直在苦苦等待时机，可是文张反应极快，而他又要急着救郗舜才，毕竟不能把文张一击格杀。

——这就麻烦了。

——文张必定更加警惕。

——这只有虎牙狮爪的老狐狸，任何猎人要杀他都不易，何况，"猎人"本身已失去了捕猎的能力。

他这管箫里有七十八片精巧细微的机括，而且不影响吹奏时的音调，但也就是因为太精致、太精巧了，所以只能发射三件暗器。

他已经发射了一件暗器。

第一件暗器最易命中，因为文张没有防备。

第一件暗器杀不了他，接下来的暗器便不容易伤得了他。

幸好，文张毕竟也受了伤。

而且还伤得不轻。

他只剩下两件暗器，而敌人有四个，他不允许自己再失手。

他自己虽没有发射暗器的能力，但一个暗器好手，手劲内力，还在其次，速度与技巧还可以用机括补足，更重要的是准确性和时机的把握，要在刹那间把敌人在一定的距离内命中，这就非得要有快而精确的判断力不可。

无情在八岁的时候，就已经训练自己在完全黑暗的大房子里，隔了数十重纸墙，上面只开了一个发丝般的小孔，远处放了一炷点燃的香，就凭这一点金红，他便能射出飞针，穿过数十重纸孔，击灭香蒂。十一岁的时候，他可以在三丈外发暗器，射下浓密的繁叶丛花里的一条幼虫，而不惊落一瓣花叶；也可以发刀削去迎空飞旋的蝇翅，苍蝇落地时，除了双翼被削去之外，还活生生的。

很多人不敢接近使暗器的人，以为使暗器的人心肠也必歹毒，其实这是说不通的，用刀的人亦会有好人坏人，正如做官也有好人坏人一样。

无情的暗器，只用于正途，所以武林中的人都认为他是继唐门之后，第一位把暗器推入"明器"的高手。

凡学任何事物，要成为宗师，都必须要有天分，下苦功而无天分者最多只能成事，但未必能成功。

无情对暗器极有天分。

这一片三角飞棱，如果是从他手上发出去而不是从箫管里的卡簧里射出去的话，文张现在就必定是个死人。

文张现在仍能活着，就是因为无情还不能亲手发出暗器。

这点文张却不知道。

他若知道，就不会这般恐惧，而梁惠燊与余大民，只怕立即就要死在他的"大韦陀杵"下。

文张顾忌无情的暗器。

无情的箫管里只剩下两件暗器，他自己却不能发暗器。

这两人一个防着对方的暗器，一个却不敢轻发暗器，但还有一人的心理也在这顷刻间产生极大的变化，不过这点谁也不知、谁也不晓。

那就是梁惠燊。

梁惠燊也是人。

凡是人总贪图富贵，而且大都怕死。

他投靠"将军府"，为的便是要活得更好一些，而今他为郗舜才拼命，也是为了以功劳换重用，以重用取富贵。

可是他一早就知道，文张的官阶要比郗舜才高，而且在他那儿，升迁机会较大，而他又刚刚发现，文张的武功要比他们加起来都高出许多。

梁惠燊跟一般平常人一样，他怕死，而他又可以说是特别怕死。

他有四个老婆，十一个儿女，有的已嫁人娶媳，加上有两栋大楼、三处田庄，这几年来他很是积蓄了些钱，谁有了这些东西，难免都更贪生，同时也更怕死。

刚才要是文张那一番话是向他叱喝的，他早已倒戈相向，一鞭子把郗舜才打翻了。

可是文张眼里并没有他。

他只好拼死。拼死才能求活。

他还要维护郗舜才，因为郗舜才仍是他的雇主、他的老板、他的希望。

故此，洪放一对郗舜才动手，他就立即对洪放出手——只有他心里对一事再清楚不过：文张用袖子借力，把他的蜈蚣鞭刺入洪放的腰脊里，看来他是被迫的，并且是不可避免的。

其实不是。

他仍可以运功力抗，不过，一只膀子则非折不可。

他不愿折臂，尤其是在这正需要靠自己实力拼命的时候。

所以他宁可"误"杀了洪放。

洪放一死，郗舜才负伤，在这一刹里，他甚至想在后掩杀了余大民，然后向文张跪下来求饶，只要文张肯放过他，他不惜去替文张杀掉三剑童、活抓唐二娘，任凭文张处置。

不过，在他还没来得及行动之前，一缕暗器，呼啸而过，击中了文张。

文张血流披脸。

——原来无情仍能发暗器！

梁惠燊立即精神抖擞，狠命抢攻文张，一方面他知道有无情的暗器照应着，自是什么都不怕；另一方面也正庆幸自己并没有一时糊涂，干出杀主投敌的事来，否则，无情的暗器一定会要了他的命。

可是他跟文张一样，都忘了一个要点：

——要是无情的暗器真能发放自如，又怎么忍心让三剑童频遇凶险，又如何眼见洪放身亡，仍沉得住气？

不过刚才的事对于梁惠燊而言，无疑是在全忠尽义与卖友求生间打了一个转回来。

他决定还是要"为主杀敌"。

其实人生有很多时候，都会在良善与邪恶间徘徊，在正义与罪恶间作抉择，一切细微的变化，刹那间的决定，都有可能会改变了这个人和这局面的一切。一个人的变化，往往是不由自主的；一个人的不变，可能也身不由己。

文张不求取胜，只求不败，只要仍在缠战，无情的暗器就决不容易伤得着他。

虽是有这种想法，文张心里仍觉恐惧。因为刚才无情发暗器射中他一只眼睛时，也是在人影交错、倏分倏合的剧烈交战中。

无情仍然准确地伤了他。

他这次虽有防备，但却无信心。

就在这时候，战局上有了一个突然的变化：

唐晚词手上的短刀，被舒自绣的钩镰刀砸飞。

唐晚词却极快地击中了英绿荷一掌。

原本唐晚词手中刀被震飞，应是尽落下风、更增凶险才是，但英绿荷反而遭了她一击，那是因为唐晚词早已准备自己的兵刃保不住了，甚至自度难逃毒手，所以早已蓄意拼着兵器脱手、敌人得意之际，发出一道杀手，伤了英绿荷。

英绿荷伤退。

唐晚词退了三步，忽也摇摇欲坠。

英绿荷显然已作出反击，唐晚词也着了道儿，看来还伤得不轻。

舒自绣已掩扑过去。

他一向都是文张的亲信，也是好帮手。像文张这么一个一向都懂得把握时机的人，他的得力手下也决不会任由良机错失的。

舒自绣也觉得唐晚词好美。

所以他的镰刀是挥了出去，但并不是要一刀杀了唐二娘，唐晚词如果着了他这一刀，肯定不会死，只是一对脚就成了废腿，舒自绣就是喜欢这样子。

他喜欢把不听凭他摆布的女子，废了筋脉后任凭他淫辱，唐晚词毕竟不是元凶，文张很可能会把她分配给他，他自觉自己为文大人立了不少汗马功。

何况唐晚词又那么美艳，他在第一次遇到她之后，念念不忘的不是同伴郦速迟之死，而是这艳辣女子的音容。

舒自绣镰刀挥出。

他眼前已可想象得出这女子哀婉倒地的情形。

没料倒地的不是唐晚词。

而是他自己。

舒自绣倒地而殁。

他的眉心被一箭穿过，没羽箭长七寸三分，刚好自他后脑穿了出去。

尤情不得不发出第二件暗器。

然而他的暗器只剩下最后一件了。

这最后一件暗器，已绝对不能失手，而且，要是这暗器还不能把局面扳过来，恐怕局面就要永远扳不过来了。

无情神色依然镇定冷漠，但他鼻尖已渗出了汗珠。

——这些人的性命，还有他自己的存亡，全寄望于箫孔里最后一枚暗器上。

偏偏他知道第三枚暗器是分量最轻的一件。

那是一口针。

这细细的一管箫，定不能藏得住太多或太重的暗器。

箫管一共只有三件暗器：飞棱、没羽箭和针。

针长两寸三分。

针的分量最轻。

针至多只能伤人，不易杀人。

除非那针上染有剧毒，或射入血脉，顺血攻心，才能致人于死命。

无情的暗器从不沾毒，这口细针也不例外。

就在这时候，文张突然发动了最狠烈的攻势。

无情一分心射杀舒自绣之际，梁惠燊的头颅忽然裂了。

文张的"大韦陀杵"震退了余大民，"大力金刚拳"击杀了梁惠燊，猛身扑击郗舜才。

他决定要把郗舜才做人质，让他可以有所挟持而求退走。

——郗舜才好歹是个将军。

——无情决不能不有所顾忌。

文张不知道无情手上箫管里的暗器，只剩下了一件，他只知道这是个活命的好机会。

他决意要一试。

第九十五回

最后的暗器

文张攫扑向郗舜才！

郗舜才一条右臂已抬不起来，要不是文张伤目在先，继而伤臂，文张那一拳早就废了他一条膀子！

郗舜才痛哼出声。

一个人的臂骨被打出了裂缝，不痛得打滚才是怪事，郗舜才这位大将军当真是痛得迸出了眼泪。

不过他痛归痛，这痛楚并没有令他胆怯，反而激发了他上阵杀敌、冲锋陷阵的豪情！

他已忍痛拾起大刀，正要挥刀加入战团，文张却已找上他了！

文张的右袖一长，卷向他的脖子。

郗舜才大步横跨，一刀砍向他的左肩！

文张左目已瞎、左臂还插着刀子。

郗舜才这下以胆搏胆，不退反攻！

文张左边视线不清，左半边身子转动不灵，郗舜才这一刀正砍向他的罩门。

这一刹那，被震退的余大民正跄跟后退！

文张以急变应变急，右手长袖一卷，已卷住余大民，往郗舜才的刀口上一送!

郗舜才慌忙收刀,但他那一刀尽全力而出,气势惊人,力道只及收回一半,但刀势依然砍落!

余大民吓得魂飞魄散,白蜡杆一横,险险架住一刀,棍杆折而为二,郗舜才手中刀也脱手飞去。

这只不过是电光火石、迅若星火间的工夫,文张已把握住时机,一手捏住郗舜才的咽喉。

——只要能抓住郗舜才的咽喉,就像按住无情的双手。

——无情不敢施放暗器,他就会有活命之机。

文张的手一触及郗舜才的喉咙,就像抓着了一张"免死金牌"。

他正要放心发话,就在这刹间,忽觉颈侧一凉,他连忙放手去抓,但那一截针头,刚刚攒入颈内,他的手指头跟针头轻轻一触,但却抓了个空。

那口针已钻入血脉里。

——无情已出了手。

无情已在这千钧一发间,射出了他的那口针。

——那一件"最后的暗器"。

这件暗器在郗舜才挡在前面、余大民仍与文张纠缠之间,准确地命中目标。

文张一怔。

他的手摸在颈上,双眼发直。

然后,他怪叫一声,仰天而倒。

无情"最后的暗器",得到最大的成功。

无情放下了箫管，只觉眼皮子在抖动，手也在颤抖。

有些人在危机时从不畏惧，但在危机过后反可能心悸。

——要是射不中怎么办？

无情几乎不敢细想。

文张一倒，局势再变。

舒自绣中箭身亡，英绿荷顿失强助，但她仍能与唐晚词一战，可是文张倒下之后，她就心慌意乱，唐二娘黑发一甩，扫中她的脸眼，慌忙间连铁如意都被唐晚词夺了过来，英绿荷已落尽下风，只求突围而逃。

难怪古时阵战，极讲究双方主将的交战，只要一方主将败亡，军心大失，此消彼长，胜负立判。

不过这在龙涉虚，却反不似英绿荷那么受外在环境的影响。

他比葵扇还大的巴掌，已扫着铁剑一下，铁剑童子翻跌出去，哼哼唧唧一时站不起来。

剩下的铜剑和银剑，要应付这个巨无霸就更为吃力，因为要刺中他不难，但要刺伤他却难上加难，这样下去，剑童身法再灵活也没用，只成了全面挨打。

幸好余大民这时已赶了过来。

他舞着两截白蜡杆，横扫直刺，厉风尖啸，龙涉虚的"金钟罩"虽强，但也不能不存些顾忌。

无情却无能为力。

别说他已发不出暗器，就算箫管里有暗器，对这硬功横练的巨汉也感无处下手。

他说："取他的招子。"

招子就是眼睛。

可是龙涉虚对自己的一对招子保护十分严密，而且人身上的数大死穴，他都练得刀枪不入，别人好不容易才攻着他一下要害，他只一闭气，就挨了过去。

余大民跟剑童一样，愈打就愈心慌。

无情忽道："不要让他吐气！"

——他看出龙涉虚的硬门功力，全憋在一口气上。

——只要让他一口气吐不出来，他的"金钟罩"就有罩门可袭了！

他这句话一出口，龙涉虚就怒吼一声，力图突围！

这一来，谁都知道无情正是道破了他的生死门！

余大民和两剑童立时交换了眼色：

——他们知道该怎么做了！

他们虽知道"怎么做"，龙涉虚却也知道这是他的生死关头，反首挥拳，力图突围而去！

他力大无穷，更拔出三尖两刃齐眉棍挥舞，银剑和铜剑抵挡不住，余大民的一对白蜡杆，也拦他不住，眼看就让此獠扑奔而去，忽然，龙涉虚往下一栽！

原来受伤在地的铁剑，认准龙涉虚的去势，巧妙地借力，把龙涉虚一绊，龙涉虚冲力愈大，愈难平衡，一失足掼倒了下去，连手上兵器也脱了手。

龙涉虚一倒，郁舜才第一个已扑了上来，一脚踩住龙涉虚左脖子，右手力扳龙涉虚的右手，另一足发力，苦苦顶压着龙涉虚的挣动。

龙涉虚力大如牛，但郁舜才天生神力，两人纠缠在一起，龙涉虚受制在先，但郁舜才吃亏在一臂伤折，龙涉虚正要以双足回蹴，余大民护主心切，双手一揽，紧紧抱住龙涉虚的双腿。

这一来，龙涉虚当真全身被箍个结实，动弹不得。

铜剑、铁剑、银剑都甚精乖灵巧，三人一齐动手。

铁剑捏住了龙涉虚的鼻子。

银剑抓住了龙涉虚的唇。

龙涉虚初还不觉如何，挣动了一会儿，一口气憋住了无处可出，整张脸涨得通红。

铜剑提起小巧而淬厉的剑，对准龙涉虚的百会穴，只等他气功一破，立即一剑刺下去。

龙涉虚一口气透不出来，又不能换气，这"金钟罩"迟早要破，不然也得给活生生憋死。

他这一身硬门气功，连戚少商都破不了，这次却给无情一语道破，数人齐心协力之下，龙涉虚肿胀得像一只鼓气蛤蟆似的，偏又挣脱不得。

不料，有两个变化遽然发生！

文张一倒，英绿荷便只顾逃，不敢恋战！

紧接着龙涉虚也扑倒在地，情况危殆，英绿荷更不顾一切，只求逃命！

这时候，第一件不可思议的事便发生了！

文张像一只怒豹般弹了起来！

他一目已瞎，脸上布血，披头散发，半边身子也被鲜血濡染，左肩还插着一把明晃晃的利刃，脸上神情，甚是可怖！

他一弹了起来，疾掠往龙涉虚那儿的战局去，人未到，手一扬，"嗤"地一枚银针，射入银剑左颊，银剑哎唷一声，掩脸而退。

龙涉虚趁机张开大口，用力吐气。

文张人已扑近，一手抓住铜剑的后颈。

这下事出仓然，连无情也不及发声警告，铜剑更来不及抵抗闪躲。

铜剑已被抓住，文张以此为盾，一脸狞恶之色，边退边厉声道："无情，你要敢发暗器，我就杀了他，我就先杀了他！"

他厉呼而退，疾向道旁一匹健马掠去。

无情纵想发暗器，也不敢妄动，更何况，就算他敢，也有心无力！

——因为他的暗器已发光！

文张要是知道这一点，一动手就可以杀了他！

这刹间，无情心中无限痛悔！

——原来文张并没有死！

——他佯作倒地而死，实是默运玄功，将潜入血管的银针逼出来，觑得着个大伙儿都不防备之时，用刚逼出来的针射伤银剑，一把掠住铜剑，用以作退身之人质。

一个疏失，后患无穷。

无情只有向银剑急叱道："不要乱动，快把针拔掉！"

文张心性残毒，自己瞎了一眼，对小孩子也不放过，原要射盲银剑一目，但文张因惧无情，发放暗器之时，出手间仍分心提防，加上他一目已瞎，认位不准，左肩伤痛，银剑及时把头一偏，那一针只钉在银剑颊上！

颊上有骨，细针不易流入血管。

无情知道只要银剑不妄动，细针头并不难取出！

真正危险的是铜剑！

可是他有什么办法？

这时，却有另一个变化同时发生！

文张一旦"复活"，唐晚词不免为之稍微分神。

英绿荷左手本可趁这一刻全力反击，但她反而把握这时机，拼命奔逃！

——她数度遇险，心中矢誓，只要一有机会就逃，决不再冒这种随时丢掉性命的险！

英绿荷一逃，唐晚词也不追赶！

她扑奔向龙涉虚！

银剑一伤，龙涉虚便能吐气！

只要他再吸气，神功斗发，只怕郗舜才、余大民再也制不住他。

唐晚词知道了时机稍纵即逝，刻不容缓。

她的铁如意闪电般递出，插入龙涉虚正在张大口吸气的嘴里！

龙涉虚惨叫一声，不知哪来的气力，整个人都弹了起来。

唐晚词被一股大力撞倒，郗舜才伤臂受震，痛极松手。

龙涉虚神情可怖，把铁剑吓得不住往后退，跟受伤的银剑偎在一起。

龙涉虚双手拼命往嘴里掏，要掏出那一柄铁如意。

余大民拾起地上的两截白蜡杆，左击龙涉虚脸门，右戳龙涉颈骨。

两记同时命中。

龙涉虚狂吼，身子压向余大民！

余大民眼见龙涉虚的"金钟罩"已破，自己一击得手，正狂喜间，已不及闪躲，被龙涉虚双手箍住脖子，扭倒于地。

郗舜才再扑上前，想把龙涉虚从余大民的身子分开，饶是他孔武有力，但龙涉虚似拼尽了全力，任怎么下重手也扯他不开！

唐晚词挣扎而起，把心一狠，拾起双刀，一连数下快砍，才把龙涉虚的两臂分了家，再看余大民，已脸色紫胀，舌吐三寸，颈骨折断，竟给龙涉虚当场扼死！

再看龙涉虚，只是他也早已暴毙。

众人心有余悸，唐晚词心里尤为分明：如果英绿荷不是贪生怕死、置并肩作战之同伴生死不顾，她再在旁攻上来，只怕局面就要完全改变：虽杀得了龙涉虚，自己方面的人很可能也要伤亡殆尽！

他们险死还生，一面还替银剑拔除脸上银针，再看那边厢，却发现文张、铜剑和无情却都不见了！

——他们去了哪里？

无论他们去了哪里，无情又怎是文张之敌？更何况，铜剑还被扣在文张的手里！

文张当然不求伤敌，只想以铜剑要挟无情，使自己得以保命。

他挟着铜剑，跃上一匹骏马，双腿用力一夹，那匹马急驰而去。

那时分，正好是英绿荷退走、龙涉虚反抗、唐晚词忙着要杀他之际！

大家都在生死关头，谁都无法分心出来兼顾这一方。

无情一咬牙，双手往地上一按，竟翻身上了马匹，右手控缰，左手一拍马臀，这匹马立即泼蹄奔去！

这一跨身，几乎已尽了无情的全力。

他才发力，"秋鱼刀"的蕴力发作，全手麻痹，甚至延及全身。

——只要再给他多一两天，至少他就可以发放暗器了！

他不能不冒险苦追，因为他知道，要是自己不追上去，文张一旦逃脱，必定会杀掉铜剑，决不会留他活命的！

——以文张向来行事狠毒，纵连幼童也决不会放过。

他明知就算他追着了文张，也全无用处，可能还要赔上一条性命，可是他不得不去。

他对四剑童，犹如自己的兄弟、骨肉。

——金剑的死，已让他痛悔深憾！

无论如何，他宁可自己死，也不让文张对铜剑下毒手！

文张什么人都不怕，只怕无情。

但他发现什么人都没有追来，追来的就只有无情！

一个无情，那就够了！

文张已吓得魂飞魄散。

无情双腿残废，要追上文张本来不易，但文张左肩重创，一只手又要摆布铜剑，虽已把他制住要穴，不过，因为生恐无情向他背后发射暗器，只好把铜剑摆在身后，这样一来，又要策马制人，又要提防暗器，闹得个手忙脚乱，只有靠双腿来夹控坐骑的奔驰。

如此一来，无情倒是愈追愈近。

这时候，他们一追一逃，已驰近猫耳镇。

猫耳镇是离倒灶子岗不远的一处大镇，位居要塞，地方富庶，倒是农田耕作，商贾买卖的要津。

文张等人选在燕南与猫耳镇之间的倒灶子岗下手，因该地虽在官道，但常人多抄小径，官道上反人迹鲜至，若无情熟悉这处一带地势环境，定当会阻止郗舜才选官道上走。

文张见摆脱不掉无情，便极力驰往市镇。

——人一多，无情便不敢胡乱施放暗器！

——只要无情投鼠忌器，自己便有活命之机！

文张做梦也料不到自己完全弄错了！

如果他现在掉过头去追杀无情，只要在三招之间，便定可取下无情的人头！

可惜他不知道。

因此他只顾逃命。

如果他知道只要自己一回头就可以把无情一拳打死，恐怕他得要后悔上一辈子。

第九十六回

背后有人

这一来，变成无情以双手控辔，文张以双腿夹马，往猫耳镇的市场驰去。

无情愈追近市肆，愈感不安。此时文张已是被逼急了，为了活命，他什么事都干得出来，而自己又无制他之力，旁杂人愈多，愈易殃及无辜。

文张见猫耳镇近，愈发抖擞精神，待驰近市场，又犹疑起来，因为自己浑身染血，又挟持了个幼童，别人必定生疑。如果过来拦阻，自己倒是不怕，怕的是无情逼近，自己就难逃毒手了！

他心中一急，果见途人对他指指点点，诧目以视。文张因受伤奇重，上身东晃西摆，竭力在马上维持平衡，这一来，更加惹目。

这只是市场外缘，已引起注意，而市肆间人群扰攘，见此情景，岂不惊愕更甚！文张惶急之下，默运玄功，右手仍挟着铜剑置于身后，以作护身符。

这时，文张的坐骑正掠驰过一家彩绸布店，因店子西斜，生怕阳光太热，便在外棚撑出了半幕帆布，来遮挡烈阳直射。

棚子外只摆了几匹不怎么值钱的粗布，比较好的布料都摆在店里，这时候也无人在棚外看管。

文张在急掠过之际，左手忍痛递出，五指一合，已抓住布棚，"嗤"地撕下一大片，这一来，布棚已支撑不住，轰然而倒，但文张已把一丈来宽的灰布扯在手里，在脸上一抹，再甩手一张，披裹在他和铜剑身上。

这样，虽披着奇形怪状的斗篷大白天里赶路，极不相衬，但毕竟只是使人诧异，还不似原先披血挟童而驰的令人骇目。

不过，文张那匆匆一抹，并没有完全抹去脸上的鲜血，反而使他受伤的左目更感到阵阵刺痛，鲜血更不断地渗淌出来。

市集上人来人往，相当密集，文张一个控制不住，马前撞倒了几人，便传来阵阵怒骂声，甚至有人要围绕过来喝打。

文张见无情更加逼近，情急中忽想起一事：

——此地人多，策马奔驰反而受阻。

——他有马，无情也有马，纵再驰二三十里，也不见得就能摆脱无情！

——不如弃马而行，趁此地人挤物杂，只要自己以剑童为盾，穿梁越脊，未必不能逃脱。

——何况，无情双腿俱废，纵伏蹲行，无情再快，也赶不上他。

文张一想到这点，立即弃马飞掠，尽往人丛里钻：

——在人群里，无情断不敢乱发暗器！

文张却不知道：如果无情不是功力未复，他这下弃马飞掠是大错特错的选择！

因为无情除了暗器之外，轻功亦是一绝！

无情天生残疾，不能练武，只能练暗器与轻功，他把这两项特长发挥无遗，文张轻功也算不错，但若跟无情相比，就直如山猫与豹！

文张几个巧闪快蹿，已自人潮拥挤的街道转入另一条巷子，也就因为他不敢纵高飞跃，生怕成了无情暗器的靶子，所以才不致瞬间就把无情完全抛离。

文张夹在人群里，无情自不能策马冲入人丛里，他知道只要文张一摆脱他的追踪，定会把人质杀死，他不能任由文张对铜剑下毒手，所以只能追下去。

他只有下马。

他几乎是摔下马来的！

这一摔，痛得他骨节欲裂，但他强忍痛楚，用手代足，勉力缀行。

缺少了代步的轿子或车子，而又无法运劲，无情每行一步，都艰苦无比。

可是为了紧追文张，无情只好硬挺。

他在人丛中双手按地，勉力疾行，只见人潮里的腿脚往旁闪开，语言里充满了惊异或同情：

"这个人在干什么？"

"真可怜，年纪轻轻，就已残废！"

"他这般急作啥？你过去看看嘛！"

"你看你看，这个人……"

无情以手撑地疾行，由于腿不能立，只及平常人的膝部，只不过"走"了一阵，就大汗淋漓，湿透重衫。

文张跟他相隔一条街，在对面迅行。

无情眼看再追下去，一定追不着他，但也不敢呼求途人出手相助。

——有谁能助？

——不过让文张多造杀戮而已！

无情又气又急，既累既喘，忽然，三名衙差、一名地保，拦在他身前，不让他越过去。

其中一名疏须掩唇的捕役，显然是个班头，向他叱道："你叫什么名字？从哪里来？来干什么？"

无情一口气喘不过来，只见远处文张又要转入另一条街衢，再稍迟延就要失去影踪，只急道："让路！"

一名削脸官差怪笑道："哎呀，这残废公子更可比咱们凶哩！"

另外一名年岁较长的公差却调解道："小哥儿赶得忒急，敢情必有事儿，可不可以告诉我们？"

无情眼看文张就要走脱，恚然道："那儿走的是杀人凶徒，他正要加害一个无辜幼童！"

那留须衙役一怔问："在哪里？"他见无情残废，心中倒不疑他作恶，听他这一说，倒信了几分。

无情用手隔街一指道："就是他！他还挟着小孩子！"

三人引颈一看，人来人往，人头汹涌，竟找不到目标，眼看文张就要转入街道，忽然，有一个人，向他拦了一拦。

文张凝步一看，连须络腮密胡接颔的，穿着身便服，青子官靴，白净面皮，年约五旬上下，只听那人喝问道："你是谁？怎么身上有血，挟着个小孩子干啥？这小童是你什么人！？"

文张一听，便知道来人打的是官腔，决非寻常百姓，他更不想生事，只想避了开去。

他才一扭身，又给另外三名仆徒打扮的人拦手截住，其中一名几乎要一巴掌掴过来，道："我们宾老爷问你的话，你聋了不成！？"

文张这才发现自己身上披的斗篷，也渗出血来，而臂弯内挟着的铜剑，也在疾行时露了出来，这一来，自知大概是瞒不过去了，登时恶向胆边生，叱道："滚开！"

他这一喝，那三名作威作福惯了的仆役也顿时走火，挥拳踢脚，要把文张打倒制住。

文张那边一动手，那围住无情的三名公差，全瞧见了，其中那名年纪最大的喊道："那岂不是邻镇的乡绅、驿丞宾老爷？你们看，那个人的确挟着一个小孩，正跟何小七、邓老二、赵铁勤他们打起来了呢！"

那留胡子的衙差抽出铁尺，向无情叱道："你留在这儿，那人犯了什么事，待会儿还要你到公堂指证。"转首向两名同伴道，"咱们过去拿人！"

两人吆喝了一声"是"，一齐横过街心，赶了过去。

原来那名看出文张大有可疑的人，正是那位燕南镇主事宾东成，宾东成曾接待过刘独峰和戚少商，而郜舜才被拒于门外，关于这一点，宾东成咸以为是平生快意，不意又听闻郜舜才竟迎待了"四大名捕"中的无情，无形中好像扯低了他的荣耀，心中很有点不快，这天带着三四名管事、仆从，往猫耳镇的市集逛逛，合当遇事，竟遇着了挟持幼童、闹市逃窜的文张！

至于那三名衙差，恰好在市肆巡行，听到前面骚动，横出来看个究竟，恰遇上无情，本要审问，却发现宾东成那儿已跟人动起手来，宾东成是这一带的地方官，这几个官差连忙过去护驾，暂不细察无情。

那三名捕役横抢过街心，奔扑向衖角，文张已陡地丢下铜剑，右手一拳，击倒了一名仆役，咬牙反手拔出了左肩上的匕首！

文张刀一在手，虽受伤颇为不轻，但那两名仆役又焉可拦得住他？三五招间，两名仆役身上都挂了彩。

以文张的武功，要杀死眼前四人，易如反掌，但他既知来人很可能是官面上的人物，若在此闹市公然杀人，日后不易洗脱罪名，只怕要断送前程，所以总算不敢猛下杀手，只想吓退这几人。

文张拔刀动手，路上行人皆哗然走避，一时局面十分混乱。

宾东成见此人形同疯虎，武功非常，见势不妙，便要喝令手下撤走再说，犯不着把性命赔在这里，却正好在此时，那三名捕差又拢了上来，一时人手骤增，胆气便豪，宾东成于是叱道："来啊，先拿下这个凶徒！"

三名官差，挥铁尺围袭，文张因惧无情掩至，知道不能再拖，性命要紧，把心一横，抢身猛进，长袖一挥，卷飞二人，一刀把削脸公差剔下半边脸来，登时血流如注，掩脸掼倒，惨呼不绝。

这一下，可把几名衙差、仆役及宾东成全皆震住。

文张狞笑道："谁敢上来，我就一刀宰了他。"他此时满脸血污，凶狠暴戾，平日温文威仪已全消失不见。

忽听一人深深地吸了一口气。

文张狰狞的神情倏然变了。

他骤然俯身，要伏窜向倒在地上的铜剑。

他身形甫动，那人就说话了。

话并不特别，只说了一句："别动。"

文张本来要掠起的身子陡然顿住。

宾东成等望了过去，只见一个白衣青年，以单手挂地，全身汗湿重衣，发散袂掀，但双目有如锐电，冷若刀芒。

他盯住文张的咽喉。

文张就觉得自己的喉咙正被两把刀子抵着。刀锋冷，比冰还冷。他感到头部一阵僵硬。

"你最好不要动。"

文张不敢动。

他知道只要自己一动，眼前这个看来弱不禁风的无情，立即就会发出暗器。

他既不能扑向铜剑，也不能掠身而去。

他开始后悔为何要放弃手中的人质，去跟这几个什么小丑纠缠。

无情全身都在轻微地抖动着。

而且呼吸十分不调匀。

他知道自己快要崩溃了。

因为他功力未复，而且又实在太累了。

可是他不能倒。

他已吓住文张，但却制他不住，因为他已失去发暗器的能力。

所以他只有强撑下去。

——能撑到几时？

只听一声失声低呼："莫非你就是……"说话的人是宾东成，"你就是大名鼎鼎的神捕无情!?"

无情要保留一口元气，只点头，尽量不多说话。

那班头一听，高兴得跳了起来："有无情大爷在，你这凶徒还能飞到天上去? 还不束手就擒?"说着就要过去擒拿文张。

文张脸上闪过一丝喜悦之色。

无情叱道："你也不许动！"他知道那名班头只要一走过去，文张就会借他为盾，或扣到他来作人质。

班头一怔，马上停步。

无情用一种寒怖的语音说："我的暗器是不会认人的。"

文张剩下的一只眼睛，一直盯着无情的手，似在估计情势，又似在观察摇摇欲坠、脸色苍白的无情，是否能一击格杀自己？

两人隔了半箭之地，对峙着。

两人的中间，便是宾东成和两个仆役、两名捕役，另外还有一捕一仆，倒在地上。

街上的行人，早已走避一空。

文张正在估量着无情。

无情正在设法禁制文张。

一个是不敢贸然发动。

一个是不能发动。

不能发动的似乎暂时占了上风，但能发动的一旦发动，在场无人能挡。

"放我一马，日后好相见。"

"你杀人太多，罪不可恕！"

"如果你杀了我，只会惹怒傅相爷还有蔡大人，决不会放过你。"

"你现在抬出谁的名头，也吓不倒人。"

"好，你只要让我离开，我以后退隐林泉，既不从仕，也不重现江湖。"

"你既不出仕，也不出江湖，何不在牢里偿债还孽？"

"无情，你不要逼人太甚。"

"我没有迫你，是你迫我来逼你。"

"那你要我怎么办？你说！"

"束手就擒。"

"逼急了，你未必杀得了我！"

"你不妨试试看。"无情淡淡地道。

然后他就不准备说下去了。

——文张敢不敢真的一试？

无情忽然眼神一亮。

"文张，我给你一个机会。"

他居然转过身去，把背部对着文张。

"你从后面攻袭我，我一样能够射杀你。"

文张手中出汗，全身颤震：

——这个年轻人，竟然会这般看不起他！

——这个残废者，居然没把他瞧在眼里！

他盯着无情的后颈，望望自己手上的匕首，已有决心一试……

可是却无信心。

——无情要是无必胜的把握，怎么敢背对向他，这般狂妄自大？

如果他不把握这个机会，就更加没有机会了。

——要不要试？

——能不能试？

——试了是生还是死？

文张一生决定事情，都未遇到这样子的彷徨过。

他最后决定了出手。

但却不是向无情出手。

他的目标仍是地上的铜剑。

——无情既敢背对向他，就定有制胜的把握！

——他不向无情下手，只要仍能抓住铜剑为人质，至少可保不败。

——万一无情出手抢救，他也大可缩手，以逃走为第一要策！

他大吼一声，向无情扑去，半空一折，折射向铜剑，同时抓住本披在身上的斗篷一旋，成了个最好的护身网！

只要他先掠出一步，他就听不到那一句话。

听不到那一句话，局面就不会起那么大的变化。

"你是谁？快走开，这儿危险！"

这句话是宾东成说的。

宾东成望着文张的背后急叱的。

——也就是说，文张背后有人！

是谁？

第九十七回

杀手锏

文张当然不相信。

——像这种在重要关头诱人回头分心的伎俩，他在对敌时至少用过一百次！

不过在他还未掠出去之前，宾东成这一喝，还是使他略为警惕了一下。

他立即发现在宾东成一叱之际，无情脸上陡现关切之色。

——为什么他变色？

——莫非是……

文张顿生警觉，陡收去势，就在这时，他已猛然察觉厉风扑背而至！

不是一道急风！

而是两道锐风！

文张已来不及闪躲！

他已没有退路！

他只有反击！

这一刹间，他竟然还能够连下两道杀手！

一道反击背后的人！

一道飞袭无情！

因为他知道，他受狙的这一瞬间，无情必不会轻易放过，定必发出足以让他致死的攻击！

所以他要败中求胜，否则宁可同归于尽。

这刹那间的情景，真把宾东成和两名衙差、两名仆役惊住。

一位全身艳丽夺目衣饰鲜红的劲装女子，披深红滚黑绒边披风，挈着双刀，自文张背后悄悄掩了近去。

宾东成见是个艳美女子，生恐为这凶徒所趁，忙高呼制止，就在这一呼之后，惨烈的激战陡然开始。

鲜血飞溅，酷烈的战斗又陡然而止。

以文张平时的功力，唐晚词提刀欺近，总是可以察觉得出来，但文张的心神，全集中在对付无情的身上，而且他受了伤。

一个人若病了，反应自然也不那么灵敏，同理，一个人受了伤也一样。

他发现的时候已迟！

这刹那间他的斗志完全被激发！

他受重伤的左拳，在唐晚词双刀砍中他的同一时间击中了她！

唐晚词"嘤"的一声，飞跌寻丈！

血光飞溅，文张胸腰之间陡现血泉！

刀光一闪，文张的刀夺手而出！

无情尽全力一挪身，刀钉入他的左胸！

这瞬间，三人皆重创！

三人一齐重伤。

一齐踣倒于地。

文张的伤最重。

——重得几乎难以活命。

但他的神情，却是奋亢多于痛苦，憬悟多于难受。

他颤着手指，颤着声音，指着无情吃力着道："原来……你……真的……不能……出手……哈……我几乎……给你……骗了……"语音里也不知是愤慨，还是痛悔，抑或是惋惜。

他仓猝遇袭时飞投的一刀，无情竟未能躲得开去。

——现在谁都可以看得出来，无情非旦无法威胁到别人的性命，就算别人威胁到他的性命，他也无保命之能！

文张终于可以肯定了这一点。

他虽然伤重得快要死了，但只要无情不能向他出手，他自信还可以逃生。

——而且还可以杀了无情！

所以他虽在喘气、忍痛，但仍在笑。

"无情，无情，"他接近吟哦似的道，"无情你终于还是死在我的手上。"

无情冷笑。但他看见唐晚词飞跌出去的时候，眼睛都红了。

他捂着胸，血已开始渗透出来。

"你忘了，我还没有死。"

文张吐着血，缓缓地挣了起来："但你已不能动手。"

"不错，"无情略扬一扬手中的箫，"我是不能动手，但我还有它。"

"我现在要是还相信你能发暗器，"文张已经勉强能站得起来，"我就不是人，是猪。"

无情紧紧握着那支箫。

——如果还剩下暗器，就算是一枚，局面就会不一样。

文张紧紧地盯着他手上的箫。

——究竟箫里还有没有暗器？

文张虽然断定无情已发不出暗器，如果他能以箫发射暗器，在唐晚词狙袭他的瞬间，无情便可以置他于死地。

所以无情的箫里，照理也不可能会有暗器。

反而是他手上的笛子里，暗藏一件厉害的暗器。

——上天入地，十九神针！

这一蓬针，据说是当年"君临天下帮"的"上天入地，十九波洵"所共同拥有的一种暗器，第六天，是魔中之王，但还未到分发予各神魔施用之前，韦青青青与狄青的势力，已摧毁了十九波洵。

这种"暗器"，也一直未曾出世。

文张当然不可能无缘无故带一根笛子出来，笛里有这最后一道杀手、最后一张保命灵符！

——可是"上天入地，十九神针"从来未正式施用过，谁也不知道威力如何、效果如何。甚至有人传说，就是因为"上天入地，十九神针"的制作尚未完善，所以"君临天下，胜者为我"李柳赵才迟迟不把这种绝门暗器交发部属使用。

李柳赵死而天下帮崩败、风三公子亡、权力帮倒，这套"上天入地，十九神针"也流传了出去，但有没有传说中"惊天地，泣鬼神，魔针出而人辟易"之威，连文张自己也不知道。

他连自己也不曾用过。

这是他儿子文雪岸在奇逢巧遇中夺得的暗器，送给老父做紧急之用，文张一向都是要别人的命，很少要自己拼命，所以从未用过。

——今天难免要用上了。

无情一看到他的神色，就觉得很绝望。

因为他马上感觉到，重伤浴血的文张，必定还有一着杀手锏。

而且"杀手锏"极可能就藏在他的铁笛里。

——既然自己箫中可藏暗器，文张笛里又何尝没有"杀手锏"？

要是在平时，文张的杀着必定巧妙掩藏，但他此刻已受了重伤，很多事就无法掩饰得天衣无缝。

所以无情一眼就看得出来。

可是，有些事，看得太清楚却容易太痛楚，太清醒往往不一定是件好事。

偏偏无情的观察力强，一眼就看出来：文张仍有"杀手锏"——这个"观察"使无情接近崩溃、绝望。

——没想到竟要死在文张的手上！

——而且还要累了二娘和铜剑送命！

他这样想着的时候，看得出来文张正在设法用语言来引开他的注意力，而手指正按向铁笛上的机簧。

他甚至可以瞧得出来，那铁笛其中一个簧括，并不是笛孔，而是簧括。

他都看得出来，可是偏偏就是无法闪躲。

这样子的送命，着实教他死不甘心。

死不甘心又怎样？

世界上有很多人不甘心死，但仍得死；世上有很多人不愿意败，但仍得败。

因为败得不服气，输得不甘心，所以才有人怨命、推诿运气：我不幸，才会落败。

但是世上有多少人成功了之后，都不认为自己因幸运致有所成就，而都说自己奋斗得来的成果？

故此，难怪失败的人，特别容易迷信；失意的人更相信是命。

文张的中指已触及铁笛机括的按钮。

但他没有马上按下去。

——救命的法宝，是拿来救命的。

——不到最后关头，把救命法宝用尽，一旦到生死存亡之际，恐怕就要束手待毙。

他笛中的魔针，一按即发。

人却迅雷般掠往唐晚词。

——唐二娘中了他一拳，决不致命，因为他左手重创之下，杀伤人决不如前，她不久就能挣扎起来，他必须在她未缓得一口气前杀了她！

——而且他掠向唐晚词，无疑等于跟无情拉远了距离，就算无情手上箫中还有暗器，也更不易伤得着他！

文张无论做什么事，都先求稳，再求功。

就算受了接近摧毁他的重创也不会例外！

可是他掠到一半，忽然顿住。

因为一匹快马，已从长街急转入街里！

只要他一意扑向唐晚词，就要跟这匹骏马撞在一起。

文张当然不想"撞马"，就算在平时，一个人跟一匹马对撞，也甚为不利，更何况他现在还受了重伤？

他立即飞降下来。

快骑也陡然停住。

马如去矢，不能骤止，但能把疾骑一勒而止的腕力，敢有千钧？

但从马上落下来的人，却是一个瘦子。

这个人，瘦得只像一道长条的影子，如果不是他身上穿着厚厚的毛裘，把身子裹得像只箭猪一般，恐怕连风都可以把他吹走十里八里。

这个人，一下马，就咳嗽，两道阴火般的眼神，凝在唐晚词身上不移。

他没有看文张。

也没有看无情。

看也不看一眼。

他只看唐晚词。

他背向文张，走向唐晚词，一步一咳嗽，半步半维艰。

他开步时，手掌遥向马臀一拍，马作希聿聿一声长嘶，碎步踏去。

这时，这条街衙上除了倒在地上的五个人：唐晚词、铜剑、无情和一个衙差、一仆役，以及站着的两个人：文张和刚骑马赶来的瘦汉之外，就只剩下宾东成及两个官差、两名仆人。

长衙落落。

咳声凄凄。

马依依。

无情的眼睛亮了，但却不明白。

一个人绝望的时候眼睛只会黯淡，不会发亮的，故此，相学中主要看人的眼神，便是因为眼睛最难掩饰心中的感受。

无情的眼亮了，是因为来的是他的朋友。

雷卷。

但他却不明白雷卷为什么会出现在这里。

——他没有走？

——还是走了又回来？

——他怎么知道我们途中会出事？

——戚少商呢？莫非是他们赴易水的途中有了什么意外？

文张没料到会有这个变化。

他的心往下沉，他要在他的心未沉到底时，作出一个挽救自己往无望处沉的决定！

一个人在绝望的时候，只要还敢一拼、还能一拼，说不定就会重新有了希望，所以古语有云"哀兵必胜"，哀兵虽不一定能胜，但在天时、地利、人和下很可能会成为一支雄兵，只要破釜沉舟地"背水一战"，往往能反败为胜。

他长空掠出。

他扑的不是唐晚词。

他掠向无情。

——杀了无情，少一劲敌！

——制住无情，可以保命！

他的身形才动，雷卷似背后长了眼睛，身子立即弹起！

他身轻裘厚，急若星丸，文张大喝一声，身形疾往下沉！

下面是铜剑！

——来不及制住无情，抓住铜剑也一样！

他的身形甫沉，雷卷已到了他身后。

文张要争取时间。

这是他生死存亡的一瞬。

他的铁笛一扬，"上天入地，十九神针"已喷发出去！

然后他向前一冲，伸手一探，抓向铜剑的后颈！

前十后九，十九支无形无色几近透明的针，连射雷卷十九处死穴！

针在前发，但有些针却已无声无息地袭向雷卷的后身！

雷卷忽然整个人都缩进了毛裘里！

十九支针，全射入裘内。

雷卷自裘下滚了出来，一指戳中文张后心！

文张大叫一声，已拿住铜剑后颈。

雷卷还想再攻，但背后急风陡起！

只听无情振声急呼："卷哥，小心！"

雷卷全神对付文张，要避已来不及，裹身毛裘亦已离体，背后硬吃一击，嘴角溅血，但他霍然回身，一指戳中后面暗算者的胸前！

那女子跌了出去，却正是手执铁尺的英绿荷！

第九十八回

希望与失望

雷卷点倒了英绿荷，同一瞬间，文张也一脚踹中他的腰眼。
雷卷借势飞了出去，跌在唐晚词的身边。

这一瞬间，场中发生了许多事：

英绿荷忽然自街角掩扑而至，夺去一根铁尺。文张扑向无情，转攫铜剑，雷卷一指戳中了他，却被英绿荷所伤。雷卷反击，英绿荷跌到无情身边。文张飞踢，雷卷跌在唐晚词身旁。

场中只剩下文张，钳制住铜剑，摇摇欲坠，像是秋风中最后一片残叶。

唐晚词悠悠转醒。

但她几次勉力，都站不起来。

文张那负痛的一击蕴有"大韦陀杵"和"少林金刚拳"之巨劲，若不是唐晚词砍中他在先，而且他左臂左眼均负重创，文张这一拳肯定足以要了她的命。

她哼哎一声，苏醒的时候，发现除了文张之外，人人都倒了下去，她想设法爬起来。

可是她太虚弱。

胸口太疼。

有些时候，你急想要做成的事情却偏偏无法做到，你除了急以外，也真是无法可施。

她更急的是发现英绿荷正慢慢地力挣而起。

这个发现使唐晚词更急得非同小可。

她也立即察觉到：自己的方法不对。

急不是办法。

她马上运气调息，想强聚一点元气，希望能够应付当前的危局。

英绿荷能够挣得起来，是因为她那一根铁尺，先击中雷卷的"至阳穴"，雷卷才回身点中她的"中脘穴"的。

雷卷因为全神贯注在对付文张的"上天入地，十九神针"上，才着了她这一击。

任何人的"至阳穴"被重击，都难以活命，但雷卷体内烦缠着十数种病、十数种伤，以致使他身上的几个要穴，都稍微移了穴位。

而且特别能熬得起打击与痛楚。

——一个长期受苦的人，总是比一般人能受苦，因为他早已把受苦习以为常。

——平常人禁受不了忽然而来的痛苦，其实不一定是因为痛苦过甚，而是因为一时不能习惯。

——这正如常年大鱼大肉的人，忽然叫他吃几天素，他会觉得口里"淡出个鸟来"，但对常年吃斋的修行者而言，这几天素能算得上是什么？

——又像一个自由自在惯了的人，忽然被囚禁了几天，便觉得十分难受，但对长年受禁锢的人而言，这几天的不能自由，实在"不足挂齿"。

所以雷卷能在受袭之后，还能反击。

他点倒了英绿荷。

他点倒了英绿荷之后，自己也支持不住。

——"至阳穴"上的一击，毕竟非同小可。

雷卷只觉真气逆走，血气翻动，元气浮涌，只觉喉头一甜，哇地吐了一口血，栽倒于地。

他在匆忙中发指，是因为知道在自己倒下之前，决不能让敌人仍继续站得起来：

现在这个局面，分明是谁站得起来谁就能活下去。

——反过来说，倒下去就等于死。

可惜他在穴道被封制之后的一指，戳歪了一点，只捺在英绿荷的"上脘穴"与"中脘穴"之间。

英绿荷只闭了一闭气，仍旧站了起来。

雷卷那一指虽未"正中要害"，但对英绿荷而言，已经够受的了。

她本来从倒灶子岗逃得性命，先到七八里外的思恩镇落脚，心里刚发誓不再跟官方"卖命"——因为她真的差点送了性命！

她一到思恩镇，忽然想起刘独峰和戚少商曾在此地住过，这地方想必有"刘捕神"和"戚寨主"的"朋友"。

——不能在此地停留！

所以她立即在客店里夺了一匹马，往猫耳镇方向逃。

结果，她路过市肆，便听到人们争相走避，并惊传着有人在铜牛巷中杀人的事：

"那个双脚残废的年轻人可惨了，怎是人家的对手哇！"

"那个凶神恶煞也不好过，你看不见他肩上冒着血，眼眶儿一个血洞吗？"

"我看那残废的还是斗不过瞎眼的，那残废的儿子，还挟持在独眼恶人手中呢！"

"可怜，那被挟持的可怜孩子，还是个幼童哩！"

"不怕，宾老爷子和邓老二、甫班头他们都到了，还怕那毁掉克老板帘帐子的独眼鬼作恶不成？"

"你说得倒轻松！你刚才没瞧见吗？何小七一向都对我们夸武炫狠，但给他独眼恶鬼一动手就放倒了，我看情形啊，大事不妙喽！"

"我们在这儿耗什么的，还不去报官！"

"对！多叫些官爷来，或许合力就能把那独眼鬼收拾了！"

"那还不到衙里去，在这儿磨嘴就磨个卵来！？"

这几个行人边聒嚷着边夺路而走，英绿荷一听之下，猜料了七八成，大概是文张与无情的对决直缠战到这儿，而且看来还是文张占了上风。

英绿荷一路上正感彷徨，师父既逝，同门亦死，茫茫然无处可投奔，现听闻文张又制住大局，便想过去讨功，顺便报仇雪耻。

这一动念，便赶去肇事现场。

她到的时候，弃马而用轻功蹿上附近的屋脊，刚好看见唐晚词砍着了文张，而文张连伤唐二娘、无情两人，大局已定，不料雷卷又策马赶至。

英绿荷估量局势，觉得绝对有胜算，便悄悄地掩扑过去，夺下一名衙役手上的铁尺，趁雷卷抢攻文张之际，突袭他的背后。

结果便是如此。

雷卷倒地。

她也受了伤。

重伤。

伤得再重，也得起来。

就像一个人的事业，崩溃得再彻底，也得要重建。

不能重建，这个人的一生便完了。

一个人宁可死了，也不能完了。

一个人完了的时候，通常也不会再有金钱和朋友，甚至连爱人和亲人，都会消失。

一个人死了，不一定什么都没有，至少，他还可能有名誉，有地位，有人永远地怀念他。

所以，完了的人比死了更可悲。

但完了的人毕竟不等于死了。

完了的人一天没死，仍然可以再起。

正如受伤的人并不等于死。

只要不死，就有复元的机会。

——就有让死的不是自己，而是敌人的机会。

英绿荷虽然伤重，但仍挣扎而起。

她心里又在后悔。

后悔为何又忍不住来参加这场很可能送掉性命的厮斗——至少，她现在伤势又加重了数倍！

可是现在已没有她后悔的余地。

她一定要在这些人还未来得及恢复前出手把他们全部除掉。

她第一个要杀的，就是无情。

因为她知道他最难应付。

只要先杀掉他，大局可定。

她挣扎到无情身边，嘴角已溢出了鲜血。

她凑近端详无情："你很俊。"她叹了一声道，"可惜我非杀你不可。"

语音一顿，铁尺往无情头顶的"天通穴"就要砸下去。

无情忽道："等一等。"

英绿荷趋近无情，问："你还有什么遗言？"

无情道："你错了。"

英绿荷笑了："我错了？"

无情一字一句地道："死的是你，不是我！"

说到最后一个"我"字时，"咻"的一声，一道白光，钉入英绿荷的印堂之间！

英绿荷一呆。

暗器已命中。

暗器是自无情嘴里疾射出来的。

——嘴里藏有暗器，也是无情的杀手锏，但因他功力不足，只能近距离下伤人。

文张一直跟他保持距离，慎加提防，这使他一直都用不上这一道杀手。

英绿荷掉以轻心，靠得如此接近，这一下，便几乎要了她的命！

英绿荷仍举起了铁尺。

她竭力想在失去最后一点力量前，击杀无情。

无情也尽了最后一点元气，连避都避不开去了。

就在这时，宾东成大步走了过来，一手夺下了英绿荷手上的铁尺。

——这些武林好手倒的倒、伤的伤、死的死，总而言之，都失去了战斗力，宾东成和这几名衙役、仆从，反而变成了举足轻重，以定成败的人物。

其实，如果这千百年来，武林中人如果不是互相仇杀，又提防别人加害把绝艺私藏不授，又何致日后武林还不如儒林盛？而且，武学日渐式微，能够流传下来的都只是些微末伎俩，只遭人白眼看不起！

"文无第一，武无第二"，自古文人相轻，但文人毕竟最多只能口诛笔伐，要是文人也跟武人一般动刀动枪，老早在七百年前就半个不剩了。

因为文人一向比武人更不能容纳异己。

就算他们很少动刀动枪，但动辄大兴文字狱，以笔墨杀人的数量，只怕绝对不比武人少。

这些自历代劫难后还能从青史的火焰中走出来的书生，也不知是天幸，还是民族之幸，抑或是他个人之幸？

现在场中只剩下了文张。

那两名衙役和两名仆役，包围着他，但谁都不敢上前。

文张仍令人感到惊心动魄。

而且铜剑还在他的手上。

他随时都可以先杀了铜剑。

就算他马上要死了，他也可以抓铜剑陪他一块儿死。

——这种事情，文张绝对敢做，而且在做的时候，绝对连眉头也不皱上一皱。

"我随时都可以杀掉这个小孩，"文张遥向无情道，"就算我就要死了，我杀不了你们，但要杀他，还是易如反掌的事。"

无情点头："我相信。"

文张一面咳一面吐血，苦笑道："你猜我会不会这样做？"

无情静了半晌，才道："你不会。"

文张笑得更凄凉，加上他全身浴血，简直凄厉："为什么？"

无情深吸一口气道："他还是个小孩。"

文张惨笑道："你以为我这种人，连小孩子都不敢杀么？"他痛得全身都在颤抖，"合计起来，老太婆和襁褓中的婴孩，我至少杀了十个八个，再杀十个八个，也不算是什么回事。"

无情眼中已有惧色。

"何况，"文张虽然伤重，但看去犹十分清醒，"我杀了他，你一定会痛苦终生，能让自己的仇敌痛苦终生，当然是件快事。"

无情道："你杀了他，这街上只要能动手的人，都不会让你活下去！"

"说得好，"文张咯血笑道，"可惜却骗不倒我。"

他笑着用被血湿透的衣衫揩去嘴边的血："你看我这样吐血法，还能活得过下个时辰么？"他手上一用力，铜剑虽叫不出声，但脸上五官都痛苦地挤在一起，"我反正都要死了，多杀一个两个又有什么关系？"

无情忽掏出"平乱玦"，大声道："我是御赐'天下四大名捕'中的成崖余，这人一旦要杀手上小孩，你们立即将之格杀当堂！"

宾东成和衙役吃了一惊，但都应道："是！"

"没有用的，"文张道，"他们或许能杀死我，但我已杀了你的爱童，你又能奈我何？"

无情额上的汗珠愈来愈密。

"除非你答应我一件事。"文张全身一阵搐动，才吐出了这一句话。

"你说。"无情忙道。

"我死后，你把我的棺木运回我家里，告诉我的孩子雪岸，把凶手的名字一一告诉他，一个也不准隐瞒，并叫他要为我报仇，你要是答应，我便放了他！"文张一口气说。

无情一怔："你相信我？"

文张道："只要你答应，我便信。"

无情知事态紧急，只字逐句地道："我答应你。"

文张哈哈大笑，道："好，无情说的话，就算是敌人，也一样信之不疑。"

无情冷冷地道："你不必激我，我答应过的事，一定做到。"

文张喃喃地道："很好，很好，"眼光愈来愈失神，用一种低沉得几乎只有他自己听见的语音道，"有人替我报仇了。我还杀他干什么！我的孩儿会替我报仇，我还杀个孩子干什么！"

说着，忽然把铜剑甩了出去。

但他元气已近耗尽，这一甩不过把铜剑扔出三四尺远，就栽倒于地。

文张一阵摇晃，忽大笑三声，一拳反击在自己的咽喉上。

然后他便仰天而倒，再也无法起来。

无情望着他的尸体，用一种坚决的语音喃喃地道："你放心去吧。我一定会告诉你的儿子，是我杀死你的。"

铜剑算是捡回了一条命。

隔了好半天，无情总算才有气力问刚转醒过来的雷卷："你怎么会倒回来这里？"

"你不是遣长斧汉飞骑来叫我回援的吗？"雷卷惊疑地道，"少商便叫我回来走一趟再说。"

他们搅了半天，总算才猜测出来：戚少商知道雷卷放心不下唐晚词，但又不肯徇私回顾，便设计要赫连春水那位使长斧的近身仆人自后头赶上来走报，说是无情一行人等遇急，要雷卷急援，让雷卷能有机会跟唐二娘再在一起。

戚少商这样设计，当然是出自一片苦心。

可是他万未料到，如果雷卷未及回援，无情、唐晚词都真的要命丧猫耳镇了。

——这是天意，多于人为。

——天意永远要比人为更巧妙。

无情和雷卷及唐晚词都衷心感谢戚少商。

但这时候已不及再赴易水北八仙台，现在最急需要的，还是赴京为连云寨翻案。

这才是一切的根本。

他们虽然都负伤不轻，但仍昼夜兼程，与郗舜才及三剑童，赶赴京师。

赶赴一个希望。

人有希望，才会有失望。

——无情他们这次的希望，到底会不会失望？

第九十九回

单云双烛、三奇四山

殷乘风、铁手、息大娘、赫连春水、喜来锦、唐肯、勇成、十一郎与龚翠环等，在秘岩洞里躲着避难，一避就避了十五天。

这十五天里，外面风声鹤唳，到处听说有官兵在排搜这一股"悍匪"，但毕竟搜不到秘岩洞来。

除了"天弃四叟"及几名亲信之外，谁也不知道在易水之滨的风化岩丛里，会有这么一个隐秘、深邃而杳杂的天然洞穴。

其实也不止是一个洞穴，秘岩洞是由十几个天然洞穴连接在一起而形成的，其中有几个洞壁，是经开凿掘通的，甚至炸开山壁，将几个洞穴连接起来，在昔年以作巢穴用，足可对抗官兵剿歼，而今却成了连云寨、毁诺城、青天寨、赫连将军府，还有高鸡血、韦鸭毛的部属，思恩镇衙差、神威镖局的镖头避难之所。

除了这一群原本已聚在一起的人手之外，意外的又聚合了十几个连云寨的子弟。

这十几名"连云寨"弟子，有的是从死里逃生，隐姓埋名，流落江湖，有的是虚与委蛇、假意屈从，但趁顾惜朝狼狈于奔扑追杀戚少商之际，趁机起哄，不单暗下逃离连云寨的军伍，还私下放走了不少誓不肯降、饱受折磨的同僚，三五成伙，聚伙成群，就是不肯与官兵及顾惜朝同流合污。

其中五队人马，闻说毁诺城不计前嫌，收纳了连云寨的残兵、而江南雷门的人又戮力相助，正大喜过望，有意投奔，不料又闻毁诺城被攻陷，连雷门的人也伤亡殆尽，但得赫连将军后人鼎力相助，以及绿林道上的"鸡血鸭毛"的仗义赶援，一众人等逃入易水苍寒的青天寨去。

连云寨的忠心弟子又想过去投奔，但旋即又闻南寨被官兵所破，息大娘等强渡易水，不知所踪，官兵更召集兵马，全力搜捕。这样一波三折，许多本有雄心壮志，誓死追随戚寨主效命的热血好汉们，心里热血已冷却大半，其中一队人马打消念头，自立山头，两队人马按兵不动，先观察形势再说，只剩下两队兵马，知道情势危急，便也渡易水四处明察暗访，留下暗记，希望能助旧故一臂之力。

"天弃四叟"原本也是聚啸为盗，跟连云寨老当家劳穴光原有交往，连云寨旧将赴海府打探，吴双烛心热，一面张罗留住来人，一面暗遣人去把息大娘及一些连云寨劫后余生的残众叫来，这一来，大家喜相逢，一起回到秘岩洞共商大计。

同一种情形下，毁诺城之劫里逃得性命的女弟子们，也和息大娘重聚于秘岩洞内。

群侠在岩洞里，自不敢胡乱出来走动，只在岩洞四周坚密把守，而粮食方面，由吴双烛全面接应，至于水源方面，因易水暗流的地下水道流过岩洞的一处洼地，故决不需多费周章。

所以群侠安分守己，忍苦养伤，平平安安地住了一十五天。

十五天以后呢？

人生里有许多事是常事与愿违的。

当你企求平安的时候，必定得不到平安，所以才会特别希望平安：只要人能平安，一切功名利禄，都变得无足轻重了。

可是，当你获得平安的时候，又会觉得仅仅"平安"是何等枯燥乏味，甚至要祈求大风大浪，要往富贵功名的千丈波涛万重浪里闯，仿佛这才叫作过瘾，这才算是人生。

人生就是这么矛盾。

当你祈求那件事物时，你必定还没有那样东西，或已经失去了它。

也许人生只是一个大矛盾，交织着许许多多的小矛盾。

海托山也有矛盾。

他心里既想帮助这一群"亡命之徒"，但又怕招祸于朝廷。

可是，他有欠赫连乐吾的恩情，理当感恩图报。何况，以武林同道之义，他更不能对这一群前来"投靠托庇"的人置之不理。

不过他更不想与蔡京、傅宗书派系为敌。

他可是左右为难，彷徨无计之下，只好见一步走一步。

赫连春水也未尝没有矛盾。

他知道自己这一干人非要暂时受庇于海托山不可，但是，他也极不欲连累"天弃四叟"。

——外面搜寻得正是如火如荼，如果贸然离开，只有更糟。

所以赫连春水也只好暂时按兵不动。

他只希望有朝一日，能够报答"鬼手神叟"。

虽然他也心里明白，这"有朝一日"，是非常渺茫的，因为他现在不仅是与黄金鳞为敌、与顾惜朝为敌、与文张为敌，还与丞相为敌，与皇上为敌，甚至与自己父亲为敌！

——这后果是不堪想象的。

赫连春水不忘把自己心中的谢意说出来，海托山忙请他"些许小事，同道中人理所当为，不必挂齿"，但另一方面也详加探询，究竟朝中局势如何？这件事最终如何解决？可有人调解此事？

那是在第十六日头上，赫连春水与铁手乔装打扮后出洞，到海府去会合吴双烛，运粮回秘岩洞时，跟海托山叙谈了起来。

赫连春水和铁手大都照实回答。

他们不是不知遮瞒，而是不想欺骗朋友。

——欺骗一个真正诚心帮忙自己的朋友，是一件相当无耻的事。

有些时候，朋友明知你欺骗了他，但仍容让你、忍让你、不忍揭破你，但你却沾沾自喜，自以为聪明得能只手遮天，这是何等难堪的事。

偏偏人类常常喜欢做这种事。

铁手与赫连春水当然不愿做这种事。

以诚见诚。

以仁见仁。

这是他们一贯处事的原则。

所以他们自海府并肩走出来的时候，心头都有些沉重，眉头都紧锁不开。

因为他们察觉海托山神色有点令人不安。

那样子十足是心事重重、疑虑不安、勉强敷衍、强展笑颜的最好写照。

海托山处事虽有魄力，用人也有魄力处，但毕竟是老粗，这种掩颜饰容的事，要以老官场和戏子最能胜任，决轮不到他。

"你觉得怎样？"在走出海府的时候，赫连春水向铁手问道。

通常这样问的时候，已经是有"觉得怎样"的事情发生了。

铁手一笑道："很不高兴。"

赫连春水奇道："你?"

铁手低声道："这儿岂有我们不高兴的份儿?"

赫连春水道："海神叟?"

铁手沉声道："巴三爷子。"

赫连春水"哦"了一声。

铁手道："你没见他站在一旁，无论怎样挤出笑容和说客气话，眼中所流露出来的都是很不高兴的神情吗?"

赫连春水道："我倒没注意。"

铁手道："他们不高兴也是合理，数百名'逃犯'，一住就是半月，他们为我们担惊受怕、出钱出力，没有理由毫无尤怨的。"

赫连春水道："我倒只注意到一个人。"

铁手道："谁?"

赫连春水道："吴二爷。"

铁手道："他?"

赫连春水道："真正为我们的事而忙坏了的是他，偏偏他活像应份的事儿，一点不耐烦也看不出来。"他笑了一笑道，"也许只是我看不出来。"

铁手道："我也看不出来。"

赫连春水嘲揶地道："这件事，我们都看不出来，反而是好事。"

铁手也微笑道："所以说，一个人看清楚太多事情，反而不是好事。"

赫连春水想了想，道："至少，他自己便很不容易得到快乐。"

铁手道："知道太多事情的人也一样。"

两人说着说着，已行出海府，在大门前，正要翻身上马，忽见一顶轿子，正要在海府门前停下来。

只见守在门口的管事和家丁，一见这轿子来到，都迎了出去，喜道："大老爷回来了。"

"快禀告老爷。"

"是。"

铁手和赫连知道是"天弃四叟"里的老大刘单云回来了，正想要和他照面招呼，没料那帘子掀到一半，那掀帘的手突然一顿。

轿里的人只露出了下半身，穿着灰布白点齐膝半短阔袖衫，脚绑倒滚浪花吞扎皮，铁手怔了一怔，那人把手一放，"嗖"的一声，布帘又落了下来。

只听轿子里的人沉声道："抬我进去。"

抬轿的人都为之一怔，但依命把轿子抬进府里去。

抬轿入府，这种情形当然不甚寻常，更何况轿里是个男子，而不是女眷。

不但家丁们面面相顾，不知因何这次大老爷要发这么大的脾气，连铁手和赫连春水也莫名其妙，不得要领而去。

别说铁手与赫连春水不明白，连海托山和巴三奇匆匆出迎的时候，只见一顶轿子晃了进来，也都一头雾水，不知刘老大此举何意？

刘单云的用意很简单。

他生气。

他几乎是一把揪住巴三奇，喝问道："你们有几颗脑袋？竟敢窝藏这几个朝廷要犯！？"

他不敢去揪海托山，因为论年龄他虽然是老大，但论武功他还不如老四，而且，若论权势他更不能与海老四相提并论。

所以他才去参加围剿青天寨之役。

　　——在武林中的地位不如人，在海府的实力也逊于人，只想讨回个军功，至少可让人刮目相看！

　　——却没想到自己和军队千辛万苦、追寻不获的"逃犯"，竟有两个出现在自己的地头上！

　　刘单云简直要暴跳如雷。

　　他虽不甘屈于人后，但对这三名结义多年的老兄弟，还不忍心眼见他们辛苦建立的成果毁于一旦，也成了"黑人"。

　　巴三奇吓得手脚乱挥，忙道："不关我事！是吴老二和四弟的意思。"

　　刘单云转首问海托山："老四，可真是你的主意？"

　　海托山叹了一口气，道："我也有逼不得已的苦衷，大哥放手再作计议。"

　　刘单云对海托山的话还不敢不听，当下松开了手指，只骂巴三奇道："你是怎么管事的！我才去了大半月，你怎不帮四弟分忧解劳、拿拿主意，闹出了这种随时都要满门抄斩的事情来！"

　　巴三奇青了面色，只苦着脸分辩道："我劝了呀，但是……二哥一力主张，要留住这干人啊！"

　　刘单云气咻咻地道："哼，老二，老二懂个什么！"

　　海托山见刘单云如此激动，便试探着问："这桩案子，闹得很大么？究竟可不可以消得了？"

　　刘单云跺足道："老四，这些天来你没到外面去，所以不晓得，这是天大案子呢，这些人已大祸临头，一辈子都翻不了身哪！"

　　海托山惊疑不定地道："那么，前些时候，衙道下檄，要我们派干员剿匪，难道……？"

刘单云道："便是歼灭南寨！"

海托山吓了一跳："你跟他们动过手？"

刘单云道："连那姓铁的，我也跟他对过了。"

海托山道："你进来的时候，跟他们朝过相了？"这句话问得十分凝重，因为刘单云跟铁手既然交过手，万一给铁手等人先行警觉，以为圈套，不顾道义，先行反扑，如不及早布防，就要措手不及了。

刘单云道："当然没有，所以我才要坐在轿子里进来。"

海托山轻吁一口气，道："这还好些。"

刘单云道："可是，大患一日不除，决没有好些的事，而且，如能替傅相爷除此大患，日后自有的是前程。"

海托山犹豫道："可是，赫连将军待我们一向不薄啊。"

巴三奇赶忙替刘单云呼应道："可是傅相爷更得罪不起啊。"

海托山迟疑地道："但诸葛先生的弟子铁二爷也来臂助他们，我们这么做，岂不是与诸葛为敌？"

刘单云道："诸葛先生在朝中已日益失势，没有实权，看来也泥菩萨过江，自身难保了，铁游夏正受朝廷通缉，关于这点，已不必顾虑。"

海托山道："可是……"

刘单云沉声道："还可是什么？再犹疑不决，只怕官兵把我们也列入捕剿名单上，那时可谁都不能全身保命了。"

海托山目光锐气一盛，决然道："好——"

忽听一人厉声道："不行！"

人随声到："以侠义道，咱们决不能乘人之危，做这种不义之事！"

第一〇〇回

福如东海、寿比南山

刘单云竟堆起了笑脸："老二，我正要找你商议，你到哪儿去了？"原来刘单云知道这吴老二一向寡言木讷，但性子极为执拗，而且一旦发作，脾气要比自己还大，不宜正面向他冲撞。

吴双烛冷冷沉沉地道："我去给铁二爷他们送粮食去。"

刘单云忍不住脸色一变："什么？我们还养下他们——！"强自将话压下，只问："他们来了多少人？"

吴双烛道："陆陆续续前后来了近三百人，你要怎地？"

刘单云几乎跳了起来，呻吟地道："三百人！？哼！嘿！嘿你们真要……嗬，造反不成！？"

吴双烛道："你投靠朝廷邀功，我可并不同意！"

海托山掩嘴轻咳一声，道："二哥，我看这事，宜从头计议，不如……"

吴双烛叱道："计议什么？不是议定了么？要帮人，就帮彻！而今才来抽手，到处都伏了官兵，教他们往哪里逃命去？此事决不能有变！若我们出乎尔、反乎尔，江湖上岂有我们立足之地！"

海托山给他一番申斥，登时话都说不下去。

巴三奇忙赔笑道："依我看，二哥，咱们不如把这件事尽向官府据实详报，由他们自行处置——"

吴双烛冷冷地道："随你的便！"

巴三奇万未料到吴双烛如此好说话，喜出望外，当下喜道："好极了，官府怎么处理，可不干我们的事！"他并不求升官发财，只是享惯了福，有三个老婆七个小妾二十三名儿女，加上满堂孙侄，当然不想再过当年刀头舐血、天涯亡命的岁月，所以见赫连春水等人来投靠，头一个心里不悦的就是他。

吴双烛道："老三。"

巴三奇愣了一愣："二哥？"

吴双烛站开步桩，神情凛然，道："动手吧！"

巴三奇大吃一惊："你怎么了？""天弃四叟"中，要算吴双烛武功最高，只有海托山才能勉强跟他能扯个平手。

吴双烛道："你胆小怕事，要卖友求荣，要做这种宵小之事，先得把我杀了！"

巴三奇变了脸色，只顿足道："二哥，这，这！你打哪儿的话呀！"

海托山见要僵了，忙劝阻道："自己老兄弟，为这点小事要动手，快别这样闹了！"

刘单云忽斥道："老三，这就是你的不是了！"

巴三奇听到刘单云一开口，本以为是刘单云要支持他，心忖：有老大一齐联手，还怕制不住这呆老二不成？没料老大一开口即指陈自己的不是，一时噎住喉，说不出话来。

刘单云道："咱们是侠义中人，怎可做卑鄙无耻之事？老二说得有理，咱们决不能教江湖好汉小觑了！"

吴双烛绷紧的脸容这才松弛了下来，道："老大，你也有好久不讲人话了！我以为当年豪气，尽皆消磨殆尽啦！"

刘单云笑道："我岂是壮志全消之人？"

吴双烛脸上也有了笑容："说真的，顾惜朝叛起连云寨，已是武林同道皆唾弃的事情，而官府逼害我辈中人，连灭连云寨、毁诺城、青天寨几个绿林重镇，难保他日不连我们也动上主意，咱们若助纣为虐，定必贻害无穷。"

刘单云叹道："老二言之有理，说真的，我觉得自己不配做大哥，老大该由你来当才是！"

吴双烛吃了一惊，忙道："大哥怎有这种想法！"

刘单云垂首无精打采地道："我的话你向不遵从，而意见常比我高明，我这个老大还当来做什么？"

吴双烛趋前惶愧地道："大哥万勿这样说，这惭煞小弟了！我说话没有分寸，不知检点……"

刘单云淡淡地笑道："你言重了。你跟侠道上朋友相处，何等融洽，怎会不知分寸、不识进退呢！再说，我的武功也远不如你……"

吴双烛听得一阵悚然，忙按着刘单云双手，急切地道："老大，你这样说，是不把老二当兄弟了？"

刘单云忽抬头道："当！"

倏地出手，连封吴双烛身上七大要穴。

吴双烛愕了一愣，眼中出现了愤恨之色，然后慢慢栽倒下去。

海托山大惊，忙趋前道："不可！自己兄弟，怎可——"

刘单云看着软倒于地的吴双烛道："就是因为你是自己兄弟，所以我才点倒你，免得你自惹杀身之祸！等把事情处理妥当，再来放你，那时候，说不定你会感激老大一辈子！"

海托山见刘单云并非真要施辣手，这才放了心，止步站在一旁观察局势，只听刘单云又道："你记住了，我之所以能当你们老大，不是因为我有侠名，不是因为我武功比你强，而是我比你懂得顺应时势，比你奸！"

巴三奇这才明白刘单云的用意。

刘单云转过头来，向海托山道："老二决不能放了，这几天暂找几名亲信服侍他，待收拾了那干亡命之徒后，才让他活动。"

海托山还是有些举棋不定。

刘单云不耐烦地道："老四，你也别穷耗了，这是生死关头，别教人累了你全副家当、一家大小！"

海托山这才下了决心："我们该怎么做？"

刘单云眯着虎眼，道："横也是干，竖也是干，要讨小功，不如邀个大功。"

巴三奇道："大哥的意思——？"

刘单云忽道："他们是不是最信任老二？"

巴三奇道："这些天来，都是老二接待他们，当然是最信他了。"

刘单云呵呵笑道："对呀，老二也快五十大寿了吧？"

海托山想了想，道："不对呀，他的生日刚刚才过了不到三个月——"

刘单云忽截道："那有什么关系？我要他生日，就生日！"

吴双烛躺在地上，生气得什么也似的，但无奈不但不能动弹，连话也说不出来，因为刘单云连他的"哑穴"也一并封了。

三天后，在秘岩洞里，群侠居然收到帖子。

——是寿帖。

人生难免会收到帖子，帖子带来的多半是喜事、好事，但偶尔也有例外，不过，像赫连春水、铁手、息大娘等在这种情形下也收到帖子，算是平生首遇。

帖子禀明在两天后，便是"天弃四叟"中的老二吴双烛的五十大寿。

发帖子的人，是他们的"恩人"，这些天来，最任劳任怨地照顾他们、绝对算得上是不遗余力的吴双烛，而被邀的息大娘、铁手、赫连春水、殷乘风、勇成等，都决没有理由不去。

帖子上当然不是请人人都去。

——如果把三百多名"逃犯"一起请入海府，那海府恐怕再也不必请其他的客人了。

息大娘代表了毁诺城、殷乘风代表了青天寨、铁手代表了公门、赫连春水代表了将军府、勇成代表了神威镖局，那就足够了。

送帖的人附带说明，其他的人虽不能喝这一趟寿酒，但定必遣人把酒菜送来岩洞，让大伙儿同乐共醉。

殷乘风看罢帖子，笑道："难怪吴二老好几天不见踪影了，原来躲起来庄容当寿星公了！"

赫连春水谢过来人，说明"届时一定到贺"。铁手在旁，双眉微蹙。

他似乎正在沉思。

——他在想什么？

"没想到在这儿这种时候，居然还会收到帖子。"息大娘笑道，"通常，只有安定中的人，才会为请帖而烦恼，亡命天涯的人，都反而怀念收到帖子的岁月。"

——有帖子请柬，才表示有人想起你、记起你，不管为了什么，只要记得世上还有个你，总是件好事。

——亡命天涯的人，失去的正是安定，断却的却是亲友的消息！

"还有一种人也会为收到帖子而烦恼，"喜来锦接道，"穷人，或者是收支仅能勉强应付的人。"

他吃了十五年以上的公门饭，对于世道艰难，自然体味深良。

"收到请帖还不相干，最多掏腰包、扎裤带，"勇成心情不好，高风亮的含恨而殁，颇使他愁莫能释，"最怕收到讣闻。朋友一个一个地去了，你就会觉得自己也差不多了。"

赫连春水忙笑骂道："无聊无聊，刚收到寿帖，别说这种不吉利的话。"

殷乘风道："我们都去一趟吧。"

息大娘心细，发现铁手陷入沉思中，于是问："喂，铁捕爷，你怎么啦？"

铁手以为他们仍在交谈，没有察觉。

息大娘这一叫唤，大家都含笑望向铁手。

息大娘宛然一笑道："喂，铁二哥，你在想什么？"

铁手依然没有觉察息大娘在跟他说话。

以铁手平日精警，怎会如此失神——这一来，大家都为之凝肃起来，交谈杂声忽止，铁手反而发觉了。

他见人人都瞧着他，愣了愣，反问道："怎么？"

息大娘眼珠儿一转，瞟着他道："想事儿？"

铁手以手指敲额，解嘲地道："是啊，很有点困惑。"

息大娘道："好不好说出来，让大家跟你一块儿想想？"

铁手道："只是小事，一时还没有头绪。"

息大娘嘴儿一撇，哦然道："当然了，连铁神捕都想不通透的事情，我们知道又于事何补！"

铁手听得出她话里讥讽的意思，忙赧然道："大娘，你别挤对我了。我说出来也无妨，只是有些无头无尾。"

他向赫连春水道："公子，还记不记得三天前，我们去海府的时候，临走前刚好碰着一顶轿子的事吗？"

赫连春水有点犹疑地道："是啊，后来那轿中人还不肯下轿，直抬入府里去。"

铁手沉吟道："那个人，似乎就是海府的大老爷，'天弃四叟'里的老大刘单云。"

赫连春水不解地道："这很可能，那些管事们就这样叫了，只不过，有什么不对劲吗？"

铁手道："这倒没有，我觉得……"

赫连春水道："你怕刘单云会唆教海伯伯，对我们不利？"

唐肯在旁忍不住道："海神叟怎会是这样的人！"

殷乘风也插嘴道："他若是这种人，也不会让我们留到现在了。"

唐肯道："对啊。"

铁手忙道："这倒是不，不过，那刘单云只掀了半帘，我发现……"

赫连春水即道："我可没见着他的脸。"

"我也没见着，"铁手道，"可是他一定已见着我们了。"

赫连春水皱眉道："你是说……他自帘内看见我们，才放下帘子，不出轿来？"

铁手反问道："如果他真的是这样做，为的是什么？"

息大娘在旁道："也许他跟你们朝过相，不想教你们认出来。"

铁手道："便是。"

喜来锦道："他是谁呢?"

铁手道："我就是在想这件事。单看他下半身,已经觉得很眼熟,只想不起在哪里见过?什么时候见过?"

息大娘小心地问:"你的意思是……不去赴吴二爷的贺寿之约?"

殷乘风忍不住道:"我们烦人家那么多事情,全都不去贺寿,这样,不大好吧……?"

赫连春水忽道:"这件事,如果是刘大伯、巴三伯相请,我都会疑虑,就算是海伯伯,我也会考虑一下,"他显得略有些激动,"但既是吴二伯相邀,我保证一定不会有事。"

铁手见此情形,心里微叹了一口气,道:"我也不是要大家不去。"

此语一说,大伙儿才松了一口气。

人在出生入死多了,又躲在这不见天日的地方太久了,谁都希望有些喜庆场合、欢乐节目,刺激一下。

息大娘却明亮明亮着眸子,道:"你还没有说完。"

铁手道:"我只希望,最好,留下一两位能主持大局的人来。"

他顿了顿,接道:"而且,在我们还未自筵宴中回来前,最好不要先吃饮送来的食物。"

他这句话无疑十分不受大众欢迎。

殷乘风见同"洞"共济的大都是"南寨"的人,忙清了清嗓子,出来主持场面:"只迟一两个时辰才吃,又不是不吃,慎防一些,总是好事,这件事没问题。"

息大娘嫣然道:"那我就不去了。"

赫连春水有些怅然地道:"你……你不去么?"

息大娘清亮的语音中夹着一种风摧秋叶落似的微喟，"少商不在，我去与不去，又有什么分别？"

赫连春水脸上立即出现了一种神情。

失望中带着些微溃愤，但满溢着绝望的神情。

息大娘幽幽一叹。

赫连春水忽只说了一句，"好，你不去，我去，我自个儿去。"

殷乘风忙道："不如，铁二爷留守洞里、主持大局。"

铁手斩钉截铁似地道："不，我去。"他眼里仿佛已窥出将临的风暴。

人若没有历过风暴，便不能算是完整的人生，正如没有经过风雨，就不能算是真正的晴天一样。

驾舟出海，难免遇波履涛，那是考验舟与舟子最好的时机。

可是有些风暴，不是有些舟子所能承受得住的。

正如有些波折，不是人能禁受得起一般。

——他们将会面临的是什么样波折？

话说这收到请帖的一天，是晴天。

天蓝晴晴的，云白皑皑的，河水滔滔，风萧萧。

洞里仍是幽暗的。

两天后的早上，仍是个晴天。

似乎是个太过热辣光亮的晴天。

远处的云，一朵一朵的，白烈烈而沉甸甸，一铺一铺地卷涌着。

连筛进洞里的些许阳光，照在皮肤上都有些炙人的感觉。

以前有位武林前辈说过：晴天是杀人的最好天气，因为血干得特别快。

殷乘风却似乎并不同意。

"今天是好天气，"他说，"正是做寿的好日子！"

一个老人家若在做大寿那一天，看到风雨凄迟，心中触景生情，只怕在所难免。

他们都喜欢吴双烛，当然希望他在大寿之日，心情能够愉快些。

勇成遥望天色，神色有些不开朗："待会会有风雨。"他肯定地道，"大雷雨。"

超过二十年的押镖生涯，早令他观察气候，比官里那群专事预测气象的钦天监还要准。

赫连春水喃喃地道："那么，希望拜过寿后才下雨好了。"

铁手神色自若，但眼里有郁色。

他暗自还请勇成留下。

——息大娘是女子，多一个"老江湖"压阵，总是周全些。

他已经想到那个轿子里的人是谁了。

不过他并没有说出来。

因为他还不肯定。

他看到那人腰上斜系着一柄锁骨鞭。

殷乘风正笑着说："不管晴还是雨，今天最适合的就是说：福如东海、寿比南山。"

第一〇一回

祝寿

这行动叫作"祝寿"。
"祝寿"是个杀人的行动。

正如许多见不得光的事，通常都用堂皇的理由来掩饰，也正如许多邸恶的事，时常都用优雅的名词作粉饰。

有时候，侵略别人的国土，叫作"圣战"；杀害异己，叫作"替天行道"；甚至背叛一个人，也可以唤作"大义灭亲"；出卖少女肉体和灵魂的地方，通常都有优雅的名字，不是什么楼就是什么阁；就连毒死人的药，也叫"砒霜""鹤顶红"。

巴三奇知道，部署已妥定，行动就要展开了。

行动有两个。

一是在铁手等进入海府的大堂之后，若发现情形不对劲，想退离海府，便立即发动。

他们已连下七道埋伏，从大堂、花园、走廊、大厅、前庭、大门、石阶，愈入内埋伏愈强。

他们知道这些极其厉害的埋伏，足以杀死"来客"，但仍不一定能杀得了一个人。

铁手。

所以他们更设下了专门对付铁手的杀手锏，其中包括了炸药。

就算铁手能闯得过重重障碍，埋伏在海府外面的一百五十名弓箭手，还有门前足以炸死三十个人的炸药，也足以把铁手射成刺猬、炸成碎片。

炸药引伏在门外，不怕毁损海府，就算伤及无辜，那也是跟海家无关的人，跟自己无涉的人，如果要负责任，那是官府的责任，可跟"天弃四叟"扯不上关系。

所以巴三奇大可安枕无忧。

这件事如果成功顺利，贼党一网成擒，他和刘单云都居功不少，要保个一官半职，安享余年，应当不成问题。

——当了半辈子的强盗，又当了那么多年的海府管事，终于能过一过官瘾，不也是人生一大快意事！

当过贼的人特别喜欢当官，一如坐过牢的人特别爱惜自由，当过妓女的人特别渴望从良。

巴三奇也不例外。

他觉得很满意。

他觉得他做这件事，一点也没有错。

——替官兵捉强盗，自己站在官面，牺牲几个道上的朋友，有什么不对？

当然没有不对。

只是有点不对劲。

什么事让巴三奇觉得不对劲？

巴三奇也说不上来。

这件事情一旦开始进行，就有说不出的不对劲。

黄金鳞手握兵权，联摄五县十九乡兵马二万七千人，统调七标二十一营，再分为二路，一路精兵在海府前后设下重伏，一路主军则在秘岩洞周围重重包围，务必要一次尽歼这群逆党。

顾惜朝统率武林同道，集连云寨主力和应召参与清匪行动的各路人马，配合黄金鳞主队布伏，这一战是志在必得，而且有胜无败。

——这些当然都没有不对劲。

也许不对劲的只是：这件事一旦报官，黄金鳞第一句话就是问："为啥你们要收留他们？"而顾惜朝问的是："为什么你们不立即报官？"

不过他们并没有再追问下去，反而好言安慰，大加奖掖，同时，黄金鳞与顾惜朝立即大事准备，那几天的缓冲时间，便是用以抽调布置，务使一战以竟全功。

可是俟黄大督统和顾大当家一旦接管海府的布防设陷后，海府的子弟本也要参与应战，但均被调派为无足轻重的角色，而且都被监视钉牢——莫非是黄大人和顾当家不信任海府的人不成？

想到这儿，巴三奇不禁有些愤愤，也有些悻悻然。

——如果不是我们告密，敢不成他们已翻搜到花果山去还搜不出个疑犯来！

——却居然防到我们头上了来！

最令巴三奇愤愤不平的是：黄顾二人显然没把他和刘老大当自己人看待。

这就有点自取其侮了。巴三奇心里暗忖：他在屋里随便走走的时候，居然也有人拦阻他，说这里不能去，那儿不能走，姓黄的和姓顾的敢情把海老四的基业当成是他们的私邸了？

巴三奇心有未甘。

他身为海府总管，说什么也得到处看看。

他从门前石阶、越过门槛、走过前庭、进入大厅，再经过走廊，转入花园、到了大堂，大堂即是"设宴"之所在。

鸿门宴。

他所经过的每一处地方，都布下了杀手与埋伏，而每一处所在，表面看去，都如寿筵一样，喜气洋洋，连每一个细节：从寿帐到贺席、寿桃和甜点、礼盒和菜肴，全都布置得妥妥当当，巨细无遗，就像真的有人在做大寿一样。

玄机就出在"酒"上。

当然会有人来拜寿。

拜寿的人有男有女，有老有少，穿着不同的服饰，代表着不同的身份，甚至用不同的口音，表示他们来自不同的地方，不过，他们其实只有一个目标：

剿匪！

据说这总布置的人是顾惜朝，巴三奇当了这么多年总管，看在眼里，觉得比真的寿宴更像寿宴，连他也有点佩服这个年轻人起来。

——一个年轻人能少年得志，受到傅相爷识重，的确有过人之处。

——再过一个时辰，这儿就要血溅寿筵，这儿就会变得杀气冲天、煞气腾腾。

——如果他们喝了那些特备的"酒"，乖乖地躺了下去，那么一切倒是兵不血刃就能解决。

——如果他们发现不对劲，必图突围，就算能冲得过大堂，冲得过花园，冲得过走廊，冲得过大厅，冲得过大门，冲得过石阶，也得在门外被射倒炸死！

所以这个"祝寿行动",万无一失。

——就只怕他们不来。

来了,就回不了头。

黄金鳞说过:他们不拟在筵上动手。

筵上只喝酒吃菜。

——只要他们喝"酒",事情就了结了。

但问题还有一个。

——正主儿"寿星",要是一直不出现,岂不令人思疑?

吴双烛仍然誓死不肯协助官兵、擒杀同道。

黄金鳞和顾惜朝都认为只有出动海托山。

凭海托山一向对这干"亡命之徒"的照顾,在宴上把"寿星"为何迟迟未出的事情圆一圆场,敬几杯酒,铁手他们是没理由不喝的。

——一喝就成事了。

在酒里所下的,是当年权力帮中"八大天王"里的"药王"莫非冤所亲手配制的麻药。

铁手内力再高,沾了也得要倒。

——倒了最好,省事省力。

再过一个时辰,"祝寿"的人就要来到,顾惜朝提防他们到早了,所以提早布置停当,而在秘岩洞外,也有布下桩子,监视洞内的人出入。

巴三奇看看天色。

太热了。

太干燥了。

远处的白云沉甸甸的,只怕难免有一场暴风雨。

他自己心头也像白云，很有些沉甸甸。

其实也并没有什么不妥，只是觉得这儿原本他是主人之一，现在已成了"陪客"，一切的安排，似都不由得他来做主。

他想想还是不放心，亲自到大堂的筵宴前看看。

大堂里已有许多"贺客"。

可是他们一点"喜气"都没有。

他们只是在"等待"。

——等待真正"祝寿"的人到来。

巴三奇浏览了一会儿，特别检查了杯子。

——酒没有毒，杯子才有毒。

有毒的杯子，有特别的记号，旁人是绝对看不出来的。

所以酒人人皆能喝，有些杯子却碰不得。

而且乱不得。

巴三奇检查之后，觉得很满意。

他已准备要离开大堂。

——他负责"接待"，理应站在大门前。

——海老四才是在堂前主持的。

——可是海老四还在跟黄金鳞密议，未曾出来。

巴三奇要转身走前，掠起一阵风力，刚好把寿帐前的左边蜡烛吹熄。

他想过去把它重燃，但立刻已有人用火种把烛火重点。

——连点一把火，都没有我的事！

——这些人似乎很不喜欢，也不希望有人走近寿帐一般！

——这儿本是我的地方，他们凭什么霸占！？

巴三奇心头一懊恼，不禁往寿帐多望几眼，终于给他发现帐子下一小方角微掀，隐似拖着一条线。

巴三奇好奇心大炽，佯作低头俯身系紧裹腿，却忽地闪近帐前。

只听有人低声叱道："停步——"

叱喝的人是在暗处监视的霍乱步。

巴三奇不理，一扳手已掀起帘子。

他终于看到了帐里的事物。

炸药。

炸药在此时此境出现，实在是件"理所当然"的事。

这列炸药离那张主客的桌子极近，无疑是为这张桌子上的人而设的。

——炸药一旦引燃，立即把座上的人炸得血肉横飞，本领再大也无用武之机。

这种安排无疑很"绝"。

可是巴三奇立时想到更"绝"的一点。

要铁手这等"贺客"上座，必定会有"陪客"，否则，这些"寿酒"和"炸药"，都变得派不上用场。

——铁手等人不是在座上被迷倒，就是被炸死，毫无疑问的是件好事。

可是巴三奇想到一件事，就不妙得很了。

他想起海老四也会在座上。

——这种安排，无疑把海四弟当作牺牲品！

——他们牺牲得了老四，当然也不在乎多牺牲一两个！

——反正又不是"牺牲"他们的人！

想到这里，巴三奇就有被欺骗的侮辱。

他几乎要叫起来：

——这种事，咱们不干了！

就在这时候，一条人影已贴近了他。

这人相貌堂堂，仪表不凡，但神色间却带一点儿邪气，一股煞气。

这人正是顾惜朝。

顾惜朝微微笑着，神态温和，一看便知道他是一个讲理的人。

就连他都觉自己是一个讲理的人。

有时候他觉得自己实在太讲理了。

在这世界上，太讲理便很难活下去，纵能活着，也未必活得痛快。

像他对付戚少商，便吃亏在"太讲理"上：在思恩镇的安顺栈里，他因得尤知味之助，已成功地控制了大局，早应该一得手就该先杀掉戚少商，以绝后患！

他甚至还觉得自己太"妇人之仁"了。

他还决心"痛悟前非"，以后对人应该要心狠手辣一些。

这一次的"寿宴"，已胜券在握，他人在暗里，监视一切，任何人的一举一动，都逃不过他的眼目。

所以他发现巴三奇发现了埋在寿帐内的炸药。

他笑道："那是炸药。"

巴三奇强忍愤怒，道："我知道。"他补了一句，"可是在这之前你并没有告诉我们知道。"

顾惜朝笑道："那是军情，军情机密，恕无法相告。"他也补充了一句，"何况，那是用来炸杀叛匪的，与你们无关。"

巴三奇道："可是，海老四也是坐在这桌子上，就跟我有关了。"

顾惜朝笑意更浓，他用手去拍了拍巴三奇的左肩："巴老前辈，在下怎会用炸药对付立有大功的海神叟呢？这炸药只是用来对付流寇，况且，那几个叛贼只要喝下了药酒，便已束手就擒了，根本用不上炸药。"

巴三奇道："可是，如果他们不喝，万一要用上炸药，你们可来得及通知海老四!？"

顾惜朝微笑着看巴三奇，道："你真要我回答？"

巴三奇道："人命关天，我理应知道。"

顾惜朝道："来不及。"

巴三奇匆道："那我去通知老四，叫他到时候及时走避。"

顾惜朝叹道："你要通知他？"

巴三奇愕然道："怎能不通知他？"

顾惜朝笑道："应当通知他，不过，可惜……"

巴三奇道："可惜什么？"

顾惜朝道："你真的要知道？"

巴三奇道："请道其详。"

顾惜朝道："可惜来不及了。"

突然间，一扬手，一道刀光，一闪而没。

巴三奇只觉胸前一麻，背后一辣，反首看去，只见一把飞刀，已钉在寿帐上，直夺入墙里。

刀柄犹自轻颤。

刀不沾血。

——这一刀，是顾公子的刀……

——这一刀，竟是穿过我的胸背……

巴三奇只想到这里。

想到这里，他胸上的血便激进而出。

顾惜朝一把抓住他的袖子，把他的袖帛按住了创口，不让血喷溅出来，袖子一下子便给涌血浸湿透了，顺手拔出一根小斧，一斧砍在巴三奇的额顶上。

然后他跟身后的霍乱步道："你找两个人，把他的尸首偷偷地运出去，往水里一丢，千万不要让海府的人发觉，这样，就算日后'天弃四叟'还没死干死净，又捞着尸首，也以为是那干悍匪干的，不关我们的事！"

霍乱步应道："是。"即着人去办理。

顾惜朝拿出一方白手帕，在揩抹自己指上的血，顺便揉活了手指上的血脉。

——今天要杀的人挺不少的，手指一定要灵活。

——想到这数月来的追缉，今天将会有重大的成果，他也不禁略感到兴奋。

——杀人本来就是一件令人兴奋的事。

所以他要先开杀戒，祭一祭刀，点燃自己的杀气。

他甚至不希望使用到炸药。

——如果他们死于自己的刀斧之下，一定更为过瘾！

不过顾惜朝一向都十分理智。人可以做痛快的事，但不能做蠢事。像当日戚少商把自己引入连云寨，推崇备至，就是感情用事。感情用事，在他看来，有时候与"蠢"字同义。铁手等人武功太高，不能意气用事。

——蠢人的下场，就该跟巴三奇一样！

——他怎会让海托山知道，在他身后有足以在一刹间可以同时把三十头大象炸得尸骨全无的炸药？万一让他露了形迹，说不定还叫铁手等看了出来，那就难免要生变了。

　　不能生变。

　　顾惜朝决不能让完美的"祝寿"计划存有任何漏洞。

　　既然巴三奇这种人，定必顾恤兄弟，而且也来不及向他费心细说了，不如杀了了事。

　　——自己绝对有理由杀他。

　　——"天弃四叟"除了刘单云参加了自己等人缉匪搜捕行动外，其他三叟，明知这干人是朝廷钦犯，还收留了那么些时日，知情不报，早该杀了！

　　——这三个老家伙累自己和部属们累得搜查了逾半月，居然还想讨功！？

　　顾惜朝杀了巴三奇，觉得心情很愉快。

　　大堂里自然不会有海府的人，守在这儿的，不是黄金鳞的心腹，便是自己的亲信。

　　他觉得自己已比以前还"精明"了许多。

　　他懂得如何更"不留余地"，现在终于学会了如何比较不讲理一些了。

　　所以他射穿了巴三奇的心脏后，更在他头上补了一斧，这叫"神仙难治"。

　　——杀一个人，就得要杀得气绝；杀一群人，就必须要赶尽杀绝。不然，只会给自己将来惹麻烦、添烦恼。

　　就在顾惜朝心情愈来愈愉快的时候，天际就响起了一阵雷声。

　　跟着，大滴大滴的雨点，就打落在大地上。

　　也打落在檐上、瓦上、檐前、阶前、庭中、池中、院里、园里，顾惜朝望出去，只见庭院外都密织着银簇簇、灰蒙蒙的雨丝雨线。

雷声在天外隐隐翻腾，似千军万马排涌而来。

顾惜朝负手看檐前雨滴，喃喃地道："好一个雨天。"

就在这个时候，他就看到了讯号。

铁手等人已在秘岩洞出发，启程来赴海府之约的信号。

第一〇二回

好戏

海托山不知巴三奇去了哪里。

——在这紧要关头，他竟影踪不见！

海托山心中有气，但已顾不了许多，在门前迎候的工作，本是巴三奇负责，现在顾惜朝只好由他亲自出迎。

雨下得颇大，街角全是串连着雨水的长脚短脚，本来是大好晴天的晌午，而今却变得一片阴湿凄凉。

——下这样大的雨，门前的炸药布置，肯定受影响。

——甚至在四周民房、墙头、瓦面、树上埋伏的官兵、高手，都必然受到雨水的干扰。

在大雨里抓人，加倍艰辛，唯有把铁手等人引入大堂，如瓮中捉鳖，就容易掌握得多了。

海托山站在门前伞下，终于远远地看见，铁手等一行人已破雨而来。

海托山不由自主地有些紧张起来。

——奇怪，自己闯荡江湖数十年，也没怕过谁来，而今竟有些张皇，有些心悸。

——莫非是自己"卖友弃义"，其心不正，便无法镇定如昔？

海托山不能再想下去了。

就算要后悔已无及，这件事就像雨水打湿的长袍下摆一般，已经是一个不可避免的事实。

一个可怕的事实。

海托山只有面对现实。

他决定把这几个信任他的朋友，送到地府里去。

一见铁手等人出现在街头，他就知道，"戏"，立即就上演了。

"演戏的人"，登门的登门、拴马的拴马、拜寿的拜寿、祝贺的祝贺，他们演这出戏，为的只是要等一出"好戏"。

好戏在后头。

"好戏在后头"仿佛也是一个规矩，高潮总是在后面，"戏肉"也多留在后头。

在真正的人生里，"好戏"不一定都在后头。有的人，一大早就演完了好戏，余无足观。有的人，从没有演过一场好戏，便完了场。有的人，一生人都有好戏，高潮迭起，好戏连场。有的人，根本不寻求好戏，只求无戏便是福气。

海托山却肯定这大雷雨的午后，会有一场好戏，就在这儿上演。

不过，这场戏的序幕却让他有些失望。

因为有些该来的人都没有来。

毁诺城的息大娘没有来。

神威镖局的勇成也没有来。

来的只有"四大名捕"中的铁手、"青天寨"寨主殷乘风、"将军府"的赫连春水三人。

人虽然并未来齐，但来了他们三人，也就够了。

——黄金鳞和顾惜朝本来的意思，就是只要使这干人的几个主将折损，要歼灭他们，以众击寡，便绝对不成问题。但秘岩洞里有人主持大局，便不易同时发兵攻取了。

不知怎的，海托山见人未来齐，失望中反而隐隐有些欣慰。

——为什么会感到欣慰？

他自己也不知道。

也许他是"良心发现"，也许他觉得敌人愈少，愈好应付。也许他心里也不想因为自己的这个陷阱，而把这干江湖好汉都"一网打尽"。

不过无论怎么想，他都希望自己能够"演出好戏"。

他但愿自己能"演出成功"。

成功？

失败？

在雨里分不清，在相交里看不明，在将来命运的阴晴里，谁都未知情。

铁手等人终于打马来到了海府门前，在雨里风中张灯结彩的海府高第，反而更添凄凉景况。

他们当然都化了装，易了容，不过并没有彻底改头换面。

他们这样做只是避人耳目，再说，易容术最多只能骗骗粗心大意的人，绝对不能换日偷天，也瞒不住锐睛厉目的老江湖。

他们跟平时赴海府运粮、计议的装扮，完全一样，所以海托山很容易便认出是他们。

这一点海托山一直都很感安慰。

他的视力依然精锐。

这显得他还未曾老。

至少没有完全老。

就算他已经老了，他还是可以拿这点来安慰自己。一个老人家如果不懂得自我安慰，绝对是一件很不讨好的事，正如一个失败者一样。

他觉得自己眼力就比吴双烛好出许多。

他这样想的时候，每次都必定忘了考虑到，他的体力却逐渐不如吴双烛。

有些事，想不起要比想起来得好。

忘记，本来就是人类"护身符"之一。没有这两个字，缺少这个本能，人只有活得更不愉快。

只怕，有些事愈想忘记，愈难以忘记。

有些事要想起，却偏偏常常忘记。

人生里最痛苦的事，就是不能控制自己的思想。人最可贵的自由，便是无法控制对方怎么想、想什么。

有些时候，连忘记都忘了，才是真正的忘记；有时候，快乐的记忆，会让你记起忘记了的。而痛苦的记忆，会哭给忘了的忘记听。

他在门口相迎这几个从漫长风雨长路过来的敌友，因而想起他走过大半生风雨凄迟的江湖路。

铁手也记起了一件事情。

一向以来，都是吴双烛在这儿迎待他们的，现在吴双烛正在做寿，也许不便站在风雨飘零的门前，可是巴三奇呢？怎么要海神叟亲自出迎？筵宴上不是要他来主持大局的吗？

铁手只是想起这些而已。

想起这些，并不能改变什么。

更不会让他踟蹰不前，或折回来时的路。

改变人生的，往往不是因为想起什么，而是遇上什么，明白这点的人就该知道常常陷于回忆里，其实于事无补。

海神叟迎迓道："你们来了。"

三人在马上打伞，但衣摆都湿了。

一道闪电。

铁手笑道："好大的雨。"

殷乘风道："多热闹，连风雨都给吴老凑兴儿。"

海托山忙道："你们真是有心人，这么大的风雨都赶来赏老二的脸！"

赫连春水跃下马来，笑道："我要给吴二伯拜寿，真迫不及待呢！"

又一阵闪电。

接着一个雷响。

三人捺衣走上了石阶，走进了大门。

闪电刹时苍白了大地，他们都没有一对俯视苍生的眼，看见这灰蒙蒙与惨白的大地上，有多少人正在风雨中亮着兵刃伺伏在所有高处或低地的暗影里。

顾惜朝在内堂埋伏，已接获铁手等一行三人来到门口的消息。

他的双手拢入袖子里。

左手拇、食、中三指，捺住一把小刀的木柄，轻轻地在弹动着，右手握住一把小斧，已微见用力。

轰隆一道电闪，夹着雷鸣。

顾惜朝猛想起一事。

他疾地掠入大堂。

——他想起了什么事？

——他要做什么事情？

铁手、赫连春水和殷乘风，已在海托山的引路下，穿过了前庭。

顾惜朝跃入大堂，那一众正拟"演戏"的人，纷纷都吃了一惊。

顾惜朝沉声疾喝："不要乱，不要望我，保持原来喝酒笑闹的神情。"

黄金鳞吃了一惊，也自东厢闪了进来，疾问顾惜朝："正主儿要到了，你出来干啥!？"

顾惜朝只点点头，脚尖一点，飞跃而起，一抄手撷去了寿帐上仍钉着的短刀，还用手把寿帐的刀孔缀起遮掩，然后再用脚把寿帐下的布帏拨平，遮去了炸药引子，然后才道："我们可以进去了。"

黄金鳞这才明白过来，正要掠入东厢，忽听顾惜朝又"咦"了一声。

黄金鳞随他目光望去，只见宴筵的桌布上有老大一块褐斑。

——那是顾惜朝动手杀巴三奇的时候，所溅出来的血迹。

——也可以说是今晚的第一滴血。

顾惜朝忙叫人拿了一条毛巾子，遮盖在血渍处，这才长吁一口气道："对付铁手这等人，是丝毫大意不得的。"

然后两人又各自蹿了出去。

他们都准备在必要的时候，点燃炸药，不但把铁手等人全都炸死，海托山作为陪葬，连同整个大堂里的部属都作为牺牲品。

——只要能把强敌消灭，牺牲几个部下算得了什么？

只要有权，何愁没有部属？

杀强敌的机会，可不常有。

在这方面的心思，顾惜朝与黄金鳞倒是相契无间。

铁手和赫连春水及殷乘风，已步入大厅。

海托山的心狂跳着。

——他们每多走一步，就等于往阎罗殿里多踏进一步。

海托山感觉到自己步伐的沉重，就像背负了一座山在行走一般。

而心里头又似雨丝一般乱。

眼看要走过长廊，忽听有人在雨中墙头，惨声厉喊道："不要进去！"

铁手、赫连春水、殷乘风一听，又惊又喜，面色倏变。

因为那是戚少商的声音。

那声音凄厉逼人，决不像是戚少商平时的声音，可是他们又分明辨别得出来，那的确是戚少商的声音！

弓弦声。

暗器夹在雨声里尖啸低鸣。

戚少商才现身于墙间，立即受到围攻。

铁手春雷也似的一声暴喝："退！"

海托山突然猛扑向殷乘风。

殷乘风呛然拔剑。

剑一投出，密雨顿为剑芒逼开数尺。

这剑只沾血，不沾雨水。

这样凌厉的剑，连鬼神都要为之辟易。

但海托山低吼一声，伏身塌腰，反而往剑锋扑去。

因为铁手的疑虑，所以殷乘风和赫连春水来"贺寿"也暗携兵器。

一时间，走廊上的埋伏，尽皆发动。

刀枪箭雨，几乎每一处可以躲人的地方，都有人掠扑出来，向铁手和赫连春水袭击。

而大堂、花园、内堂的高手，全急于反扑长廊，大厅、前庭，大门的伏兵，也全发动，往内兜截！

局面虽然剧生奇变，但这一干志在必得的伏兵，阵脚却丝毫不乱，反而激发了野兽拼战般的剽狠！

往内反扑的伏兵由刘单云带领。

往外搏杀的队伍由顾惜朝率领。

黄金鳞则带人包围海府。

铁手跟刘单云一朝相，立时就明白了是怎么回事：

——果然不幸料中。

这时候海托山与殷乘风已骤然分了开来。

海托山身上有了血迹。

殷乘风衣上也沾了血。

血很快被雨水冲净。

雨下得特别大。

血流得特别多。

雨水把血水灌入土里，流出屋外，汇流到不知名的所在去。

戚少商闷哼了一声，似受了伤，但仍然不跃下墙来。

因为他决不能让这可能是唯一的退路被人占据或堵塞。

他单手持剑，青锋宛若青龙。

青色的剑泛起红色的血潮，在灰白色的雨网里。

铁手见招拆招，见人打人，至少有二十人被他双手一触，当即踣地不起。

赫连春水双枪在手，却未有机会驳成长枪以远拒群敌，穿着华衣锦服的敌人已潮水般涌了上来，他已杀了十三人，受了五处伤，三处轻，两处较重。

而殷乘风却没入敌潮里。

只见一道宛似闪电般极快的白光，在敌人围攻下倏东忽西，难以抓摸。

铁手见情势不对，决不可恋战，当下大喝一声："快走！"猿臂连伸，眨间已捉走七八名强敌，运起神功，冲入敌阵里，双手无坚不摧，又夺下十来件兵器，这才看得见殷乘风。

顾惜朝和冯乱虎、宋乱水，全向殷乘风围攻，而刘单云也操身抢走、疯狂拼命，海托山却倒在地上，脖子上的血汩汩地淌着，染红了他的花白胡子。

铁手又惊又怒，双臂一交，已隐作风雷之事，顾惜朝叱道："我们一起上！"自己却不先上，仍然追袭殷乘风。

有十来名官道上和武林中的好手，贪功急攻，铁手大喝一声："让开了！"双手迎空击出，数百十点雨珠，被他这隔空一震之力，变作脱簧暗器一般，疾射过去，有六七人走避不及，挤成一堆，捂脸捂颊，哎哟不止。

铁手一步上前，声威夺人，冯乱虎本来拦住，但见他来势，不由自主地往旁边一闪，宋乱水则想硬搪，铁手还未动手，一脚就把他扫跌出去。

铁手一伸手，就抓住顾惜朝的衣襟。

顾惜朝一斧就往铁手的手腕砍下去。

这一砍只是虚着。

就在斧光耀眼之际，他的刀悄没声息地飞射出去，正中殷乘风的背部。

刀柄轻晃，殷乘风半声未哼。

顾惜朝的人也如游鱼一般，脚底一溜，衣裂人退，铁手还待抢进，黄金鳞的"鱼鳞紫金刀"已夹着飘雨，飞剁他的脖子！

顾惜朝退得极快，但有一道剑光却比他更快。

殷乘风的剑。

第一〇三回

乘风归去

顾惜朝一刀得手，退得迅疾无伦。

但他再快，也快不过殷乘风的剑。

殷乘风外号"急电"，要比剑快，就算"四大名捕"中的冷血也快不过他。

冷血的剑法，剑剑进迫，招招拼命，无一招自救，要论气势，殷乘风远所不及，但要比剑法迅疾，殷乘风的快剑犹在当年他的师尊岳丈"三绝一声雷"伍刚中之上。

他这一剑，后发而先至，追上顾惜朝。

但这剑一出，也等于是把空门卖给刘单云！

刘单云悲愤。

悲愤的刘单云。

战斗一开始，顾惜朝、刘单云、海托山和七八名高手都往殷乘风围攻过去，那是因为：一、殷乘风是青天寨寨主，只要能把他擒下，就可以逼降在秘岩洞里的南寨子弟，如果把他杀死，至少也可以打击青天寨徒众的士气。二、铁手的武功太高，这些成名人物个个都有私心，不敢轻撄铁手之锋锐，避重就轻，便专找殷乘风下手。三、赫连春水是赫连大将军的独子，真要是在众目暧暧之下格杀他，只怕难免后患，更何况赫连乐吾对"天弃四叟"本有恩情，大家都有意无意间不愿对赫连春水赶尽杀绝。

这一来，殷乘风更为当殃。

其中也许有一人较为例外，那就是海托山。

他跟殷乘风各在易水两岸称雄，要对同道下辣手，也只是因为矢在弩上，不得不发，情非得已，他本身只想擒下殷乘风，并不想取他性命。

战局一上来，便拼出性命，顾惜朝与黄金鳞更向殷乘风下重手，海托山见势不妙，忙挡在前面，明是单挑殷乘风，实有不想殷乘风横死当堂之意。

可是这一来，惨祸反肇。

殷乘风人在舍命搏斗中，哪分得清谁要生擒、谁要夺命？而他自己，比图杀他的人，更不要命。

他的剑只讲快，快得令人无从招架，快得令人无从闪躲，快得令人无从退避，快得令人无从破招，快得令人只有中剑。

他现在不但快，而且还拼命。

跟冷血的剑法一般拼命。

然而他的剑法，却不是拼命的剑法。

他只是快剑。

他此刻是快而拼命，自然露出了破绽。

刘单云一上手，就觑出了他剑招里的破绽，他的锁骨鞭立时递了进去。

不过殷乘风的剑法着实是太快了。

快得纵有破绽，也一瞬即逝。

就是说，当你发现他剑里有破绽的时候，和发觉他剑招里的破绽之际，他的剑招已经变了，或已刺中目标了，破绽已经消失了，不存在了。

当敌人想向他破绽进袭的时候，招才递出，破绽已然不见，一招递空，反而诱使殷乘风的剑招回挫。

殷乘风的快剑一连刺倒了三名敌手。

刘单云一鞭击空，殷乘风的剑已如毒蛇般刺向他的咽喉！

刘单云错估了殷乘风快剑的实力。

那一剑，纵他躲得开去，只怕也得挂彩。

海托山却及时拦住，他双掌一合，竟夹住了殷乘风的快剑。

殷乘风冷哼一声，"鬼手神叟"海托山的"天王托塔掌"天下闻名，他也自有所闻，双脚一轮急踹，飞踢海托山下盘。

海托山下盘功夫一向练得并不如何，情急之下，只有撤掌，他本来只是要抢救刘单云，吓阻殷乘风，本亦无杀他之意，但他被逼松手，殷乘风已"刷刷刷"连环三剑，攻向海托山。

海托山顿时手忙脚乱，抓住殷乘风的剑鞘，险险架住了三剑。

海托山有名是"鬼手神叟"，以掌法、盗技及"地心夺命针"称著江湖，他在情急里、百忙中，仍能顺手牵羊，摘了殷乘风的剑鞘来招架殷乘风的剑招。

这对正在拼死突围苦战的殷乘风而言，无疑会错觉对方武功太高，举手间便取去自己腰畔的剑鞘，玩弄自己于股掌之上。

是故殷乘风更有全力以赴，不惜玉石俱焚之心。

海托山以剑鞘架剑，只架住三剑，殷乘风第四剑反取剑鞘，剑入鞘中，强力一抖，海托山五指被震得一松，殷乘风剑挑回掷，剑鞘飞袭刘单云，向后连攻顾惜朝三剑，海托山手掌一扬，叫道："照打！"突然双手一分，抓向殷乘风左右腰胁！

海托山见殷乘风太过拼命，似乎求死多于求活，这一下用意是佯作施放暗器，实是出手擒拿他。

他自信自己"鬼王地心夺命针"的威名，殷乘风必为之分心失神，就算自己擒拿不逞，其他的人也会趁此拿下殷乘风。

但坏就坏在他的"地心夺命针"太过有名。

当日群雄在安顺栈一役，韦鸭毛着了无情一口细针，以为是海托山的"地心夺命针"，登时吓得脸无人色，而众人俱为之心悸，要知道"鬼手神叟"的"地心夺命针"，能以地底行针，杀人于百步之外，而且针淬奇毒，无药可救，"天弃四叟"中尤以海托山和吴双烛武功最高，但海托山在武林中的名头要比吴双烛更响亮，便是因为这一手防不胜防、百发百中的"地心夺命针"之故。

殷乘风一见海托山要发暗器，就陡想起了"地心夺命针"的厉害！

他在猝然受袭的情形下，已不及进一步揣想判断，海托山的"地心夺命针"只向地下发针，再自敌人脚下空刺而出，怎会迎空扬手才发射？

他不及细想，只知海托山要发毒针，他决意跟他拼了！

他长身而起！

他的轻功，得自"三绝一声雷"伍刚中真传，迅疾仅在他剑法之下。

最可怕的是殷乘风的斗志。

他的斗志简直可比冷血。

愈受困，愈坚强；愈遇危，愈奋战。

他全身化作一道剑光，和身扑掠，急取海托山！

——以这一招之声势，竟是要与海托山拼个两败俱亡！

海托山大吃一惊，他本来就没有发出"地心夺命针"，现在也没有机会发出"地心夺命针"。

938

顾惜朝是唯一能及时阻止殷乘风全力一搏的人。

可是他并没有阻止。

他当然不阻止。

——不管是谁死了，对他都并无坏处。

他只等着殷乘风舍身搏敌。

他等着殷乘风施这一招。

殷乘风果然使出这一招。

海托山中剑即亡。

殷乘风也立时发现海托山并没有真的发出"地心夺命针"。

这时候，刘单云已一鞭击中他的左胁，顾惜朝的刀也钉入了他的背心。

刘单云形同疯虎，他知道海托山可以说是为抢救自己而死的，便向殷乘风发动了疯狂的攻击。

他们这四叟几十年来，也可以算得上是情同手足，甚至远比同胞兄弟还亲，同胞兄弟只是同一爹娘所生，但他们却一起度过无数险难。所以，刘单云制住吴双烛，原以为是为了老二好，决无意要伤害他。

海托山的死，使刘单云对自己这次策划的行动感到深深的歉疚，更矢志要把殷乘风立毙于鞭下。

铁手知道再闯不出去，今天便要四人都丧生此地，当下大喝一声，双掌在胸前一交。

黄金鳞挥刀进击，忽见铁手凝神运气，顿想起此人的内功，普天之下，能接得了他全力一击的，绝对不超过十人，自己若跟他正面交锋，岂不吃亏？当下急退，刀势转找赫连春水。

顾惜朝偷袭殷乘风一刀得手，豪气大发，又一斧向铁手当头砍到！

铁手吼了一声，双掌疾吐。

顾惜朝一见他发掌，立时急向后飞退，一面将斧收入袖中，两人相隔一丈有余，顾惜朝才运气全力硬接了这一掌。

顾惜朝只觉一股浑厚已极的内力撞来，不禁歪右斜左地退了八九步，才立得下桩子，也不觉太过血气翻涌，心里马上想到三件事：铁手内功，不过尔尔！难道是自己功力进步了？还是铁手重伤仍未痊愈？

就在这一犹豫间，只闻地上有人呻吟之声，一看之下，才知道地上倒了八九人，全是给自己撞倒的，这才明白：铁手是借自己的身体传达了他的内力，算准自己身旁这些人宁可吃撞，也不敢用兵器往自己身上招呼这点，一口气撞倒了八九人，把内力传击在他们身上！

顾惜朝又气又惭，一时之间，竟没勇气上前再攻铁手。

铁手趁此冲入阵中，一手挟住殷乘风，赫连春水那儿本正遇危，但戚少商长空而下，"碧落剑法"如大雨泼洒一般。一下子，倒了七八名官兵，戚少商一面叫道："从墙上出去！"

铁手挟殷乘风正要飞身而起，刘单云怒急攻心，一鞭砸去，铁手正要招架，不意给黄金鳞从旁偷袭得手，一刀砍在右臂上。

这一下，铁手右臂功力反震回挫，黄金鳞的"鱼鳞紫金刀"刀口卷起，几乎脱手飞去。

不过铁手也被阻了一阻。

这一阻之间，重伤垂危的殷乘风陡然蹿了出去。

这下子连铁手和刘单云都意想不到。

刘单云这一鞭，结结实实地横扫在殷乘风胸前，可以听到骨头碎裂的声音。

殷乘风的剑也刺中了刘单云。

刘单云只及时一闪，剑刺不中胸，但刺在臂上。

刘单云锁骨鞭登时落地。

赫连春水已疾闪了过来，双枪合一，一手挽挽殷乘风。

铁手猛一探手，已抓住了刘单云，连封他六处穴道。

戚少商当先飞掠而起，往墙上开路杀去。

顾惜朝一见戚少商，正是"仇人见面，分外眼红"，正要全力拦截，但戚少商已当先开路，赫连春水扶着殷乘风紧蹑而去，铁手挥舞刘单云，负责断后，一面大喊："你们谁要是发暗器，就先伤着他！"

顾惜朝对铁手自然有些顾忌，不敢贸然上前。

海府的高手投鼠忌器，也不敢追得太紧。

黄金鳞则叱道："放箭！"

往后追捕和四周埋伏的人，虽然被冲乱了阵脚，但仍各自为政地发放暗器、开弓射箭，铁手、戚少商、赫连春水、殷乘风脚下不停，直奔秘岩洞。

待脱离了这干追兵，铁手断后，伤得最重，至少中了三枚暗器，两支箭矢，刘单云则成了挡箭牌，被射成了一只刺猬似的，铁手长叹一声，心忖："天弃四叟"何苦要出卖朋友？自己可也没好下场！当下把刘单云尸首留在地上，忍痛拔去暗器，其中一枚还淬了毒，忙放血敷药，疾掠赶程时还默运玄功，强忍苦痛，逼出毒力。

要知道与人动手或施展轻功之时，实不可能同时运功调息。运气疗伤，铁手内力惊人，却可做到这一点，但也耗损不少真力。

殷乘风已奄奄一息。

他的目光已涣散。

现在谁都可以揣测出来，殷乘风的拼命杀敌，当然是为大家突围闯出一条血路，但他自己也实在不想活下去了。

伍彩云死了之后，殷乘风本就了无生趣。

一个人若无生趣，死反而成了乐趣。

殷乘风就是这样，他是在求死，不是在求存。

顾惜朝在他背后的一刀，和刘单云在他胸前的一鞭，都足以教他致命。

赫连春水一直背着殷乘风。

他万万不能让殷乘风死。

因为是他极力主张大队去投靠海神叟，结果，"天弃四叟"却出卖了他们。

这样一来，赫连春水觉得无异于他害死殷乘风的。

他更担心也会害了息大娘。

所以他急于要回秘岩洞，通知息大娘，甚至浑忘了自己身上的伤。

戚少商问："他们现在在什么地方？"

他指的"他们"，当然是息大娘他们。

铁手道："在秘岩洞。"

戚少商道："秘岩洞是什么地方？"

铁手道："离这儿只七八里路程，极其隐蔽，易守难攻，不过，却是'天弃四叟'所指引的地方。"

戚少商急道："那么说，那地方也一定有险。"

赫连春水即道："但我们不能不回去。"

戚少商道："当然不能不回去，我们得要通知他们。"两人话里，反都没提息大娘的名字。

铁手道："我已请大娘主持大局，并要勇二叔和唐老弟多加提防。"

赫连春水喃喃地道："但愿他们……没事就好了。"

铁手道："就算没事，官兵也定必早已包围了那儿。"

赫连春水诅咒起来："那四个老王八——这么说……？"

铁手道："这番要大伙儿冲出重围，可真要凭天意了。"

赫连春水道："好！凭天意就凭天意，冲回去大伙儿一块死。"

戚少商忽道："不对！"

他们三人边疾驰边交谈，脚下可决不慢。

赫连春水没料戚少商这么一句，问："什么不对了？"

戚少商道："大伙儿一起回去送死，岂不逞了姓顾的那狗官的心愿？何况，无此必要！"

赫连春水恼道："难道我们就任由大娘……他们遇危而不理吗！"

戚少商断然道："当然不！"

赫连春水狐疑地道："你的意思是？"

戚少商道："你们去请救兵，我回去就好！"

赫连春水忽然仰天大笑。

第一〇四回

江畔何人初见月？

戚少商不去理他，径自道："这件事本就由我而起，不能老是叫朋友为我送死。"

赫连春水冷笑道："我不是为你送死，我是为大娘送死。"

"我知道你愿为大娘死，"戚少商几乎是要求了，"但是如果你和我及大娘全都死了，有谁替我们报仇？"

赫连春水态度强硬地道："我不管！若不是我力主要投奔八仙台，也不致有此劫。这次可不是为你，为大娘，而是我连累了你们，我怎能不回去！"

戚少商急道："可是大家一起战死在洞里，对谁都没有好处。"

赫连春水冷笑道："我们已落到这种地步，还会有什么好处？"

戚少商道："你……"遂知道赫连春水是故意跟他顶撞，便强忍怒气。

奇怪的是，铁手忽然不做声，跟在赫连春水的后面，眼中只露出伤悲的神色。

赫连春水也平了一口气，忽道："你说应该要留下人来替我们报仇，我看倒有一个。"

戚少商会意过来，道："谁？"

赫连春水道："铁捕爷。"

铁手苦笑道："两位何把我独摒在外？"

赫连春水道："不是把你摒在外，而你在外，确是可以请救兵，再来解我们之危。"

铁手道："我现在也是'黑人'了，跟两位一样正受通缉，岂有救兵可请？再说，师父和三师弟、四师弟都远在京师，我现在已是朝廷重犯，只怕未到京城，早已被问斩二十九次了。"

戚少商道："无情兄正赴京师，请奏呈上，他嘱我先行赶来这儿援急。"

铁手只道："希望他一路平安。"

戚少商道："不过，你决不能跟我们一道。"

铁手道："为什么？"

戚少商指了指赫连春水背上的殷乘风道："因为殷寨主受了重伤，他必须要治疗，怎可重返洞里送死？"

赫连春水接道："对！他正需铁二爷为他疗伤护法。"

铁手只叹了一声，道："只可惜殷寨主再也不需要任何人替他护法了。"

戚少商闻言一惊，再看铁手的表情，已知道是怎么一回事。

赫连春水只一径地说："铁捕头，你可不要推却，殷寨主他——"忽有所觉，放下殷乘风一看，只见他脸若紫金，微含笑，已死去好一阵子。

赫连春水一时呆住了。

铁手叹息道："'武林四大世家'，'东堡'黄天星死于姬摇花手里，'南寨'伍刚中殁于楚相玉掌下，'西镇'蓝元山心灰意冷，出家为僧，'北城'周白宇自尽身亡，连'青天寨'的少寨主殷少侠也在这八仙台撒手尘寰，江湖寥落尔安归？未入江湖想江湖，一入江湖怕江湖。如果不急流勇退，这江湖路真是一条黄泉路。"

戚少商看见殷乘风死时的表情，反而是解脱了的样子：也许他觉得如此可以更接近伍彩云吧？

——可是息大娘呢？

——她安然否？

——如果你有了意外，我也只有像殷乘风一般，除死无他。

息大娘当然不安然。

铁手、殷乘风、赫连春水赴宴后，立即有人来献上佳肴酒菜，并勤加劝饮，这一来，息大娘等更起疑心。

息大娘表面敷衍，暗里叫勇成及唐肯仔细检验，果尔发现酒里有迷药，饭内有毒，梭巡的喜来锦等，更发现大队官兵，已包围岩洞四周，忙急报息大娘。

息大娘猝然发动，拿下了这四名送菜的人，然后企图率众冲出秘岩洞，并着人急报赫连春水等人。

不过，大军已把秘岩洞包围得似铁桶一般，息大娘率人冲杀几次，反而折损人手，十一郎也丧命在官兵的伏弩下。

息大娘情知硬闯不成，反而不如死守，秘岩洞得地势天险，一旦有了防备，反不易攻取，于是以逸待劳，与官兵做"拉锯战"。

息大娘心急如焚，但无法可施，只望铁手精警，能有所觉，不为埋伏所趁。

铁手等人杀出海府后，黄金鳞即放出信号，并飞骑截杀，更防铁手等渡易水逃离八仙台，故从四方兜截。

不料铁手、赫连春水、戚少商三人俱重义气，反扑秘岩洞，自官兵后方攻入，官兵一时大乱，当其时主将未到，惠千紫等指挥失策，只要跟息大娘等一齐发动，大可冲出重围，无奈洞中家眷委实太多，行动不便，众人又不忍骤舍老弱伤残而去，故而只是铁手、戚少商和赫连春水冲回洞内。

赫连春水当然仍背着殷乘风的尸首。

青天寨的人一见殷乘风毙命，人人义愤填膺，要与官兵决一死战，并要杀尽不仁不义的"天弃四叟"，铁手忙力加劝阻，说明妄动只有平添无谓牺牲。

这一来，官兵见铁手等人又回到秘岩洞，惊疑不定之下，也正中下怀，因为他们一入洞内，除非是变成尸首，否则谁都再也出不来。

至于洞内戚少商与息大娘乍逢，宛若隔世。

赫连春水却避过一旁，神情是忧伤而失落的。

铁手忙暗里着勇成和唐肯，跟赫连春水多交谈，赫连春水只心不在焉，怔怔不语。

原来戚少商赶去拒马沟，见官兵聚集，情知不妙，打听之下，才知道青天寨已为官兵所攻陷，戚少商一听之下，万念俱灰，本想把性命拼掉算了，但复一观察，只见官兵依然联营结阵，如临大敌，再做仔细勘探，才弄清楚原来南寨大队得脱，已渡易水，其中包括几个"主凶""匪首"，都能逃脱。

戚少商即渡易水，想到连云寨与"天弃四叟"素有深交，便往海府打听，却正好遇上霍乱步和两名连云寨旧部，正在"处理"巴三奇的尸首。

戚少商以前见过巴三奇，巴三奇虽然死了，他还是能认得出来。

戚少商亦认得出那两人是顾惜朝的部下，连云寨的叛徒。

戚少商更认出霍乱步。

这一下，霍乱步也发现了戚少商。

他反应奇快，立即叱令两名手下围攻戚少商。

这两名旧部一见是戚少商，毕竟是当家的，余威尚在，两人都吓愣了，但又不敢抗令，一个照面便被戚少商制伏了。

霍乱步却想趁此逃之夭夭。

戚少商挺剑直追，霍乱步撒腿就逃，不过他跑得再快，也快不过戚少商的"鸟尽弓藏"身法。

戚少商截住了他。

霍乱步怎敢跟戚少商单对单的交手？为了求生，居然给他想出了个办法：

"只要你不杀我，我告诉你一个大秘密。"

"什么秘密？"

"这秘密关系到铁手、赫连春水、殷乘风、息大娘还有每一个人生死存亡，你只要放过我，我便决不相瞒。"

戚少商为之动容。

他本来就知道，像"连云四乱"等只是小角色，他真正的巨仇大敌是顾惜朝、黄金鳞。

他也无意要马上杀死霍乱步，但却急于知道息大娘等的消息。

所以他同意。

他同意放过霍乱步。

霍乱步知道戚少商言出必行，向不失信，而且，就算不信任对方，他也无活路可走。

他为了讨饶，把顾黄二人在海府的一切布置，一五一十地全告诉了戚少商。

戚少商一听，知道大事不妙，忙点倒了霍乱步，赶去海府，依霍乱步所提供西墙跨院伏兵较少处，先截断炸药引子，再来个从后突击，把敌方布局冲乱，呼叫铁手等往此方向冲杀，果尔得脱。要不这一下子里应外合，官兵乱了手脚，铁手等趁此全力往大门冲杀，恐怕就难有性命重返秘岩洞了。

他们现在虽已留在秘岩洞里，可是，却冲不出秘岩洞。

秘岩洞通风口极多，而且洞深连绵，迂回曲折，如要用火攻，决无可燃之物，若要用烟熏，则官兵一近洞口，亦遭洞内群雄射杀，而且地近江边，水流入某几个洼洞里，风劲且急，无论火攻烟熏，俱奈何不得，食水也不成问题。

这样一来，双方对峙了超过十日。

最大的危机，是官兵倍增，而且更头痛的是粮食问题。

就算是再省着吃，粮食都快吃光了。

——该怎么办？

幸好那日官兵送来为"饵"的菜肴，除了饭、酒不能吃用之外，却是无毒，前数日倒是靠这些"菜肴"度过了几餐。

但却再也撑不下去了。

几日来，赫连春水的脸色都是沉灰灰的，没有多说话，只冷着脸，磨着枪。

枪愈磨愈利。

不管是他的二截三驳红缨枪，或那杆白缨素杆三棱瓦面枪，他都常磨，常看。

戚少商和息大娘经过多次的生离死别，依旧言笑晏晏。

有时候他们也会谈到雷卷和唐二娘，笑说希望他们好，他们快乐，他们永远也不要回来。

因为他们心里知道，这儿已是全无希望。

全无活命的希望。

到了第十二天的晚上，赫连春水开始谈笑，居然还以水代酒，祝息大娘和戚少商白首偕老，就在二人微微错愕之下，赫连春水一仰脖已干了杯。

他真把水当酒了。

后来他又交代"虎头刀"龚翠环一些话，大抵上是一些如果出得秘岩洞，要向赫连老将军转禀的话。

他们还曾聚在一起，在洞孔观察敌情。

官兵显然没有全力抢攻，只做全面监视。

他们显然都在等。

等他们的敌人粮尽力殆的一天。

其中在高地上，竖有几个大帐篷，其中最大的一顶，顾惜朝和黄金鳞常在彼出入，张扬猖狂，似料定"猎物"决逃不出他们手中一般。

戚少商等人的确逃不出去。

就以戚少商而言，曾经几次都逃了出去，但一样仍落在他们掌握之下。

他们已布下天罗地网，胸有成竹，且看何时才把网收紧。

息大娘看见顾惜朝和黄金鳞张狂跋扈的神态，忍不住哼了一声道："你知道我有多恨这些人？"

她依挨着戚少商说："只要有人杀了这两个人，我宁愿嫁给他。"

"为什么这世上总是小人得势。"息大娘叹息着道，"小人本就可恶，一旦得势，看他们的嘴脸，就更加可恨。"

这几面帐篷当然是主帅的行营。

除了顾惜朝与黄金鳞，当然还有一些将官、兵带、武林人物，还有吴双烛、惠千紫、"连云三乱"等。

赫连春水遥遥望见吴双烛，眼都红了。

他因为信任"天弃四叟"，所以才害得大伙全困在这里，虽然没有人直接责备他，但他也清楚洞里有多少双眼睛是在埋怨他、怨恨他的。

就算没有人斥责他，他心里仍在斥责自己。

他就是因为信任吴双烛，所以才去赴宴。

因为赴宴，殷乘风才会死。

殷乘风的尸体还在洞里发臭，青天寨的部下没有人会原谅他的。

赫连春水也不会原谅自己。

况且，他不止于不能原谅，还不能忍受。

他不能再忍受下去。

这应该是第十三日的凌晨。

他悄悄地爬起身，绑扎好了腕袖、裤管，带好了两杆枪，望了望灰黑沉沉的天色：

他本来很想再到上层洞里，去看看息大娘。

再看最后一眼。

息大娘是跟连云寨的女眷一起睡的，他本欲悄悄溜进去，但终于止步。

他怕再多看一眼，自己便会失去了勇气，再也走不成。

死不成。

他决定死。

只不过在死前，要手刃吴双烛，最好还能杀死顾惜朝，甚至也能把黄金鳞杀掉，那就更死而无憾了。

——他年，也许大娘会活得下来，跟她的孩子说：就是这样，赫连公子替我们出了一口冤气，要不是他……

想到这里，赫连春水的眼睛就湿润起来了。他心里暗骂自己：哭什么哭！大不了是死，身为将军之子，还怕死么？只不过，伤心的却不是死那么简单……

——可是，大娘已跟戚少商会上了面，自己还留在这儿干什么？这儿，已没有自己这个"局外人"可留恋处。

"方留恋处，兰舟催发"，赫连春水忽然想到这两句诗，外面夜深如水，月明如镜，今夕何夕？这样的一夕明月！这样一横大江！江水滔滔，江畔何人初见月？江月何年初照人？此时相望不相闻，愿逐月华流照君。

赫连春水凝望着月色，不禁痴了。

第一〇五回

江月何年初照人？

人生代代无穷已，江月年年只相似。

赫连春水忽然觉得很伤心。

他刚认识息大娘的时候，戚少商就已经在息大娘心里结成了临风玉树，形象无人可以替代。戚少商当年叱咤风云，黑白两道、英雄好汉，只要一听他的名号，都得叫一声："要得！"

而他自己呢？赫赫功名，将军之子，却不得大娘一昐。

他初见大娘，只觉得她除却风流端整外，别有系人心处，似是酒味摆得愈久，味道愈醇。这"系人心处"，日后就成了他念兹在兹、无时或忘的凄清处、心酸楚处、梦不成眠处。

直到他听说大娘终忍受不了戚少商的风流蕴藉，自创毁诺城，与戚少商为敌，他也不知是惊、是喜，但一犹疑三踌躇，未敢去找她，怕是乘人之危，怕是伊不理睬：

——若有戚少商，还说是因为戚少商之故，如果没有戚少商，大娘都不相就，他又如何自圆？又如何自处？更是情何以堪呢！

结果，他终于等到了。

大娘飞来传书，找了他来。

他一路春风中马蹄劲急，把心跳交给了蹄声。

结果，是大娘求他相助。

相助戚少商。

那时候，他的心已经死了。

——其实，他在"黑山白水"里，陷入危境，还给"金燕神鹰"追杀，躲入碎云渊里，全是他自己安排捏造出来的事。

他希望息大娘注意他。

他希望接近息大娘。

他愿意做一切卑屈的事。

那时息大娘仍主持毁诺城，他帮不了她，以她倔强的性子，也决不要人相帮，所以，他只好设下布局，反而是他自己先求息大娘相帮，这样，息大娘有难的时候，才会想到他这个人。否则，以"金燕神鹰"的"双飞一杀"，又有谁躲得了？就算铁手相救，也不一定能挡得住。

可是，他第一次知道可以"相助"息大娘，喜悦得一颗心都几乎飞出了口腔，结果，息大娘只要他帮戚少商。

还是戚少商。

永远是戚少商。

——一步错过，永远地错失。

——大娘真的从来没有喜欢过我吗？

——她真的从未爱过我吗？

赫连春水想到这些就心痛。这些日子来，他为她丧尽部下精锐，为她永生不能返京，为她消瘦为她愁，然而，只要天天与她在一起，在这些辗转的征战里，他却觉得幸福安详。

他明知她可能只想着戚少商。

也许在同一片明月清辉下，他想着她，她却想着另外一个人，但只要仍同在一片月华下，负伤忍痛，漫长岁月，他都无怨。

"清辉玉臂寒"，他想到她；"夜夜减清辉"，他也只想到她。

不知怎的，想到任何诗句，看到任何美景，他都想到了她，究竟他那颗心已完全是她的，还是他没有心了，她却拥有两颗心？

还是不止两颗？

尤知味背叛，他不恨他"背叛"，他只恨他不该"背弃"息大娘。功名利禄，怎能换半个大娘？他恨他愚昧无知，恨尤知味这样荒谬的抉择还要比恨他卖友求荣更恨得多了。

尤知味死了之后，只剩下了高鸡血。

他觉得高鸡血跟自己"同病相怜"，既是"水火不相容"，但也"志同道合"。而且，自己永远要比高鸡血高一筹，使他感到得意洋洋、足堪自慰。

正如他自觉永远要比戚少商矮上一截一样。

可是高鸡血也死了。

连番征战，终于还是被困在此处，他只觉得自己受再重的伤，都不能死，因为他要活着，活着照顾息大娘。

决不能死。

但俟戚少商回来以后，他觉得在这洞里，再也没有他立足之处：他们一群人被困在山洞里，唇齿相依，敌忾同仇，所不同的是，他觉得自己是一个人，困在自己的心洞里。

只有一个人。

像只有一个月亮。

多情却似总无情，唯觉樽前笑不成。蜡烛有心还惜别，替人垂泪到天明。

这云上的江月呢？照过大娘的玉臂，她姣好的脸，现在照进自己临死的眼里。

既然身在情在，身亡呢？

也许就没有情了。

所以他决定要走了。

临走前，看看月亮，想想大娘。

——十数年后，同在月下，大娘可会想起我？

赫连春水一笑。

笑容只一半，冻结在脸上，变成了无奈。

他提枪便走。

这两柄枪对赫连春水而言，真比任何人都亲。

因为每在他的生死关头，总是这两把枪替他解围、替他开道、替他枪挑仇人头。

这两柄枪，一柄就像是他的妻子，一柄就像是他的情人。

——他死了之后，枪会落在谁的手里？

本来一个人死了，便管不了那么多了。

可是他想把一柄枪送给息大娘，一柄枪陪他去做最后一次冲杀。

刺杀最后一个敌人。

挑下最后一回冲刺。

掀起最后一次江湖浪。

——不过大娘并不用枪。

他甚至不敢肯定，大娘会不会接受他的枪，正如他完全没有把握，大娘在他死后，会不会流一滴泪。

江月无声。

强敌满布。

他抄起了枪，立刻就要冲出去。

他只拿住了枪，并没有拿起了枪。

因为枪的另一端，被人执住。

一双清辉玉臂寒的手。

美丽的柔荑。

月下的人。

月影微斜，恰半地筛进洞里来。

一个柔生生的俏人儿，似笑非笑地凝睇着他，眼色却是幽怨的。

"你既然一定要去送死，何不把这柄枪送给我，留作纪念？"息大娘幽幽地道。

赫连春水只觉热血往上冲，一句话都说不出来。

"你如果不肯送给我，何不把它借给我，我跟你一起去冲它一冲？"息大娘仍在悠悠地说，"假使你都不愿意，那么，愿不愿意跟我再说几句话，然后才去死？"

赫连春水喃喃地道："我……我……"

息大娘"唉"的一声。

这一声叹息，把整座江上的月色，都愁了起来。

一时间，赫连春水心都疼了。

洞穴里有许多岩壁暗影，赫连春水只敢望着黯影，不敢看亮的地方。

亮光会反映泪光。

英雄有泪不轻弹，只是未到——

"你觉得守在这儿，是毫无希望了？"息大娘问，"横死竖死，不如冲出去杀一阵才死，总好过等死，是不是？"

赫连春水觉得息大娘很不了解他，所以道："不是。"

"你觉得应该要去行刺顾惜朝和黄金鳞，因为你对赴宴一事，十分内疚，想将功赎罪，是不是？"息大娘说，"还是你不同意我们枯守这儿、坐以待毙的战略，想去讨一个大功回来？"

赫连春水更觉得委屈，一股悲怆，哽在喉咙，反而淡淡地道："当然不是。"

"且不管是不是，"息大娘道，"你了不了解顾惜朝的为人、黄金鳞的作风？"

赫连春水心里只想说：你也不了解我，你不了解我！只口里什么都没有说。

息大娘道："顾惜朝的手段，是从不露出弱点可让人知道，如果他向你露出弱点，很可能那反而是他最强之处。"

她顿了顿又道："至于黄金鳞，他的退，往往就是他的进；他追的时候，反而很可能是退。如果他退了三步，可能是进了三步。这两种人在一起，摆明了那里是自己的总营，就算你进得去，那儿也只能是刀山火海、天罗地网等着你。"

赫连春水冷冷一笑：我本来就是去送死，我不在乎。你不会了解的。

"况且，最近这几天，他们已调集了各路兵马，各方高手，齐来对付我们。其中有黑道中极可怕的人物'血雨飞霜'曾应得，他是来借此和官府挂钩的，也有正道人物'豆王'欧阳斗，他长得一脸痘子，擅施的暗器也是豆子，各类各式的豆子，他这人一向持正卫道，但生性太直，可能只以为是官府剿匪，理应相助，被人利用尚且懵然不知，但此人武功极高，不可轻视。"息大娘继续道，"另外还有当年远征西域的'敦煌将军'张十骑，以及绿林道上第一把硬手'粉面白无常'休生，加上吴双烛与惠千紫，有这些人在，所以他们才好整以暇，不怕我们飞得上天。"

赫连春水淡淡地道："我们确是飞不上天。"他心中忖：但我却可以去死。

"但我却知道你不是为了这些而出去的。"

息大娘忽把话题一转。

"你是去送死的。"她说，说得很慢，很缓，很柔，"你是为了我才去送死的。"

赫连春水心头一震，忍不住又要去看她。

那梦里才能看得真切的女子。

"龚翠环都告诉我了。"息大娘说，"她说，你要她如果活得出去的话，求赫连将军派兵来助我，并助我重建毁诺城，说这是你死前的最后心愿……"

息大娘柔柔一笑道："所以她很担心。她是上了年纪的妇人，她虽然是你家的仆人，可是她当你是她亲生孩子一般，她告诉我，她不知怎么办才好。你实在不该叫她担心的。"

"不止她担心，我也担心。"息大娘柔柔地道，"你更不该教我也担心的。"

赫连春水一时嗫嚅不出半句话来。

息大娘又唤了一声。

江风明月，这一叹仿佛传了千古，传了万年，再自江风送来，耳畔乍听似的。

"我怎么不明白你的心意？"息大娘静静地说，"我明白你的心意。"

"大娘，我……"

"我陪了他这许多年，让你受苦这许多年，这些日子来，我发觉跟他，反而是义气的多。我实在应该陪陪你的。"息大娘轻轻地说，"我知道我这样说法，对他很残忍，所以还在逃难的时候，他还未重建连云寨之前，我还是会留在他的身边，不会离开他的。"

她一笑又道："虽然，我们都不知道，是不是还能活着离开这个地方。"

赫连春水只听得心头热血翻动，颤着声道："大娘，你是同情我，可怜我，才这样说的，是不是？"

息大娘平静地道：

"不是。"

"只不过，"息大娘隔了一会儿，才接道，"高鸡血死后，我这感觉，才分外强烈些。"

赫连春水激动得走前一步，两手搭在息大娘肩上，忽又觉唐突，忙缩回双手，只说："可是，不可能的，你……"

"少商没有来，我食不安，寝不乐，"息大娘清清地道，"现在他来了。我当他是大哥，一个相依为命的人，这些江湖岁月里，愈渐觉得，我想助他复仇，但我想陪你过一辈子。"

她的脸靥如同明月一般皎洁："因为，我已害了你半辈子，我从来未曾陪过你，你却在困难危艰中，伴我共度。"

她握着赫连春水的手，说："所以，你不要去送死，好不好？"

她眼里也闪着泪光："好不好呢？"

赫连春水只觉得自己沉浸在一种极大的幸福之中，几乎喜乐得要大叫出声，只喃喃地道："大娘，大娘，红泪，红泪，我好开心，我好快乐……"

息大娘嫣然一笑。

赫连春水忽想起什么似的，说："可是，戚寨主那儿——"

"等一切平定了之后，我才告诉他。"息大娘坚定地道，"只要他能复起，只要他能报仇，我便不欠他什么了。"

她说："他也不欠我什么了。"

潺潺江流。

悠悠明月。

月亮像恋爱一般轻柔地爬满了山壁、岩洞、穴孔、土坑……

再明丽的月亮，也照不亮所有的暗处。

这层山洞里最暗的一个地方，有一个人，就在这个时候，踩在洞里最暗的黯处，离开了这儿。

他离得好远，身影踉跄，像受了重伤一般，转入了几个山洞，才敢把忍住的咳嗽，轻而沉重的咳了出来。

他咳的时候，全身都在抽搐着，像把肺都要咳出来似的，他双肩高耸了起来，月亮映照下，就像一只濒死的白鹤，看去竟有些似雷卷。

他当然不是雷卷。

他是戚少商。

由于他只有一条臂，所以看去更加伶仃、更要凄寒，分外单薄，分外枯寂。

——大娘，你不明白：纵使我得到了全世界，而失去了你，我究竟得到了些什么？如果我没有了你，我是什么？红泪，原来你并不明白我，一点都不明白我，一直都不明白我！

戚少商觉得喉头发苦，吐出来竟是血。

原来血是苦的。

这些日子以来，常常受创，伤未痊愈，吐血并不异常，但所有的创伤加起来，总不如这一刀深。

——因为这刀是你砍的，大娘。

戚少商长吸一口气，他明白自己不能再欠负累息大娘，可是，从第一次乍逢惊艳，他们离离合合，争争吵吵，几时静息过？如许岁月，如许忧欢。他辉煌时，只希望辉煌给她看；而她美丽时，只希望美丽给他看。可是一个美丽，一个辉煌，总是错过了，从今生今世，就不能偿补了……月光，月光真是寂寞如雪啊。

戚少商关切洞里洞内的一切风吹草动，他也察觉赫连春水不大对劲，所以暗中留意他的行动，但却无意中听到了息大娘这番话。

他白衣苍寒。

剑若青霜。

唇紧抿。

鼻高挺。

人傲。

可是他已经死了。

他的人还未死，可是心却死了。

自从听到这一番话，他就等于不曾活过。

晓镜但愁云鬓改，夜吟应觉月光寒。

我会成全你的。戚少商心中只有一句句如一刀刀砍着的话，我会成全的，大娘……就像你当年曾为我念：

"思君如明月……"

思君……

明月……

江水滔滔。

何年初照？

戚少商忽然升起了一句自拟的诗：

为情伤心为情绝

万一无情活不成

他一笑。笑得比哭还无依。

直至"天亮"，他才发现自己未曾死去。

而且仍在活着。

悲悲哀哀般活着，然后装得快快乐乐。

——这种活着，是不是比死还难受？

——这样活着，是不是比死还像死？

戚少商抚摸自己断臂的伤处，仿佛，断臂才是昨夜的事。

第一〇六回

生死有情

就算不是因为饥馑，群侠在洞里再也耽不下去了。

因为易水涨了。

由于天气的变化，影响水流，水浸入洞，低洼的地方就变成一片水泽，逐渐只剩下两成不到的洞穴，可以避免水淹。

官兵现在只需集中监视那几个较高的岩洞，便可以控制群侠的一切举措。

勇成本来建议大家不妨借水浸入岩洞时，反逆游出去逃生，但这条路却行不通。

因为洞中的人，大多数是旱鸭子，而又多有家眷，逆水潜泳出江口，这不但要水性很好，而且也是凶险无比的事。

更何况官兵早已部署停妥，江上早停着数十快艇、篷舟、风船，严加把守，而监守江面的高手，除了统管水师的"铁桅"陈洋之外，还有"三十六臂"申子浅和"血盐"侯失剑。

侯失剑和申子浅原本是尤知味的结拜弟兄，是黑道上字号叫得极响人物，可能是得悉尤知味丧命于青天寨之故，全都加入官兵的剿敉行动中，寻图报复。

像这样的铜墙铁壁，任谁都闯不过去。

就算能闯得过去，也必已张结天罗地网。

但留在洞里，也不是办法。

剩下不为水浸之地，也常受攻袭。

官兵不住射来火箭，着地即燃，原本洞穴毗接，不难闪躲，但如今全都聚集在几处，加上家眷的负累，以及饥饿的困扰，群侠实在疲于应付、枯守不下去了。

他们终于明了了：官兵为何一直只团团围住，迟迟不发动全面攻势，原来就是要等江水涨升。

这一等，官兵声势愈来愈壮大。

群侠愈来愈疲弱。

这一战不必交手，就已经知道结果。

其实，像铁手、息大娘、勇成等都可以先潜泳出去，或许能够逃得性命，不过，这时候，谁都不忍心把其余的人撇在这里、置之不理。至于戚少商、赫连春水、唐肯都不谙泳术或不善泳，根本就无法可施。

他们无法可施，官兵却步步进迫。

他们以铁盾护身，结成数百人为一队，迎面拢近。

铁手知道他们再不出去应战，恐怕就得被人迫死在洞里了。

如果出去应战……

——这一战的后果将不可收拾。

一个人到了无可选择的时候，也就是最悲哀的时候。

可惜人常常都会遇上这些时候。

一群人有时也会遇上这种情形。

现在他们就遇上了这种情形。

那有什么办法呢？铁手忽然哈哈大笑，笑声响遍洞内，他长吟道："天地长情，人生常哀，生死何足珍！人只要死得坦荡、死得其所，也不枉此一生了！"

戚少商叱道："好！"喊到一半，扬手接下一箭。

铁手豪笑道："你这半个好字，足以击碎半壁江山！"

息大娘叹道："可惜就是这些人，只忙着对付自己人，却任由鞑子蹂躏我们大好河山！"

赫连春水红了眼睛："好！咱们是大金殿前永不后退的龙，纵相忘于江湖，不见于天地之悠悠，也不枉相识这一场！"

铁手见敌兵的铁盾阵已逼近洞口，知时间无多，长笑道："只惜追命三弟不在，否则，当在出战前，痛饮三百杯！"

戚少商大声道："可惜劳二当家、阮老三、穆四弟……都不在此，否则，咱们可以好好地杀上这一场！"

"无情师兄若在，他一定冷静沉着，决不慌惶。"铁手喃喃自语，"小师弟若然在此，一定早已奋身出去拼命！"

却忽然听到一名青天寨徒众低声叹道："唉，殷寨主已去世，我们怎抵挡得了……"

铁手听得一声怒吼，道："但使龙城飞将在，不教胡马度阴山！管他谁在，咱们就拼了这一场！"

一语方毕，他已双掌一挫，当先冲出去！

戚少商看了息大娘一眼，那一眼里，千言万语，无穷无尽。

息大娘忽然觉得，她在此时此际应说一些吉利的话，便说："我们都要活着，而且要好好地活下去。"

戚少商一点头，提剑冲出。

息大娘也跟着掠了出去，只觉一人也紧蹑而出，正是赫连春水！

群侠一旦涌出，本来千数强矢就要射来，但这时"铁盾军"离洞口已近，若攻箭恐会伤及自己人，便不敢贸然发弩。铁手第一个跃出，以沛然的掌力冲开铁盾铜牌的几个缺口，官兵一时阵乱，群侠相继冲出，一拥而上，与官兵分别厮杀起来。

这一来，正是杀声震天，风云变色。

官兵比群侠人数多出十倍都不止，而且不急于歼灭，把水面和岩洞四周紧紧包围着，务使不让有漏网之鱼。

赫连春水只想拼命。

他找上吴双烛。

他因为信任吴双烛，才会有这样的结果。

殷乘风的死，他一直耿耿于怀。

吴双烛也恨透了赫连春水。

因为当他穴道被解后，发现自己三个结拜兄弟：刘单云、巴三奇、海托山，尽皆死了，悲痛使他无法去深究是谁杀了他们，他只想为兄弟们报仇！

吴双烛的折铁雁翎刀和赫连春水的白缨素杆三棱瓦面枪，斗在一起，一时势均力敌，但"血雨飞霜"的三廷狼牙穿，加入了战场，赫连春水立时左支右绌，险象环生。

戚少商单臂挥剑，连杀数人，顾惜朝的一刀一斧，已找上了他。

两人仇人见面，分外眼红，招招抢攻，要拼出生死，可是老奸巨猾的顾惜朝，怎肯单打独斗？"粉面白无常"休生，手持十三节骷髅鞭，步步紧逼，戚少商单剑敌四手，迭遇险招。

这群人中，自以铁手为最强。

他一下子就钉上黄金鳞。

只有把黄金鳞拿下，或能使部分人安然脱险；至于自己，铁手早已豁出了性命。

黄金鳞的鱼鳞紫金刀，刀风霍霍，同时"敦煌将军"张十骑和"豆王"欧阳斗，一个挥舞虬龙杆棒，一个以九合无丝锁子枪，三人联手合攻铁手，铁手纵有天大的本领，要孤掌击败这三名一流好手，又谈何容易？更何况是铁手身上仍负伤不轻！

息大娘、唐肯、勇成领着属们退到江边，"铁桅"陈洋的大力黄金杵，运舞如风，独斗龚翠环和喜来锦，息大娘却给"三十六臂"申子浅的三棱透骨锥牵制着，加上"血盐"侯失剑的锐钢虎头刀，缠战不休。

唐肯和勇成双双苦斗惠千紫的短锋锯齿刀，"连云三乱"趁机率兵冲杀，一时间各路人马，都杀得鬼泣神号。

群侠落尽下风。

冯乱虎、宋乱水、霍乱步三人趁乱找便宜，钉上了唐肯与勇成。

他们都试过息大娘、铁手、赫连春水、戚少商的厉害，便专找弱点子下手。

唐肯和勇成便是他们认为的弱点子。

三人一加入战团，唐肯和勇成怎支撑得住？"连云三乱"为讨好芳心，更加费力进攻，勇成一双铁脚，才把霍乱步踢飞，惠千紫已一刀刺入他的后心。

勇成半声未吭，唐肯却大吼一声。

唐肯大刀飞砍惠千紫。

惠千紫急退，刀势一划，鲜血飞溅！

唐肯正要追击，勇成已闷哼倒下，宋乱水和冯乱虎也缠住了他。

就在这时，"虎头刀"龚翠环也着陈洋一杵，吐血踣地，巡捕班头喜来锦情势更为凶险。

惠千紫一刀得手，见唐肯被"连云三乱"苦缠，又想再暗算一记，忽然，勇成跃起，一脚踹在她的背上。

惠千紫哀叫一声，翻空出刀，一刀砍在勇成额上。

勇成不闪不躲，凌空出脚，又踢中惠千紫腰肢，惠千紫远远地飞了出去。

"连云三乱"登时无心恋战，掠去看惠千紫的伤势，却见惠千紫连受两下重踢，只剩下了半口气，眼看是活不成了。

宋乱水怒道："是不是！我都说不要争了，现在她快要死了，还抢个什么！"

冯乱虎嘿声道："你还来怨我们！不是你先争，又有谁跟我争！"

霍乱步也愤愤地道："现在还争个屁用！人都快要死了，放着个标致的美人儿，连用都没机会用上一次。可惜，可惜！"

宋乱水不甘心地道："都是黄大人，不是他一直占用着，说不定她早就对我们千依百顺了！"

霍乱步低声叱道："住嘴！你敢在背后说黄大人的坏话！"

宋乱水吐舌道："不敢，不敢。"

冯乱虎没精打采地道："敢不敢都没用了，人快要死了，嗳，让我摸一摸也好。"

宋乱水一把砸开他的手掌，喝道："别动她！她是我的！"

霍乱步冷笑道："谁是你这个傻蛋的！你别欺负死人不会说话！"

惠千紫其实还没有死，她只是在弥留状态，周遭的喊杀声，仿佛已离开她愈来愈遥远，倒是这"连云三乱"的争吵，在耳边愈是清晰。

她听到了这些话，临死前，真不知有什么感觉。

惠千紫死了。勇成也死了。

这些死亡仅仅只是开始。

"连云三乱"一退，唐肯立即忍痛地扶着勇成，但谁都知道勇成是断了气了。

他临死前的一击，毕竟也把仇人杀死。

唐肯噙着两眼的泪，挥刀狂斫陈洋，与喜来锦双斗陈洋的大力黄金杵。

但那边的战团又见了血。

赫连春水的"残山剩水夺命枪"，以拼命枪法，一枪刺中吴双烛。

吴双烛也一刀砍中了他。

吴双烛倒地呻吟，"血雨飞霜"曾应得的三廷狼牙穿却对赫连春水展开疯狂地攻击。

赫连春水的白缨素杆三棱瓦面枪被砸飞，他立即拔出二截三驳红缨枪，继续苦战"血雨飞霜"。

不过，他自己心里非常清楚：

不出十招，他就要死在三廷狼牙穿下。

——大娘，大娘，我也要死了……

——大娘，就算我死，也要多看你一眼……

他勉强撑持，放眼望去，却看不见息大娘。

他原本一直都有留意息大娘的位置，知道息大娘正与申子浅和侯失剑苦斗，片刻里还不致落败，但现在竟没有了息大娘的踪影。

他这一惊，真是非同小可！

这一分心之下，手中长枪，又被震飞。

"血雨飞霜"的三廷狼牙穿，像十只穷凶极恶的野狼，同时张牙舞爪，向他噬来。

——大娘！

"大娘！"

你在哪里？

——你在哪里！？

息大娘仍影踪不见。

一个人却无声无息地逼近他背后，他感觉到了，却不知是谁。

他立时变得背腹受敌。

他知道他完了。

他一生人最遗憾一件事：从他身死前的最后一眼，也还是看不见息大娘。

看不见息大娘！

看得见又怎样？

看不见又如何？

但对赫连春水而言，这时候不知息大娘安危，是比死还痛苦的事。

可是戚少商呢？

他本来还可以勉强应付，但听赫连春水这一声凄喊，他心一乱，忙放目搜寻息大娘，左胁立即着了"粉脸白无常"的一鞭。

顾惜朝立时攫向他。

刀。

斧。

戚少商惨笑：自己终于还是要死在顾惜朝的刀斧之下。

他以青龙剑强撑数招，但眼睛还在到处搜寻：大娘大娘你在哪里？

生死已变得不重要。

息大娘的安危才重要。

世上的长情，已逾越过生，逾越过死，比生死还不朽无尽。

但人生却有尽头。

人生的尽头就是死。

人一死了，人生的路便走尽了。

千山万水，除情以外，都是寂寞独行路。

其实寂寞伤心，又何能除却情之一字呢？

在赫连春水与戚少商遇危的同时、死前的一刹，同时只想到息大娘，同样只关切息大娘。

两个不同的人，同一的境遇，同一的心情。

情之伤人，情之动人，一至于斯，一至于此。

第一〇七回

我们又在一起了！

铁手怒吼。

因为他同时发现：戚少商危殆、赫连春水凶险。

他内力源源迫发，双掌拍出，左击黄金鳞，右劈张十骑。

张十骑、黄金鳞一齐被他掌力迫退丈外。

可是，欧阳斗突然袖子一扬。

天色忽然一黯。

至少有三百颗豆子，一齐像马蜂一般的向他叮来。

铁手吐气扬声，双掌上扬，将豆子激飞天外，向官兵丛中迸射而去。

官兵们一阵惶叫急喊，哎唷连声，竟倒下了一二十人。

铁手才向上推出，欧阳斗双掌已分别拍中铁手胸前！

铁手大喝一声。

欧阳斗也喝了一声。

铁手连中两掌，晃也不晃一下。

欧阳斗喝了那一声之后，却立步不稳，连退七八步。

不过，张十骑却似一阵旋风般到了铁手身前。

他刚才被震飞出去，但足不沾地的又似一阵风地"刮"了回来。

他手中的虬龙杆棒，横扫铁手。

铁手双肱一沉，硬受一击。

张十骑打横退出十一步，只觉血气翻腾，想叫一声："好！"但一开口，喉头一甜，几乎吐血。

铁手以一身精湛的内功，连挫二大高手，可惜，他没有第三只手，也没有人来让他缓一缓气。

黄金鳞已绕到他背后，一刀砍在他背上。

突然，一把剑，窄、长、尖而锐，颤动而迅急，无声无息，发现时已急挑黄金鳞握刀的手腕。

黄金鳞暗吃一惊。

他虽巴不得手刃铁手，但总不成为了杀铁手而丢掉一只臂膀，更何况大局已定，杀铁手是迟早的事，也不争在一时。

他急忙缩手，回刀，一刀反砍来人。

他不砍还好。

一砍，那人不闪，不避，一剑反刺他的胸前"膻中穴"。

黄金鳞又是一凛，这人应变怎么这般迅急？莫不是殷乘风未死？忙连退三步，刀势一变，飞斩那人手腕！

殊料那人不退反进，剑势直刺黄金鳞咽喉！

一招比一招狠！

一剑比一剑绝！

黄金鳞怪叫一声，猛一吸气、全身一缩，这时可见出他养尊处优但一身功夫决未搁下，在这等情形下，仍能以大旋风转身，跺子跟脚，一刀反撩对方下颚。

不料那人剑势顿也不顿，如流星闪电，在黄金鳞刀意刚起、刀势未至之际，已剑刺黄金鳞的眉心穴，攻势绝对要比殷乘风的快剑还要凌厉百倍！

黄金鳞甚至可以感觉到剑锋砭刺额肤的寒悸。

——这人竟不要命了！

——怎么招招都是这种玉石俱焚的抢攻！

——怎么剑剑皆是这般两败俱亡的打法！

黄金鳞也是应变奇速之人，当下双腿全力一蹬，全身铁板桥、鹞子翻身、细胸巧穿云，三记身法，一式同施，险险闪开一剑，眼前只见一个坚忍而英挺的年轻人，手里有一柄剑，而那柄剑现在又追叮自己的咽喉！

黄金鳞此惊非同小可，心念电转。

——这是谁！？

——难道是他！？

黄金鳞猛想起一个人。

一个传说中的人。

在江湖上，每个人都听说过他的名字，不过，在武林中，谈起这个人的时候，通常都把他跟其他三个人的名字并列。

他是谁？

欧阳斗又要撒豆子了。

他一扬手就是一蓬豆子：其中包括蚕豆、绿豆、红豆、黄豆、黑豆、青豆、扁豆、大豆、巴豆……有软有硬，有大有小，但在他手中撒来，都是比暗器更厉害的暗器。

他撒向铁手的面门。

铁手只要中了这一把，脸孔就要变成麻蜂窝一般。

不过，他也知道这一撒手未必能伤得了铁手，所以，真正的杀手，是在九合无丝锁子枪，正倏点刺戳铁手的下盘。

他已看准铁手的一身功夫，主要在一双手上。

一个人花太多时间在一双手上，下盘功夫就难免有点欠缺，反之亦然。

欧阳斗的眼界极准。

他看对了。

但做错了。

因为他的豆子，忽然纷纷落地。

每一颗豆子，都被击落。

是被暗器击落的。

暗器极细，包括有：蜻蜓镖、黄蜂针、丧门钉、恨天芒、透骨刺、天外游丝、金蝇珠、情人发、珍珠泪等等绝门暗器。有的暗器，连名称也没有；有的暗器，当今武林已无人会使；而今却在同一人之手、同一刹那间全使出来，把自己撒出的豆子，尽皆击落。

欧阳斗大吃一惊，那一枪也刺不出去了。

他抬头一望，只见一个苍白而冷俊的青年，双腿盘膝而坐，不知何时已在自己身前，正冷冷地瞧着他，冷冷地说了一句："你如果还有豆子，不妨把它都撒出来。"

欧阳斗蓦地想起一人，失声道："你——"

那青年微微一笑，笑时也寒傲似冰："你有豆子，我有暗器，公平得很。"他目光流露出一种极度的自傲与自信，"我一向十分公平。"

然而他只是一个残废。

天底下有哪一个双腿俱废的人，能有这等自信，还有这手能令人动魄惊心的暗器？

有。

至少有一个。

不过这个人，通常与其他三人并称。

他是谁呢？

张十骑把虬龙杆棒飞舞狂旋，怒击铁手！

他恨铁手，身为公差，又贵为御封"名捕"之一，居然还勾结匪党，他一向公正严明，所以更要把铁手这等"害群之马"铲除！

他这一棒，足可开山裂石。

但这一棒，却打在葫芦上。

"砰"的一声，那葫芦却不知是什么制成的，居然打不碎，完好如常。

这一击，却击起葫芦嘴里的一股酒泉，直喷到他脸上！

张十骑忙挥袖急退，但仍给不少酒珠溅在脸上，只觉酒沾之处，一阵热辣辣的痛，以为是毒液，急乱了手脚。

只听一人笑道："这只是烈酒，决不是毒酒！"他一面笑着，一面说话，一面出腿。话说完这一句，已踢出五十二腿，张十骑只觉脚影如山，杆棒左拦右架、上封下格，却抵挡不住，一口气几乎喘不过来。

那人一轮腿踢完，停了下来，又咕噜噜地喝了一大口酒，笑问："怎么？你休息够了没有？"

张十骑心中一动，倏地想起一人，正要发话，那风霜而又豪迈的人大笑道："你歇了口气，我可又要来了！"全身飞起，双腿比手还灵活，一连蹴出一十六腿，每一脚踢出来的角度，都诡异莫测、匪夷所思！

张十骑连忙全神贯注，竭力应付，心中却想：

难道是他？

谁是他？

他是一个名动江湖而游戏人间的人物，不过，黑、白两道提起这个人名字的时候，通常都把他和他的三位师兄弟的名字并提。

——他是谁呢？

铁手一见这三人，血气上冲，豪兴斗发，神威抖擞，容光焕发，忍不住大声叫道："你们来了！"

冷俊而残废的白衣青年笑道："遇上这种事，我们怎能不来？"他这样笑的时候，就不那么寒傲了。

沧桑而戏谑的中年人笑道："我们是来迟了，但却一定会来。"他笑起来，很有一股洒脱的味道。

英俊而坚忍的年轻人也笑道："我们终于来了！"他笑起来十分英俊好看。

一时间，四个人忍不住一齐欢忭地道："我们又在一起了。"

他们虽在说着话，但各人手下腿上，都不歇着。

黄金鳞、张十骑、欧阳斗的心一齐往下沉，因为他们都听说过一句话：

一句江湖上流行了很久的话：

一句已经可以算得上是武林里至理名言的话：

"'四大名捕'，天下无阻；

四人联手，邪魔绝路。"

他们是"四大名捕"。

白衣残足的是大师兄无情，沧桑中年人是三师弟追命，年轻坚毅的是小师弟冷血。

他们当然都有自己本来的名字，可是因为他们的外号太出名，所以江湖上知道他们原来名字的人，反而不多。

他们当然是"四大名捕"。

"血雨飞霜"的狼牙穿，穿不过赫连春水的身体，因为息大娘已抢近赫连春水背后，用她的七色小弓，射出了她的暗器："刺猬"，倒穿过了他的掌心。

"灭魔弹月弩"的威力，非同小可，何况是在近距离发射，"刺猬"更是绝难应付的暗器，曾应得闷哼一声，三廷狼牙穿落地，捂手急退。

赫连春水忘了一切，只喜叫道："大娘……"心头一酸，几乎落泪。

戚少商当然也没有死在顾惜朝的刀斧之下。

因为戚少商身前突然多了一个人。

一个又瘦、又弱、又青、又白、又病、又怕冷，身上穿着厚厚的毛裘、两眼有点发绿、两颊微呈火红色的人。

这个人瑟缩在毛裘里，可是顾惜朝一见到他，就像见到鬼一样。

因为他的鼻骨，便曾是因此人弹指而碎的。

他在此人手下吃过大亏。

这个人，当然就是——戚少商喜叫道："卷哥！"

江南、霹雳堂、雷门、雷卷。

息大娘为何"不见了"？那是因为唐晚词突然在战团出现，双刀一掣，先发制人，各伤了申子浅和侯失剑一刀，唐晚词和息大娘两人又在一起，双刀短剑一绳镖，相视一笑，息大娘即转去其他战团援助，并及时解救赫连春水之危，唐晚词则与喜来锦、唐肯力敌陈洋、侯失剑、申子浅三人。

张十骑又惊又怒，急叱道："你们要造反不成！'四大名捕'——"

话未说完，陈洋已挨了一名自旁闪出来的巨斧大汉一肘，哇地口吐鲜血，眼见是无力再战了。

无情淡淡一笑道："要是造反，我们怎突破得了你们重重军马，直入战团？"

追命笑着又灌了一口酒，接道："我们当然是奉命而来的。"

张十骑是威镇边疆的大将，他立即问："奉命，奉谁的命？"

冷血截道："奉圣上之命。"

这句话一出，众皆动容。

黄金鳞见势不妙，即道："圣旨何在？"

追命道："马上就到，我们怕贻成大错，先行一步，来阻止你们下辣手。"

陈洋是水上将官，他忍伤问："我们凭什么相信你们说的是真话？"

"我们说的当然是真话。"无情伸手一引，人群立分，只见有三人三骑，并策而来，后面跟着大队兵马，全是隶属京师的亲兵。

黄金鳞一望，只见三骑均是气派非凡，官服官靴，左首边是名武官，紫膛脸，深目浓眉、面色红润；右首是一名带刀侍卫，但官衔极高，青子官靴、四开气儿夹褶大褂，红布刀衣，目含神光，顾盼间一团正气；居中的是一名老太监，面如蟹，色近青砖，白眉如雪，唇角下撇，威仪肃肃。

黄金鳞心往下沉，因为来的三人，左边的是傅相爷得力亲信，亦在朝中当一品官的龙八，右首那边的是诸葛先生为皇帝布防的带刀一等侍卫副头领舒无戏，而居中的太监，是皇上的近身，宫中人都称之为"米公公"，听说一身内外功夫，已高到不可思议的地步。

这一下子，来了三个人，全是朝廷中的要人，而且，其所属均大不相同，其中米公公口中说出来的话，几乎已等于圣旨一样，至于龙八和舒无戏，也足能代表傅丞相和诸葛先生。

黄金鳞的心往下沉，顾惜朝的心也往下沉。

他们立时拜见三人。

他们心中唯一的寄望是：幸好傅相爷的亲信龙八也来了，如果万一有什么不利的变化，龙八一定会挺身相护的。

可是最令他们心惊肉跳的话，便是由这人的口中说出来："黄金鳞、顾惜朝，枉朝廷予你们重任，丞相大人提拔你们，你们竟私下勾结，擅下军令，逼害忠良之士，这还成何体统，像什么话！"

这句话犹如晴天霹雳，黄金鳞、顾惜朝震愕当场！

其他如陈洋、张十骑、欧阳斗、休生、曾应得等，始知事有蹊跷，面面相顾，只怕大祸临头，作声不得。

黄金鳞颤声申辩道："下官知罪。下官有要情相禀……"

龙八吃喝道："还狡辩什么，圣旨马上就到了，你还狡赖，想罪加一等是不是！？"

黄金鳞这回三魂吓去了七魄，全身抖索了起来，只顾跪地求饶。

顾惜朝毕竟是武林中人，有点胆识，忍不住抗声道："禀各位大人：小民任敉匪总指挥一事，确是丞相大人委派，小民怀里还有委任状——"

"胡说！"龙八截叱道，"丞相大人早已飞骑追回委任书，要你们缴回印信，你们一直延展不从，而今还在此狡赖不成！"

顾惜朝心中叫起撞天屈来，那居中的太监忽道："你们辩也无益，圣旨由杨公公亲奉，片刻就到，我们跟四大名捕先赶前头，制止你们草菅人命。"

陈洋在旁忍不住道："可是……他们的确是盗匪啊……"

话未说完，龙八喝道："来啊！"

后面的亮花顶、开雕袍的武官，齐喝吆一声，垂手领命，龙八道："拿下此人，先掌嘴三十，押待后审！如有纵容，小心你们的脑袋！"

八名武官齐声道："是。"

一齐过去把陈洋控背一扳，四把厚背朴刀交错架着脖子，噼噼啪啪的连声掌嘴，也不容他再作申辩。

这一来，人人都噤若寒蝉，哪敢再分辩半句？

第一〇八回

危机

局面已完全控制下来。

戚少商、息大娘、赫连春水、唐肯的噩梦已过去。

云开见日。

奉圣旨的杨公公虽未到来，但米公公、龙八和舒无戏来了，从他们的言谈举止，看来局面已有了翻天覆地的大变化：

黄金鳞、顾惜朝、文张等已失势，他们的上司为求自保，不惜"弃车保帅"。

于是黄金鳞和顾惜朝，不但无功，反而有过，戚少商、息大娘、雷卷、铁手、唐肯等，却获得"平反"。

果然如此。

直至杨公公在军队簇拥下赶到，宣读圣旨，准予戚少商重建连云寨，息大娘重整毁诺城，并拨大量银饷以示支助，而"匡护良善"论功行赏的名单竟是赫连春水、唐肯、高鸡血、韦鸭毛、殷乘风、雷卷等人。

不过，对黄金鳞、顾惜朝等人，也并无责罚，只不过"留候查办"。

为什么会有这样的剧变呢？

一些被追杀千里、家破人亡的"通缉犯"，突然摇身一变，变为受朝廷封赏的"忠臣烈士"；一些追击穷寇、赶尽杀绝的朝廷鹰犬，突然权势倾覆，变成戴罪之身惶惶然不知自处。

——这算什么!？

对流亡数千里、辗转数十战、友死亲亡、家散业毁的戚少商而言，心中只有荒谬二字！

——这算是什么朝廷封赐!？

——圣旨又如何!？

他本来就是反朝廷的劣政，抗旨又何惧!？

无情却由银剑和铁剑扶上了木轮椅，推了近来，低声在他耳畔说："戚寨主，这是你唯一翻身的机会，就算你不为自己着想，也应为维护你的朋友打算，你们当然不想一辈子流亡无终日，一世人受官方通缉，你领旨谢恩，只是权宜之策，莫忘了若能报仇雪恨，又何必在乎眼前忍让？"

戚少商低声道："我明白。"

他明白。

他明白他自己的处境。

他明白应为大局着想。

他明白他们的心意。

他更明白，他要报仇，为死去的人报仇，他不能让他们白白送命，为了复仇，他不惜牺牲一切。

复仇的力量，往往要比爱来得更大，更强烈。

很多人能够成大事，便是因为善用这两种人类天性所形成的力量。

这种力量决不应被低估。

这两种力量，也往往形成分歧，成为一正一邪相持的势力。

戚少商等人，要到后来才完全明了个中的变化。

无情、唐晚词、雷卷、银铁铜三剑、郗舜才、巨斧仆、宾东成等自猫耳镇一役，格杀文张后，要郗舜才、宾东成仍留守南燕，余人护送无情，日夜兼程，赶返京师，竟比预期中早到五天。

无情在京师外五十里，已请较不为人注意的巨斧仆和铁剑，潜入城中，暗中知会诸葛先生。

这一举是为免蔡京及傅宗书的人派人拦截，以"通匪"之罪杀人灭口。

诸葛先生一旦得悉，即亲自出城，接返无情。当下诸人定计，由诸葛先生面圣，用极隐晦而含蓄，但又使当事人必当分明的语言劝谕：若再追杀连云寨的人，只会逼戚少商把"证物"公之于世，而戚少商已把此机密及证据交由九位不知名的武林同道收存，杀人既不能灭口，何不转而重加安抚，以绝口实？诸葛先生以人头担保，只要追抚戚少商等，他们一定会三缄其口的。

这个皇帝若不是昏庸无能，也不会酿起兵乱四起，奸相当权了，诸葛先生这一番甘辞温言，也隐透威胁的话，自然采纳见用，诸葛先生得此旨意，立时着手办理，巨细无遗，就连抚恤神威镖局高风亮的后人，册封唐肯为护国镖局局主，擢升郗舜才和宾东成等细节，也兼顾周到。

傅宗书耳目何等众多，很快便得知风声，生怕皇帝迁怒自己，为示自身清白，也力陈"大义灭亲"，派出龙八这等心腹，要把亲信黄金鳞、顾惜朝等"革职查办"，并断绝关系。

诸葛先生对这种群魔丑态，也不以为奇，当下知此时十万火急，恐怕这十数日来晓夜兼行，一向体弱多病的无情无法应付，便下"神捕令"，把追命和冷血调回，即赴易水，护旨救人。

不过，无情心念二师弟和戚少商等一群武林同道的安危，将文张尸首送回文家，并告知其子文张乃死于他手中一事之后，坚持要亲自前往。雷卷和唐晚词也决不后人，也一同前赴。这当然也勾起一段恩怨，文张之子文雪岸又怎会甘心自己父亲丧生于他人之手！

诸葛先生和无情的计策，乃"以毒攻毒"，皇帝本意杀人灭口，现转为暗胁皇帝，使他为保令誉，牵制追杀戚少商等一事，由于戚少商若遭意外，此丑事必定张扬，势将天下皆知，这回可是皇帝大急，唯恐不及，除了派太监杨梦去降旨外，还派武功高强、手段高明的大太监米苍穹去主理此事保护戚少商。

傅宗书生怕事态严重，会牵连自己，忙请示蔡京，蔡京便教他把身边干员龙八派遣去，必要时做"以正法纪"的主使人。

这一来，不但无情、冷血、追命、雷卷、唐晚词全都到了，连朝中三大势力的要员，也聚于一条道上。

像黄金鳞、顾惜朝这种一向晓得顺风转舵的人物，哪会不晓得形势比人强？更不敢搭话，默然静候"处分"。

这年来的逃亡、艰苦的转战，终于已告一段落。

——终于熬出头了。

苦尽甘来。

柳暗花明。

这些岂不都是在咬牙苦忍的人，心中的梦想？

唐肯成了神威镖局的领袖，主持大局，这些日子来的磨难，也渐渐使他变成一个出色的人物，行事作风渐趋成熟，更何况他在这段历难的过程里，结识了不少武林人物，大家都因为他的为友尽义、胆色豪情而敬重他三分，这对他押镖的行业而言，有时候要比武功高强还管用。

所以人不必怕吃亏，不必怕付出。

有时候，吃亏才能不吃亏，付出常换来获得。

甚至可以说，没有付出，就没有获取。

现在唐肯是获得了，他心里只遗憾：高风亮和勇成及局里的许多高手，都平白牺牲了。

——有些付出，也不一定能有所获。

但若完全不付出，则连有所获的机会也断送了。

郗舜才和宾东成也有所获。

只不过郗舜才的"无敌九卫士"全送了性命，正如高鸡血、韦鸭毛、禹全盛、范忠、薛丈一、盛朝光、穆鸠平、沈边儿、秦晚晴、殷乘风、花间三杰、陶清和一众赫连将军的部下、刘独锋和他的六名亲信等人一样。

牺牲的人、毁灭的事，实在是太多了，现在急需重建。

雷卷重整雷门。

唐晚词和息大娘重组碎云渊。

戚少商重办连云寨。

赫连春水先返将军府一趟，他这次惹下的事情、闯下的祸端，以及断送的人手，少不免要回去面对赫连老将军的雷霆怒颜。

人人似乎都有事情在忙着。

人人都似乎暂时找到了他的依归。

事情似乎暂时平息了下来。

平静了下来。

可是黄金鳞和顾惜朝却不是这样想法。

他们仍惶惶终日，暗自危惧。

他们当然觉得自己是冤枉的。

——他们虽然都有私心，但确实是奉丞相之命，来追杀"叛逆"的。

他们当然不敢公然申辩呼冤，因为这般做法，无异于自戕。他们认为相爷只是受到压力，迫不得已作出这一时权宜之策。

不过，"一时权宜"，也足足"权宜"了三个月。

漫长的三个月。

对黄金鳞和顾惜朝而言，杯弓蛇影，暗自疑惧，是极难熬过的三个月。

三个月过去了，这"一时权宜之策"，始终没有改变，顾惜朝和黄金鳞仍被投闲置散，但又不能擅自离开居所，困而不用，这种滋味既凄惶又沉闷，对一向过惯群呼簇拥生涯的顾惜朝、黄金鳞而言，简直比死还难受的。

不过，唯一的好处是：他们虽未被再度起用，但也没有受到刑罚。

这使他们更加相信，只要事情继续淡忘、平息，他们就会有东山复起、重被傅宗书和蔡京起用的一日！

另外一件好事，应该是两人心中最大的顾虑与恐惧，并不曾发生。

——报复！

他们最怕的是群侠的报复！

——赶尽杀绝、残虐迫害，对这干"流匪"，曾用尽一切手段，他们怎会不图报仇！？

可是，事情似乎真的平息下来，不但没有人报复，自他们失势之后，连访客也几稀矣。

他们心中忐忑，两个比毒蛇还毒、比狐狸还狡、比虎狼还凶残的人，都因这件事和同样的遭遇，而紧密地结合在一起，准备万一有个不测，可以联手抗敌。

大概在黄金鳞和顾惜朝这一生里，从来不曾跟人这么推心置腹、这般紧密联手过，这时候，大家都认为对方是平生知己，投契至极，融合无间，还结义为兄弟。

黄金鳞年纪要比顾惜朝长，当然为兄，黄金鳞还拍着顾惜朝的肩膀说："我能有你这样的义弟，死而无憾。"

顾惜朝因这时期的不得志，也变得杯不离手，此刻灌了几杯酒，红了眼睛，觉得吞下去的酒比药还苦，比辣椒还辣，一股豪气上冲，只朦着声音道："我现在才知道，平生交友，都比不上一个义兄你！"

两人拊掌惨笑，又举杯邀饮。

两人并在结义宴中定下大计，投帖想求见龙八、傅宗书、蔡京等，但屡被严拒，两人试过多次，各方打点，均无功而返。

这一来，两人同病相怜，不知上头在搞什么鬼，而他们身边的人，因两人日渐失势，大多已相继离开。

一个人没有了权势，自然就没有了朋友。幸好他们还有一点点钱。

所以他们还能喝酒、欢娱，不过喝的是苦酒，而且也不见得能尽欢颜。

直至有一日，也许是因为他们的银子花多了，终于见出了一点成果，龙八终于肯"接见"他们。

当然，龙八肯接见他们的时候，架子之高、派头之大、气焰之盛，也是黄金鳞、顾惜朝平生仅见的。要是换作平日，黄顾还是相爷跟前"红人"的时候，龙八的身份地位，未必高于他们多少，说什么也不敢弄这种声威气派，但却在此时此境，龙八

"肯"接见他们，已是天大的喜事了！

一个人要仰人鼻息、卑屈求存的时候，自然就要忍受一切不公平的待遇。

幸好这无礼的"款待"，却换来令二人振奋莫名的讯息。"你们再耐心等等吧，"龙八说，"相爷为了你们的事，已各方关照澄清了，只要再过一段时候，诸葛先生不再留难，圣上不再追究，那就可以重新起用你们了。"

黄顾二人一听，千恩万谢，忻喜莫已。

"你们可知傅相爷和蔡大人为你如何费心么！"龙八申斥道，"你们在八仙台时，居然敢当我面前提起相爷来，这算什么？推诿罪责！？幸好我为你们遮瞒，要不然，哼！单是这一项嗜陷大罪，就足让你们满门抄斩！"

顾、黄二人一听，吓得冷汗直飙，忙叩谢龙八"保全"之德，他日必"粉身以报"，说得声泪俱下，似巴不得把心都掏给对方，以验"赤胆忠心"一般。

龙八这才平息怒火，只说："你们回去等等吧，现在不宜再骚扰相爷了，不日自然有喜讯至，到时可别忘了姓龙的就好了！"

黄金鳞和顾惜朝又忙说："龙爷大恩大德，没齿难忘，恳请龙爷为我们多美言几句。"

两人高高兴兴地告辞出来，在回府的马车上，已经开始痛骂龙八摆的是什么臭架子，他日如果得意，必要给他点颜色瞧瞧，但一回到私邸，又请人送龙府厚礼以表谢意。

这一来，两人才比较安心下来，而不多久后，龙八又着人通知他们，蔡太傅已运用权势，跟诸葛先生等人谈妥，准予戚少商等人重建连云寨，成为朝廷外防，但条件是不准对顾惜朝和黄金鳞等部属施加报复，对方已答允条件云云。

黄金鳞、顾惜朝和连云三乱等一听，自是放下心头大石，几要感激流涕，感念丞相眷顾之恩，同时在着人多方探听之下，确知息大娘和唐二娘正忙于重建碎云渊、雷卷正忙于重整雷门、戚少商亦忙着重组连云寨，人在远方，根本腾不出来对付他们，这才使他们不致寝食难安，渐次有意重图大志。

危机一过，黄金鳞又动色心。

他年纪虽大，妻妾亦多，但当日在攻打青天寨时，对惠千紫尚且色心大动，不过这"天姚一凤"死于八仙台，黄金鳞颇觉惋惜，而今经此事一闹，妻妾趁机离去的，竟占大半，所谓"大难来时各自飞"。黄金鳞愈想愈不忿，又不敢在此际轻举妄动，却就在此时，就给他遇上了英绿荷。

英绿荷在长街喋血之际，给无情以暗器射中眉心，在那儿留了一个大伤疤，破了相、毁了容，不过，当时无情元气未复，真气不继，只能伤之而未能杀之。

英绿荷本就有几分姿色。

而且还有几分媚色。

两人又曾在一起对敌过，自有敌忾同仇之心，且都好色而荒淫，更是最佳搭配。

两人因而一拍即合，如胶似漆。

人只要有共同御敌的机会，很容易就会紧密地结合在一起，这道理就如同人在为自己求生存的时候，往往不惜毁灭别人生存的机会。

自古以来，人类为求生存，已做出不少不像人类做的事情来。

或者，人类根本就是只适合做这种看来不是人类做的事。

这种事情，连义重如山的戚少商都做过——他不惜临阵逃脱——更何况是黄金鳞、顾惜朝这种人！

不过，顾惜朝、黄金鳞、英绿荷、冯乱虎、霍乱步、宋乱水等人，却因共同面对的危机，而紧紧地结合在一起。

结合在一起，来应付危机。

危机，永远只让你闻得着它、嗅得着它、感觉得着它，但却没有办法去触摸它。

一旦可以被解决的危机，就不是危机了。

第一〇九回

"她不杀,我杀。"

这样又人心惶惑地过了个把月,顾惜朝因感人手短缺,暗派
"连云三乱"去联络连云寨的部属,调回京师,三人回来所报告
的结果是:"无一人愿从顾公子。"

顾惜朝一听,本来已经碎裂了的鼻子,显得更歪了,就像一
根折了的腊肠,吊在双颧之间。

黄金鳞也唉声叹气。

原来他派去请援的人,都分别回来了。

"血雨飞霜"曾应得悉闻黄、顾二人已经失势,就当他们瘟
疫一般,避犹不及。

"粉面白无常"休生已经跟龙八挂钩,翻脸不认人,早没把
黄金鳞瞧在眼里。

"豆王"欧阳斗知道前为黄金鳞、顾惜朝所骗,见他们派人
说项,把来人逐出大门,申斥拒见。

"敦煌将军"张十骑早已遣调兵马,出征伏狮岭,平寇救匪,
才没闲暇再理会他们的事。

反而是尤知味的结义兄弟"三十六臂"申子浅和"血盐"侯
失剑,愿意赶来臂助黄顾二人。

至于"铁桅"陈洋,仍在养伤,他自己的事都管不来,何况

是别人的事。

倒是"天弃四叟"中仅存的吴双烛，虽因要重整八仙台的势力，并要养伤，不能赶来，但一再言明，只要黄金鳞和顾惜朝有难，不妨向八仙台投奔。这越发引起黄金鳞的感慨。

"没想到还是吴老二够义气，"黄金鳞叹道，"那些人，个个都是见利忘义之徒！"

"这次真够冤的，明明是义父指派我灭连云寨的，现在却背上了这样一个黑锅。"顾惜朝也愤愤不平，"枉我平时对寨里的子弟这么体恤，现在有事，他们一个都不来助我！"

"我也不是一样！"黄金鳞颓然道，"我这个敉乱总指挥，明明是皇上的恩赐，现在，忽然变成了我公报私仇，私自行动，这，这又算什么！？"

"我都说了，不杀戚少商，必有祸患！"顾惜朝道，"现在他把连云寨大事整顿，看他何时何日，再谋反朝廷吧！"

"你这样说可是抄家灭族之罪！"黄金鳞满怀希望地道，"不过，那时候朝廷就知道谁才是耿耿忠心，谁先防微杜渐了。"

宋乱水忍不住插嘴道："可是……可是重整连云寨的，好像不是戚少商……"

顾惜朝奇道："不是戚少商！？"

黄金鳞诧问："那是谁！？"

宋乱水不知该不该说，跟冯乱虎、霍乱步面面相顾。

顾惜朝怒道："我现在心情不好，你再支支吾吾的，信不信我一斧劈了你！"

宋乱水嗫嚅道："是……是……铁手。"

顾惜朝只觉错愕莫名："铁游夏！？"

黄金鳞失声道："铁捕头去当强盗头子！？"他一时也忘了顾

惜朝也当过那个位子。

顾惜朝道："这是怎么一回事！？"

宋乱水一急，心更乱，结结巴巴地说不出话来。

霍乱步马上接道："是这样的，我们打探到的消息是：戚少商对连云寨的事业，已心灰意冷，再也无心整顿，而铁手对捕寇之间的关系，自那件事后，也觉得困扰，并对'名捕'的名义，感到心灰意冷，便一再向诸葛先生请辞，反而愿到连云寨帮忙重振声威。"

顾惜朝只感到荒谬："这么说，'天下四大名捕'，岂不只剩三大名捕？"

黄金鳞这才整理出一个头绪来："这也没啥出奇，连云寨已为朝廷招揽，才能重整旗鼓，铁手当个官样山大王，也并没有变样。"

英绿荷在旁听了，也说："本来嘛，官和贼之间，一线之差，也没啥不同。"

黄金鳞当官数十年，听英绿荷这一说，觉得有失威严，忙道："妇道人家，懂个什么！"

英绿荷把小嘴一撇，顾惜朝又担心了起来："那么，戚少商到哪儿去了？"

霍乱步道："不知道，谁也没有他的消息。"

冯乱虎道："听说息大娘和赫连春水也正在到处找他。"

顾惜朝仍忧心忡忡地喃喃自语道："戚少商……息大娘……赫连春水……"

黄金鳞忽眼神一亮，笑了起来："哈哈！"

顾惜朝诧道："你笑什么？"

黄金鳞抚须笑道："你说戚少商、息大娘和赫连春水，他们三人在一起，会闹出些什么事儿来？"

顾惜朝略一沉吟，恍然分明，也忍不住打从心里笑了出来："他们以前要共同应敌，所以暂弃前嫌，而今大局初定，他们三人说不定就……"笑而不语。

"最好让他们争风呷醋，鬼打鬼，"黄金鳞笑道，"咱们就可以高枕无忧了。"

顾惜朝也高兴了起来，问："却不知申子浅和侯失剑何时才到？"

冯乱虎道："约莫申时末就到。"

顾惜朝心里很有些感动："他们来得忒快，真是义薄云天。"

黄金鳞十分高兴，拉着顾惜朝的手道："来来来，为戚少商、息大娘和赫连春水的自乱阵脚，该当好好地喝一杯！最好，他们为这事来个毁诺城、连云寨、赫连将军府大混战，那就是最好不过了。"

"对对对！"顾惜朝也兴高采烈，"咱们为这事儿痛饮几杯再说！"

他们不但喝酒，还喝汤。

不过他们正如许多有钱人家一样，只吃菜，不吃饭。

"连云三乱"辈分低，自然不敢跟"黄大人"与"顾公子"同台吃饭，其实，在"黄大人"和"顾公子"失势后，他们的辈分总算也提升了不少，不过，就算跟落难了的黄金鳞与顾惜朝同座吃饭，一旦他们得势之后，恐怕也后果难当，想到这儿，"连云三乱"一向是"可免则免"。

黄金鳞在菜上了一半时，举杯邀花月，叹道："我来敬这园子的良辰美景、好花明月一杯。"

顾惜朝笑着问："义兄怎地忽生如此雅兴？"

黄金鳞似有难言之隐，只道："若我再不敬这些花月，恐怕这儿的一草一木，他日我想要敬也有所不能了。"

顾惜朝奇道："何有此言？"

黄金鳞喟叹道："这些日子以来，银库只有支出，没有收入，再这样下去，这院子楼阁，全要拱手他人了。"

顾惜朝也生感慨，眼角也忍不住有些潮湿，只哽咽道："义兄待我恩重如山，此事一并受到连累，我真……不知如何说谢是好！"说着仰脖子灌尽了一杯酒。他在京城自然也有货资，不过，论财力是远不如黄金鳞。

黄金鳞瞧着他，忽然正色道："你别谢我，我还要谢你呢！"

顾惜朝一怔道："是我连累了义兄，抱愧犹恐不足，恩兄哪须言谢？"

黄金鳞很诚恳地道："没有你的捐献，又怎能解我之危？"

顾惜朝愕然道："我捐献了什么？"

黄金鳞眯着眼睛道："你不知道吗？"

顾惜朝茫然道："我真的不知道。"

黄金鳞肃容道："你有一件事物，足以能令愚兄起死回生、重振复苏的。"

顾惜朝也热烈地道："那是什么？"

黄金鳞笑了笑，呷了杯酒，把酒放在桌上把筷子放在桌上，也把手放在桌上，然后才一个字一个字地道："你的人头！"

他的话一说完，双手一推，整张紫檀木大桌直撞顾惜朝，他的人已倒翻出去，迅疾无伦！

顾惜朝见桌撞来，连忙往后一缩，"嗒嗒"二声，檀木椅的把手突然伸出两个钢扣，把自己双腕箍住！

顾惜朝挣动不得，双脚连环踢出，桌子飞起，碗、筷、杯、碟、壶、盅还有菜肴、菜汁，洒了一地。

英绿荷却抢了进来，铁如意已在顾惜朝胸膛重击了一记！

顾惜朝一面要震碎木椅，一面想运气硬受一击，忽觉天旋地转，丹田剧痛攻心，英绿荷的铁如意已拍击在他胸上！

顾惜朝借这一股内力袭入的同时，陡地大叫一声："三乱！"哇地吐了一口鲜血！

英绿荷还待再追袭，突然刀光一闪！

顾惜朝竟能在这时候射出了他的成名飞刀！

英绿荷的玉颊被刀光映得有些发绿。

"噔"的一声，刀被砸飞。

黄金鳞挥舞鱼鳞紫金刀，护在英绿荷身前！

顾惜朝眶眦欲裂，嘶吼道："你——你好卑鄙！"欲运内力震碎座椅，扯裂把手，但一运气之下，五脏翻涌，咕咚一声颓然坐回椅里去。

只听后面一个清脆的声音道："你不要这张椅子？我来帮你！"

顾惜朝猛回首，只见一道剑光，当头斩落！

顾惜朝这吓唬得魂飞魄散，百忙中连人带椅往侧一闪。

他反应仍然快捷，但功力已不复存。

血光暴现。

一条胳臂，在半空腾起，再飞落地上，手指还搐动了一下。

这条胳臂已挣脱了把手上的钢箍，但同时也脱离了他主人的身体！

顾惜朝怔住。

他完全不能相信这竟是事实。

——自己竟断了一条手臂！

——断了的手臂竟是自己的！

——他只剩下一条胳臂！

顾惜朝完全愕住，甚至忘了痛楚。

背后出剑的人是息大娘。

息大娘粉脸煞白，脸露杀机："你可记得，当日是怎样暗算戚少商的吗？"

顾惜朝心头恨极。

他最恨的不是戚少商，不是息大娘，而是黄金鳞！

若不是黄金鳞的暗算，他又怎会失去了功力、被箍在椅子上、丢了一只臂膀！

顾惜朝撕心裂肺地咆哮："黄金鳞，你为什么要这样对我！？"

黄金鳞怪无奈地道："那也没有办法。大娘、戚少商都答应我，只要我为杀你而尽力，他们和我便不计前嫌。"黄金鳞赶忙接道："你要知道，他们已得皇上圣谕，要杀你我，易如反掌，我哪有这天大的胆子，敢抗命行事？顾公子，你这可怨不得我。"

顾惜朝只觉剧痛攻心，痛不欲生，冷汗直飙，惨笑道："好，好，你这猪狗不如的东西……"几乎痛晕了过去，但他自知这一晕，便一生都完了，所以强自挣扎。

息大娘笑道："这一剑，是我代戚少商砍的，我已晓得尤知味的'滋味粥'秘方，现在放一点在酒里，变成了'滋味酒'，怎么？滋味如何？"

顾惜朝猛地跳起来，吼道："你杀了我吧！"

忽听一声大喝道："慢！"

这一声大叱，竟是三人同声喊出来的。

冯乱虎、宋乱水、霍乱步都到了。宋乱水的金瓜锤攻向息大娘。

冯乱虎的铁剑攻向黄金鳞。

霍乱步一掌震碎大椅，扯起钢箍，背着顾惜朝就跑。

顾惜朝喘息道："跑不了了……"霍乱步不理，只背着顾惜朝亡命似的逃。

他们才冲出大门，忽见一个人，穿着厚厚的毛裘，冷冷地立在月光下。

顾惜朝一见，心里暗喊：我命休矣。

那人正是雷卷。

霍乱步再勇猛，也决非雷卷之敌。

顾惜朝知道自己这次是死定了。

不过除了命运，没有人可以确定自己是成、是败、是胜、是负、是生、是死。

这时候忽听屋瓦上有人大喝："顾公子别怕，我来救你！"一人飞身而下，仗剑和雷卷战在一起，却正是"血盐"侯失剑。

另外三骑，卷蹄而至，只有中间那匹马上有一大汉，大汉大呼道："顾公子，我们来了，快上马。"正是申子浅。

霍乱步飞身而上，把顾惜朝驮在背上，他另跨上一骑，人叱马嘶，放蹄疾驰，顾惜朝知道自己得这些人之助，或能逃得一死，心下一放松，臂上剧痛，心中悲愤，终于晕了过去。

他能逃得了吗？

能。

不但他能，就连宋乱水、冯乱虎、霍乱步和申子浅、侯失剑全都逃得出去。

也许因为息大娘和雷卷他们要对付的，只是顾惜朝，顾惜朝一逃之后，他们既无心伤人，也无意恋战。

"连云三乱"等趁机逃去。

黄金鳞一见顾惜朝逃走，跺足叹道："怎能让他逃去？不能放虎归山！"发足要追，息大娘作势一拦，道："算了。"

"算了!?"黄金鳞可比在场这些人都要急，因为他知道除非顾惜朝不复元，只要一旦活得下来，一定会找自己报仇的。

——顾惜朝恨自己，绝对要在恨息大娘之上。

黄金鳞可不想轻易放过顾惜朝，也不敢轻易放过他，他不想再有一场"戚少商事件"重演。

息大娘却展颜一笑道："他已断了一臂，受了伤，何必要急着杀他？"

黄金鳞急道："可是，如果他不死，迟早必会找我们报复的啊！"

息大娘点点头，道："对，就像戚少商一样。"

黄金鳞觉得有些不对劲，当下强笑道："不，戚大侠大人不记小人过，海涵阔量；大娘也是得饶人处且饶人，不会深记人过。"

息大娘秀眉一挑，道："哦？我倒一向小气惯了，锱铢必较，睚眦必报，你不知道吗？"

黄金鳞强笑道："不过，大娘和戚寨主已答应过在下，只要在下助各位诛杀顾惜朝，决不计较过去的误会，各位一向言而有信，想必会饶在下这一趟。"

息大娘一笑道："言而有信？我果真言而有信，也不必建毁诺城了。"

黄金鳞脸色大变道："你……武林中人，怎能出乎尔反乎尔的！"

息大娘淡淡地道："你不但是武林前辈，而且还是手握大权的高官，当日答应过铁手什么话来？结果，在他束手就擒之后，不一样把他折磨得死去活来？"

黄金鳞已明白了是怎样一回事：

他让顾惜朝踩进了陷阱里。

而他自己也坠入了彀中。

"我是奸恶小人，"黄金鳞腆颜说道，他决定要不惜任何代价地活下去，对自己的"面子"更不顾惜，"你们是英雄侠女，怎能跟我这种阴险小人一般见识呢？"

"好。"息大娘道，"我纵不守约，也尊重戚大哥向来都是千金一诺的。"

她寒着脸，一字一句的道："你帮我伤了顾惜朝，我不杀你。"

黄金鳞登时放下心头大石，正要圆说几句，忽听另外一个声音森然地接下去道："她不杀，我杀。"

说话的人当然就是雷卷。

第一一〇回

总账

黄金鳞只觉得自己的头很大，几乎要比这世界上所有的事物还要大，而且很重，重得几乎使自己的身体负荷不起。

他一见到这个人，他就觉得局势无论怎样发展，今晚都很难度过，很难过得了去。

这一刹那间，他的感受是很奇特的：

他对这满园子的花、满院子的月，还有花前月下俏生生的英绿荷，都感到非常珍惜。

奇怪，人在平时都不会珍惜他所拥有的、他所得到的，他所朝夕相伴、唾手可得的，但到一些特别的时分，又会分外珍惜、分外不舍。

黄金鳞就是这样子。

他依恋地看了看花，看了看月，也看了看英绿荷，仿佛有了点当年要考取功名时寒窗苦读的咏叹和志气，然后横刀向雷卷说："你们既然食言，有多少人，一并上吧！"

雷卷阴阴沉沉地道："大娘已说过，她和戚少商会守诺的，要向你复仇的，就我一个，铁手他不屑向你报仇。"

黄金鳞又有一线生机，豪情斗发道："这么说，戚少商、息大娘、铁手都不会向我动手了？"

息大娘即道："是。"

黄金鳞大声道："那我只要打败你，我就可以走了，是不是？"

雷卷一摊手道："你就算打不败我，只要逃得了，就尽管逃。"

黄金鳞连舞几刀，刀气浸凌，花落叶飘，他人在月下，握刀凝发，长须飘飞，很有一股气派，一面凝注雷卷，一面以极低沉的声音向英绿荷道："你替我护法，小心息大娘。"

英绿荷也悄声道："是！"

然后铁如意一记猛击在他背上！

黄金鳞大叫一声，身子禁不住连冲三步，雷卷的拇指已捺在他的额上。

黄金鳞一刀砍出，雷卷已如蝙蝠般掠到息大娘的身边，遥遥而冷冷地看着他。

天地摇晃，花叶摇荡。

烛火狂摇。

月影闪晃。

黄金鳞觉得自己的头好轻，比一根羽毛还轻，轻得几乎使他立足不住，他用刀尖支地，吃力地指着脸无人色的英绿荷，艰难地道："你……你也来暗……暗算我？……为什么？……"

英绿荷白了脸，手执铁如意，一步退一步地道："你怪不得我，不能怪我。"

黄金鳞嘶声道："为什么！？到底为什么！？"

英绿荷狂摇着铁如意，一味地说："我也要活下去。我跟你在一起，一早就是他们的授意。我在猫耳镇已遭他们所擒，他们没有杀我，便是要我今晚对你下手……"

黄金鳞觉得眼前一片深红，看不清楚，他用手往脸上一抹，一手都是鲜血。

他惨笑道："好，好……你们都骗得我……好……"

雷卷沉声道："不能说我们骗你。大娘、少商、铁手，的确都没出手。向你报仇的，确只有我。英绿荷不是向你'报复'的，她是向你'暗算'的。我们并没有食言。"

他冷冷地道："因为你一向言而无信，我才跟你玩言辞上的戏法，正如你当日制住了铁手之后，任由人动手伤他，却说你守约不动他一般。"

"恶有恶报，善有善报，若然不报，时辰未到。"雷卷的声音对黄金鳞而言，是愈来愈远、自深黝漆暗里的回响，"这样老掉牙的话，你想必听过，但不一定会相信。你信也好，不信也好，现在都是你应报的时候，你还有什么话要说？"

黄金鳞不是没有话说。

而是他说不出来。

顾惜朝说得出话来的时候，是因为刺痛。

刺痛还不是最难受的。

最难受的是断臂的感觉。

——那感觉是失去的永不复来，他变成个独臂的人，永远带着伤痕，永远负着遗恨。

"连云三乱"都已聚集在一起，他们就在顾惜朝一家不为人所知的宅子里躲藏着，过得一日得一日，过得一时得一时。

申子浅和侯失剑却不赞同。

申子浅的意思是："躲在这儿，也不是办法，迟早会给他们找到，一定要逃出京城，找个地方躲起来，俟顾公子伤势复元时，再图报仇大计。"

侯失剑的意思是："现在再不逃出京城，恐怕就再也逃不出去，朝廷既已让他们为所欲为，早晚会下谕抄家灭门，顾公子不如趁现在潜出京城，要安全多了。"

顾惜朝对他的义父傅宗书所为，已完全绝望，而义兄黄金鳞的暗算，更使他战志全溃，申子浅和侯失剑对他有救命之恩，他们的话，他自然信任听从，于是打算离开京城。

申子浅道："这样走可不成。"

侯失剑道："而今顾公子你已声名狼藉，天下所大，只怕难有容身之所，不如趁皇上未下旨抄家之前，把金银钱财、物业珠宝，全换成值钱家当软细，逃离京城，运用这笔钱财，他日要图复起，也较有个底子。"

顾惜朝伤痛之余，不暇细思，只觉有理，便要着"连云三乱"去办理变卖产业一事，申子浅却道："这件事，三位不妨指引协助，但交易仍由我们着手较好，不然，三位一旦出面，很容易让人看出，顾公子要携款潜逃。"

侯失剑生怕顾惜朝不放心，便安慰道："我们已是同一船上的人，我们救了顾公子，他们会放过我俩吗？万一皇帝降旨，我们也是朝廷钦犯呢！我们现在是谁也离不开谁，多一点银子，好一点花用，这还是依托顾公子门下的福荫呢！"

顾惜朝到了此时此境，也不由得他不信任这几个人，只好暗嘱"连云三乱"留意一些，便放手让他们去办理了。

于是，侯失剑和申子浅便离开了他，带着顾惜朝授意变卖的财产，"连云三乱"一向都留下两人在旧宅子里看守并照顾顾惜朝，那天下午，宋乱水被殴得脸青鼻肿的连跌带爬地跑了回来，向顾惜朝报告：

申子浅和侯失剑已携款扬长而去。

顾惜朝听了以后，不要人相扶，走出院子来看天。

天依旧，云依旧。

天到底有没有情？

上天究竟让不让他活下去？

然后他转身发令："我们出城去！"

——纵然没有钱，纵使为人所骗，但只要能逃出京城、逃出生天，他就有希望活下去，有希望报仇！

他们潜逃出城，一路来，昼伏夜行，披星戴月，顾惜朝伤势严重，又不曾好好歇息，伤口不断恶化，但他都咬牙苦忍。

因为他想起戚少商。

戚少商也断了一臂，度过漫长的逃亡岁月。

他忽然很了解戚少商当时的心情。

——这世界上，可能没有一个人，能比他更了解戚少商，也没有比戚少商更了解他此刻心情的人。

他咬牙苦忍，单臂执缰，度过山、涉过水，走过很远很远的地方，走过很多很多的地方，去投靠过很多很多的人，但都遭人白眼、严拒，甚至意图把他们擒杀。

顾惜朝这才完全了解一个人失势以后的遭逢：有酒有肉多兄弟，患难贫病无一人！

不过，他决非"无一人"！

他还有"连云三乱"。

他到现在才知道，这三个亲信弟子：冯乱虎、霍乱步、宋乱水对他有多么的关怀、多么的忠心、多么的难能可贵！

他在心里发誓：只要自己有一天能再有出头之日，他一定要好好酬谢他们，一定要全力报答他们三人！

可是，眼前还是走不完的长路，分不清的仇人，永远没有终止的逃亡，以及一不小心就会中伏的陷阱。

他知道戚少商等人仍在追杀着他。

他要活下去。

所以他尽一切所能地逃亡。

只要能活，付出再大的代价他都愿意。

他逃得很艰辛，很困苦，但他仍是要逃，仍然在逃。

无尽而不断地逃亡。

直至有一天，他逃到了八仙台，遇见了吴双烛，吴双烛一见他来，几乎认不出他来，及至认出他以后，便热烈地道："你来了。我知道你一定会来的。我这儿的人，都是你的人，没有人可以不得我同意，敢伤你一根头发。你安心住在这儿吧，不必再逃了。"

顾惜朝听到了这句话，忍不住哭了出来。

哭出声来。

你从来不敢相信一个大男儿会哭成这样子。

顾惜朝自己也不相信。

要是在从前，他也许根本不相信，像他一个这样的人，也会流泪，而且会哭成这个样子。

吴双烛为他"洗尘"，为他准备了一场"夜宴"。

顾惜朝好久没有这样饿过了。

而且好久没有这般松弛过了。

他的神经一直绷紧着，快要绷断了。

在这儿，他的确可以好好地吃一顿，好好地松弛下来，好好的养伤。

一路上，他想松弛，当然不敢，想吃一顿好的，也没有银子，想要打家劫舍，又怕惊动仇人，所以步步为营，宁愿挨饿，也不敢轻举妄动。他的伤一直都在好转，但不经彻底的休养，仍好不全。

现在他已洗了澡，身上的臭气已去，大吃了一顿之后，他感觉得自当日秘岩洞一役后，第一次有了重振的决心。这时吴双烛就站起来，向与宴的江湖朋友笑道："我们这位顾公子，在武林中，是个极出色的人物；在官场上，是个了不起的人。"

大家都附和、拍掌、欢呼，顾惜朝居然也觉得有些不好意思，但脑中不禁出现当日他在连云寨威风和官场上得意的情形，一一如历在目。

"这位顾公子能够扶摇直上，平步青云，全靠八个字，那就是："吴双烛脸上的笑容冻结了，"卖友求荣，心狠手辣。"

顾惜朝本正向人敬酒，现在已没有人向他举杯，人人都冷着脸色冷冷地瞧向他，眼神充满鄙夷与不屑，有人甚至已向地上吐痰。

"当日，我们四叟助他逮捕犯人，他借我们这儿行事，但却先杀了巴老三，又刻意让老四送死，再不顾道义，射杀刘老大。"吴双烛的语音转而凄厉，"各位，你们来评评理，像他这种人，该不该去帮他？他沦落到这个地步，是不是可以说：上苍有眼！"

顾惜朝已抬不起头来。

他的手也在抖着。

他急躁地呼道："乱虎、乱步、乱水！"

霍乱步、宋乱水、冯乱虎一齐步了上来。

"我们走！"顾惜朝气急败坏地道，"我们离开这儿！"

可是他才站起来，就咕噜一声滑倒下去。

"这种毒药叫'笑迎仙'，是息大娘从尤知味那儿学回来的，尤知味那两位结拜兄弟自从知道你临阵逃脱，任由尤大师被擒于安顺栈后，他们一直都想向你报复，你已经领略他们报仇的手段了吧？"吴双烛铁青着脸色道，"这毒药毒不死人，可是只叫你比死还痛苦，痛苦得非自尽不可。"

人都散去了，灯影依旧，场中只剩下了白发鬈铄的吴双烛。

顾惜朝只觉痛苦难宣，五脏如焚，嘶声道："三乱，动手！"

"好！"宋乱水一拳，把顾惜朝打飞出去。

他的鼻子再度碎裂。

血水不断地渗进出来，使他喉头呛咳。

他忍着痛，去拔斧，斧不在，只好拔刀，刀也不在。

刀在霍乱步手里。

斧被冯乱虎执着。

顾惜朝已被彻底地击溃。

他知道自己完了。

一个人就算是真的完了，也不比他知道自己"已经完了"更来得绝望。

他想挣起来，可是痛苦又教他倒在地上，像虾米一般地蜷缩着、抽搐着。

他还清清楚楚听见"连云三乱"说的话：

"你这个破败星，跟了你，真是倒八百辈子的霉！"

"我们早就想放倒了你，可是答应过戚寨主，一定要假意服侍你，直至让你挨到八仙台，见着了吴神叟，才可以露出身份！"

"我们跟申子浅、侯失剑早就串通好了，否则，他们怎么不杀了你？我们会跟你吃这些苦！"

顾惜朝挣扎着，辗转着，寻到地上一口酒罐子，他用头把它撞破，捡起一块碎瓷片，手颤动着，就要把瓷片尖口往脖子上割。

忽然，有人执住他的手。

然后让他闻一瓶东西。

他大力而急促地吸了几口之后，体内的剧痛就渐渐而神奇地消失了。

那人又递给他一柄小斧，一把小刀。

他执着刀，拢进袖里，再紧紧地握着斧，然后才鼓起勇气，往上看去……

那是一个俊逸、落寞、风霜的独臂白衣人。

戚少商。

"现在你是独臂，我也是只有一条胳臂，你的伤也好了八成。"戚少商道，"你怀中有斧，手中有刀，我掌中也有青龙剑，你已众叛亲离，我也给你出卖过……"

他在月下慢慢地拔出了长剑，青锋发出一声清越的龙吟："我们正好可以决一死战，算一算总账。"

他们已到了结算总账的时候。

人来到世上，这账总会算一算，只看迟早，只不知或赔或赚。

第一一一回

尾声

清晨。

他坐在装有木轮的轿子里，遥望易水寒江，一片空蒙，衣袂微微飘扬，水花微微沾湿了他的衣衫。

他有一双多情的眼。

但他的外号却叫作无情。

他显然在易水江边等人。

他等谁？

他等的人已经出现。

疲惫、倦乏地从八仙台海府那条迤逦长道上，缓缓地走来。

他仍年轻、俊秀，但脸上的风霜，已使他令人感到岁月的遗憾、深情的余恨。

他不疾不徐，信步走来，神情仍是傲慢而洒然的，但身姿却流露出一种疲乏与无依。

无情向他点头，"你要我交给赫连春水和息大娘的信，我已经叫铁剑和铜剑交去了。"

戚少商微弱地道："谢。"他只说一个字。英雄相知，本来就不必多说废话的。

无情道："我没有问过内容是什么。"

戚少商道："你没有问。"

无情道："我也没有拆开来看。"

戚少商道："你当然不会这样做。"

无情道："可是我却能猜到里面说的是什么。"

戚少商沉默。

他沉默起来就像一个老人。

"天若有情天亦老，秋云无雨常阴。"无情吟道，"多情却总似无情，情到浓时情转薄。你不想再拖累息大娘，所以在信里咐嘱大娘和赫连公子早日结成连理，而你自己……"他顿了一顿，才接道，"或许求死，或许为僧，或许飘然远去。"

戚少商的目光又到了远方，那水意迷蒙、逆风透寒的所在："为了我，已经死了很多人，其中有我深爱的，有我敬重的，也有深爱着我、敬重着我的人，他们都死了，而我仍然活着……"

他似乎在笑："你说，我活下去，还为了什么？"

无情叹息。

"我知道我劝不了你，"他说，"正如我劝不了二师弟重返京师一样。"

戚少商道："你不必劝。"

无情道："希望有一个人能劝得了你。"

戚少商道："谁？"

无情用手遥遥一指。

只见江畔，有一位簑衣老翁，正在垂钓。

水流急湍，掠起千堆雪，水花四溅，那人却在浪下岩上，面对万涛冲激，却像独钓寒江雪般的宁谧。

戚少商向他望去的时候，那老翁也正好半转过身来，向他招手。

戚少商不由自主地走了过去。

他跨过岩石，走过河沟，走近老者。

老者有一双深邃的眼，里面有人情，有世故，有山中一日，世上千年。

老者问："你可有杀了他？"

戚少商摇首。

老者眼中已露出嘉许之色："能杀人之剑，只不过是利器；能饶人之剑，已属神兵。你在武学上的境界，跟你人格上的修为一样，又高了一层。"他顿了顿，微笑道，"希望有一天你能施活人之剑。"

戚少商突然知道眼前的人是谁了。

他感觉到震动，但更大的感受是崇拜。

老者说："铁手对追捕的生涯，已感到厌倦，因为这些月来发生的事，使他的心乱了，他分不清究竟谁才是捕？谁才是贼？到底为什么要抓人？为什么要被人抓？"他遥望水天一线之处，抚须道，"他遇上这些问题，除非在心里已找到了答案，否则，谁也不能把答案强加诸他心里。"

戚少商道："我明白。"

老者突然直视他："可是你呢？"

戚少商微微一怔："我？"

老者把鱼竿、鱼篓，全丢入江里，"江湖风险多，正道危途，难分西东，终要人去持剑卫道，你呢？"

戚少商道："我……"

老者蹙然道："你已大悲大哀，大起大落，也大彻大悟，你要了此残生，还是要以此残生有所作为，这就由得你自己选择了。"

他顿了一顿，一字一句地道："我们暂时少了铁手，但需要你一剑擎天的独手。"

戚少商一时不知该如何回答："我……"

江水卷涌，拍击岩石，发出巨响，淹没了他的语音。

风清寒。

江水急。

无情在远处，衣袂翻飞，虽然听不清楚一老一少的两人在说些什么，正说到哪里，但见他们仍在说着话，说着事情……

在无情的眼里，江水那端的一片空蒙之外，也有一片艳红的色彩，在他心胸里的长空擎着双刀，展绽英姿。当然，她身旁还有一个穿着厚厚毛裘的男子。

无情忽然想到不久前戚少商告诉他的四句诗：

> 终身未许狂到老，
> 能狂一时便算狂；
> 为情伤心为情绝，
> 万一无情活不成。

他觉得他很了解戚少商藏在心底里最深处的意思。也许在那儿，情感的翻涌，要比这江水的怒涛还要激烈。而他也感受到了，一如这逆风吹浪，直把他衣袂吹得直贴肌肤一般。

完稿于一九八六年一月二十四日《新生活报》
专题"剑挑温瑞安"，争辩白热化期间。
校于一九九〇年七月二十日。达明王深夜来电
八月初全面推出武侠新系列计划。
三修于二〇〇六五月初，"新浪娱乐"、《外滩画报》
《解放日报》《重庆商报》《今日早报》《南方都市报》《贝塔斯
曼日报》等报导引介电视剧《枪》在中央一台黄金档播映。

诗两首

赴约

这世界上的人
都不惯于赴约了
这世界上的人
已倦于听歌了
你坚定地走过
风霜的蹒跚
衣饰与发落
你淡淡地走过
提着晚灯，穿着白衣
成了残山剩水
最俊的一抹

摘自一九七三年《赴约》一诗

初恋

那么轻轻地唱吧，当你深夜独行的时候
让少年再一次，让情怀再一次
让许久不曾的泪，再泪一次
让那偶然的歌，再唱一次
让你流泪的笑
静静的晚风间

摘自一九七三年《初恋》一诗

倚天万里须长剑

文：温瑞安

《逆水寒》看似一部描述逃亡的小说，其实，我写的逃亡，只是对人生各种挫折与考验的一种憬悟。

也许有读者认为我写的是自己某段时间的遭遇，只是将之夸张渲染而已。其实不然。我那段时期的境遇和冤屈，只怕远远甚于外间所传的、外界所知的，甚至连牵涉受累、纠缠消磨、折腾翻覆、伪善虚恶的，也远比大家想象恐怖得多，也戏剧化得多。不过，我并无意要公布这段往事，毕竟往昔已成梦影，就算飞梦也不能重返旧日神州、当年勇艳，何况，千古兴亡多少事，不尽长江滚滚流。我一向爱做未来的梦、爱做未完成而一直爱做的事，所以，反而无意为自己过去那段"逆水行舟意兴寒"的遭遇以小说的方式立传、存影。我只是写一个故事，将"一路知交尽掩门"和"破家相容，在所不辞"之间的义与不义、深情与无情做一比照，其中行文，或稍有寄意，或略有影射，也在所难免；更重要的是，我把它写成武侠。按照我的说法，是把现实写进武侠里——而我的理念一向都是武侠在现实里寻根的。

《逆水寒》恐怕是除了《神州奇侠》与少数几部别的"四大名捕"故事外，我作品中拥有最多读者的小说了，以致有不少侠道中的朋友，都是因为这部书而相识以及后来成了相知。可是，这部小说在香港连载的时候，因为编辑知道了（是我自行坦告的）我当时所建立的神州社已面临"大势已去"，故而突然提出刊登中辍（腰斩），我好不容易才恳求申请加写三万字"埋笔"（即是写到"结局"才收笔），他也大方同意了。甚至我偷偷垫至五万字才END，他总算也没删节，说来我还是要谢谢他的容忍，不过，我也因此无法把一些原构想好的重要情节（例如铁手和戚少商心理角色的对换与比照）补足，但至少还是把主要脉络交代清楚地告一段落，让大家得到部完整的《逆水寒》。

这年代的朋友（网上发文的一代），很多都只以为写不写下去只是个人坚持的问题。没写完就是坑，写完的就是填上了坑。殊不知在我们那个年代，可没这种发表的管道，以及这样子率性任意的幸福，而且，要完成一件事要很大的耐力、韧性与坚持。我大部分作品，都是在全无支持下完成的。或者，还没能完成的。

此书也有一些意外（但不是"之喜"）的诘难：例如看得太投入的读者，以为我就是戚少商，戚少商就是我。这儿的"我"，就是笔者的意思。读者因太投入小说里的情节，而以为某个人物就是影射作者自己（尤其是以第一人称为叙事的），古今中外，在所多有。但这部《逆水寒》的戚少商和《神州奇侠》的萧秋水，可能由于性格上明显存在的弱点，甚至连戚少商和息红泪的爱情悲剧也当是作者的夫子自道。当然，作者在撰写一部长篇小说的时候，长年累月，光阴心神，精力时间，无不投入消耗其中，自然与笔下主要人物，有一定的投影、折射和共鸣，性情上有某部分有着共同的缩影和相近的基因，也理所当然。不过，作者是作者，戚少商是戚少商，萧秋水是萧秋水。说实在的，我就是做不到像萧秋水到了后头，能遇神弑神、遇佛弑佛、一往无前、舍我其谁的神气，对阻挠暗算他的兄弟同门也一杀到底，才致有台湾蒙冤事件及后来在港也长期不得舒展的境遇，不过，我也自得其乐，没有悔咎。戚少商所犯之过失，决非我所犯的（同理，他的长处也非我所长）。若着我选择，我反而会觉得我像《刀丛里的诗》龚侠怀和"七大寇"里的唐宝牛、方恨少乃至沈虎禅多一些。就算同在《逆水寒》里，我宁愿的角色也是雷卷和刘独峰，或者干脆选"四大名捕"里我四种个性变裂出去的无情与铁手好了。

至于论到情爱方面，很多的读者居然把我当年和小方的情义界定为"戚少商和息红泪的类型"。我想，这些读者可真的"中了温派的毒"（确有某类论者持有这种观点）。我在网上发布的文字，例如二〇〇四年《我是我，戚少商是戚少商》和一九八七年发表的文章《别离，真的是爱情的最美丽？》》（写我送小方出嫁文）已道个明明白白，假使现在还有糊里糊涂，自随幻想轮回中咬定不放的小朋友在网上、电邮、发帖、电传、屡问不休、对号成痴，那请恕我也无法治愈这种狂想妄测症了。我和小方早在一九七八年时由方之议，已在台分手，之后她和我是义兄妹关系，共同主持神州社，并无芥蒂，十分投契，我们两人都是"自由身"。侯在台湾蒙冤后（一九八〇年），我们是两人一起"出事"的，我的态度知既属"莫须有"之罪，便在供词一力承担，未拖累任何一位兄弟朋友，方对我或对大家亦如是。后来侥幸得保全身，流浪天涯，在江湖上我们也相濡以沫，互为奥援，直到一九八五年她重逢初恋情人，那是我的撮合并"送嫁"，自然不舍依依，但到如今已是好多好多年前的事了。这件事还有许多"人证"仍在温派、自成一派内目睹和参与的，并无诳语。之后，我若行有余力，也尽心照应了小方和她的家人，直至近年因我出了些事，自顾不暇，方亦不常在港台，这才较少联系。大家别看得太投入了，或追责戚少商，或声援息大娘，或认为他们的水深火热就是我们的咎由自取，那都是违背事实和不公道的，而且还"干卿底事"。——若说恋爱，若让作者在性情上自行选择，还是比较像雷卷和唐晚词的一段"晚霞烧天"之恋，或沈边儿跟秦晚晴的"欲火自焚"之情，比较契合。还好，没一把轰轰烈烈的"情火"烧成了灰烬，已属侥幸。

逆水寒胜冰，浴火温在心。

倚天万里须长剑。

稿于二○○四年大年初九天公诞，甲申年首篇成文于香江新居一点堂。
重修删于二○○六年六月个人温派精英历二次水危二次火（电）劫后幸得平安的志念。

作者 | 温瑞安

1954 年出生于马来西亚霹雳州美罗埠火车头。未入学前，他已在庭院的水泥地上，用鸡毛蘸水画画、创作故事。小学三年级已于香港《世界儿童月刊》发表诗作，小学未毕业已与同学合办《绿洲期刊》，并成立"刚击道"。同学和老师都喜欢请他讲故事，故此他身边常围绕着一大群故事迷。

年少时在新加坡、马来西亚以文学评论和散文起家，主编过《蕉风月刊·评论专号》，同时举办过"新马第一届诗人大会"，出版《天狼星诗刊》，作为初一学生接手本由高三学生执编的《华中月刊》。同期，他创办了绿洲、绿林、绿原、绿岛等十个分社，最后联盟成了天狼星诗社。

后温瑞安负笈台湾，在台以诗人称著，当时他的散文《龙哭千里》在台湾《中国时报·人间版》连续刊出，轰动当地文坛。而令他名成寰宇的则是武侠小说。"武侠文学"由他得到进一步正名，并正式出版，且在各大书局正式出售（之前只能以簿本合订装出现于租书店）。他在台办过诗社，开过武馆，主编过杂志，成立过"八部六组"，像武侠小说情节一般义结金兰。因家世贫寒，不忍父母负担加重，他自行半工半读，开笔写作武侠小说，还行有余地，接济同事、同道，在民间和文坛具有巨大影响力，也因树大招风，温氏被台湾当局扣了帽子。

温在流亡的七年当中，居无定所，历遍人情冷暖，同时也踏遍各地，磨炼适应恶劣环境的能力。这些反而使他在最不安定的境况下，成就创作黄金期的第二个高峰。他一人同时撰写十八个专栏，每天分别创作六个系列小说连载。1985 年，香港《东方》《明报》《中报》《星岛》《新报》《成报》同时或先后刊载他的作品。

1987 年 7 月，他的武侠小说正式于大陆出版，首版八十万册，不到一月便售罄。后来"神州奇侠"系列中的《两广豪杰》一书，据上海某报报道，一周销罄 89 万册。同月《将军剑》登陆韩国，每月连载，带动韩潮侠风。同年同月，他被邀重返台湾，当地大多数杂志刊物均见其作品及相关报道、专访等。

三十年来，据温氏作品改编的影视作品已达二十八部，近年其作品更成为游戏改编热点，至今不断有手机游戏、网页游戏及电脑客户端游戏上线。

如今，温瑞安已出书一千三百多部，译成多国文字，且改编为漫画、连环画、广播剧、有声书、儿童读物等等。

扫一扫

测测在经典文学的平行时空里，

你是哪一个角色？

经典，你真的读懂了吗？

关注"麦叔读经典"公众号，

让经典文学为你开启看待世界的另一种视角。

四大名捕逆水寒

产品经理｜陈艺端	书籍设计｜欧阳颖
段　冶	技术编辑｜顾逸飞
特约编辑｜温凉玉	责任印制｜刘　淼
何包旦	监　制｜李　潇
焦无虑	策划人｜吴　畏
梁　四	

图书在版编目（CIP）数据

四大名捕逆水寒：全3册 / 温瑞安著. -- 天津：
天津人民出版社, 2018.9
ISBN 978-7-201-14074-2

Ⅰ. ①四… Ⅱ. ①温… Ⅲ. ①侠义小说－中国－当代
Ⅳ. ① I247.5

中国版本图书馆 CIP 数据核字 (2018) 第 199661 号

四大名捕逆水寒
SI DA MINGBU NISHUI HAN

出 版 社	天津人民出版社
出 版 人	黄 沛
地 址	天津市和平区西康路 35 号康岳大厦
邮政编码	300051
邮购电话	（022）23332469
网 址	http://www.tjrmcbs.com
电子信箱	tjrmcbs@126.com

责任编辑	金晓芸
产品经理	陈艺端 段 冶
装帧设计	欧阳颖

制版印刷	北京盛通印刷股份有限公司
经 销	新华书店
发 行	果麦文化传媒股份有限公司
开 本	880×1230 毫米 1/32
印 张	32.75
印 数	1-7,000
字 数	762 千字
版次印次	2018 年 9 月第 1 版 2018 年 9 月第 1 次印刷
定 价	168.00 元